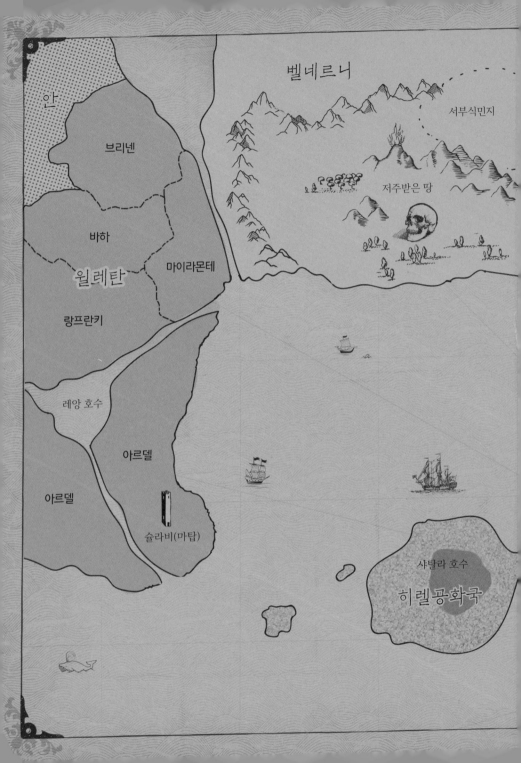

폐하,
또 죽이진
말아주세요

2

폐하,
또 죽이진
말아주세요

에클레어 장편소설

II

폐하, 또 죽이진 말아주세요 2

지은이　에클레어
펴낸이　이형기
펴낸곳　도서출판 가하

초판인쇄　2020년 1월 9일
1판2쇄　2021년 9월 3일
출판등록　2008년 10월 15일 제 318-2008-00100호

주소　서울 영등포구 양평로 67, 1209 (당산동5가, 한강포스빌)
전화　02-2631-2846　**팩스**　02-2631-1846

www.ixbook.co.kr

ISBN　979-11-300-4090-5　04810
　　　　979-11-300-4088-2　04810 (set)

값 13,800원

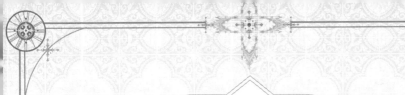

차 례

7. 퍼즐 조각

루페르트가 건강을 회복하자 나는 바로 휴가를 신청했다. 그는 내게 휴가의 이유를 묻지 않았지만, 나는 괜히 찔려 미주알고주알 르한을 만나러 가고 싶다 털어놓았다.

르한은 내가 예상했던 것보다 훨씬 더 많은 것을 알고 있었고, 무지한 어린 동생이 영문도 모르고 사형에 처해졌다는 나의 믿음은 매우 어리석은 착각이었디. 그는 아비지만큼은 아니더라도, 적어노 나보다는 많이 알았다.

어떻게든 르한을 설득해야 한다. 나는 그가 필요했다. 이미 아버지가 비겁한 분임을 깨달았으니까. 방관은 죄였고 결국 벨루아는 이유 없는 개죽음이 아닌, 방관해온 벌로 망한 것이다. 아버지가 루페르트에게 기댈 수 있는 거목 같은 어른이 되어주셨다면 그는 벨루아를 해치지 않았으리라고 나는 확신한다.

루페르트는 충분히 그럴 수도 있는 사람이다. 적어도 아직까지는 그랬다. 그는 선의를 알고, 악의를 구분했으며, 도의를 모르지 않았다. 사람 된 도리를 지키지 않은 쪽이 아버지라는 현실은 실망스럽기 그지없지만, 아버지를 원망해봤자 벨루아는 구원받지 못할 것이다.

깊은 피로가 내려앉는다. 그를 밤낮으로 간호하느라 나는 굉장히 피곤한 상태였다. 마차를 몰았다간 사고라도 날까 두려워 돈을 주고 마부를 고용했다. 프라오 마차가 아닌 진짜 마차를 타는 건 오랜만이라 약간 들떴다. 다른 마차와 부딪칠까 신경 쓰지 않고 창밖을 바라보는 여정은 꽤나 운치 있었다. 가을로 접어든 붉은 도시는 낙엽과 그림처럼 어우러졌다.

다른 듯하면서도 비슷한 색으로 물든 낙엽들이 바람에 흩날리며 하늘하늘 떨어진다. 화가의 팔레트에서도 꼭 양옆으로 붙어 있는 물감만 고른 듯했다.

나는 점점 붉게 물들어가는 도시를 살펴보며 루페르트의 황태자 취임 날짜를 헤아렸다. 정확한 일자는 기억나지 않았지만, 가을이었다. 루페르트 본인이 얼마 남지 않았다고 시인했으니 곧이다. 그가 권력을 잡을 날이 순식간에 다가올 텐데 내가 제대로 준비되었는지는 확신이 없다.

르한이 내 말을 들어야 할 텐데.

애초에 르한이 나를 반길지도 의문이다. 나는 우리의 어색했던 지난번 만남을 상기했다. 내가 기억하는 그의 사춘기까지는 아직 시간이 있지만, 내가 과거로 돌아옴으로써 많은 것들이 바뀌었으니 또 모르는 일이다.

마지막으로 본 그의 얼굴은 분명 슬프게도 냉정했다. 고르텐이 아버지를 의심하기 시작한 이유가 도대체 무엇인가? 아버진 도대체 왜, 황후와 루페르트의 상황에 눈을 감으셨나? 르한이 모든 것을 알고 있으리라곤 생각하지 않지만, 단편적인 조각조차 귀했다.

"방문 목적이 무엇입니까?"

"동생을 만나려고 왔어요."

경비병 당번인 듯한, 누가 보아도 생도인 어린 소년이 마차의 창문을 조심스레 두드린다. 나는 목걸이를 목에서 풀어 그에게 건네며 르한 디트리히 벨루아를 찾았다. 그는 그 이름에 반가운 얼굴을 했다. 저번에 같이 갔던 국수가게 점원도 그렇고, 르한이 사관학교에서 잘 지내는 것 같아 다행이다.

"감사합니다, 레이디 벨루아. 지금 바로 디트리히 생도에게 레이디의 방문을 알리겠습니다."

소년은 신사다운 태도로 고개를 숙이곤 멀어졌다. 바로 알린다는 말을 허투루 한 것은 아니었는지 르한은 정말 금방 나타났다. 단정한 목조건물에서 나무와 참 어울리는 그가 빠른 걸음으로 걸어나온다. 그는 나를 찾는 양 고개를 두리번거리다 황실 마차를 발견하고 달려왔다.

걱정이 무색하게도 르한은 나를 반가이 맞아주었다. 무뚝뚝한 얼굴에 떠오른 홍조에 나는 안심했다.

"르한."

"오셨습니까. 다음부터는 미리 말하고 오십시오."

그는 반가움을 티 내지 않기 위해 노력하는 것처럼 달아오른 한쪽 뺨을 슬쩍 가리며 웃었다. 그래봤자 다 뵈버렸는길.

"미안. 바빴니?"

"아니요. 바쁘지는 않습니다."

그는 차분히 대답하며 마차에서 내리는 나를 에스코트해주었다. 마차 계단을 다 밟고 땅을 디디는데, 키가 더 컸는지 눈높이가 달라져 있다. 내가 죽기 전에도 나보다 머리 하나는 더 컸으니, 완전히 다 자라고 나면 얼마나 더 클지 궁금했다. 이번 생에서는 기필코 그의 완전한 성장을 보리라 결심하면서 나는 그의 발간 뺨에 손을 댔다.

"보고 싶었어."

르한은 순간 움찔했다. 그의 짙은 암갈색 머리칼이 바람에 나부낀다.

그는 대답 없이 나를 한참 바라보았다.

"기숙사는 외부인의 출입이 불가한지라, 응접실로 모시겠습니다."

르한은 내 말을 못 들은 체하려는 듯 고개를 돌리며 그가 나온 건물 맞은편을 가리켰다.

"학교는 어때? 다닐 만해?"

만날 때마다 안부처럼 묻는 말에 르한이 한숨처럼 웃었다. 그의 어린 얼굴이 어쩐지 슬퍼 보였다. 오래된 고목처럼 깊은 갈색 눈에서는 이유 모를 결연함까지 느껴진다.

그리 고급스럽거나 화려하지는 않지만, 고풍스러운 위엄이 느껴지는 응접실로 나를 안내한 그는 다른 사람이 들어올 수 없도록 문고리에 빗자루를 질렀다. 덜그럭 소리를 내며 문에 매달린 모양이 안쓰러워 나는 떨떠름히 물었다.

"그래도 돼?"

"걸리지만 않으면 됩니다."

"어…… 그래."

바람직한 생도의 자세는 아니나, 그를 탓할 마음은 들지 않아 나는 고개를 끄덕였다. 나를 소파에 앉힌 그는 말없이 화로에 주전자를 올렸다. 이미 사용인을 쓰지 않는 것에 꽤 익숙해진 태도였다.

문득 르한을 마지막으로 본 것이 엄청나게 오래전이 아님에도 그가 낯설다는 생각이 들었다. 길쭉한 손가락에 걸쳐진 주전자가 탁자에 살포시 내려앉는다.

그는 내 맞은편에 앉은 후에도 꽤 오래 말이 없어 우리는 침묵을 유지했다. 내가 조잘거리며 그의 안부를 더 캐묻지 않은 탓도 있다. 르한이 나와 눈도 못 마주치고 안절부절못하다 한숨과 함께 겨우 입을 열었다.

"아버지한테 들은 것이 있습니다."

"응, 그럴 거라 생각했어."

아버지는 내가 건넨 편지들을 모조리 가져가셨다. 그가 내 회귀를 알릴 만한 사람은 어머니와 르한밖에 없으니 짐작 못 할 일은 아니다.

"죽음을 겪으셨다니, 참입니까?"

그의 나지막한 물음에 바로 답할 수가 없었다. 그러엄, 하고 가볍게 긍정하기에는 르한이 너무 슬퍼 보였다. 안쓰러울 정도로 촉촉한 눈가에 나는 말을 삼켰다.

아, 아직 너무 어린가.

열셋의 르한이 어느 정도의 현실까지 감당할 수 있을지 감이 잡히지 않았다. 그는 항상 나보다 배는 어른스러웠지만, 어린아이였다. 루페르트가 기를 쓰고 못된 척, 이성적인 척, 감정 따위는 쥐꼬리만큼도 모르는 냉혈한처럼 굴어도 실은 아이인 것처럼.

"음…… 아버지가 어떻게 말을 하셨는지 모르겠지만, 그 질문에 대한 대답은 그래, 맞아."

르한에게 내가 겪은 회귀를 설명하기는, 아버지에게 하는 것보다 배는 어려웠다. 많은 이유가 있지만 첫째로는 내가 어린 그의 기분을 아버지의 것보다 더 신경 쓰기 때문이고, 둘째로는 그가 아버지보다 훨씬 더 감정적인 공감을 해주었기 때문이다.

르한은 내가 죽음을 겪어야만 했다는 사실 자체를 끔찍해했다. 얼마나 아프셨습니까. 얼마나 무서웠습니까. 떨리는 목소리로 물으며 내 손을 잡아주는 르한의 반응은 확실히 아버지의 것보다 무척 격했다. 그가 내 앞에서 우는 모습을 마지막으로 본 게 벌써 수해 전이라 나는 울먹이는 그의 목소리에 마음이 아팠다.

"나 정말 괜찮아."

내 말에 르한은 다른 손을 들어 내 머리를 쓰다듬었다. 동생의 손길 치고는 너무 어른스러워 웃음이 나온다. 아버지도 르한도 내 말 몇 마디에 나의 회귀를 바로 믿어버리는 게 신기할 정도다. 어린아이 헛소리라 치부할 수도 있을 텐데.

그러나 르한이 나를 놀리는 중이라 생각하기에는 그의 표정이 너무 진지했다. 고루할 정도로 매양 진지한 이였다, 내 동생은. 그는 농담을 못 했다.

"너랑 아버지가 내 말을 믿어주는 게 더 신기해, 나는."

"누님 말인데 어떻게 믿지 않을 수 있겠습니까."

"어머니에겐 말씀드렸니?"

"아니요, 아직……. 누님이 직접 말씀드리는 게 나을 것 같아서."

르한이 머뭇머뭇 대답한다. 내가 아버지에게 드린 편지들은 모두 르한이 보관하고 있단다. 나는 병약한 어머니가 조금 안정되신 후에 말씀드려야겠다고 결심했다.

"르한, 정말 마지막으로 물을게."

"예."

"정말 아버지가 내게 숨기는 것에 대해 모르니?"

르한은 대답하지 못했다. 짧게 자른 머리 덕에 그의 표정이 고스란히 드러난다. 짙은 암갈색 눈썹이 천천히 가라앉았다.

"먼저 묻겠습니다. 누님 말씀대로 벨루아가 확실히 멸망합니까? 누님이 황궁에 있는 것 말고는 도저히 막을 수 있는 방법이 없겠습니까?"

"내가 막을 거야. 하지만 내가 나 자신 말고 변하게 할 수 있는 사람은 아무도 없어, 르한."

"아버지를 설득하실 수도 있을 겁니다. 황녀 전하를 가까이서 모신다고 하지 않으셨습니까, 그렇다면 그녀도, 아니, 그도……."

스스로의 말에 자신이 없는지 르한의 목소리가 점점 작아진다. 나는 고개를 푹 숙인 그의 어깨를 가볍게 쓰다듬었다.

"르한, 사람은 쉬이 변하지 않아."

"……."

"아버지는 황실을 배신하지 않으실 거야. 절대 반역을 저지를 분이 아니지. 아버지는 항상 그러셨어. 그런데도 반역으로 몰려 벨루아는 가루가 되어버렸어."

나는 불에 타던 벨루아의 저택을 기억했다. 지어진 지 오래됐지만, 내가 아는 그 어떤 저택보다 아름답던 나의 집이 허물어지는 모습을.

"전하는 나를 아껴주실 거야. 벨루아를 보호해주실 수도 있어. 하지만, 내가 전하를 변화시킨 것이 아니야. 전하는 원래도 그런 분이셨던 거야……."

내가 몰랐던 거야.

세상이 그를 몰랐던 거다. 동전의 양면을 동시에 볼 수 없는 것처럼, 폭군 라스페리히 1세만 기억하는 나와 내가 전에 살던 세상은 그가 어떤 눈으로 토리를 보살피는지, 그가 제 사람이라고 들인 사람을 위해 어디까지 희생하는지 끝까지 모를 것이다.

눈을 다쳐 시야가 피범벅이 되어도, 연금술을 남용해 몸이 망가지더라도 그는 나를 원망하는 법이 없었다. 그는 원래도 자신의 것을 위해서라면 그럴 수 있는 사람이었다.

"진짜 반역을 저지른 게 아니시라면 황실, 아니, 전하께 트집삽힐 이유라도 있으셨을 거야. 나는 그걸 알아야 해."

나는 나를 자꾸 외면하는 르한의 어깨를 잡으며 간곡히 부탁했다. 나는 반드시 아버지의 의중을 알아야 했다. 그가 죽음 앞에서도 말하지 못한 비밀을.

왜 황후를 외면하셨나? 황제가 두려워 그랬다는 말은 변명도 되지 못할 것이다. 그는 그런 사람이 아니다. 우리의 아버지는 어리석은 고집쟁이일지언정 비겁자는 아니다.

"르한, 알고 있는 것이 있다면 부탁이니 말해줘."

"저는 아버지가 황실에 반기를 든, 아니, 들 이유는 알지 못합니다."

“그러면?”

다른 무언가를 알고 있다는 뉘앙스에 나는 일부러 르한의 눈을 똑바로 마주하며 물었다. 내가 기억하는 것처럼 언제나 반듯한 눈빛이다.

르한이나 아버지가 내게서 어떤 사실을 숨기려 한다면 나를 보호하기 위함이지, 해치기 위해서가 아니라는 것쯤은 잘 안다. 그러나 이제는 반대로 움직여야 했다. 나는 그들의 보호를 받는 것이 아니라, 그들을 보호해야 하는 입장이 되었다.

“르한, 황실과 상관없는 것이어도 괜찮아.”

“……누님.”

“아버지가 내게 숨기는 비밀이 더 있어?”

“이걸 제가 말해도 괜찮은지 모르겠습니다.”

그는 머뭇거리며 제 뒷머리를 쓸었다. 한숨이나 망설임 같은 것들이 우울하게 우리 사이를 갈라놓는다. 그는 마침내 결심한 듯 나를 돌아보았다. 마냥 어리지만은 않은 동생이 군인다운 단호함으로 굳어 있었다. 그의 눈에 내가 담겼다.

“저와 누님은 피가 섞이지 않았을 수도 있습니다.”

“……어?”

상상조차 못 해본 한마디에 숨이 막혔다. 나는 순간 내가 그의 말을 잘못 이해했나 싶었지만, 르한은 이미 엎지른 물이라는 양 고민하지도 않고 덧붙였다.

“……확실하지는 않습니다. 저도 어머니와 아버지의 대화를 엿들은 것이라 자세한 사정을 모릅니다.”

“무슨, 말이야? 내가 주워 온 자식이란 말이야?”

“그 아이가 누님인지 저인지도 모릅니다.”

르한은 그렇게 말했지만, 우리 둘이 친남매가 아니라면 벨루아가 아닌 사람은 당연하게도 나였다. 르한은 너무도, 정말 너무 확실하게 벨루아니까.

벨루아는 황실과 긴밀한 관계가 있었던 북부귀족이 남부의 영지를 하사받아 세운 가문이다. 그의 피가 진했기 때문인지, 아니면 보수적인 남부의 풍토에 익숙해진 가문 사람들이 그만큼 혈통을 중요시했기 때문인지는 불분명하지만 벨루아의 사람은 대부분 특유의 외양을 가지고 있다. 르한과 아버지처럼.

커다란 거목 뒤에 숨으면 보이지도 않을 암갈색의 머리와 눈. 날카롭지만 단단해 보이는 콧대 같은 것.

르한은 어떤 얼굴을 해야 할지 모르겠는 듯 표정이 없다. 나는 그런 동생을 멍하니 바라보다 헛웃음을 터뜨렸다.

"언제 알았니?"

"누님."

"르한, 내가 너에게 더 진실을 구걸하게 하지 마렴. 언제 알았니?"

나의 동생은 너무나도 아버지를 닮아 있다. 나는 그제야 아멜리아 고모가 나를 버릇처럼 뻐꾸기라고 불렀음을 상기했다. 뻐꾸기.

아! 탄성은 곧 한숨이 되었다. 뻐꾸기는 기생조였다. 멧새의 둥지에 알을 숨겨 멧새 형제의 먹이를 빼앗아 몸집을 불린다. 나는 그 새의 붉고 큰 입을 떠올렸다.

그러나, 중요한가? 내가 아버지와 어머니의 친자식이 아니라는 사실이 과연 중요할까? 그래도 그들은 여전히 나의 부모님이다. 내가 태어나 죽기 전까지, 그 모든 시간을 송두리째 털어넣어도 그들이 나를 자식으로 사랑하지 않은 시간은 없으리라 자신한다.

"르한, 대답해."

"오래되었습니다. 제 생애 첫 기억과 가깝습니다."

예상한 대답이다. 르한은 우리가 남매가 아니라는 사실을 회귀 전에도 알았을 것이다. 그래서 어느 순간부터 나를 멀리했고, 벨루아를 떠나 사관학교로 도피했으며 고향을 찾지 않았던 것인가.

그러나 나는 르한을 알았다. 나의 동생은 죽음을 목전에 두고서도 나를 아꼈다. 우는 방법도 알지 못해 그저 슬픈 눈으로, 차라리 펑펑 울면 마음이라도 후련할 것을, 부모님과 나를 지키지 못해 미안하다 사과했다.

"그렇구나."

나는 담담하려 애쓰며 고개를 끄덕였다. 기실 아멜리아 고모가 수상쩍은 소릴 늘어놓을 때부터 의심 한 가닥 정도는 했던 부분이다.

그러나 핏줄이 아니라고 애정까지 변하겠는가. 아버지와 어머니, 르한이 단두대에 끌려 올라갈 때까지도 숨기던 비밀이었다. 그들은 끝까지 내가 그들의 가족이라 생각하며 생을 마치기를 바랐다. 그러니 나도 그래야 한다.

"내가 어머니 속에서 나온 자식이 아니라 한들, 내가 너를 아끼는 마음은 변하지 않아."

"저도 그렇습니다."

르한은 당연하다는 듯 바로 대답했다. 내 손 위에 얹힌 손이 따뜻하다. 검을 쥐는 방향대로 굳은살이 박여 있어 부드럽지는 않았지만, 마음이 녹을 정도로 따스한 손이다.

"어떤 상황에서든 제가 누님을 마음으로 귀애하지 않을 일은 없습니다."

귀애라는 단어가 이유 없이 거슬린다. 어린아이가 쓸 법한 어투는 아니라 그런가 보다 하며 나는 그의 밤톨 같은 머리를 쓰다듬었다.

"나도 너를 무척 아껴, 르한."

"그렇다면 벨루아로 돌아가십시오. 수도는 너무 위험합니다."

되풀이되는 화제에 한숨이 나온다.

"너는 내 핏줄이 벨루아가 황제, 아니, 전하의 미움을 살 원인일 거라 생각하니?"

"모르겠습니다."

"아버지께 여쭈어본 적은 없어? 내가, 어디에서…… 왔는지."

"아버지와 어머니는 제가 알고 있다는 것을 모르십니다."

가족을 걱정시키고 싶어 하지 않아 하는 르한다운 선택이다. 그는 망나니짓을 하고 다닐 적에도, 사관학교에서 쫓겨날 위기에서도 벨루아에 전갈을 넣는 법이 없었으니까.

"그래. 그렇다면 나도 조심해야겠구나."

라스페리히 1세가 벨루아를 멸문시킨 이유가 내 출신성분일 것 같진 않다. 아버지와 어머니는 귀족으로서 솔선수범하셨으며 자선사업에 관심이 많으셨다. 벨루아가 괜히 다른 지역보다 고아원이나 보육원이 많은 것이 아니다.

내 머리카락이 유독 흐리멍덩하고 힘없는 갈색인 까닭이 따로 있었구나. 아, 나는 고아였구나. 덤덤한 깨달음이 따랐다.

덜컥 던져진 진실을 어찌 받아들여야 할지 몰라 혼란스러웠다. 르한이 알고 있는 모든 것을 알고 싶었다. 그러나 연결되지 않는 퍼즐조각만 덩그러니 떨어져 있는 격이다. 몇 개 없는 조각들조차도 끼워 맞추지 못하고 있었는데, 전혀 상관없어 보이는 진실만 드러났다.

나는 입을 꾹 다물고 있는 르한의 어두운 얼굴을 올려다보았다. 그림자에 잠긴 단정한 입술이 그가 일정한 호흡을 내뱉을 때마다 움츠러든다.

"르한. 너는 내 출신이 미래에 벌어질 일들과 관계가 없다고 생각하지?"

그의 입꼬리가 파스스 떨린다. 르한은 거짓말을 못한다.

"예."

"그런데 왜 말해주었어?"

"······도망가십시오."

"어?"

"몸을 숨겨주길 바랍니다. 아버지도 저와 뜻이 같으리라 생각합니다."

그가 몸을 완전히 돌려 양팔로 내 어깨를 붙잡는다. 어린 눈은 절박했다.

"누님 말이 사실이라면, 벨루아와 하등 상관없는 사람까지 희생당할 필요는 없습니다."

"······내가 벨루아와 하등 상관이 없어?"

내 떨떠름한 물음에 그는 제 말실수를 눈치채고 잠시 입을 다물었다가 곧 아랫입술을 깨물며 덧붙였다.

"그런 뜻이 아님을 알지 않으십니까? 저는 장남이자 벨루아의 기사입니다. 벨루아를 지키는 것은 제 숙명 그 이하 그 이상도 아닙니다."

"기사서약도 못 한 종기사 주제에 웬 폼만 잡아?"

"받았습니다. 한 달 전에."

그는 기분 상한 티를 내며 눈썹을 올렸다. 그제야 소년티가 나 배시시 웃음이 나온다. 르한이 계속 이대로 어렸으면 좋겠다.

"허락해주신다면 누님이 하고자 하시는 일, 제가 대신 하겠습니다."

"왜?"

"누님이 위험하길 바라지 않으니까요."

"나도 네가 위험하길 바라지 않는 것을 왜 이해 못 하니?"

왜 자신만 나를 지켜야 할 의무가 있다고 생각하는 걸까? 제가 남자라서? 귀족이라서? 아니, 벨루아라서? 나는 그의 고집에 서서히 화가 나기 시작했다.

"나도 네 누이로서 널 지키고 싶어. 설사 벨루아의 피가 내 안에 흐르지 않는다 해도, 나는 벨루아를 사랑해. 그러니까 지키고 싶어."

"······."

"네가 그런 오래된 비밀을 말해주면서까지 나를 보호하고 싶은 건 잘 알겠어."

그러나 르한이 루페르트의 사람이 되기에는 시간이 너무 촉박했다. 그가 태자가 되고 나면 권력의 냄새를 맡고 그의 곁에 꼬일 벌레들이 한두 마리가 아닐 터다.

루페르트는 더 날카롭고 예민하게 사람들을 쳐낼 텐데, 르한은 루페르트에게 자신을 어필할 방법도 없다. 그는 항시 고고하고 강직했으니까. 르한이 나처럼 그에게 뻔뻔하고 비굴하게 구는 모습은 도저히 상상이 가지 않았다. 그런 그를, 중앙귀족이며 남자인 데다 군부에 속해 있는 르한을 루페르트가 경계하지 않을 리 없다.

"하지만 황실의 상황을 더 잘 아는 건 나야. 날 믿어줘, 르한."

"아버지가······."

"아버지 이야기는 그만해."

나는 르한의 말을 자르며 그의 어깨에 얼굴을 묻었다. 아버지의 고집을 일고는 있지만, 이건 믿기 어려울 정도의 아집이다. 그는 르한에게 내가 미래를 겪었다는 것을 알려주실 정도로 내 말을 믿으셨으면서, 왜 황실이 그에게 등을 돌리는지에 대해서는 입도 벙긋하지 않았다. 마지막의 마지막을 겪는다 해도 그렇겠지. 벨루아의 전나무는 부러질지언정 꺾이지 않는다는 것인지.

"아버지도 생각이 있으시리란 것은 알아."

르한은 설득을 포기한 듯 더는 대꾸하지 않았다. 대신 내 뒷머리를 조심스레 다독인다. 토닥토닥. 나는 박자까지 다정한 손길을 음미했다.

"그와 내 생각이 일치할 일은 없을 거야. 그러니 네가 날 도와줘."

"알겠습니다."

르한의 대답은 내 예상보다 더 빠르게 나왔다. 표정변화가 드문 얼굴에 작은 미소가 떠오른다. 가을 햇볕이 물든 그 얼굴이 너무도 그리웠던 탓에 나는 감상에 젖어버렸다.

나는 열셋의 르한을 본 적이 없었다. 한 계절, 한 해도 아닌 몇 년의 세월을 그렇게 보냈다. 아이는 금방 자라나버리는데. 그는 금세 소년이 되고 청년이 되었을 텐데 놓쳐버렸다.

그에게 꽃피는 봄은 안녕했는지, 전나무가 아름다운 벨루아의 여름이 더는 보고 싶지 않은 건지, 벼가 무르익어 배가 고픈 가을, 콧등이 빨개질 겨울은 가족의 온기 없이 어찌 보냈는지 서신으로밖에 묻지 않았었다.

거리를 둔 쪽은 르한이지만, 노력하지 않은 이는 나였다. 나는 그가 내게서 왜 멀어지고 싶어 하는지 알아내려 노력하지 못했다. 눈앞의 문제, 돌이켜 생각해보면 그리 원하지도 않았던 혼사로 급급했기 때문이다. 나는 평범한 귀족영애처럼 살고 싶었다. 어떻게든 아버지의 눈 밖에 나고 싶지 않았다. 그래서 홀로 복잡했을 르한의 마음을 살피지 못했다.

"도와줄 거야?"

"예. 원하시는 바가 그러시다면, 그러겠습니다."

담담한 말투에 가슴이 먹먹해진다. 눈물이 나올 것만 같아 눈을 부릅뜨며 자리에서 일어났다.

"르한, 우리 놀러 가자."

"예?"

"나 휴가 냈어. 돈도 있어."

나는 내 힘으로 번 돈이 담긴 주머니를 자랑스럽게 흔들었다. 벨루아에서 가져온 리본으로 예쁘게 묶은 붉은 주머니였다. 아직도 내가 돈을 번다는 것에 익숙하지 않았지만, 내심 매우 뿌듯했다. 루페르트의 모진 구박을 감수하며 일구어낸 작은 수확 아닌가.

"너도 휴가 내렴. 우리 같이 놀자."

나는 어린아이 사탕으로 꾀어내듯 말하며 방긋 웃었다. 맛있는 것도 많이 사줄게. 덧붙인 말에 르한도 웃는다. 그는 날씨가 선선해졌다며 기숙사로 돌아가 군복 외투를 가져왔다. 나는 무게가 꽤 나가는 그의 외투를 걸치고 그에게 손을 뻗었다.

"손잡자."

"……예?"

"우리, 아주 어릴 때 이후로 손잡고 놀러 나간 적 없잖아."

르한은 나의 제안이 싫지 않았는지 떨떠름한 얼굴을 하긴 했지만 손을 잡아주었다. 나는 동생의 딱딱한 손을 꼭 붙들고 사관학교를 나섰다.

뺨을 스치는 적당히 서늘한 바람에 기분이 좋아졌다. 수도는 화려하진 않지만, 가을만큼은 아름다운 곳이다. 붉은 돌담길을 비슷한 색감의 옷을 껴입은 낙엽들이 수놓은 풍경이 퍽 마음에 들어 절로 미소가 지어진다. 나는 마른 나뭇잎이 자박자박 밟히는 소리에 귀를 기울이며 르한을 돌아보았다.

"르한, 오늘 날씨 좋지?"

나는 날씨에 영향을 많이 받는 편이라 조금 들떠버렸다. 바람은 시원한데 햇볕은 따사로우니 공기마저 달콤하게 느껴진다. 르한은 잔뜩 신이 난 내가 우스웠는지 작게 웃으며 대답했다.

"네. 요즘 들어 쌀쌀했는데 오늘 유독 날이 좋습니다."

"놀러 가라는 신의 계시야."

나는 당당한 투로 어깨까지 폈다. 벨루아 사람들은 대체적으로 놀 줄 몰랐다. 이는 모두 완고한 아버지 때문이라며 나는 속으로 그를 탓했다. 하루쯤 일은 않는다고 땅이 갈라지는가, 하늘이 무너지는가.

오락이라면 질색하시고, 취미나 문화생활은 고상한 오페라나 유명

화가의 경매에 가는 정도면 충분하다 하시는 분이었다. 나는 그의 슬하에 자라, 그가 모든 면에서 올바르리란 굳은 믿음을 품고 살았던 딸이라 마찬가지로 즐기는 법을 알지 못했다.

내가 르한을 데리고 어디를 가야 할지 고민하며 세 갈래로 갈라지는 골목 끝에 멈추어 서자 르한이 뜬금없이 내 손목을 붙잡는다.

"어? 왜?"

그는 어리둥절한 내 물음을 무시한 채 성큼성큼 왼쪽 길로 들어섰다. 중간 길과 오른쪽보다 가로등이나 고풍스러운 가게들이 현저히 적은 골목이었다. 폭이 좁아 지저분하게 늘어서 있는 가게들의 입간판에 부딪치지 않으려면 르한과 꼭 붙어서 걸어야 했다. 그의 걸음이 점점 더 빨라진다.

"르한, 어디 가? 여기 알아?"

"좋아하실 만한 곳을 압니다."

골목은 정리되지 못해 뒤죽박죽이었지만, 나름의 분위기가 나쁘지 않았다. 대체로 오래된 가게들이라 낡아 있지만, 제각기 생김새의 간판들이 옹기종기 모여 있는 모습이 귀엽기도 하다. 나는 호객보다는 서로 담소를 나누는 데 더 집중하고 있는 상인들을 지나치며 5번가를 떠올렸다.

루페르트가 소유한 5번가와 그 주변 상권들의 모습은 이렇지 않았는데. 만두를 파는 노점거리를 제외하고는 그곳은 완벽하다 싶을 정도로 정리되어 있었다. 그 누구에게도 흠집을 잡히고 싶지 않은 것처럼. 가게를 번쩍번쩍하게 닦아놓은 주인들은 서로의 이름도 잘 모르는 듯했다. 그들은 가게 밖으로 나와 단정한 몸가짐으로 무례하지 않은 호객행위를 했다.

루페르트의 지시로 장부도 꼼꼼히 정리해야 했기 때문에 외상을 할 법한 손님은 가려 받기도 했는데, 이곳은 영 반대인지 주인들이 손바닥만 한 가죽수첩을 들고 다니며 손님들의 이름을 받아 적고 있었다. 르한이 왜 이 골목으로 들어섰는지 알 것 같았다.

나는 상인들과 손님 사이에서 알게 모르게 느껴지는 신뢰와 짓궂은 다정함이 마음에 들었다.

"여기입니다."

가고자 하는 곳에 도착한 듯 르한이 걸음을 멈추고 나를 에스코트했다.

오래된 건물 중에서도 낡은 편이었지만, 빛바랜 베이지색의 가게는 아담하고 귀여웠다. 입간판에 그려진 롱슈에는 고소한 아몬드 냄새가 배어나올 정도로 맛있어 보였다. 롱슈에는 색색으로 물들인 머랭 사이에 달콤한 필링을 가득 채운 과자로, 남부지방에서 유행하기 시작하여 최근에 수도에 상륙한 디저트이다.

나는 그림의 두툼한 필링을 손가락으로 짚으며 탄성했다.

"여기, 롱슈에 가게야?"

"이것저것 파는 찻집입니다."

"세상에! 얼른 들어가자."

옛날만큼 단것을 좋아하지 않는다 해도 이런 날씨, 이런 가을 오후에 즐기는 디저트와 차는 언제나 반가웠다. 몸도 마음도 지쳐만 가는, 다디단 위로가 필요한 시기였는데 어찌 알았나 모르겠다. 가끔 동생은 귀신같이 눈치가 빠르다.

롱슈에나 달콤한 쿠키 따위의 디저트 모형들이 나무에 대롱대롱 매달려 있는 작은 정원을 지나자 안개꽃 그림으로 장식된 나무 현관문이 모습을 드러냈다.

"어, 왜 손잡이가 없지?"

손잡이가 없어 당황하는데, 르한이 익숙하게 미닫이문을 연다. 나는 허둥지둥하는 모습을 보인 것이 부끄러워 괜히 뺨에 손등을 올렸다. 자주 와봤나 보다. 누구랑 왔을까? 리체일까?

그녀를 떠올리자 기분이 묘해진다. 리체, 나의 오랜 친구 베아트리체 고르텐. 속을 알 수 없는 그녀.

"어머. 디트리히, 오랜만이네."

르한은 수도에서 디트리히라는 미들네임으로 더 자주 불리는 듯했다. 가게의 주인으로 보이는 나이가 지긋한 부인이 빵이 가득 담겨 있던 바스켓을 내려놓고 다가온다. 디트리히. 나는 그 이름을 입안에서 굴려보았다. 디트리히라고 불리는 르한은 왠지 모르게 낯설다. 고루한 벨루아보다 세련된 수도가 더 어울리는 이름이다.

"격조했습니다."

"예의 차리기는. 어서 앉아."

르한이 작게 고개 숙여 인사하자 부인이 함박웃음을 지으며 우리를 안내했다. 그녀는 나를 흘깃 보더니 이해하기 힘든 표정을 지었다. 유령이라도 마주한 것처럼 창백해진 얼굴에 언뜻 슬픔이 스친다.

"……씨씨?"

"예?"

"아니, 아니에요. 나이가 드니 헛것이 보였나 봐. 디트리히의 친구?"

"아니요."

르한은 부정하며 구태여 내가 그의 누이란 말은 덧붙이지 않았다. 나는 그런 그의 행동에 마음이 조금 상해버렸다. 친남매가 아니라는 것은 알겠다. 르한이 아주 옛날부터 그 사실을 알고 있었단 것도. 그러나 그렇다고 해서 내가 그의 가족이 아니게 돼버리는 걸까.

"메뉴를 정하면 홀보이를 부르렴. 나는 빵을 진열해야 해서."

그녀는 그리 말하며 휙 몸을 돌렸다. 그녀의 부푼 치마가 흔들릴 때마다 견딜 수 없이 고소한 빵 냄새가 진동했다. 나는 르한이 건네준 메뉴를 붙잡고 열심히 눈을 굴렸다.

"나는 백차를 마실래. 아르델 산이 좋겠어."

"빵이나 케이크는 드시지 않습니까?"

르한이 의아하단 듯 묻기에 나는 당연하다는 얼굴로 여섯 가지나 되는 오늘의 디저트 부분을 손가락으로 훑어내렸다.

"여기 전부."

"……다 말입니까?"

"나 돈 많아. 걱정 마."

나는 졸부처럼 굴며 손짓으로 홀보이를 불렀다.

"그레이 케이크, 딸기 젤리, 쉬카로프, 빵과 우유잼, 그리고……."

다 말하기도 힘든 디저트 이름을 줄줄이 외자 홀보이는 당혹한 얼굴로 서둘러 받아 적었다. 키가 크고 깡마른 그는 뒷머리를 긁적이며 물었다.

"시간이 조금 걸릴 텐데요. 괜찮으신가요?"

"괜찮아요."

"둘이 먹기에는 좀 많을 수도 있어요. 마담 줄리에는 손이 큰 분이거든요."

"괜찮아요. 다 먹을 수 있어요."

황궁에 살면서 그나마 발전한 것은 루페르트의 음식을 기미하느라 늘어난 위장밖에 없다. 나는 아직 홀쭉한, 아니, 그렇게 믿고 싶은 내 배를 쓰다듬으며 고개를 크게 끄덕였다.

르한은 턱을 괴고 나를 지켜보며 연신 웃었다. 웃음이 많지 않지만, 르한은 웃을 때 참 예쁘다. 쏙 들어가는 볼우물이나 살짝 드러나는 고른 이 같은 것들이 낮은 웃음소리와 어우러진다.

"르한, 옛날에는 말이야."

"어릴 적 말씀이십니까?"

"아니, 그러니까 너한테는 훗날. 네가 지금보다 조금 더 자라면 나를 굉장히 피하거든. 왜일까?"

르한의 얼굴이 묘하게 굳었다. 살짝 내리깐 눈가가 일그러진다. 나는 당황해 버벅거렸다.

"어…… 표정이 왜 그래? 기분 나쁜 질문이니?"

"아니요. 제가 누님께 해를 끼쳤습니까?"

"아니, 아니. 네가 그럴 리 없지. 그런 게 아니라……."

내가 말끝을 늘어뜨리는 동안 르한은 나를 채근하지 않고 조용히 기다렸다.

"관계가 있지 않나 싶어서. 우리가 친남매가 아닌 것에."

아직 그 시기가 오지 않은 르한이 이유를 알 리 없다. 나는 무용한 질문으로 어린 그를 괴롭혔다는 생각에 고개를 저었다.

"아니야, 신경 쓰지 마."

"피하지 않기를 바라십니까?"

"어?"

나는 눈을 동그랗게 떴다. 피하지 않기를 바라냐니, 너무도 당연한 게 아닌가. 당연했다. 르한이 나를 피하기 시작해 내가 얼마나 슬퍼했는데.

"응. 피하면 싫지."

"알겠습니다."

그는 또 군인처럼 딱딱하게 말하며 고개를 끄덕였다. 사관학교 들어간 지 얼마나 되었다고 갓 전쟁에 차출된 병사처럼 구나. 그러나 표정만큼은 부드러워 나는 안심했다. 내가 싫으니 하지 않겠다는 대답은 너무도 내가 아는 르한다웠다.

"응, 고마워."

"드십시오. 식습니다."

"파이부터 먹자. 케이크는 차가워도 맛있으니까."

나는 갓 구운 듯 따끈따끈한 김이 모락모락 올라오는 복숭아 코블러에 포크를 가져갔다. 문득 르한이 내게 자신이 알고 있는 비밀을 털어놓기 위해 얼마나 많은 고민을 했을까 하는 생각이 들어 안쓰러워졌다. 그가 나를 벨루아가 아니라며 단 한 번도 차별한 역사가 없기에 더더욱. 그는 내가 받을 충격을 걱정했으리라.

"괜찮다는 말 허투루 하는 거 아니야, 나."

"네, 알고 있습니다."

"너무 말이 안 되는 생각 같아 흘려 넘겼을 뿐, 의심한 적이 있긴 해."

"무엇을 말입니까?"

"내가 벨루아가 아니라는 거."

그냥 눈감고 있기에는 너무 많은 사람들이 힌트를 던져주었다. 뻐꾸기라 가여워하던 고모, 나와 르한의 관계를 비정상적이라고 비난한 리체, 부모님과 닮지 않은 외양.

그리고 단 하나, 확실하지 않은 기억이 있다. 내가 죽기 전, 그러니까 생 오를레에서 대역죄인을 가두는 교도소로 가기 전, 옆방에 머물던 죄수는 선대 후작의 아내로 현 후작 독살 혐의로 감옥에 들어와 있는데 방을 떠나는 나를 보며 혀를 찼었다.

고루한 벨루아에 다른 피가 흘러들었다고 이죽대던 그녀의 목소리가 잊히지 않는다. 당시에는 무슨 뜻인지 이해가 가지 않아 한 귀로 듣고 한 귀로 흘렸는데, 다시 생각해보니 이상했다.

「꽉 막힌 벨루아 놈 치고는 발칙한 생각이었지, 너를 들이다니.」

그녀는 웃었던 것 같다. 간수들이나 다른 죄수들이 아들을 죽였다며 모욕을 줄 때에도 외려 그들을 비웃던 그녀. 그녀가 정말 아들을 죽였을까. 나는 그녀의 이름을 떠올리려 머리를 굴렸지만, 기억나지 않았다.

그때부터였던 것 같다. 나는 르한이 내 친동생이 아니리라는 의심을 조금씩 했었다. 그러나 그럼에도 내가 그를 아끼는 마음은 그대로이니 아무것도 변하지 않으리라 생각했다. 그것이 아둔한 생각임을 꽤 오랫동안 몰랐다.

나는 르한이 가짓수 많은 디저트를 천천히, 그러나 꾸준히 먹는 것을 지켜보며 흐뭇한 미소를 지었다. 내가 그의 친누나가 아니라는 사실을 아는 사람들을 꼽아보는데, 그 수가 적지 않다. 선대 후작부인, 르한, 부모님, 아멜리아 고모와…… 리체.

그녀와의 대화를 곱씹어보니 그녀가 나와 르한의 비밀을 알고 있으리란 짐작이 가능했다. 나만 빼고 다 알고 있었구나. 헛웃음이 난다. 아, 나는 어찌 이토록 무지한가. 무지한 탓에 변명 한번 해보지 못할 만큼 억울한 누명을 뒤집어쓰고 죽었나.

그리 자책하다 르한의 무구한 눈을 마주하고 고개를 내저었다. 신이 있다면, 그가 내게 기회를 다시 한 번 더 주었다면 그런 이유가 있으리라. 천치 같았던 과거의 나를 바꿀 기회이다. 주어진 것에 만족하며, 진실을 게걸스레 탐하지 않았고, 나의 삶에 질문을 던지지 못했다. 나는 그 인과로 죽은 것이나 마찬가지였다.

"르한, 리체는 잘 지내?"

르한은 고민하는 듯 짧게 침묵했다. 리체의 사생활이라 생각하기 때문일까? 아니면 더는 사사로운 대화를 나누지 않는 그녀와 나의 사이를 뭐라고 생각할까?

"리체가 아버지께 누님의 안위에 대한 혼란을 주었다는 것은 압니다."

"남부로 달려가 내가 위험하다고 한 것 말이야?"

"예. 하지만 저는 그녀가 일부러 거짓말을 했다고 생각하지 않습니다.”

나는 르한의 딱딱한 어투에 입을 다물었다. 곧은 성정의 그였다. 어릴 적부터 알아온 그녀가 나와 그를, 벨루아를 배신할 리 없다 여기는 것이겠지.

아버지와 너무도 닮은 그 고집스러운 얼굴에 나는 말을 잃었다. 아버지도 그랬다. 고르텐이 그럴 리 없다고. 역모라고 몰린 그에게 손을 뻗어주지 않을 리 없다고, 이미 그에게 내쳐져 유배지로 끌려간 후에도 말이다.

원망하고 싶지는 않다. 나도 그랬으니까. 나도, 리체가 그저 잘못 본 것이며 그녀의 아버지에게 이용당한 것뿐이라 생각하고 싶었다.

“사실 여부는 나도 몰라. 배후가 누구인지 확실하지 않으니까. 내가 아는 것은 그 자리에 마리안 뱅상의 호위기사가 있었고, 그는 뱅상의 뜻을 따르는 사람이 아니라는 사실을 인정했고, 벨루아에 반감을 가지고 있었다는 거야.”

“베아트리체는 이런 일에 관여하기에는 너무 어립니다. 그리고 그녀는 누님의 오랜 친구이지 않습니까.”

“나도 리체가 일부러 그랬다 생각하고 싶지 않아. 그래서 묻는 거야. 리체와 언제 마지막으로 봤어?”

르한은 내게 리체에 대해 언급하고 싶지 않은 듯했다. 그의 단정한 입매가 굳는다. 벌써부터 뼛속까지 고리타분한 군인이 되어버렸나 싶어 성이 나기도 했다.

“그녀가 우리에 대해…….”

“라리, 오랜만이야.”

내 질문은 갑자기 끼어드는 목소리에 의해 반 토막이 나버렸다. 음역대가 높은 맑은 목소리. 얼마 전까지만 해도 무척 반가웠던 음성에 어느새 몸이 움츠러든다.

르한이 일어났다.

"리체."

"오랜만에 이 골목을 지나치는데 같이 먹은 스콘 생각이 나서."

리체는 봄날 연약한 꽃처럼 살포시 웃으며 르한의 옆에 앉았다. 저번에도 느낀 것이지만, 그녀가 르한을 대하는 다정한 태도는 무척이나 자연스러웠다. 나는 갑작스러운 그녀의 등장에 당황한 티를 내지 않기 위해 어설픈 웃음을 띠었다.

"여기 와본 적 있구나?"

"내가 르한에게 소개해준 곳인걸. 고르텐이 가게 주인인 부인을 후원하고 있어."

"아, 그렇구나."

나는 내가 잘 알지 못했던 그들의 친목을 살피며 고개를 끄덕였다. 르한은 왠지 당황한 얼굴로 리체를 돌아보았다.

"리체, 누님과 중요한 이야기를 하던 중이었습니다."

"으음. 어떤 거? 너네가 친남매가 아니라는 이야기?"

리체는 벨루아의 비밀이 별것 아닌 양 아무렇지 않게 말하며 까르르 작게 웃었다. 상황에 맞지 않는 청량한 웃음소리에 기가 막혔다. 그녀가 알고 있으리라 짐작은 했지만, 이토록 가벼이 취급할지는 몰랐다.

"베아트리체."

"디트리히. 네가 오래 고민했던 문제라는 것은 알아. 그러나 그렇다고 해서 그 사실이 어떤 변화를 가져오는 게 아니잖아?"

리체는 르한에게 말하면서도 내게서 눈을 떼지 않았다. 그녀의 앞머리를 장식한 리본이 창가로 스며들어오는 바람에 나풀거린다.

나는 그 공단 리본이 내 것과 비슷하다는 생각을 했다. 푸른빛을 띠는 리본과 색감이 비슷한 그녀의 벽안이 깜빡임 한번 없이 나를 주시한다. 나는 괜한 오기가 들어 그녀의 눈을 피하지 않았다.

"너희가 진짜 친남매가 맞든 아니든, 라리에트가 보육원의 고아였든 아니든, 백작님은 라리를 파양할 생각이 없으실 거야."

"무슨 말이 하고 싶은 거야?"

나는 그녀가 내 출신성분까지 알고 있나 싶어 허탈해졌다. 나도 모르는 나의 근본을 왜 그녀가 알고 있는 걸까?

"라리, 너 벨루아의 이름을 버리고 싶니?"

"그럴 리가 없잖아."

"그렇다면 너네는 죽을 때까지 남매야."

리체는 불필요할 정도로 단호하게 말하며 얼굴을 굳혔다. 나는 르한이 내 동생이 아니라고 생각한 순간이 단 한 번도 없었기에 그녀의 절박함을 이해하지 못했다.

내가 벨루아의 이름을 버리고 싶을 리 없다. 남부의 영지, 나의 가문은 내 전부니까. 아버지를 아버지가 아니라 생각하고 싶지도 않았고 어머니를 어머니라 부르지 못하는 상황도 원치 않았다. 당연하게, 르한은 나의 하나뿐인 남동생이다.

"왜 당연한 소릴 하는 거야?"

"네가 혹여 그 사실을 잊을까 봐."

리체는 속삭이듯 말하고는 손가락으로 결 좋은 머리카락을 배배 꼬았다. 그녀의 등장으로 분위기가 삽시간에 가라앉은 것을 눈치채지도 못했는지, 일행이 늘어난 것을 발견한 점원이 냉큼 다가온다. 르한은 그를 물리려 했지만 리체가 손짓으로 저지했다.

"캅사르산 홍차 있나요?"

"아, 아니요. 캅사르산을 찾으시는 건가요? 캅사르에서 재배한 산딸기로 만든 타르트는 있는데."

"나는 그런 다디단 디저트는 잘 먹지 않아요. 레이디는 내면만큼이나 외면도 가꾸어야 하니까요."

리체는 '나는'에 유난히 힘을 주었다. 부러질 듯 가는 그녀의 손목이 눈에 들어온다. 그녀보다도 더 빼빼 말랐던 나의 과거를 회상하며 나는 고개를 저었다. 그녀는 내가 자신을 부러워하기를 바라는가 보지만, 아쉽게도 부럽지 않다.

"리체, 너 그런 거 싫어했잖아."

"무얼?"

"그런 형식에 얽매이는 것. 귀족여성은 가문을 위해 사랑을 희생해야 하고, 여자의 값어치는 외모와 가문으로 계산되는 그런 것들 말이야."

"……."

리체는 아랫입술을 꾹 깨물었다. 잘게 떨리는 어깨를 보니 말실수를 한 것 같은 기분이 든다. 그러나 그녀는 변해도 너무 변했다. 변해가는 그녀를 몰라준 것이 친구로서의 내 실책이라면, 적어도 이유 정도는 알고 싶다. 그녀는 나를 얼마나 오래 싫어했을까?

"싫어해도 소용없잖아."

"응?"

"나 따위가 관습을 거부한들 소용없다고."

그녀는 눈살을 찌푸렸다. 그녀가 무릎에 얌전히 올리고 있던 손가방이 죄 없이 뭉개졌다.

"오랜만에 만났으니 어두운 이야기는 그만하자."

"리체, 아까 르한이 말했듯 우리는 더 할 이야기가……."

"르한에게 묻는 말 들었어. 내가 너희가 친남매인 것을 알았느냐고? 응, 알았어."

리체는 웃었다. 오늘따라 유난히 많이 웃는다. 그녀가 한 움큼씩 흘리는 미소가 기쁨 때문이 아닌 것 같아 마음이 쓰였다.

"내가 너의 아버지께 거짓으로 네가 위험하다 알렸느냐고? 아니, 나는 네가 정말로 위험한 줄 알았어."

"……."

"네가 믿지 못하겠다면 어쩔 수 없어."

"나를 납치한 사람이 뱅상의 호위기사였어."

"라리, 나는 너를 싫어하지 않아."

그녀는 고개를 살짝 저으며 점원이 내려놓고 간 찻잔을 들었다. 나는 그녀가 무어라 덧붙일까 싶었지만, 그녀는 말을 잇지 않았다. 더는 말하고 싶어 하지 않은 눈치라 나는 캐묻길 포기해버렸다. 추궁한들 리체가 자백할 리도 없으니까.

"르한, 우리 차 마시고 야시장이나 구경 가는 건 어떨까?"

"오늘은 시간이……."

"라리에트도 같이. 너, 수도의 야시장은 구경한 적 없지 않니?"

내가 벨루아가 아니라는 점이 그녀가 나를 싫어할 만한 이유가 된다면, 그것은 애초에 우리 사이의 유대가 그 정도 값어치밖에 되지 않았다는 의미였다.

같은 여성, 같은 귀족, 가까운 남부 출신. 어릴 적부터 벨루아와 고르텐이 교류가 잦지 않았다면 만났을 리도 없었을 인연. 아버지들이 이어붙인 관계나 마찬가지라는 것은 알고 있었다. 그러나 귀족이 아닐 수도 있다는 가능성만으로 나를 내치는가?

"라리에트?"

리체가 대답이 없는 나를 말꼬리를 올리며 재촉한다. 나는 그녀의 가날픈 턱선을 멍하니 바라보다 고개를 끄덕였다. 문득 나는 돌아와 얻은 것이 루페르트의 보호뿐이라는 생각이 들었다. 나는 친구와의 연결고리도, 핏줄로 맺힌 가족도 잃는구나.

"좋아. 같이 가자."

나는 푹 숙인 고개를 들지 않고 대답했다. 앞머리로 가려진 시야로 르한의 안절부절못하는 손이 보인다. 탁자에 가지런히 얹혀 있던 손가락이 정신없이 까딱거렸다. 나는 그가 나를 걱정하고 있음을 깨달아 웃었다.

"오랜만에 만났잖아. 벌써 헤어지기도 아쉬우니까."

르한은 내 웃는 얼굴에도 안심한 것 같지 않았다. 남몰래 리체와 친목을 쌓았다고 해도 그를 원망할 수 없다는 것쯤은 안다. 리체에게 연정 비슷한 무엇을 느낀다고 해도 그랬다. 르한은 고르텐 후작이 아버지에게 어떤 짓을 했는지, 아니, 할 것인지 몰랐으니까.

그가 어떤 식으로 아버지를 배신할지는 나조차도 몰랐다. 그리고 나는 그들이 이를 막을 수 없다면 차라리 모르는 게 낫다 여겼다. 르한이 고르텐의 실체를 안다고 해도 바꿀 수 있는 것은 없을 테니까. 기실 리체가 정말로 후작과 같은 생각을 하고 있는지도 모르지 않는가.

"왜 그렇게 얼어 있어?"

리체가 굳은 표정의 르한의 어깨를 애교스럽게 쓰다듬으며 말한다. 그녀는 자신이 망쳐놓은 분위기를 모르겠다는 듯 어리둥절한 얼굴이었다.

"내가 너네가 친남매가 아니라는 사실을 알고 있다고 말해버려서?"

"리체, 밖입니다. 말조심하십시오."

"내가 안다는 것을 너도 알잖아. 네가 깊게 고민했다는 사실도 알아. 돕고 싶었어."

그녀의 눈빛이 진실해 보여서 나는 점점 더 헷갈리기 시작했다. 그녀에게서 르한을 지켜내야 할까? 리체가 그에게까지 위협일지 모르겠다. 그러나 한 가지 사실은 명확해졌다. 내가 정말 뻐꾸기든 아니든, 나는 벨루아를 지켜내야 했다.

내가 만약 절망하게 된다면 바라건대, 너는 온전하기를.

리체가 말한 야시장까지는 한참을 걸어야 했다. 오늘은 오랜만에 르한을 만난다 들떠 새로 산 구두를 신었기 때문에 발이 욱신거렸지만, 티를 내지 않았다. 리체가 야시장에 가는 게 정말로 신이 난다는 양 재잘재잘 떠들어 가는 길이 심심하지는 않았다. 나는 그녀의 오랜 수다에 대충 맞장구쳐주며 야시장의 입구를 훑어보았다.

양옆에 우뚝 서 있는 기둥에 작은 전구를 칭칭 감아놓아 빛이 산란했다. 브루쉬 마켓이라는, 인간인 공작에게 반해 영생을 포기하고 인간 세상으로 올라온 요정의 이름을 딴 시장은 이름값을 했다. 요정이 폴폴 날아다니며 빛가루라도 뿌린 듯 아름다운 풍경에 나는 멍하니 입을 벌린 채 점점 더 소란스러워지는 그곳을 바라보았다.

"사람들 몰리기 전에 어서 구경하자."

리체가 나와 르한의 팔뚝을 가운데서 잡아 이끌었다. 제일 먼저 눈길을 끄는 점포는 커다란 홀케이크를 네모꼴로 잘라 파는 곳이다. 방금 전에도 디저트를 먹고 왔는데 왜 단것은 끊임없이 들어가는지 모르겠다.

내가 점포를 곁눈질하는 것도 모르고 르한이 성큼성큼 지나치려 했지만, 리체가 우리를 멈춰 세웠다. 그녀는 살포시 웃으며 나를 돌아보았다.

"라리, 너 저거 먹고 싶지?"

그녀가 코코아 가루를 잔뜩 뿌려 달콤해 보이는 초콜릿 케이크를 가리킨다. 나를 배려해 아프지 않을 만큼 적당한 힘으로 맞잡는 손, 다정한 말투 같은 것들이 예전의 그녀를 상기시켰다. 나는 오묘한 기분에 휩싸여 떨떠름하게 고개를 끄덕였다.

"으응. 먹고 갈까?"

"아까도 케이크 드시지 않았습니까?"

"아까랑 다른 종류니까……."

르한이 믿을 수 없다는 듯 눈을 동그랗게 뜬다. 어릴 적부터 내가 디저트를 흡입하는 모습을 보아왔으면서도 아직도 적응이 안 되나? 그러고 보니 슬슬 단것이 싫어질 시기가 되었는데, 돌아온 직후에는 별로 구미가 당기지 않더니 시간이 흐를수록 좋아진다. 이러다 이제는 젖살이라고 부르기에도 민망한 살이 빠지지 않으면 어떡하지?

"아저씨, 초콜릿 케이크랑 장미차 한 잔 주세요."

리체의 주문에 과묵해 보이는 상인이 초콜릿 케이크를 성의 없이 잘라 건네주었다. 그 태도에 케이크도 대충 만들었으면 어떡하나 하는 걱정이 들었지만, 케이크의 단면은 믿기 어려울 정도로 촉촉했다. 나는 입 밖으로 흐르려는 침을 삼키며 리체에게서 포크를 받아 들었다.

"포크랑 접시는 나가는 길에 돌려드릴게요."

"브루쉬 마켓이 처음인가 보지?"

상인이 우리를 쳐다보지도 않고 케이크를 장식하며 묻는다. 하대인지 공대인지 모를 말에 나는 작게 고개를 끄덕였다.

"예. 처음이에요."

"구경하다 보면 길 중간중간 식기 반납대가 있을 거요. 연금술인지 마법인지 모를 방식으로 나한테 다시 돌아오니까 섞일까 걱정 말고."

리체가 눈살을 찌푸리며 들고 있던 부채를 살랑거렸다. 연금술이란 말에 기분이 상했는지 그녀는 따지듯 되물었다.

"연금술은 아니지 않겠어요? 아무리 노동자들이나 드나드는 마켓이라지만, 엄연히 수도 한복판에 있는 곳인데."

"아가씨는 바르바로사 대령에 대해 들어보지 못했나? 그 인간, 군에서만 설치는 게 아니라고."

바르바로사는 군에 속한 연금술사이다. 군대에서 술자를 부리는 일은 많았지만, 연금술사는 그가 처음이고 유일했다. 그리고 그는 후에 태자였다는 사실이 밝혀지게 된다.

"뭐, 나야 연금술이든 술법이든 일을 편하게 만들어주니 상관없지만."

상인은 매양 툴툴거리는 사람인 듯 끝까지 투덜대며 고개를 휘저었다. 나는 리체의 불쾌한 얼굴을 모르는 척 그녀를 잡아끌었다.

"연금술이면 뭐 어때? 아르델에서는 아주 흔하다던데."

"벨네르니는 흔한 왕국이 아니라 대륙을 제패한 제국이야. 연금술처럼 비열한 기술에 의지하지 않아도 된다고."

나는 그녀의 애국심에 새삼 놀라며 그녀를 돌아보았다. 벨네르니는 귀족이라면 모두 고만고만한 긍지를 안고 살아가는 나라였지만, 내가 기억하는 그녀는 귀족의 의무를 억지로 정해놓는 황실이나 제국주의 같은 걸 싫어했다.

"언제부터 그렇게 생각하게 된 거야?"

나는 리체가 언제부터 내가 기억하는 리체가 아니었는지 알고 싶어져서 태연을 가장하며 물었다. 그러나 그녀는 나를 물끄러미 바라볼 뿐 대답을 주지는 않았다. 우리 사이에 짧게 흐르는 정적을 깬 이는 르한이다. 그는 케이크를 든 손을 나와 리체 사이에 쑥 들이밀었다.

"드십시오."

"아, 으응. 그래, 먹자."

나는 르한이 혹여나 케이크를 떨어트릴까 싶어 접시를 든 그의 손을 감쌌다. 그러자 리체의 짧은, 그러나 결코 무시할 수 없을 만큼 강렬한 시선이 따라온다. 르한과 접촉한 손에 불이라도 난 듯한 반응이지만, 그녀는 재빨리 눈을 거두었다. 나는 그제야 기묘한 확신을 얻었다. 그녀는 르한을 사모한다.

"리체, 케이크 먹어봐. 많이 달지 않아."

나는 초콜릿 케이크를 우물우물 삼켰다. 생각보다 더 괜찮은 맛이다. 요리에 관심이 많은 귀족가의 전문 파티시에가 내놓았다 해도 믿을 만큼. 적당히 달며 초콜릿의 풍미가 느껴졌고, 씁쓸한 뒷맛은 커피 향이었다.

리체는 내 말에 고개를 끄덕이며 포크를 케이크에 가져갔다. 나는 그녀의 포크를 들지 않은 손을 가져와 내가 르한과 같이 접시를 받치고 있던 자리로 끌어왔다. 그녀의 눈이 동그래진다.

"케이크 흘리면 안 되니까. 접시가 르한 손보다 크잖아."

나는 시나브로 아주 옅은 붉은색으로 물드는 그녀의 하얀 귀를 발견했다. 백지장에 튄 빨간 물감이 천천히 퍼진다. 표정관리에 능숙한 전형적인 귀족영애조차 감출 수 없는 마음이란 게 있는가 보다.

나는 그녀가 그리도 깊게 사모하던 남자가 르한이었다는 사실에 한 번, 그리고 그것을 여태 눈치채지 못했던 나의 무심함에 두 번 놀랐다. 그녀가 나를 경계하던 이유가 르한이었구나.

"천천히 걸으면서 먹을까?"

"라리, 길에서 음식을 먹는 것도 과할 만큼 천박한 짓이야. 걸으면서 먹자니."

리체는 르한의 손을 꽉 쥐며 대답했다. 야시장이란 장소는 본질부터 귀족과 거리가 먼 곳이고, 만두나 꼬치구이 같은 걸으면서 먹을 법한 음식만 팔았지만 그녀는 단호했다. 우리 옆으로 우리보다도 더 잘 차려입은 중년의 귀족이 소고기 꼬치구이를 쩝쩝 씹으며 지나가는데도 말이다.

"정말 그게 이유야? 야시장에 오자고 한 건 너잖아."

"구경하고 싶으니까 오자고 했지."

그녀는 무구한 표정을 지었다. 그러나 내 눈에는 그녀가 단지 르한과 가까이 붙고 싶어 수를 쓰는 것처럼 보였다.

실마리를 잡기만 하면 단번에 선연해지는 것들이 있다. 그녀의 행동들이 하나하나 납득이 간다. 그녀가 고르텐 후작이 정해준 남자와 혼인하기 싫어했던 이유. 황실을 미워했던, 귀족의 멍에에서 벗어나고 싶어 했던 그녀의 과거…….

리체는 나를 의심했던 모양이다. 르한과 내가 친남매가 아니라는 사실을 진즉에 알고선.

아연할 만큼 기가 막힌 상상력이다. 나는 그녀가 르한과 내가 남매 이상의 관계라고 생각할 만한 행동을 한 적이 예전에도, 단두대에 목을 내놓고 돌아온 지금까지도 없었으니까.

외려 우리는 데면데면했다. 적어도 과거에는 그러했다. 나는 르한을 그 누구보다 아끼고 사랑했지만, 사춘기를 거치며 냉랭해진 동생의 마음을 녹일 만큼의 열의는 없었다.

르한과 나의 사이에 벌어진 틈은 아주 미세해서 부모님도 알아채지 못했다. 그 틈이 너무 좁고 좁아서 벌어진 것을 메꾸고자 하는 생각도 들지 않았다. 노력했다면 무엇인가가 달라졌을까. 지금에 다다라서 고민해봤자 큰 쓸모는 없으리라.

나는 바싹 붙어 있는 리체와 르한의 어깨를 물끄러미 바라보며 초콜릿 케이크가 없어지기를 기다렸다. 리체는 워낙 새모이만큼 먹는지라 이미 케이크에 물린 듯 손을 내려버렸고, 르한은 단것을 그리 좋아하지 않는 편이라 케이크는 조금도 줄어들지 않았다. 나는 한숨 비슷한 것을 내뱉으며 케이크를 가져왔다.

"내가 들고 가면서 먹을게. 움직이자. 슬슬 사람들이 몰려오겠어."

내가 남은 케이크를 거의 한입에 털어넣자 리체가 당황한 얼굴로 고개를 끄덕였다. 우물우물 움직이는 내 볼을 보고 피식 웃은 르한은 빈 접시와 포크들을 가져가며 고개를 끄덕였다.

야시장은 안 파는 물건이 없어 보일 정도로 번잡했다. 정돈되지 않은 것이 이곳의 매력인가 보다. 파닥거리는 생선을 파는 가게 바로 옆에 고소한 냄새가 풍기는 빵가게가 있는 식이다. 나는 바로 코앞의 꽃가게에 정신이 팔렸다.

여느 꽃가게와 조금 달랐는데, 가꾸어진 꽃이 아닌 품종 없는 들꽃을 모아놓고 파는 중이다. 길가에 흔히 널린 들꽃을 파는 사람이 있다니. 사는 이도 별로 없을 테지만, 그런 생각을 했다는 사실 자체가 재밌었다. 작게 영근 꽃망울들이 흐트러져 있는 매대는 그만의 소박한 아름다움이 있었다. 나는 큰 고민도 하지 않고 개망초꽃 다발에 손을 뻗었다.

"이거 얼마예요?"

"백 골드."

"……예?"

백 골드라니. 이 개망초가 사실 풀이 아니라 금으로 만들어졌다 해도 과한 금액이다. 나는 등을 돌린 상인의 대답에 한 번, 그리고 익숙한 그의 목소리에 두 번 놀랐다.

"……루이제?"

"어?"

내 말에 등받이 없는 의자에 구부정히 앉아 있던 상인이 화들짝 놀라 돌아보았다. 그는 눈살을 작게 찌푸리며 나를 바라보더니 곧 눈을 비비며 내게 다가왔다.

"라리에트? 여긴 웬일이에요."

"그건 제가 물어야 하는 게 아닌가요? 기사가 왜 상인 행세를 하고 있어요?"

"이게 다 루, 아니, 라페르트 전하를 모시는 숙명이죠."

그는 말꼬리를 늘어뜨리며 짜증 그득한 손길로 들꽃이 가득한 매대를 후려쳤다. 맑은 정신으로는 오랜만에 보는 얼굴이었지만, 그리 반갑지는 않아 나는 작게 고개를 까딱인 후 물러났다. 그는 여전히 자신을 싫어하는 내가 안타깝다는 듯 가슴에 손을 올렸다.

"제 몸 아끼지 않고 라리에트 양의 탈출을 도왔는데, 섭섭한 반응이

군요."

"고맙다는 인사를 바라시나요? 감사해요."

내 성의 없고 건조한 감사인사에 그는 살짝 웃었다.

"친구? 아, 디트리히 생도도 있네요."

루이제는 사관학교의 수많은 교관 중 하나다. 그가 르한을 알아보며 고개를 흔들자, 르한이 짧게 목례했다. 루이제는 르한이 몹시 반가운 얼굴이었지만, 르한의 표정은 그리 좋지 못했다. 나는 함박웃음을 지으며 르한에게 인사하는 루이제를 흘깃 보다 르한의 어깨에 손을 올렸다.

"제 동생을 기억하세요?"

"수석입학이었잖아요. 디트리히 생도를 모르는 교관은 거의 없습니다."

"하지만 입학은 작년에 했는걸요."

"수석이란 사실을 차치하고서도 라리에트의 동생은 꽤 사랑받는 학생이에요."

그렇다면 예전에도 알았다는 뜻이다. 루이제가 진심으로 르한에게 호감을 가지고 있는 것 같아서 기가 막혔다. 내가 돌아오기 전에도 르한은 수석입학을 했었을 테니까. 루이제의 수업을 들었을 테고, 특유의 단정한 매력으로 그의 호감을 샀을 것이다.

그 '사랑받는' 학생의 목덜미를 잡아 기어코 단두대에 세우던 기분은 어떠했는지 묻고 싶었으나, 나는 목구멍까지 올라온 비난을 꾹 삼켜냈다.

"다행이네요. 르한, 너 사랑받는 학생이래."

나는 굳어 있는 르한을 돌아보며 배시시 웃었다. 그는 루이제가 약간 무서운 듯, 아니면 껄끄러운 듯 보였다. 루페르트 앞에서는 굽실거리느라 허리도 제대로 못 펴는 사람이 사관학교에서는 제법 군기를 잡나 싶어 나는 일부러 투덜거렸다.

"얘 왜 이렇게 겁먹었어요? 루이제, 내 동생 때린 적 있어요?"

"때린 적은 절대 없어요. 아, 혼낸 적은 있나?"

그는 긴 손가락으로 자신의 턱을 긁적였다. 농담처럼 한 말의 대답이 진담으로 돌아오자 나는 급격히 기분이 상했다. 르한이 벌써부터 학교에서 말썽을 부릴 리가 없는데 왜 혼을 내고 난리람! 나는 그가 제멋대로 기숙사에 나를 들인 일 같은 것은 까먹어버린 채로 루이제를 노려보았다.

"루이제, 이거 전하 명령으로 하는 일이라고 했나요?"

"그……렇죠. 왜요?"

그가 떨떠름한 얼굴로 대답한다. 나는 마구잡이로 손질된 들꽃 한 송이를 들고 세심하게 살피며 줄기에 난 상처 하나하나를 집어냈다.

"들꽃을 파는 게 전하의 생각이었나요?"

"굳이 팔고자 하시는 건 아니고, 좀, 궁금한 게 있다고 하셔서."

"아무리 들꽃이라고 해도 그렇지, 상품인데 너무 소홀하게 다루시는 거 아니에요?"

말이 생각보다 더 날카롭게 나가 루이제가 발끈하면 어쩌나 싶었지만, 그는 당황하며 내가 건넨 들꽃을 황급히 살폈다.

"……예? 아니, 들꽃이 관리할 게 뭐가 있어요?"

"이거, 이 상처 좀 보세요. 아주 난리도 아니네요."

"원래 있는 상처 아닙니까?"

"전혀 아니에요. 자연 상태의 들꽃에 왜 이런 인공적인 손톱자국이나 있겠어요? 이건 명백한 경의 실수예요."

나는 혀를 짧게 쯧쯧 차며 방금 손끝으로 힘을 주어 낸 자국을 보란 듯이 그에게 보여주었다.

"전하께 보고를 올려야겠어요. 팔라고 내놓은 물건을 이렇게 마구잡이로 다루시다니!"

"이, 일단 수익이 목적은 아니었다니까요! 사람들이 왜 들꽃을 좋아하는지 알아 오라 하셔서…….”

"이렇게 상태가 좋지 못한 들꽃으로 그런 걸 알아낼 수 있겠어요?"

내가 목소리를 높이자 루이제가 마구 두 손을 내저으며 허둥댄다. 나는 허공을 휘휘 가르는 그의 긴 팔을 물끄러미 바라보다 탁 소리를 내며 들꽃다발을 매대에 올려놓았다.

"사람들이 들꽃을 좋아하는 이유를 궁금해하신다고요?"

"예. 아마 라리에트…….”

"저요?"

"아닙니다."

루이제가 순간 내 이름을 말한 것 같았지만, 나의 되물음에 고개를 세차게 저었다.

사람들이 들꽃을 좋아하는 이유라. 별다른 이유는 없을 것 같은데. 그저 예뻐서 좋아하는 게 아닐까. 온실에서 잘 관리된 품종의 장미와는 다른 매력이 있으니까.

"아무든! 진하가 궁금해하시는 그 이유를 찾으려면 이 들꽃의 역할이 꽤 중요한 것 같은데, 이렇게 막 다루어서 되겠어요?"

"조심하겠습니다. 전하께는 고하지 말아요."

"……말하지 말까요?"

"라리에트가 그래주면 고맙겠는데요."

"싫은데요?"

그는 약간 놀랐다는 듯, 웃었다. 그가 너털웃음을 짓는 동안 르한은 바짝 긴장한 태도로 내 손을 잡아끌었다.

"누님."

"응?"

"그만 가는 게 좋겠습니다."

"잠깐만 기다려봐."

나는 르한의 뒤에서 풍경처럼 서 있는 리체를 무시한 채 다시 루이제 쪽으로 몸을 돌렸다. 그는 왼손에 턱을 괸 채 내가 하는 양을 지켜보고 있다. 나른한 봄날의 개 같은 자세였다. 그는 실제로 잘 훈련된 군견과 비슷한 습성을 가졌다. 주인이 물라 명령하면 그 누구든지 문다. 그 대상이 자신의 제자였건 아니건.

"르한 괴롭히지 마세요, 바덴 경."

"……괴롭힌 적 없어요, 라리에트."

"앞으로도요."

내 단호한 말에 루이제의 얼굴이 기묘하게 변한다. 그는 느긋했던 자세를 고쳐 나를 바로 바라보았다. 벽안이 햇볕에 반짝인다. 문득 루페르트가 그를 공연히 부리는 게 아니라는 생각이 들었다.

"괴롭힐 이유라도 생기나 봅니다."

"그건 모르죠. 경은 교관이라면서요. 사관학교의 교관은 선생님이나 마찬가지 아닌가요?"

"조금 다르긴 한데……."

"제자를 지켜주는 게 선생님의 의무죠!"

그렇다고 해서 마담 크리시가 나를 위험에서 지켜줄까 하는 의문이 들었지만, 나는 그의 말을 끊으며 다시 언성을 높였다. 루이제가 묘한 미소를 거두고 냉큼 고개를 끄덕인다.

"뭐, 생도들이 위험에 처한다면 도움을 주는 게 바람직한 교관의 자세이긴 하겠죠."

"그러니까, 바람직한 교관이 되시란 말이에요. 그러면 전하께는 이르지 않을게요, 루이제의 만행."

"만행까지는 아니라고 생각하는데……."

루이제는 우물쭈물 반박하면서도 내가 루페르트에게 상처 난 들꽃이라도 들고 가 사실을 곡해할까 걱정되는지 한숨처럼 대답했다.

"좋아요. 그러겠다고 약속하죠."

"기사의 이름을 걸고?"

"반푼이 기사의 이름이라도 괜찮으시다면, 기꺼이."

그는 평민인 제 출신성분을 비하하면서 능글맞게 웃었다. 내 한쪽 손을 가져다 가벼운 입맞춤을 한다. 군인이 득세하고 술사의 아티팩트가 길거리에 흔히 널린 이 시대에 들어서서는 기사의 맹세란 그 무게를 잃은 지 오래이다.

특히 루이제는 명예를 모르는 길거리 용병 같은 남자였다. 그럼에도 그 눈빛에 묘한 믿음이 갔다. 나는 나를 바라보며 빙긋 웃는 그를 제쳐두고 르한과 리체를 끌고 가게에서 나왔다.

"루이제 바덴 경이지?"

내내 말이 없던 리체가 그제야 입을 연다. 나는 살짝 고개를 끄덕였다.

"바덴 경이 라페르트 전하와 친분이 있었나?"

"음, 그런 셈이야."

루페르트의 개인 호위기사, 혹은 전속하인이라고 해도 될 법한 위치였다. 나는 르한을 지켜줄 보호막을 하나 더 만든 기분이라 루이제를 믿을 수 없단 사실을 알면서도 괜히 기분이 좋아졌다. 르한은 실실 웃는 나를 이해할 수 없다는 듯 한쪽 눈썹을 찡그렸다.

"바덴 경과 친하십니까?"

"친한 사이 정도는 아니고, 그냥 아는 사이지."

"애 다루듯 하셨습니다."

"그 사람, 덩치만 컸지 소년 같거든."

내 말이 믿기지 않다는 듯 르한이 헛웃음을 흘린다. 나는 루페르트에게 얻어맞고 울상을 짓던 루이제를 상기하며 고개를 크게 끄덕였다.

"진짜야."

"잔인한 맹수와 같은 사람입니다."

"사람은 누구나 이면이 있어, 르한."

나는 그리 말하며 생각에 잠긴 듯이 보이는 리체를 돌아보았다. 루페르트와 루이제 바덴이 친분이 있다는 사실이 그녀에게는 새로운 정보였던 모양이다. 루이제를 알은척했던 것이 실수였나 싶다.

모든 사람은 동전의 양면처럼 다른 얼굴을 가지고 있다. 사람은 대개 이기적이지만, 우리는 그 이기적인 면을 남들에게 알리고 싶어 하지 않으니까. 리체가 르한을 가지고 싶어 나를 경계하면서도 내게 친절했던 것처럼.

그래도 나를 완전히 싫어한 것은 아니리라 믿고 싶었다. 그녀는 나를 어느 정도 싫어하고 어느 정도 좋아했을까. 마음을 반으로 뚝 갈라 미워하며 친구로 삼았나?

"리체."

"어, 어?"

"무슨 생각 해?"

"그냥. 아무 생각도 안 했어."

"나는 아직도 우리가 친구라고 생각해."

리체는 내 말에 대답하지 않았다. 정처 없이 걷다 보니 어느새 야시장의 끝에 다다라 있었다. 어둑해진 밤하늘에 늘어진 노점들의 경계선이 묻힌다. 막대기에 대충 걸쳐진 천막으로 만든 가게. 내가 아는 리체라면 절대 오지 않을 곳이지만, 나는 이제 리체를 모른다.

"라리."

리체의 목소리가 나지막하게 공간을 울린다. 르한은 우리를 지키려는 것처럼 바깥쪽에 서서 등을 돌리고 있었다. 짧은 밤톨 같은 머리 위로 마켓의 인공 등불이 내려앉아 긴 그림자가 졌다. 그런 르한의 어깨가 제법 늠름해, 나는 그가 사랑을 할 수도 있을 법한 나이라는 것을 깨달았다. 우리의 부모님만 해도 그의 나이에 약혼을 했고, 내 나이에 결혼했으니까.

"응, 리체."

"우리가 친구가 아닌 적이 있었니?"

나는 리체의 목소리에 큰 실망을 했다. 달게 느껴지는 미성이 가식적이다. 진실을 말하는 리체의 음성은 저렇지 않다. 그녀의 본성처럼 까칠하고, 오만했고, 그러면서 여린. 눈물과 분노로 정략결혼을 비난하고 내게 좋아하는 사람이 있다 한탄하던 목소리는 저런 게 아니다.

"친구가 아니었던 적, 없지 않을걸?"

나는 아무것도 모른다는 얼굴로 무구하게 웃었다. 그리고 깨달았다. 그녀와 나는 애초에 친구가 아니었다. 유년기에 같이 손을 잡고 달리던 들판에 흐드러진 수풀은 그 어떤 의미도 담지 못했고, 우리의 유대는 빛바랜 그 기억들을 꺼내어 들여다볼 정도로 아름답지 못했다.

르한이 우리가 나누는 대화를 다 듣고 있다는 생각에 말은 가려서 했지만, 리체는 내 뜻을 이해한 듯했다. 그녀의 얼굴이 다시 그림자 속으로 잠긴다. 나는 그녀에게 사랑의 라이벌이었고, 그녀는 나에게 아버지를 배신한 고르텐의 딸이다. 그것도 자신의 아버지의 뜻에 동의한.

정략결혼에 대해서는 그리 반발하더니, 벨루아의 몰락에는 손을 들었다는 사실이 모순처럼 느껴졌지만, 그녀의 입장은 또 다를 것이라. 어찌 되었든 나로서 그녀를 이해할 도리는 없다.

차라리 르한이 그녀와 잘되게 도와주는 것이 현명한 선택일지도 모른다. 결혼으로 맺어진 벨루아를 고르텐이 쉬이 쳐낼 수는 없을 테니까. 하지만 르한도 리체에게 같은 감정을 품었는지는 확실하지 않다.

나는 아직 앳된 동생의 옆얼굴을 훔쳐보며 심란해졌다. 리체는 아직 내게 다정하고, 르한은 여전히 무뚝뚝한 밤이다. 밤이 되면 쌀쌀했지만, 아직은 청량한 열매 냄새가 난다. 나는 숨을 잔뜩 들이마시며 기지개를 켰다.

결말 하나를 바꾸기 위해서 고려해야 할 인물이 너무 많았다. 그러나 나의 이야기는 소설이 아니고, 결말의 단두대 또한 현실이었기에 르한과 리체의 관계를 나는 고려해야만 한다.

나는 르한이 행복했으면 싶었다. 그가 나이에 맞게 성장하고 또 늙어가는 모습이 너무 보고 싶었다. 그 풍경을 위해서라면 그의 옆에 서는 사람이 나를 배신한 친우여도 괜찮을 만큼.

야시장의 어귀에서 벗어나 리체의 마차를 같이 얻어 탈까 고민하는데 르한이 내 팔을 붙잡았다. 사관학교까지 걸어서 돌아갈 계획이라고 했었는데, 설마 나한테도 같이 걸어가자는 건 아니겠지. 새 구두를 신고 야시장을 돌아다니느라 이미 퉁퉁 부어버린 발을 표 내지 않으며 어설픈 웃음을 흘렸다.

"왜?"

"같이 갔으면 하는 곳이 있습니다."

"어디를?"

"일단 리체를 마차까지 데려다주고 오겠습니다. 앉아 계십시오."

르한은 내 아픈 발을 다 안다는 듯 나를 길가의 벤치에 앉혀두고 리체에게 손을 뻗었다. 그의 각 잡힌 팔에 리체가 팔짱을 끼자 그는 천천히 발을 뗐다. 레이디를 에스코트하는 정중한 기사의 모습인 데다 그들의 외모가 꽤 잘 어울렸기 때문에 나는 그 상대가 리체임에도 내심 뿌듯했다. 잘 자라고 있구나, 우리 르한.

"잘 가, 리체."

내 인사에 리체는 살짝 고개를 돌려 눈인사를 건넸다. 나는 그녀를 향한 감정을 최대한 정리하려 애쓰며 딱딱해진 종아리를 매만졌다. 원래

근육이라고는 전혀 찾아볼 수 없는 몸이라 온몸이 두부처럼 말랑했는데. 무리하는 바람에 부어오른 것이라 해도 딱딱한 다리를 가진 느낌이 나쁘지 않다.

르한은 리체를 마차에 올려주고 돌아왔다. 그는 내 오른편에 앉아, 치맛자락이 올라가지 않도록 신경 쓰며 내 다리를 제 쪽으로 잡아당겼다.

"어, 왜?"

"그런 식으로 주물러서 근육은 안 풀립니다."

르한은 그의 다리에 올린 내 발목뼈 아랫부분을 제법 아프게 눌렀다. 고통을 내색 않고 참고 있으려니 표정이 굳는다. 그는 내가 우습다는 듯 바람 빠지는 소리를 내며 작게 웃었다.

"아프십니까?"

"아니야."

"근육은 풀어도 까진 것은 어쩔 수 없습니다."

"언제 알았어?"

"절뚝거리실 때부터요."

"나 절뚝거렸어?"

내가 놀라 묻자 그는 어깨를 으쓱했다. 나와 대화를 나누면서도 손은 멈추지 않는다. 나는 다리가 점점 말랑해져 놀랐다. 사관학교에서는 이런 것도 가르치나.

"괜찮아진 것 같아. 하지만 나 마차 타고 돌아가고 싶은데, 르한."

"……아버지가 수도에 와 계십니다."

"또?"

아버지는 원래 상파뉴에 자주 오던 분이 아니다. 아주 중요한 귀족회의가 열리거나 황제가 찾을 때에만 상경하셨는데. 요 근래 벨루아를 비우는 일이 많아지셨나.

"누님을 보기 위해서입니다."

"아버지랑 할 이야기 없어."

나는 사춘기 반항아처럼 말한 뒤 입을 꾹 다물었다. 사실 그를 어떻게 대해야 할지 마음을 정하지 못한 상태였다. 갈 데 없는 나를 거두어준 것에 감사인사라도 해야 하나? 여태 내가 벨루아가 아니라는 사실을 감추신 것에 화를 내야 하나? 아니면, 그가 내 친아버지가 아니라는 사실에 슬퍼해야 할까?

아니, 와닿는 것이 없어 아무 감정도 들지 않았다. 하루아침에 고아가 된 기분이 허무하기는 했지만, 그렇다고 해서 르한이나 아버지, 어머니가 내 가족이 아닌 건 아니니까.

이 세상에 나 혼자인 것만 같은 밤은 내가 입양아라는 사실을 모를 때에도 무수히 많았다. 모두 잠든 새벽에 어쩌다 홀로 눈을 뜨게 되면 종종 그런 기분이 들어 울적해졌다. 혼자라는 깊은 고독감. 이 세상에 혼자 남은 것만 같은, 그런 외로움. 내 숨소리만 느껴지는 컴컴하고 조용한 새벽이 무서울 때가 있었다. 그리고 고독은 내가 벨루아든 아니든 항상 나를 따라올 것이라.

내가 아끼고 사랑한 모든 사람들이 숨을 거둔 현실에서 나 홀로 돌아왔다. 새롭게 시작된 나의 시간이 비현실적으로 느껴지는 데서 오는 외로움은 어쩔 수 없다. 내가 이겨내야 한다. 그 고독은 무척이나 거대해 벨루아의 부모님이 내 친부모님이 아니라는 사실에서 오는 외로움은 별것 아닌 것처럼 느껴졌다.

처음부터 나와 벨루아가 그리 어울리지 않다는 것쯤은 알고 있었다. 나는 벨루아에 어우러지고 싶어 노력했지만, 애초에 그런 노력이 필요했다는 게 잘 어우러지지 못했다는 뜻이니까.

르한은 말썽을 피우고 살았어도 그만의 단정함이 있었다. 벨루아의 고목과도 같은 묵직한, 고상한, 그런 아름다움. 내게는 그것이 없었다.

"르한. 아버지가 나를 데려오래?"

"보고 싶어 하십니다. 걱정도 하시고요."

"충격받아 쓰러지기라도 했을까 봐?"

나는 분위기를 가볍게 하기 위해 밝게 웃었다. 르한이 계속 나의 기분을 살피고 있는 것쯤은 알았다. 혹여나 내가 외로워질까 봐, 혼자라고 느낄까 봐. 말수 없고 다정한 아이였는데 오늘은 말도 꽤 많았던 것 같다.

"르한, 나는 네 생각보다 더 튼튼해."

"알고 있습니다."

"그래도 일단 올라오셨다니 가보기는 해야겠다."

한숨을 참기 위해 숨을 크게 들이마신 후 나는 르한의 손을 잡고 자리에서 일어났다. 그가 주물러준 덕에 다리는 어느 정도 풀려 있었다.

수도저택은 5번가 뒤였으니까…… 외곽에 있는 브루쉬 마켓과는 거리가 있다. 저택의 마차라도 호출해야 하나 싶었는데, 아버지가 미리 보내두신 듯 전나무가 인각된 고풍스러운 마차가 시야에 잡힌다.

"아버지가 보내셨나 봐. 가자."

고상하지만 사치스럽지 않은, 딱 아버지 취향의 마차였다. 르한은 어렵지 않게 나를 마차 위로 올려준 후 내 맞은편에 자리 잡았다. 마부는 이미 목적지를 알고 있는 듯 우리가 말하기도 전에 마차를 움직였다.

나는 암갈색의 쿠션을 무릎에 올려놓은 후 피로한 눈가를 손으로 꾹 누르고 있는 동생을 올려다보았다. 아, 동생이라고 하면 안 되려나.

"르한, 나는 어디 사람일까?"

"……그런 게 궁금하십니까?"

르한이 고개를 오른쪽으로 살짝 기울이며 대답한다. 목선이 시원하게 드러났는데 소년의 것 치고는 제법 굵다. 뙤약볕 아래에서 훈련받아 시커멓게 탄 피부는, 르한의 귀족적인 외모와 묘하게 어울린다.

"궁금하지, 당연히. 벨루아가 후원하는 고아원은 남부지역에 있으니까, 나는 남부사람일까?"

"벨루아의 사람입니다."

르한의 말투가 여간 고집스러운 게 아니라 웃음이 났다. 돌아오기 전의 르한은 나를 누이로 삼고 싶어 하지 않는 것 같았는데.

르한은 이 주제로 더 대화를 나누고 싶지 않은지 눈을 감아버렸고 나는 피곤해 보이는 그를 괴롭히고 싶지 않아 창밖으로 고개를 돌렸다.

빠르게 바뀌는 수도의 풍경이 어느새 익숙해진 느낌이다. 나에게 가을은 벨루아의 잘 익은 밀밭이었는데, 이제는 붉게 물든 수도의 담쟁이덩굴로 정의되어버렸다.

나는 여름밤을 좋아했다. 쌀쌀한 공기에서 가을이 섞여들기 시작하는 것이 느껴진다. 가을. 루페르트의 즉위식이 정말로 코앞에 다가왔다. 정확한 날짜는 기억나지 않았으나 벨네르니의 가을은 짧았다. 여름이 끝나자마자라고 봐도 괜찮으리라. 시간은 이따위로 낭비하는 내게도 정말 자비 없이 흐른다. 너는 하는 게 별로 없으니까 하며 조금쯤 천천히 흘러줘도 괜찮을 텐데.

아버지를 만나고 궁으로 돌아가면, 루페르트의 즉위식 전까지는 바깥외출할 일이 없을 것이다. 루페르트도 그 나름대로 몸을 사려야 할 테니. 그의 난폭한 성격을 생각하면 그가 조심스러운 태세를 취하는 모습이 상상조차 안 가지만, 사실 누구보다 긴장하고 있겠지. 그가 태자가 되기 위해 인고한 시간은 짧지 않다. 감내한 고통도 적지 않다.

루페르트를 떠올리면 숨이 막혔다. 가슴 한구석이 조여들며 갑갑해진다. 그가 처한 상황이 그랬으니까. 즉위식이 지나고 나면 그를 바라볼 때 드는 죄책감도 덜해질까? 그가 행복해지면, 나도 마음 놓고 행복해질 수 있으려나.

루페르트를 위한, 그의 성격이 조금 온순해져서 내게도 잘해주길 바라는 마음이 섞인 다소 위선적인 기도를 끝마치자 벨루아의 수도저택이 시야 끝에 잡혔다.

질 좋은 벽돌로 쌓아올린 담벼락 앞에 마차를 세운 마부는 르한보다 먼저 일어나 문을 열어주었다. 등불에 비친 마부의 얼굴이 낯익다. 아버지가 데리고 온 사람인가 싶다.

"고마워요."

내가 작게 고개를 끄덕이며 인사하자 그는 온후한 미소를 지어주었다. 마부는 결 좋은 말의 갈기를 쓰다듬으며 우리를 기다리겠다는 양 바로 섰다.

저택은 쥐 죽은 듯 조용했다. 사용인을 모두 물린 듯싶다. 내 예상이 맞았는지 르한은 사용인이 문을 열어주길 기다리지 않고 주머니에서 열쇠를 꺼내 저택 문을 열었다.

"르한, 같이 가."

정원은 컴컴했지만 집 안으로 들어서니 여기저기 등불이 걸려 있어 거실이 훤히 보였다. 벨루아의 문양이 새겨진 값비싼 러그가 현관 가까이까지 뻗어 있었다.

나는 흙이 묻었을 신발을 털고 가죽 소파에 앉아 있는 아버지를 향해 걸음을 옮겼다. 저번에 뵈었을 때보다 훨씬 수척해진 얼굴에 마음이 아팠다. 언제나 곧은 허리가 약간 굽은 듯했지만, 한결같은 다정한 미소를 짓고 계셨다.

"아버지."

"……라리에트, 르한."

아버지는 천천히 일어났다. 암갈색 로브를 걸치고 있는 아버지는 정말로 몸이 좋지 않으신지 얕은 기침을 연거푸 했다.

"연락도 없이 어찌 오셨어요?"

"그래도 얼굴은 보고 설명해야 하지 않겠니."

"제가 아버지의 딸이 아니라는 사실이요?"

"……너는 내 자식이야, 라리에트 이사벨 드 벨루아."

그는 내 말에 기분이 상했다는 양 눈살을 찌푸렸다.

"네가 내 자식이 아니라는 해명을 하기 위해 부른 게 아니다."

"……."

"너는 내 자식이 맞다."

"아버지."

반박하듯 입을 연 것은 내가 아닌 르한이다. 그는 마차에서보다도 더 피곤한 얼굴로, 아버지가 앉으란 말씀도 않으셨는데 소파에 앉았다. 아버지는 놀랍게도 르한의 그런 경거망동을 나무라지 않으셨다.

"누이도 진실을 알아야 합니다."

"네 누이는 모든 진실을 알아."

"아버지."

"입 다물어라, 디트리히!"

나는 르한에게 그토록 소리를 지르는 아버지를 본 적이 없어 눈을 크게 떴다. 르한이 그토록 사고를 치고 돌아다닐 때에도 아버지는 르한에게 역정을 내지 않으셨다. 그러나 르한은 놀라지 않았는지, 입술을 꾹 깨물고 고개를 돌렸다.

"네가…… 끼어들 일이 아니다. 미안하다."

아버지는 몹시 씁쓸한 얼굴로 르한에게 사과했다.

"부탁이니 자리를 비켜다오. 이것은 나와 라리에트 사이의 문제니까."

"저는 아무 상관도 없다는 말씀이십니까?"

"아니, 나는 네가 쓸데없이 다치는 것을 보고 싶지 않은 거야."

그는 그렇게 말하며 내 쪽으로 고개를 돌렸다.

"그건 너도 마찬가지다, 라리에트. 나는 너희가 다치는 것을 원하지 않아. 생각만 해도 두렵고 손이 떨려 밤에 잠도 못 잔다."

아버지는 심한 악몽이라도 꾼 사람처럼 덜덜 떨리는 손에 얼굴을 묻었다. 그는 무언가에 쫓기는 것처럼 조급해했다. 거친 입술을 잘근잘근 물어뜯은 그를 말없이 바라보던 르한은 한숨과 함께 자리에서 일어났다.

"가보겠습니다."

그는 내 쪽으로 몸을 돌려 작게 고개를 숙인 후 나를 지나쳐 거실을 나가버렸다. 이렇게 사관학교로 돌아가버리면 당분간 못 볼 텐데. 나는 내심 그가 저택에 남길 바라며 아버지의 다음 말을 기다렸다. 그는 르한이 떠난 자리를 잠시간 바라보다 곧 다시 소파에 주저앉았다.

"라리에트."

"말씀하세요, 아버지."

"처음에는……."

아버지의 입술이 달싹였다. 그는 할 말이 굉장히 많아서 무슨 말부터 해야 할지 모르거나, 할 말이 아예 없는 사람처럼 머뭇거렸다. 나는 그를 재촉하고 싶지 않아 얌전히 손을 모았다.

그의 입이 열리길 기다리고 있으려니 지난날이 떠오른다. 그에게는 아마 그리 먼 과거도 아닐, 나의 소녀 시절. 나는 부모님의 말을 곧잘 듣는 순한 아이였기 때문에 혼날 일이 많지는 않았지만, 식탐에 눈멀어 쿠키가 든 항아리에 몰래 손을 댄다든가, 르한과 작은 다툼을 한다든가 하면 이렇게 아버지에게 불려갔다.

어머니는 우리에게 곧잘 소리를 높이셨지만, 아버지는 달랐다. 그는 항시 점잖은 말투와 태도로 혼이 나는 아이들의 심정까지 배려하는 분이었다. 그런 아버지가 르한에게 언성을 높였다면, 그건 남다른 이유가 있었을 터. 르한은 내가 무언가를 알아야 한다고 주장했다.

"솔직히 말하자면, 처음에는 네가 내 딸이라는 생각이 들지 않았다."

"……."

"네가 내게 왔을 때, 너는 젖도 못 뗀 갓난아기였지."

아버지의 눈이 추억으로 젖어들었다. 그는 촉촉해진 눈가를 손으로 훑은 후 고개를 들어 나를 똑바로 바라보았다. 그의 눈이 너무나 많은 감정을 담고 있어 읽기가 어렵다. 회한인 것 같기도 하고, 연민인 것 같기도 하지만 유일하게 확실한 것은 그에 담긴 애정이다.

"아만다가 데려왔다. 우리 사이에 아이가 없어 곤혹스러운 참이었거든. 군말 없이 너를 자식으로 키우기로 했지."

"그러시군요."

"하지만 자식으로 키운다 마음만 먹었지, 자식을 키워봤어야 그게 어떤 것인지 알지 않겠느냐. 나는 어쩌면 너를 반쯤은, 그저 내가 가까이에서 후원하는 아이로만 생각했었다."

아버지에 입에서 나온 후원이라는 단어에 나는 나의 출신을 확신했다.

"르한을 낳은 후에는 더 그랬어……. 나는 너와 르한을 이어줄 생각까지 했었다."

"왜요?"

"그러는 게 네가 진정한 우리의 가족이 되는 일이라고 생각했거든."

그의 말이 조금 껄끄러웠지만 이해가 가기는 했다. 다른 가문과 피가 섞이는 것이 싫어 방계와 혼인을 맺는 가문은 아주 흔했고, 직계가족끼리의 결혼이 아예 없는 일도 아니었으니까.

어릴 때 입양하여 그 집안의 방식대로 교육시킨 아이를 가문의 후계자와 이어주는 방식은 외려 신분상승의 아가씨가 등장하는 동화 속 이야기처럼 느껴졌다. 그 이야기의 주인공이 나일 것이라는 생각은 추호도 해본 적 없지만 말이다.

"아……."

"네가 조금 더 자라면. 벨루아가 짊어진 명예의 무게를 이해할 때쯤 네게 말해주려 했었다."

"왜 말해주지 않으셨나요? 아니, 다 자랄 때까지 말씀 안 하셨잖아요!"

지금이야 내 나이가 어리다 쳐도 돌아오기 전에는 이야기가 달랐다. 나는 성인이 될 때까지 아무것도 몰랐었으니까. 죽을 때도 스스로를 벨루아라 여기며 죽었다.

내가 조금 흥분하는 기색이자 아버지는 내 어깨를 다독였다. 진심으로 미안한 얼굴이라 화를 낼 의지조차 사라져버렸다. 사실 화를 낼 이유를 찾지도 못했다. 나는 고아였고, 그는 그런 나를 입양해 훌륭하게 양육해주었다. 내게 주어지지 않았을 넘치는 사랑을 받았는데 누구를 원망한다는 말인가. 내가 진짜 벨루아가 아니라서? 하나 그건 아버지 탓이 아니다.

"너를…… 내 자식으로 생각하고 살고 싶었다."

아버지는 갈대가 바람에 휘청거리듯 말했다. 그의 목소리는 익히 들었던 것처럼 강직하지도 강건하지도 못해, 거의 속삭이는 양 들렸다. 그의 물기 어린 눈에 나는 대답할 말을 잃어버렸다.

"네가 내 딸로 살았으면 싶어서. 그저 아무것도 모르는 채 행복하게, 내 울타리 안에서 살았으면 했다."

"아버지……."

"하지만 그것조차 못 해줬나 보구나. 못난 아비라 미안하다."

그의 고개가 살짝 숙여진다. 무어라 말을 하고 싶은데, 아무 말이나 꺼내 그를 위로하고 싶었는데 입술만 달싹여질 뿐 목소리가 나오지는 않았다. 하여 나는 그를 안아드렸다. 반역으로 몰려 멸문을 해도 괜찮다고 말할 수는 없었으니까. 그 굳은 뜻 거두시라 종용하지도 못하니.

"못나지 않으세요."

"라리에트, 이번에는 다를 거다. 나를 믿어. 마음을 강건히 다질 준비를 했다."

"아버지, 이미 늦었어요."

루페르트가 곧 황태자가 되어요. 내가 덧붙이는 말에 그의 눈이 크게 흔들린다. 그는 믿을 수 없다는 듯 한 손으로 머리를 짚었다.

"폐하가 그러실 리 없다."

내게 약조한 것이 있으신데, 어찌. 그는 황제가 당장 눈앞에 있었다면 찢어 죽일 것처럼 온몸을 부들부들 떨었다. 분노, 배신감, 그런 어둑어둑한 감정에 휩싸인 아버지를 나는 가만히 지켜보았다.

황제가 본인이 미치지 않을 것이라 약속이라도 해주었나. 권력자가 아랫사람에게 건네는 약속만큼 가볍고 하찮은 것이 없는데. 나는 아버지의 순진함을 비웃지는 않았지만, 한숨이 나오기는 했다.

"아버지, 그는 당신과 다른 사람이에요."

"아니, 약속을 어길 만한 이유가 없어."

"무슨 약속을 말씀하시는지는 모르겠지만, 지킬 이유도 없을 텐데요. 황제니까. 제국의 지배자가 아버지와의 신의를 목숨 걸고 지키려 할 리 없잖아요."

벨루아는 유서 깊은 백작가이지만, 제국의 황제의 권력에 비할 수는 없다.

"게다가 그는 미친 사람이에요. 제가 직접 봤어요. 시체를 두고 발정하는 금수만도 못한 인간이에요."

나는 혹여나 천장에 숨어 있는 생쥐라도 내 말을 훔쳐들을까 목소리를 낮추었다.

"현 황제는 개선의 여지가 없어요. 그는 이미 인간이기를 포기했으니까요."

"그가 에바에게 미쳤다는 것은 알지만……. 미쳤기에 더……."

아버지는 천천히 말을 잇다 의아한 얼굴로 눈살을 찌푸렸다.

"시체?"

"더 자세히 말하고 싶지 않아요. 함부로 입을 놀릴 주제도 아니고요."

나는 구역질이 나는 광경을 떠올리며 고개를 저었다. 아버지가 기함하여 벌떡 일어서며 내 어깨를 붙잡는다.

"에바가 죽었느냐?"

그가 내 기대보다 더 크게 절망하는 듯해 나는 어설프게 고개를 끄덕였다. 황후는 완전히 죽은 것도 아닐 테지만, 적어도 내 눈에는 살아 있는 사람처럼 보이지 않았다. 그녀는 루페르트의 회한이자 고통의 상징일 뿐이다. 그를 옭아매는 족쇄, 미친 황제가 여태 숨을 붙이고 있는 유일한 이유.

"이럴 수가."

아버지는 애써 크게 숨을 들이마시며 소파에 털썩 주저앉았다. 에바. 그가 작게 웅얼거린다. 그가 그녀에게 가지고 있는 부채나 죄책감이 적지 않음을 느낄 수 있었다. 아버지가 그토록 잔인할 수 있는 분이라는 깃도, 다시 한 번 깨닫게 된다.

황제의 난폭한 광기에 휩싸여 죽어가는 여지를 두고 눈감아버렸을 때 그는 무슨 이유로 그러했을까? 묻고 싶었지만, 그는 더는 대화를 나눌 상태가 아니었다. 나는 혼란에 빠진 아버지를 두고 일어났다.

"아버지. 더 하실 말씀 없으시면 저는 가볼게요. 너무 늦어졌어요."

"라리에트, 잠깐만."

"무슨 말씀을 하시려고 저를 부르셨는지 알아요."

"……."

"괜찮아요. 아버지의 친자식이 아니라고 해서 아버지를 아버지가 아니라 느끼게 되진 않을 거예요."

"라리에트."

"키워주시면 된 거죠. 제가 아버지와 어머니를 사랑하는 마음은 변함이 없어요. 이번에는 제가 벨루아를 지켜야 한다는 생각도 마찬가지예요."

그는 내 말에 눈을 홉떴다. 나는 벽난로 위를 장식하며 새겨진 전나무의 인각을 손으로 쓸며 옅게 웃어 보였다.

"이렇게 사랑하는걸요. 강직한 전나무도. 달콤한 밀 냄새가 나는 벨루아의 가을도."

"네가 지켜야 할 것은 벨루아가 아니라 너 자신이다, 라리에트."

아버지는 자신조차 불안한 와중에도 나를 안심시키려는 듯 다독였다. 군데군데 희끗해진 그의 머리칼이 눈에 들어온다. 이리도 세월을 서둘러 보내시는 분이었나. 내가 기억하는 어릴 적의 아버지보다도 더 지친 모습에 입안이 씁쓸해졌다.

"작은 소녀조차 지키지 못한다면 벨루아의 체면이 말이겠느냐."

"저는 더는 작은 소녀가 아니니까요."

"아니, 너는 작은 소녀야. 열여덟의 너도 그저 소녀였을 뿐이다."

그의 한숨 섞인 말에 나는 오롯이 그를 위로하기 위해 동의했다. 아버지는 자신의 힘 또는 권력이 부족해 나를 지키지 못했다 생각하고 싶지 않으실 테니까. 그러나 실제로 그랬고, 앞으로도 그가 루페르트를 막을 수 있을지는 불확실했다. 아니, 불가능하다.

나는 루페르트가 황제를 준비한 세월을 알아버렸다. 그가 황제가 되는 것을 아버지가 막을 수 있는 방법은 없다. 그래서 나는 그에게 돌아가야 했다.

"전하가 기다리세요. 이만 가볼게요."

"네가 꼭 황궁에 있어야만 한다면, 나도 곧 폐하를 뵈어야겠구나."

"아버지."

나는 어른스럽게 보이길 바라며 최대한 단호하게 그를 불렀다. 주먹을 쥐어 잡은 드레스 자락이 손안에서 구겨진다.

"저를 믿어주세요."

"……."

"완전한 전하의 사람이 될 테니까요. 그러면 저를 내칠 분은 아니세
요."

루페르트의 사람이 되기만 한다면, 그랬다. 그는 제가 쥔 것이 무엇
이든 다치게 둘 위인이 아니다. 그래서 그의 위험한 울타리 안으로 뛰
어든 것이다. 나는 스스로 믿을 수 없었지만, 루페르트가 나를 꼭 지켜
주리라는 묘한 확신이 있었다. 그는 나를 버리지 않는다.

"저는 곧 벨루아라고 아버지가 말씀하셨잖아요."

"그런, 그렇게 간단한 문제가 아니질 않겠느냐."

"간단해요. 그에게 필요한, 가까운 사람인가 아닌가. 그게 다예요."

아버지에게 설명하면서 내 기묘한 확신의 이유를 깨달았다. 루페르
트가 자각 없이 외로운 사람이라는 것을 알아버렸으니까.

"흐아아아."

뜨거운 숨이 그나마 차가운 그늘 밑 공기마저 데워버린다. 숨이 가빠
서 하늘이 노래질 지경이다. 루페르트가 뜬금없이 달리기를 시키는 바
람에 나는 해 뜰 무렵부터 숲이라는 이름이 더 어울리는 수풀 우거진 정
원을 몇 바퀴나 달려야 했다.

나는 가쁜, 헛구역질에 더 가까운 숨을 토해내며 같은 지점에서 출발
했는데도 아무렇지 않아 보이는 토리를 돌아보고 경악했다. 아무리 별
궁이라지만 황궁의 정원이다. 그 크기가 일반 저택의 후원과는 비교도
못 할 정도인데도 멀쩡하다니!

"헤엑, 토리는, 학, 지치지도, 않아요?"

"저는 멀쩡하여요."

토리는 외려 십수 년은 늙은 것처럼 지친 얼굴로 헉헉거리는 내가 의아한 양 고개를 갸웃거렸다. 그녀의 동그란 이마에는 땀 한 방울 매달려 있지 않다. 비 오듯 쏟아지는 땀을 손수건으로 닦아내며 나는 내 체력이 너무 저질인가 싶어 자괴감이 들었다. 원래 다들 이 정도 거리는 아무렇지 않게 달릴 수 있는 건가.

"빨리 와."

푸르릉.

루페르트가 올라탄 하얀 말이 얄밉게 푸드덕거리며 꼬리를 탁탁 흔든다. 나와 같이 뛴 토리와 마찬가지로, 편. 하. 게. 말을 타고 우리 앞에서 달리던 그의 하얀 얼굴 또한 아주 멀쩡했다. 멀쩡한 게 당연했다. 내가 열심히 발을 놀리는 동안 그는 투레질하는 말을 다독인 것이 전부니까.

"전하, 저 너무, 힘들어요……."

나는 루페르트를 간절히 올려다보며 그만 뛰게 해달라 빌었다. 내가 사관학교의 생도도 아니고, 하물며 체력이 필요한 일을 하는 시종도 아닌데 왜 갑자기 체력을 확인하겠다며 이 난리를 치는가. 그는 토리가 건네준 물을 간신히 들이켜는 날 물끄러미 보더니 말에서 내려온다.

"힘들어?"

묻는 목소리가 평소와 달리 다정해 나는 희망에 차 고개를 크게 끄덕였다. 힘들어요. 힘들어 죽겠어요. 얼굴로 피가 몰려 귀까지 새빨개진 것 같다. 바람이라도 좀 불었으면 좋으련만 산들바람은커녕 뙤약볕을 가려주는 구름 한 점 없다.

"토리는 안 힘들어하는데."

"아니에요, 토리도 힘들 거예요. 그렇죠, 토리?"

나는 눈물 맺힌 눈으로 토리에게 동의를 구했다. 그녀가 지친 내가 안쓰러웠는지 입술을 살짝 오므리며 고개를 끄덕인다. 나는 거보라는 듯 손가락으로 토리를 가리키며 루페르트를 쳐다보았다.

"힘들다잖아요!"

"그래? 그럼 세 바퀴만 더 하지 뭐."

"세, 세 바퀴요?"

내가 기겁하자 루페르트가 고개를 까딱인다. 입꼬리가 드물게 실실 올라가는 꼴을 보아하니 이 상황을 무척 재밌어하는 것 같다. 어쩜 저렇게 심술맞지. 왜 저렇게 심술맞을까. 무지막지한 심통이었다. 나는 울컥해 주저앉았다.

"못 해요, 못 해요. 전하, 저 죽어요."

"사람은 이런 걸로 안 죽어."

"아니에요, 저는 죽어요. 이러다 팡 터지겠어요."

"너는 그럴 수도 있나? 만두니까."

"씨……."

그의 비아냥에 기분이 상했지만, 나는 씩씩거리면서도 고개를 끄덕였다. 달리기를 그만할 수만 있다면 만두가 뭔가, 고깃덩어리라 불려도 괜찮다.

"맞아요, 전하. 저는 사람 아니고 만두라서, 헤엑, 못 해요."

내 맞장구에 루페르트의 한쪽 눈썹이 스윽 올라간다. 그는 주저앉은 내 앞으로 걸어와 상체를 숙였다. 맞닿은 얼굴이 무척 뽀송뽀송해서 얄밉다. 햇볕을 받으니 화사하기까지 하다. 반짝반짝 빛나는 흰 피부를 노려보고 있노라니 한숨이 정수리에 내려앉는다.

"너는 도대체 잘하는 게 뭐야?"

비꼬는 투도 아닌, 정말로 궁금해서 묻는 듯한 질문이 나를 더 슬프게 만들었다. 나는 정말 잘하는 게 뭘까. 달리기도 토리보다 못하고, 전투는 말할 것도 없을 것이고…… 학문도 루페르트보다는 떨어졌다. 그래도 없다고 대답하기는 싫어 우물쭈물하는데 그가 땅바닥을 손가락으로 주욱 긋는다. 호선으로 시작되어 완성된 그림은 눈에 익은 문양이다.

"손 올려봐."

"왜, 왜요?"

"말대꾸가 점점 느네."

아직까지도 기묘하게 다정했지만, 루페르트가 웃는 얼굴로 이를 악물었기에 나는 더 반항하지 못하고 그가 그린 연금진에 손을 올렸다. 까슬까슬한 흙이 손바닥에 닿는 촉감이 의외로 좋다.

"뢰."

"예?"

갑자기 주문 같은 단어를 내뱉기에 뭔가 싶어 고개를 들자 그가 인상을 찡그린다. 루페르트가 갑자기 병에 걸린다면 아마 답답증이나 화병의 종류일 테지. 원인은 나나 루이제이겠고.

"따라 해, 멍청아."

"뢰."

"루트."

"루트."

단어를 내뱉고 손바닥을 다시 보니 하얀 빛무리가 내 손 주위를 빙글빙글 돈다. 아주 밝지는 않지만, 꽤 힘찬 빛줄기가 신기해 절로 탄성이 나온다. 어릴 적에 건국신화를 읽고 괜히 헛바람이 들어 어머니를 졸라 술자를 저택에 초대한 일이 있었는데, 나는 술자의 체질이 아니라는 냉담한 평가만 받고 말았었다. 내 눈에는 대기의 움직임이 전혀 보이지 않았고, 스스로의 기운을 예리하게 다스릴 만한 타고난 정신력이 있는 것도 아니었으니까.

술법은 영 꽝이었는데, 연금술은 어찌 발동하는 거지? 나는 원리도 모른 채 손 아래를 타고 흐르는 하얀 빛을 그러모았다.

"전하, 이거 보세요! 저 뭐 했어요?"

"어."

"뭘 했는데요?"

"실패."

루페르트는 아주 차갑게 대꾸하며 발끝으로 연금진을 문질러 지워버렸다. 몽글몽글하게 피어나던 빛이 사라지자 은근히 아쉬웠다.

연금술은 벨네르니에서 천대받는 기술이라 나도 편견이 없지는 않았지만, 루페르트가 시퍼런 불빛을 만들며 선보이는 기술은 그것이 설령 때려 부수는 것이라 해도 신기했다. 과학과 지팡이의 만남으로 이루어지는 기술이라니 허상과 진실을 구분하기 힘들게 만드는 점을 제외하고는 매력적이다.

"에이. 저 연금술도 꽝이에요, 그러면?"

내 투덜거림에 루페르트는 찰나 말이 없더니 아주 살짝 고개를 저었다. 그는 뭔가 찜찜하다는 듯한 얼굴이었다.

"아니. 그건 아닌데."

"그럼 저 재능 있어요?"

"그것도 아니고."

재능이 있지도 없지도 않단다. 내가 그의 애매모호한 대답에 실망해 입을 삐죽이자 그는 제 턱을 손가락으로 쓰다듬으며 나를 내려다보았다.

"수학, 할 줄 알아?"

"대수학까지는 배웠어요."

물론 지금 나이에 배운 것은 아니지만, 괜히 르한과 다른 걸 배우는 게 싫어 예법과 함께 꾸역꾸역 공부하기는 했다. 너무 어려워서 아버지에게 바득바득 우기며 배우겠다고 고집부린 일을 후회하긴 했지만. 그러나 지금도 그 많은 공식들을 다 기억하지는 못해 나는 그가 대뜸 수학 공식을 물어볼까 무서웠다.

루페르트는 의외라는 양 눈을 크게 뜨더니 다시 몸을 숙였다. 그가 집어 든 나뭇가지의 끝이 익숙한, 그러나 또렷이 기억나지 않는 식을 그려낸다. 곰곰이 생각해보니 떠오르는 이름이 있어 내가 수학자의 이름을 중얼거리자 그가 헛웃음을 흘린다.

"진짜 아네."

"그럼 거짓말인 줄 아셨어요?"

긴가민가했었다는 사실은 숨긴 채 나는 의기양양했다. 루페르트에게 나의 쓸모를 증명하는 일은 몹시 중요했으니까. 그는 정말로 놀란 듯, 입을 작게 벌리며 고개를 기울였다.

"너도 뇌가 있기는 하구나."

"……."

"너무 멍청해서 골상학자를 불러볼까 생각했는데."

"없을까 봐요?"

"어. 물만 차 있나 했지."

사람의 대뇌 모양으로 그 사람에 대해 알 수 있다 주장하는 골상학 또한 신앙과 충돌하는 면이 있어 금지된 학문인데, 루페르트는 금지된 것들만 참 좋아한다 싶었다.

내가 죽은 후에야 도래했을 라스페리히 1세의 시대가 궁금해졌다. 대륙에서 가장 보수적인 나라이긴 했지만, 연금술사가 황제가 되었으니 연금술이 득세했을까? 제국 유일의 신전이 있는 상트 볼고르와드를 폐쇄해버릴 수 있을 만큼 신앙심이 없다, 루페르트는.

"풀어봐."

루페르트는 간단한 방정식을 써내려가며 나를 재촉했다. 성인이 거의 다 될 무렵에 배우기 시작한 것이라 외려 기억이 더 생생했다. 내가 망설임 없이 식을 풀자 그의 얼굴이 굳는다. 나는 일이 잘못될까 무서워 그가 넘겨준 나뭇가지를 얌전히 안아 들며 그의 말을 기다렸다.

"수학을 도대체 언제부터 배웠는데? 남부의 귀족이 어린 여자애를 이 정도로 가르친다고?"

"아, 아버지가 진보적인 분이세요."

"……벨루아 백작이?"

루페르트는 도저히 믿기지 않는다는 식으로 코웃음을 쳤다. 내가 벨루아의 저택에는 술법으로 혼자 움직이는 부채도 있다고 주장하자-사실 리체의 수도저택에 있는 거지만-그는 어깨를 으쓱하며 입을 열었다.

높게 묶은 그의 머리칼이 바람에 살랑인다. 완전히 드러난 목젖이 그가 나를 비웃을 때마다 노골적으로 움직였다. 황비의 시종이 보기라도 하면 어쩌려고. 요즘 그는 별궁 밖으로 나서지 않는 대신 여장을 줄였다.

아니, 여장을 해도 도저히 소녀처럼 보이지 않는다. 촘촘하게 긴 속눈썹이나 붉은 입술은 여전했으나, 인물을 이루는 선 자체가 점점 더 날카로워지고 있었다. 나는 눈으로 사람이라도 죽일 수 있을 것처럼 사나운 눈매를 올려다보다 눈이 마주치자 냉큼 고개를 숙였다.

"뭘 봐?"

"요즘은 여자 행세를 안 하시는 것 같아서."

그는 내 말을 무시한 채 폭이 넓은 바지에 흙 묻은 손을 탁탁 털었다. 여자 행세뿐 아니라 예법도 까먹었나 보다.

"백작은 의외네. 목에 칼을 들이밀어도 뜻을 안 굽힐 인간으로 보였는데."

"아니에요. 귀가 얇으신 데다 의지도 약하셔서 이리 휘었다 저리 휘었다 하신답니다."

나는 이때가 기회다 싶어 아버지의 유연성을 토로했다. 잘만 설득하면 그의 편이 되어줄 거라고. 그는 더는 나를 비웃지 않았지만, 내 말은 전혀 믿지 않는 듯싶었다.

"너는 네 아버지를 모르는군."

루페르트는 자신이 타고 온 하얀 말을 가리켰다. 말을 좋아하는 어머니를 둔 나조차도 저 정도로 기품 있는 말을 본 적이 없을 정도로 예쁜 말이다. 윤기 좋은 하얀 갈기 위로 햇볕이 차르르 흐른다. 까만 눈은 총명해 보였고 코는 반들반들 윤이 났다.

"타."

"전하 말을 타란 말씀이세요?"

"한 바퀴 돌아서 와."

나는 엉거주춤 말에 다가갔다. 승마를 아예 해본 적이 없는 것은 아니나, 내가 말을 탈 일이 많으면 얼마나 많았겠는가. 어머니가 취미로 산책하실 때 따라다닌 것이 전부인지라 황실의 말을 타려니 겁부터 났다. 나는 일단 어머니가 알려주신 것처럼 말과 눈을 천천히 마주하곤 옆구리를 천천히 쓰다듬으며 말을 진정시켰다.

"빨리 올라가."

"교, 교감을 먼저 해야 해요!"

"지랄하네."

지대가 높은 데라 별궁의 정원이 한눈에 들어온다. 이유는 모르겠지만, 루페르트가 나를 시험하는 듯싶어 오기가 생겼다. 그에게 내 승마 실력이 필요한 일이라도 생겼나? 물어봐도 대답해줄 위인이 아니니, 나는 어깨를 으쓱하며 말을 쓰다듬었다.

황실의 말, 그것도 아주 귀한 말처럼 보였으니 부조(扶助, 말이 사람의 지시에 따라 움직이는 것)에 대해 완전히 깨우친 것은 아니지만, 말이 잘해주리라는 믿음이 있었다.

나는 승마를 시작했을 때 들었던 조언들을 상기하며 허리를 꼿꼿이 세웠다. 정원을 달리느라 맺힌 땀이 바람에 식는다. 말의 자세가 왠지 뻣뻣하게 느껴졌다.

"토리, 이 말…… 황실의 것인가요?"

"아니어요. 루이제가 훔쳐온 군마라 전하의 것이어요."

"힉, 군마였어요?"

어쩐지 덩치가 좀 있더라니. 말의 우아한 외양에 홀랑 속아버렸다. 무게가 나가는 기수만 태우던 말이 과연 내 말을 들을까 싶다.

"잘 부탁해."

나는 말의 귀에 작게 속삭이며 발에 힘을 주었다. 훈련이 잘된 말인지, 고삐를 세게 쥘 필요도 없었다. 말은 작게 푸릉거리며 앞으로 나아갔고 나는 예상외로 뜻대로 움직여주는 말 덕에 기가 살아 루페르트를 돌아보았다.

"얌전한 말인 것 같은데요!"

거리가 조금 멀어 소리치듯 말하자 루페르트가 턱을 괸 채 씩 웃는다. 나뭇가지가 드리운 그림자에 가려 시원한 호선밖에 보이지 않았지만 충분히 매력적이었다. 그의 성격을 알면서도 혹할 만큼 싱그러운 미소였으나 그가 웃어서 좋은 일이 생긴 적이 없었기 때문에 나는 재빨리 앞을 향했다.

고삐를 조심스럽게 쥐고 본격적으로 달릴 준비를 하자 말이 이를 눈치챘는지 속력을 높인다. 내가 탔던 말들보다 덩치가 배는 큰 녀석이라 속도감도 두 배였다. 엇, 조금 빠른데 싶어 고삐를 당긴 순간 말이 푸르릉 운다.

"너 지금 나 비웃은 거야?"

소리는 달랐지만 루페르트가 나를 비아냥거릴 때의 느낌과 비슷했다. 나는 나를 비웃는 말의 기를 잡기 위해 잡은 고삐에 힘을 더 주었다.

그러자 말은 우습다는 듯 고개를 홱 돌리며 고삐를 가져가버린다. 나는 동물에게 지고 싶지는 않아 놓친 고삐를 다시 쥐었다.

"너, 사람 잘못 봤어."

지긋지긋했다. 하다못해 말까지 나를 우습게 보나. 나는 슬슬 겁이 났지만 애써 목소리를 낮췄다. 발에 힘을 주면 내가 겁을 집어먹었다는 것을 눈치챌 정도로 똑똑한 말이니 나는 억지로 몸에서 힘을 풀었다.

승마를 우아한 취미로 즐기는 사람들은 승마의 기본이 말과의 교감이라고 입을 모으겠지만, 어머니는 생각이 다르셨다. 그녀는 승마의 기본이 짐승을 기로 누르는 것이라 일렀다. 눈을 마주치면 절대 피하지 않아야 했고, 겁먹은 모습은 숨겨야 했다. 내가 자신 위에 올라타는 것을 무서워하면 말도 나를 태우는 것을 두려워할 테니까.

말의 호흡이 거칠어지다 이내 잠잠해진다. 자신이 속력을 높이는데도 내가 발이나 고삐에 힘을 주지 않자 의아했나 보다. 일정해진 속도에 균형감을 찾은 나는 말의 옆얼굴을 부드럽게 쓰다듬었다.

"괜찮아. 네가 생각하는 것보다 약하지 않아."

덩치가 크고 무기를 잔뜩 짊어진 군인만 태우던 말이었으니 군인에 비해 무게감이 거의 느껴지지 않는 내가 미덥지 못할 터였다. 영특한 말이니 말귀를 대충 알아들으리란 믿음에 나는 말에게 내가 그를 지켜줄 수 있다고 속삭였다.

그게 효과가 있었는지 말은 안정적으로, 그러나 빠르게 달려주었다. 어느새 숲의 끝에 다다랐다. 새파란 넝쿨로 덮인 높은 담벼락이 코앞에 보이자 말은 알아서 속도를 줄여 안전하게 멈추었다. 나는 그의 영리함을 마구 칭찬하며 말에서 내려섰다.

"이름이 뭐야?"

나는 말에게 이름표라도 달려 있을까 싶어 말의 목을 더듬었다. 매끈한 털만 잡힐 뿐, 군마들이 흔히 하는 금속의 이름표는 없다. 나는 말과 마주친 눈을 피하지 않고 말을 이었다.

"내 이름은 라리에트야. 반가워."

루페르트의 짐승, 예를 들어 너구리가 나를 좋아하는 일은 없었기에 갑자기 말이 나를 후려칠까 무서웠지만 말은 크고 순박한 눈을 두어 번 끔뻑일 뿐이다. 군마로 쓰였다고 믿기에는 너무 예쁜 말이기는 했다. 햇빛을 받아 금색으로 빛나는 숱 많은 속눈썹이 까만 눈 위에서 살랑인다.

"내 말 좀 잘 들어줘. 나는 네 주인에게 잘 보여야 하거든."

내가 자신을 쓰다듬는 손길이 나쁘지 않았는지 말은 즐기듯 눈을 감았다. 나는 실실 웃으며 부드러운 갈기를 쓰다듬다가 천천히 방향을 돌려 걷기 시작했다.

다시 돌아가 눈에 담은 풍경은 가관이었다. 토리는 손바닥을 마구잡이로 맞부딪히며 웃고 있었고, 루페르트는 정말 놀랐는지 눈이 동그래져 나를 바라보고 있었다. 나에 대한 기대가 현저히 낮았다는 기정사실이 너무도 명백해 나는 살짝 기분이 나빠졌다.

"다녀왔어요. 오랜만에 달리니까 기분 좋네요."

"라리에트, 멋져요! 제프리는 전하도 이만큼 따르지 않는데! 라리에트를 위해 속도도 줄여줬잖아요? 너무너무 멋지셔요."

"고마워요, 토리."

나는 내게 존재할지도 모르는 나의 멋진 모습을 최대한 뽐내기 위해 토리의 감탄에 무덤덤하게 반응하고는 루페르트를 바라봤다. 그는 미간을 찌푸리며 나와 제프리에게 다가왔다. 뚜벅뚜벅 발소리가 거칠어서 나는 귀를 의심했다. 제가 기분 나쁠 일이 뭐가 있다고?

"야!"

"예?"

"너 말고."

그의 무뚝뚝한 부름에 반사적으로 입을 떼자 뚱한 거절이 되돌아왔다. 루페르트는 제프리의 안장에 달린 끈을 잡으며 신경질적으로 입을 뗐다.

"제프리."

히이잉.

대답이라도 하듯 말이 운다. 너구리는 제법 다정히 대하는 루페르트라 나는 그의 살벌한 표정에 겁을 집어먹었다. 제프리를 해치기라도 하면 어쩌지?

"너, 나보다 얘가 좋아?"

그러나 다음 질문에 허탈해져버렸다. 얘도 아니고, 말이 다른 사람한번 태워줬다고 주인에 대한 애정을 의심하다니. 집고양이가 밥 주는 주인보다 가끔 놀아주는 방문객을 더 반긴다고 질투하는 꼴이지 않은가.

어이없어 실소가 샜지만, 루페르트의 표정은 제법 진지했다. 제프리의 대답을 기다리듯 말의 눈을 뚫어져라 마주하던 그는 잠시 후 고개를 끄덕이며 말에게서 멀어졌다.

"야."

"……."

"야!"

"어, 저, 저요?"

"그래, 너."

또 말을 부르는 줄로만 알고 오도카니 서 있던 나는 화들짝 놀라 고개를 들었다.

"너 가져."

"뭘요……?"

내가 질문 끝을 늘어뜨리자, 같은 말 반복하길 지독하게 싫어하는 그는 신경질적으로 눈살을 찌푸리며 말고삐를 잡아당겼다.

"제프리."

"말을요? 제가요?"

"네가 더 좋다니까. 난 내게만 충성하지 않는 동물은 필요 없어."

유치하다 못해 이해가 가질 않았다. 루페르트는 합리적임을 지나쳐 냉혹하기까지 한 인간이다. 동물이 자신에게만 살갑지 않다고 실망하다니, 그답지 않다. 스스로의 마음도 다스리기 어려운데 심지어 말도 통하지 않는 짐승의 마음을 어찌 제멋대로 움직이길 바라나.

"그걸 전하가 어찌 아세요? 너무 섣부른 결정 아닌가요?"

"알아. 눈 보면."

"초능력이라도 있으세요? 동물과 교감하는?"

"말대꾸가 점점 는다, 너."

나긋나긋해서 언뜻 들으면 다정한 말투였지만 싱긋 올라가는 입꼬리가 굉장히 난폭해 나는 입을 꾹 다물었다.

그는 조용해진 내게 제프리의 고삐를 건네주었다. 아름다운 백마는 영문도 모른 채 순한 눈을 동그랗게 뜨고 뚜벅뚜벅 걸었다. 말굽이 정원의 흙과 부닥치며 일정한 문양을 낸다.

"내 건 나한테만 충성해야 해."

아.

옅은 탄성을 흘렸다. 그제야 그의 뜻을 알아챘다. 내게 떠넘기듯 하사한 백마는 경고였다. 그의 것은 온전히 그에게만 속해야 한다는 경고. 내가 잠시라도 한눈팔면 어찌 될지 모른다는. 나는 얼떨결에 제프리의 고삐를 꼭 쥔 채 고개를 숙였다.

"잘 돌볼게요, 전하. 감사해요."

"재주가 하나라도 있어 다행이네."

루페르트가 검지로 자신의 턱을 쓰다듬는다.

재주가 하나라도, 라니. 넘치듯 많지는 않으나 하나만 있는 것은 아닐 텐데. 나는 속으로만 구시렁거리며 내게 다가온 제프리의 목을 껴안았다.

"집에 가자, 제프리."

"누가 들어가래? 연습해."

"여, 연습이요? 무슨 연습?"

"제프리 타고 뛰고 날아다닐 수 있게 되기 전까지 들어올 생각도 마."

루페르트는 시큰둥하게 뱉은 뒤 휙 돌아서 걸어갔다. 토리가 종종걸음으로 그를 따른다. 나는 갑작스레 주어진 훈련시간에 당황해 그를 붙잡으려 발을 뗐다. 그러나 뒤도 돌아보지 않고 어찌 알았는지 루페르트가 갑자기 걸음을 멈춘다.

"들어오지 말라고 했다."

"전하, 저 피곤해요. 진짜 너무 힘들어요."

"네가 뭘 했다고 피곤해?"

"……"

대답할 기운마저 사라졌다. 하루 종일 정원을 두 다리로 뛰어다니고, 말을 타고, 또 뛰고 했던 건 나만 기억하는 모양이다.

"아니에요. 연습하고 들어갈게요……."

항의해봤자 들어줄 것 같지도 않아서 나는 기가 죽은 채 제프리의 갈기에 얼굴을 묻었다. 부드러운 털이 코끝을 간질인다. 말 특유의 꿉꿉한 냄새가 났다.

제프리, 너는 내 마음을 이해하니? 너도 힘들지? 마음속으로 묻자 신기하게도 말이 대답하듯 히잉 운다.

"우리 딱 한 바퀴만 더 돌자. 너랑 나랑 호흡이 맞아야 금방 끝나."

뛰면서 날아다니라니. 뛰는 것까지는 이해하겠는데, 뛰면서 어떻게 난단 말인가. 제프리가 사실 전설에 존재하는 페가수스이기라도 한 건가? 루페르트 앞에서는 싫은 티도 내지 못했던 나는 그가 시야에서 사라지자 애꿎은 바닥만 툭툭 걸어찼다.

제프리는 아까 그렇게 달렸는데도 전혀 힘든 기색이 없어 과연 군마 출신이구나 싶다. 하나 토리도 힘든 기색이 전혀 없었던 것은 마찬가지였다. 내가 너무 쉬이 지치는 건가? 일과가 시작하기 전 아침에 운동이라도 따로 해야 하나?

나는 기운 없는 팔에 애써 힘을 집어넣고 안장에 올라앉았다. 이제는 제프리가 어떤 식으로 달리는지 느껴진다. 바람을 이용할 줄 아는 아주 영특한 말이다.

뺨을 간질이는 바람의 감촉에 괜히 기분이 좋아진다. 나는 어머니가 해주었던 조언들을 하나둘씩 상기하며 제프리에게 익숙해지기 위해 노력했다. 내 노력이 전해졌는지, 아니면 그저 지친 것인지 말의 움직임이 서서히 부드러워진다. 나는 제프리의 머리를 쓰다듬으며 웃었다.

"수고했어."

정원을 몇 바퀴를 돌아 나를 별궁 앞에 내려준 말은 내 칭찬을 듣는 둥 마는 둥 토리가 가져다준 당근을 열심히 씹어 삼켰다. 나는 토리가 건네주는 당근 바구니를 안아 들며 할 말이 있는 듯 자리를 떠나지 않는 그녀를 돌아보았다.

"할 말 있어요, 토리?"

"아니어요, 그냥 신기해서요."

"뭐가요?"

"전하가…… 정말 라리를 받아들이실 건가 봐요."

그 문장의 당사자가 이 자리에는 없는 것처럼 시큰둥한 말투였다. 그러나 불만스러운 투는 아니라 나는 적당한 대꾸를 찾지 못한 채 고개를 주억거렸다.

"라리."

"네?"

"전하의 것이 되면 좋으리라 생각하시어요?"

"……."

"전하는 사람 같은 건 아낄 줄 몰라요, 아시잖아요."

토리가 몹시 담담하면서도 나를 염려하는 듯해서 나는 기가 막혔다. 루페르트든 토리든, 정말 알기 어렵다. 뒤에서는 루페르트가 아끼는 애완동물을 죽여버릴 생각을 하면서도 앞에서는 그가 마치 그녀의 세상에 홀로 존재하는 태양인 양 따르는 그녀가 도저히 이해가 가지 않았다.

루페르트는 잔악한 본성이 의심될 만큼 그녀를 눈물겹도록 아끼면서도 결국에는 그녀를 죽여버렸다. 이들은 애초부터 그런 관계인가 싶다. 아니면 토리의 말처럼 루페르트가 사람을 제대로 아끼는 방법을 몰라 그렇게 돼버린 걸까.

"토리, 저는 전하의 애정을 바라는 게 아니에요."

내 대답에 토리는 의아한 표정을 지었지만, 대화를 더 이어나가지는 않았다. 그녀에게 내 의도를 설명할 길이 없었으므로 나는 다행이다 싶어 서둘러 제프리의 고삐를 정리했다.

"이만 들어가볼게요. 오늘 너무 피곤했어요."

토리는 나의 인사에도 대답이 없었다. 말이 나를 뒤따르며 푸르릉대는 소리만이 별궁의 조용한 정원을 울릴 뿐이다. 언뜻 돌아보니 토리는 무감한 얼굴을 하고 있었다. 어린아이의 모습을 한 그녀가 가끔 세상에서 제일 낡은 골동품처럼 쓸쓸해 보여 마음이 아팠다.

어딘가에 숨겨져 있을지도 모를 내 재능을 발견하고자 했던 루페르트의 의지는 첫날로 꺾여버렸는지 그는 나를 더는 괴롭히지 않았다. 그러나 나는 그가 시키지 않았음에도 아침 운동을 시작했다. 루페르트가 태자가 되고 나면 무슨 긴급상황이 벌어질지 모르는데, 적들을 물리칠 용맹을 발휘할 힘은 없어도 도망칠 체력 정도는 다져두어야 할 것 같았기 때문이다.

"좋은 아침이야, 제프리."

새벽이슬이 송골송골 맺힌 풀밭을 지나 정원을 두어 바퀴 달리고 있노라면 제프리가 무슨 수로 내가 밖에 있다는 것을 알았는지 마구간에서 나와 내 옆을 거닐었다. 말과 나는 제법 친밀해져 내가 손바닥을 보이면 종종걸음으로 걸어와 제 코를 부딪치며 인사할 정도가 되었다. 나는 제프리의 애교에 웃다가 내 손등에 그려진 문양을 발견하고 입가를 굳혔다.

루페르트는 내가 연금술에는 전혀 재능이 없다는 식으로 말하면서도 가끔 심상찮은 문양들이 그려진 종이들을 쥐게 했다. 그 종이들은 언제는 번쩍 빛을 발했다가 또 언제는 아무 반응이 없었는데 그는 그 점이 의아한 듯했다.

수학과 과학, 술법이 응축되듯 모여 상징하는 문양이 무슨 의미인지 모르는 나는 곧 관심을 거두어버렸다. 봐도 전혀 이해가 안 가는데 유심히 보아봤자 눈만 아프니까. 그저 내게 해가 되는 것은 아니겠거니, 그를 믿을 뿐이다.

루페르트가 손을 내밀면 반사적으로 내 손목을 그에게 쥐여주곤 했다. 마치 제프리가 내 손바닥에 콧등을 가져다 대는 것같이.

그 반복되는 일상의 증거처럼 그가 엊그제 새긴 문양이 아직 손등에 남아 있었다. 평소처럼 종이를 쥐여주지 않고 바로 손등에 문양을 그려 의아했지만, 언제 그가 내 궁금증을 해소해준 적 있었던가. 대답을 해줄 리 만무하니 입을 다물었을 뿐인데, 루페르트는 내 얌전한 반응에 만족한 얼굴을 했다.

"에이씨, 이건 지워지지도 않아."

일반 펜으로 그린 것이 아닌지 박박 문질러 씻어도 없어지지 않아 불쾌했다. 홍해를 건너면 아직도 노예를 부리는 나라들이 남아 있다고 하는데 그런 곳에서나 흔히 볼 수 있는 노예의 각인만 같았다.

나는 루페르트의 종이 맞지만, 잊을 만하면 툭 뛰어나오는 그의 험한 태도는 적응하기 힘들었다. 흔적처럼 남아 있는 벨루아의 자존심일까.

"제프리. 이거 좀 핥아봐."

혹시 동물의 침으로는 지워질까 싶어 손등을 제프리에게 내밀었지만, 콧대 높은 명마는 푸르릉거리며 내 손을 밀어냈다. 나를 졸졸 따라다니기는 하면서도 내 말은 들어주는 법이 없다. 사람한테든 동물한테든 이리저리 치이는구나 싶어 울적해진 나는 고개를 푹 숙이고 걷기 시작했다. 오늘은 아침 단련—루이제나 루페르트는 나를 비웃겠지만—후에 바로 본궁에 들러야 했다.

오늘은 루페르트의 새 옷과 장신구가 들어오는 날이다. 그가 황태자가 될 날이 며칠이나 남았다고 여장에 필요한 옷이 더 필요할까 싶지만, 본인도 자신이 언제 황태자가 될지 모르는 상황인지라 잠자코 받아오는 시늉을 해야만 한다.

내가 대뜸 이번 달 내에는 태자가 되니 이런 옷 따위 필요 없다고 해봤자 루페르트는 귓등으로도 듣지 않을 테니까. 만약 내 말을 진지하게 들어준다 해도, 사실임이 판명 나면 어찌 알았나 추궁당할 게 무서워서 입을 열 수가 없었다.

"토리, 저 본궁에 다녀올게요."

"라리에트……."

대충 씻고 나오는 길, 토리가 얼쩡거리기에 말을 걸었더니 그녀는 꽤 당황해했다. 언뜻 언짢아 보이기도 해서 나는 고개를 갸우뚱 기울였다.

"왜요?"

"미안해서요, 라리."

"뭐가 미안해요?"

"옷…… 원래는 제가 가져오는 게 맞아요."

"에이, 그게 뭐가 미안해요? 토리보다는 제가 옷감을 더 잘 알잖아요."

당연했다. 그녀는 고급공단이나 벨벳을 만져본 일이 별로 없을 테니까. 아무리 검소했다지만 귀족영애로 열여덟 해를 보낸 나보다는 옷감에 대해 모를 것이라. 그러나 그녀는 마치 다른 이유라도 있는 것처럼 새하얘진 이마를 긁적이다 주먹을 그러모았다.

"힘내요! 라리에트! 이길 수 있어요!"

"……누굴 이기란 말이에요?"

"나이젤의 시녀들이요. 마주치지 않는 게 제일 좋겠지만 어찌 되었든 조심해요, 라리."

나는 토리의 앙상하게 마른 작은 주먹을 내려다보다 어깨를 으쓱거렸다. 나이젤의 시녀들과 싸워 이기라니 도통 무슨 소린지 모르겠다. 내가 지금 시녀끼리 겨루는 요상한 무술대회에 참가하러 가는 것도 아닌데.

나는 기사들의 결투처럼 서로에게 자신의 꽃자수가 새겨진 비단장갑을 던지는 시녀들을 상상하며 비실 웃었다. 우스운 상상이었다. 시녀들은 거의 대부분 귀족가 출신이었다.

아무리 신분이 낮아도 젠트리(작위는 없으나 가문의 문양을 허락받은 계급) 출신일 텐데, 그들은 상류사회에 섞여들기 위해 웬만한 고위귀족보다도 몸가짐을 조심했다. 교양을 미덕으로 삼고 조신하게 보이기 위해 크게 웃는 법도 좀처럼 없는 영애들이 싸운다니. 말도 안 된다. 아니, 말도 안 된다고 생각했다.

그리고 토리의 걱정이 괜한 기우는 아니었음을 바로 알게 되었다. 나는 본궁에 도착한 후 시종장의 안내를 받고 옷이 보관되어 있는 방에 들어가자마자 나이젤의 시녀들에게 둘러싸였다. 나는 고독한 외톨이였는데 상대방은 무려 다섯이다.

현 황제의 차별이 너무 심하지 않나 싶다. 루페르트의 시녀는 달랑 나와 토리뿐인데 나이젤 쪽에는 다섯이나 배정해주다니. 루페르트가 사람을 꺼리는 것도 그의 별궁에 사람이 없는 이유에 일조하기는 했겠지만.

"안, 안녕하세요, 여러분?"

나는 문 쪽을 흘끗거리며 나를 천천히 압박해오는 여자들을 향해 웃어주었다. 혹시나 리체가 나에게 도움을 줄까 싶어 두리번거려보지만, 물빛처럼 하늘거리는 소녀는 보이지 않는다.

하긴 리체처럼 경력 있는 시녀가 이런 허드렛일에 나설 리가 없다. 나는 애써 한숨을 삼키곤 들어올린 입꼬리를 유지하며 입을 열었다. 수로 대적할 수 없을 때에는 무조건 유하게, 유하게.

"옷이 굉장히 무겁나 봐요? 많이 오셨네요?"

"비꼬는 건가요?"

비꼬는 거 아니었는데.

나는 검은 머리 시녀의 날카로운 눈매에 기가 죽어 고개를 떨궜다. 저 여자는 나이도 꽤 있는 것 같은데 왜 아직까지 황녀의 시녀 노릇을 하고 있는 거지?

"뭐야. 사람을 많이 데리고 올 필요도 없었네요. 이 계집이 아니에요."

"그 앙상하게 말랐으면서 힘만 센 아이가 아니야?"

"아닌데요?"

덩치가 큰 검은 머리 시녀 옆에 달라붙은 금발 시녀가 있는 대로 얼굴을 구기며 삿대질을 한다. 예의를 오찬으로 드시고 왔나. 나는 몹시 불쾌했음에도, 불쾌함을 드러낼 용기가 없어 그저 비굴한 웃음을 띠고 있었다. 이럴 때는 루페르트의 성질머리가 도움이 된다. 사람의 비위를 어찌 맞추는지 알게 되었으니까.

"먼저 와 계신 분들께 실례가 되겠지만, 저는 라페르트 황녀 전하의 옷만 가져가면 되는데요."

내 말이 끝나기가 무섭게 나를 두고 숙덕이던 시녀들 사이에서 낯설지 않은 얼굴이 툭 튀어나왔다. 작고 통통한, 유난히 눈꼬리가 올라가 있어 약간 밉살맞은 인상을 주는 얼굴이다.

"뱅상?"

마리안 뱅상. 내가 나의 열두 번째 생일파티에서 모욕을 준 이후로 마주친 적이 없다. 내가 과거로 돌아오기 전까지만 해도 나름 친우의 관계를 유지했지만, 그녀가 지금도 나를 친구로 생각해줄지는 미지수였다.

"오랜만이네요, 벨루아 영애."

음, 절대 친구로 생각하지 않는 목소리. 나는 그 인사에 빼곡하게 꽂힌 가시에 다치지 않기 위해 조심하며 입을 열었다.

"잘 지냈나요? 나이젤 황녀 전하의 시녀로 발탁된 줄은 몰랐어요."

"리체가 말하지 않던가요? 아! 리체랑도 사이가 별로 좋지 못했던가요?"

나와 리체가 소원해졌다는 것을 뻔히 알면서 저러는 거다. 나는 얄미운 그녀의 입매를 쳐다보며 신경 쓰지 않겠다는 양 어깨를 으쓱했다.

"글쎄요. 요즘 너무 바빠서 자주 보지는 못했어요."

"하는 일도 없는 황녀 전하 뒷바라지가 많으면 뭐 얼마나 많다고."

"지금 그 말, 너무 무례한 거 아닌가요?"

루페르트를 한량 취급하는 말에는 정말 기분이 상했다. 모르긴 몰라도 아마 나이젤이 처리하는 업무의 몇 배에 달하는 일을 해치우고 있을 텐데. 바빠서 잠도 제대로 못 자는 사람을 두고 하는 일이 없다 하나.

"어머, 미안해요. 사실을 말했는데 기분 나빠할 줄은 몰랐어요."

"뱅상……."

"……벨루아? 저 시녀가 벨루아의 영애라고?"

내 말을 끊은 사람은 이 무리의 리더로 보이는 검은 머리였다. 미간을 찌푸리는 꼴을 보아하니 생각보다 높은 내 신분이 거슬리나 보다.

나는 그 반응이 다행이다 싶으면서도 뱅상이 내 말을 꼬박꼬박 비꼬는 행태에 조금 놀랐다. 그녀는 뒤에서 내 욕을 했으면 했지, 앞에서 내 기분을 일부러 상하게 하는 적은 없었으니까.

"겁먹지 말아요, 마타. 벨루아 백작이 내놓은 자식이니까."

내놓긴 누굴 내놔? 나는 뱅상의 근거 없는 말에 기가 막혀 웃었다. 어디서 저런 헛소리를 듣고 왔지?

"저희 아버지가 그러셨어요. 이 상황에 자기 귀한 딸을 라페르트 황녀에 붙여놓을 사람은 없다고."

"그래? 정말이야?"

"그렇다니까요. 벨루아가 라페르트 황녀에게 자기 딸을 붙여놓을 이유가 뭐가 있겠어요?"

뱅상은 자신만만한 태도로 팔짱을 끼며 목소리를 높였다. 나는 그녀의 말에 구태여 반박할 의지도 들지 않아 조용히 몸을 틀었다.

"지금 우리를 무시하는 건가요?"

"전 할 말이 없는데요. 그냥 옷만 가져가면 되는데……."

뱅상은 웃기지도 않는다는 듯 코웃음을 치며 다가왔다. 나는 그녀가 하는 짓을 멍하니 지켜보다 그녀가 내 오른쪽 어깨를 툭 밀친 후에야 상황이 좋지 않게 돌아가고 있음을 깨달았다. 왜 이 정도로 적대적이지? 뱅상이야 개인의 원한이라고 치지만, 다른 시녀들은 난생처음 본다.

"콧대 높게 굴 수 있는 때도 끝났어요, 라리에트. 백작이 이제 겨우 첩이 낳은 아이를 버렸나 보죠?"

"말조심해요."

"첩의 자식이든지, 그것도 아니면 백작부인이 부정을 저질렀던가?"

마치 재미있는 농담이라도 한 것처럼 뱅상이 까르르 웃었다. 시녀 몇이 그 꼴을 따라 하는 데 부아가 치민다. 예절교육은 죄 허투루 받았나 보네.

"마리안, 말이 심한 거 아닌가요?"

"그게 아니면 뭔가요? 설명할 수 있나요? 굳이 라페르트의 다 낡아빠진 별궁에서 일하는 이유를?"

"내가 왜 설명해야 하죠?"

"벨루아가 받아주지 않는 거겠죠. 오갈 데 없는 신세가 돼 라페르트 황녀에게라도 의탁한 것 아닌가요?"

나는 뱅상의 삐딱한 말에 대꾸할 의지가 생기지 않아 입을 꾹 다물었다. 침묵을 긍정이라고 여긴 듯 그녀가 의기양양한 미소를 지으며 내 이마를 손가락으로 꾸욱 누른다. 발에 힘을 주어 넘어가지는 않았지만, 그녀의 손톱에 찔린 이마가 살짝 아팠다.

"어릴 때부터 벨루아의 딸이라 온갖 거만을 떠는 당신, 정말 마음에 안 들었어요."

아무리 생각해봐도 내가 무슨 거만을 떨었는지 기억나지 않았다. 내가 살면서 저지른 단 하나의 오만은 아버지를 너무 믿었던 것뿐이다. 기실 뱅상은 나보다 훨씬 더 화려하고 고급스러운 비단만 걸쳐왔는걸. 벨루아가 유서 깊은 가문이라고 내가 거만하게 굴었다면 가장 먼저 나를 혼낼 사람이 벨루아의 주인인 아버지셨는데 무슨.

"뱅상의 태도는 이해되지 않지만, 저도 뱅상이 마음에 족한 적은 없으니 넘어갈게요."

내 말이 어이없었는지 그녀가 입을 헤벌리며 손을 내렸다. 그녀가 물러나자 검은 머리 시녀가 나선다.

"마리안, 정말 별 탈 없는 거 맞아?"

"그렇다니까요. 제 가문에서 버림받았다는 말에 반박도 못 하잖아요."

반박할 만한 가치가 없어서였는데 참 저 좋을 대로만 생각한다 싶다. 왜? 가문에 버림이라도 받았으면 사람이라도 팰 요량인가?

"정말 말이 안 통하는군요. 저는 라페르트 전하의 옷만 가져가면 되니까, 비켜주세요."

"라페르트 황녀 앞으로 배정된 옷 따위는 없어."

검은 머리 시녀가 굳은 얼굴로 말하며 나를 밀어냈다. 웃기지도 않는 소리다. 그러면 저 산더미처럼 쌓여 있는 옷들이 전부 다 나이젤의 것이란 말인가.

"저희 전하는 치장에 관심이 없으셔서 옷 몇 벌이면 되어요."

"뭐? 너 지금 우리 나이젤 전하께서 사치스럽다고 한 거니?"

"……제가 언제요?"

마리안이 오두방정을 떨며 검은 머리 시녀의 어깨를 붙들었다. 저 계집이 황족을 모욕했네 어쩌네. 아니, 여태 제가 루페르트의 이름을 함부로 들먹이던 것은 죄 까먹었나 보지? 나는 기가 막혀 웃을 수밖에 없었다.

"웃어? 마타, 저 계집이 우리를 비웃었어요!"

"아르눌프 전하의 부탁도 있고, 손 좀 봐줘야 되겠네."

아르눌프? 나는 뜬금없이 검은 머리 시녀, 마타의 입에서 나온 이름에 의아해졌다. 나이젤의 시녀들이 아니었나?

"저번에도 기 좀 잡으려고 했더니 그 쪼그만 계집이 워낙 날쌔고 우악스러워서 말이지."

조그마한 계집이란 토리를 가리키는 것인 듯하다. 하긴. 웬만한 사람의 체력으로 토리를 따라잡기는 힘들 터다. 나는 정원을 몇 바퀴를 뛰어도 전혀 지쳐 보이지 않던 그녀를 떠올리며 고개를 끄덕였다. 아니, 그래서 그 대신 나라도 잡겠다는 건가?

"아르눌프 전하가 저를 괴롭히라고 시키기라도 하셨나요?"

"대답할 의무 있나?"

"악!"

시녀의 리더 격인지 마타가 나를 밀쳐 넘어뜨리자 다른 시녀들도 한 발자국씩 나온다. 개개인이 딱히 무섭진 않았지만, 작정하고 해를 가하기 위해 몰려드는 집단을 지켜보고 있노라니 살짝 겁이 나기는 했다. 나는 내 머리채라도 잡으려는 듯 손을 뻗는 마타를 향해 팔을 높게 치켜들며 입을 열었다.

"자, 잠깐!"

"뭐?"

"저 옷 안 가져갈래요."

맞는 것보다야 루페르트에게 조금 혼이 나는 편이 낫다. 적어도 그는 나를 때리지는 않으니까. 그리고 뭐, 곧 여자 옷은 필요하지도 않게 될 텐데.

"충성심조차 없는 한심한 시녀였나요, 라리에트?"

"저희 전하는 아까 말했다시피 옷을 별로 안 좋아하셔서요."

"이미 늦었어요!"

"아니, 옷 안 가져간다니까요?"

옷을 포기하겠다는데 도대체 뭐가 늦었다는 건지 모르겠지만 나이젤의 시녀, 혹은 아르눌프의 시녀일지도 모르는 무리는 내게 육체적 고통을 가하겠다는 결심을 단단히 했나 보다. 토리가 그들에게 무슨 짓을 했는지는 몰라도 그들을 단단히 약 올렸다는 사실만은 아주 잘 알겠다.

시녀들은 차례로 한 발자국씩 좁혀들며 나를 압박했다. 개개인이야 기껏해야 또래 여자아이였으니 무어 그리 무섭겠느냐마는, 여럿이 모이니 식은땀이 흐른다. 나는 도망가기 위해 조용히 뒷걸음질을 쳤지만 키가 작은 시녀 한 명이 재빠르게 도주로를 막아섰다.

쾅!

문 닫히는 소리가 요란했다. 그 소리와 동시에 마타라는 여자가 내게 발을 걸었고, 무게중심을 잃은 나는 고꾸라졌다.

"이, 이게 무슨 짓이에요!"

"어머, 이 시녀는 굉장히 둔한 것 같아요! 다행이에요!"

내가 제대로 반항도 못 하고 넘어지자 시녀 하나가 까르르 웃으며 손뼉을 친다. 나는 정말 기쁜 듯한 그녀의 순수한 웃음소리에 기분이 나빠져 재빨리 일어났다. 이거 왜 이래! 나 요즘 매일 정원을 뛰면서 단련한다고!

몸을 지키는 무술이나 호신술 같은 것은 배워본 적 없지만, 그건 저 시녀들도 마찬가지일 것이다. 나는 주먹을 꼭 쥐고 가장 앞에 서 있는 마타를 향해 세게 휘둘렀다.

"이얍!"

"뭐야?"

있는 힘껏 힘을 준 내 주먹은 마타의 털끝에도 닿지 못했다. 그녀는 언뜻 둔하게까지 보이는 몸을 민첩하게 움직여 내 주먹을 피한 후 나를 밀쳐 넘어뜨렸다.

"으앗!"

괴성을 지르며 다시 고꾸라진 나를 시녀들은 일제히 밟아댔다. 죽을 만큼 아프지는 않았지만 나는 혹시나 크게 다칠까 봐 서둘러 머리를 감싸며 동그랗게 몸을 말았다. 하찮은 콩벌레가 된 느낌이 들었지만, 머리는 최우선으로 보호해야 하니까 별수 없다.

반항해봤자 소용없을 것이기에 나는 에구, 에구구 하는 신음만 열심히 흘리며 날 내어주었다. 열심히 아픈 척, 아니, 실제로 많이 아팠지만, 이렇게라도 해야 그들의 알량한 양심을 건드릴 수 있지 않겠는가.

남아 있는 양심이 있기는 있었는지, 나 죽는다 소리를 지르자 씩씩대던 시녀들의 콧김이 시나브로 줄어들었다.

"주, 죽은 것 아니에요?"

"이 정도로 사람은 죽지 않아."

그나마 나를 제일 덜 아프게 밟았던, 체구만큼 목소리도 자그마한 시녀가 조심스레 묻자 마타가 코웃음을 쳤다. 이러다 머리라도 잘못 맞으면 정말 죽을 수도 있는데 왜! 그러나 목소리를 높여봤자 돌아오는 것은 무자비한 폭력뿐일 터라, 나는 그저 입을 다물고 있을 뿐이다.

온몸이 욱신거렸지만 맞는 이유를 제대로 알지도 못하니 기가 막혀 화도 나지 않았다. 아니, 죽음을 겪은 후로는 고통에 조금 둔감해진 느낌이 없지 않아 있다.

"흥. 그러게 아르눌프 전하 앞에서 알아서 기었어야지!"

내가 정신이라도 잃은 줄 아는지 마리안이 내 뺨을 툭툭 건드리며 이죽거린다. 역시, 나이젤의 시녀만 있는 것이 아니었구나. 나는 대강 맥락을 파악하며 머리를 굴렸다. 황궁 한복판이니 내게 더 큰 해를 가하지는 못할 것이다. 내가 가문의 버림을 받았다고 오해한 상황일지라도, 시녀들 사이의 세력다툼을 넘어선 상해가 되면 이들도 벌을 면치는 못할 터다.

"끄응."

더는 맞고 싶지 않아 과하게 끙끙 앓았다. 내 연기에 만족한 듯 그들은 나를 더는 건드리지 않고 이 난장판에서도 고고한 자태를 뽐내는 옷을 향해 자리를 옮겼다.

가장 질 좋고 아름다운 드레스들은 나이젤에게 갈 것이다. 루페르트에게 주어지는 것은 그녀가 원하지 않는, 화려하지 않거나 유행에 뒤떨어진 드레스였다. 평생을 그리 살았을 것이다. 누가 먹다 남긴 것만 주워 먹으며 연명하는 삶.

나는 정신을 차리지 못하는 척 실눈으로 그들을 엿보다가 마타가 많은 드레스를 안아 들고 방을 나설 때쯤에야 몸을 일으켰다. 움직이지 못할 정도로 맞은 것은 아니지만, 팔에 멍이 크게 들었는지 욱신거려서 상체에 힘이 안 들어간다. 벽에 기대기 위해 낑낑대는 나를 멀리서 지켜보던 마리안이 천천히 걸어온다. 그다지 반갑지 않아 절로 인상이 써진다.

"줄 잘 서는 것도 능력이에요, 라리에트."

하. 그 말에는 웃음이 터졌다. 지금 나이젤이라는 끈을 붙잡고 제가 황금 동아줄에 몸이라도 매단 줄 아는 건가. 그들은 썩은 패였다. 승리할 리 없었다. 루페르트가 패배할 확률이 전무하니까.

"그래요, 뱅상. 맞는 말이죠."

나를 비웃고 자리를 떠나는 그녀의 등에 대고 작게 중얼거렸다. 내 말을 듣지 못했는지 그녀는 그대로 방을 나섰다.

나는 천천히 일어나 바닥에 걸레짝처럼 던져진 드레스 두 벌을 집어 들었다. 분명히 새 드레스였건만, 어딘지 모르게 닳아빠진 느낌이 나는 남색 드레스와 장례식장에나 입고 갈 법한 검은색 드레스였다.

루페르트는 무슨 색을 입혀도 화려한 사람이니 상관없겠거니 하면서도 괜히 울컥했다. 아르눌프는 그가 여자인 줄 알고 있으니 이런 짓은 황권을 견제하는 용도조차 아닌 일방적인 괴롭힘이다. 권력도, 황제의 애정도 가지지 못한 초라한 이복누이를 그저 무작정 괴롭히고 보는 것이다. 비겁하기 짝이 없다.

"에휴."

가슴 언저리부터 한숨이 올라왔다. 루페르트의 처지도 처지이지만,

내 몰골도 말이 아니다. 아르눌프의 시녀들에게 대들어보지도 못한 채 얻어맞고, 심지어 드레스까지 제대로 건지지 못했으니 무슨 소릴 들을까 싶다. 그래도 이렇게 많이 다쳤는데 심하게 혼을 낼 것 같지는 않다.

나는 기름칠이 되지 않은 녹슨 문처럼 삐거덕거리는 몸을 억지로 움직여 걸음을 옮겼다. 루페르트 대신 토리를 먼저 만나면 그나마 다행이다. 눈치를 보아하니 나만큼은 아니겠지만 토리도 당한 전적이 있는 모양이니까. 그러니 그녀가 나서서 나를 대변해줄 수도 있다.

느린 걸음으로라도 꾸준히 걸으니 어느새 별궁이 시야에 들어찼다. 나는 별궁이 가까워질수록 정원 울타리에 기대어 있는 인영이 루페르트가 아닌 토리이기를 간절히 빌었다. 토리여라. 토리, 토리였으면 좋겠다.

그러나 키가 제법 훤칠한 게 토리도 루페르트도 아닌 느낌이 들었다. 느낌대로, 내 염원과는 다르게 나를 제일 먼저 반겨준 사람은 루이제였다.

"라리에트! 이게 무슨 일입니까?"

루페르트가 아니라 다행인가 싶으면서도 그의 얼빠진 반응을 보고 있노라니 기분이 상했다. 그는 반쯤 기겁, 또 반쯤 재미있다는 양 삿대질까지 하며 크게 놀랐다. 그의 입꼬리가 씰룩이는 것은 내 착각일까?

"안녕하세요, 바덴 경."

"세상에! 그 꼴로 황궁을 가로지른 거예요?"

지금 내가 이 꼴로 나돌아다녔다는 사실이 중한가. 그는 가까이 다가와 내 상처가 평범하지 않다는 것을 깨달은 후에야 표정을 굳혔다.

"뭐예요. 어디 계단에서 굴렀나 했더니, 맞았어요?"

"전하는요? 안에 계세요?"

"피곤한지 주무세요."

그는 내가 자신의 질문을 무시한 데 기분이 상했는지 입을 삐죽거렸다. 다행이다. 밤에도 제대로 자지 못하는 사람이 웬일로 낮잠을 잔담.
나는 내게 달라붙으려는 루이제를 떨쳐버리며 서둘러 발을 옮겼다. 일
단 씻고 몸을 정돈하면 이 정도로 뚜드려 맞았다는 사실은 눈치채지 못
할 터다. 씻어야 한다.

별궁은 여느 때처럼 무척 조용해서 서두르는 발소리가 너무 또렷이
복도를 울렸다. 또각또각 굽 소리가 오늘따라 왜 이렇게 크게 들리는
지. 나는 괜히 들킬까 봐 조마조마해서 발꿈치를 들고 걸었다. 다행히
현관에서 시녀들의 거처로 이어지는 복도는 개미 한 마리 없이 한적했
다.

"휴."

"야."

"꺄아아아아아아악!"

안심하며 방에 들어서려는데 내 어깨에 손 하나가 얹혀졌다. 막 한숨
을 내쉬며 긴장을 풀려던 참인지라, 나는 기겁하며 손을 밀어냈다. 찰
싹 소리와 함께 떨쳐진 손의 주인은 어이가 없다는 양 눈썹을 찌푸리며
나를 바라보고 있었다.

"전, 전하!"

"뭐야? 귀신이라도 봤어?"

그는 얻어맞은 손등이 얼얼한지 다른 쪽 손으로 제 손등을 쓸었다. 나
는 빨개진 그의 손등에 미안하면서도 그에게 내 퉁퉁 부은 얼굴을 보여
주면 안 된다는 생각에 얼른 고개를 수그렸다.

"죄송해요. 너무 놀라서요."

"옷 가지러 간다며."

"다, 다녀왔어요."

"근데 왜 도둑처럼 살금살금 기어들어와?"

"기어들어오긴요! 아주 당당하게 어깨 펴고 들어왔는데요?"

"웃기고 있네."

나는 드레스의 찢어진 부분을 감추기 위해 치맛자락을 손으로 그러모았다. 보지 못할 수도 있다. 그러나 그는 태어나 먹고 자란 것이 눈칫밥뿐인 황족이다. 보지 못할 리 없다.

"너 꼴이 왜 이래?"

"넘어졌어요."

딸꾹.

왜 딸꾹질이 지금 나오고 난리람. 나는 쓸모없이 정직하게 구는 내 양심을 원망하며 양손으로 입을 막았다.

루페르트의 손이 천천히 올라간다. 아니, 맞고 온 사람을 거짓말한다고 또 때리려고! 나는 그의 얼굴만큼이나 예쁜 섬섬옥수에 뺨이라도 맞을까 봐 두 눈을 꼭 감았지만, 기대한 고통은 따라오지 않았다. 조심스레 실눈을 뜨자 그가 평소와 같은 무감한 얼굴로 나를 한심하기 짝이 없다는 듯 내려다보고 있었다. 작은 한숨이 귓가를 울린다.

"너……."

"네?"

"맞았어?"

그는 손끝으로 내 턱을 들어 휘휘 돌려본다. 왼쪽, 오른쪽, 다시 왼쪽. 살짝 어지러웠지만 여기서 더 말대꾸를 하면 정말 혼날 것 같아 입을 다물 수밖에 없었다. 그나마 얼굴은 열심히 감싸서 덜 다친 부위였다.

"악!"

루페르트는 짜증 서린 얼굴로 까진 내 광대 언저리를 꾹 눌렀다. 그가 몹시 분해하는 것 같아 나는 외려 의아해졌다. 내가 멍청하게 넘어지거나 했을 때 비웃은 적은 있어도, 화를 낸 적은 없었는데.

"누구한테?"

"계, 계단?"

"너 한 번만 더 멍청하게 대꾸하면 뒤진다."

"시녀들이요."

나는 그의 협박에 냉큼 정답을 내놓으며 챙겨온 그의 옷들을 앞으로 내밀었다. '이거 보세요. 그래도 전하 옷은 가져왔어요. 저 좀 잘 봐주세요.' 하는 의미로.

"여, 여기 드레스 챙겼어요."

그는 내가 내민 옷을 물끄러미 쳐다보다 대답도 없이 휙 등을 돌렸다. 혼은 아니어도 핀잔 정도는 들을 줄 알았는데 그 반응이 예상외였다. 나는 추궁을 멈추고 멀어지는 루페르트를 졸졸 따라나섰다.

"전하, 어디 가세요?"

"죽여버리러."

"네? 누굴 죽여요?"

"시녀들한테 맞았다며."

격했다. 격해도 너무 격한 것 아닌가 싶다. 나는 기겁하며 그를 따라 잡기 위해 달리기 시작했다. 길게 늘어진 치맛자락을 잡고 늘어지자 짜증이 들어차다 못해 넘쳐흐르는 눈이 나를 쏘아본다.

"안 놔?"

"전, 전하. 별로 좋은 생각이 아닌 것 같아요!"

"놔."

"저 별로 안 아픈데요."

"그게 중요해?"

"중요하죠! 별로 안 아픈데 왜 그러세요!"

그가 내게 붙잡힌 자신의 치마를 찢기라도 할 기세라 나는 조심스레 손의 힘을 풀었다. 시녀들을 죽인다더니 나부터 죽일 것 같다.

"그러게 누가 맞고 오래."

내가 맞고 싶어서 맞았나. 대놓고 대들 용기는 없어 작게 중얼거렸다.

그는 웅얼거리는 나를 무시하고선 다시 걸었다. 설마 정말 죽이겠나 싶어 조용히 따라가니 그의 목적지는 아르놀프의 궁이 아닌 그의 집무실이다. 그래, 성질나서 그냥 해본 소리겠지.

"전하, 그럼 업무 보세요. 저는 좀 씻고…….”

루이제는 일이 있을 때에만 별궁을 방문했으니 분명 처리해야 할 업무가 있을 것이다. 그러나 나의 기대와는 정반대로 그가 저벅저벅 걸어간 방향은 책상이나 책장이 있는 쪽이 아니었다.

"그건 왜 드세요?"

"죽인다니까."

그는 벽을 장식하던 수많은 총들 중 짧은 권총 하나를 빼들었다. 가볍기도 가볍고 그가 가진 총 중에서 가장 작아 그가 항상 유용하게 쓰는 것이라 내게도 익숙한 물건이다. 저 권총에 연금술로 만들어진 총알을 박아넣으면 그 위력이 어마어마하다는 사실은 그 누구보다 내가 제일 잘 알았다. 그 덕에 대공저에서 탈출하는 데 성공했으니까.

"그걸 들고 가신다고요? 시녀들한테?"

"어. 비켜."

나는 마실 나가는 양 가벼운 태도로 집무실을 벗어나려는 루페르트 앞에 양팔을 펼치며 섰다. 진짜 미쳤나 싶었지만 그의 눈은 평소처럼 총명하며 날카로웠다.

"전하. 생각을 좀 더 해보고 행동하세요."

"너는 생각 좀 하고 맞고 와."

"맞아서 죄송해요, 정말이에요."

내가 얻어맞은 게 그에게 이렇게 큰일로 여겨질지 몰랐다. 솔직히 어이가 없기도 했다. 기가 막혀. 숲에서 사람을 죽어라 굴린 건 누군데. 나는 제프리 위에서 떨어져 죽을 수도 있었다. 제 손에는 죽어도 되지만, 남의 손에는 흠집도 나면 안 된다는 심보인가.

루페르트는 총을 잘 갈무리한 채 빠르게 집무실을 벗어났다. 말리고 싶었지만, 도저히 내 논리로 막을 수 있을 것 같지 않다. 복도 저 끝에서 우리를 발견한 루이제가 무슨 일인가 싶어 서둘러 다가온다.

"어디 가세요?"

"꺼져. 말 걸지 마."

"와, 도대체 저 왜 부르셨습니까?"

"기다려. 지금은 볼일 있으니까."

"예? 무슨 볼일 말이십니까?"

"아르눌프."

루페르트는 건성으로 대답하면서 발을 멈추지 않았다. 얼마나 빠른지 따라가기만 해도 숨이 차다. 다리가 길어서 그런가. 나는 점점 더 멀어지는 그의 등을 멀거니 바라보다 그가 얼마나 성장했는지 다시금 깨닫고 말았다.

나보다 머리 한 개는 큰 것 같다. 내 성장은 너무 더뎌 나는 그대로인 듯한데, 이상하게 루페르트만 빠르게 자라나고 있었다. 내가 도저히 따라잡지 못할 속도이다. 그는 성장을 멈추지 않을 것이다. 권력을 포기할 일도 없을 것이다. 황녀에서 황태자, 또 황제로. 걷잡을 수 없는 불길처럼.

언뜻 토리의 기분을 이해할 수 있을 것 같았다. 그를 바라보고 있노라면 나는 점점 더 뒤처지고 있는 듯한 기분이 들었다. 나는 힘없고 나약한 모습 그대로인데, 그는 더는 나약하지 않았다. 그는 이제 버림받은 황녀가 아니었다. 분명 프릴이 예쁘게 달린 치마를 입고 있는데도 그의 뒷모습이 너무 씩씩해서 웃음이 나왔다.

"전하 진짜 어디 가시는 겁니까?"

"아르눌프 전하한테 가시는 길이에요."

"왜요?"

"시녀 죽이러요."

"……라리에트, 걔네한테 맞았어요?"

내 대답에 루이제는 큰일 났다는 양 한숨을 쉬며 제 턱을 쓸어내렸다.

"이거 어쩌지."

그가 중얼거린다.

"일단 따라가죠. 정말 죽이시면, 지금 상황에는 위험하니까."

"설마 정말 죽이시겠어요?"

"우리 전하 눈 돌아가면 보이는 거 없는 분이에요."

루이제의 표현이 잘 이해되지 않았다. 내가 아는 루페르트는 가장 비합리적인 상황 속에서도 냉철한 사람이니까.

"눈 돌아간 것처럼 안 보이는데요."

"저번에 토리 건드렸을 때도…… 아, 젠장, 그 새끼는 하여간 학습능력이 없어. 아무튼 따라와요. 말려야 하니까."

루이제는 황궁 한복판에서 아르눌프를 이 새끼 저 새끼 욕하며 루페르트를 따라나섰다. 그와 대화를 나누는 사이에 루페르트는 우리의 시야를 벗어나버렸다. 아르눌프의 시녀들이 공기 중으로 증발할 일도 없을 텐데 뭐가 저리 급한지.

루이제가 너무 전전긍긍해서 나도 덩달아 겁이 났다. 설마 정말 황궁 한복판에서, 아직 황태자조차 되지 않은 몸으로 황자를 공격할까?

그러나 설마가 사람 잡는다고, 루이제가 전전긍긍하며 걱정하던 일이 실제로 일어나버렸다. 부리나케 아르눌프의 궁에 도착한 우리는 가는 길을 막으려는 시녀들을 밀치며 루페르트를 찾았다.

궁 안이 루페르트의 별궁과는 달리 소란스러워서 그 속에 자연스레 섞여드는 것은 일도 아니었다. 그들은 하나같이 같은 곳을 향해 달려가고 있었고, 나는 그 길의 끝에 당연히 루페르트가 있겠거니 싶어 루이제를 끌고 시녀들을 쫓아 달렸다.

"전하!"

시녀들과 함께 도착한 곳은 아르눌프의 침실로 보이는 방이다. 황금으로 도배된 벽과 그에 어울리는 붉은 타일 바닥의 화려함에 눈이 아픈 풍경에서 루페르트를 찾기란 그리 어렵지 않았다. 권총을 들고 마구잡이로 총을 쏘고 있는 사람은 한 명밖에 없었으니 당연했다.

탕!

푸른빛을 내며 발화된 총알이 침대가 붙어 있는 벽을 향해 쏘아진다. 그러자 벽에 걸려 있는 액자가 모닥불에라도 들어간 것처럼 천천히 그을리기 시작했다. 아르눌프의 자기애가 가득 담긴 초상화는 총알을 정통으로 맞은 얼굴부터 천천히 사라져갔다. 침대에 앉은 채 벽에 바짝 붙어 있던 아르눌프가 새하얗게 질려선 소리를 지른다.

"너 뭐야! 갑자기 들이닥쳐서는!"

"어지간히 구역질 나게 못생겼어야 말이지. 네 화가는 비위도 좋군."

루페르트는 새까만 동그라미가 되어버린 아르눌프의 얼굴을 흡족하게 바라보다 한 발자국 나아갔다. 그러자 아르눌프가 흠칫 놀라며 더 물러날 곳도 없는 벽을 등으로 꾹 누른다.

"오지 마!"

"안 가. 너한테 가까이 가는 게 싫어서 들고 온 거야, 이 총."

그는 어울리지 않게 발랄한 투로 말하며 총부리를 제 손바닥으로 툭툭 두드렸다. 그 모습이 제법 위협적이었는지 아르눌프가 괴성을 질러 호위병을 호출한다. 시녀 하나가 도저히 참을 수 없다는 듯 밖으로 달려가려 몸을 틀었다.

아, 그렇게 티가 나게 몸을 돌리면 안 될 것 같은데.

탕!

그럴 줄 알았다. 루페르트는 망설임도 없이 도망치려는 시녀 쪽으로 총구를 향했다.

"여기서 한 발자국이라도 벗어나면 다 뒈질 줄 알아."

총알은 시녀의 구두코 바로 앞에 박혔다. 그녀가 손톱만큼이라도 더 움직였더라면 그녀는 아마 발가락 없이 여생을 보내야 했으리라. 시녀는 곧 기절이라도 할 듯 새하얗게 질려선 주저앉았다.

황궁 시녀들은 대부분이 곱게 자란 귀족이니 이런 험난한 상황을 겪어보았을 리 만무했다. 루페르트는 아르눌프의 시녀들을 전부 침실 한쪽으로 몰아넣었다. 총구를 슬쩍 움직여가며 사람들을 압박하는 모양새가 어색하지 않아 의아할 정도였다. 어디서 저런 망나니짓을 배웠지?

"전하!"

나는 루페르트가 내 목소리를 듣지 못했나 싶어 다시 외쳐 불렀다. 나를 일부러 무시한 것은 아니었는지 그제야 그가 고개를 돌린다. 그는 한 손을 주머니에 꽂고 있었다. 원래 양식에도 맞지 않는 주머니를 드레스에다 달아둔 것이나.

불량한 자세를 눈여겨보지만 않는다면 숱이 많고 기다란 금발이 햇볕을 받아 하늘거리는 모습이 꼭 한 폭의 명화 같다. 그러나 그 아름다운 외양과는 달리 건들거리는 자세로 아르눌프에게 저벅저벅 다가가는 모습이 뒷골목 깡패와 진배없어서 나는 기함하고 말았다.

"지금 궁 한복판에서 뭐 하는 짓이세요! 무뢰배도 아니고!"

"넌 또 왜 왔어?"

루페르트는 내가 귀찮다는 양 눈살을 찌푸렸다. 그러나 내게 주의를 주는 것도 잠시 그는 다시 아르눌프에게 총구를 겨눴다.

"야."

"……."

탕!

그는 아르눌프가 대답하지 않자 다시금 방아쇠를 잡아당겼다. 이번에 날아간 총알은 아르눌프의 귓가와 바로 붙어 있는 벽에 꽂혀 푸시식 소리를 냈다. 원래도 제법 하얀 편인 황자의 얼굴이 창백하다 못해 핏기가 하나도 없이 식는다. 식은땀이 뚝뚝 떨어지는 소리가 내게도 들리는 것 같다.

"귀가 막혔나? 뚫어줘?"

"어, 어?"

루페르트의 난폭한 모습을 처음 보는 듯 아르눌프는 굉장히 당황한 것 같다. 당연했다. 아르눌프는 험한 일은커녕 무술 수업을 제외하면 힘을 써본 적도 없을 황족이다. 자신보다 열 살 가까이 어린 누이에게서 이런 겁박을 받게 될 줄 상상이나 했을까.

"너한테 약속이란 재 한 줌 가치도 없나?"

"무, 무슨 약속!"

"건드리지 말라고 했어."

흥분해 말까지 더듬는 아르눌프와 달리 루페르트는 외려 차분했다. 키가 훤칠한 성인 남성이 어린아이, 정확히 말하자면 그가 든 총 앞에서 덜덜 떠는 꼴이 가관이기는 하다. 평소 아르눌프를 그리 좋아하는 편이 아니었던 데다 그의 명령 때문에 시녀들에게 두드려 맞기까지 했으니 속이 시원하기까지 했다.

"나는 집어 던져도 괜찮으니 내 소유의 사람은 건드리지 말라고 했어."

"그게 무슨!"

반박하려던 아르눌프는 아, 하며 제 이마를 쳤다. 그 머저리 같은 탄성에 루이제는 기막히다는 듯 탄식하며 그가 세상에서 제일 한심하다는 얼굴로 제 머리를 쥐어뜯었다.

"저거 완전 등신 아니에요?"

"루이제, 황자 전하잖아요."

나는 차마 부정은 못 하고 루이제를 만류했다. 루페르트야 같은 황족이고, 곧 황태자가 될 참이라지만—믿는 구석이 있으니 저리 날뛰는 것이겠지 싶었다—루이제는 평민 출신의 기사 나부랭이였다. 누가 발고라도 하면 큰일이다.

"그게 너였어? 내게 말도 안 되는 협박편지를 보내고, 날 멀리서 저격한 게?"

"그럼 누구라고 생각했는데?"

"네 말라비틀어진 시녀를 짝사랑하는 누군가……."

아르눌프는 멍청하게 말끝을 흐리며 의아하다는 듯 고개를 까딱였다.

"어떻게 감히 그런 짓을 했지? 내게? 네 주제에?"

"너는 뇌라는 게 없나 보군."

상대방이 총을 가지고 겁박하는 상황을 그새 까먹은 건가. 루페르트는 더는 제 이복형제의 헛소리가 듣고 싶지 않다는 양 손가락을 살짝 비틀었다. 이번에는 총알이 아르눌프의 어깨에 박혔다. 처음으로 그의 신체를 쏜 것이다.

나는 그의 사격실력을 매우 잘 알았으므로 아르눌프의 어깻죽지에서 퍼져나가는 붉은빛이 고의라는 사실을 알았다.

"아아악!"

"아, 미안. 조준이 빗나갔어."

"악! 아악!"

"목구멍을 노렸는데."

루페르트는 그 정도는 별일 아니라는 듯, 대수롭지 않게 말하며 어깨를 으쓱했다. 시녀들이 일제히 새하얗게 질린다. 몇몇은 충성심이 과했는지 그를 향해 달려가려 했지만, 루페르트가 그녀들을 슥 쳐다보자 옴짝달싹 못하고 주저앉았다.

"괜찮아. 안 죽으니까."

"전하, 진짜! 사고 좀 치지 마십시오!"

더는 참을 수 없다는 듯 루이제가 소리친다. 그는 내 옆에 멀뚱히 서 있던 그를 그제야 발견하고는 총 든 손을 까딱였다.

"너 이리 와."

"또 무슨 이상한 걸 시키시려고?"

루이제를 부르기 위해서 움직였을 뿐인데 그의 손에서 덜그럭 움직이는 권총이 무서웠는지 시녀들이 작은 비명을 지른다.

나는 겁먹은 그녀들과 고통에 버거워 침대 위에서 발버둥 치는 아르눌프를 번갈아 보았다. 저 믿기지 않는 사태의 원인이 나의 작은 타박상이었다. 제국의 황자는 그의 시녀들이 나를 괴롭혔다는 이유만으로 불구가 되어버렸다. 너무 말이 되지 않는 상황이라 쉬이 받아들여지지 않는다. 사고회로가 멈추어버린 느낌이었다. 도대체 왜?

"시녀들 입단속시켜. 며칠이면 되니까."

루페르트는 권총을 루이제에게 넘겨준 뒤 아르눌프에게 천천히 걸어갔다. 나는 원인 모를 두려움에 들떠 나도 모르게 그를 따라 걸음을 옮겼다. 저벅저벅 소리는 나의 종종걸음 소리에 덮였지만, 그는 나를 막지 않았다.

"으으으."

루페르트를 따라 침대 앞까지 접근하자 아르눌프의 일그러진 얼굴이 눈에 확연히 들어온다. 시뻘겋게 물든 뺨이나 찢어진 상의가, 눈이 따가울 정도로 화려한 그의 침실과는 어울리지 않는다.

다행인지 불행인지 총알이 박힌 그의 어깨에서 피의 흔적이라고는 찾아볼 수 없다. 붉은빛이 거미줄처럼 그의 어깻죽지를 덮고 있을 뿐이다. 나는 지혈을 위해 필요할까 싶어 쥐고 있던 옷자락을 놓았다.

"아파?"

그 말투가 제법 다정하다. 침대 기둥에 기대선 루페르트는 아르눌프의 어깨에 손을 뻗었다. 그가 들릴 듯 말 듯 중얼거리자 어깨에 박혀 있던 총알이 스르르 빠져나온다. 그는 잿가루가 되어버린 총알을 바닥에 무성의하게 뿌렸다.

"고문용이니 아프긴 하겠지. 걱정 마. 겉으로 보기에는 멀쩡할 테니."

루페르트는 그리 말하며 싱긋 웃었다. 그가 더는 여자 목소리를 내고 있지 않기에 괴리감이 느껴지는, 청량한 미소였다. 아르눌프의 얼굴이 총알이 박혀 있을 때보다 심하게 일그러진다.

"너…… 벌레 같은 새끼! 모두를 속였어!"

"숨어 살던 벌레가 지상으로 고개를 내밀 때가 된 거지."

"그렇다고 네가 벌레가 아닌 게 될 것 같아? 창기 밑에서 나온 버러지가!"

"아니."

그는 아르눌프의 비아냥거리는 질문에 단호하게 대답하며 침대에 걸터앉았다. 그는 아르눌프를 보는 대신 등을 돌려 나를 바라보았다. 햇볕 머금은 그 아름다운 얼굴은 공포에 질린 시녀들보다도 창백해서 귀신 같았다. 사람을 홀리는 유령.

나는 기둥 그림자에 가려져 반쯤 보이지 않는 그의 표정을 유추하기 위해 머리를 굴렸다. 단순히 재미있는 걸까? 아니라면 이 만행이 정말 내 복수일까?

"그래서 벌레한테 밟히는 기분은 어때?"

"……."

루페르트가 아르눌프에게 물으며 몸을 살짝 수그렸다. 드러난 얼굴은 그 어떤 감정도 담고 있지 않았다. 아무것도. 희열도 슬픔도 분노도 없다. 인상을 찡그리는 특유의 버릇조차 없이 그저 담담한, 지금 일어나는 일들이 그에게는 아무 의미도 없다는 듯 평온한 얼굴이었다.

숲에서 벗어난 도깨비의 심정은 어떠할까. 문득 생각했다. 황궁에서 버려진 낡은 숲, 아무도 찾지 않는 그 어두컴컴한 숲을 아주 오랜 기간 혼자 견딘 도깨비. 그는 처음 숲을 벗어나게 되었을 때 무슨 생각을 했을까?

"전하, 가요."

나는 할 일을 다 해서 더 무엇을 해야 할지 모르겠다는 양 가만히 있는 그를 향해 손을 뻗었다.

"가요."

"……."

"전하는 벌레 아니에요. 그런 소리 듣고 있을 필요 없어요."

숲을 벗어나게 된 도깨비는 왠지 슬플 것 같았다. 서러움이 그득해 표현하지도 못할 만큼.

8. 소유의 의미

    돌아가는 길은 조용했다. 루페르트는 원래도 말이 없는 사람이니 그가 입을 다물고 있는 일은 그리 특별한 경우가 아니다. 루이제는 입단속을 위해 아르눌프의 궁에 남았고, 나는 무어라 말을 해야 할지 몰랐기에 이 고요를 거둘 길이 없었다.

    평소라면 그리 신경 쓰지 않았을 침묵이었건만 나는 오늘따라 안절부절못했다. 날 위해 그런 깽판을 쳐줘서 고맙다고 해야 할지, 뒤탈은 없을까 걱정하는 말을 건네야 할지, 뭘 어떡해야 할지 몰랐기 때문이다. 길어지는 어색한 침묵이 견디기 힘들어 무슨 말이라도 해야겠다 싶었다.

    "전하."

    "왜?"

    "왜 아르눌프 전하에게 가서 난리를 치신 거예요?"

    "너 맞았잖아."

    "전하도 맞으시잖아요."

    내 말이 어이가 없었는지 루페르트가 바람 빠지는 소리를 내며 웃는다.

"너랑 나랑 같냐."

"뭐가 달라요? 아니, 전하가 맞은 게 더 큰일이죠."

"달라. 그러니까 멍청하게 맞고 오지 마, 머저리 같은 게. 귀찮아 죽겠으니까."

내가 맞고 오면 자신이 나를 때린 사람을 박살내야 하니 귀찮다는 뜻인가. 나는 조금 아연해졌다.

"제가 소중하세요?"

헛.

바람 빠지는 소리는 루페르트가 아닌 내가 낸 것이다. 라리에트, 너 미쳤니? 그가 걸음을 멈추고 나를 돌아보지만 않았다면 내 머리를 쥐어 뜯으며 발을 굴렀을 것이다. 뭐 그딴 걸 질문이라고 해? 입 밖으로 튀어 나온 물음은 뱉자마자 후회할 유였다.

"네가 소중하냐고?"

살다 살다 이런 헛소리는 처음 들어본다는 듯 기막혀할 줄 알았는데 그는 예상외로 웃지도, 인상을 찡그리지도 않았다. 그는 내 질문을 진지하게 고찰하는 양 제 턱을 잠깐 쓸더니 고개를 끄덕였다.

"어."

"제가 소중하다고요?"

"두 번 말하게 하지 마라. 귀 뚫어줘?"

"아, 아니요. 들었어요."

그의 귀 뚫어준다는 말이 귀이개로 귀를 후벼주겠다는 뜻은 아님을 아르눌프를 통해 과격한 방식으로 배운 나는 황급히 고개를 저었다.

대답은 들었지만 믿기지 않았다. 소중해? 내가? 그에게?

"왜, 못 믿겠어?"

내가 제 말을 못 받아들이고 있단 걸 알았는지 루페르트가 묻는다. 나는 솔직하게 고개를 끄덕였다. 못 믿겠다. 그의 마음에 들기 위해 그 노력을 했으면서 정작 그를 믿지 못하는 상황이 싫기도 했지만, 내가 그에게 소중한 사람이라는 사실을 믿기는 어려웠다.

"믿지 마, 그럼."

"기분 나쁘세요?"

"아니. 네 믿음이 내게 왜 중요하지?"

루페르트가 다시 걷기 시작해 나도 그를 따라 걸음을 옮겼다. 나는 그의 표정을 보기 위해 발을 빨리 놀려 그의 옆에서 걸었다. 그의 얼굴은 여전히 평온하다. 한 줌의 동요도 없는 깊은 호수와 같았다.

"소중한 사람의 신뢰를 원하잖아요, 보통은."

"넌 네 소중한 리본의 신뢰 따위를 원하나?"

"제가 지금 공단 리본 정도라는 말씀이세요?"

그가 내가 머리를 높게 올려 묶는 데 쓴 리본, 마침 바람에 휘날려 팔랑이는 그것을 가리킨다. 물건 취급 받는 것에 워낙 익숙해 화도 나지 않는다. 차라리 그렇게 말해주니 믿음이 갔다.

"소중한 사람이 아니라 소중한 물건이군요, 저."

"그게 뭐가 중요해."

중요하지 않다. 내가 그에게 원하는 것은 감정적인 유대나 정서적 보살핌이 아닌, 말 그대로 신체의 보호였으니까. 나와 내 가문의 존재가 끊기지 않고 연속되는 것.

내가 대답이 없자 불만이라도 품었다고 생각했는지 그는 발을 멈추고 나를 슬쩍 돌아보았다.

"네가 아껴달라며. 말했잖아. 나는 사람 같은 거 아낄 줄 몰라."

"토리는요?"

"토리는 달라."

"전하, 저는 전하가 사람을 아낄 줄 모르는 분이라고 생각하지 않아요."

나는 그의 걸음을 재촉하며 말을 이었다. 어느새 저녁이 되어가고 있었다. 뉘엿뉘엿 기우는 해가 잘 정돈된 붉은 궁의 정원을 물들였다. 가을 따라 피는 꽃들이 바람에 이리저리 몸을 흔드는 풍경이 제법 아름다웠다.

그러나 루페르트는 그런 꽃들에게 눈길 한번 주는 법 없이 앞만 보고 걸었다. 그는 항시 여유가 없다. 그에게는 눈앞에 주어진 목표가 있었고, 그는 그 목표를 수행하기 위해서 살았다. 시간낭비를 하는 법도 없다. 목표에 도달하기 위한 최선의 방법을 최단기간 내에 시행했을 테니까.

그럼에도 나를 위해 움직였다. 나로 인해.

나는 풀물로 적셔진 그의 검은 구두코를 바라보다 고개를 들었다. 머리라도 얻어맞은 듯, 벼락같이 깨닫고 말았다. 그가 나를 아끼지 않을 리 없겠구나.

급하게 달려왔던 것이다. 내 얻어맞은 몰골을 보고 분에 차서. 자신이 여장을 한 상태라 풀밭을 지나면 드레스가 엉망이 되리라는 것도 생각하지 않은 채. 나는 그의 옷들을 가져오려다 얻어맞았는데, 그 때문에 그는 본인의 드레스를 망쳐버린 꼴이 됐다.

"전하가 저를 아껴주신다 생각해요, 저."

"못 믿겠다며."

"아니에요. 믿을게요."

그런 처참한 환경에서 자란 이에게 이 정도의 보호는 아껴주는 것이지 않겠는가. 루페르트는 생전 그런 보호를 받아본 적이 단 한 번도 없을 테니까. 소중하게 여겨진 적이 없는 사람이 타인을 소중하게 여기는 것은 힘들 터다.

그렇게 생각하니 루페르트에게 더없이 미안해졌다. 나는 그를 마음속까지 귀히 여기지는 못할 테니까. 끝까지 원망하고, 괴물이라 미워할 것이다. 그럼에도 그가 필요해서 달콤한 말을 속삭이겠지. 나는 정말 이기적인 어른이었다.

"전하."

나는 내게 등을 보이는 루페르트의 소맷부리를 붙잡았다. 화려하지만 낡은 드레스 밑으로 가는 손목이 눈에 들어온다. 정말 가늘었다. 성장해버려 사람들의 눈에 띨까 제대로 먹지 못해서. 울컥했다. 나는 왜 힘없는 어른일까. 지금은 어른조차 아니다. 어린 그의 주변에는 어쩜 제대로 된 어른이 단 한 명도 없나. 다독이고 괜찮다 말해줄 사람이 어찌 이토록 전무할 수가 있나.

"좀 제대로 드세요, 너무 마르셨어요."

"왜 갑자기 난리야."

"저도 전하를 소중히 여기도록 노력할게요."

그를 향한 미움이 내 영혼을 죄 집어삼키더라도.

"전하는 행복해지실 수 있을 거예요."

"……"

"행복해지실 거예요. 매일 입기에서 웃음이 끊이지 않을 정도로. 하루하루가 너무 소중하고 겨워 밤에 눈을 감는 것이 아쉬울 정도로."

"헛소리."

"제가 장담해요. 저한테는 미래가 보이거든요."

내가 본 미래는 루페르트의 행복과는 사뭇 거리가 있었지만 나는 애써 확신을 가졌다. 그를 좋아할 수는 없어도 그가 행복하기를 바란다면 모순일까? 모순이었지만 나는 그가 정말로 행복해지길 바랐다. 그가 행복하다면, 나의 안위를 이용해서 어린아이를 이용하는 내 죄책감이 조금이라도 덜어질 것 같았으니까.

루페르트는 아득바득 우기는 내게 구태여 대답하지 않았다. 다시금 찾아온 침묵이 더는 불편하게 느껴지지 않아 나도 입을 다물었다.

붙잡은 그의 소매를 놓지 않고 걸었다. 그도 나를 쳐내지 않아 우리는 별궁에 도착할 때까지 나란히 걸었다. 붉은 노을이 마음을 녹일 것만 같은 착각이 드는, 그가 나를 밀어내지 않는 것이 이상하게 느껴지지 않는 이상한 날이었다.

별궁에 도착하니 토리가 내가 가져온 루페르트의 드레스를 들고 우리를 기다리고 있었다. 나는 그녀의 시선이 아래로 향하기 전에 루페르트의 소매를 놓았다. 다음에 호수에 빠지는 이가 너구리가 아닌 내가 될지도 모르니까.

"어딜 다녀오셨나요?"

"아르눌프."

토리는 나를 힐끗거리더니 제 손바닥을 주먹으로 내리쳤다. 탁 소리와 함께 드레스 하나가 그녀의 팔을 빠져나와 바닥에 내려앉는다. 나는 어정쩡한 자세로 서 있는 그녀를 도와 드레스를 주웠다.

"라리, 많이 아파요?"

토리는 평소와 같이 어눌하지만 다정한 어투로 나를 살폈다. 루페르트의 행동에 너무 놀라 자각 못 하고 있었는데, 그제야 두드려 맞은 몸이곳저곳이 아프기 시작한다. 나는 억지로 웃어 보였다.

"참을 만해요. 가서 씻고 쉬어야죠."

"이 드레스, 떨어뜨려서 빨아야 하는데."

토리가 우물거리는 소리에 기가 막혔다. 그래서 지금 나한테 빨래까지 하란 말인가? 얼굴에는 연민이 가득한데 손은 내게 일감을 넘기고 있다.

"내일 하면 안 될까요?"

"내일은 전하가 일정이 있으시어요."

나는 별수 없이, 어찌 됐든 토리가 나보다는 높은 수석시녀였으므로 드레스를 받아 들었다. 나는 울상을 지으며 루페르트를 돌아보았다. 나와 눈이 마주친 그가 무슨 이유인지 고개를 돌린다. 그는 할 말이 있는지 입술을 달싹였지만, 끝내 입 밖에 내지는 않았다.

"……일단 씻고 할게요."

"천천히 하여요. 몸도 성치 않은데."

그럼 토리가 해주면 안 되나요?

가시 돋친 말이 목까지 올라왔지만 꿀꺽 삼켰다. 루페르트가 나를 아낀다고 해서 토리보다 아껴주진 않을 테니까. 그녀가 나를 경계할 이유도 없는데 너무하다 싶다. 그녀는 황후가 될 텐데. 그리고 나는 그들이 행복한 삶을 영위하기 위한 모든 도움을 줄 생각이다.

나는 루페르트에게 인사를 올린 후 천천히 홀을 나왔다. 혹시 남아 있는 하녀는 없을까 부질없이 두리번거렸지만, 여느 때처럼 개미 한 마리 보이지 않았다.

루페르트가 황태자가 되면 이 별궁도 조금 시끌벅적해지려나. 아니, 궁을 옮길 수도 있겠다. 그러면 너구리는 어디로 데려가야 하나 싶었다. 넓은 숲이 있는 궁은 이곳밖에 없었으니까.

침실과 붙어 있는 욕실에 들어와 거울을 보니 정말 꼴이 말이 아니다. 머리카락은 잔뜩 흐트러졌고, 심지어 앞머리는 이마에 난 상처에 들러붙어 피딱지가 엉켜 있었다. 쇄골에도 멍이 든 꼴이 암만 해도 귀족가 여식으론 보이지 않는다.

탈의하니 더 가관이다. 온통 푸르거나 붉어 마치 화가의 팔레트에서 구른 것처럼 엉망이다.

"르한이나 아버지는 절대 보면 안 되겠네."

그들이 내 꼴을 본다면 난리도 아닐 것이다. 그래도 루페르트처럼 황자를 찾아가 총질을 하지는 않겠지, 싶어 웃음이 났다.

"아, 살 것 같아."

욕조에 따뜻한 물을 한가득 받고서 향유를 푼 후 들어가니 온몸이 늘어진다. 멍든 곳이 욱신거리기는 했지만, 노글노글 몸이 녹아내리는 듯한 기분이 좋았다. 나는 해초처럼 흐느적거리며 욕조에 기대 누웠다.

어차피 빨아야 하는 드레스는 한 벌뿐이니, 욕조에서 해치워버려야겠다. 다시 물 떠오는 것도 힘드니까. 애초에 내일 세탁할 옷가지와 같이 하녀에게 넘기면 되는걸. 곰곰이 생각해보니 어지간한 심술이 아니다.

늦장부린 것은 아니지만, 오랜만에 하는 목욕을 즐기다 보니 시간이 꽤 지나버렸다. 그러나 서두를 마음은 들지 않는다. 나는 어둑해진 욕실의 창가로 하늘을 바라보다 천천히 몸을 일으켰다. 여기선 해가 완전히 진 별궁의 정원이 보인다.

새까만 숲이 마찬가지로 새까만 밤과 맞닿아 있었다. 달빛이 밝지 않아 색이 보이지 않았지만, 나무들은 어느새 붉고 노란 옷을 꺼내 입었다.

열넷 가을. 과거로 돌아온 뒤 벌써 3년 가까운 시간이 흘러버렸다. 루페르트는 제국력 287년 9월에 열다섯의 나이로 태자가 된다. 이제 완연한 가을로 접어드는 9월이다. 그는 이미 황제에게 언질을 받아뒀겠지.

그가 태자가 되고 나면 나의 생활도 걷잡을 수 없이 바뀔 것이다. 조금 두려워졌다. 권력을 잡은 루페르트가 무슨 짓을 할지 모르니까. 문득 그가 아르눌프에게 총을 겨누는 광경이 떠올랐다. 절대 어디 가서 맞고 오지 말아야지 다시금 다짐하게 된다.

"하아."

너무 긴 하루였다. 드레스가 무어라고 이런 사달까지 벌어지나. 나는 욕실의 습기로 축축해진 드레스를 물에 담근 뒤 몸을 말렸다. 루페르트는 드레스의 얼룩을 가지고 트집을 잡을 사람은 아니었고, 옷에 관심이 없어 얼룩을 볼지도 의문이니 꼼꼼하게 세탁할 필요는 없으리라. 오랜만에 장미유로 목욕을 하니 몸에서 향긋한 향기가 나서 기분이 좋았다.

드레스만큼이나 대충 말린 머리를 손가락으로 쓸어내리며 나오는데, 방 한구석에 익숙한 인영이 서 있다. 나는 옷매무새를 서둘러 정리했다.

"전하?"

"너무 오래 걸려서 만두 삶는 줄 알았네."

"……."

나는 절로 찡그려지는 미간을 잡아당기며 웃었다. 만두, 만두. 그러고 보니 통통한 볼에서 살이 빠질 시기가 지난 것 같은데 왜 그대로이지? 나는 깡말라 뼈 소리가 난다는 핀잔을 듣던 내 예전 체형을 떠올리며 고개를 갸우뚱거렸다.

"드레스는?"

"빨아서 욕실에 걸어두었어요. 내일 아침에 다림질하고 가져다드릴게요."

그는 내 대답에 고개를 끄덕이며 팔 하나를 쑥 내밀었다. 검은색 천주머니가 대롱대롱 그의 손목에 매달려 있었다.

"이게 뭐예요?"

루페르트는 대답하기 귀찮다는 듯 끈을 풀어낸 주머니를 내게 떠밀었다. 덜그럭거리던 주머니를 받아 든 나는 내용물을 확인하고 웃을 수밖에 없었다. 상단의 인기품목에 호랑이 연고라도 올라와 있는 것인지, 그놈의 호랑이 연고는 화수분에서 솟아나나.

"왜 웃어?"

"이 비싼 걸 너무 낭비하신다 싶어서요."

살짝 인상을 찡그리는 루페르트를 지나친 나는 소파에 앉아 주머니에 들어 있던 약을 하나씩 꺼냈다. 진통제로 보이는 약초 한 다발, 붕대,

연고, 그리고 김이 모락모락 나는 만두가 들어 있는 작은 봉투. 이건 또 왜 가져왔을까? 아니, 이 시간에 만두를 어디서 구했지? 어이가 없으면서도 웃음이 나왔다. 진짜 이상한 방식으로 보살피려 드는구나.

"만두는 왜요?"

"배고플 거 아니야."

"감사해요, 전하."

나는 퉁한 얼굴로 나를 내려다보는 루페르트에게 작게 고개를 끄덕인 후 만두부터 집어 먹었다. 속이 적당히 뜨겁다. 한 입 먹은 만두를 호호 불어 그에게 건네자 그는 기가 막히다는 듯 헛웃음을 지으며 고개를 저었다.

"전하도 드세요. 만두 좋아하시잖아요."

"너나 먹어, 돼지 같은 게."

"돼지처럼 쓸모 있는 동물이 흔한 줄 아시나."

돼지는 버릴 부위가 없는 동물이다. 섬으로 이루어진 공화국에서는 돼지의 발도 요리해 먹는다고 했으니까. 벨네르니에서는 혓바닥까지 구워 먹으니 정말로 요긴한 동물이다.

"글쎄, 나는 네 쓸모는 잘 모르겠는데."

"그걸 찾는 게 전하의 몫이잖아요. 그래서 저 이것저것 시켜보신 것 아닌가요?"

"못 찾았잖아."

루페르트는 작게 투덜거리며 내 손목을 붙잡았다. 그가 힘을 주자 손등에 그려진 연금진에서 빛이 발한다. 요정이 걷고 지나간 길처럼 황홀하게 반짝거려서 르한과 같이 갔던 브루쉬의 야시장이 생각났다.

"이거 왜 새겨두신 거예요?"

"써먹으라고."

"어떻게 쓰는 건지 알려주셔야 써먹죠."

"네가 재능이 있으면 저절로 알게 돼."

그는 옅은 한숨을 쉬며 내 다른 손을 끌어 손등에 얹게 했다. 신기하게도 빛이 순식간에 사라져버린다. 내가 연금술에 재능이 없어서일까? 아쉬운 마음에 입술을 바득 깨무는데 연금진이 다른 색으로 빛나기 시작했다.

"어? 빛나요, 전하."

내가 눈을 동그랗게 뜨자 루페르트는 놀란 기색도 없이 내 손을 놓았다.

"넌 어떻게 된 게 재능까지 애매하냐."

"저 연금술 할 수 있는 거예요?"

"남이 새겨준 것만."

그게 뭐람. 루페르트처럼 새로운 연금진을 개발한다든지, 물건을 개조하는 것은 불가능하단 뜻이지 않나. 있으나 마나 한 재능이다.

"남이 새겨준 것만 쓸 수 있다는 말이에요? 저도 연금진 그리는 거 배울래요."

"배워도 쓸모없어. 못 쓰니까."

힝.

정말 쓸모라고는 개미 똥구멍만큼도 없는 인간이 된 기분에 울적해진다. 아침 수련을 열심히 해봤자 시녀들에게 얻어맞기나 하고. 승마는 그럭저럭 하는 편이니 제프리를 종일 타고 다닐까?

"……그 정도도 못 하는 인간 많아."

루페르트가 안색이 급격히 어두워진 나를 물끄러미 바라보다 들리지도 않을 정도로 작게 중얼거린다. 위로해주는가 싶어 기분이 묘해졌다.

"정말요?"

"그리고 넌 원래 쓸모없었어."

처음부터 쓸모없었으니 실망하지 말란 말이었다. 나는 나의 무용(無

用)을 다시금 확인해주는 그를 향해 입술을 씰룩였다.

"아까처럼 의지를 가지고 눌러."

"의지요?"

"발동이 안 되면 손을 잘라버리겠다 정도로."

"발동이 안 된다 해도 손까지 자르고 싶지는 않은데요?"

그는 인내심이 한계에 다다른 듯 나를 세차게 노려보았다. 나는 더는 말대답을 하면 안 될 것 같아 입을 다물고 손에 힘을 주었다. 의지를 가지고. 한번 발동해보니 요령을 알 것 같기도 하다. 살짝 억울한 마음을 가지면 되는 건가? 왜 나는 이리 쓸모없나, 하는?

"잘하네."

그는 다시 빛나는 내 손등을 내려다보며 무미건조한 칭찬을 했다. 건조하지만, 이 정도의 다정함도 기대할 수 없었던 사람이다. 나는 그가 언제부터 나를 이리 챙겼는지 곰곰이 되짚으며 그가 가져온 연고의 뚜껑을 열었다.

"잘 쓸게요, 전하. 감사해요."

"어디 가서 다치지나 마, 젠장. 귀찮아 죽겠으니까."

"이 정도의 상처는 돌봐주지 않으셔도 괜찮아요."

"네가 다쳐도 괜찮은 정도는 내가 정해."

루페르트의 말투가 토를 달 수 없을 정도로 단호하다. 그는 내가 연고를 아끼지 않고 듬뿍 바르는 것을 확인한 뒤 천천히 자리에서 일어났다. 이제 여장을 않기로 작정했는지, 그는 황궁 안에서도 머리를 높게 묶고 남자아이 차림을 하고 있다.

"전하."

나는 인사도 없이 가려는 그를 낮게 불러 멈추어 세웠다. 무릎 위에서 그가 준 약봉투가 바스락거렸다. 가깝지도, 그렇다고 멀지도 않은 거리에서 그는 뒤를 돌지 않은 채 걸음을 멈추었다.

"언제 태자가 되시는 건가요?"

내 질문을 이상하게 여길 수도 있겠지만, 나는 루페르트가 태자가 되는 날이 일주일도 남지 않았음을 확신했다. 그렇지 않다면 아르눌프에게 이 정도의 패악을 부릴 수 있을 리 없으니까. 루이제가 벌써 그의 친위대를 준비하고 있다는 사실을 귀띔해주었다.

"내일모레."

루페르트는 순순히 대답해주었다. 그의 등은 여전히 미동조차 없어 감정을 읽을 수가 없다. 유려했던 몸선이 날카롭게 변했다는 것만 느껴진다. 잘 벼린 검처럼, 화려한 외모로도 감출 수 없는 난폭함이 드러나는 선.

"축하드려요."

내 작은 인사에 그제야 그가 천천히 돌아본다. 여전히 표정이 없다. 감정을 제대로 느끼지 못한다는 것은 알았지만, 제 상황이 완전히 뒤집힐 날이 얼마 남지 않았는데 감흥조차 없는 걸까?

"뭘?"

"태자가 되시는 걸 경하드린다고요."

"아, 너는 그걸 기다렸지."

루페르트는 납득하며 고개를 기울였다. 그는 내가 자신이 권력자가 되리란 사실을 믿어 의심치 않는다는 사실을 알았다. 그 이유는 모르겠지만.

"기쁘지 않으신가요?"

"글쎄. 네 생각에는 내가 지금 무슨 기분이어야 하는데?"

"음…… 다 팔린 줄 알았던 만두가 딱 하나 남았는데, 그게 또 전하 손으로 떨어졌을 때 느끼는 감정과 비슷하지 않을까요?"

제 감정을 왜 나한테 묻나 싶었지만, 나는 최대한 그가 이해하기 쉽도록 풀어 설명했다. 루페르트는 슬픈 감정도 잘 이해하지 못하니까. 하지만 나는 그가 감정을 모른다 생각하지는 않았다. 그는 감정을 느껴도 느끼는 줄 모를 만큼, 마음이 닳고 닳아 무뎌진 사람이지, 감정을 느끼지 못하는 괴물은 아니었다.

"그 감정과 비슷한지 모르겠어."

"그럼요?"

"아무 생각도 들지 않아. 막연하지만, 에바가 원한 게 이런 거란 생각이 들면 도망가고 싶더군."

에바.

루페르트의 입에서 처음으로 듣는 그의 어머니 이름이다. 나는 혼잣말에 가까운 그의 말을 모르는 척 흘려버렸다.

"적어도 지금처럼 다른 황족에게 무시당할 일은 없으시잖아요."

전과 같은 폭군이 되면 모를까, 멸시당할 일은 없을 것이다. 내 말이 위로가 되지 못했는지 루페르트는 어깨를 으쓱하더니 몸을 돌려 걸었다.

"내가 신경 쓰는 건 그런 게 아니야."

방을 나서던 그가 그렇게 중얼거린 것도 같다. 바람 소리에 묻혀 제대로 듣지 못한 그 말을 나는 밤이 지나는 내내 되뇌었다.

그렇다면 그가 신경 쓰는 것들은 무엇일까? 무엇이 그를 그토록 괴롭혀 악몽까지 꾸게 할까? 도대체, 어떻게 하면 행복해지나? 내가 당신을 행복하게 해줄 수는 있을까? 나는 이토록 모자란 치고, 당신은 그토록 메마른 자인데.

루페르트의 즉위식을 위한 궁중 무도회가 열리는 날이다. 루페르트는 그저 자신이 태자가 될 것이라 언급했을 뿐, 어떤 상황이 벌어질지 귀띔조차 해주지 않았다. 해서 과거의 기억으로 그가 무도회에서 처음 소개되겠거니 짐작만 할 뿐이다.

그가 오늘 즉위한다는, 아니, 그가 남자라는 사실을 아는 이가 전무하다시피 했기 때문에 모든 사람들은 무방비한 상태로 초대되었다. 아버지와 어머니도 그 무지한 무리에 섞여 붉은 궁을 방문했을까? 그러나 중앙귀족이 모인 자리에서 그들은 보이지 않았다.

"라리에트, 저희 그냥 계속 서 있으면 되는 거여요?"

시중들 전하가 없이 무도회로 떠밀려 나온 나와 토리는 하릴없이 홀을 거닐었다. 무도회용 드레스를 입기는 했지만 중앙귀족으로 초대받았으면 모를까, 시녀의 자격으로 참석한 자리라 춤을 추며 활보하기도 뭐했기 때문이다.

나는 내 연두색 리본을 빌려 맨 토리를 핑거푸드가 준비된 테이블로 데려갔다. 루페르트가 언제 등장할지도 모르는 데다 아침부터 무도회 준비로 바빠 제대로 된 식사도 못 했으니까.

"긴장하지 말아요. 일반 무도회라고 생각해요."

"저는 무도회는 라리 생일파티 말고는 한 번도 가본 적 없어요."

토리는 예쁘게 땋은 머리를 만지작거리며 얼굴을 붉혔다. 익숙하지 않은 화려한 연회장에 겁을 먹었는지 그녀는 내가 그녀를 처음 보았을 때처럼 수줍은 모습이다. 이리저리 눈을 굴리며 눈치를 보고 작은 손은 옴지락거리며 어쩔 줄을 몰랐다.

세상물정 모르는 순진한 소녀 같은 모습에 나는 요즈음 자주 보이던 앙칼진 표정이 사라진 그녀를 물끄러미 바라보았다. 도대체 어떤 모습이 진짜 토리인 걸까?

"우리에게 춤 신청을 하는 사람도 없을 테니까, 걱정 말아요."

조금 서글플 수 있는 말을 웃으며 한 뒤 나는 그녀 보란 듯 먼저 접시에 작게 잘린 연어 샌드위치를 집어 올렸다. 크기가 작기는 했지만 종류가 다양했고 시종들이 포도주를 따라주고 있어 주린 배를 채우기엔 충분할 것이다.

시종이 건넨 백포도주는 제법 향긋해 황태자를 위한 자리에 구색을 맞추려 귀한 술을 풀었나 싶을 정도다. 황제가 루페르트를 그 정도로 아낄 인간은 아니지만.

"토리, 너무 긴장이 되면 와인 한잔 마셔봐요."

"술을요?"

"연회용이라 많이 독하지 않아요."

나는 목넘김이 부드러운 백포도주를 그녀에게 권하며 잔잔한 음악이 흐르는 홀을 돌아보았다. 조금 떨어진 데서 지켜보고 있노라니 우습기도 했다.

무슨 일이 벌어질지 모르는 사람들의 순진한 얼굴. 저 얼굴들이 조금 뒤에 어떤 식으로 일그러질까 궁금하다. 이 자리에 라페르트 황녀에게 친절한 귀족이란 단 한 명도 없으니까. 그것이 자의든 타의든, 황비의 눈치를 보느라 그러하였든 황녀 자체의 출신을 문제삼아 그러하였든 말이다.

"토리. 전하께 무슨 언질을 받았나요?"

내 물음에 포도주가 입에 맞았는지 방글방글 웃던 토리가 고개를 젓는다.

"아니요. 아침에 그냥 사라져버리셨어요, 말도 없이."

"그런가요."

그가 어떤 식으로 등장하는지는 나도 알 길이 없었다. 과거의 나는 데뷔탕트 후에야 궁중 무도회에 참석했으니까. 그래도 나름 최측근인데 설명이라도 좀 해주지. 아쉬움에 어깨를 으쓱했지만 어쩔 수 없다. 나는 그를 하염없이 기다리는 대신 음식에 집중하기로 했다. 앞쪽에는 디저트가 준비되어 있으니 배가 완전히 차지 않도록 조심해야 한다.

"라리에트, 왜 춤을 추지 않고 있니?"

접시에 코를 박고 먹느라―진짜 박지는 않았다―홀을 신경 쓰고 있지 않았는데 익숙한 목소리가 건너온다. 고개를 드니 화려하게 꾸민 리체가 나를 의아한 눈으로 바라보고 있었다.

하늘하늘한 체형에 잘 어울리는 밑단이 매우 풍성한 드레스를 입은 리체는 더 가녀려 보였다. 하얀색 도화지에 그려진 점점이 찍혀 그려진 푸른 꽃처럼 아름다웠지만, 그녀의 표정은 전보다 더 앙칼지다.

"춤추는 것 그리 좋아하지 않잖아, 나."

"설마 신청이 들어오지 않는 거야? 어머, 딱해라."

"춤추고 싶지 않으니까 괜찮아."

"로하르 경, 내 친구에게 춤 신청을 해주지 않겠어요?"

야시장에 놀러 갔을 때까지만 해도 내게 꽤 친절했다고 생각했는데 착각이었나. 나는 나를 긁기 위해 작정한 것 같은 그녀를 마음을 비우고 바라보았다. 딱히 기분이 상하지는 않았다. 토리도 그렇지만 리체도 마찬가지로, 나를 어떤 마음으로 대해야 하는지 아직 정하지 못했나 보다.

"제게 당신과 춤을 한 곡 추실 영광을 주시겠습니까?"

영광은 개뿔. 나는 언뜻 보아도 리체에게 홀딱 빠져 있는 덩치 좋은 남자를 거절했다.

"친절한 마음만 받겠습니다. 괜찮아요, 로하르 경."

리체의 권유로 내게 손을 뻗었던 남자는 머쓱한 얼굴로 뒷머리를 긁적였다. 눈에 익숙한 제복 단추가 손목 아래에서 덜렁거린다. 그러고 보니 남자는 사관학교의 제복 차림이다.

"사관학교 생도인가 봐요?"

"예."

"그렇다면 혹시 디트리히를 아시나요? 르한 디트리히 벨루아가 제 동생인데.”

“아, 디트리히 생도요! 저와 동기는 아니지만 압니다. 학년 수석이니까요.”

내가 사관학교 생도의 가족임을 알고선 그의 표정이 밝아진다. 중앙 귀족이나 황궁에서 군대를 경시하는 분위기가 없지 않았으니까. 황제가 군대의 무력을 경계하는 탓이다. 그의 눈치를 보느라 덩달아 귀족들도 군대는 무식해서 교양이나 지식을 쌓을 그릇이 못 되는 사람이나 몸을 담는 곳으로 치부했다.

“르한을 아신다니 반가워요. 선배인 것 같으니 잘 챙겨주시길 부탁할게요.”

“디트리히 생도는 누군가의 도움이 필요할 것 같진 않지만, 알겠습니다.”

나 또한 르한을 아는 사람을 무도회에서 만날 것이라 생각하지 않아 낯선 그가 반갑게 느껴졌다. 생도가 궁중 무도회에 초대되는 일은 드물었으니까. 밝아진 우리의 표정과 대비될 정도로 리체의 안색이 어두워진다.

“르한은 오늘 오지 않는 거야?”

“그걸 왜 내게 물어? 네 동생이라며.”

그녀는 내가 르한이 내 동생이라는 사실을 주장한 양 대답했다. 그 말투에 기분이 약간 상했지만, 나는 티 내지 않으며 미소 지었다. 이런 유치한 수작에 발끈하면 그가 내 동생이 아니라고 말하는 꼴이 되니까. 나는 르한과 부모님이 내게 소중한 가족이라는 사실에 떳떳했다.

“르한이랑 네가 친한 줄 알았지. 아니었나 보구나.”

리체와 말 몇 마디 섞었을 뿐인데 금세 피로해졌다. 나는 더는 그녀와 엮이고 싶지 않아 고개를 틀었지만, 그녀는 내 비아냥에도 물러날 기미가 없다.

"라페르트 전하는 왜 안 보이시니?"

"글쎄. 뵙고 싶으면 기다려. 곧 오실 거야."

"아르눌프 전하도, 나이젤 전하도 이미 와 계셔. 예법에 어긋나는 일이야."

예법 따지다 목이 날아가고 싶으면 계속 그러렴. 나는 목까지 올라온 막말을 삼키며 그저 웃었다. 조금만 참자. 애초에 루페르트가 예의 바른 사람은 아니다. 예법은 무슨. 상식적인 예의조차 제대로 지키는 법이 없는 황족인데 무얼.

"로하르 경께서 심심하겠어. 가서 춤이나 추고 와, 리체. 나는 계속 여기 있을 테니까."

르한의 사관학교 선배는 마침 접시로 손을 뻗고 있었지만, 나는 이를 보지 못한 척 리체를 쫓아내기 위해 그를 이용했다. 그는 분명 리체가 초대한 손님일 테니까. 그는 배가 고팠는지, 괜찮다는 양 양손을 흔들었다. 생도라면 저학년 시기에는 눈칫밥 먹는 일이 예사가 아닐 텐데 왜 저리 눈치가 없지?

"아니에요, 로하르 경. 두 분의 시간을 빼앗고 싶지 않아요."

"괜찮……."

"리체, 정말 상냥한 남자분의 에스코트를 받는구나."

나는 손사래를 치는 그를 향해 웃어주었다. 그제야 그는 천천히 리체에게 손을 내민다.

"베아트리체, 내게 당신과 춤을 출 영광……."

"좋아요."

리체는 그의 말을 앙칼지게 끊으며 대답한 후 그의 손을 잡고 홀로 향했다. 때마침 춤을 즐기기 좋은 왈츠가 흘러나온다. 길이가 긴 곡이니 그녀는 금방 이곳으로 돌아오지 못할 것이다. 나는 서둘러 토리에게 눈짓하고 자리를 이동했다.

쓸모없는 신경전을 벌이고 싶지 않다. 오늘은 그녀 말고도 신경 써야 할 사람이 태산이었으니까. 아르눌프의 반응을 신경 써야 했고, 나이젤도 마찬가지였다. 황비 쪽에서 어떤 태도를 취할지 예상해야 했다. 태자가 책봉되었다는 사실에 너무 놀라 과거에는 그들의 반응에 주목할 여지가 없었다. 분명 무슨 수를 쓰려고 할 텐데 말이다.

"토리, 전하는 도대체 언제 오시는 거예요?"

"저도 언질 받은 게 없어서요. 괜찮아요, 라리? 힘들어 보여요."

"그냥…… 긴장돼서요."

상황이 완전히 뒤집어지는 날인데 토리는 무척 태연했다. 아직 실감이 나지 않는 걸까? 아니면, 너무 오래 기다리며 준비해왔던 터라 감흥이 없는 걸까? 루페르트도 토리와 비슷한 태도였다. 도무지 행복해 보이지가 않았다. 그런 설움을 안고 살았으니 권력을 잡게 되어 기쁠 텐데도 말이다.

"토리는 기쁘지 않나요?"

"뭐가요?"

"오늘 말이에요. 많은 것들이 바뀔 테니까."

"저는 잘 모르겠어요. 전하는 그대로여요."

루페르트는 그대로다. 그건 그랬다. 그 성질머리가 어디 가겠냐마는, 그래도 상황이란 것이 변하질 않는가. 궁도 옮길 테고, 더는 여장을 하지 않아도 되었다. 황궁 밖 외출 시에도 그리 숨어서 나가지 않아도 될 테고.

"전하가 정말 그대로일까요?"

상황이 변하면 사람도 변한다. 내가 가장 두려워하는 문제였다. 내가 '지금' 아는 루페르트가 더는 그 루페르트가 아니게 될까 봐. 나를 아끼겠다, 자신의 것으로 거두겠다 말한 사람의 마음이 변할까 봐.

토리가 나를 빤히 본다. 질문의 의도가 궁금한 듯했지만, 내 비밀을 말해주지 않고 지금의 마음을 설명할 길이 없어 입을 다물었다.

"……저는 전하를 믿어요, 라리."

그녀가 큰 확신은 느껴지지 않는 목소리로 웅얼거린다.

"변하지 않는다면 다행이고요."

"더 변하시진 않을 거여요."

문득 내가 말하는 변화와 그녀가 뜻하는 변화가 다르다는 생각이 든다. 토리는 더는 이 이야기를 하고 싶지 않은 듯 내가 접시에 담아준 핑거푸드를 단번에 입에 욱여넣었다. 예법에 어긋나지만, 딱히 지적하고 싶지는 않다.

예법에 무슨 의미가 있나 싶다. 나이젤이나 리체나, 과거의 나나 예법이라면 목숨을 걸고 지키는데 우리가 과연 토리보다 더 도덕적이고 바른 인간들이었을까. 예전이라면 몰라도 지금은 전혀 그런 생각이 들지 않는다.

발코니와 가까워 서늘한 바람이 느껴졌다. 나는 내 질문에 기분이 상한 것인지 뾰로통해진 토리를 두고 걸음을 옮겼다. 마음이 답답해 바람이라도 쐬고 싶은 심정이다. 그가 태자가 되면 모든 일이 시원스레 해결될 거라 생각했는데, 막상 오늘이 오니 그럴 것 같지가 않다.

권력을 잡는 데에는 또 어지간한 우여곡절이 있을 터. 과거에는 루페르트 혼자 헤쳐갔겠지만, 지금은 내가 함께해야 했다. 토리조차 믿을 수 없게 되니 불안해졌다. 내가 정말 그를 도울 수 있을까?

무도회는 초저녁에 시작했는데 벌써 하늘이 어두컴컴하다. 별이 드문 수도의 까만 밤하늘에는 초승달만 외로이 떠 있을 뿐이다. 오늘따라 달빛이 흐려 수도는 검붉게만 보인다. 이런 밤에는 늑대인간이나 흡혈귀가 나온다는데.

"누님."

"꺄악!"

익숙한 음성이긴 했지만 나 혼자 있다고 생각했는데 갑자기 튀어나온 목소리에 놀랐다. 내가 가슴을 부여잡고 화들짝 놀라자 목소리의 주인이 더 당황한 듯 손을 뻗었다. 볼 때마다 성장하는 나의 동생-이제는 동생이라고 생각해야 할지 고민해야 했지만-이다.

"르한?"

"격조했습니다."

"격조는 무슨, 얼마 전에 봤으면서."

그는 짧게 목례한 후 천천히 발코니로 걸어왔다. 인공적인 조명도 놓이지 않은 발코니라 얼굴이 제대로 보이지 않는다. 나는 그의 표정을 목소리로 가늠하며 다시 입을 뗐다.

"리체랑 온 거야? 리체는 다른 생도랑 있던데."

"아니요. 혼자 왔습니다."

"네게 초대장이 갔단 말이야?"

"벨루아의 장남이니까요."

아, 그랬지. 그는 벨루아의 후계자였다. 나는 후계자가 될 수 없는 여자니까.

"초대는 강제성이 없잖아. 여기 온 이유가 따로 있는 것 아니니?"

"누님의 말대로라면 오늘 무도회가 조금 수상하지 않습니까?"

나는 르한의 딱딱한 대답에 조금 실망했다. 미래를 겪고 왔다는 내 말을 완전히 믿지 못하겠다는 걸까? 그래서 제 눈으로 확인하고 싶은 건가?

"뭐, 어떤 점이?"

"누님은 그가……."

"그래, 전하는 지배자가 되실 거야."

그 시발점이 오늘의 무도회였다. 내 말에 르한은 놀라지 않았다. 그도 이 뜬금없는 연회가 이상하긴 했을 테니까. 황후가 죽었다는 사실을 숨기기 위해서였는지 황제는 거의 은둔하다시피 해왔다. 공식석상도 몸이 좋지 않다는 핑계로 피하기 일쑤고 이유 없이 즐기기 위한 무도회는커녕, 꼭 열어야 할 연회조차 생략해왔다.

그런 황제가 중앙귀족이란 귀족은 모두 초대해 '생각 없이' 즐기기만 하라 명했으니 모두 의문을 품고 있기는 할 것이리라. 그러나 르한이나 아버지처럼 라페르트 황녀가 황태자로 책봉되리란 사실은 상상도 못 하고 있겠지.

"그렇습니까?"

"그래, 르한. 내 말을 믿지 못하겠다면 오늘 직접 보렴."

"누님을 의심한 게 아닙니다."

그는 억울하다는 듯, 눈썹을 약간 찡그리며 대답했다. 그의 목소리는 낮고 사근사근한 투라 어린아이를 달래는 듯했다. 숱 많은 눈썹이 꿈틀 거리는 게 발코니에 아주 조금 새어드는 달빛에 보인다.

"내 말이 진실인지 알아보려는 거잖아."

"아닙니다. 누님을 의심한 것이 아니라, 같은 역사가 반복되는지 확인하기 위함이었습니다."

"그게 그 소리지, 뭐."

나는 어깨를 으쓱하곤 발끈하는 르한에게서 고개를 돌렸다. 미래가 반복될 것인지 확인하려 했다니, 우스웠다. 당연히 반복된다. 변한 것이 없으니까. 내가 겪은 미래와 현재에서 변수라고는 고작 나뿐이었다. 루페르트 옆에서 얼쩡댈 뿐인 귀족 여자아이.

내가 군대를 끌고 들어와 루페르트의 세력을 박살낸 것도 아니고, 암살자가 되어 그를 살해한 것도 아닌데 도대체 무엇이 바뀔 수 있겠는가.

"괜찮아. 완전히 믿으리라 기대하지도 않았어."

나는 무어라 더 말하려는 르한을 가로막으며 고개를 저었다. 순간 바람이 거세지나 싶더니 내 얼굴을 무언가가 툭 치고 떨어진다. 나는 바닥에 흩어진 금사와 비슷한 물체를 멀거니 바라보았다. 어두워 제대로 보이지 않아 몸을 숙였다.

"뭡니까?"

르한도 궁금했는지 수그려 앉는다. 나는 무릎을 붙인 자세를 유지한 채 바닥으로 손을 뻗었다. 가느다랗지만 천을 엮는 실의 감촉이 아니다. 뻣뻣한······.

아!

"사람 머리카락 같은데."

나는 그제야 실뭉치 끝에 묶여 있는 천을 발견했다. 고급공단으로 만든 붉은 리본에 황가의 문양이 수놓여 있다. 눈에 익은 물건이다. 루페르트의 드레스 목깃에 장식으로 달려 있거나, 루페르트가 제 머리를 높이 묶을 때 쓰던 것이니까.

"머리카락이요?"

르한이 나를 따라 실뭉치를 집고는 꺼림칙한 목소리로 묻는다. 나는 머리카락을 들고 밝은 홀 쪽으로 나갔다. 홀의 화려한 샹들리에 불빛 아래에서 실뭉치가 반짝인다. 태양을 빻아 만든 듯 화려한 금색이다.

루페르트.

루페르트의 것이다. 이 정도 길이라면 머리카락을 전부 쳐낸 것이나 마찬가지였으리라. 도대체 어디서 이렇게 싹둑 잘라버렸나. 나는 풍향을 생각하며 다시 발코니로 나왔다.

"르한, 너 비출 만한 것 없니?"

내 물음에 르한이 고개를 젓는다. 옆이나 위에서 떨어졌을 법한데. 나는 다시 홀로 나와 르한과 같이 있던 발코니의 옆쪽으로 걸음을 옮겼다. 본궁 홀 위쪽은 시종과 하녀의 숙소였다. 루페르트가 그곳에 있었을 리 없으니 위에서 떨어뜨린 것이 아니라면 옆에서 날아왔겠지. 그러나 내가 채 옆 발코니에 발을 들이밀기도 전에 홀 쪽이 웅성이기 시작했다.

"주목하시오! 황제 폐하이십니다!"

왈츠를 연주하던 관악대가 웅장한 음악을 자아낸다. 춤을 추던 사람들은 모두 가장자리로 물러났다. 홀 입구부터 가장 상석에 위치한 황좌까지 시종들이 허겁지겁 붉은 카펫을 펼친다. 주인공은 본시 뒤늦게 등장하는 법이라지만, 그걸 감안하더라도 제법 등장이 늦은 황제는 근위대가 열어주는 문틈으로 모습을 드러냈다.

"황제 폐하 드십니다!"

근위대장으로 보이는 풍채 좋은 남자가 목청을 높였다. 황제에게 인사를 하지 않는 몰상식한 짓을 벌일 수는 없었으므로 나는 드레스를 잡고 고개를 숙였다. 사람들이 일제히 몸을 숙이니 각기 다른 드레스가 파도처럼 출렁거렸다. 나는 색색이 다른 비단의 파도에서 루페르트를 찾기 위해 눈을 굴렸다. 황제가 등장했으니, 그도 왔을 텐데.

황제는 내가 루페르트를 통해서 마지막으로 봤던 때보다도 야위어 있다. 하긴, 죽을 내가 되었으니 대지를 책봉하는 것이겠지. 사신을 달고 다닌다고 해도 믿을 만큼 죽음에 가까워진 병자의 모습이었지만, 안타까운 마음은 들지 않았다. 그는 내가 상상할 수도 없을 정도로 이기적인 괴물이니까.

루페르트는 폭군으로 오명을 남기고, 그는 나름의 성군으로 기억된 것이 억울할 정도였다. 그가 모든 패악의 원흉이었는데.

아직 머리가 셀 정도의 나이는 아님에도 군데군데 희끗해진 금발을 넘긴 황제가 느릿느릿 황좌에 도달했다. 굽은 등에서부터 황제의 붉은 로브가 흘러내린다. 황제의 붉은색은 권위를 상징했다. 그는 1,000년이 넘어가는 역사를 지닌 그 색에 눌려 질식할 것처럼만 보였다.

황좌의 등받이에는 똬리를 튼 뱀이 입을 벌리고 있다. 황제가 앉으면 꼭 목 주변에 아가리가 닿을 위치였다. 벨네르움 황가를 지키는 바실리스크는 배신의 상징인 뱀으로, 황좌라는 것이 그만큼 위험한 자리라는 의미한다고 했다.

털썩.

모두가 숨죽여 그의 로브가 출렁이는 소리가 홀을 울릴 정도였다. 숨소리조차 나지 않을 정도로 조용한 홀의 상석에서 그는 나지막이 입을 열었다.

"모두 와주어 고맙소."

"초대되어 영광일 뿐입니다, 폐하."

황좌에서 제일 가까운 데 앉아 있던 황비가 웃으며 대답했다. 원래는 황후의 자리인데, 황후는 보이지 않는다. 더는 겉으로 보기에도 멀쩡하지 않은 걸까? 그녀를 떠올리자 목까지 답답함이 차오른다. 루페르트의 절망하던 얼굴이 생각났다. 절망이 절망인 줄 모르던, 하얗게 질린 어린 얼굴.

"짐이 오랜만에 연회를 베푼 까닭이 궁금들 할 것이오."

정말로 궁금했는지 모두가 황제의 말에 집중한다. 그는 뜸을 들이듯 와인으로 목을 축인 후 천천히 입을 열었다.

"오늘의 사안은 제국의 미래가 걸려 있으며, 짐의 뜻은 확고하오."

"어떠한 뜻이 확고하신지요?"

황비가 마치 그와 개인적인 대화를 하는 양 묻는다. 애초에 그녀처럼 황제에게 말을 걸 수 있는 신분의 사람도 없었으니 나머지는 그들의 대화를 경청하는 수밖에 없다.

"오늘 짐은 미뤄왔던 태자의 책봉을 거행하려 하오."

황비의 낯이 눈에 띄게 밝아졌고 고르텐 후작과 대화를 나누던 아르눌프의 눈이 휘둥그레진다. 언질을 받은 게 없으니 놀랐을 것이다. 당연하다. 태자가 될 사람은 그가 아니다.

"그리고 태자에게 섭정을 맡길 생각이오. 짐은 심신이 지쳐 나라를 돌볼 여력이 없으니."

"섭, 섭정이요?"

제 아들에게 나라를 고스란히 넘겨준다는 소리처럼 들렸는지 황비의 입이 찢어질 듯 호선을 그린다. 욕심이 득실거리는 그녀의 눈은 우아한 외모에 어울리지 않았지만, 그보다 더 어울리지 않는 것은 걱정 가득한 목소리였다.

"섭정이라니요, 폐하! 아르눌프는 어려 미숙합니다. 기운을 내셔야죠. 아직 정정하시옵니다."

미숙하긴 했지만 어리진 않건만, 황비는 영문을 몰라 고개를 갸우뚱하는 제 아들을 가리키며 울상을 지었다. 황제는 그런 그녀를 무시하고 팔을 들었다. 그러자 근위대장이 홀의 문을 열었다.

왜 문을? 황비를 포함해 모두가 의문으로 가득 차 시선을 옮긴다. 황제가 들어올 때보다 더 천천히 움직이는 문은 마치 잠긴 것을 억지로 여는 양 마찰음을 내며 열렸다.

"태자 전하 납십니다!"

근위대장이 아까보다도 목청을 높였다. 조용했던 홀 여기저기 메아리처럼 같은 말이 울렸다. 태자 전하 납십니다! 도대체 무슨 일인가 싶어 서로에게 소곤거리는 사람들을 조용히 시키기 위함인지, 근위대장이 다시 외친다.

"태자 전하 납십니다! 모두 인사하십시오!"

태자 전하가 납신다는데, 당연히 인사를 드려야 했다. 사람들은 당황을 채 숨기지 못하고서 고개를 숙였다. 루페르트는 그 어수선함 사이로 모습을 드러냈다.

가장 먼저 눈에 띈 것은 그의 화려한 금발이다. 머리가 길 때만큼 찬란하지는 못했지만, 여전히 눈길을 끌었다. 긴 머리로 가리고 있던 뚜렷한 이목구비가 제 모습을 드러낸다. 저 얼굴을 어찌 여자로 믿고 지냈나 싶을 만큼 사나운 분위기를 담고 있었다.

아르눌프의 유한 선과는 차원이 달랐다. 그를 잘 알고 지내는 나조차 어린 맹수가 이빨을 드러내는 느낌을 받았으니, 다른 이들이 그에게 받을 인상을 짐작할 수 있었다.

"루페르트 에드가 라스페 벨네르움 태자 전하 드십니다!"

그는 주춤하는 기색도 없이 황제와 태자만이 걸을 수 있는 붉은 융단을 걸었다. 뚜벅뚜벅, 소리가 조용한 홀을 크게 울린다. 벨네르니의 붉은 길. 황좌에 앉을 자격이 있는 이들만 감히 밟을 수가 있어 황자들에겐 그럴 자격조차 주어지지 않는다. 아르눌프의 얼굴이 황망함으로 일그러졌다.

루페르트가 반쯤 홀을 가로지른 순간, 아르눌프가 악에 받쳐 소리를 지른다. 평소의 능글맞은 표정은 찾아볼 수 없이 흥분한 기색이다. 하얀 얼굴이 새파랗게 질렸다. 황비 또한 진정을 찾지 못하고 벌떡 일어나 있었다.

"누굽니까! 저자는 누구기에 태자라 주장합니까, 폐하!"

루페르트는 잠시 발을 멈추었다. 제 걸음을 방해받은 것에 불쾌하지도 않은지 그는 비뚜름히 웃어 보였다. 나는 자주 보아 아는, 대단히 비틀린 의미가 담긴 미소였지만 다른 이들에겐 그리 비치지 않았는지 소녀들이 쑥덕였다.

"아우를 못 알아보십니까, 형님."

루페르트가 등장해 처음으로 입을 열었다. 낮지만 굵지 않은 음성이다. 살짝 장난기마저 담겨 있는 게 아르눌프의 약을 올리기로 작정을 했구나 싶다.

"너, 너!"

"말씀하십시오. 기다리겠습니다."

루페르트는 한쪽 다리를 비스듬히 틀며 자칫 건방져 보일 수 있는 자세로 아르눌프에게 턱짓했다. 깨끗한 녹안에 총기가 반짝인다. 이 상황이 무척이나 재밌는 듯하다.

"이, 미친, 이럴, 수는 없어!"

"제국어를 잊으셨나 봅니다."

"아아악!"

아르눌프가 분을 참지 못하여 뒷목을 잡고 몸을 젖힌다. 그가 쓰러질까 걱정한 측근들이 달려든다. 황비가 조르르 달려와 황제 앞에 무릎 꿇는다. 통곡에 가까운 목소리였다.

"폐하, 폐하! 제게 이러실 수 있습니까!"

"물러나라."

"폐하, 제게 이러실 수 없습니다! 제 부친이 이 사태를 좌시하실 줄 아십니까!"

"지금 감히 짐을 협박하는가."

황제가 웃었다. 황비는 말실수를 했다 싶은지 입술을 깨물었다. 황권을 다지는 데 사활을 걸었던 황제다. 제 형을 배신해 찬탈한 황위인데 오죽 아꼈을까.

그는 자리에서 일어나 주저앉은 황비에게 다가갔다.

"황비 자리라도 유지하고 싶거든 말조심하라."

"악!"

"황후와 짐 사이의 아들이 곧 가장 적법한 나의 후계다. 너의 투기를 두려워한 황후가 황자의 성별을 숨기며 키웠지."

황제가 바닥을 짚은 황비의 손등을 지르밟았다. 악에 찬 울음이라도 터트릴 줄 알았지만, 그녀는 돌연 태도를 바꿨다. 갑작스러운 그 변화가 무섭게 느껴질 정도였다.

"황후…… 황후 폐하의 아들이라 하셨습니까?"

"그러하다."

"송구합니다, 폐하."

황비는 자신을 지나치는 황제의 등에 대고 몸을 숙였다. 눈에는 눈물이 맺혀 있었지만, 자세히 보지 않으면 티가 나지 않을 정도로 차분한 태도였다. 울분에 차 기절할 지경에 다다른 제 아들과는 달랐다.

황제는 그런 황비를 눈여겨보지 않은 채 루페르트 쪽으로 몸을 돌렸다. 그가 천천히 손을 뻗자 루페르트가 허리를 깊게 숙인 후 황좌가 위치한 상석으로 향한다.

"에드가."

아마 루페르트가 생전 단 한 번도 불려본 적 없을 아명일 터. 그러나 그는 황제가 입에 올린 이름이 자신의 것이 확실한 양 부드럽게 미소 지었다. 그린 듯한 미소였다. 그린 듯, 인형 같은.

"예, 폐하."

"머리를 잘랐구나. 잘 어울려."

구역질나는 칭찬이다. 그가 언제부터 루페르트에게 신경을 썼다고. 그러나 그의 말대로 루페르트에게 목덜미가 훤히 드러나는 짧은 머리는 무척이나 잘 어울렸다. 그의 차가운 인상과 어우러졌다.

"대신관은 올라오라. 오늘 이 자리에서 정식으로 태자를 책봉하겠다."

황제의 명이 떨어지자 신관 차림을 한 중년 남성이 단상에 올랐다. 그의 손에는 붉은 방석에 귀한 몸을 앉힌 금빛 관이 준비되어 있었다. 정식으로 태자가 책봉된 지 꽤 긴 세월이 흘렀으니 상트 볼고르와드의 먼지 가득 쌓인 궤짝 안에 오래 묻혀 있을 물건이다. 그러나 그 빛은 전혀 바래지 않았다.

황금으로 둘러진 테두리도 테두리였지만, 군데군데 장식된 보석들

또한 각기 찬란한 빛을 내뿜고 있다. 어른 주먹만 한 루비가 가운데 박혀 있는데, 저거 하나 팔면 성(城) 하나를 살 수 있겠다 싶을 정도다. 다이아몬드가 황관을 덮다시피 해서 제대로 눈을 뜨고 보기도 어려웠다.

저런 게 사치인데.

나는 나의 사형 죄목을 떠올리며 황태자의 관을 바라보았다.

대신관과 사람들 앞에 무릎을 꿇은 루페르트의 어깨에 붉은 로브가 걸쳐진다. 어깨를 장식하는 보석은 사파이어였다. 대신관은 사람들이 알아들을 수 없는 신의 언어를 중얼거리더니 품에서 물병 하나를 꺼냈다.

"성수로 태자 전하의 죄를 깨끗이 씻어내겠습니다."

루페르트의 숙인 고개가 움찔했다. 분명 잔뜩 인상을 쓰고 있으리라. 그는 신을 믿기는커녕 경시하니까. 신관은 태자가 평소 신을 마구 모독하는 불경한 인간이리라고는 상상도 못 하는지, 흐뭇한 미소를 지으며 루페르트의 머리에 성수를 부었다.

"이 모든 것이 신의 뜻일지니."

다시금 움찔. 나는 그의 꿋꿋한 인내에 웃어버렸다.

"루페르트 에드가 라스페 벤네르움, 붉은 황좌의 수호자, 적도의 인도자, 벨리마 1세의 가장 결백한 후손인 당신을 위해 신의 뜻을 받드는 제가 감히 기도하겠습니다."

신관은 절절한 기도를 올린 뒤 루페르트의 머리에 지독히도 화려한 황관을 씌워주었다. 그를 위해 새로 제작한 것도 아닐 텐데 신기하게도 딱 맞았다. 황관을 비스듬히 쓴 그는 누가 봐도 황태자이다.

나는 눈부신 황관에도 지지 않는 그 외모의 화려함에 질려버렸다. 벌써부터 주변에 옹기종기 모여 있는 시녀와 영애들이 발을 굴러댄다. 저 얼굴로 출신과 관련된 논란을 잠재웠다고 해도 과언이 아니니 당연한 반응인가.

"본의 아니게 많은 분들을 기만한 꼴이 되어 미안하다는 말을 하고 싶습니다. 황후 폐하는 몸이 편찮으셔 두려운 것이 많으셨습니다."

황좌 옆 공석, 본시 황후가 앉아 있어야 할 자리에 앉은 루페르트가 느긋하게 입을 뗐다. 소란하던 군중이 잠잠해진다. 그는 제 턱을 쓸며 아래를 훑었다. 정작 나는 무척이나 마음을 졸였는데, 그는 긴장한 기색이라고는 조금도 없이 여유로웠다.

나는 사람들을 천천히 둘러보던 그와 눈이 마주쳤다. 그는 무엇이 마음에 들지 않았는지 한쪽 눈썹을 올렸다. 그냥 내 얼굴을 본 게 싫은 걸까. 그때 그의 입술이 움찔한다. 무어라 말을 하고 싶은 모양이다. 의중을 알 수 없어 고개를 갸웃거리는데 머릿속이 찌르르 울리는 익숙한 통증이 느껴진다.

– 어깨 펴.

나는 환청만 같은 루페르트의 목소리에 등을 바로 했다.

– 기죽지 마. 뒈지기 싫으면.

그런 겁박이 더 내 기를 팍팍 죽이는 줄은 모르겠지. 나는 툴툴대면서도 목을 길게 뺐다.

"제가 태어나자마자 암살의 위험이 몇 차례나 있었다 들었습니다. 피치 못한 선택이었으니 모두의 이해를 감히 구합니다."

나는 루페르트가 저렇게 공손한 어투를 쓸 수 있는 인간인지 처음 알았다. 나는 마치 귀공자—보다 귀한 황태자셨지만—같은 그를 올려다보며 입을 떠억 벌렸다. 경악스럽다. 경악스러운 것은 황비도 마찬가지였는지, 그녀는 황급히 단상에 올라 그의 앞에 고개를 숙였다.

"루페르트 태자 전하, 제국의 하나뿐인 황비인 제가 인사가 너무 늦었습니다."

"아닙니다, 황비 전하."

"귀한 태자 전하께서 암살의 위험을 겪으셨다니, 제 마음이 아프다

못해 미어집니다. 얼마나 가혹한 시간을 보내셨을까."

어이없을 법도 한데 루페르트는 웃지 않았다. 그저 싱긋, 아까와 같이 인형 같은 미소만 띨 뿐이다.

"마음을 아프게 해드려 죄송합니다, 황비 전하."

"도대체 누가 감히 황후 폐하의 소생인 태자 전하를 위험에 빠뜨렸는지 저로서는 상상도 가지 않습니다. 알았다면 지켜드렸을 텐데요. 제가 제 부친께 부탁해 태자를 보필할 솜씨 좋은 기사를 선별하겠습니다."

이 자리에 그녀의 말에 속을 만큼 멍청한 사람이 과연 몇이나 있을까 싶지만, 그녀의 얼굴이 어찌나 절절한 걱정을 담고 있는지 감탄이 나올 정도였다. 속으로는 찢어 죽이고 싶을 텐데.

루페르트도 기가 막힐 테지만 그는 천천히 자리에서 일어나 황비의 손을 잡아 그녀를 일으켜 세웠다.

"귀한 제국의 기사를 어찌 함부로 받겠습니까. 황궁의 근위대로 충분합니다."

"아닙니다, 태자 전하, 제가 전하께 드리고 싶은 선물……."

"괜찮습니다. 편히 대하십시오. 아들처럼."

하.

뻔뻔한 것은 루페르트도 마찬가지였다. 그는 황비의 말을 끊으며 부드럽게 몸을 돌렸다.

"검증도 되지 않은 제가 갑작스레 태자로 책봉되어 당황스러우실 것, 잘 압니다. 벨네르니를 위한 최선의 선택만 할 테니 부디 안도하시길 바랍니다."

피바람을 불러일으킬 수도 있는 책봉식이었다. 그의 말에 가장 안심하지 못한 사람은 그 수많은 사람들 중에서도 아마 나였을 것이다. 숙청에 휩쓸릴 가문 중에 벨루아도 있었으니까.

나는 그의 구박을 받을까 어깨를 당당히 펴면서도 걱정을 감출 수가 없었다. 나는 옳은 선택을 했던 걸까? 길이 하나뿐이라 생각했지만, 과연 하나였을까?

"태자 전하를 위하여!"

루이제가 와인잔을 높게 들며 외친다. 벅찬 감동으로 뒤덮인 얼굴이다. 하긴, 그만큼 루페르트의 태자 즉위식을 기다린 사람도 없다. 사람들은 그에 선동당한 듯 일제히 목소리를 높이며 건배했다.

"태자 전하를 위하여!"

어수선함, 웅성거림, 울부짖음, 감탄과 한탄, 조롱과 찬사, 그 혼란함의 중심에서 루페르트는 태자가 되었다. 벨네르니의 붉은 길을 찢어발길 듯 험한 걸음으로. 마구잡이로 찍힌 발자국을 지켜볼 사람은 오롯이 나였다.

287년 9월의 일이다.

태자로 책봉된 루페르트는 그간 받지 못했던 황태자로서의 교육을 받느라 눈코 뜰 새 없이 바빴다. 나는커녕 토리조차 겨울이 다 되어가는 동안 그를 볼 수 없을 정도였다.

낡은 별궁으로 우르르 몰려든 시종들이 그의 갖은 물건을 정리해 본궁 다음으로 큰 성으로 그의 거처를 옮겨버렸다. 그런대로 잘 자리 잡았는지 곧 토리와 나의 짐도 정리해버렸기 때문에 우리는 얼떨결에 보따리를 안고 종종걸음으로 시종관을 따라나섰다. 황제와 황후가 머무는 본궁에 배치된 시종관 다음으로 높은 자리에 있는 내관이라고 자신을 소개한 그는 권위적인 분위기를 풍겼지만, 토리에게까지 예의를 차리는 태도가 마음에 들었다.

"아, 너구리!"

나는 가던 걸음을 멈추고 손뼉을 쳤다. 품에 안고 있던 보따리가 바닥에 툭 떨어진다. 토리가 얼른 보따리를 집어 나에게 건네주었다.

"토리, 우리 너구리 놓고 왔어요."

그녀는 마치 나의 말이 들리지 않는다는 양 눈을 굴리며 딴청을 피웠다. 작은 소란에 앞서던 시종관이 돌아본다.

"무슨 일입니까?"

"전하의 애완동물을 두고 와서요. 데려가야 하지 않을까요? 나중에 찾으실 수도 있는데."

"태자 전하께 애완동물이 있었습니까? 마구간에 있던 명마는 저기 오고 있는데요."

마부가 데려온 말은 제프리였지만, 나는 딱히 정정해주지 않았다. 루페르트는 말 한 필 없는데, 시녀인 내가 말을 소유하고 있다는 사실을 껄끄럽게 여길 수도 있다.

"너구리를 한 마리 키우세요."

"……너구리요?"

시종관은 당황한 얼굴이었다. 그가 눈살을 찌푸리든 말든 나는 발을 동동 구르며 토리를 돌아보았다.

"제가 데려올까요?"

"꼭 그래야 하나요?"

토리가 눈을 동그랗게 뜨며 반문한다. 영 꺼림칙하단 표정에 나는 그녀가 너구리를 일부러 놓고 온 게 아닌가 하는 생각까지 들었다.

"당연하지요. 전하가 아끼시잖아요."

"……라리 혼자 다녀와요. 저는 다리가 아파요."

그녀는 시종관과 단둘이 있는 것을 어색해했지만, 숲에 가기는 더 싫은지 고개를 저었다. 나는 설득을 포기하고서 우리를 멀뚱히 바라보고 있는 시종관을 바라봤다.

"제가 다녀올게요."

"괜찮겠습니까? 너구리라니…….."

"애완동물이라 괜찮을 거예요. 저를 아니까."

그는 내 말을 완전히 믿지는 못하는 것 같았지만, 태자의 애완동물을 버리고 올 수는 없는지라 나를 보내주어야만 했다.

"그럼 다녀올게요."

나는 토리에게 내 보따리를 맡긴 후 별궁으로 향했다. 숲에 서식하는 데다 야생동물에 더 가까웠으니 두고 가도 굶어 죽지는 않겠지만, 그토록 제 것에 집착하는 루페르트가 너구리를 찾지 않을 리 없다.

별궁을 떠난 지 얼마 되지 않아 되돌아오는 데 시간이 그리 걸리지는 않았다. 나는 금세 숲에 도달했다.

"구리야!"

속이 시커먼 너구리야, 구리구리야, 애타게 불러보지만 답이 없다.

"너구리! 너 집 옮겨야 해! 나와!"

조용하다.

"안 나오면 두고 갈 거야!"

나는 되도 않는 협박을 하며 빈 주머니를 탈탈 털었다. 아쉽게도 항상 들고 다니던 간식주머니를 깜박 잊었다. 달달한 비스킷이 있었다면 냄새에 홀려 금방 나타났을 텐데.

"아앗, 저기 호랑이가 있잖아!"

나는 너구리가 혹여 잘 보이지 않는 나무 뒤에서 나를 훔쳐보고 있을까 봐 호들갑을 떨었다. 이러면 겁먹고 나오지 않으려나. 이 숲은 호랑이는커녕 곰조차 나올 만한 크긴 아니지만 알 게 뭐람.

"……지랄하네."

"꺄아악!"

"입 다물어. 시끄러워."

나는 화들짝 놀라 몸서리를 쳤다. 심장이 튀어나올 것처럼 뛴다. 전혀 기대하지 않은, 이 자리에 있으면 안 될 사람이 커다란 나무 위에 앉아 있었다.

"전하?"

굵게 뻗은 나뭇가지에 기대앉아 있던 루페르트가 천천히 몸을 숙인다. 나는 눈앞에 대롱거리는 그의 다리와 나무 그림자에 가려 잘 보이지 않는 그의 얼굴을 번갈아 보았다.

"여기서 뭐 하세요?"

"휴식."

"옮긴 궁에도 정원이 있지 않나요?"

"사람이 너무 많아."

오랜만에 마주한 루페르트는 조금 피로해 보였다. 이제는 키가 커지는 걸 걱정할 필요 없이 양껏 먹을 수 있으니 살이 오르기는 했지만, 퀭한 눈가가 그리 건강한 느낌은 아니다.

이맘때의 남자아이들은 정말 금방 자란다. 르한도 빨리 자라는 편이긴 했지만, 루페르트는 처음 만난 그 순간에 비교하면 완전히 딴사람 같다. 목소리도 굵어졌니.

"오랜만이에요, 전하."

나는 반가움에 함박웃음을 지으며 그의 발을 잡았다. 악수 대신이었는데, 그가 기가 막힌 듯 코웃음을 치며 날 뿌리쳤다.

"놔. 왜 웃고 난리야?"

"전하는 제가 반갑지 않으세요? 전 엄청 반가운데."

"반갑긴 개뿔."

루페르트는 신경질적으로 대답하며 나무에서 뛰어내렸다. 드러난 얼굴은 정말로 확연히 달라져 있다.

"전하 좀 못생겨지셨네요."

"넌 항상 만두 같네."

사실 전혀 못생겨지지 않았다. 외려 청년에 가까워진 모습이 신기했지만, 오랜만에 만났는데 반겨주지도 않고 매양 심술인 게 얄미워 볼멘소리를 하자 그는 아무렇지 않은 얼굴로 받아쳤다. 내 말에 전혀 타격을 받지 않은 그에 비해 나는 제법 상처를 받았다. 숙녀가 다 되어가는 나이인데 아직까지 만두 소리라니.

"저 살 빠졌어요."

"왜? 밥 잘 안 줘?"

루페르트는 정말 의아하다는 얼굴로 주방장의 솜씨가 별로냐 물었다. 그 이유가 아니라면 나는 살이 빠질 리 없다는 걸까?

"요즘 수련을 열심히 하거든요. 승마훈련도 하고요."

"기특하네."

루페르트가 담담히 나를 칭찬한다. 칭찬받고 싶어서 수련했던 건 아니지만, 막상 칭찬을 들으니 기분이 나쁘지는 않다. 너무 좋아하는 티를 내고 싶지 않아 삐죽 올라가려는 입가를 애써 잡아내리는데 그가 나를 힐끗거리더니 박수를 두어 번 친다. 그러자 멀지 않은 곳에서 놀고 있었는지 너구리가 허겁지겁 달려왔다. 내가 그렇게 절 찾을 때는 오지 않고선, 이 얄미운 짐승 같으니.

"데려가."

루페르트는 자신에게 달려온 너구리를 안아 들더니 내게 건네주었다. 나는 짐승의 부드러운 털을 쓰다듬으며 그를 올려다보았다.

"전하는요?"

"쉬다 갈 거야."

"황태자 교육이 많이 힘드신가요?"

"나를 염려하나?"

좀처럼 쉬는 적이 없는 사람이었는데 많이 지치긴 했나 싶어 걱정을 비치자 그가 인상을 찌푸린다. 걱정해줘도 지, 아니, 난리야.

"건강 상하실까 봐요."

"내가 못 미더워?"

"제가 언제 못 미덥다고 했나요? 잘하실 거 알아요."

과거에도 잘했으니 지금도 잘할 테지. 나는 루페르트의 인내심과 머리를 의심한 적 없다. 내가 너무 확신했는지 그가 눈을 가늘였다.

"넌 나를 너무 근거 없이 믿어."

"전하가 믿음이 가는 주인이신가 보죠, 무얼."

나는 그의 축객령이 떨어지기 전에 자리를 벗어나야겠다 싶어 드레스의 장식 끈으로 너구리의 몸통을 묶었다. 이러면 놓칠 일은 없겠지.

"저 가볼게요, 전하. 쉬세요."

"내가 이 자리에서 버티지 못하면 너도 같이 죽어. 알고 있나?"

그가 시답지 않은 소릴 한다. 내가 아주 큰 사고를 치지 않는 이상 그가 나를 버릴 것 같진 않단 믿음이 있어 제법 간이 커진 나는 코웃음까지 치며 대수롭지 않단 듯 대꾸했다.

"그럼요. 전하가 잘못되면 같이 죽을게요."

"……."

루페르트는 대답이 없다.

난 어깨를 으쓱한 뒤 다시 머리를 숙여 인사했다. 주인과 떨어져야 하는 것을 눈치챈 너구리가 몸에 힘을 준다. 나는 너구리를 꼭 감싸 안았다.

"교육 끝나면 얘 보러 오세요, 전하."

그가 성의 없는 턱짓으로 대답한다. 나는 너구리에게 제발 얌전히 있어달라 속삭이며 발을 옮기기 시작했다. 숲을 빠져나오는 내 등에 꽂히는 그의 시선이 느껴졌다.

왜 그런 질문을 할까? 설마 자신이 없나? 그렇다고 내가 미래에서 와서 아는데, 당신 살아남아 황제가 꼭 된다는 말을 해줄 수도 없는 노릇 아닌가. 갑작스레 올라앉은 태자의 자리가 무서운 걸까? 나는 그의 심 정을 감히 상상해보았다.

두려운 것이라곤 없는 괴물로만 보였는데. 루페르트의 피로한 얼굴 을 보니 기분이 가라앉았다. 토리에게 말이라도 해봐야 하나. 그렇다면 그녀가 그에게 힘이 되어줄 수 있을지도 모르는데.

나는 품 안에서 부스럭 소리를 내며 움직이는 너구리를 다독이며 걸 음을 빨리했다. 그러나 서두른 게 무색하게도 토리는 보이지 않았다. 그럴 만도 한 게, 너무 넓어 그녀를 바로 찾기가 힘들었다. 나는 도착하 자마자 나를 방으로 안내하려는 하녀에게 정원 쪽으로 발코니가 나 있 는 가장 저층의 방으로 바꾸어달라 부탁했다. 아무래도 내가 계속 너구 리를 돌보아야 할 것 같으니.

"1층의 침실은 발코니는 넓지만 방이 조금 좁으실 텐데요."

"괜찮아요. 전하의 애완동물을 돌볼 곳이 필요해서."

내가 너구리를 감싸고 있던 천을 살짝 풀어내자, 너구리가 기다렸다 는 듯 얼굴을 쑥 내민다. 하녀는 익숙하지 않은 동물에 놀란 듯 흠칫했 지만, 이내 녀석의 둥그런 눈에 사람 좋게 웃었다.

"특이한 동물을 키우시네요, 태자 전하는."

"아끼시는 애완동물이에요."

"아참. 전 로라라고 해요, 라리에트 님."

깜박했다는 양 혀를 살짝 내밀며 짧게 자신을 소개한 로라는 발랄한 성격 같다. 그녀는 나를 다른 방으로 안내하는 동안 쉴 새 없이 떠들었 다.

태자가 황녀로 정체를 숨기던 동안에는 뵙고 싶어도 뵐 수가 없어 어 떤 분인지 너무 궁금했다, 그런 미남일 줄 몰랐다, 자신은 다른 하녀들 과 달리 빚이 있어 팔려온 게 아니라 정말로 황궁이 좋아서 들어왔다 등등 짧은 시간 동안 본의 아니게 그녀에 대한 많은 정보를 수집할 수 있었다.

"황궁이 좋아요?"

"네. 멋있잖아요, 벨네르움 황실은 특히요. 불모지에 제국을 세운 위대한 사람들."

벨네르니는 땅이 척박하고 겨울이 길어 확실히 나라를 건립하기엔 힘든 곳이긴 하다. 지금은 기술의 발전과 술법, 식민지로 어느 정도의 번영을 유지하고 있기는 했지만. 건국왕 벨리마 1세가 술자가 아니었다면 불가능했으리라.

"그런데 벨리마 1세가 여자였다는 얘긴 들어보셨어요?"

"들어보기는 했죠. 흔한 속설이니까."

"라리에트 님은 어떻게 생각하세요?"

나는 그 가설을 믿지 않았다. 건국왕이 여자인 나라가, 직계황족이 황녀뿐이라면 선황의 형제에게 황위를 줄 만큼 남성 중심의 제국으로 성장했는지 납득이 가지 않기 때문이다.

"글쎄요. 아, 이 방인가요?"

대답하기 곤란한 질문을 피하고 싶었는데 때마침 내가 쓸 방에 도착했다. 나는 짐정리를 도와주겠다는 로라의 호의를 거절한 다음, 발코니에 너구리의 잠자리를 마련해주었다. 나를 도와주는 것이 제 임무인 양 한참을 얼쩡거리던 그녀는 내가 자신에게 눈길조차 주지 않자 미안한 얼굴을 하더니 슬그머니 자리를 떴다.

루페르트가 태자가 되니 그의 전속시녀인 나도 하녀를 부릴 위치가 되었구나 싶었다. 본시 귀족가 출신의 시녀는 사교계 인맥을 위해 황녀의 코트레이디를 하는 정도였으니 당연하기는 했다. 보통의 시녀는 황녀의 친우로서 꽃꽂이 수업이나 정원 산책 동반, 티파티 준비를 돕는 게 주된 일로, 토리와 내가 온갖 잡일을 하며 방치되었던 것이 예외였다.

"나도 익숙한 곳이 아니니 너무 돌아다니면 안 돼."

나는 너구리가 어느 정도 사람의 말을 알아듣는다고 믿기에 짐승에게 경고하듯 속삭였다. 너구리는 정말로 내 말을 알아들은 것처럼 조심스레 발코니를 훑더니 내가 만들어준 요람 비슷한 자리에 들어가 누웠다. 당장 정원으로 달려가버릴 줄 알았는데 다행이다.

나는 너구리가 자리를 잡고 나서야 마음의 여유가 생겨 방을 둘러볼 수 있었다. 별궁의 방보다 크기는 작았지만, 몇 배는 고급스럽다. 품종이 좋은 나무로 만들었는지 방 전체에서 은은한 향이 났다.

원래 쓰던 침대보다 훨씬 푹신한 침대에 안착한 나는 드레스의 안주머니에 넣어 옮긴 다이어리를 꺼냈다. 남들이 뒤질 수 있어 보따리에는 넣을 수가 없는 물건이다. 미래에 일어날 사건들을 내가 기억하는 대로 적어두었으니까.

287년에 일어난 사건을 메모한 부분을 펼친 나는 차근차근 지금까지 일어난 일들을 적어내렸다. 루페르트가 태자가 된 일, 태자가 되기 직전의 성격 등, 현재 기록할 만한 사건은 꽤 많지만, 내가 삶을 반복하기 전의 287년에 황궁에서 어떤 사건들이 일어났는지는 알 길이 없다. 나는 황실이나 황도의 삶에 관심을 둔 적이 없으니까.

남부는 항상 평화로웠고 나는 조용한 벨루아의 삶에 만족하는 사람이었다. 황실의 암투는 내게는 너무 먼 일이었다. 수도에서 일어나는 박진감 넘치는 사건이나 귀족의 스캔들을 일면으로 장식하는 타블로이드도 있었지만, 나는 그런 이야기들을 눈여겨 읽지 않았다.

조금이라도 봐둘걸. 뒤늦은 후회가 몰려왔지만 그런들 뭐 하겠는가. 나는 그나마 내가 알 정도로 큰 사건, 황비나 아르눌프의 사망 같은 것들을 다시 정리했다.

루페르트는 태자 시절을 조용히 보낸 편이었다. 황비는 원로회의 중심을 잡고 있는 인물이었으니 속으로는 칼을 갈고 있었을지라도 직접적으로 황비나 아르눌프를 공격하지는 못했으리라. 황비나 아르눌프를 용서하는 방향으로 갈 수는 없을까? 그럴 수만 있다면 루페르트가 폭군의 길에서 벗어날 확률이 높아진다.

머릿속이 뒤죽박죽이라 두통까지 인다. 나는 그가 행복해질 수 있는 미래를 설계하고 싶었다. 과거의 폭군이었던 그는 전혀 행복해 보이지 않았다. 밥도 제대로 못 먹던 때보다는 나아졌겠지만, 그런 광기에 휩싸인 인생이 행복하다 말할 수 있을까.

아르눌프가 루페르트를 괴롭히지만 않았더라면, 황비가 그의 목숨과 태자의 자리를 지독히 노리지만 않았더라면 살아남았을 수도 있을 텐데. 무거운 황제의 관을 버텨내야만 하는 자리가 무어 그리 좋다고 안달인지 모르겠다.

나는 루페르트가 황좌에 어울리는 사람이라고 생각하지 않았다. 그는 그런 무거운 의무를 짊어지기에는 너무 가혹한 삶을 살았다. 스스로를 돌볼 여유도 없다. 들꽃 한 송이 예쁜 줄 모르는 황량한 마음으로 어찌 모든 백성을 귀히 여기고 돌보겠는가. 루페르트가 황제로서 행복하길 바랐지만, 그건 너무 어려운 일처럼 느껴졌다.

"라리에트, 다녀왔나요?"

내가 작게 한숨을 내쉬며 다이어리를 덮는 순간 토리가 노크도 하지 않고 방으로 불쑥 들어온다. 나는 놀란 티를 내지 않기 위해 노력하며 자연스레 대답했다.

"……라리는 제가 너구리를 해치려고 한 일, 이해하지 못할 거예요."

그녀가 삐죽삐죽한 머리카락을 손으로 꼬며 입을 뗀다. 주눅 든 얼굴이 잔뜩 혼이 난 아이만 같다.

"네. 이해 못 하겠어요, 토리."

"라리의 이해를 바라지는 않아요, 저."

토리는 황궁생활이 꽤 됐음에도 아직도 궁중 언어가 어눌하다. 어느 때에는 완전히 적응한 것 같다가, 지금은 또 영락없이 처음으로 돌아간 것 같은 모습이다.

사실 옷차림이나 머리모양, 자세 정도를 제외하면 내가 그녀를 처음 만났던 3년 전과 다른 구석이 전혀 없다. 기이한 일이다. 아무리 성장이 느리더라도 어느 정도의 변화는 있을 법한데, 그녀는 전혀 자라지 않는다.

"제가 전하께 해를 끼치고 싶은 것이 아니라는 것만 알아주어요."

"그렇게 생각한 적 없어요."

지켜보는 내가 애달플 만큼 루페르트만 보는 사람이다. 어미새를 쫓는 새끼처럼. 죽고 못 사는 연인의 느낌은 아니지만, 그것보다도 더 진한 애정이었다.

"토리가 전하를 해칠 수 있다고 생각해본 적 없어요, 저."

토리의 둥근 눈이 반달로 접힌다. 그녀는 몹시 다행이라는 듯 두 손을 가슴에 얹고 한숨 쉬었다.

"다행이에요. 라리의 미움을 받고 싶지 않으니까."

그 말이 진심처럼 들려 나는 조금 고민했다. 그녀는 가끔 내게 날카롭게 굴고는 했다. 그러나 외부인처럼 느껴질 나를 받아들이는 과정이려니 생각하면 이해하지 못할 것도 아니다.

"토리는 전하가 변하는 걸 원하지 않는다고 했잖아요."

그녀는 내 질문이 곤란한 듯 고개를 기울였다. 흘러내린 뻣뻣한 머리카락이 조막만 한 얼굴을 가려버린다. 살짝 드러난 갸름한 윤곽이 어린 루페르트를 떠올리게 했다.

"왜요?"

"……위험하니까요."

"전하가 변하면 위험한가요?"

"라리가 가져올 변화는요, 위험하여요."

의아했다. 내가 루페르트를 변하게 했나? 루페르트는 변하지 않았다. 폭군이 될 소년이 폭군이 될 태자가 되었을 뿐이지.

"전하는 살아남으시려면 본인만 생각하셔야 되어요."

"토리, 숲에서 전하를 만났는데 엄청 지쳐 보이셨어요."

"……."

"황태자 교육이 힘들어서가 아닐 거예요. 토리가 옆에 없으니까 지친다고 느끼시는 거 아닐까요? 전하를 생각해주는 사람이 주변에 단 한 명도 없으니까."

토리는 입을 꾹 다문 채 물러났다. 내 말에 전혀 귀를 기울이고 싶지 않은 듯하다.

"전하는 저로 인해 변할 분이 아니에요. 사람은 원래 다 그래요, 토리."

사람은 본시 외로움도 고독도 피로도 쉬이 느끼는 연약한 동물이다. 토리는 한숨을 내쉬며 고개를 저었다.

"사람은요, 그렇겠죠."

"……."

"라리에트, 저는 사람을 잘 모르겠어요. 원래 그리 나약한가요? 왜죠?"

"토리도 혼자 있으면 외롭지 않나요?"

"라리는 고독이 무언지 모르는군요."

그녀의 눈꺼풀이 파르르 떨렸다. 탁한 녹색 눈이 나의 시선을 피하며 멀어진다.

"고독이란 지금의 전하처럼 아끼는 이와 떨어져 있는 정도로 찾아오지 않아요."

"그럼 언제 느끼나요?"

"라리는 참 신기해요."

토리는 혼자 웃었다. 까르르, 천진난만한 소녀 같은 웃음소리였다. 토리와 무척 잘 어울렸지만 그녀가 큰 소리로 웃는 일은 드물었기에 나는 눈이 휘둥그레졌다.

"사실 전하를 좋아하지도 않잖아요."

"……네?"

"라리, 사실은 우리 전하를 아끼지도 않잖아요."

"무슨 소리예요?"

"무슨 소리인지는 라리가 제일 잘 알 것이어요. 하지만 신경 안 써요. 상관하지 않아요, 저."

토리는 연신 웅얼거리며 방에서 나가려는지 몸을 돌렸다. 내가 루페르트를 좋아하지 않는다니. 틀린 말은 아니지만, 그녀가 그렇게 확언할 만한 일은 아니었다. 그러나 토리는 내 궁금증을 해소시켜줄 마음이 없는지 붙잡는 나를 툭 밀쳐냈다.

"저는 라리가 좋아요."

"토리, 저도 토리랑 전하가 좋아요."

"거짓말쟁이."

그녀가 빙그레 웃었다. 아까와 같은 소녀의 웃음이 아니라 억지로 입꼬리를 올리는 모습이다.

"하지만 거짓말쟁이는 어른이 될 수 있어요."

"무슨 얘긴가요?"

"부럽다는 뜻이에요, 라리에트."

"누구나 어른이 되어요."

"제게는 그 말이 누구나 귀족이 될 수 있다는 소리처럼 들려요."

토리는 그렇게 툭 던지고선 문 너머로 사라졌다. 나는 그제야 그녀가 말하고자 하는 바를 깨닫고 입을 다물 수밖에 없었다. 그녀에게는 시간이 비껴나간다. 가냘픈 어깨가 넓어지는 일도, 가는 목소리가 깊어지는 일도, 눈높이가 달라지는 일도 없다.

　해서 나는 점점 멀어지는 그녀의 뒷모습을 지켜볼 수밖에 없었다. 그녀의 정체가 무엇일까? 병이라도 걸린 걸까?

　어른이 되지 못하는 소녀, 그녀를 고독하게 만드는 것은 시간이리라.

　태자로서 배움의 양이 방대해 본궁에서 살다시피 하던 루페르트는, 내 생각보다도 더 빨리 태자궁으로 귀환했다. 물론 돌아온 그는 혼자가 아니다. 나는 그의 옆을 다닥다닥 둘러싸고 있는 친위대의 머릿수를 세어보다 바로 옆에서 들리는 한숨에 고개를 돌렸다. 루이제가 땅이 꺼져라 크게 한숨을 쉬고 있었다.

　"경, 땅 꺼지겠어요."

　"전하가 저한테 이러실 수 있습니까?"

　"뭐가요?"

　"친위대장이요. 지는 당연히 제가 친위대장일 줄 알았는데……."

　그는 살짝 울먹이기까지 하며 루페르트의 바로 옆에 서 있는 남자를 삿대질했다. 그는 머리가 살짝 벗겨지긴 했지만 얼굴은 젊은 중년 남성이었는데, 커다란 검을 들고 있어 전설 속의 용사 같은 분위기가 났다.

　"음, 너무 실망하지 말아요. 황제가 되시면 상황이 달라질 수도 있으니까."

　"그럴까요?"

　루이제는 흥, 콧방귀를 뀌더니 루페르트를 향해 양팔을 흔들어댔다. 나는 파리 같은 그 몸짓에 기겁해 그에게서 한 발자국 멀어졌다. 루페르트의 화가 나에게까지 미칠 수도 있으니까.

"전하! 전하! 이 루이제는 태자가 되신 전하가 너무 보고 싶었습니다!"

"귀 아파, 입 다물어."

루페르트는 단칼에 루이제를 쳐내며 성을 냈다. 저럴 줄 알았지. 나는 혀를 끌끌 차며 울상 짓는 루이제를 올려다보았다.

"봐요, 저 안 예뻐하신다니까."

"경, 저는 이유를 알 것 같은데."

루페르트가 시끄러운 것이라면 질색하는 걸 아직도 모르나. 나는 살짝 황당하기까지 했지만, 루이제와 더 말을 섞고 싶지 않아 루페르트 쪽으로 몸을 돌렸다.

"오셨어요?"

그는 손짓해 친위대를 물러나게 하며 나를 힐끗 보았다. 머리카락이 짧아진 덕에 얼굴이 훤히 드러나서, 그의 귀찮다는 표정이 너무 잘 보인다. 그가 나를 반기길 기대하진 않았지만, 저런 표정을 예상하진 않았는데.

"루이제는 왜 달고 나와 있어?"

"얼마 전부터 태자궁에 기거했는데요? 전하가 시키신 일 아닌가요?"

"아니야. 꺼지라고 해."

루페르트는 고개를 세차게 저으며 어깨에 두르고 있던 붉은 로브를 벗어 내게 건넸다. 태자의 로브라 그런지 일반 옷감과 촉감부터 확연히 다르다. 나는 손에서 녹을 듯 흘러내리는 붉은 천을 서둘러 움켜잡았다.

"아르눌프와 나이젤이 올 거야."

"왜요?"

"인사하러."

루페르트는 퍽 재밌다는 양 피식 웃었다. 재밌을 만도 하다. 그들이 루페르트에게 인사라니.

갑작스러운 일은 아니라 놀랍지는 않다. 새로운 태자가 책봉되었으니 인사를 올려야 하건만, 그들은 건강과 다른 중요치 않은 이유들로 계속 날을 미루기만 했다. 벤티볼트 대공도 올 때가 지났는데, 고모에게 연락을 한번 넣어볼까.

"네, 준비해둘게요."

나는 로라에게 알현실 청소를 지시한 후 여전히 빠른 속도로 움직이는 루페르트를 허겁지겁 따라나섰다.

"태자 전하, 준비하셔야죠."

"뭘."

"손님들이 오신다면서요."

"그걸 왜 내가 준비해?"

"아니, 옷이든 머리든 그 차림으로 맞으실 건가요?"

나는 제멋대로 솟아 있는 그의 머리를 가리켰다. 그러자 가만히 곁을 지키던 친위대장이 목소리와 함께 검을 높인다.

"이년이! 감히 태자 전하께 삿대질을 하느냐!"

"꺄악!"

나는 갑작스럽게 소리를 지르는 그 때문에 놀라 가슴팍을 부여잡았다. 왜 갑자기 큰소리를 내고 난리람.

"전하, 이 예의 없는 시녀가 평민 출신인 그 시녀입니까? 당장 처단하겠습니다!"

"아니, 무려 벨루아의 독녀인데."

"베, 벨루아?"

친위대장은 크게 당황하며 검을 내렸다. 그의 눈이 나를 향했다가 제 검을 향했다가 하며 거칠게 흔들렸지만, 나는 불쾌함을 참을 수 없었다.

"경, 지금 제게 검을 겨누는 건가요?"

게다가 내가 토리였다면 정말로 내려쳤을 태도였다. 기가 막혀. 태자의 친위대 위상이 드높다 한들 집행권이 있을 리 만무한데, 오만하기가 하늘을 찌르겠다.

"미안하다."

"미안하다?"

나는 그의 하대를 따라 하며 말꼬리를 높였다. 시녀에겐 공대도 않는 건가? 그러나 다른 기사들이 내게 말을 높였던 것을 미루어 보면, 나와 그는 서로에게 공대하는 것이 궁중 예법에 더 걸맞을 터다. 그런 기본적인 예의도 모르는 자가 나한테 예법 운운하다니.

"나는 태자 전하의 친위대장이자 태자궁의 보안을 맡은 트로뉴 기사단의 단장이다. 아비의 지위가 백작이라 한들, 한낱 시녀인 네게 공대할 이유 없다."

"애 한낱 시녀 아니야."

"……예?"

나와 친위대장의 대화에 끼어든 루페르트는 그의 어깨에 손을 올리며 별일 아닌 양 덧붙였다.

"애, 시녀장이야."

"예? 태자궁의 시녀장은 마담 소르베로 알고 있습니다."

"오늘부터 바꿨어."

그는 담담한 표정으로 시녀장 따위는 오늘이든 내일이든 제 맘대로 아무 때나 바꿀 수 있다는 듯 어깨를 으쓱했다. 아까보다도 당황해 친위대장의 표정이 흐려진다. 일개 시녀라면 모를까, 시녀장의 권위는 어마어마하다.

보통 태자궁의 시녀장은 태자의 유모 격인 시녀가 맡았다. 경험도, 권력도, 배경까지 부족할 것 없는 시녀가 맡는 경우가 태반이다. 자신의 밑에 귀족가에서 온 콧대 높은 시녀들을 여럿 두었으니 당연했다.

"전하, 갑자기 왜 그러세요?"

나는 부담스러워 고개를 저었지만, 루페르트는 나를 쳐다보지도 않았다.

"시녀장의 임명은 궁의 주인인 내가 한다. 토 달지 마라."

"전하!"

"입이 찢어지고 싶은가 보군."

물론 나는 입이 찢어지고 싶지 않았기에 입술을 꼭 다물었다. 그러나 눈치 없어 보이는 친위대장은 입이 작아 답답했나 보다. 다시 목소리를 높였다.

"방금 정하신 겁니까? 전하, 이런 대사를 마구 결정하시면!"

"벌려."

"예?"

"입 벌려. 두 번 말하게 하지 마."

루페르트가 친위대장의 검을 빼앗아 들자, 그는 대검을 드는 루페르트의 힘에 놀라 입을 쩍 벌렸다. 루페르트는 그의 얼굴 가까이 검을 들이밀었다.

"입을 찢어달라 청하는 건가?"

"아닙니다, 전하. 송구합니다. 제가 주제넘었습니다."

친위대장의 빠른 사과에 루페르트는 천천히 검을 내렸다. 무거운 검이 바닥에 끌리며 긴 자국을 남긴다. 순간 느껴지는 시선에 뒤를 돌아보니 루이제가 배를 잡고 깔깔거리며 친위대장을 손가락질하고 있었다. 참 꾸준한 사람이다.

"크큭, 꼴좋다! 전하! 저는 뭐 시켜주시렵니까?"

"넌, 제길, 집에 가. 시끄러워."

루페르트는 인상을 잔뜩 찌푸리며 환한 얼굴로 자신에게 달려오는 루이제를 걷어찼다. 이제 그는 장신인 루이제 옆에 서도 키 차이가 별로 나지 않는다.

나는 얼떨결에 맡게 된 시녀장의 무거운 책임을 안고 그를 따라나섰다. 풀 죽은 친위대장이 어깨를 수그린 채 나를 따라온다. 나는 그를 돌아보며 생긋 웃었다.

"야."

"……저를 부르는 겁니까?"

"태자궁에서는 나이 순이 아니라 권력 순이라서."

"아아."

그는 깨달음을 얻은, 그러나 여전히 불쾌함이 가득한 얼굴로 고개를 끄덕였다. 시녀장을 맡게 되면 해야 할 일이 늘어나긴 하겠지만, 저 얼굴을 보니 통쾌하기는 했다.

"태자 전하, 알현실로 모시겠습니다."

로라가 준비를 마쳤다며 루페르트에게 인사를 올린다. 매일 쓸고 닦으니 청소할 만한 구석이 많지는 않았으리라.

그는 짧게 고개를 까닥인 후 나에게 턱짓했다. 말로 할 것이지. 따라오라는 뜻인 줄은 이제는 알지만, 내가 동물도 아니고.

알현실은 별궁에는 없는 공간으로 태자나 황후, 황비가 머무는 거처 정도에만 마련돼 있는 장소였다. 널따란 홀엔 황금으로 장식된 기둥들이 세워져 있었고, 황좌보다는 작았지만 그 화려함으로는 밀리지 않는 태자의 의자가 상석에 위치해 있었다.

그는 아주 자연스러운 태도로 제 자리에 앉았다. 태자의 시녀가 어디쯤에 서 있어야 할지 감이 잡히지 않아 두리번거리는데 로라가 나를 안내한다.

"라리에트 님은 여기 서 계시면 돼요."

"고마워요, 로라."

나는 루페르트가 앉은 자리의 맨 아래칸에 섰다. 그를 위한 다과는 하녀들이 대신 준비하는 모양이다. 품질이 좋은 홍차 향기가 상석에서 흘러내려온다. 더 늦었다간 황제로부터 호통이 떨어질 것 같았는지 아르눌프와 나이젤은 루페르트가 알현실에 도착하자마자 모습을 드러냈다.

무도회로부터 그리 긴 시간이 지나지는 않았는데 아르눌프는 전혀 다른 사람처럼 보였다. 항상 자신만만한 얼굴로 유유자적했던 황자는 반쯤 폐인이 되었다.

"태자 전하께 인사 올립니다."

아르눌프는 정말 그러고 싶지 않음이 완연한 얼굴로 루페르트에게 절했다. 나이젤이 그녀답게 잘 정돈된 몸짓으로 따라 인사한다. 그녀는 낯빛이 눈에 띄게 창백한 것 말고는 멀쩡한 모습이었다.

"루페르트 태자 전하께 나이젤 마리안 쥰 벨네르움 인사 올립니다."

그녀의 인사는 제 오라비의 것보다 조금 더 공손했다. 루페르트의 손가락이 팔걸이를 쓰다듬는다. 그는 꽤 오래 대답하지 않았다.

"……아르눌프 헤르세 쥰 벨네르움, 미천한 몸으로 태자 전하께 인사 올립니다."

"그래."

구태여 '미천한 몸'이라는 표현을 쓴 건 비꼬기 위해서겠지만, 루페르트는 씩 웃으며 인사를 받아주었다. 로라가 대령한 태자의 관이 그의 머리에 안착했다. 번쩍이는 루비로 장식된 관. 아르눌프가 스물네 해 동안 가장 원해왔던 물건이다.

"전하, 너무 늦었지만 태자로 책봉되신 것을 경축드립니다. 오라버니와 제가 작은 선물을 준비했습니다."

나이젤이 속삭임에 가까운 작은 목소리로 고하자 그녀 뒤에서 커다란 상자를 인 채 낑낑대던 장정 둘이 나선다. 선물이 담겨 있을 마호가니 상자조차 꽤 값이 나가 보였다.

"제 외할아버지가 어렵게 구한 캅사르 젠바의 광물입니다. 사막에서만 나오는 귀한 것이라 들었습니다."

상자의 뚜껑을 연 아르눌프가 억지로 웃음을 띠며 설명했다. 녹여서 검을 만들어도 좋을 것이라고, 자신이 애용하는 대장장이를 소개해주겠다 입을 연다.

나는 몸을 앞으로 내밀어 상자 안의 광물을 확인했다. 생전 캅사르에 가본 적도 없고, 광물은커녕 보석에도 관심이 없었으니 필시 처음 보는 것일 텐데 이상하게 눈에 익다.

"필요 없어."

루페르트의 거절이 잘 벼린 칼처럼 썩둑 정적을 자른다. 그는 긴 손가락을 공중에 휘두른 다음 실망했다는 듯 가볍게 입을 열었다.

"다 있거든."

"캅사르 젠바의 광물이 있다는 말씀이십니까?"

"어."

아르눌프가 믿기 힘들다는 양 반문한다.

나는 그제야 내가 저것을 어디서 보았는지 기억해냈다. 루페르트가 연금술로 종종 만들어내곤 하던 강철이다. 그는 자신이 쓰는 총을 직접 제작하는 취미가 있는데, 꼭 저 광물을 사용했었다. 하긴, 무기를 제작하는 바르바로사 대령이 루페르트 본인이다. 지금도 충분히 차고 넘칠 터다.

"도대체 어디서……."

"왜? 나는 저런 귀한 광물을 가지면 안 되는가?"

아르눌프의 표정이 구겨진다. 루페르트는 아르눌프가 가져온 선물이 쓸모가 있는 것이든 아니든 상관하지 않을 것이다.

"그리고 저게 왜 네 외조부의 소유라는 거지? 캅사르 젠바는 제국의 식민지로 알고 있는데."

"그건 그렇지만, 광산은 외조부에게 선대께서 하사하셨습니다."

"그래, 광산만. 거기서 나오는 철 따위를 주겠다고 그가 약조했나?"

루페르트는 제 턱을 쓸며 그제야 생각났다는 양 이 일을 황제께 보고드려야겠다 중얼거렸다. 아르눌프는 아차 싶었는지 입을 다물었다. 그 막무가내인 주장을 어찌 반박할지 감도 안 잡히는 듯했다.

"전하. 저는 전하와 화해하고 싶어 온 것입니다."

"화해?"

아르눌프의 외침에 루페르트가 기가 차다는 듯 짧게 웃었다.

"우리가 다툰 적이 있나?"

그들이 언제부터 그리 우애 좋은 형제였다고 다투고 화해를 한단 말인가. 나 역시 아르눌프의 작태가 어이없었다. 자신보다 아홉 살이나 어린 제 동생, 아니, 태자 앞에서 아르눌프는 입을 열지 못했다.

"다툼은 서로 대등한 위치에 있을 때나 가능한 거고."

"전하."

"네가 내게 한 짓은 괴롭힘 그 이하, 이상도 아닐 테지."

"그때는 제가 철이 없었습니다."

그때라니, 불과 몇 달 전이다. 게다가 아르눌프는 올해로 스물넷이다. 철들 나이는 진즉 지나지 않았나. 그러나 그 누구도 이해하지 못할 주장을 하는 그는 뻔뻔했다. 본인이 정말 결백하다 여기는 것이다.

"아르눌프, 나는 너를 이해하지 못한다 말하는 것이 아니다."

루페르트는 천천히 그러나 꽤 다정한 투로 말을 건넸다. 그의 입술이 그림 같은 호선을 그린다. 여장을 할 적과는 다른 느낌의 화려한 미소였다. 웃는 얼굴이지만 친절해 보이지 않을 만큼 날카로웠다.

"그저 신경 쓰지 않는다는 거지."

평생 용서치 않으리라 단칼에 자르는 것조차 아니다. 네가 뭘 하든 어떤 식으로 용서를 빌든 신경 쓰지 않겠다는 확고한 무관심. 애정의 반대는 미움이 아닌 무관심이라고 했던가.

아르눌프의 표정이 완전히 무너졌다. 그는 들끓는 속을 숨기지 못하고 상자에 담겨 있던 광물을 루페르트에게 던졌다.

"이 무슨 무례이십니까!"

루페르트 곁에서 얼쩡대던 친위대장이 아르눌프를 가로막는다. 그러나 차마 황자의 몸에 손대지는 못해 완벽하게 막지는 못했다.

"라페르트! 아니, 루페르트!"

고함에 가까운 부름이다. 나이젤마저 당황해 아르눌프의 팔을 붙잡았지만, 루페르트는 개가 짖는다는 양 무표정으로 아르눌프를 응시했다.

"폐하의 마음을 어떻게 돌렸는지는 몰라도, 너, 그 자리에 오래 앉아 있을 거라곤 생각도 마라."

"오래 앉아 있을 생각 없는데."

그는 제게 다가오는 아르눌프를 피하지도 않은 채 차분히 대답했다. 황녀 행세를 할 적에도 아르눌프를 겁내지 않았는데, 태자가 된 상황에 아르눌프를 겁낼 이유가 하등 없기는 하다.

"곧 황제가 될 테니까."

루페르트는 당연하게 말했다. 너무 태연한 얼굴이라 마치 태양은 반드시 동쪽에서 뜬다는 수준의 사실처럼 들린다.

"네, 네 출신이 얼마나 비천한데…… 벨네르움의 피가 흐를지, 흐르지 않을지도 모를 네가 감히 황제의 자리를 노려?"

아른바흐 공작가는 근친상간도 꺼리지 않을 만큼 혈통을 중히 여기는 가문이다. 아르눌프는 자신의 '순수한' 피가 무기라도 되는 양 목소리를 높였다. 나이젤이 곧 기절이라도 할 것처럼 하얗게 질려 제 오라비를 말린다.

"아르눌프, 제발 그만하세요!"

"넌 닥치고 있어!"

"꺄악!"

아르눌프는 마른 장작 같은 자신의 가녀린 여동생을 밀쳐 넘어뜨렸다. 그녀가 가는 몸을 가누지 못하고 쓰러지고 나서야 겨우 진정한 듯 자리에 우뚝 섰다. 나는 달려가 고꾸라진 나이젤을 붙들었다.

"계, 계집애가 이런 일에 끼어드니까 그렇지."

끝까지 제 잘못은 인정할 생각이 없나 보다. 나는 한심하기 짝이 없는 그를 노려보며 나이젤을 일으켜주었다.

"전하, 괜찮으세요?"

"고마워요, 라리에트."

그녀는 가쁜 숨을 고르며 작은 손을 제 가슴에 올렸다. 진정하기 위한 동작이겠지만, 부들부들 떨리는 손이 무대 위의 비극적인 주인공처럼 보였다.

"친위대장은 도대체 뭐 하고 있나요? 무례한 황자 전하를 끌어내세요."

나는 어찌해야 할지 감을 잡지 못하는 친위대장을 재촉했다. 아르눌프가 분을 누르지 못해 새빨개진 얼굴로 나를 돌아본다. 전혀 무섭지 않다. 감정을 다스리지 못하는 어른의 모습은 그저 우스울 뿐이었다.

"벨루아! 벨루아처럼 유서 깊은 가문도 권력을 따라가는 겁니까?"

"권력을 따랐다면 진즉 황비 전하의 발치에 수그렸겠지요. 아르눌프 황자 전하, 무례한 말씀은 드리고 싶지 않지만 추하십니다."

나는 그의 추태를 보고 싶지 않아 고개를 돌려버렸다. 루페르트는 이 상황이 자신과는 상관이 없단 양 관망할 뿐이다. 나는 그의 무표정에서 작은 희열이라도 찾고 싶었지만, 그는 아르눌프의 몰락을 즐기는 것 같지 않았다.

"라페르트."

"……."

내 팔에 손을 올려 몸을 지탱하던 나이젤이 작은 목소리로 그를 부른다. 연약하지만 고귀한 황녀. 벨네르니가 칭송하는 전형적인 모습의 여성인 그녀의 몸짓이 마치 꽃과 같았다.

"아니, 루페르트…… 태자 전하."

그녀는 기듯이 나아가 루페르트가 앉은 자리 밑에 무릎 꿇었다. 나풀나풀한 실크 드레스가 단상으로 길게 늘어진다.

나는 문득 그녀가 황궁보다는 상트 볼고르와드에 어울린단 생각이 들었다. 신에게라도 귀의하면 예민하고 겁 많은 그녀의 삶이 조금이나마 편해지지 않을까. 각종 음모와 암투가 도사리는 황궁은 그녀에겐 너무 가혹했으리라.

"부디 노여움을 거두어요. 내가 아르눌프와 어머니를 설득해 지방에라도 내려갈게요. 황도의 그림자조차 넘보지 않겠습니다."

"화나지 않았어."

"당신이 왜 분노하지 않겠어요. 그 설움, 완전히 이해하지는 못해도 나도 보았어요. 오라버니가 너무했다는 것은 나도 알아요."

나이젤은 루페르트를 이해한다는 양 조곤조곤 말을 이었다. 태자의 자리에 오래 오르지 못한 아르눌프의 답답함과 노여움이 네게로 잘못 향했다 사과한다.

루페르트는 감흥 없는 얼굴로 나이젤을 내려다보다 한참 후에야 입을 열었다. 누이의 절절한 사과도 그의 마음에 와닿지는 못하는 것 같았다.

"나이젤."

"……."

"너는 아직도 날 동정하는군."

그녀의 사과는 그의 기분을 풀어주기는커녕 심기를 자극했나 보다. 루페르트는 천천히 일어나 무릎을 꿇고 있는 그녀를 쳐다보지도 않고 단상에서 내려왔다. 나는 그의 손짓을 따라 바닥에 끌리는 태자의 로브를 들며 그를 따라나섰다. 나이젤은 우리가 알현실을 나서는 순간에도 수그린 고개를 들지 못했다. 그녀의 비참한 머리 위로 루페르트의 목소리가 떨어진다.

"나이젤, 나는 네 목숨을 겁박하지 않겠다."

"전하."

"그러나 제대로 된 노력 같은 건 한 번도 해보지 않았을 네 동정을 궁 안에 남겨둘 생각은 없어."

"……."

"한 번만 더 내 앞에서 그런 감정을 내비치면, 경고로 끝나진 않을 거다."

나이젤은 대답하지 않았다. 그러나 나는 그녀가 루페르트의 경고를 알아들었으리라 생각했다. 그녀는 겁이 많을 뿐, 멍청하진 않았으니까. 팔에 힘이 들어가지 않는 듯 앞으로 엎어지는 그녀를 도와주는 사람은 없었다.

루페르트가 아르눌프에게 얻어맞을 때 아무도 도와주지 않았듯, 그녀도 마찬가지다. 권력이란 그런 의미였다. 쥐고 있을 때 그 어떤 패악을 저질러도 모두가 눈뜬장님이 되어주지만, 잃었을 때 역시 그 어떤 부당한 일을 당해도 모두가 눈뜬장님이 돼버린다.

"저대로 두어도 괜찮을까요?"

나이젤이 안됐고, 한편으론 걱정되었다. 아르눌프나 황비가 가만있지는 않을 텐데. 과거로 돌아오기 전 루페르트가 태자 시절에 어떤 위험을 겪었는지 나는 알지 못한다. 그러나 짐작은 가능했다.

아르눌프는 태자가 되지 못한 충격에 기절할 정도로 그 자리를 원했던 사람이다. 황비 또한 아주 오랜 세월 황후의 자리, 황제의 어머니 자리를 꿈꿔왔을 터. 그 권력을 쉬이 넘겨주겠는가.

"안 두면 뭐. 죽여?"

"……그런 소리가 아니에요. 나이젤 전하를 잘 구슬리는 방법도 있으니까요."

"나이젤이 어떻게 설득하든 아르눌프나 황비는 맘을 바꾸지 않아."

루페르트는 확신했다. 나는 그가 벗어버린 로브를 착착 접으며 이어질 말을 기다렸다.

"나이젤은 그들 중에선 약자니까. 그들은 약자의 말에 귀를 기울이는 법이 없거든."

"전하는 나이젤 전하가 안쓰럽나요?"

내 질문을 이해하지 못했다는 듯 루페르트가 눈썹을 치켜세웠다. 그러나 나는 나이젤을 향한 연민이 그의 마음속 어딘가에 존재한다고 생각했다. 아주 작을지라도 말이다. 그는 죽어도 부정하겠지만.

"헛소리."

"전하, 정말 몸조심하셔야 해요. 황비 전하가 언제 전하를 노릴지 모르니까요."

루페르트가 그들과 친밀한 관계를 쌓을 의지가 전혀 없다는 것을 알렸으니, 아르눌프나 황비는 머리를 조아리는 대신 다른 방법을 강구할 것이다. 나는 언제 어디서 날아들지 모르는 자객을 찾기라도 하는 양 고개를 두리번거렸다. 토리처럼 날쌔지도 못하고, 루이제처럼 검을 다룰 줄도 모르니 계속 조심하는 수밖에 없다.

"악!"

조심 또 조심하자 마음먹었지만, 나는 천장 구석이나 기둥 위쪽을 살피느라 바로 앞에 있던 계단턱을 보지 못해 넘어지고 말았다.

앞서 걷던 루페르트가 돌아본다. 세상에 또 이런 한심한 치가 있을까

하는 얼굴이다.

"너나 조심해."

루페르트는 혀를 쯧 차면서도 몸을 굽혀 내게 팔 하나를 내밀었다. 내가 그의 손을 잡고 몸을 일으켜 세우자 허리를 숙여 치마에 붙은 먼지를 탁탁 털어주기까지 한다. 나는 그의 다정함에 어이가 없으면서도 놀라지는 않았다. 익숙하니까.

"감사해요, 전하."

"넌 다리뼈가 모자란 것 같아."

"정말 그럴 수도 있겠네요, 전하."

어울리지 않는 다정함과 더불어 그의 구박에도 익숙해져서 웬만한 욕은 인사 같다. 그는 내 무난한, 그의 말에 동조하는 대답이 마음에 들지 않았는지 내 이마를 손가락으로 꾹 눌렀다.

"넌 나 따라오지 말고 서재에 가서 연금술이나 연습해."

"그러다 제가 불이라도 내면 어떡해요?"

"루이제 불러."

"루이제가 불을 잘 다루나요?"

"아니. 죽을 때 개랑 같이 죽어."

"……."

속으로 루이제와 내 신세를 한탄하던 나는 멀어지는 루페르트의 등을 멍하니 지켜보았다. 어깨가 언제 저렇게 벌어졌지. 그의 성장에 놀라는 것도 지겹다.

그의 빠른 성장보다 놀라운 것은 그의 여전한 성격이다. 태자가 되었다고 해서 눈에 띄게 난폭해지거나 사람이 변하지 않았으니까. 그는 태자궁을 드나드는 하녀나 시종들을 함부로 괴롭히는 법도 없다. 툭하면 아랫사람을 잘못 건드렸단 추문이 돌곤 하던 아르눌프에 비하면 무척이나 온순한 편인 그가 어떤 이유로 폭군이 되었을까?

어린 루페르트를 처음 봤을 때야 그의 까칠한 성정에 폭군은 당연한 미래라고 생각했지만, 가까이서 지켜본 그는 그 정도로 폭력적인 인간이 못 되었다. 총을 굉장히 좋아하는 것을 제외하면 외려 서재에서 책이나 파고들기 좋아하는 샌님에 가까웠다. 그는 애초에 남을 나서서 괴롭힐 정도까지 관심이 없었다. 누군가 자신을 먼저 건드리지만 않는다면 눈길조차 주지 않으니까.

나는 황제가 된 루페르트에게 숙청당한 이들을 되새겨보았다. 아르눌프, 벤티볼트 대공, 아멜리아 고모, 수많은 귀족들과 아버지. 아버지, 벨루아, 르한, 어머니.

그렇다면 아버지가 먼저 그를 건드렸다는 뜻인가. 태자였던 그와 황제가 될 그는 또 다른 사람일 수도 있었다. 나는 그가 변할 시점이 언제인지, 가늠해보았다.

요즈음 애지중지 품고 다니는 다이어리를 갖고서 도착한 서재엔 청소하는 하녀조차 없이 적적했다.

"흠."

루페르트가 읽어보라며 짚어주었던 연금술에 관련된 책 몇 권을 소파로 들고 나르는데 열린 서재 문으로 로라가 빼꼼 고개를 내민다. 나는 책갈피가 꽂힌 부분을 펼치느라 뒤늦게 뒤를 돌아보았다.

"라리에트 님, 여기 계셨네요! 찾았어요."

"왜요?"

"방문객이 찾아오셨어요."

"누군데요?"

"사관학교 제복을 입은 생도셨는데, 짧은 갈색 머리의 미남이에요. 제가 더 궁금하네요."

르한이다. 왜 갑자기 왔지? 일개 시녀는 보통 밖으로 외출을 해서 사람들을 만나지, 궁으로 방문객을 함부로 초대할 수 없다. 나는 서둘러

시녀장에게 승인을 받아야 한다는 생각에 몸을 일으키다가 다시 소파에 몸을 기댔다. 참, 내가 시녀장이지.

"동생이네요. 응접실에 있나요?"

"네. 거기서 기다리고 계세요."

나는 로라에게 짧은 감사인사를 한 뒤 자리에서 일어났다. 서재와 응접실은 층 자체가 달라 나는 르한을 오래 기다리게 할까 싶어 서두를 수밖에 없었다. 도착한 복도 입구에서 숨을 고르는데 이유 없이 궁을 어슬렁거리던 루이제가 나를 보고 인사한다.

"라리에트, 손님 왔습니까?"

"네. 동생이요."

"오! 디트리히 생도 말이군요."

그는 잘됐다는 양 씨익 웃더니 나를 따라 응접실로 들어오려는 듯 몸을 돌렸다. 나는 그와 함께 르한을 만나고 싶지 않아 문을 열지 않고 그를 돌아보았다.

"왜 따라오세요?"

"인사 좀 하면 안 됩니까? 저도 명색이 그의 스승인데요."

"네. 싫은데요."

그가 교관 노릇을 하면 얼마나 오래했다고. 검을 잘 쓰는 사람이니 가끔 내려가 아이들을 가르칠 수도 있긴 하다만, 나는 그가 루페르트의 수발을 드느라 얼마나 바쁜지 알고 있다. 게다가 르한이 무슨 용무로 찾아온 건지도 모르는 마당에 우리의 이야기를 듣게 하고 싶지 않았다.

"에이."

그러나 루이제는 내 의사를 무시하고선 온갖 능청을 떨며 제 몸을 좁은 응접실 문틈으로 들이밀었다. 나는 하는 수 없이 먼저 들어간 그를 따라 응접실에 들어섰다.

"누님."

소파에 앉아 있던 르한이 일어선다. 최근 지방으로 내려가 훈련 중이라고 들었는데, 남부에서 여름을 지낸 탓인지 그는 평소보다도 까무잡잡해져 있다. 귀족답게 긴 머리였던 적은 기억도 나지 않을 만큼 익숙해진 짧은 밤톨머리를 긁던 그는 그제야 루이제를 발견하고 허리를 숙였다.

"안녕하십니까."

"그래, 오랜만이야. 잘 지냈나?"

루이제는 르한의 어색한 표정을 개의치 않고 성큼성큼 걸어가 맞은편에 앉았다. 루페르트가 왜 충성스러운 자신의 신하의 방문을 그토록 달갑지 않게 생각하는지 슬슬 이해가 가기 시작한다. 그는 정말 눈치가 더럽게 없다. 혹은, 눈치를 챘음에도 모르는 척하는 것이든지.

"경께서는 어쩐 일이십니까?"

"그냥. 디트리히 생도가 왔다고 하니 궁금해서 따라와봤지. 마침 라리에트 양도 괜찮다고 해서."

괜찮다고 한 적 없는데. 나는 그의 뒤통수를 째려보며 자리에 앉았다.

"어쩐 일이야?"

"긴히 드릴 말씀이 있어서."

르한은 루이제를 힐끗거리며 입을 열었다. 단련된 뼈마디가 움찔거린다. 루이제를 보고 겁먹은 것 같진 않지만, 르한은 그를 꽤 불편해했다.

"왜, 나는 못 들을 얘기인가?"

"경. 실례가 안 된다면 자리를 비워줄 수 없을까요?"

"곤란한데요."

나의 공손한 부탁에 그는 씨익 웃었다. 그러곤 정말 곤란한 듯 제 손등을 매만지며 어쩔 수 없다는 얼굴을 했다.

"라리에트 양의 가족이 찾아오면 무슨 일인지 알아 오라는 전하의 당부가 있어서서."

"전하가요? 전하가 제 감시를 명하셨다고요?"

"정확히 말하면 라리에트의 감시를 맡기신 것은 아니지요."

그는 한숨과 함께 어깨를 으쓱했다. 도저히 나갈 기색이 없다. 내가 인상을 찡그리며 르한에게 눈짓하자 그는 어쩔 수 없다는 듯 입술을 매만졌다.

"르한. 다음에 올래?"

"아닙니다. 들으면 안 될 이야기도 아니니까요."

그는 하녀가 가져다준 홍차로 입을 축인 뒤 천천히 입을 열었다. 어깨에 수놓아진 사관학교의 상징인 독수리가 햇볕을 받아 찰나 빛이 난다. 단정한 그의 차림에서는 묘한 힘이 느껴졌다. 제복이 그가 소속된 단체를 반영하고 있어 그러한가.

"아버지가 누님의 귀환을 요구하실 겁니다."

"뭐?"

"말 그대로입니다. 당신께서 벨루아로 돌아오길 원하십니다."

"말도 안 돼."

나는 아버지가 나의 이야기를 잘 알아들으셨으리라 생각했다. 아니, 실제로 그는 내 말을 믿고 내 계획을 이해했다. 그런데 뜬금없는 귀환이라니. 내가 지금 벨루아로 돌아가면 애초에 황도로 온 이유가 없어지질 않는가.

"아버지가 그러실 리 없어."

"전하가 태자가 되시질 않았습니까?"

그러나 르한은 나의 부정이 마음에 들지 않는 눈치였다. 진한 눈썹이 스리슬쩍, 자세히 보지 않으면 티가 나지 않을 정도로만 올라간다. 애초에 표정변화가 크지 않은 사람이라 루이제가 보기엔 그저 무표정이었으리라.

"그래서?"

"황궁은 누님께 더할 나위 없이 위험합니다. 태자께서 황녀 전하로 계시던 때완 다르다는 것을 알지 않으십니까?"

"위험하지 않아."

"누님."

르한이 나를 타이르듯 나지막이 부른다. 무척 어른스러운 말투와 표정이라 내가 말도 안 되는 고집을 부리고 있는 것처럼 느껴진다.

"르한. 지금은 그럴 수 없어. 아직 태자궁에 적응도 못 하셨는데, 전하가 허락하실 리 없어."

"어, 제가 한마디 드려도 될까요?"

루이제는 머쓱한 표정으로 턱을 긁었다. 르한과의 대화에 집중해 그의 존재조차 까먹었던 나는 가족사에 끼어들려는 그에게 짜증을 드러내고 말았다.

"경, 무례하세요."

"미안합니다. 너무 미워하지 말아요."

그는 루페르트가 구박할 때 늘상 짓는 능청스러운 웃음을 흘렸다. 새로 얻은 시녀장의 권력으로 사용인들을 집합해 그를 몰아내버릴까 고민하는 와중 그가 입을 열었다.

"전하가 화를 내실까 걱정이 되는 거라면 제가 설득해볼 수도 있습니다."

"경이 왜?"

루이제의 태도가 의아한 듯, 르한이 물었다. 나만큼이나 루이제의 무례에 성이 났는지 그의 말이 점점 짧아지고 있었지만 루이제는 개의치 않는 것 같다.

"글쎄요. 생도와 벨루아 백작님의 걱정을 이해할 수 있다고 말하면 되겠습니까?"

"경이요?"

"저도 라리에트만 한 여동생이 있었거든요. 아, 살아 있었다면 라리에트 양보다는 나이가 많았겠지만."

그의 표정이 아주 짧은 찰나 어두워졌다. 그가 가족 이야기를 하는 것을 본 적도 없고, 내가 아는 바에 의하면 그는 천애고아였기 때문에 나는 눈을 동그랗게 떴다.

"불운한 사고에 휘말려 예전에 죽었습니다. 제가 조금 더 살뜰히 보살폈다면 일어나지 않았을 사고였죠. 그러니 디트리히 생도가 누나를 걱정하는 마음 정도는 이해합니다."

그는 자신을 향한 르한의 불신을 느꼈는지 어설프게 말끝을 흐렸다. 그의 이야기를 믿지 않기에는 그가 너무 슬퍼 보여 더는 캐묻지 못했다. 게다가 루페르트가 나를 보내주느냐 마느냐 와는 별개로 나는 지금 떠날 수 없다. 외려 그의 곁에 바짝 붙어 그를 철저히 지켜보아야 하는 시기다.

"말씀은 감사하지만, 그러실 필요 없어요. 르한, 나는 벨루아로 돌아갈 생각이 없어."

"누님이 상황을 잘 인지하시지 못하는 것 아닙니까?"

나는 나를 나무라는 듯한 르한의 말투에 기분이 상했다. 내가 대답하지 않고 인상을 찡그리자 그가 실수했다는 듯 양손을 든다.

"죄송합니다. 저보다 더 나은 판단을 하시리란 것은 알지만, 그래도……."

"르한, 아버지께 나를 더는 벨루아로 생각하지 마시라 전해주렴."

"누님."

"그 편이 우리에게 더 좋을 것 같다. 네 말 들어보니 더 그래."

나는 벨루아를 지켜야 했고 지키고 싶었다. 그리고 내가 벨루아의 일원이 될 수 있는지는 상관없는 문제였다. 벨루아를 지키는 데 아버지가 방해가 된다면, 벨루아의 장녀로서 그의 말을 들어야 할 의무를 지우기 위해 그 이름을 포기하는 쪽이 나았다.

"내가 벨루아를 포기할게."

"진심이십니까?"

"그래. 상속권도 영지도 포기하겠다면 믿겠어?"

"아버지가 받아들이지 않으실 겁니다."

"직접 황도에 올라오신다 한들 내 뜻은 변하지 않을 거야."

나는 더는 르한의 설득을 듣고 싶지 않아 일어나버렸다. 놀란 르한이 나를 따라 일어났지만 그는 나를 붙잡는 것을 망설이는 듯했다. 높이 들렸던 팔이 내려간다. 나는 그의 망설임이 점점이 옅어지는 것을 지켜보다 입을 열었다.

"르한, 벨루아를 사랑하는 내 마음이 변한 것은 아니야."

"누님의 안위를 위해서라면 변하는 게 차라리 좋겠습니다."

그는 한숨처럼 말하며 이마를 짚었다. 어찌할 바 모르는 문제아를 보는 듯한 그 눈빛에 나는 웃고 말았다.

르한은 자신의 설득이 내게 닿지 않는 것을 답답해했지만, 소득 없이 돌아가는 데 동의했다.

나는 그 빠른 수긍이 성격에서 오는 것이리라 생각했지만 아주 큰 착각이었다. 르한이 황궁을 방문한 지 수일 후 아버지가 찾아오셨기 때문이다.

그는 아버지가 상파뉴까지 오시리란 것을 알아 포기한 것이라. 자신보다는 아버지의 말이 내게 더 큰 의미가 있으리라 판단했던 모양이다. 그러나 나는 아버지를 만나고 싶지도 않았다. 내가 할 건 거절뿐인데, 굳이 내게 실망한 그의 얼굴을 직접 마주해야 하나.

"라리에트 님, 백작님께서 아직까지 기다리시는데요."

전전긍긍하는 이는 그의 방문 소식을 내게 전해주는 로라였다. 그녀는 이런 패륜아가 있나 싶은 얼굴이지만, 함부로 입을 놀리지는 않았다. 그러나 나를 보는 그녀의 눈빛에 경악이 섞여 있음을 모르지 않았다. 벨루아와 상파뉴는 거리가 꽤 되는데, 나이 많은 아버지가 딸 얼굴 한번 보겠다 올라왔음에도 얼굴 한번 비치지 않는 것이 충격적인가 보다.

"돌아가시라 전해줘요."

"듣지 않으실 텐데……."

로라가 말꼬리를 흐렸다. 나를 설득할 용기도, 다시 내려가 벨루아 백작에게 내 말을 전할 용기도 없는 것이다. 나는 한숨을 내쉬며 무릎에 머리를 묻었다.

"로라, 나가줘요."

"하지만……."

"말대답은 전하도 좋아하지 않아요. 기억하는 게 좋을 거예요."

내 차가운 말에 로라의 입이 딱 다물렸다. 그녀는 고개를 빠르게 끄덕이더니 서둘러 방을 나섰다. 나는 생각이 많아 그런지 점점 뜨거워지는 이마에 손을 얹으며 눈을 감았다.

그저 내가 걱정되는 심정에 달려오셨을 아버지를 생각하니 마음이 괴로웠다. 어머니는 또 잠도 못 주무시고 발을 동동 구르며 거실이나 복도 따위를 배회하실 수도 있었다. 차라리 내려가서 그를 직접 설득하는 것이 나을까.

그러나 아버지의 얼굴을 마주 보며 거절하는 것은 도저히 내키지 않았다. 무서웠다. 무엇이 두려운지도 제대로 알지 못한 채 나는 도망만 쳤다.

나는 시녀들과 사용인을 관리해야 한다는 현실의 의무조차 생각하지 못하고 침실 문을 닫아 걸어버렸다. 누군가 찾아오기라도 한다면 몸이 좋지 못하다 말해야지. 루페르트는 요즘 태자 일에 정신이 팔려 나의 태만을 혼낼 여력도 없을 터다.

나는 베개에 얼굴을 파묻고 얼른 시간이 지나가기만을 기다렸다. 아버지는 영지 일로도 눈코 뜰 새 없으실 텐데. 황도에서 시간을 낭비하실 수만은 없을 것이다. 멍하니 천장 구석을 장식한 타일의 무늬 따위를 관찰하며 있으니 시간은 금세 지나갔다.

타일의 격자무늬를 이루는 선을 세느라 아버지의 근심 가득 얼굴이 흐려질 즈음이다. 졸음이 올 듯 말 듯한 내 정신을 확 들게 하는 거친 타격음이 침실을 쿵 울렸다.

쿵! 쿵! 천장이 무너질 정도는 아니었지만 걸어 잠근 문이 흔들린다. 소리의 근원지는 내 침실 위층인 것 같았다. 놀란 나는 헐레벌떡 일어나 복도로 나왔다.

"무슨 일이에요?"

때마침 복도를 서둘러 지나가는 하녀를 잡고 물어보니 그녀는 공손히 고개를 숙이면서도 황급한 어조로 입을 열었다.

"황비 전하가 난동을 부리고 계세요!"

"뭐라고요?"

황비가 태자궁에서 난동을 부린다니. 듣고도 믿기지 않는다. 나는 그녀가 이 정도로 이성을 차리지 못하는 사람이라고 생각한 적이 없어 아연해졌다.

"태자 전하는 어디 계신가요?"

"침실에 계세요. 술법을 부리는 도구로 마구잡이로 물건을 던지고 계셔서 다치실까 염려되네요."

"루이제, 루이제 경을 불러요. 전하의 친위대도 전부."

황족이나 돈이 무척 많은 귀족이 호위를 위한 아티팩트를 지니는 것이 특별한 일은 아니다. 그러나 그 아티팩트로 황태자를 공격하는 일은 무척 드문지라 나는 루페르트의 침실로 향하는 보속을 높였다.

그가 누군가에게 쉽사리 해를 당할 인물은 아니지만, 사람들 앞에서 연금술을 쓰는 것은 꺼려질 터였다. 루페르트가 황제가 된 이후에도 연금술은 여전히 금기였으니까.

"전하!"

루페르트의 침실 문은 사람들의 구경을 환영한다는 듯 활짝 열려 있었다. 루페르트는 머리카락이 조금 헝클어진 채, 민망하게도 잠옷 차림으로 침대에 느슨히 누워 있었다.

"늦었네."

침실로 들어서는 나에게 마치 기다렸다는 양 루페르트가 나지막이 말한다. 그가 몸을 일으키자 로브가 흐트러진다. 나는 눈을 둘 곳이 없어 바닥을 보았다.

"레이디 벨루아!"

문에 가려져 보이지 않았던 황비가 나에게 다가온다. 그녀의 낯빛은 본 적 없이 창백했고 안광이 번쩍여 기괴했다. 화려한 그녀의 금빛 드레스가 춤사위 같은 우아한 몸짓을 따라 비단을 둥글게 쓸며 내게 가까이 온다. 나는 나도 모르게 뒷걸음질을 쳤다.

"황비 전하께 태자 전하를 모시는 시녀장, 라리에트 벨루아 인사드립니다."

"아. 시녀장이 되었군."

그녀는 손뼉까지 치며 고개를 끄덕였다. 그녀의 웃음이 예법에 어긋날 만큼 크다. 황비는 대외적으로는 완벽한 이미지를 유지했던 이라 나는 그녀의 정신 나간 모습에 놀라고 있었다. 그녀는 내가 놀라든 말든 상관하지 않는 듯 높게 올린 머리를 매만지며 말을 이었다.

"벨루아가 어떻게 안 거지?"

"네?"

"저 자식이 남자라는 사실을 벨루아가 어찌 알았지?"

황비의 언행이 급격히 변했다. 그녀는 미친 사람처럼 흘리던 웃음을 거두고 죽일 듯 나를 노려보았다. 내게 뻗어지는 손이 무서워 점점 뒷걸음질을 친 덕에 나는 벽까지 도달했다.

"무슨 말씀이신지요?"

"벨루아가! 알았을! 것! 아니야! 그게 아니라면 왜 금지옥엽 하나뿐인 딸을 권력의 부스러기도 없는 황녀 따위에게 보내느냐고?"

"맹세코 몰랐습니다."

벨루아는, 몰랐다. 나만 안 것이다.

나는 단호하게 대답하며 달려드는 그녀를 피해 몸을 돌렸다. 루페르트는 이 상황이 흥미롭다는 양 관조할 뿐이다. 하긴 그도 궁금하긴 할 터였다. 내가 자신이 남자라는 것을 어찌 알았는지 무척 궁금하겠지.

그가 남자라는 사실은 전혀 몰랐다고 우겨대긴 했지만, 그가 권력자가 되리라 확언까지 했으니까. 그러나 벨네르니는 황녀가 권력을 잡기 무척 어려운 나라다.

"거짓말! 지금 감히 내 앞에서 거짓을 고하는가! 벨루아의 딸마저 나를 무시하는가!"

"황비 전하, 진정하세요."

나는 발을 세게 구르는 황비의 어깨를 잡았다. 그녀는 기겁하며 나를 밀쳤다. 그녀가 팔을 휘두르자 멀리 있던 스툴이 내 쪽으로 날아온다. 아티팩트를 작동시켰나 보다.

침실에서 쓰이는 스툴 따위에 맞는다고 죽지는 않겠지만 나는 반사적으로 몸을 웅크렸다. 그러나 날아오던 원목 스툴은 내 등을 맞추지 못하고 허공에 멈추었다.

"추해 죽겠군."

스툴은 자리에서 일어난 루페르트의 손에 붙들려 있었다. 그것은 곧 바닥에 집어 던져져 조각났다. 그는 온갖 짜증을 눌러 담은 한숨을 내쉰 후 씩씩거리는 황비에게 다가왔다.

"당신이 아무리 추해진들 이 정도로 추해질지는 몰랐습니다."

"너, 너!"

"황제께 이 추태를 발고하길 원하는 겁니까?"

"태자궁에 나를 부른 것은 너다! 감히! 태자 주제에! 황비를!"

그녀는 기가 막히다는 양 코웃음을 치며 양팔을 벌렸다. 그러자 침실 곳곳에 놓인 가구들이 동시에 떠오른다. 면적이 넓은 아주 강력한 술법이었다. 그녀가 술자일 리는 없으니 아마도 굉장히 실력이 좋은 술자에게 비싼 값을 치르곤 사온 아티팩트 덕일 터. 나는 그녀가 연신 주무르는 팔찌를 유심히 관찰했다.

"태자궁에 있다는 자각은 있나 보군."

루페르트는 한숨처럼 말했다. 아르눌프와 황비가 번갈아 찾아와 난동을 부리는 데 지친 듯하다. 기실 그는 황비조차 벌할 수 있는 위치였다. 태자와 황비 둘 중에 누가 높은지는 본궁에 놓여 있는 의자로도 가늠이 가능했다. 태자는 유일무이한 황제의 승계였으니까. 황후가 아닌 황비는 그저 황제의 부인 중 하나일 뿐이다. 그녀의 외척이 얼마나 대단한지는 상관없이.

"라리에트, 문 닫아."

"곧 루이제나 친위대가 올 텐데요, 전하."

"말대답."

사람은 뿌린 대로 거둔다고. 아까 로라가 말대답을 한다 성질낸 벌을 받는 모양이다. 나는 두 번 말하게 하지 말라는 경고가 담긴 그의 살벌한 눈빛을 온몸으로 받으며 서둘러 문을 닫았다.

"건방진 놈!"

황비가 목소리를 높인다. 루페르트는 그녀의 말을 더는 듣고 싶지 않았는지 인상을 찡그리며 발끝으로 바닥을 툭툭 두드렸다. 언제 그려놓았는지 모를 연금진이 발동하며 황비가 들어올린 가구가 순식간에 낙하했다.

"꺄아악!"

황비 쪽으로 떨어지지도 않았는데 난리다. 그녀는 루페르트가 마치 자신을 공격했다는 양 바들바들 떨며 바닥에 엎드렸다. 유리로 만든 장식품이나 꽃병, 램프가 떨어지며 산산조각이 나긴 했지만 그녀에겐 작은 파편조차 닿지 않았음에도 말이다.

외려 침대 바로 옆에 있던 램프 조각이 튀어 피를 본 사람은 루페르트 본인이다. 그는 뺨을 타고 흐르는 피를 슥 닦아내며 고개를 들었다.

"아티팩트 부숴버리기 전에 그만하는 게 좋을 텐데."

"건방진 놈! 네가 언제까지 그 자리에 앉아 있을 수 있을 것 같으냐!"

나는 황비가 아무 맥락 없이 저리 미친 사람처럼 굴 리 없다고 생각했다. 아마 내가 오기 전 모종의 대화나 사건이 있었을 것이다. 그녀는 문손잡이를 잡고 있던 나를 밀치며 방문을 열었다.

"태자가 나를 공격한다! 이놈이 나를 해하려 한다!"

그녀의 외침은 다행인지 불행인지 꽤 많은 사람들에게 닿았다. 둘 중 누가 먼저 나설 것인가 겨루듯 루이제와 친위대장이 동시에 안으로 들어섰다. 둘 모두 태자궁엔 반입할 수 없는 검을 들고 있었는데 망설임 없이 황비에게 칼끝을 겨눈 이는 루이제였다.

"이 미천한 놈이 지금 누구에게 칼을 들이미는가!"

"전하를 해하려고 하는 분을 지켜볼 수만은 없습니다, 황비 전하."

표정은 안 그랬지만, 루이제는 애써 애석한 목소리를 꾸며냈다. 그가 방을 나서려는 황비를 잡는 순간이다. 그녀가 누군가를 발견한 듯 반색했다.

"백작!"

아버지였다. 그는 자신을 반겨주는 황비가 탐탁지 않은지 인상을 찌푸렸다.

"라리에트."

그가 황비에게 대답하는 대신 나를 부른다. 그는 황궁의 온갖 소란에 질렸다는 듯 혀를 쯧쯧 찼다.

"집에 돌아갈 때가 되었지 않니?"

"아버지."

"이건 명령이다. 너는 벨루아로 돌아가야만 해."

루페르트의 침실은 한순간에 시장 한복판처럼 시끄러워졌다. 염려를 하는 것인지 구경을 하는 것인지 모를 하녀 몇과 중무장을 하고 갑옷을 덜그럭거리는 친위대. 황비를 압박하기 위한 것인지, 루페르트에게 잘 보이기 위함인지 모르겠지만 검을 들고 과하게 설치는 루이제. 내게 목소리를 높이는 아버지. 그런 그에게 악을 쓰는 황비.

그들 사이에서 평온한 표정을 유지하는 이는 루페르트뿐이다. 그는 별일 없는 한가한 오후를 보내는 듯 느긋한 자세로 사람들을 살피고만 있다.

"라리에트, 내 말 듣고 있는 거냐?"

"네. 듣고 있어요, 아버지."

나는 그의 말을 대충 한 귀로 듣고 흘리면서 고개를 끄덕였다. 내가 말을 마치기도 전에 황비가 불쑥 소리를 높인다.

"백작! 당신이야말로 내 말 듣고 있는 건가?"

"네, 듣고 있습니다, 황비 전하."

아버지는 나로서는 난생처음 보는 짜증 서린 얼굴로 무심하게 대답했다. 순간 루이제는 황비가 한 발자국도 함부로 움직이게 할 수 없다는 듯 검을 더 치켜들었다.

"전하, 움직이지 마십시오."

"이 미천한 평민 놈이 자꾸 누구에게 검을 겨눠!"

황비는 기가 막히고 코가 막혀 곧이라도 쓰러질 것만 같았다. 루페르
트는 이 난장판을 정리할 생각이 아예 없어 보였기에 나는 지끈거리는
머리를 부여잡았다.

"거기! 시끄럽게 굴지 말고 모두 나가요!"

일단 상황과 가장 상관이 없는 하녀들과 시종부터 치워야 했다. 그들
은 모든 소문의 근원지였으니까. 그것이 진실이든 거짓이든. 모두 교육
이 아주 잘되어 있는지 그들은 군말 없이 물러났다.

"경, 일단 검 내려요."

나는 루이제에게 눈짓하곤 아버지와 황비를 돌아보았다.

"황비 전하, 부디 진정하세요. 태자 전하가 전하를 해칠 이유가 없습
니다."

"……."

"아버지, 제 방으로 가요. 여기서 할 이야기는 아니니까요."

아버지는 작게 고개를 끄덕였다. 소란에 덩달아 흥분한 것이 부끄러
우신 듯하다. 그는 안 보는 사이 길어진 턱수염을 매만지며 문 쪽으로
슬금슬금 발을 옮겼다. 황비 쪽은 괜찮을까 싶었지만, 그녀는 내가 말
을 걸기도 전에 진정한 듯 보였다.

흥분과 분노가 사라진 얼굴에는 절절한 절망만이 맺혀 있다. 그녀의
고통에는 공감하지 못했지만, 지금 그녀가 얼마나 큰 실망에 휩싸여 있
을지는 느껴진다. 그 배경, 미모, 지성을 가지고도 황후가 되지 못했으
니 속이 얼마나 쓰리겠는가. 아르눌프를 황좌에 올려놓으려 사활을
걸었을 터인데.

"황비 전하, 모셔다드릴까요?"

"아니. 내 발로 가겠어."

황비는 헝클어진 머리를 정리한 뒤 고고한 모습을 되찾았다. 흐트러졌던 자세가 곧게 펴지자 방금까지 흥분해 날뛰었던 이가 누구였나 싶을 정도다.

그녀는 친위대에 속한 기사 한 명에게 명령해 부축을 받으며 자리를 떴다. 태자의 친위대가 그녀의 명을 들어야 할 의무는 없지만, 그녀의 당연하단 듯 명령하는 태도에 그는 홀린 듯 따라나섰다.

나는 그녀의 뒷모습이 복도에서 완전히 사라지는 것을 확인하고 나서야 등을 돌렸다. 아버지와의 일은 사적이었으니 혼자서 해결하면 된다.

"어디 가?"

루페르트가 끼어든 건 그 순간이다. 그는 여태 벌어진 일이 자신과는 손톱만큼도 상관이 없다는 양 방관하다 그제야 입을 열었다. 창가에 기대서 있는 얼굴이 시큰둥하다. 무언가 마음에 들지 않는 것 같다.

"아버지를 모시고 응접실에 가려고요."

"왜?"

"……제 침실로 갈 수는 없으니까요?"

질문의 의도를 도통 알 수가 없이 니는 말꼬리를 올렸다. 루페르트는 인상을 찡그리고 있지는 않았지만, 평소보다 치켜세운 눈썹이 불만을 표현하고 있었다.

"벨루아 백작, 당신은 내게 인사조차 올리지 않는군."

"죄송합니다, 전하. 정신이 너무 없어서."

"당신처럼 예의 없는 인간이 내 궁에 머문다는 사실이 불쾌하다. 당장 나가."

루페르트는 차갑게, 그러나 말도 안 되는 소릴 하며 성을 냈다. 나는 기가 막혀 헛웃음을 지었다.

"전하, 그럼 저 오늘 밤에 좀 다녀올게요. 아버지가 오셔서요."

"안 돼. 너 오늘 바빠."

"도대체 무슨 일로 바쁜데요?"

태자궁으로 옮기고 나서는 루페르트가 너무 바빠 여태 시녀장의 임무는커녕 그를 살피는 일조차 주어지지 않았다. 말도 되지 않는 생떼를 쓰는 모습이 마치 어린아이 같다. 루페르트는 내 질문에 찰나 고민하는 듯싶더니 곧 당연하단 듯 대답했다.

"외부인에게 발설할 수 없는 일이다. 백작이 떠나면 말해주지."

"전하, 심술 좀 부리지 마세요."

나는 상황을 정리할 생각이 전혀 없었던 그의 무심함에도 화가 나고, 자꾸 되도 않는 고집을 부리는 것에도 짜증이 나서 성 아닌 성을 내버렸다.

제일 놀란 건 아버지였다. 그는 황족을 감히 훈계하는 나를 보며 눈을 동그랗게 떴다.

"뭐?"

"시키실 것 없잖아요. 다녀올게요. 금방 끝나요."

"안 오면?"

"네?"

"지금 벨루아로 가겠다는 얘길 하러 가는 거잖아, 너."

아직도 나를 전혀 못 믿는구나. 나는 어이가 없기도 했지만, 그보다는 루페르트에 대한 안쓰러운 마음이 조금 더 커서 웃음이 나오지는 않았다. 아주 철저한 불신이다.

나는 문 가까이에서 나를 기다리는 아버지에게 어쩔 수 없다는 표정을 짓고 루페르트를 돌아보았다. 그를 저 상태로 두고 가는 것보다야 아버지를 하릴없이 기다리게 하는 편이 나으니까.

"전하."

"왜?"

"저 다시 와요."

"안 오면."

"온다니까요."

"싫어."

"고집 좀 부리지 마시고요."

"이게 왜 고집인가? 넌 내가 못 가게 하면 못 가."

"저 시녀장이잖아요. 전하의 허락을 받지 않고도 외출할 만한 위치 예요."

그는 말문이 막힌 듯했다. 혼란이 얼굴을 스친다. 그러나 곧 단호하게 대답했다.

"너 시녀장 하지 마."

"……무슨 시녀장 자리가 장난감도 아니고 그렇게 줬다 뺏었다 하세요?"

"일을 너무 못해."

"일을 시키셔야 하지요."

"아무튼, 하지 마."

"……."

그 막무가내에 나는 더 할 말이 없었다. 나는 깊은 한숨을 내쉬며 창가에 있는 탁자와 의자를 끌어냈다.

"아버지, 어쩔 수 없네요. 여기 앉으세요."

"응?"

그는 영문을 모르겠다는 얼굴로 나와 루페르트를 번갈아 보다 천천히 창가로 다가왔다. 중앙귀족에 속한, 남부의 수장이나 마찬가지인 백작이 태자의 침실에 오래 머무는 것이 좋은 소문을 가져오진 못할 터다. 나는 이상한 말이라도 퍼질까 두려워 다다다 쏟아냈다.

"르한에게 이야기 들었어요, 아버지. 포기하세요."

"그럴 수 없다."

아버지는 구태여 이 자리에서 이 얘길 해야겠냐는 표정이긴 했지만, 루페르트를 설득할 의지도 없는 듯했다. 아버진 내가 권한 의자에 얌전히 앉아 말을 잇는다.

"라리에트, 이곳은 너무 위험하다. 태자 전하께서도 아비인 제 염려를 이해하시리라 믿습니다."

아버지는 뜬금없이 고개를 돌려 비스듬히 서 있는 루페르트에게 말을 걸었다. 그는 내가 궁을 벗어나지 않는다는 사실에 만족했는지 자신의 침실을 점령한 벨루아의 주인과 나를 내쫓지 않았다.

"이해 안 하는데."

그렇다고 아버지의 심정을 이해할 만한 사람은 아니지만.

"정녕 그리 정이 없는 분이십니까?"

"궁이 도대체 뭐가 위험하다는 거지?"

"태자가 되셨잖습니까. 저도 황비 전하의 분노, 아니, 그 패악을 봤습니다. 그분이 이대로 좌시할 리 없습니다."

"그래서?"

"전하 곁에 있는 시녀가 안전할 리 있겠습니까? 게다가 라리에트는 벨루아의 장녀입니다. 벨루아의 이름을 이용하려 들 수도 있습니다."

"백작."

루페르트는 점차 흥분하는 아버지를 타이르듯 낮게 불렀다. 한숨, 비소, 저녁이 되어가는 따뜻한 햇볕 같은 것들이 섞여 그의 낯이 오묘하게 빛난다.

"나는 당신 딸이 다치게 내버려둘 생각이 없어."

"지켜주시겠다는 말입니까?"

그는 아버지의 느끼한 말에 꺼림칙해하는 듯했지만, 곧 어깨를 으쓱하며 고개를 끄덕였다.

"그래."

"전하께서 왜?"

"더는 벨루아의 것이 아니니까."

앉아 있는 내 머리에 손을 얹은 루페르트의 차분한 목소리가 방을 울린다. 그의 손가락이 내 머리칼 사이를 매끄럽게 빠져나간다.

그가 이런 친밀한 스킨십을 하는 것이 처음이기도 했고, 그 행동이 하필 아버지 앞이라 더 부끄러워졌다. 나는 뻣뻣해진 목을 세우며 내 머리를 쓰다듬는 그를 돌아보았다.

"앤 내 거야."

"……예?"

"이제 당신 딸이 아니라 내 시녀라고."

"……."

"그리고 나는 내 소유의 무언가가 망가지는 꼴을 두고 본 적이 단 한 번도 없어."

루페르트는 자신만만했다. 비스듬히 올라가는 입꼬리가 당최 무슨 의미인지 알 수 없었지만, 그가 나를 지키는 데에 자신이 있다는 것은 아주 잘 느껴졌다. 그러나 아버지는 그의 주상을 납득하지 못했다.

"라리에트가 물건입니까? 어찌 그런 식으로 말씀하시는지요."

"네 딸을 물건 취급한 건 당신이지."

"무슨 말씀을!"

"아니라면 라리에트의 의견을 존중할 필요가 있다."

루페르트의 시선이 내게로 향한다. 그는 내 뒤에 서 있었기에 그를 볼 수는 없었지만, 따가운 눈길이 내 뒤통수로 내려앉는 것을 느낄 수 있었다. 그는 내 머리칼을 살짝 잡아당기며 대답을 재촉했다. 돌아갈 생각도 없었지만 여기서 벨루아로 돌아가고 싶다고 말하면 머리카락이 남아나지 않을 것이다.

"아버지, 저 여기에 있고 싶어요."

"라리에트!"

"르한에게도 말했어요. 저는 벨루아로 돌아갈 생각이 없어요, 아버지."

"하지만 너는!"

아버지는 무언가를 말하려다 내 뒤에 서 있는 루페르트를 의식한 듯 입을 다물었다. 그의 고집스러운 옆얼굴이 어찌나 르한을 닮았는지 나는 상황도 잊은 채 웃고 말았다.

"아버지, 괜찮아요."

"라리에트."

"너무 염려 마세요. 어머니께도 전해주세요. 저는 괜찮을 거라고."

"황궁은 네가 생각하는 것과 다른 곳이다."

"위험하지 않다는 것이 아니에요. 알아요. 하지만 전 전하를 믿어요, 아버지."

내 말에 내 어깨에 내려앉은 루페르트의 손이 움찔한다. 나는 아버지보다 그를 향한 말을 연신 늘어놓았다. 그가 나를 지켜줄 것이며, 나는 그를 아주 많이 신뢰한다고.

루페르트를 겨냥한 것이지만, 정작 본인은 내 말을 그리 귀담아듣는 것 같지는 않았다. 그저 가봐도 되겠냐는 나의 물음에 작게 고개를 끄덕일 뿐이다. 막무가내인 태자의 태도에 당황하셨는지 아버지는 떨떠름한 얼굴로 자리에서 일어났다.

"그래, 일어나자꾸나."

그는 여기서 벗어나고 싶은 것 같았다. 무표정한 얼굴이 굉장히 피로해 보인다. 나는 끙 앓는 소리를 내는 아버지를 부축해 방을 나섰다.

"전하, 물러나보겠습니다."

"넌 다시 와."

도망 안 간다니까. 사람 말 참 안 믿는다. 나는 그의 불신에 기분이 상해서 고개만 까딱였다. 루페르트는 나의 그런 태도를 지적하지 않았지만, 문득 올려다본 아버지는 무척 놀란 얼굴이었다. 내 태도가 모시는 황족을 존경하지 않는 버릇없는 시녀처럼 보일 수 있다는 정도는 알았다. 그리고 아버지는 내게 예법을 가르치는 것을 게을리한 적 없는 분이다.

그러나 이런 순간까지 루페르트에게 고분고분 굴고 싶지 않았다. 내가 적어도 그를 쉽게 떠날 사람은 아니라는 것쯤은 알아줬으면 좋겠는데.

나는 심통이 나서 콧바람을 흥, 불었다. 아버지는 다 큰 나를 대놓고 혼내지는 못하겠는지 점잖은 헛기침으로 나를 나무랐다.

"전하께 너무 스스럼이 없는 것이 아니냐."

"스스럼이 없는 것은 전하세요. 아버지, 모셔다드릴게요."

나는 성년을 넘기고도 세 해 정도 지난 영혼을 가지고 있었다. 이미 지긋지긋해진 아버지의 잔소리를 듣고 싶지 않아 서둘러 말을 끊자 그는 내 의도를 이해했는지 턱을 긁적였다.

"오늘은 이만 가마. 내가 적절하지 못한 때 왔구나."

"네, 반겨드리지 못해서 죄송해요."

"하지만 너를 벨루아로 데려오려는 노력을 그만두는 것은 아니다."

나는 포기를 모르는 아버지의 굳건한 얼굴을 올려다보며 한숨을 내쉬었다. 그의 말이 틀리지는 않다. 나를 걱정하는 마음도 백번 이해했다. 황궁은 그의 생각보다도 더 위험할 수도 있으니까. 그러나 내가 루페르트의 곁을 지키지 않으면 벨루아가 곧 이 제국에서 가장 위험한 땅이 되어버린다.

"아버지."

"자식을 포기하는 부모는 없다, 라리에트."

"절 포기하란 말씀이 아니에요."

"르한에게 네가 한 말, 들었다. 네가 처음으로 원망스럽더구나."

나는 아버지의 노곤한 얼굴에 내려앉은 감정이 피로가 아닌 실망이라는 것을 그제야 깨달았다. 내가 어찌 자신에게 그럴 수 있냐는 원망이었다.

"벨루아를 버리고 싶은 거냐?"

"제가 무슨 맥락으로 그런 소릴 했는지, 아버지는 아실 거라 생각해요."

"나는 네가 벨루아가 아니라고 생각하는 마음이 재 한 줌만큼도 없다."

"제 성이 무엇이든 제 친부모가 누구이든 저는 상관하지 않아요, 아버지."

내가 벨루아의 딸이든 아니든, 그가 나의 친아버지든 아니든 그런 것들은 중요하지 않다. 가장 중요한 것은 그와 내가 앞으로 다가올 전쟁 같은 미래를 견뎌낼 수 있느냐 아니냐였다. 아버지와 나의 선택에 벨루아의 사활이 걸려 있으니까.

"아버지. 들어가세요. 멀리는 못 나가요."

나는 황궁의 정문이 보이는 위치에 다다르자 걸음을 멈췄다. 아버지는 더 변명하지 않는 내가 탐탁지 않은 듯했지만, 나를 설득할 말을 찾지 못했는지 그저 입을 꾹 다물었다.

"벨루아로 가기 전에 다시 한 번 찾아와도 되겠니?"

잠시 망설이던 아버지가 낮은 목소리로 묻는다. 내 생각을 이해해주지는 않지만, 내 기분을 상하게 한 것이 마음에 걸리나 보다. 나는 그런 다정한 아버지를 냉정하게 내칠 수가 없어 애매한 미소를 지었다.

"조심히 가세요."

"……그래."

느릿느릿 마차로 향하는 아버지의 뒷모습은 내가 기억하던 당당함과는 놀라울 정도로 다르다. 회귀하기 전에 지금보다도 더 나이가 든 모습을 봤었지만, 그는 당신의 마지막 순간까지도 꼿꼿한 허리를 굽히지 않았던 분이다.

그러나 노을이 얹힌 그의 어깨는 안쓰러울 정도로 초라해 보였다. 끝끝내 벨루아를 지키지 못했다는 미래의 상황이 아버지를 괴롭히는 걸까? 나는 그의 뒷모습을 지켜보기가 힘들어 서둘러 걸음을 옮겼다.

아버지 생각에 마음이 괴로워 혼자 있고 싶었지만, 그대로 돌아오지 않으면 또 도망갈 궁리라도 하는 줄 알까 싶어 나는 바로 루페르트의 침실로 향했다.

아까와는 달리 두꺼운 나무문이 굳게 닫힌 상태다. 두드려봤자 대답이 돌아오지 않을 것 같아, 아니, 사실 반쯤 심술로 나는 벌컥 문을 열었다.

"왜 노크도 없이 멋대로 들어와?"

"전하가 돌아오라고, 꺄악!"

이, 이 야만인!

루페르드는 귀족이나 황족은 침실에서조차 상의를 제대로 입고 지내야 한다는 아주 간단한 상식을 잊은 듯했다. 나는 정작 노크라는 예의를 잊은 사람은 나라는 것을 망각하고선 그를 있는 대로 원망하며 돌아섰다.

놀란 심장이 쿵쿵 뛴다. 진정하자, 진정해. 따지고 보면 나의 영혼은 스무 살이니까 나보다 몇 살이나 어린 남자아이의 몸을 본 것뿐이다. 놀랄 필요가 전혀 없다.

"오, 옷 입으셨나요?"

"아니."

"네?"

"내 몸 본 적 있잖아. 왜 난리야?"

내 반응을 이해할 수 없다는 듯 기가 찬 목소리였다. 그러나 심드렁한 그를 이해할 수 없기는 나도 마찬가지였다. 그때랑 지금이 어찌 같을 수 있겠나. 루페르트가 내게 남자라는 사실을 들켰던 때ㅡ원래 알고 있었지만ㅡ그는 소년이었다. 아니, 제대로 먹지 못한 탓에 소년보다도 더 어린아이에 가까웠다.

지금도 여전히 소년이라면 소년이지만, 청년에 가까웠다. 키는 나보다 머리 하나가 컸고, 마르지만 곧은 어깨는 쭉 뻗어 있었다. 벼린 칼로 그은 양 날카로운 선이 시장에서 마주친 초라한 어린아이와는 한참이나 다르다는 사실을 실감나게 했다. 같이 나란히 서 있으면 주눅이 들 정도로 아름다운 소녀였던 날이 바로 엊그제였는데도 말이다.

"옷이나 얼른 입으세요!"

"눈 뜨고 이리 와봐."

내가 눈을 꼭 감고 허둥거리자 루페르트는 한숨과 함께 나를 불렀다. 정돈을 다 마쳤나 싶어 실눈을 떴지만, 그는 여전한 반라 상태였다. 나는 화급히 눈을 감았다.

"두 번 말하게 하지 말라고, 제길, 몇 번을 말했냐."

"자, 잠깐만요."

나는 그의 불호령이 무서워 살금살금 걸음을 옮겼다. 시선을 바닥에 두니 마음이 한결 편안했다. 고백하자면 나는 르한을 제외하고는 남자의 벗은 몸을 본 적이 단 한 번도 없다.

심지어 르한조차 완전히 어린아이였을 때 본 게 전부다. 르한은 저택의 수련장에서 훈련을 끝내고 온몸이 땀으로 흠뻑 젖었을 때조차 탈의를 하는 법이 없을 정도로 점잖은 성격이다. 나는 점잖지 못한 루페르트를 탓하며 그의 코앞에 도달할 때까지도 고개를 들지 못했다.

"……뭐 하는데 진짜. 웃긴 짓은 혼자 다 하네."

루페르트는 어이가 없는지 헛웃음을 치며 손을 뻗었다. 그의 손가락에 의해 푹 숙였던 고개가 서서히 들려진다. 나는 고개가 들려지는 속도에 맞춰 눈을 감았다.

"야. 눈 떠."

"싫, 싫어요."

"말 진짜 안 듣는다, 너."

"전하야말로 변태 아니에요? 왜 자꾸 벗은 몸을 보라고 강요하세요?"

루페르트는 자신을 부르는 칭호에 기분이 상한 듯 내 감은 눈을 손으로 억지로 벌렸다. 까윽. 작은 비명이 새어나온다.

"아파요!"

"눈 떠."

나는 어쩔 수 없이 눈을 떴다. 루페르트는 여전한 반라였지만, 가까이에서 보니 다른 문제가 눈에 들어온다.

"이게 뭐예요?"

루페르트의 어깻죽지에서부터 등까지 그려진 연금진이 은은한 빛을 발하고 있다. 내 손바닥만 한 크기였는데, 옅기는 해도 검붉은 빛을 띠는 그것은 문외한인 내 눈에도 위험해 보였다.

"나도 몰라."

"네? 전하가 모르면 누가 알아요?"

"부작용 같은 거겠지. 손이 잘 안 닿으니까 네가 지워봐."

제 피를 뽑아 쓰는 연금술을 너무 남발한다 했다. 나는 혀를 쯧쯧 차다 그의 눈초리에 얼른 입을 다물었다.

"어떻게 하면 되는데요?"

내 물음에 그는 손가락으로 허공에 작은 연금진 하나를 그려냈다. 종이나 매개체를 쓰지 않는다는 점에서 이미 연금술보다는 술법에 가까운 듯했지만, 루페르트가 나를 위해 기꺼이 그 기술을 설명해주지도 않을 것 같아 나는 손가락을 덥석 깨물었다. 검지에서 조금씩 퐁퐁 솟는 피를 그의 어깨에 가져다 대자 마른 어깨가 흠칫 놀란다.

"펜으로 그려도 돼."

"피가 가장 강력한 매개라면서요."

"……."

"전하의 연금술이요, 그때 만난 그 늙은이, 아니, 노인이 가르쳐준 건가요?"

"아니."

왜 그런 것을 궁금해하냐 구박할 줄 알았는데 그는 내가 자신을 돕고 있기 때문인지 순순히 대답했다. 연금진을 그리기 쉽게 바닥에 주저앉은 그의 등은 너무 말라 뼈가 도드라진다. 하얀 거죽 밑으로 툭툭 튀어나온 뼈가 눈에 들어온다.

황태자가 된 후에 그는 내가 봐도 잘 먹고 또 많이 먹었지만, 영양분이 여태껏 모자란 성장을 하는 데 다 쓰이는지 그는 예전보다 살이 오르긴 했어도 여전히 말랐다.

"어머니가."

"황후 폐하가 연금술사신가요?"

"그녀는 많은 것을 할 줄 알았지."

에바에 대해 말하는 루페르트는 슬프지도, 그렇다고 기쁘지도 않아 보였다. 참 한결같은 무심함이라. 그는 화내는 법은 있어도 웃거나 슬퍼하는 법이 없다. 마음 놓고 기뻐할 일이나 슬퍼할 일이 여태 없었으니 그런가 싶기도 하다.

며칠 전 황제가 그녀의 죽음을 발표할 때도 마찬가지였다. 모든 이가 충격에 휩싸여 울음을 토하는데도 그는 차분한 얼굴로 제 자리에 앉아 있었다. 혹자는 그를 보고 피도 눈물도 없어 어미의 죽음에도 슬퍼하지 않는다 하겠지만, 그에게 그녀는 이미 예전에 죽은 사람이다. 그 당시에도 원망과 슬픔과 분노를 모두 혼자 삭여냈는데 이제 와서 그런 감정을 표할 리 만무했다.

그는 어머니의 죽음을 위로하지 않는 나를 기이하게 여기지도 않았다. 서로 침묵했지만, 우리는 에바가 살아 있는 사람이 아니라는 사실을 아니까. 그저 한 여인의 불운하고 참혹했던 삶, 그러나 자신의 자식에게는 또 다른 가해자였던 삶을 애도할 뿐이다. 나는 그녀처럼 루페르트가 방치되도록 내버려두고 싶지 않았다.

"전하, 다 그렸어요."

루페르트의 마른 등을 눈에 담으며 천천히 그려낸 연금진은 내가 처음으로 피를 매개로 그려낸 것이다. 발동하지 않으면 어쩌나 하는 내 걱정이 무색하게도 연금진은 번쩍번쩍 빛을 내주었다. 본래 그려진 것과 대비되는 초록빛이 스며들며 두 개의 연금진은 천천히, 그러나 동시에 사라졌다.

"전하! 연금진이 빛나요! 성공한 것 같아요!"

뿌듯해 목소리가 조금 높아졌다. 난해하여 이해하기 어려운 책들을 억지로라도 붙잡고 읽은 보람이 있다. 그가 내게 읽으리고 준 목록에 있던 대부분이 수학이나 화학에 관련된 서적들이었다. 연금술사들이 기본적으로 숨을 쉬듯 알고 있어야 하는 물체의 본질과 순환의 원리에 관한.

이론들을 공부해봤자 재능이 없으면 무슨 소용이 있나 싶었지만, 왜 연금술에서 피가 가장 강력한 매개로 알려져 있는가에 대한 고민이 아주 쓸모없던 건 아닌가 보다.

"처음이에요! 와, 너무 신기하다. 연금진이 발동하면 이런 느낌이 나는구나."

"피, 쓰지 마."

"왜요? 연금술은 희생을 필요로 하는 기술이잖아요."

연금술은 마법이나 요술과는 다르다. 등가교환의 법칙은 세상만물에 통용된다지만, 연금술은 이를 완벽할 정도로 철저히 지키는 학문에 가까웠다. 원하는 것이 있다면 무언가를 내놓아야만 한다. 나는 루페르트의 몸에 번지는 연금진이 더 확장되지 않기를 바랐고, 그러기 위해 상응하는 대가를 지불해야 했다.

"너는 너만 생각하면 돼."

루페르트는 연금진을 삼킨 후 점점 사그라지는 빛을 지켜보며 입을 열었다. 뼈마디가 두드러진 손가락이 침대 위 시트에서 움직인다. 검은 공단으로 만들어져 부드럽지만 햇볕이 반사되지 않는 재질이었다. 새까만 파도 위에 번진 하얀 손가락. 기묘하게 아름다웠다.

"네?"

"너만 생각해. 건방지게 날 위한다고 설치지 말라고."

그는 퉁명스레 대답하며 침대에 드러누웠다. 볼일이 끝났으니 옷은 좀 입지 싶어서 나는 의자 등받이에 걸려 있는 로브를 그에게 던져주었다. 조준을 잘못해 로브는 그의 몸이 아닌 얼굴로 떨어졌다. 깃털만큼 가볍기 때문에 아프지는 않았겠지만, 버릇없다 성을 낼 수도 있는데도 그는 반응이 없다.

정말 알 수 없는 황족이다. 어느 부분에서는 지긋지긋한 궁중 예법을 만들어 역사에 이름을 남긴 그리모알트 3세만큼이나 깐깐한데, 다른 부분에서는 시녀가 아무리 선을 넘어도 상관하지 않는다.

"저는 전하의 시녀잖아요. 어찌 전하를 위하지 않겠어요?"

내 말에 붉은 천 아래로 드러난 입술이 호선을 그린다. 내가 자신을 위하는 일이 무어 그리 우스운 걸까? 기분이 상하기보다는 마음이 답답했다. 아까와 마찬가지였다. 내가 자신을 떠나지 않는다 맹세해도 루페르트는 결코 나를 믿지 않을 것이다.

"그래, 너는 내 시녀지. 그게 다야."

"토리에게도 그렇게 말하실 건가요?"

그는 로브를 천천히 밑으로 잡아당겼다. 드러난 얼굴이 나와 더 대화를 나누고 싶지 않은 기색이었지만, 나는 말을 이었다.

"대답해주세요, 전하. 토리도 믿지 않으시나요?"

"……."

"제가 그저 시녀일 뿐이라면 그녀도 마찬가지인 것 아닌가요? 저와 그녀가 다른가요?"

"달라."

단호한 대답에 나는 말을 잃었다. 그래, 다르겠지. 그리고 그녀와 나의 다름은 내가 아무리 오랜 시간을 루페르트와 함께해도 좁혀지지 않을 차이였다. 내 황망한 얼굴에 루페르트는 자신의 몸을 천천히 일으켰다. 그가 마치 변명처럼 우물거린다.

"표정이 왜 그 모양이야?"

"그럼 제가 기뻐해야 하나요?"

"나는 네가 토리와 같기를 바란 적이 없다."

"도대체 믿어주질 않으시잖아요!"

나는 억울함을 참을 수가 없었다. 르한의 설득도 들어주지 않고 황도까지 올라온 아버지까지 돌려보냈는데도 제자리걸음만 하는 기분이었으니까.

"전하 곁을 떠날 것이라 의심하시고, 위하지도 말라 하시잖아요."

"너는 그럴 수도 있으니까."

루페르트는 아주 당연하다는 양 말했다. 그는 내가 왜 기분이 상했는지 전혀 이해하지 못하는 듯 보였다. 선명한 녹안이 내 높아진 목소리에 놀라 동그래진다.

"네게는 선택지가 있잖아. 왜 화를 내는 거지?"

"토리는 전하를 떠날 수가 없나요? 왜요? 전하를 너무 사랑해서?"

"그렇게 태어났으니까."

나는 루페르트의 말을 이해하지 못했다. 자신을 떠나지 못하게 태어났다는 말이 도대체 무슨 의미일까? 고민하는 사이 그는 로브를 걸치고 일어나버렸다.

"논리적으로, 나는 아직도 내 옆에 붙어 있겠다는 너를 이해할 수 없다."

"꼭 이해해야만 믿으실 건가요?"

"어."

"제가 전하의 행복을 바란다는 것도 믿지 않으세요?"

그는 내 물음에 고민하는 듯 입을 다물었다. 그의 깊은 인간불신이야 내가 어찌할 수 없는 문제였다. 사실 내가 토리만큼 루페르트를 사랑하거나 아낀다고 우길 수도 없다. 나는 그를 사랑하지도, 아끼지도 않았으니까.

내가 그에게 품은 감정 중 그나마 애정에 가까운 마음이 있다면 그것은 연민일 것이라. 너무 힘들고 피로하게만 살아온 아이가 안쓰러워 남은 삶이 퍽퍽하지 않길 바라는 마음, 그게 전부였다.

"너에 대한 나의 믿음이 네게 중요한가?"

곰곰이 생각해보면 그것은 또 아니다. 내가 루페르트를 생각하는 마음을 그가 아는 것보다, 그가 내 목숨을 귀중히 여긴다는 사실이 중요했으니까.

"……아니에요. 저 가볼게요."

나는 루페르트의 불완전한 대답에 만족할 수밖에 없었지만 그렇다고 나빠진 기분이 좋아지지는 않았다. 그는 성의 없이 인사를 올리고 방을 나서는 나를 잡지 않았다.

9. 열여섯, 태자

제국력 288년. 나는 열다섯, 루페르트는 열여섯이 되었다. 태자궁은 겨울이 지나 봄이 다되도록 평온한 상태를 유지했다. 간간이 아르눌프가 찾아와 난동을 부렸지만, 그는 결국 루페르트의 무반응에 지친 듯했다. 루페르트가 황제가 되고 나서도 목숨을 부지하고 싶으면 얌전히 구는 것이 좋을 텐데, 하고 조언이라도 해주고 싶었지만 그 급한 성미에 뺨이라도 얻어맞을까 싶어 삼킬 수밖에 없었나.

황궁은 잔잔하며 천천히, 그러나 물밑이 시끄러운 호수와 같이 루페르트를 받아들였다.

"태자 전하 드십니다!"

시종장의 목소리가 다이닝홀에 울려 퍼진다. 그의 식사를 위해 열 명이 넘는 사용인들이 벽에 주르륵 붙어 섰다. 같은 황족이라도 태자와 일개 황녀란 이만큼이나 다르다. 나는 토리와 내가 전부였던 라페르트 황녀 시절의 오찬을 떠올리며 시종이 열어주는 문을 통해 들어서는 그를 맞았다.

나는 더 이상 그의 음식을 기미하지 않는 대신 그의 바로 뒤에 서서 시중을 들게 되었다. 루페르트는 자신의 음식을 나 대신 여러 명의 하녀가 돌아가며 맛보게 했다.

"전하, 태자궁의 주방 책임자로 일하게 된 알스미어 인사 올립니다."

새로 고용된 주방장이 요리사 모자를 벗으며 인사한다. 시기가 시기인 만큼 요리사의 출신성분이 굉장히 중요했는데, 그는 토리의 아버지로 알려진 파스벤더 가의 사람이었다. 루페르트가 고개를 살짝 까딱이자 그는 시키지도 않은 요리에 대한 설명을 줄줄이 읊었다.

"메인요리는 몸을 따뜻하게 해줄 수 있는 구운 오리로 준비했습니다. 히렐에서 들어온 병아리콩과 함께 조리했는데 입에 맞으시면 좋겠습니다. 날이 많이 풀리기는 했지만, 벨네르니는 추운 나라니까요."

"……."

"전하가 수프를 다 드실 즈음에 가져올 수 있게 시간을 계산해 오븐에 넣었……."

"저, 주방장님."

요리사의 말이 길어지면 길어질수록 루페르트의 안색이 어두워졌다. 나는 그가 짜증을 내기 일보 직전의 순간에 나서 요리사의 말을 끊었다. 방해당한 요리사는 몹시 당황한 얼굴로 고개를 갸웃거린다.

"나가주세요."

"예?"

"전하는 식사시간에 조용한 걸 좋아하시거든요. 죄송하지만 나가주세요."

루페르트는 벽에 얌전히 붙어 있는 시종들조차 거슬려한다. 그것이 으레 행하는 법도라니 거부하지는 않았지만, 그의 입맛은 다이닝홀에서 그를 '모시기' 위해 대기하는 시종인 머릿수가 늘어나면 늘어날수록 줄어들었다.

해서 가뜩이나 깨작대다가 집무실로 돌아와 따로 음식을 먹는 날이 많았는데, 말 많은 요리사가 식사시간마다 떠들어댄다면 그는 더는 참지 못하고 허공을 향해 엽총을 난사할 수도 있다.

"아, 송구합니다."

요리사는 머쓱한지 뒷머리를 긁으며 뒷걸음을 쳤다. 식사를 시작하지도 않고 나와 요리사를 멀뚱히 바라보던 루페르트가 그제야 숟가락을 든다.

작은 한숨을 내쉬며 제자리로 돌아온 나의 귓가에 로라가 역시 전하에 대해 잘 아신다며 나를 추어올리는 말을 속삭였다. 나는 그를 완전히는 아니지만, 그래도 어느 정도 안다 싶어 고개를 끄덕였다. 그의 옆을 지킨 게 어느덧 햇수로 4년째이니 당연하다면 당연한 일일까.

열여섯의 루페르트는 열셋의 라페르트와 겉으로 보기에는 완전히 다른 사람이었다. 나는 천천히 식사하는 그를 지켜보았다. 빳빳한 등에서 태자의 권위가 느껴진다. 짧은 머리도, 벌어진 어깨에도 적응했지만 그의 권위에는 도저히 적응이 안 된다.

생각해보면 이상했다. 나는 그가 이 제국의 지배자가 되리란 것도, 남자라는 사실도 알았는데 왜 태자인 루페르트가 어색하게 느껴지는 걸까?

"메인요리 올려달라고 하세요."

나는 루페르트의 수프가 반쯤 비워진 것을 확인한 후 시종에게 명령했다. 토리는 그의 시녀라기보다는 개인적으로 곁을 주는, 외려 그가 돌봐야 하는 사람에 가까워서 그의 자잘한 시중을 드는 건 오롯이 나뿐이다. 심지어 그녀는 지금 이 자리에 있지도 않다. 밤에 돌아다니기라도 하는지 낮에는 병든 닭처럼 꾸벅꾸벅 조는 날이 많았다.

노릇하게 구운 오리요리가 식탁에 오르고 빈 그릇을 치우려 시종 몇이 방을 벗어났지만, 루페르트는 먹음직스러운 오리에는 손도 대지 않았다. 작게 자른 닭날개를 깨작대던 그는 한숨과 함께 손을 휘저었다.

기다렸다는 듯 시종과 하녀들이 식탁을 치운다. 그는 벌떡 일어나 문쪽으로 향했고 나는 그를 바로 붙어 따라나섰다.

"좀 더 드시지, 왜요."

"숨 막혀."

그는 갑갑하다는 듯 목 근처의 깃을 잡아당겼다. 정갈하게 묶인 리본이 풀어지며 선이 굵은 목이 드러난다. 그는 마른 편이었지만 골격이 큰 편이다. 열심히 먹기만 해도 쑥쑥 자라는 팔다리를 보고 있노라면 그가 소녀 행세를 하기 위해 얼마나 굶었는지 깨닫게 된다.

"사람이 많은 데 익숙해지셔야 해요."

"왜?"

"황제가 되시면 더 많은 사람들에게 둘러싸일 테니까요."

"황제가 되면 본궁에 드나드는 사람의 수를 반은 줄일 건데."

"그건 예법에 맞지 않아요."

"권력자가 왜 예법 따위를 지켜야 하지?"

그는 마치 그러기 위해 황제가 될 거라는 양 당당해 나는 할 말을 잃었다. 황제 위에 법도가 존재하는 나라지만, 그의 권위가 어마어마해질 세상이니 또 달라질 수도 있다. 나는 라스페리히 1세 때의 황궁 분위기를 기억해내기 위해 노력했다. 확실히 지금보다는 삭막했던 것 같다.

그의 통치가 어떤 식으로 굴러갔는지 떠올리며 걸음을 옮기는데 급히 뛰어온 시종이 길을 막는다. 시종은 조금 혼란스러운 얼굴로 인사를 한 뒤 서둘러 입을 열었다.

"태자 전하, 방금 전하께서 드신 음식을 기미한 하녀가 쓰러졌습니다."

"어의를 불러."

루페르트는 놀란 기색도 없이 차분하게 명령했다. 그의 음식에 독이 들어 있었다는 생각을 하니 머리끝부터 발끝까지 소름이 돋는다. 얼마 전까지만 해도 그의 음식을 기미했던 사람은 나였다.

"네, 전하."

시종은 루페르트의 명령에 허리를 깊게 숙였다. 걸음을 옮기려는 시종을 그가 손을 들어 막는다.

"둘. 한 명은 하녀에게 간다."

"알겠습니다, 전하."

나는 시종이 가버리기 전에 서둘러 하녀가 어디 있는지 물었다. 그녀의 상태를 확인하고 싶었다. 어릴 적부터 잔병치레가 많았으니 단순한 배탈과 독약을 먹어 아픈 것 정도는 구분할 수 있을 테니까.

"전하, 전 하녀에게 좀 다녀올게요."

무감했던 루페르트의 얼굴이 일그러진다. 나는 그의 기분이 상한 이유를 알 수 없어 눈을 동그랗게 떴다.

"왜 인상을 쓰세요? 아파요?"

"이제야 걱정되나?"

나는 그의 불퉁한 질문에 할 말을 잃었다. 지금 자신의 몸 상태는 확인해주지 않고 하녀에게 가겠다고 해서 화를 내는 걸까? 이기적이고 까칠한 줄은 알았지만, 설마 유치하기까지 할 줄이야.

"아…… 어…… 괜찮으세요?"

루페르트는 내 어눌한 질문에 대답하지 않고 등을 돌렸다. 아이, 몰라. 하녀의 상태를 확인하고 오면 풀어져 있을 수도 있겠지. 나는 약간 성가심까지 느끼며 서둘러 하녀의 침실을 찾았다.

그녀의 방에서는 기묘한 악취가 풍겼다. 활짝 열린 창문으로 바람이 꽤 들어오고 있었기 때문에 나는 그 악취가 원래 그 방에서 나던 종류는 아니리라 짐작했다. 기실 이 정도로 냄새가 나면 옆방 하녀들이 가만히 있지 않을 테니까.

침대에 힘없이 누워 있는 그녀의 창백한 이마에는 땀이 송골송골 맺혀 있었다. 도저히 단순한 배탈처럼 보이지는 않는다. 나는 악몽 속을 헤매던 어린 루페르트를 떠올렸다. 그때의 그와 증상이 무척 비슷했다. 펄펄 끓는 열이 몸 전체에서 뿜어져 나온다.

태자가 되었으니, 황궁의 가장 낮은 곳에서 모두에게 외면받지는 않으니 괜찮은 걸까? 전처럼 그의 지척에서 지내진 않아 그가 밤에 잘 자는지 아닌지 확인할 길이 없다. 나는 사경을 헤매는 그녀의 손을 잡았다.

"언제부터 이 상태였나요?"

"주방에서 기미를 하고 온 다음부터 배가 아프다고 하기는 했는데, 이렇게 앓아누운 건 얼마 되지 않았어요."

로라가 발을 동동 구르며 대답한다. 그녀와 친분이 있는 하녀였는지 그녀의 눈에는 눈물이 그렁그렁 맺혀 있다. 독이 맞나? 확실하지 않기에 나만 그녀를 보러 오긴 했지만, 나라고 그녀가 중독되었는지 알 수 있는 것은 아니다. 그러나 이유가 어찌 되었든 간에 하녀는 무척이나 아파 보였다.

"라리에트 님, 의사는 불러주셨나요? 제가 불러보려고 했는데 다들 하녀 말은 무시해서."

로라는 거의 흐느꼈다. 그녀는 엄지손가락 끝을 잘근잘근 짓씹으며 쓰러진 하녀 주위를 뱅글뱅글 맴돌았다. 나는 그녀를 진정시키기 위해 차분히 말했다.

"어의가 오고 있어요. 기본적으로 황족만 살피지만, 전하가 명하셨으니 곧 도착할 거예요. 일단 기다리는 수밖에는 없네요."

"감사해요……."

"로라와 친한가요?"

"동생이에요."

그녀는 눈물을 터뜨리며 대답했다. 내가 하던 기미를 다른 사람에게 넘긴 것에 못내 죄책감이 든다. 나는 재빨리 자리에서 일어나 우는 그녀를 다독였다. 정말로 루페르트가 먹으려는 음식에 누군가 독을 탄 것이라면 큰일이다. 사람을 전부 솎아내야 할 테니까.

새로 바뀐 주방장이 가장 먼저 의심을 받을 테지만, 나는 그가 범인이라 생각하지 않았다. 만약 첩자라면 자신이 막 황궁에 자리를 잡은 이 타이밍에 독을 쓸 만큼 바보이지는 않을 테니까.

"로라, 울지 말아요. 동생은 괜찮아질 거예요."

나도 르한이 독을 먹고 쓰러진다면 제정신을 차리지 못할 것이다. 나는 그녀를 동정하며 어의를 맞이하기 위해 침실 문을 열었다. 루페르트 또한 독의 중독 여부를 확인하기 위해 태의를 불렀으니 그가 멀쩡하다면 로라의 동생도 괜찮을 확률이 높다. 다행히 남자 한 명이 헐레벌떡 방으로 뛰어들었다.

"환자는 어디에 있습니까?"

"침대에 누워 있어요. 전하는 괜찮으신가요?"

"다른 어의가 전하께 갔습니다. 저도 아직 소식은 듣지 못했습니다."

그는 공손히 대답하며 쓰러진 하녀에게 다가갔다. 손이나 이마 따위에 손을 얹은 그는 가방에서 청진기를 꺼냈다. 나무로 만들어진 것이었는데, 벨루아의 닥터 아일리가 자랑하던, 황도에서도 쓰는 이가 드문 최첨단 의료기구라며 보여줬던 것보다 더 정교한 생김이다.

사실 내 눈엔 환자의 심장 소리를 귀로 듣나 청진기로 듣나 무어 그리 다른가 싶지만.

태의는 청진기를 사용하는가 싶더니 잘 들리지 않는지 하녀의 입가에 손바닥을 가져갔다. 그럼 그렇지. 수도에서는 전부 청진기를 사용하기는 무슨. 나는 콧수염이 턱까지 오던 닥터 아일리를 떠올리며 고개를 저었다.

"호흡은 약하면서 심장은 빨리 뜁니다. 증상을 보아하니 독을 먹은 것이 확실하네요."

"어떻게 하면 되나요?"

"독을 먹었다는 사실을 바로 알았으면 구토하게 했었을 텐데, 이미 너무 퍼져서……. 호흡이 약해지는 것을 보아하니 자연에서 채취한 것이 아닌 제조된 독극물입니다. 폐가 굳는 증상이 있어 무척 괴로울 겁니다."

그는 안타까운 얼굴로 설명해주었다. 여러 화학물질을 섞어 만든 독이 분명하다는 소견과 함께. 그는 해독약을 하녀의 입에 조금 흘려넣었지만, 그녀는 조금도 삼키지 못했다. 간헐적으로 떨리는 몸이 굉장히 괴로워 보인다. 나는 더는 그녀를 지켜볼 수 없어 눈을 돌렸다.

"기미만으로 이 정도라면, 게다가 시간이 좀 지나야 효과가 발현되게끔 만든 것을 보아하니 누군가 태자 전하를 시해할 마음을 단단히 먹은 것 같습니다."

"도대체 누가……."

"전하께 가보시지 않아도 괜찮은지요?"

나는 어의의 물음에 아차 싶어 고개를 끄덕였다. 하녀가 독을 먹었다면 루페르트도 독을 먹었을 터. 나는 정신을 차리지 못하는 로라를 태의에게 부탁한 뒤 서둘러 침실을 빠져나왔다.

발소리 내지 않는 궁중 예법도 잊고 숨을 헐떡이며 계단을 세 개씩 밟아 올라 루페르트의 침실에 도착했지만, 방을 청소하는 하녀 두엇이 자리를 지키고 있을 뿐 그는 보이지 않는다. 나는 무슨 일이 일어났는지 전혀 모르는 듯한 그녀들을 붙잡고 루페르트가 어디 있는지 물었다.

"전하께서는 집무실에 계세요."

"태의는?"

"태의요? 어디 편찮으신가요?"

그녀의 어리둥절한 표정에 나는 고개를 저으며 집무실로 걸음을 옮졌다. 태자궁에서 숨바꼭질을 하는 것도 아니고, 태의를 불렀으면 침실에 있을 것이지 웬 집무실?

"전하!"

쾅!

나는 복도 끝에서부터 달려 얻은 추진력으로 집무실의 문을 부술 듯 거칠게 열어젖혔다. 소파에 힘겹게 누워 있을 수도 있다는 걱정과 달리 그는 책상 앞에 멀쩡하게 앉아 집무를 보고 있었다. 어의조차 보이지 않는다.

"어의는요?"

"갔어."

"괜찮으세요? 하녀는 독을 먹은 것이 확실하대요."

"아무렇지도 않아."

그는 책상에 얹힌 팔로 턱을 괴며 태연히 대답했다. 느긋한 목소리에서 고통이라고는 손톱만큼도 느껴지지 않는다. 나는 그의 태연자약함에 화가 나면서도 다행이란 생각에 깊은 한숨을 내쉬었다.

"다행이네요."

다행히 그는 독이 안 든 부분을 먹었나 보다. 나오는 음식마다 전부 깨작깨작 대는 이유가 설마 이것 때문이었나. 나는 뛰느라 차오른 숨을 연신 가다듬으며 집무실 한편에 놓여 있는 소파에 앉았다.

"전하, 저 좀 쉬다가 갈게요. 너무 힘들어요."

"뛰었어?"

"으으, 네."

"왜?"

"네? 걱정되니까 뛰었죠. 하녀가 독을 먹었다면 전하가 먹은 것이나 마찬가지니까."

나는 별 이상한 질문을 한다 싶어 그를 돌아보았지만, 그는 고개를 숙인 채 서류를 보고 있어 표정이 보이지 않았다. 태자에게 할당되는 업무가 꽤 많은 것인지 그의 책상엔 당장 태자의 인가가 필요한 서류가 넘쳐났다. 아마 태자가 되는 동시에 그의 영토가 된 지역에서 올라오는 것이리라.

"전하."

"왜?"

"전하 음식에 누가 독을 탔어요."

"근데?"

"무섭지도 않으세요?"

루페르트는 그제야 느릿느릿 고개를 들어 나를 마주했다. 책상이 창문 바로 앞이라 그의 얼굴은 그림자에 먹혀든 상태였다. 보이는 것은 그저 선이 뚜렷한 입술이나 콧대 정도.

그의 밝은 금발이 바람에 붕 떴다 가라앉았다.

"……뭐가 무서워?"

"누군가가 전하의 목숨을 끊임없이 노린다는 현실이요."

"너는 그런 것이 두렵나?"

그가 고개를 갸웃거린다. 대답이 당연한 질문이지만, 묻는 이가 상식에 벗어난 행동만을 반복하는 인간이어서 나는 입을 샐쭉 내밀었다.

"무섭죠. 보통은 누군가 저를 미워만 해도 싫잖아요."

"죽기 전에 죽이면 돼."

그의 대답이 마음에 들지 않는다. 그런 생각은 생존에는 도움이 될지 몰라도 개인의 행복과는 거리가 머니까. 나는 결코 그가 죽음의 두려움을 모른다 생각하지 않았다. 너무 거대하니 그저 눈을 감아버린 것이다.

누군가가 자신의 목숨을 노린다는 사실에도 공포를 느끼지 못하는 그의 상황이 싫었다. 나는 루페르트가 조금 더 사람다웠으면 했다. 무서우면 무서워 몸을 떨고, 어머니의 죽음이 슬프면 목 놓아 우는, 드디어 태자가 된 기쁨에 웃을 수 있는. 그런 사람.

로라의 동생은 독을 이기지 못하고 숨을 거두고 말았다. 루페르트의 음식을 기미하고 사흘 만에 죽음에 이른 것이다.

그녀의 죽음은 일개 평민의 목숨 따위는 파리보다 못하게 생각하는 황궁에서도 큰 소란을 만들었다. 로라의 비명이 벽이라도 찢을 것처럼 크게 울린 탓도 있지만, 그녀의 죽음은 태자를 향한 위협의 실질적 증거였기 때문이다. 루페르트가 멀쩡하건 멀쩡하지 않건 중요하지 않았다. 핵심은 누군가 태자를 노린다는 사실이다.

루페르트의 무미건조한 반응과 달리 황제는 진노했다. 그는 사람을 고르고 골라 수색대를 꾸려 태자궁으로 보냈다. 기실 루페르트의 인생을 가장 비참하게 만든 사람은 본인이면서, 자신이 아닌 다른 사람에 의해 목숨이 위협당하게 내버려둘 수는 없는 모양이다. 나는 황제의 분노로 루페르드의 지위를 다시 자각했다.

동생의 장례식을 준비해야만 하는 로라를 제외한 모든 하녀와 시종이 끌려가 신문받았다. 중무장한 태자의 친위대가 직접 방 하나하나를 이 잡듯 뒤졌고, 파스벤더가 보낸 요리사는 즉시 가족과 격리되어 감금당했다. 루페르트는 파스벤더를 의심하지 않았으나 황명으로 조사가 진행되어 그의 의지와는 상관없이 굴러갔다.

"레이디 벨루아, 자리에서 비켜주시겠습니까?"

따라서 내가 의심의 대상에서 벗어나지 못한 건 사실 놀랄 일도 아니다. 나는 기사의 정중한 요구에 대답 없이 물러났다. 기분은 상했지만, 이성적으로 따지자면 당연했다. 내가 3년이 되도록 루페르트의 음식을 맛볼 때는 아무 일도 없다가, 하녀가 기미를 맡게 되자마자 일이 터졌으니.

나는 주인이 지켜보는 가운데서 무례하게 방을 뒤지는 기사들을 가만히 바라보는 수밖에 없었다.

"가구를 옮기겠습니다."

친위대장은 루페르트가 내 편을 들며 나를 시녀장으로 승격시킨 이후로 내가 싫어 죽겠는 티를 아주 대놓고 냈다. 그는 마치 기회라도 잡은 양 실실 웃으며 직접 내 방까지 내려와 수색을 지휘했다.

나는 물욕이 없어 황궁에서 기본적으로 배급하는 물품 말고는 소지품이 없다. 그럼에도 불구하고 친위대장은 무어라도 건져야겠는지 옷장 문까지 열어젖혔다.

"정리는 다 해주고 가시나요?"

그들이 다른 시녀의 방을 뒤지는 시간보다 내 방에서 머무르는 시간이 길어지자 불쾌해졌다. 루페르트를 토리 다음으로 오래 보좌한 사람이 나였는데 친위대장으로 임명된 지 기껏 몇 달이나 됐다고 이리 건방지게 구는 걸까?

"방 정리가 당신 일 아닙니까? 정리가 힘들다면 하녀를 불러주고 가겠습니다."

"아뇨, 방을 어지럽힌 사람은 그쪽이잖아요. 직접 정리하고 가세요."

"어찌 사내가 방 정리 따위를 합니까? 친위대는 말단까지 모두 기사 서임을 받은 훌륭한 기사입니다."

친위대장은 불쾌한 기색을 드러내며 나무라는 투로 말했다. 어린 계집애에게 싫은 소리 듣는 것이 못 참을 만큼 싫은 듯하다. 그러나 기막혀할 쪽은 나다.

그는 황제의 친위대도 아닌 고작 태자의 친위대장, 그것도 임명된 지 1년도 안 된 사람이다. 친위군단이라고 해봤자, 제 밑에 기사 열 명을 둔 것이 전부다. 벨루아 백작가를 호위하는 기사단의 규모는 그가 이끄는 친위대의 열 배는 된다.

벨루아의 호위기사단장은 내게 아주 공손했다. 기껏해야 행정귀족 출신밖에 안 될 친위대장과 나의 차이란 하늘과 땅 끝이었는데, 건방짐에도 분수가 있지. 나는 코웃음을 치며 반박했다.

"그럼 너는 내가 너와 달리 방 정리 따위를 해야만 하는 사람이라 생각하는 건가?"

"지금 내게 하대하는 겁니까?"

"그래. 이름도 들어본 적 없는 가문 출신의 기사에게 공대해줄 만큼의 예의가 방금 바닥났거든."

"어린 계집애가 건방지게!"

"미천한 기사 놈이 건방지게! 예의도 기사도도 그 무엇도 없는 것을 보아하니 당신, 고작 전투에 한번 얼굴 내민 따위로, 폐하가 정신없는 틈에 얼렁뚱땅 서임을 받은 모양이지?"

내 추측이 맞았나 보다. 친위대장은 새빨개진 얼굴로 씩씩대며 말을 잇지 못했다.

"무례함을 사과하지 않는다면 나는 폐하께 달려가 당신을 발고할 생각이야. 벨루아의 딸을 일개 하녀 취급하는 당신의 무식함을 눈감아주실지 모르겠으나 내 알 바 아니지."

그는 그제야 아차 싶었는지 고개를 숙였다. 계급 높고 유명한 기사들은 죄 황비의 측근인 상황에 루페르트에게 내려진 기사의 명망이 드높으면 얼마나 높겠는가. 그의 주먹은 분을 참을 수 없어 부들부들 떨렸지만, 입은 공손하게 변했다.

"무례를 범했습니다. 정리하고 가겠습니다."

나는 그를 무시하고선 밖으로 나왔다. 내가 그들에게 보여서는 안 될 단 하나의 물건이 있다면 그것은 내 다이어리였는데, 나는 친위대가 소란을 피우기 전에 이미 그것을 처리했다.

　루페르트가 예전에 머무르던 낡은 별궁의 정원에 묻어두었으니 그들이 나의 다이어리를 발견할 수도 없을 테고, 또 발견해봤자 내 것이라는 사실은 추측해낼 수 없을 것이다. 기괴한 망상증에 걸린 어떤 시녀의 일기쯤으로 알겠지.

　정원으로 산책을 나온 나는 하오의 햇볕이 내리쬐는 분수 옆에 자리를 잡았다. 한바탕 난리가 난 것 치고 정원은 몹시 조용하고 평화로웠다. 화려한 꽃도 무척이나 많았지만 내 눈을 사로잡는 것은 앵두꽃과 목련이다.

　하얀 꽃이 맺힌 그들의 가지에 손을 뻗어 어루만지니 기분이 조금 나아졌다. 벨네르니는 척박해 꽃이 피기 어려운 땅이다. 이들도 정원사의 손길이 없었다면 꽃을 피워내지 못했을 것이다.

　분수에서 떨어지는 물소리만이 조용히 정원을 울렸다. 루페르트는 이렇게 인공적으로 만든 정원에는 별 관심이 없는지 별궁에 살 때와는 달리 정원에 나오는 모습을 본 적이 없었다.

　하긴, 그는 잘 가꾸어진 전형적인 황궁의 정원과는 어울리지 않는 사람이긴 했다. 바닥에서 목련 한 송이를 주운 나는 정원 뒤에 자리 잡은 미로 쪽으로 걸음을 옮겼다. 작정하고 만든 것은 아니겠지만, 풀로 덮인 담벼락이 꼬불꼬불 이어져서 마치 미로 같았다. 철없는 태자들이 밀회를 즐길 법한 장소다.

　나는 루페르트가 역사 속에서나 해프닝처럼 치부되는 철없는 태자라고 생각한 적 없었으니 내가 맞닥뜨린 장면은 굉장히 의외의 것이었다.

　"전하?"

　익숙한 금발이 내 의심쩍은 부름에 뒤를 향한다. 그토록 찬란한 금발은 대륙 전체를 살펴보아도 드물 만한 색감이기에 나는 그가 루페르트임을 확신했다. 그와 밀회를 즐기는 듯 보이던 하녀도 익숙한 얼굴이었

는데, 그의 귀에 바싹 입을 붙이고 무엇인가를 속삭이던 그녀는 화들짝
놀라 고개를 바짝 수그렸다.

"라리에트 님!"

로라였다. 한창 동생의 장례식을 준비해야 할 그녀가 왜 루페르트와
함께 있는 걸까? 그녀는 무척이나 의심스럽게도 내 등장에 놀라 손을
덜덜 떨기까지 했다. 꼭 나쁜 짓을 하다 걸린 양.

"여기서 뭐 하세요?"

반면 놀란 기색이 조금도 없는 루페르트가 고개를 까딱인다. 그 동작
이 일종의 명령이었는지 로라가 내게 눈으로 인사하며 물러난다. 그녀
는 곧 뒷걸음질 쳐 사라져버렸다. 그 모습이 도망치는 것처럼 보여 황
당함을 감출 길이 없었다.

하녀와 태자의 밀회는 무척 흔히 일어나는 일이다. 수도승처럼 여자
에 관심이 없는, 적어도 겉으로는 그렇게 보이는 루페르트의 밀회상대
가 로라일지도 모른다는 사실이 놀랍기는 했지만, 그게 도망갈 정도의
잘못은 아닌데 대체 왜?

"넌 여기 왜 왔어?"

"지금 전하의 친위대장이 제 방 뒤진다고 난리도 아니에요. 보고 있
으려니 성이 나서 나왔어요."

"왜?"

"너무 안하무인이라서."

나는 대충 대답하며 손을 저은 뒤 은근한 눈으로 루페르트를 올려다
보았다. 그는 내가 왜 눈을 가늘이는지 이해하지 못하는 양 인상을 찌
푸렸다.

"눈병이라도 났나?"

"전하, 로라랑 무슨 사이세요?"

"뭐?"

"왜 여기서 은밀하게 만나고 계시냐고요."

"죽고 싶나?"

내가 감출 필요 없다는 의미로 눈을 찡긋하자 그는 질색했다. 아니면 말지, 왜 화를 낸담?

"아니…… 전하와 나이 차이가 꽤 나긴 하지만, 미인이니까요."

"뭔 헛소리야. 더위 먹었어?"

"낮이긴 해도 그렇게 덥지는 않은데요."

루페르트가 기가 막힌다는 양 혀를 찬다. 찰나 그의 입술이 비스듬히 올라갔다. 그의 입꼬리가 저런 식으로 올라갈 때 좋은 일이 생겼던 적이 없었기에 나는 긴장할 수밖에 없었다. 또 무슨 소리를 하려고.

"너를 밀고하던데."

"예?"

밀고? 도대체 어떤 것에 대한 고발이란 말인가. 아니, 루페르트가 로라와 무슨 친분이 있다고 나에 대한 뒷말을 그에게 하는 걸까?

애초에 그녀가 나를 밀고했다고 해도 나는 그리 타격받지 않을 것이다. 그녀는 그나마 내가 태자궁에서 거의 유일할 정도로 잡담을 나누는 상대이긴 하지만, 마음을 나눈 사람은 아니었다.

리체를 겪은 나는 사람을 쉬이 믿지 않게 되었다. 길다면 긴 세월을 가장 우애 깊은 친구로 남았던 그녀가 사실은 나를 가장 미워하는 사람 중 하나였으니.

"네가 내 음식에 독을 타는 것을 보았다던데."

"무슨……."

나는 숨이 막혔다. 모함도 정도가 있지. 지금 루페르트가 죽어버리면 내 모든 계획이 틀어지는데 내가 그의 죽음을 바랄 이유가 어디 있나. 그의 곁을 맴돌며 쌓인 정 따위의 이유를 다 떠나서, 내겐 그가 태자 때는 절명 않으리란 확신이 있다.

내가 회귀를 했든, 하지 않았든 그의 태자 시절엔 변함없이 위험이 도사리고 있었을 테니. 그럼에도 과거, 루페르트는 멀쩡하게 황제가 되었다. 나는 그가 숱한 위기를 그저 운으로 이겨낸 것이 아니리라 짐작했다.

"지금 그게 무슨 말씀이세요? 설마 그 얘길 믿으시나요?"

목소리가 의도치 않게 올라간다. 살짝 커진 내 목소리에 루페르트가 비스듬히 고개를 기울인다. 그는 이 상황에서 재미를 찾는 것처럼 보였다. 그는 나를 비웃는 것이 아닌 정말 재밌다는 듯 웃고 있었다.

낮게 울리는 그의 웃음소리에 나는 의아해졌다. 자신이 독을 먹을 수도 있었다는데, 아니, 먹었을지도 모른다는데 무어 그리 재미있나. 그것도 자신의 최측근이라고 할 만한 시녀가 독을 탔다는 밀고를 받고 말이다.

"왜 웃으세요?"

"신기해서."

"뭐가요?"

"네가 내 음식에 독을 타지 않았을 거라고 믿는 내가."

그가 내 턱을 잡더니 제게로 끌었다. 조금만 발을 헛디디도 얼굴이 부딪칠 만큼 가까운 거리였다. 누군가 우리를 발견한다면 로라가 아니라 나와 밀회 중이라 착각할 만큼 가까운, 그런 거리.

이미 알고 있었지만, 가까이에서 바라본 루페르트의 얼굴은 정말 놀라울 정도로 아름다워 나는 반발하지도 못하고 넋을 놓았다. 길게 뻗은 섬세한 속눈썹이 녹안이 품은 냉기를 가려주어 그는 찰나 아주 다정해 보였다.

짙은 눈썹을 찌푸리는 일도 없이 그는 내 얼굴을 제 코앞에 두고 관찰하듯 꼼꼼히 살폈다. 매끈한 콧대가 무엇이 마음에 들지 않는지 움찔한다.

"왜, 왜요?"

"내가 왜 널 믿지?"

그걸 내가 어떻게 알아요?

툭 튀어나오려는 말을 삼킨 나는 내 턱을 붙들고 있는 그의 손을 서둘러 내리쳤다. 찰싹 소리가 났지만 그는 불쾌한 기색도 없이 제 손을 거두어들였다. 당사자인 그가 로라의 밀고에 별다른 반응이 없어 나도 어떻게 반응해야 할지 감이 잡히지 않는다.

"믿으시니 다행이에요. 제가 전하 음식에 독을 탔으려면 진작 했을 거예요."

"타봤자 소용도 없어."

루페르트는 어깨를 으쓱하더니 미로를 빠져나가려는 듯 몸을 움직였다. 더는 정원에 있을 이유도 없어 나는 그를 따라 걸음을 옮겼다.

"소용이 없어요?"

"난 대부분의 독에 내성이 있으니까."

"어떻게요?"

"아주 어릴 때부터 소량의 독에 노출되면 돼."

그 말은 본인이 아주 어릴 적부터 독을 조금씩 먹어왔다는 뜻이다. 내 얼굴이 경악으로 일그러지자 그는 아무렇지 않은 표정으로 덧붙였다.

"그때는 이해하지 못했지만, 지금 생각해보니 그리 어리석은 결정은 아니었네."

"너무 아프잖아요. 어린아이가 겪기엔 너무 큰 고통이에요."

"인생은 원래 고통뿐이야."

그가 담담히 얘기하는 동안 우리는 태자궁의 입구에 도착했다. 인사도 없이 멀어지는 그의 등을 바라보며 곰곰이 생각해보니 어릴 때부터 독에 노출되는 과정에 그의 의지는 없었다는 뜻이 된다. 그렇다면 누가 어린 그에게 독을 먹였던 걸까? 황후? 황제? 그도 아니라면 루페르트의 친부라고 주장하던 괴짜 연금술사?

　나는 이쯤 되면 방이 정리되었으리라 예상하고 내 방으로 돌아갔다. 나의 기대와 달리 방은 뒤집어진 그대로였다. 하녀 두 명이 주섬주섬 흐트러진 옷가지들을 줍고 있을 뿐 친위대장이나 그의 수하들은 코빼기도 보이지 않는다.

　"라리에트 님."

　내 방을 치우던 이 중 한 명은 로라였다. 그녀는 내 전속하녀였으니─본인이 원해서지만─당연하다면 당연한 모습이지만, 나는 바로 그녀와 마주칠 것이란 예상을 하지 못한 터라 당황하고 말았다. 애초에 루페르트의 행동에 정신이 팔려 그녀의 의도를 고민할 시간조차 없었으니까.

　"내가 할게요. 나가요."

　차갑게 말할 의도는 없었지만, 로라가 나를 음해하려 했다는 사실이 불쾌하긴 했기에 나는 그녀를 내보내고 싶었다. 로라와 지금 나를 둘러싼 상황을 파악하기 전에 그녀와 부딪치고 싶지 않기도 했다.

　내 축객령에 그녀는 작게 움찔했을 뿐 별다른 반감을 표하지 않고 고개를 끄덕였다.

　"쉬세요."

　로라와 다른 하녀는 내 눈치를 보며 방을 나섰다. 나는 그들이 복도를 완전히 벗어나는 것을 확인하고 나서야 방문을 닫았다. 누가 들어오지 못하도록 문을 잠가버리고 싶었지만 지금 이 상황에 문을 잠그고 숨어봤자 내게 도움이 되지는 않을 것이다.

　친위대 기사들이 마구잡이로 내팽개친 드레스들을 밟으며 침대로 향한 나는 방 정리는 시작할 생각도 못 하고 그대로 누워버렸다. 갑자기 터진 일들에 머리가 지끈거린다.

　유일하게 좋은 일이라면, 궁극적으로 루페르트가 내가 자신을 해하려고 했다고 생각하지 않는다는 것이었다. 그러나 나머지는 전부 최악이다. 그나마 알고 지냈던 하녀인 로라는 나를 음해하려 했고, 친위대는 어떻게든 나를 독과 엮고 싶어 하는 듯 보였다.

루페르트가 그의 앞에서 내 편을 들었다고 해도, 친위대장이 사적으로 나를 그만큼이나 싫어할 이유는 없었으니 그의 뒤를 봐주는 누군가가 있으리란 것을 추측할 수 있었다. 내가 독을 타지 않았다는 사실은 자명했고, 로라도 그 누군가의 사주를 받은 것이겠지. 동생이 죽어나갔는데 참 대단하다 싶었다.

황제의 입장에서는 벨루아인 내가 태자의 곁에 있다는 사실을 탐탁지 않게 여길 수도 있었다. 아버지는 그에게 철저히 반발하다 세력에서 밀려난 분이었으니까. 황제가 아니라면 고르텐 후작 혹은 황비도 가능성이 아예 없지는 않다. 도대체 누구지? 나는 좀처럼 윤곽이 잡히지 않는 범인을 생각하며 머리를 쥐어뜯었다.

"아아."

루페르트가 나를 믿어도 그보다 더 높은 권력의 사람이 나를 쫓아내려고 든다면 버티기 힘들지 않을까? 나는 급속도로 우울해져 베개에 얼굴을 묻었다. 모르겠다. 벨루아가 황태자와 가까우면 손해를 보는 건 누구일까?

벨루아 백작가는 백성들의 존경을 받는, 권력의 중심에서 밀려났다 하더라도 힘없는 가문은 아니니 견제받을 수 있다. 그렇다면 벤티볼트 대공도 완전히 용의 선상에서 벗어나지 않는다.

옷가지가 지저분하게 늘어져 있기는 하지만, 부드러운 거위털을 골라 만든 베개는 몹시 푹신해서 지끈거리는 머리가 녹아내릴 정도였다. 때문에 나의 고민 가득한 머릿속이 무색하게도 나는 쉬이 잠이 들어버렸다.

한가득 불안한 마음에 잠들지 못하는 밤이라도 있으면 비련의 여주인공에 조금 더 가까워질 수 있으련만, 내 정신은 생각보다 튼튼했다. 나는 아주 푹 자고 개운해진 머리로 일어났다.

벌써 일어난 새들이 짹짹거리고, 막 뜨기 시작하는 해가 창가로 따사로운 봄볕을 비추고 있다. 나는 빛을 받아 부드러워 보이는 드레스를 먼저 집어 들었다. 오전 중으로 친위대장을 찾아가 방 정리를 끝내지 않은 것에 항의해야겠다. 사람을 무시해도 정도가 있지, 내가 그렇게까지 말했는데!

계절과 잘 어울리는 노란 드레스로 갈아입은 나는 가장 먼저 루페르트의 침실을 찾았다. 그를 깨우는 일은 나와 토리의 담당이다. 그는 늦게 일어나는 법이 없어서, 아니, 제대로 자는 적이 드물어서 깨울 필요가 있는 날은 거의 없긴 하지만.

"토리, 잘 잤어요?"

나는 나보다 먼저 침실에 도착한 토리에게 인사했다. 그녀는 졸린 눈을 비비며 하품을 하느라 내게 제대로 된 인사를 하지 못했다. 도대체 밤마다 무엇을 하길래 항상 졸려 하는 걸까? 그녀는 잠을 자느라 낮에 진행되는 루페르트의 일정을 수행하지도 않았는데.

"흐아암, 네에."

"피곤해 보여요. 잠을 제대로 못 잤나요?"

"이따 잘 생각이어요."

토리는 어눌하게 대답하며 루페르트의 침실 문을 열었다. 두꺼운 암막커튼이 거둬지지 않아 방은 한밤중처럼 어두컴컴했다. 보통 그는 우리가 침실을 찾기 전에 일어나 커튼을 거두었기 때문에 익숙하지 않은 풍경이었다. 사방이 깜깜해 보이는 것이라곤 가구들의 윤곽 정도다. 나는 발을 헛디디지 않기 위해 바닥을 조심스레 살피며 침대에 다가갔다.

"전하?"

침대 옆 등불을 켜고 나서야 나는 루페르트가 어디 있는지 확인할 수 있었다. 어둠에 조금 적응한 시야에 들어오는 그의 얼굴이 새하얗다. 그는 이불에 삼켜진 채로 자고 있었다. 고른 숨과 달리 이마에는 땀이 송골송골 맺혀 있다. 파르르, 이불 밖으로 삐져나온 손이 경련한다.

"전하."

상태가 좋아 보이지 않았다. 또 악몽이라도 꾸는 것일까 싶어 나는 서둘러 그의 이마에 손을 댔다. 매우 뜨거웠다가 식은 양 미지근한 온도다. 밤새 앓은 모양이다. 아프면 태의라도 부를 것이지. 황제에게 속한 의사가 함부로 그를 해할 수도 없을 텐데. 하지만 그는 여전히 아무도 믿지 않았다.

"토리, 찬물 좀 가져다주세요."

나와 루페르트를 물끄러미 지켜보던 그녀는 내 부탁에 작게 고개를 끄덕였다. 루페르트를 크게 걱정하는 것 같지 않아 나는 한시름 놓았다. 토리만큼 그를 잘 아는 사람은 없을 테고, 그런 그녀가 걱정하지 않는다면 아주 위험한 상태는 아닐 것이다.

나는 세안을 위해 준비해뒀던 물에 손수건을 적셔 그의 이마를 닦아냈다.

"아프면 아프다고 말 좀 하지."

나는 그가 듣지도 못할 짜증 섞인 푸념을 중얼거리며 수건을 짰다. 필시 로라의 동생이 먹은 독 때문에 아픈 것이리라. 낮에는 그 독한 정신력으로 아무렇지 않은 척할 수 있었겠지만, 의식이 사라지는 밤에는 힘들었을 터였다.

내성이 있다고 해도 사람을 죽일 수도 있는 독을 먹고 아프지 않을 리가 없다. 단지 죽지도, 불구가 되지도 않을 뿐이다. 하지만 루페르트는 그 정도면 됐지 않냐고 대답할 것이 뻔했다.

"진짜 이럴 때는 너무 바보 같아요. 아프면 아프다고 해야 일이라도 쉽죠. 태자 때 열심히 일한들 누가 알아줘요?"

나는 불만을 토로하다 벨루아에서 가져온 진통제가 생각나 자리에서 일어났다. 아니, 일어나려고 했다.

"꺄악!"

"……닥쳐."

언제 일어났는지 모를 루페르트가 내 손목을 잡아 엉덩이를 든 나를 끌었다. 엉거주춤 침대에 걸터앉은 자세로 나는 루페르트를 돌아보았다. 여전히 눈은 꼭 감은 채다. 창백한 얼굴이 꼭 신화에 등장하는, 사람을 홀려 잡아먹는 현혹의 악마 같았다.

"놀랐잖아요!"

"귀 아파."

나를 구박하려는 말이 아닌, 인상을 살짝 찡그리는 모습이 정말로 귀가 아픈 듯 보여 나는 서둘러 손바닥으로 입을 틀어막았다.

"죄송해요. 몸은 좀 괜찮으세요?"

내가 소곤거리자 그가 피식 웃는다. 바람이 옅게 새어나오는 웃음소리가 귀에 박힌다. 그가 비웃을 때 말고는 웃는 법이 없다는 생각을 바꾸어야겠다. 그는 요즘 자주 웃었다. 특히 토리가 아닌 사람 앞에서는 질대 웃지 않으리라 생각했는데.

"약 가져오려고요, 전하. 토리가 물 가져올 거고요."

"필요 없어. 안 들어."

"효능이 뛰어난 진통제예요. 예전에 악몽 꾸실 때 드셨던 거요."

"안 아파. 괜찮아."

그는 느긋하게 말하며 한 손을 제 이마에다 올렸다. 내가 올려두었던 손수건이 툭 떨어진다. 어머니에게 선물받은 의미 있는 것이라 나는 재빨리 그것을 들어올렸다.

"독 때문에 아픈 거죠?"

"글쎄."

"찾으실 거예요?"

"뭘?"

루페르트는 손이 큰 편이라 손 하나가 얼굴을 반절 넘게 가려버렸다. 밖으로 삐져나온 것이 고작 입 정도라 나는 더는 웃지 않는 그의 표정을 가늠할 수 없었다.

"독 탄 사람이요."

"너라던데."

농담인 듯 그의 입꼬리가 올라간다. 그 말에서 독을 탄 사람을 찾겠다는 의지가 없어 보여 나는 조금 화가 났다.

"왜 안 찾아요?"

"……찾았어."

그는 속삭이듯 대답한 후, 더는 말하고 싶지 않은지 등을 돌려버렸다.

루페르트는 제 식사에 독을 탄 범인을 안다는 충격적인 대답을 한 뒤 다시 잠들었다. 실제로 자는지 잠이 든 척을 하는 것인지는 모르지만, 밤새도록 땀을 뻘뻘 흘리며 앓던 사람을 흔들어 깨우는 건 못 할 짓이다.

나는 귓속말에 가까웠던 그의 대답을 다시 떠올리다 문을 두드리는 소리에 서둘러 일어났다. 문을 여니 찬물을 한 바가지 든 토리가 서 있다. 나는 그녀가 몸을 뒤튼 덕에 찰랑거리는 투명한 수면을 내려다보았다.

"전하는 괜찮으신 거여요?"

토리가 어린아이처럼 무구한 눈을 동그랗게 뜨며 묻는다. 작은 얼굴에 어울리는 자그마한 코가 앙증맞다. 그녀는 좋은 음식을 많이 먹어도 전혀 변화가 없는데, 그래서 그런지 어딘지 모르게 안쓰러운 구석이 있다.

드레스 끝자락에 묻은 진흙이나, 잔뜩 구겨져서 다시 펴질 것 같지 않은 목 주변의 러플 같은 것들이 그녀를 더 초라하게 보이게 만든다. 나는 손을 뻗어 그녀의 흐트러진 머리장식을 다시 묶어주었다.

"요즘 리본을 많이 하네요."

"……하면 안 되나요?"

머리를 올려 묶은 리본이 눈에 익기에 건넨 한마디가 그녀의 심기를 건드렸나 보다. 나는 갑자기 날카로워진 그녀의 눈빛에 당황해 얼버무렸다.

"아니요. 그런 뜻은 아니었어요."

그녀는 그대로 방으로 들어섰다. 루페르트가 곤히 잠들고 있는 것을 확인하고 가져온 물을 바닥에 내려놓는다. 나는 아까 그의 이마를 닦아낸 손수건을 다시 찬물에 적셔 그녀에게 건네주었다.

"전하 이마에 올려두세요. 열이 내리긴 했지만 더우실 것 같으니."

토리는 손수건을 순순히 루페르트의 이마에 올려놓았다. 물기를 조금 짜내야 하는데 그대로 던지듯 놓아버려서 철퍽 소리까지 난다. 덕분에 난데없는 물벼락을 맞은 그는 인상을 있는 대로 구기며 일어났다.

"차가워."

"라리에트가 시켰어요."

토리는 냉큼 대답하며 일어난 루페르트 옆에 털썩 앉았다. 침대가 높은 편이라 바닥에 닿지 않는 발이 꽃잎처럼 팔랑거린다. 나는 그가 짜증을 내자마자 기다렸다는 듯 내 탓을 하는 그녀를 어떻게 이해해야 할까 고민하느라 변명할 타이밍을 놓치고 말았다.

"나가."

원래 같았으면 버럭 소리를 질렀겠지만, 기운이 없긴 없나 본지 루페르트의 목소리는 힘이 없었다. 그는 지금 물리적으로 나를 내쫓을 기운조차 없어 보인다.

나는 주눅 들어 방을 나서는 대신 그의 명령을 무시하고 토리 반대편 침대에 엉덩이를 붙였다. 졸지에 소녀 둘 사이에 앉게 된 루페르트는 어이가 없다는 양 눈썹을 높이 치켜세운다.

"둘 다 나가라."

"싫어요."

토리와 내가 거의 동시에 대답했기 때문에 우리의 목소리가 화음처럼 겹쳐 방을 크게 울렸다. 최측근 시녀들이 자신의 명령을 단호하게 거부했다는 사실이 충격적이었는지 루페르트의 표정이 묘해진다. 그는 약간 넋이 나간 얼굴을 하더니 마른세수를 하며 깊은 한숨을 내쉬었다.

"진짜…… 지랄들 하지 말고 나가."

"라리에트만 나가라고 하셔요."

"왜 저만 나가요? 나가려면 토리가 나가요."

따지고 보면 그녀가 나가는 게 훨씬 논리에 맞다. 토리는 간단한 진통제 복용법도 모르니까. 나는 어릴 적부터 잔병치레가 많았던 덕에 웬만한 통증에는 도가 텄다. 두통, 치통, 루페르트가 겪어본 적 없을 통증까지 전부.

"라리에트, 왜 갑자기 고집이어요?"

"토리야말로 왜 저를 내보내려고 해요?"

토리는 자신의 물음에 물음으로 답하는 내가 미운지 눈을 흘겼다. 그녀가 남을 째려보는 모습은 처음 보는데, 기분이 나쁘기는커녕 웃음이 나올 정도로 귀엽기만 했다. 나도 모르게 입가를 씰룩이는데 그녀는 내가 저를 비웃는다 생각했는지 험악하게 얼굴을 찌푸렸다.

"우리 사이좋게 같이 있어요, 토리. 간병인이 둘은 있어야죠."

"음…… 알겠어요."

내가 사근사근 설득하니 그녀는 곧 눈에 주었던 힘을 풀고 고개를 끄덕였다.

자신의 뜻을 전혀 들어먹지 않는 시녀들의 결정이 마음에 들지 않았는지, 루페르트가 발로 우리를 밀어댔다. 그러나 실크로 감싸인 병자의 발길질이 아프면 얼마나 아프겠는가. 몸에 제대로 닿지도 않는 그의 무릎을 잡으며 나는 옅은 한숨을 내쉬었다.

"전하, 많이 아프신가 봐요. 하나도 안 아파요."

"뒤지기 전에 나가."

"이럴 때 혼자 있으시면 안 돼요. 갑자기 열이 오르기라도 하면 어떡해요?"

"나가."

루페르트는 앵무새처럼 같은 소리만 중얼거리다 우리가 도통 들을 생각을 않자 체념한 듯 눈을 감았다. 얌전히 누워 있는 모습을 지켜보노라니 그 장면이 신기하긴 했지만 생소하게 느껴지지는 않는다.

왜 그런 모순적인 느낌이 드는 걸까 고민하는데, 바로 튀어나오는 답에 심장이 쿵 떨어진다. 마음이 소란해졌다. 미련해도 정도가 있지, 이 사실을 지금 깨닫나.

내가 머리로 아무리 아니라 부정해도 나는 이미 내가 알던 폭군과 루페르트를 분리하고 있었다.

루페르트의 사나운 눈만 마주쳐도, 그가 얼마나 어리든 상관없이 오금이 떨릴 때가 분명 있었다. 무심한 녹안이 단두대에 올라서던 그때 마주쳤던 그것과 같아서. 그가 성장하며 드러나던 이목구비의 날카로움이 꼭 황제의 그것과 같아서. 밤이면 다가올 미래가 두려워 심장이 아프고, 낮이면 마주치는 그가 무서워서 손을 떨었다.

그러나 그랬던 날들을 전부 새까맣게 잊어버린 듯했다. 다시 찾고 싶어도 찾을 수 없이 가라앉아버린 배처럼. 존재했다는 사실만이 어렴풋이 남을 뿐이다. 내가 그에게 느꼈던 공포와 혐오, 그 모든 것들이 전부.

나는 그 자각에 기가 막혔다.

벨루아를 몰락시키고 내 가족을 전부 다 죽여버렸던 악마 같은 황제를 용서한 것이 아니다. 그저 내게 그들이 다른 사람이 되어버렸다. 내가 보필한, 라페르트 황녀에서 황태자가 된 루페르트와 나를 죽인 황제가 이제는 너무도 다른 의미였다.

저지르지도 않은 죄목을 씌워 나를 사형한 라스페리히 1세는 절대 시녀들 따위에게 이리 약한 모습을 보일 인간이 아니었다. 내가 아는 황제는 자신의 말을 듣지 않는다는 형편없는 이유로 귀족원 절반의 목숨을 앗아간 괴물이다. 그는 제 황후조차 초야도 넘기지 않고 직접 죽였다. 그는 그런 인간이었다.

나는 지금의 루페르트가 아무 이유도 없이, 아니, 이유가 있다 하더라도 토리를 죽일 수 있으리라곤 상상도 가지 않았다. 귀족원도 마찬가지였다. 그는 상당히 비틀리고 성질이 나쁘긴 했지만, 굉장히 합리적인 사람이다. 하물며 토리와 내가 제 명령에 이리 뻗대고 있는데도 한숨만 쉴 뿐 별다른 난폭한 반응이 없지 않은가.

나는 이미 뼈저리게 느끼고 있던 그 차이를 머릿속으로 정리하며 깊은 한숨을 내쉬었다. 그를 이용하고 있다는 죄책감이 다시금 나를 좀먹는다. 죄책감은 회색 물감처럼 천천히, 옅게, 그러나 확실하게 나의 마음에 퍼지고 있었다. 그에 대한 미안함이 모든 감정을 일그러뜨린다.

유일하게 나의 죄책감을 조금이나마 덜어주는 이유가 있다면 그것은 그의 성장이다. 나는 차라리 그가 어서 황제가 되었으면 했다. 아무것도 알지 못하는, 황실에서 버림받은 어린아이를 이용하는 것보다는 권력의 중심에 선 황제를 이용하는 것이 훨씬 마음이 편하니까.

"전하, 아프지 마세요."

"너 때문에 아플 것 같아."

루페르트는 내 간절한 부탁에 짜증 가득한 대답을 하며 두 손으로 얼

굴을 전부 가려버렸다. 열은 조금 내린 것 같지만 하루 일과를 볼 정도
는 아닐 터였다. 나는 그의 일정을 전부 취소하기 위해 문 쪽으로 걸음
을 옮겼다.

"전하께서 편찮으시다고 시종관에게 전하라고 할게요."

루페르트는 여전히 제 주변에 사람이 북적이는 것을 좋아하지 않아
그의 침실 근처에는 대기하는 하녀조차 없었다. 하녀를 찾아 부탁하려
면 복도를 꽤 걸어야 한다는 생각으로 문을 열었는데 그럴 필요가 없었
다. 친위대장이 로라와 하녀 몇 명, 그의 기사 여럿을 데리고 서 있었으
니까.

"무슨 일이죠?"

"레이디 벨루아, 당신을 황태자 전하 독살 혐의로 데려가겠습니다."

"……네?"

친위대장은 무척이나 고소하다는 표정이다. 씰룩이는 입가를 억지
로 내리누르는 것이 눈에 보인다. 나는 무안한 듯 눈을 굴리며 쭈뼛거
리는 로라와 좋아 죽을 것 같은 표정의 그를 번갈아 본 뒤 어깨를 으쓱
했다.

"증거도 없이 저를 신문하겠다니, 제 아버지가 가만히 계실 것 같은
가요?"

"증거 나왔습니다. 당신의 방에서요."

"말도 안 돼요!"

친위대장은 내 부정에 고개를 저으며 품에서 작은 유리병을 꺼내 눈
앞에서 흔들었다. 길가의 돌멩이처럼 흔한, 어디에서나 쉽게 볼 수 있
는 유리병이다. 주방에만 가도 향신료가 담긴 유리병이 넘쳐났다. 그러
나 그 안에 든 것이 독극물이라면 이야기가 다르겠지. 내가 담은 적은
맹세코 없지만 말이다.

"하."

나는 기가 막히고 코가 막혀 웃음을 터뜨릴 수밖에 없었다. 그러나 친위대장은 마치 악당의 마지막 발악이라도 보는 양 측은한 표정으로 혀를 찬다.

"따라오시죠."

신문이라고 해봤자 별것 있겠는가. 나는 거리낄 것이 하나도 없지만, 내 방을 청소한 사람은 로라였다. 나를 루페르트에게 거짓으로 밀고한 로라. 그녀가 내 죄를 꾸며내기 위해 독극물을 그곳에서 찾았다고 주장했겠지. 너무도 쉬운 추측이었다.

나는 독에 대해서 문외한이었고 누군가에게 독을 구입한 적도 없으니 누명을 벗기란 어려운 일이 아닐 터. 나는 친위대장을 따라나서려 몸을 틀었다.

"어디 가?"

턱.

언제 일어났는지 루페르트가 내 어깨를 잡았다. 그의 하얗게 질린 얼굴은 병자의 것이지만, 언뜻 보면 모를 정도로 표정은 멀쩡했다. 친위대장의 허락 없는 방문을 언짢아하는 듯 기색만 가득하다.

"네 임무가 도대체 뭐지?"

"예?"

"너 말고, 너."

내가 반문하자 루페르트는 고개를 저으며 손가락으로 친위대장을 가리켰다. 모시는 상전의 손가락질을 받은 친위대장이 서둘러 허리를 굽힌다.

"전하, 일어나셨습니까."

"네 임무가 도대체 뭐냐고."

"저는 전하의 친위대를 이끄는 기사입니다. 전하의 보호가 가장 중요한 임무이지요."

"머저리 같은, 너무 멍청해서 머리 안에 뇌 대신 만두소가 채워진 건지 궁금해지는 내 시녀를 잡는 일이 나를 보호하는 건가, 너한테는?"

나는 나를 보호하는 건지 아닌지 모를 소리에 기분이 오묘해졌다.

"예?"

친위대장은 루페르트의 험악한 표정에 겁을 집어먹은 듯 목소리까지 떨었다.

운도 없지. 나는 그가 루페르트를 건드리는 타이밍이 대체로 좋지 못하다는 생각을 했다. 루페르트는 독 기운이 퍼져 있어 상태가 굉장히 저조했고, 아침부터 토리와 내가 잔소리로 속을 긁어 있는 대로 짜증이 나 있었으니까.

"전하, 저는 그저 전하의 안위를 위해 노력할 뿐입니다."

"마음에 안 드는 어린 계집애 하나 잡아 족치는 게 당신 노력이야?"

"전하……."

"그만 나가줬으면 좋겠는데."

나는 의기양양한 얼굴로 팔짱을 꼬았다. 꼬시다 이놈. 친위대장이 누구의 사주를 받고 나를 모함하려 드는 것이든, 진짜로 로라의 말을 믿고 루페르트를 보호하려는 것이든 그 계획은 아주 쓸모없었다. 나는 루페르트를 해할 생각이 없고, 적어도 루페르트 본인은 나의 결백을 믿었다.

"그래요! 나가요!"

나는 친위대장을 루페르트의 침실 밖으로 몰아내기 위해 목소리에 힘을 주었다. 그러자 내 어깨에 익숙한 것이 얹힌다. 아까도 내 어깨를 적당한 힘으로 누르던 그 손이다.

루페르트의 손. 하얗고 길쭉해서 보기 좋았지만, 악력이 기이할 정도로 센 편이라 어깨가 저릿했다.

"……너도 나가."

"저도요?"

"그래. 시끄러워."

루페르트의 인내심이 바닥났나 보다. 그는 진한 눈썹을 손가락으로 꾹꾹 누르며 몸소 침실 문을 활짝 열어주었다.

"다 나가. 전부."

몸을 억지로 움직여 한계가 오는지 그는 약간 헐떡였다. 더 있겠다고 고집부리고 싶었지만, 나는 그를 더 괴롭히고 싶지 않아 한숨과 함께 몸을 움직였다. 그러나 친위대장은 그의 명에도 꼼짝 않고 자리를 지켰다.

"레이디 벨루아를 혼자라도 신문하겠습니다. 스스로 위험해지시는 모습을 그저 지켜만 볼 수는 없습니다."

"난 잘 생각이거든."

고집도 보통 고집이 아니다. 루페르트는 친위대장을 노려보며 이를 갈았다.

"한숨 자고 일어났는데, 네가 쟤를 손톱만큼이라도 건드렸으면 황궁에는 네 자리가 없을 줄 알아."

"전하!"

"신문을 해도 내가 해. 내 시녀니까. 말대답 한번 지긋지긋하게 하는군."

그는 도무지 나갈 생각이 없는 듯한 친위대장의 어깨를 툭툭 밀어 문밖으로 내보냈다. 얼떨결에 함께 밀려난 나는 이대로 물러나야 하는지, 아니면 친위대장을 피해 도망이라도 가야 하는지 고민하는데 안에서 토리가 쪼르르 달려와 내 손을 잡는다.

"라리, 가요. 전하께서 혼자 있고 싶으시대요."

"네?"

"그냥 가요."

그녀는 친위대장을 흘깃거리더니 서둘러 나를 잡아끌었다. 그녀를 따라가야 하나 싶은 순간 친위대의 기사들이 나를 잡을까 말까 고민하며 눈알을 굴리는 것이 눈에 들어온다.

신문은 죽기 전에 실컷 당해봐서 더 당해보고 싶은 마음이 없어, 나는 그녀를 따라 황급히 걸음을 옮겼다. 나는 황궁에서의 신문이 어떤 의미인지 안다.

이미 범인을 정해놓고 하는 신문은 고문에 가깝다. 벨루아가 반역을 모의했느냐 안 했느냐를 밝히기 위한, 아니, 나의 거짓자백을 위한 신문은 더는 신문이 아니다. 내 목을 잡아 비틀며 자백을 종용하던 기사의 얼굴이 아직도 눈을 감으면 선연히 떠올라 마음이 괴로웠다.

친위대장과의 거리가 제법 떨어지자 토리는 점점 걷는 속도를 줄였다. 아무도 없는 한산한 복도에 도착하자 그녀는 이내 발을 멈추고 돌아보았다.

"전하가 왜 라리에트를 보호하는 걸까요?"

그녀는 상냥하게 웃으며 물었다. 커다란 유리창이 나 있는 복도에서 그녀의 새하얀 얼굴이 훤히 보인다. 빛이 반사된 토리의 초록색 눈이 새파랗게 빛났다. 꼭 유리구슬 같은 눈엔 아무런 감정도 담겨 있지 않다. 루페르트조차 눈에는 감정이 드러나는데, 지금 토리의 눈은 그 어떤 감정도 내비치지 않고 있었다. 나는 조금 섬뜩해 고개를 돌리고 말았다.

"라리에트."

"저도 전하의 사람이니까요."

"몇 번을 말했지만요……."

토리의 말끝이 길게 늘어진다. 고개를 살짝 갸웃거리며 의아하다는 양 나를 바라보는 토리를 마주한 나는 기시감에 몸을 떨었다. 그녀는 아주 가끔 기이하게 굴며 인형이 사람 흉내를 내는 듯이 기괴한 표정을 했다.

"전하는 사람을 아낄 수는 없는 분이라고."

"토리가 틀렸어요."

나는 토리의 부정적인 단언에 화가 나서 세차게 고개를 저었다. 적어도 내가 아는 루페르트는 그런 인물이 아니다. 타인에게 단 한 톨의 애정도 가지지 못하는 이가 왜 토리를 그 정도로 살뜰히 보살피겠는가. 군수품을 위해 파스벤더 상회가 필요하겠다는 추측도 해보았지만, 파스벤더는 토리의 친아버지가 아니리라는 생각이 들었다.

내가 황궁에 들어온 후 나는 그녀가 파스벤더를 아버지라고 칭하거나, 파스벤더를 방문한다거나, 아니면 반대로 파스벤더 쪽에서 그녀를 찾아오는 장면을 단 한 번도 본 기억이 없다. 그는 미래의 황후가 될 여자의 아버지라기보다는 오히려 힘없는 하수인에 가까웠다. 비굴하지만 눈치가 빠른, 미래를 내다볼 줄 아는 상인 말이다.

"전하는 사람을 아낄 수 있는 분이에요. 토리도 아끼시잖아요."

"저는……."

나는 무언가 변명처럼 말하려는 그녀의 말을 끊어냈다. 더는 듣고 싶지 않았다. 내가 황궁에 온 목적은 루페르트에게 잘 보여 벨루아가 멸문을 피하는 것. 루페르트가 가장 아끼는 사람인 그녀와 다툴 이유가 없다.

"토리, 저는 전하가 토리보다 저를 더 아끼시리라 기대하지 않아요. 바라지도 않고요. 그러지도 않으실 거예요."

나는 그녀의 기이한 행동들이 단순한 질투처럼 느껴졌다. 루페르트를 내게 빼앗길까 봐. 토리가 그에게 유일무이하게 소중한 사람이라면 반대로 그녀도 마찬가지일 테니까. 하지만 나는 그녀에게서 그를 빼앗을 생각이 전혀 없다. 자신조차 없다.

"안심해요."

"그런, 문제가, 아니에요."

토리는 한숨을 내쉬었다. 어눌한 말투는 어느새 사라졌다. 나는 그 점을 지적할까 고민하다 그녀와 더 싸우고 싶지 않아 말을 삼켰다.

"저는 도대체 뭐가 문제인지 모르겠어요. 저는 전하의 시녀예요. 그리고 결백해요. 전하가 제 결백을 믿는다는 게 이상한가요?"

"루페르트는, 아니, 전하는 논리에 맞지 않는 판단 같은 건 안 하는 사람이에요. 그리고 당신의 결백은 논리에 맞지 않아요."

토리는 입술을 짓씹으며 말을 이었다.

"벨루아가 전하를 도울 리 없고, 백작의 뜻이 아니라면 어린 계집이 황궁에 스스로 들어올 리 없고, 만에 하나라도 당신이 자의로 전하를 돕고 싶어 한다고 쳐도 벨루아가 뜻을 함께하지 않는 당신은 재 한 줌의 가치도 없으니까."

나는 그 말이 조금 과하다고 반박하고 싶었지만, 황궁에서의 나의 쓸모를 정확히 지적하고 있기에 달리 대꾸할 수 없었다. 그녀가 옳았다. 나는 재주라곤 고작 말타기뿐인 귀족가의 여자다. 하나 그렇다면 그녀는 루페르트에게 무슨 도움이 되는가?

"토리는요? 토리는 도대체 무슨 일을 하는데요? 전하의 시중을 드는 것도 아니잖아요!"

"라리에트, 내가 밤마다 어디에 가는지 궁금하다고 했죠?"

그녀는 웃었다. 까르르. 청아한 웃음소리가 복도 여기저기에 부딪히며 퍼져나간다. 마치 손톱으로 유리를 긁는 양 거슬리는 소리였다. 나는 그녀의 맑은 목소리가 참 듣기 좋다고 생각했는데도.

웃느라 젖혀진 그녀의 고개가 다시 제자리를 찾는다. 그녀의 눈은 여전히 무감했다.

"나는 전하께 해가 되는 사람을 처리해요."

토리의 선언이 쿵, 귀를 때렸다. 나는 순간 멍해진 정신을 서둘러 다

잡았다.

"뭐라고요?"

"내가 루페르트의 검은 손이에요."

그녀가 빙그레 웃는다. 더는 어린아이처럼 느껴지지 않는 완벽하게 꾸며진 미소였다.

각 나라의 지배자들이 비밀리에, 그러나 공공연하게 그들만을 위한 기사단이나 군대를 준비한다는 것은 처음 듣는 이야기가 아니다. 그러나 벨네르니 황제들의 검은 손, 크루나루카는 지배자의 비밀군대나 암살자 무리 정도의 의미가 아니다. 그들은 대륙에서 가장 비윤리적으로 손꼽혔던 노예들이다. 사형수의 아들, 혹은 반역자 가문의 어린 후계자들의 정신을 술법과 연금술로 지배해 맡은 임무 외에는 그 어떤 것도 생각하지 못하도록 키워진 소수정예의 집단이다.

분명히 없어졌다고 알고 있었다. 크루나루카는 역사 속에서나 존재하는 무리다. 그것도 매우 오래된 역사의 잔재처럼 남은. 마치 전설처럼 그런 이들이 존재했었구나, 끔찍하다 정도 생각하며 글로 배우는 것이 다였다.

그들 존재의 참혹함을 지탄했던 천년왕 바실리가 나라를 버리고 망명하기 전에 해체했다고 배웠다. 그들의 정신을 지배하고 세뇌하는 데 가장 중요한 물질인 크루나루카를 전부 없애버렸다고 했는데, 도대체 어떻게 토리가 크루나루카라는 걸까?

"크루나루카는 없어졌어요."

"맞아요. 그리고 에바가 다시 탄생시켰죠. 그래봤자 고작 저 하나뿐이지만."

"토리, 왜 저한테 이 얘길 해주는 거예요?"

나는 그녀의 충격적인 발언도 발언이지만, 루페르트와 그녀의 가장 큰 비밀일 듯한 사실을 왜 내게 알려주는지가 더 의문이었다. 토리가 나를 신뢰해서 이런 말을 늘어놓을 리 없으니까.

"조심하라고요."

"네?"

"저는 루페르트에게 해가 되는 사람을 처리한다고, 말해주고 싶어서요."

"제가 전하께 해가 될 것 같나요?"

"지금 그에게 가장 해로운 이가 당신이에요."

토리는 담담히 답한 후 등을 돌렸다. 나는 반박하고 싶어 그녀를 붙잡았다. 내가 가장 해롭다니, 말도 안 된다.

"왜 그렇게 생각하는데요?"

"그는 길가에 핀 들꽃의 아름다움 따위를 알지 못해야 하니까."

나는 토리의 날 선 말을 그제야 이해했다. 그녀는 어쩌면 나를 가장 정확히 꿰뚫어 본 사람일 수도 있다. 내가 루페르트에게 무엇을 해주고 싶은지 알아챘으니까. 나는 그를 행복하게, 행복하지 못하다면 인간답게, 생존이 아닌 삶을 살게 하고 싶었다. 토리는 나의 그 바람이 루페르트에게 도움이 되지 않으리라 지적하는 것이다.

"토리, 토리는 전하가 사람답게 사는 것을 바라지 않나요?"

"어차피 인생은 고통뿐이에요."

그녀가 다시금 웃는다. 루페르트가 습관처럼 내뱉던 것과 똑같은 말이다. 인생은 어차피 고통뿐이다.

황실과 암살이 떼려야 뗄 수 없는 연인 사이인 것을 증명하듯 루페르트의 침실에는 각기 다른 곳에서 보내온 자객들이 넘쳐났다. 하루가 멀다 하고 가지각색의 독이 음식에 섞여 들어오고, 출신을 알 수 없는 여자들이 하녀로 지원했으며, 친위대의 기사 한 명이 루페르트의 뒤를 노리다 사형당했다. 기실 그처럼 대놓고 루페르트를 노리는 인간들은 그나마 처치하기가 수월하다.

로라의 동생이 루페르트의 음식을 먹고 죽은 후 그의 입에 들어가는 모든 것들을 철저히 검열했기 때문에 우리는 독의 출처를 밝혀낼 수 있었다. 진원지는 다양했지만 알아내봤자 쓸모가 없었다. 황비, 대공, 고르텐, 아르눌프, 심지어 나이젤까지. 그들 모두가 얽혀 있어 독이나 자객을 보낸 사람을 알아내도 도무지 건드릴 수가 없는 상황이다.

황제는 수사를 지시했던 것과는 대조적으로 더는 상관하지 않았다. 본궁 자신의 침실에 꿀이라도 발라놓았는지, 두문불출하며 자신의 하나뿐인 후계자를 방치하다시피 했다. 루페르트가 암살당하고, 아르눌프가 황제가 되어도 상관없나 보다.

그리고 루페르트는 그 사실을 아주 잘 아는 것처럼 황제에게 도움을 요청할 생각은 전혀 하지 않았다. 나는 그 모습이 답답했지만, 이 상황에서 제일 현실적인 대처를 하는 사람도 루페르트 본인일 것이라.

"전하, 식사하세요."

여러 요리사와 시종들이 음식에 손을 대는 순간 독을 피하기란 거의 불가능에 가깝기 때문에 요즘 그의 음식은 거의 나 혼자서 준비했다. 허가를 받아 직접 시장에 나가 재료를 사왔고, 내가 있는 자리에서 하녀들이 재료를 손질했다.

하녀 한두 명 정도의 도움은 절실하여 받기는 했지만, 그들은 전부 주방에 들어오기 전에 소지품 검사를 받아야 했다. 만약 우리가 함께 준비한 음식이 독이 들어 있던 것이 확인되면 전부 참수형을 면치 못한다는 사실을 일깨워주는 것도 일과였다.

하녀와 함께 벌을 받게 되는 것은 나도 마찬가지다. 그래서 나는 더더욱 음식을 준비하는 데 심혈을 기울였다. 맛이나 모양 따위가 아닌, 내가 준비하지 않은 재료가 들어가지 않도록 말이다.

그 노력이 효과가 있기는 한지 루페르트는 내가 그의 입에 들어가는 것들을 관리하기 시작한 후 독이 든 음식을 먹은 적이 없다. 그러나 그는 내가 '맛과 모양'에 집중하지 않는 것이 퍽 불만인 듯했다.

"모양이 왜 이래?"

그는 반죽이 제대로 뭉쳐지지 않아 오므려지지 않은 만두를 젓가락으로 쿡쿡 찌르며 나를 올려다보았다. 짙은 눈썹 끝이 일그러져 있다. 그나마 만두가 제일 자신 있는 음식이라 내오는 날이 많았는데 오늘은 내가 모르는 재료가 들어간 듯 불안하여 다 만든 만두를 죄 헤집어놓은 탓이다.

만두 같은 음식이 가장 불안했다. 누군가 몰래 내가 모르는 재료를 넣어버리면 먹을 때까지 알 수 없었으니까. 이래서 캅사르에서 들어온 음식은 서민들이나 먹는 음식이 되어버린 것이 아닐까? 제 목숨이 귀한 줄 알아 항시 조심하는 귀족이나 황족이 이런 속을 알 수 없는 음식을 즐길 수 있을 리 없다.

"그냥 드세요. 조심하느라 그랬어요."

"……입맛 떨어져."

"자꾸 귀한 집 도련님처럼 굴지 마세요. 대륙에서 가장 강대한 이 제국에도 굶어 죽는 애들이 넘친다는데!"

루페르트는 제국의 황자, 그것도 무려 황태자였으니 아주 귀한 집의 도련님이 맞지만 내 잔소리가 먹혀들었는지 그는 군말 없이 젓가락을 움직였다.

"많이 드세요."

"많이 먹을 만하게 좀 만들고 많이 먹으라고 해."

루페르트는 험악한 표정을 유지한 채 식사를 이어가는 것으로 나와 내 음식에 대한 불만을 표출했다. 그러나 외견을 제외하면 먹을 만했는지 만두를 집는 그의 젓가락에 속도가 제법 붙는다. 벨루아의 오랜 전속 요리사이자 아버지의 친구였던 베르노 주방장은 그가 직접 구운 과자나 사탕 따위를 먹으며 내가 행복해하는 모습을 보길 굉장히 좋아했는데, 이런 이유에서인가 싶다.

루페르트가 내가 만든 요리를 먹으며 행복해하지는 않았고, 또 앞으로도 그럴 일은 없겠지만 내가 손수 만든 음식이 그가 하루를 버틸 힘이 된다는 것은 꽤 괜찮은 기분이었다. 나는 흐뭇한 미소를 얼굴 한가득 띠며 그의 시야에서 조금 비켜난 곳에 앉았다.

"전하, 토리는 어디 있어요?"

"알아서 뭐 하게?"

하여간 질문에 제대로 대답해주는 법이 없다. 내가 만든 음식을 우물우물 씹어 삼키는 얼굴이 얄미워졌다.

"궁금해서요."

"쓸데없이 궁금해하지 마."

"토리가 검은 손이라면서요."

루페르트가 갑작스레 식사를 멈춘다. 나는 가만히, 마치 시간이 정지한 듯 미동도 없는 그의 젓가락을 물끄러미 바라보다 고개를 기울였다. 루페르트는 아주 오랜만에 놀란 얼굴을 하고 있었다. 커졌던 눈이 순간 가느다래진다. 그는 나를 의심했다.

"누가 그래?"

"토리가요."

"걔가 너한테 그런 얘길 했다고?"

허.

기가 찬 웃음소리가 새어나온다. 루페르트는 제 관자놀이를 신경질적으로 문지르다 다시 음식을 먹는다.

"그래."

생각보다 쉬이 나온 긍정이다. 내게는 감출 필요도 없다는 뜻일까? 하긴, 내가 그녀가 크루나루카라는 사실을 안다고 해서 할 수 있는 일은 아무것도 없다. 그저 그녀가 나만큼 쓸모없는 존재는 아니었구나, 확인했을 뿐이다. 루페르트 옆에 무용한 존재는 나밖에 없다.

"크루나루카는 불법이에요."

"알아."

"그들은 자유의지도 없다고 배웠어요……. 맞나요?"

"토리는 완전한 검은 손은 아니니까."

식사를 빠른 속도로 마친 루페르트는 식탁에 팔을 얹어 턱을 괴었다. 언제 놀랐냐는 양 태연한 얼굴이다. 그의 손가락이 접시 끝을 툭 건드리자 귀머거리 하녀가 달려 나와 식탁을 치우기 시작했다. 그녀가 자리를 벗어난 후에야 그는 다시 입을 열었다.

"걔는 어머니의 실패작이야."

"황후 폐하가 토리를 크루나루카로 만들었단 말인가요?"

"그래."

"전하를 위해서?"

내 물음에 루페르트는 바람 빠지는 소리를 내며 웃었다. 나를 비웃는 다기보다는 자조에 가깝다. 그가 고개를 세차게 젓자 화려한 금발이 햇살처럼 흔들린다. 나는 빛이 움직이는 모습에 홀려 잠깐 시선을 빼앗기고 말았다.

"아니, 그녀는 평생 나를 위해 한 일이라곤 없어."

"전하를 지키기 위해 만든 게 아닌가요?"

"내 목숨을 연명하기 위함이 왜 나를 위한 것이지?"

루페르트가 중얼거린다. 혼잣말에 가까워 내게 묻는 것 같진 않았지만, 나는 구태여 되물었다.

"또 인생은 고통뿐이라 하시려고요?"

"······."

"살아 있어야 고통도 느낄 수 있는 거예요. 그리고 저는 고통이 없으면 행복도 없다고 생각해요."

"개소리."

루페르트는 무시했지만, 나는 내가 한 말에 믿음이 있었다. 나는 내 가족을 잃는 순간, 그들의 소중함을 절실히 깨달았다. 소중한 것들은 대체로 너무 가까이 있어 잃기 전에는 그 값어치를 알 수 없다.

행복도 마찬가지다. 항시 행복한 사람이, 단 한 번도 불행해본 적이 없는 인간이 자신이 지금 행복하다는 사실을 어떻게 깨달을 수 있을까? 행복은 무척 상대적인 것이라 부재(不在) 없이는 알아채지 못하는, 실체 없는 보물이다.

"전하도 언젠가 아실 거예요."

물론 루페르트는 행복을 모를 것이다. 그가 자라온 환경을 생각하면 도무지 행복할 수 없었을 테니까. 백번 천번 이해했다. 항상 행복해도 행복을 모르겠지만, 항상 불행해도 마찬가지일 터였다. 그래서 그는 슬픔을 모른다. 마음이 아프다는 것이 어떤 느낌인지 몰랐다. 마음이 저미는 고통이 일상이라서, 그래서······.

"제가 알게 만들 거예요."

일상의 행복을 아는 사람, 타인을 소중하게 아껴줄 수 있는 사람은 절대 폭군이 되지 못할 테니까. 애초에 루페르트는 물욕도 없다. 가진 것에 만족하지 못하고, 더, 더, 더한 권력, 무소불위의 황권을 바라며 아가리를 벌리던 현 황제와는 다르다. 지금의 루페르트는 구태여 황권을 단단하게 다질 생각은 없을지도 모른다.

"저는 전하도, 토리도 행복했으면 좋겠어요."

"동화 같은 소리를 또 늘어놓는군."

루페르트가 지겹다는 얼굴로 내 말을 잘라버린다. 물론 내가 그들에게 주장하는 행복은 동화 속 공주님이나 외칠 막연한 것이 아니다. '행복은 멀리 있지 않아요! 우리 모두의 마음속에 있어요!' 따위의 꿈같은 소리도 늘어놓고 싶지 않았다.

그저 한 번이라도 느꼈으면 했다. 가슴 한구석에서 피어나는 몽글몽글한 기쁨 같은 것. 순간의 환희에 마음이 겨워 눈물이 날 것만 같은 기분. 마주 잡은 축축한 손에서 느껴지는 따뜻함, 내가 아버지의 품에 달려들어 안겼을 때의 안정감, 그런 것들이 모여 만들어지는 어떤 것.

"두고 보세요."

나는 오기에 차서 내 말을 들은 척도 하지 않는 루페르트의 뒤통수에 대고 씩씩거렸다. 그가 집무실로 향한 탓에, 나도 휴식을 가지지 못하고 그를 따라나서야 했다.

황실 문서를 처리할 정도로 읽고 쓸 줄 아는 시종이나 시녀는 몇 되지 않아서 나는 태자궁의 내부관이 뽑힐 때까지 루페르트의 서류업무를 보조해야 했다. 루이제가 종종 와서 도움을 주려 했지만 아주 가끔뿐이라 실질적으로 전혀 도움이 되지 않았고, 나는 손이 느려서 결국 서류를 처리하는 사람은 거의 루페르트였다.

그가 처리해야 할 일은 어마어마했다. 거의 매일 밤을 집무실에서 쪽잠을 자야 하는 그가 안쓰러워 나 역시도 대부분의 시간을 집무실에서 보냈다. 당연하게도, 루페르트는 반기지 않는 듯했지만.

"왜 따라와?"

"도와드리려고요."

"글 읽는 속도가 굼벵이 기어가는 수준인데 돕기는 무슨."

"없는 것보단 낫지 않으신가요? 집무실 청소도 하구요."

사실 시녀의 일은 청소나 요리 따위가 아니었고, 귀족가에서 곱게 자란 영애들은 당연히 그런 일은 손도 대지 않았으니 나는 벨루아에서나 황실에서나 청소나 요리 분야에서 실력을 쌓을 기회가 별로 없었다. 해서 의기양양하게 말하던 투와 달리 집무실 청소를 시작한 나는 먼지떨이를 이용해 먼지를 터는 것이 아니라 먼지를 생산해내는 지경이었다.

부연 먼지가 루페르트 책상 위까지 둥실둥실 떠내려가는 것이 눈에 보였는데도 그는 윽박지르는 대신 무심하게 서류 정리를 계속했다. 아예 기대가 없었나 보다.

"……도울 일 없나요?"

"인장 찍히지 않은 것 중에서 긴급해 보이는 것부터 확인해서 왼쪽에 쌓아놔."

그는 잔뜩 섞여 산처럼 쌓여 있는 서류더미를 가리키며 명령했다. 청소보다야 종이 만지는 데 더 소질이 있다는 생각에 나는 서둘러 책상 옆에 자리 잡았다. 글 읽는 것이 조금 느리긴 해도 꼼꼼하지 못한 편은 아니라 나는 차곡차곡 서류를 분류했다. 영지전이나 외교와 관련된 서류가 가장 위에 오게끔 정리하면서도 문득 의문이 든다. 보통 태자가 이런 중대사를 결정하나?

아닐 것이다. 나는 황제가 구석으로 숨어들었을 뿐만 아니라 정사에도 손을 뗐음을 깨달았다. 모조리 루페르트에게 떠넘겨버린 것이다. 태자로서의 생존과 자리매김도, 제국의 사활도 전부.

비겁해도 이 정도로 비겁한가 싶어 절로 혀를 차게 된다. 그는 도망쳐버렸다. 그의 생에서 유일하게 의미를 가졌던 여자가 없어지는 순간, 그는 자신의 세상을 포기한 것이다. 그를 살아 숨 쉬게 한 것이 애정이었든 집착이었든, 그 무엇도 아닌 욕망의 찌꺼기였든, 황제는 더는 삶을 연명할 이유가 없다. 에바가 죽었으니까. 이미 오래전에 죽었겠지만, 그녀는 이제 시체마저 완전히 망가져 땅에 묻혔다.

나는 그녀의 완전한 죽음에 안도했다. 황제가 그녀에게 하던 짓은 상상할 수 없을 정도로 끔찍했으니까. 그녀가 더는 고통을 느끼지 못한다 해도 할 짓이 아니었다. 그 광경을 모조리 지켜봐야 했던 루페르트에게도 다행스러운 일이다.

"전하, 다 했는······."

쾅!

엉망진창으로 쌓여 있던 서류를 반듯하게 정리해 마지막 더미를 올려놓는 순간, 그 위로 인영 하나가 커다란 굉음을 내며 떨어졌다. 책상에 메다꽂힌 그것이 아주 천천히 자리에서 일어난다. 천장을 뚫고 떨어졌는데도 신음 한번 안 흘린다.

"······토리?"

내 부름에 그녀가 고개를 돌린다. 어깨부터 떨어졌기 때문인지, 그녀의 몸이 묘하게 돌아가 있어서 나는 뒷걸음질 쳤다. 그녀의 부상이 아니라, 그녀의 소름 끼치는 무표정이 기괴했다. 그녀는 인상도 찌푸리지 않고 어긋난 어깨를 붙잡아 맞추었다. 뚜둑 소리가 조용한 집무실을 울린다.

"다녀왔어요."

"왜 이렇게 막무가내야."

루페르트는 토리를 타이르듯 조용히 입을 뗐다. 전혀 혼내는 것처럼 들리지 않을 만큼 다정한 투다. 사실 말보다는 한숨에 더 가까웠다. 그러나 토리는 그가 자신을 크게 나무랐다는 양 억울한 표정을 지었다.

인형처럼 무감했던 얼굴이 그제야 감정을 드러내자 나는 조금 안심했다. 그녀는 여전히 내가 아는 토리였다. 소심해서 작은 일에도 깜짝깜짝 놀라는, 루페르트의 보호 속에 있는 소녀.

"라리에트한테 말해서 화나셨어요?"

"아니, 왜 이렇게 막무가내로 구느냐고."

"전하께서 라리에트를 믿는다면서요."

그녀의 말끝이 늘어진다. 책상이 의자라도 되는 양 무릎을 꿇은 그녀는 처음 보는 차림새였다. 몸에 착 달라붙는 회색 옷이었는데 금속처럼 윤이 나고 딱딱해 보였다. 갑옷의 일종인 걸까. 평소 입고 다니던 시녀 복장보다는 훨씬 그녀에게 잘 어울렸다. 더는 어리숙해 보이지도 않는다.

"라리에트를 믿는다고 하셔서, 그래서 말했어요."

"그걸 문제삼는 게 아니라는 것쯤 눈치로 알지 않나? 네가 내 명령 없이 단독으로 행동하는 게⋯⋯."

"저도 한 번쯤 그러면 안 되나요?"

루페르트는 제 말을 끊는 토리를 나무라지 않았다. 할 말을 잃은 듯, 조금 당황한 표정이었다. 그녀가 그런 말을 할 줄 몰랐다는 것처럼. 이내 그는 그녀를 채근하는 것을 포기한 듯 고개를 숙였다. 커다란 양손으로 마른세수를 한다. 한숨. 드물게 길다.

"⋯⋯그래. 알겠어."

토리는 생긋 웃더니 일어났다. 옷도 갈아입지 않고 집무실을 벗어나려는 그녀를 나는 황급히 따라나섰다. 내게 자신이 크루나루카라는 청천벽력 같은 사실을 떠넘기고 처음 마주하는 순간이었다.

"토리! 잠깐만요."

미끄러지듯 빠르게 복도를 지나가는 토리를 따라잡을 자신이 없어 소리쳤다. 그녀의 고개가 획 돌아가더니 그녀는 곧 다시 내 쪽으로 미끄러지듯 다가왔다. 발소리조차 나지 않는 매끈한 움직임이다. 자객으로 활동할 때엔 이렇게 다니는 걸까?

"왜 그러시어요?"

토리가 함박웃음을 지으며 나를 올려다보았다. 세련된 차림으로 어눌한 말투를 유지하는 것에 거부감이 들었지만 나는 티 내지 않기 위해 노력했다.

"제게 토리의 정체를 알려준 이유가 전하를 향한 반발심인가요?"

"라리, 저는 크루나루카예요. 저는 전하에게 반발할 수 없어요."

"……아직도 제가 전하께 해가 된다고 생각해요?"

"네."

나는 토리의 단호한 대답에 조금 충격을 먹었다. 큰 도움이 되진 못하겠지만, 그래도 내 몫을 하기 위해 최선을 다하고 있었는데. 그녀가 나를 경계하는 이유야 이해했지만, 해라니.

"라리에트, 나는 당신을 전하와 떼어놓기 위해 최선을 다할 생각이어요."

"협박인가요?"

"아니요."

토리는 웃지 않았다. 웃음기 없는 그녀의 얼굴은 어린 시절의 루페르트와 굉장히 닮아 있었다. 인형 같은 이목구비에 생기라고는 전혀 찾아볼 수 없는 눈. 루페르트의 찬란한 녹음을 담은 눈과는 조금 다른 빛깔이다. 외려, 거무튀튀한 진녹색 늪에 가깝다.

"경고예요, 라리에트."

"듣지 않으면 어쩌게요?"

"루페르트가 위험해지겠죠."

"토리는 전하를 해치지 못한다면서요."

그녀의 입술이 호선을 그린다. 입꼬리가 올라가긴 했지만, 미소와는 거리가 멀다.

"전하는요, 그렇죠."

토리는 속삭이듯 말한 뒤 자리를 벗어나버렸다. 나는 조용히 그녀를 따라갔다. 아주 기민한 감각을 가졌을 테니 내가 자신을 미행하는 것을 모르지 않았겠지만, 그녀는 무슨 이유에서인지 나를 내버려두었다. 그녀는 자신의 침실이나 시녀들이 모여 휴식을 취하는 공간 대신 주방으로 걸음을 옮겼다.

주방장들이 요리를 하는 공간이 아닌, 시녀들의 공간에 딸린 작은 주방이다. 요즈음 내가 루페르트를 위한 요리를 하는 주방이기도 했다. 요리기구가 제대로 갖추어지진 못했지만, 애초에 자잘한 음식 정도 만드는 용도의 공간이니까.

나는 완전히 닫히지 않은 문틈에 최대한 눈을 붙이고 그녀가 하는 양을 지켜보았다. 그녀는 무언가 찾는 것처럼 주방을 헤집고 다녔다. 달그락거리는 소리와 함께 냄비가 움직인다.

문을 등진 채 주방을 뒤적거리던 토리는 천천히 뒤돌았다. 여름에 가까워지자 길어진 해는 질 생각을 하지 않아 주방 안이 다 들여다보였다. 손톱만 한 틈으로도 그녀가 무엇을 하는지 아주 잘 보인다. 반대도 마찬가지였겠지만.

그녀는 내가 문밖에 있다는 사실을 안다는 것을 티라도 내듯 문과 마주하고 서서 빛도 들어오지 않는 틈을 응시했다. 눈이 마주친 듯해 서둘러 고개를 틀었다가 다시 주방 안을 들여다보았다. 그녀는 미동도 하지 않고 여전히 나를 바라보고 있었다. 내 얼굴의 반도 제대로 보이지도 않을 텐데 투시라도 할 수 있는 걸까?

괜한 오기가 생겨, 애써 토리의 시선을 피하지 않았다. 그녀는 내 쪽을 뚫어져라 직시하며 주머니에서 작은 유리병을 꺼냈다. 담겨 있는 액체는 맑았지만, 은은한 분홍빛이 돌아 수상쩍었다.

그녀는 내가 주방문을 열어 말릴 새도 없이 병 속의 내용물을 모조리 루페르트가 즐겨 마시는 찻주전자에 쏟아부었다. 언제 끓여놓았는지 모를 뜨거운 물까지 따른 주전자를 그녀는 찻잔과 함께 쟁반에 예쁘게 놓고 들었다.

"토리!"

"라리에트, 거기 있는 줄 몰랐네요."

토리는 천연덕스럽게 대꾸하며 내게 쟁반을 자연스레 건네주었다. 나는 얼떨결에 받아 든 쟁반을 내려다보았다. 한편에 놓인 찻주전자에서 모락모락 김이 올라온다. 맡아지는 향긋한 내음은 평소와 다르지 않았다.

"전하께 좀 가져다주세요."

"……방금 뭘 넣었잖아요."

"제가요?"

토리가 되묻는다. 영문을 모르는 얼굴이라 나는 순간 혼란스러웠다. 그러나 내가 잘못 보았을 리 없다. 독인지 약인지 정체 모를 액체를 분명히 흘려넣었는데.

"지금 품에 유리병 있을 거 아니에요?"

"아, 긴장완화제예요. 요즘 심적으로 너무 신경 쓸 일이 많으실 것 같아서."

"그걸 어떻게 믿어요?"

"그럼 라리에트가 마셔보지 그래요?"

독이면 내 목숨이 위험할 텐데! 그러나 토리는 놀리는 말투도 아니었다. 내 의심에 기분이 상한 것처럼 인상까지 찌푸리는데, 기가 막혔다.

나를 시험하는 건가? 그래서 내가 주방까지 따라오고 그녀를 몰래 훔쳐보았음에도 가민히 있었던 깃일까? 갑직스러운 도발에 머리가 터져버릴 것 같았다. 도대체 토리가 언제부터 이렇게 교활하게 굴 수 있게 된 거지?

"싫어요……."

"그럼 그대로 전하 가져다주세요. 제가 차에 독을 탄 것 같다고 말씀드려도 괜찮아요."

"전하가 그 말을 믿으실 리 없잖아요."

"그렇게 걱정되면 라리에트가 마시면 되겠네요."

대화가 애완용 쥐들이 가지고 노는 쳇바퀴처럼 제자리를 맴돌았다. 그녀를 더 채근해도 달라질 건 없을 듯해 나는 한숨과 함께 뒷걸음질 쳤다.

"……가져다드릴게요."

"고마워요."

실수로 발을 헛디딘 척 주전자를 엎어버리고 싶었지만, 그런 내 속내를 알아차렸는지 그녀는 아까 쏟아넣었던 유리병과 똑같이 생긴 것 여러 개를 보란 듯 흔들었다. 만약 저 유리병에 담긴 것이 독약이었더라면 그녀가 저만큼 당당하게 굴 수 있을까?

루페르트에게 이 사실을 고해봤자였다. 그가 토리를 제쳐두고 나를 믿을 리 없으니까. 만약 나를 믿었는데 독약이 아니라면 더 큰일이다. 내가 그녀를 모함한 꼴이 될 테니.

"토리, 나한테 이러는 이유가 정말 뭐예요?"

그녀는 대답하지 않았다. 나는 해답이 없는 문제를 쟁반에 담아 루페르트가 있을 집무실로 걸음을 옮겼다. 내 직감이 이 문제를 해결해주리라 기대하면서.

복도에 나란히 걸려 있는 등불에서 노란 빛이 샌다. 태자궁을 장식한 등불은 촛대가 아닌 술법으로 만든 전구가 쓰였는데, 집무실로 가는 길을 밝히는 등불은 고장이 났는지 자주 껌벅거렸다.

어느새 날이 저물어 복도는 어두컴컴했다. 껌벅거리는 등불에만 의지해 발을 옮기는 복도가 으스스하게 느껴진다. 내가 망설이고 고민하는 동안 뜨거웠던 찻주전자는 열기가 식어버려서 미지근해졌다. 차가 뜨겁지 않다며 루페르트가 마시지 않으면 좋으련만.

구두 굽 소리가 또각또각 복도를 울렸는데 그 소리가 내가 복도를 혼자 걷고 있다는 사실을 깨닫게 만들어 덜컥 겁이 났다. 토리는 나를 따라오지 않는다.

왜?

지금이라도 도망갈까 싶었지만, 그녀는 내가 루페르트에게 차를 건네주거나 내가 마셔버릴 때까지 똑같은 짓을 반복할 게 뻔했다.

나는 집무실의 문에 다다르는 동안에도 결정을 내리지 못해 전전긍긍했다. 루페르트가 마셨는데 정말 독이었으면 어떡하지? 하지만 토리가 루페르트에게 독을 먹일 수 있을 리 있나? 어차피 루페르트는 거의 모든 독에 내성이 있다.

하지만 토리는 에바가 루페르트에게 먹인 독을 모조리 알고 있을 확률이 높았다. 아니, 오히려 그래서 그녀가 루페르트에게 효과가 있을 만한 독약을 찾아낸 거라면?

그래도 토리가 정말로 루페르트를 해할 수 있으리란 생각이 들지 않는다. 그녀는 그를 사랑했다. 그녀의 유일한 가족이자 유대를 나눌 수 있는 유일한 인물일 것이라. 크루나루카라는 전설 속에서나 존재할 법한 비현실적인 금속을 믿지 않아도 토리가 그를 해치지 못할 이유는 수두룩했다.

그러나 토리는 루페르트에게서 나를 떼어놓을 방법을 강구하려 했다. 그녀가 그의 음식에 무언가를 탔다는 사실을 알고 있음에도 내가 아무 대처도 않는다면, 그 사실을 들어 나를 쫓아내려 할 것이 뻔했다. 그녀는 독약을 탄 게 나라고 거짓말할 수도 있다. 로라의 말은 모르나, 상대는 토리다. 루페르트가 믿지 않을 이유가 없다.

"전하, 저 들어갈게요."

두 번의 노크에도 대답이 없어 나는 기다리지 않고 집무실 문을 열었다. 그의 침묵은 긍정일 때가 많았으니까. 내 예상이 맞았는지 그는 그저 서류를 보고 있었다. 처리되지 않았던 서류의 산은 꽤 많이 줄어들어 처리된 서류의 산으로 옮겨졌다.

서류의 산을 헤쳐나간 나는 널따란 책상에 쟁반을 내려놓았다. 이미 차게 식어빠진 찻주전자와 복도의 먼지가 묻은 찻잔이었지만, 루페르트는 이를 알아차릴 만큼 섬세하지 못했다.

"졸음을 깰 차를 가져왔어요."

"놔둬."

루페르트는 나를 쳐다보지도 않고 대꾸한 다음 분주하게 손을 움직였다. 나는 그의 옆에 서서 그가 하는 양을 잠시 지켜보았다. 깃펜에 잉크를 묻혀 서명한 다음, 밀랍을 녹여 서류를 황가의 문양으로 봉한다. 반복되는 일련의 작업이 몇 번이 지난 후에야 루페르트는 찻주전자에 손을 댔다. 주전자의 입구가 졸졸 소리를 내며 찻잔 안을 분홍빛으로 채우는 동안이 영겁처럼 느껴진다.

탁.

루페르트가 찻주전자를 쟁반에 내려놓는 순간 나는 서둘러 그를 저지했다. 그리고 그가 말릴 새도 없이 찻잔을 뺏어 호로록 마셔버렸다. 꿀꺽, 겁과 함께 차를 삼키는 순간에도 그의 황망한 표정이 눈에 들어온다. 입을 헤벌린 그 모습이 우습게 느껴졌다.

"미쳤어?"

"전하, 이 차 토리가 탄 거예요."

"뭐?"

"이 차, 토리가 전하 마시라고 탄 거라고요. 제가 만약 죽으면……."

"무슨 헛소리야?"

나는 숨을 씨근거리며 내 목에 손을 얹었다. 독약을 먹었다 해도 루페르트가 가까이 있으니까 죽지 않을 확률이 높다. 만약 로라의 동생이 먹고 죽은 약과 같은 것이라면 루페르트에게 해독제가 있을 테니까. 독약이 아니라면, 그러면 나 혼자 토리에게 겁을 집어먹은 것으로 끝내면 될 일이다. 나의 충성심을 증명할 기회가 될 테고.

나는 거의 충동적으로 차를 마셔놓고 애써 머리를 굴려 확률을 계산했다. 너무 긴장한 탓인지 온몸이 바싹 마르는 기분이었다. 머리카락

끝이 쭈뼛쭈뼛 선다.

루페르트는 내가 무슨 말을 하는지 제대로 이해하지 못한 듯했다. 그는 당황을 감추지 못하고 일어나 앞으로 쓰러지는 나를 붙잡았다. 숨이 잘 쉬어지지 않는다. 너무 긴장해서 그런 것도 같았고, 정말로 독약을 먹어서 그런 것 같기도 했다.

"무슨 소리야? 설명해."

"전하, 저 머리가 아픈 것 같아요."

"네 머리는 원래도 아팠어."

"그런 의미가 아니라……."

나는 문장을 제대로 끝마치지 못했다. 머리가 쿵쿵 울려댔기 때문이다. 마치 커다란 북을 양쪽에서 쳐대는 것처럼 정신을 차릴 수가 없었다. 이마에 얹힌 루페르트의 손이 펄펄 끓는 주전자처럼 뜨겁게 느껴졌는데, 나는 그의 당황한 얼굴에서 뜨거운 것은 그의 손이 아니라 내 이마라는 사실을 깨달았다.

아, 정말 독이었나 봐.

"야!"

루페르트가 소리친다. 나는 정신없이 그의 옷을 끌어낭셨다. 아파서 숨이 쉬어지지 않는다. 머리가 아픈 것인지 배가 아픈 것인지 알 수 없는 고통이었다. 아니, 둘 다 아픈가.

대답을 하고 싶었지만 목소리가 나오지 않았다. 쿵! 심장이 크게 뛰며 아픔이 느껴진다. 북처럼 크게 울리는 소리가 내 심장박동이었다니.

나는 루페르트를 붙잡은 채 쓰러졌다. 고꾸라지는 나를 루페르트가 바닥에 눕힌 덕이다. 그가 내 이마를 검지로 문지르며 무어라 중얼거린다. 일시적인 냉기가 느껴지면서 고통이 조금 덜해졌지만, 정신을 차리기 힘든 것은 매한가지였다.

"@#!$@?"

말소리가 뭉개져서 들린다. 나는 상황과 그의 평소 어투로 대강 그가 뭐라뭐라 했으려니 짐작하는 수밖에 없다. 그러나 내가 예상했던 표정이 아니라 유추하기가 어려웠다.

토리가 찻주전자에 수상쩍어 보이는 액체를 넣었을 때부터 상상했던 수많은 장면들 중에서 그가 이만큼이나 당황하는 얼굴을 하는 것은 없었다. 머리는 흐트러지고, 놀란 동공은 확장되어 있는 데다 흥분해 볼까지 상기된 상태였다. 토리가 찻주전자에 넣었던 액체가 정말로 독약이었다는 사실에 나도 놀라긴 했지만, 그는 놀란 것을 넘어서 안절부절못하는 것처럼 보였다.

"괜, 찮……아요."

나는 제대로 말을 이어붙이지도 못하고 입을 다물었다. 이제는 루페르트가 보이지도 않는다. 흐릿해지던 시야가 껌껌해지다 일제히 환해진다. 빛이 명멸했다.

정신을 까무룩 놓던 순간 마지막으로 보인 것은 루페르트의 입이다. 당황으로 일그러진 입매, 크게 벌려졌다 다물어진다. 나는 그가 이 정도로 격한 감정을 보여주는 일이 처음이라는 생각을 문득 했다.

아. 결국, 내가 맞았다.

루페르트는 집무실 소파에 라리에트를 눕히고선 다급히 집무실 문을 열었다. 평소에 자신이 업무를 보는 동안에는 얼씬도 말라 으름장을 놓은 탓인지 개미새끼 한 마리조차 보이지 않는다.

젠장! 이 정도로 말을 잘 들을 필요가 있나. 그는 욕을 씹듯 중얼거리며 복도를 벗어났다. 집무실이 보이지 않을 정도의 거리에 도착해서야 그는 하녀 한 명을 발견할 수 있었다.

"태의 불러와!"

"예?"

"젠장, 귀먹었어?! 늦으면 죽는다고 전해!"

애꿎은 하녀는 루페르트가 버럭 소리를 지르자 겁을 잔뜩 집어먹고 고개를 끄덕이며 달아났다. 뛰는 속도가 남달랐으니 태의는 금방 도착할 것이다.

그는 다시 집무실로 서둘러 돌아갔다. 라리에트는 미동도 없이 소파에 누워 있었다. 아파 보이지도 않는다. 고요하기만 한 방, 시체처럼 누워 있는 그녀는 고작 숨을 약하게 새근거리는 소리만 낼 뿐이다.

"너 진짜 뭐야? 등신이야? 그걸 왜 처마시고 있어?"

그는 대답을 할 리 없는 그녀를 책망하며 그 앞에 주저앉았다. 답답함이 바늘처럼 목구멍을 찌른다. 지끈거리는 관자놀이를 꾹 누른 그는 고개를 돌려 라리에트를 바라보았다. 하얗다.

그녀의 뺨은 거의 늘 발그레했다. 밖에서 뛰놀다 금방 돌아온 어린아이처럼 복숭앗빛으로 물들어 있었다. 잘 익은 음식처럼 보일 때가 있어 우습게 느껴지면서도 그는 그 뺨이 싫지 않았다.

그러나 지금은 핏기 없이 창백해 두려울 징도였다. 둥그런 콧방울에 손을 올린 루페르트는 숨이 잦아드는지 아닌지 확인했다. 기분이 이상했다. 귀가 먹먹해질 정도로 꺼림칙한 기분이다. 호흡소리가 크게 들려 시끄럽다는 생각을 했는데, 그것이 곧 자신의 것임을 깨달은 그는 숨을 가다듬었다.

루페르트는 욕을 내뱉었다. 어의가 늦는다는 생각에 소리라도 내지르고 싶었지만, 순간 라리에트가 몸을 뒤척인다.

"하악!"

그녀의 몸이 다시 뜨거워지고 있었다. 그는 다시금 냉기를 만들어내는 연금진을 그녀의 이마에 그렸다. 곧 달려올 어의가 발견할 수도 있겠지만 지금 그게 중한가. 머저리도 아니고 독이 들었을 수도 있는데 그걸 왜 전부 마셔버렸는지 이해가 안 간다. 도무지 자신의 사고로는 따라잡을 수가 없다.

왜?

물음표는 꼬리의 꼬리를 물고 부풀어 올랐다. 그러다 그는 부지불식간에 깨달았다. 라리에트도 제게 믿음이 없는 것이다. 자신이 그녀를 믿어줄 것 같지 않아서. 그래서, 마셨다.

"바보야?"

믿지 않으면 내버려두면 그만이다. 그러면 스스로 깨달을 테니까. 게다가 자신은 웬만한 모든 독에는 면역이 있다. 실제로 토리가 그를 독살하려고 들 일도 전무했다. 그녀는 자신을 해하지 못하니까.

토리는 라리에트를 무척 잘 파악했던 것 같다. 그녀가 독을 마셔버릴 것이란 확신이 있었으니 이렇게까지 했겠지. 그게 아니라면 그녀의 심장을 지배하는 크루나루카가 루페르트에게 해가 될 수 있을 행동을 허락할 리 없다.

"전하! 무슨 일이십니까!"

목숨을 위협받은 어의가 정신없이 달려와 허락도 받지 않고 집무실 문을 열었다. 루페르트가 라리에트를 턱짓하자 그는 서둘러 청진기부터 꺼냈다. 연극의 막이 내리는 것처럼 시야의 경계선이 흔들린다. 시체처럼 누워 있는 라리에트부터 당황한 어의까지 전부 거짓말처럼 느껴졌다. 가망이 없다는 어의의 말도 전부, 다, 거짓말처럼.

황궁은 한바탕 뒤집어졌다. 제 음식에 독이 들어간 것을 발견해도 별다른 대처 없이 흐지부지 넘어가던 태자가 들고일어난 것이다. 루페르트는 찻잎을 공수한 시종부터 찻주전자를 만든 도공까지 색출해 태자궁으로 불러들였다.

차에 독약을 섞을 수 있었던 가능성이 조금이라도 있는 인물을 전부 불러 모으니 수십이 넘는 데다 한 명 한 명 직접 신문한 탓에 시간이 모 자라 잠들지 못한 밤이 나흘째였다.

하나 뚜렷한 실마리를 찾지 못했다. 찻잎에는 아무런 문제도 없었 고—상인이 직접 찻잎을 씹어 먹는 것으로 증명해냈다—찻잔은 닦으면 그만이다. 그렇게 억울한 울상을 짓는 사람들이 전부 제해지고 남은 것 은 토리뿐이다.

루페르트는 결국 토리에게 향했다. 기실 가장 유력한 용의자인 토리 부터 신문하는 것이 순서였지만, 그녀는 그가 제게 맡긴 개인적인 임무 를 핑계로 윌레탄으로 넘어가 한참 돌아오지 않았더랬다. 그는 그녀가 태자궁으로 귀환하는 순간 바로 붙잡아 침실로 불러들였다. 그 누구에 게도 이 대화를 듣게 할 수 없어 방에는 둘뿐이다.

"네가 그랬어?"

툭, 던지듯 묻는다.

별일 아니라는 듯 던졌지만 고뇌가 송골송골 맺힌 질문이었다. 루페 르트는 질문이 입 밖을 벗어나자마자 마른세수를 했다. 다시 한숨. 듣 는 이의 숨이 막힐 성노로 깊고 깊었다. 그는 토리를 의심하고 싶지 않 았다. 아니, 의심할 수 없었다. 그녀는 그에게 반할 수 없으니까. 그렇 게 만들어졌다. 아니, 그렇게 만들어졌다고 알고 있었나.

"대답."

"왜 그런 걸 물으세요?"

토리는 루페르트의 윽박에 가까운 태도에도 겁먹은 기색이 없다. 그 녀는 또렷한 눈매에 힘을 주며 그를 바라보더니 천천히 제 팔뚝을 쓸었 다. 기동성이 뛰어나게 제작된 일종의 작업복은 검회색에 가까워 피가 묻어도 잘 티가 나지 않는다. 토리의 손바닥이 붉게 물들고 나서야 그 는 한숨을 쉬며 그녀에게 다가왔다.

"다쳤어?"

"신경이나 쓰시나요?"

"너 자꾸 이런 식으로 굴 거야?"

루페르트는 아이를 타이르듯 조곤조곤한 어투로 말했다. 아침부터 밤까지 시녀든 시종이든 하녀든 상관하지 않고 그의 험한 닦달을 받은 사람에게는 믿어지지도 않을 다정함이었다.

토리는 그를 물끄러미 올려다보는 것을 멈추고 고개를 숙였다.

"글쎄요. 잘 모르겠어요."

"네가 모르면 누가 알아."

"라리에트에게 독약을 먹인 사람이 누구인가 궁금한가요?"

손에서 흐르는 피를 대충 루페르트의 상의 끝으로 닦은 토리는 천천히 머리를 땋았다. 언젠가 라리에트가 알려준 방식이다. 귀족가의 어린 여식들이 종종 하는 머리모양이다.

어린 얼굴을 더 어려 보이게 했지만, 그녀는 땋은 머리가 싫지 않았다. 뺨의 주근깨가 전부 다 드러나면 적어도 루페르트와 비슷하게 보이지는 않으니까. 더는 그녀가 어떤 머리를 해도 그와 닮아 보일 리 없지만.

"전하세요."

"뭐?"

"전하가 먹인 거라고요."

"무슨 개소리야."

루페르트의 얼굴이 일그러진다. 인상을 험악하게 구겨도 그 아름다운 얼굴은 빛을 잃지 않는다. 다만 주름이 남을 뿐이다. 토리는 발뒤꿈치를 들어 그의 이마에 손을 얹었다. 빙그레 웃는다.

"저의 임무는 전하의 보호, 당신이 끝까지 살아남아 황제가 되는 것."

"알아."

“방해요소를 없애버리려는 노력일 뿐이에요.”

“너구나.”

루페르트는 숨이 막히는지 짧게 호흡했다. 범인이 토리라면 어찌할 길이 없다. 그는 그녀를 벌줄 수 없다. 이미 삶 자체가 무거운 죄를 지은 듯 버거운 아이였다. 그는 거칠어진 손바닥으로 눈두덩을 꾹 누른 뒤 정신을 가다듬었다.

“도대체 뭘 먹인 거야? 그거라도 말해.”

“전하가 드시는 진정제요.”

“로피움?”

루페르트가 주기적으로 섭취하는 약물은 하나뿐이다. 로피움은 현재 대륙에 존재하는 가장 강력한 수면제이자 진통제로, 웬만한 약물에 강한 내성이 있는 그조차도 아주 소량을 훼아에 섞어 피울 뿐이다. 로피움을 마시고도 멀쩡할 수 있는 사람은 거의 없다. 애초에 쉽게 구할 수도 없는 물건인데 무슨 수로 손에 넣었나. 그에게 왔어야 할 물건을 중간에서 가로챘던 걸까.

“로피움을 먹였다고?”

“전하께 드리려고 차에 넣는 걸 보게 됐을 뿐이에요. 미시라곤 한 적 없어요.”

“근데 걔가 미쳤다고 그걸 들이마셔?”

“제가 전하가 드실 차에 독이라도 타는 줄 착각했나 보죠. 그게 제 잘못인가요?”

토리는 영문을 모르겠다는 양 순진한 얼굴을 했다. 루페르트는 그 표정이 가면이라는 것을 알았지만, 더 추궁할 의지를 느끼지 못해 입을 다물었다. 로피움은 딱히 독약도 아니니 해독제도 없다. 라리에트가 며칠째 정신을 차리지 못하고 사경을 헤매는데도 할 수 있는 일이 없다.

자신의 불찰이다. 토리가 차를 탔다는 사실을 연신 강조할 때 알아챘어야 했다. 하나 그러지 못했다. 무슨 의미인지 눈치를 채긴 했지만, 설마 싶었기 때문이다. 설마, 토리가 그럴 리가 없다고. 깊은 유대를 나눈 사이에서의 실체 없는 신뢰나 기대 같은 것이 아닌, 그녀 존재에 대한 확신이었다.

크루나루카는 주인을 해치지 못한다. 토리는 가지지 못했지만 라리에트가 가진 것들에 대한 동경보다 더한 질투 정도인 줄 알았다. 정말로 그녀가 제게 해가 된다 생각해 제거할 작정이었나.

루페르트 본인이 라리에트의 유해함을 전혀 느끼지 못해서일 수도 있다. 할 줄 아는 것이라고는 볼에 바람을 빵빵하게 넣고 토라지는 것 정도가 다인 소녀에게서 도대체 어떤 위험을 느껴야 한단 말인가. 속이 답답해서 비틀릴 지경이다. 루페르트는 숨이 잘 쉬어지지 않아 목에 손을 대고 토리를 돌아보았다.

"왜?"

"네?"

"뭐가 위험한 거냐고."

"전하가 이렇게 감정을 내비치는 모습이요."

토리는 자신에게 화를 내는 루페르트의 반대되는 모습만 보이리라 작정한 듯, 피가 철철 흐르는 팔을 닦아내면서도 아픈 티를 내지 않고 차분히 대답했다. 그 모습이 정말로 나무로 만든 인형 같아서 루페르트는 화조차 내지 못했다. 그녀를 저 지경으로 만든 사람이 본인이니까.

"전하가 신경 써야 할 것은 오롯이 황좌뿐이어요. 나머지는 하등 필요 없어요."

"내가 황좌를 노리는 데 방해가 될 정도로 라리에트를 신경 썼다고?"

"당신만이 알겠지요."

토리의 냉정한 말에 루페르트는 입술을 짓씹었다. 지금 이렇게 그녀와 실랑이를 벌이고 있을 시간조차 없다. 로피움을 먹인 것을 알았으니 해독제는 본인이 직접 만들어야 한다. 이 제국에서 독약을 그만큼 많이 먹은 사람도 드물 테니까.

루페르트는 다친 토리에게 치료를 명한 다음 뒤도 돌아보지 않고 자리를 벗어났다. 집무실과 연결된 연구실의 문을 열어젖힌 그는 로피움과 관련된 화학물질을 전부 꺼내 책상에다 가지런히 늘어놓았다.

로피움을 만드는 화학공식이 존재했다. 수십 번은 만들었으니 공식은 찾아보지 않아도 될 정도로 잘 알고 있었다. 그러나 작용을 멈추는데에는 그것만으로는 부족하다. 이미 몸 구석구석 혈관을 통해 잔뜩 퍼져 있을 테니 서둘러야 했다. 그는 성급히 로피움의 주를 이루는 식물의 가루를 실린더에 쏟아넣었다.

펑!

예상하지 못한 반응을 보이며 터져버리는 실린더의 조각이 루페르트의 뺨을 스치고 튀어나간다.

"빌어먹을."

그는 욕을 잘근잘근 씹으며 관자놀이에 생긴 상처에서 흐르는 피를 닦아냈다. 손등에 박힌 유리조각에서 빛이 산란했다. 연금진이고 연금술이고 백 번, 천 번, 아니 만 번을 넘게 연구했지만 한 번노 나친 적이 없었다. 실패하지 않을 공식을 도출할 때까지 위험한 물질에는 손도 대지 않았으니까. 그러나 지금은 시간이 없다.

아, 토리가 먹인 로피움이 남아 있다면 도움이 될 것이다. 그는 번뜩 드는 생각에 빠르게 집무실을 벗어났다. 그러다 복도를 채 벗어나기도 전에 긴 인영에 가로막힌다.

"전하."

루페르트는 순간 제가 마주한 소년이 누구인가 고민했다. 큰 키, 훤칠한 이목구비, 아직 어린 티를 벗지 못했지만 강인한 군인의 얼굴이었다. 그러다 그는 소년의 짙은 암갈색 머리칼을 보고 불현듯 기억해냈다. 벨루아.

라리에트의 연한 갈색 머리와는 다른 느낌의 갈색이지만, 어찌 됐든 같은 갈색이기는 했다. 암갈색은 벨네르니에서 드문 머리색이었고, 벨루아의 직계는 한결같은 갈색 머리로 유명했다.

그렇다면 벨루아의 장자가 왜 태자궁에 있나? 대답은 하나뿐이었다. 직계 주제에 별 볼 일 없는 황녀의 시녀를 자처한 그녀 때문에.

"라리에트를 보러 왔나?"

"르한 디트리히 벨루아, 황태자 전하께 허락도 없이 먼저 인사드립니다. 누님이 쓰러져 정신을 차리지 못한다는 전갈을 받고 왔습니다."

"로피움을 마셨다."

"로피움이면 독약이 아니지 않습니까? 전하를 노린 것입니까?"

얼핏 들으면 그를 원망하는 것인가 싶었지만, 르한의 표정은 감정의 군더더기 하나 없이 깔끔했다. 누이와는 다르게 차분한 성정의 소유자 같다.

루페르트는 르한에게 따라오라 턱짓했다.

"아니."

"부모님이 무척 걱정하십니다. 실력 있는 의사를 수소문해 찾아놓았으니 벨루아로 데려가고 싶습니다."

"의사에게 보여봤자 소용없다. 로피움은 독약이 아니니까."

루페르트는 누이를 걱정하는 동생에게 냉정하게 대답했다. 그러나 그의 말은 사실이다. 로피움은 굉장히 귀한 약이라 사람에게 해가 될 정도로 들이마실 일 자체가 드물다.

태자로서 지급받은 자본으로도 모자라 상단을 움직여 겨우 재료만을 구했던 약이다. 완제품은 구할 수가 없어 제조는 루페르트가 직접 할 수밖에 없었다. 의사 중에는 로피움을 약으로라도 제대로 다뤄본 이가 드물 것이다.

"그러면 방도가 없는 겁니까?"

군인의 투구라도 뒤집어쓴 듯 평온했던 르한의 표정이 처음으로 흐릿해진다. 그러나 루페르트는 구태여 라리에트의 동생을 위로할 필요를 느끼지 못했다. 의사가 무용이라고 말했지, 방도가 없다고 한 게 아니니까.

"말이 많군. 잔말 말고 따라와."

루페르트의 명령에 르한은 고분고분 입을 다물었다. 그러나 태자의 권력이 두려워서라기보다는 상황을 파악하고자 하는 눈치였다. 담담한 암갈색 눈은 여전히 흔들림이 없다. 루페르트는 르한이 라리에트 수준으로 겁이 없다 생각했다. 도대체 벨루아는 애들을 어찌 가르치기에 태자 앞에서도 겁을 집어먹는 일이 없나.

토리의 침실에 도착한 루페르트는 방의 주인은 부르지도 않고 여기저기 뒤졌다. 어차피 달라고 명해도 예전처럼 온순히 제 말을 들을 것 같지도 않다. 그는 난생처음 보는 르한을 앞에 두고 왜 제 최측근 신하들은 이토록 주인 말을 개 짖는 수준으로 아는지 모르겠다고 불만했다.

토리의 마음은 쉬이 예측하기 어려웠지만, 그녀가 물건을 숨기는 곳 정도는 귀신처럼 짚어낼 수 있었다. 루페르트는 침대를 들어 분홍색 액체가 담긴 호리병 하나를 꺼냈다. 코르크마개를 열어 냄새를 맡으니 단내가 정신이 아찔할 정도였다. 그는 서둘러 호리병을 봉했다. 로피움이 확실했다.

"로피움입니까?"

일개 사관학교 생도가 로피움의 향과 색을 어찌 아는지는 모르겠지만 르한도 단박에 알아보았다. 루페르트는 대강 고개를 끄덕인 뒤 다시 빠르게 걷기 시작했다. 르한은 바로 그를 따라나섰다.

"해독제를 만드실 겁니까?"

"네 누이만큼 질문이 많군. 그래, 맞아."

루페르트는 신경질적으로 대답하며 복도를 내달리듯 걸었다. 그를 놓치지 않기 위해 르한도 보폭을 크게 했다. 어울리지 않는 조합의 둘은 같은 인물을 머릿속으로 생각하며 태자의 집무실에 당도했다.

"로피움에 대해 잘 아십니까?"

"젠장, 도와줄 거 아니면 꺼져!"

자신을 따라다니며 이것저것 물어보는 르한이 짜증나 루페르트는 로피움을 책상에 탁 내려놓으며 그를 노려보았다. 르한이 약간 놀란 듯 눈을 둥그렇게 뜬다. 자세히 보니 덩치가 큰 개가 떠오르는 순한 인상이다. 라리에트와 많이 닮지는 않았지만, 아예 닮은 구석을 찾아볼 수 없는 정도도 아니다.

"돕겠습니다."

"뭐?"

의외의 대답이 돌아왔다. 냉큼 돕겠다는 르한에게 기가 막혀 루페르트는 고개를 절레절레 저었다.

"연금술은 쥐뿔도 모를 거 아니야, 너."

"펠리페 님을 압니다."

"펠리페를 안다고? 네가?"

이 망할 영감탱이가 죽은 것처럼 살겠다는 맹세를 받고 풀어줬더니 상파뉴 내를 들쑤시고 다니나 보다. 도대체 왜 사관학교 생도 따위를 알고 지내나. 그것도 벨루아의.

갑자기 머리로 올라오는 열기로 뜨거워지는 관자놀이를 꾹 누르며 루페르트는 이를 갈았다.

"빌어먹을, 그 영감 알아서 뭐?"

"연금술은 모르지만 화학은 배웠습니다. 생도 치고는 많이 아는 편입니다. 부디 돕게 해주십시오."

르한은 특유의 딱딱한 말투로, 그러나 간곡하게 부탁했다. 라리에트에게 도움이 된다면 무엇이라고 하고 싶었다. 그녀의 목숨을 전혀 신경 쓰지 않을 것 같은 태자에게 맡겨놓고 가만히 있고 싶지는 않다. 그것도 이미 죽음을 경험했었다는 그녀를 두고 말이다.

"입 좀 다물어."

루페르트는 그가 금방이라도 갈색 눈에서 눈물을 뚝뚝 흘릴 것 같은 기분이 들어 로피움 제조공식이 휘갈겨진 양피지를 던졌다. 빌어먹게 어울리지 않을 것 같은 무표정인데도 그런 느낌이 들다니, 재주이다.

르한은 그 일종의 허락을 알아듣지 못한 채 여전히 그를 멀뚱히 바라보고 있었다. 루페르트는 누이처럼 제 열을 바싹 올리는 르한의 목을 조를까 고민하다 소리 질렀다.

"하라고!"

"감사합니다."

그래도 라리에트는 그가 소리를 지르면 움찔하며 커다란 눈을 굴리며 눈치라도 보았는데, 르한은 그조차 찾아볼 수 없다. 그저 담담히 땅에 떨어진 양피지를 주워 읽을 뿐이다. 루페르트는 화학서적이 빼곡하게 정리되어 있는 책장을 가리키며 지시했다.

"A열에서 중앙에서 세 권, B열 맨 오른쪽 두 권."

르한은 재빨리 지목된 책들을 꺼내 루페르트에게 가져다주었다. 루페르트가 책을 속독하는 동안 르한은 로피움을 구성하는 재료들을 살폈다. 비율에 맞게 정리했다. 루페르트는 필요하다 싶은 페이지들을 모조리 찢어 책상에 올려놓았다. 웬만한 보석보다도 더 값어치가 나가는 고가의 서적이지만, 그는 애초에 물건을 아끼는 마음 따위 없다.

르한은 시키지 않았는데도 루페르트가 찢어놓은 페이지들을 차분히 읽어내렸다. 루페르트는 그런 그를 힐끔 본 후 다시 일을 시작했다. 펠리페가 얼마나 가르쳤는지는 모르겠지만, 그 영감이 누군가를 가르치고 싶은 마음이 들 만큼이었다면 머리가 아예 없지는 않을 것이다.

"증류수 세 병, 안에 있으니까 가져와."

르한은 군말 없이 벽 하나를 가득 메우는 실린더 중에서 알맞은 증류수를 찾아 가져왔다. 시키는 대로 일을 척척 해내는 부하를 가져본 경험이 없어 루페르트는 조금 신기해졌다. 증류수처럼 투명한 액체가 수도 없이 많아 눈으로 구분하기 쉽지는 않을 텐데.

"이거랑 섞어. 불나면 버리고."

"불, 날 겁니다."

르한은 루페르트가 건넨 실린더를 자세히 관찰하더니 담담히 대답했다. 펠리페에게 화학을 배웠다는 말은 참이었던 모양이다. 루페르트가 건넨 실린더에는 조금만 열을 가해도 쉽게 발화하는 물질이 담겨 있다. 그러나 그는 르한의 지식을 치하하는 대신, 실린더의 바닥을 쓸어내렸다.

"그냥 섞으면 나겠지."

루페르트의 손끝에서부터 퍼진 빛이 실린더의 바닥으로 옮겨갔다. 곧 냉기가 빛과 함께 올라온다. 태자가 연금술사라는 사실이 알려지면 제국이 들썩거리겠지만, 정작 본인이 아무렇지 않은 얼굴이라 르한은 구태여 비밀을 지키겠다는 말 따위를 입에 올리지 않았다.

기실 펠리페가 제국의 황족을 안다고 허풍 아닌 허풍을 부렸을 때 어느 정도 짐작했던 것이기도 했다. 연금술을 몰래 배우는 목적이 아니라면 황족이 그런 괴팍한 영감과 알고 지낼 이유가 없을 테니까.

"시간이 얼마나 남은 겁니까?"

"네 누이가 숨 쉬는 동안만큼이겠지."

루페르트의 대답에 르한의 얼굴이 어두워졌다. 진즉 데려올 것을. 그는 황궁에 도사린 위험을 모르지 않았다. 그녀와 피가 섞였든 섞이지 않았든 그가 그녀를 얼마나 소중하게 여기는지와는 상관없다. 가장 소중했다. 만약 잃게 된다면 단순한 절망으로 끝날 비극이 아니다.

뒤늦은 후회가 찾아왔지만, 태자의 말대로 시간이 없었다. 르한은 서둘러 루페르트의 지시를 따랐다.

"정신 놓지 마라. 도와주겠다고 나섰으면 방해는 하지 마."

루페르트는 누이를 잃을 위기인 동생을 위로하기는커녕 르한이 잠시 손을 멈칫하자 바로 핀잔주었다. 그러나 그조차 정신이 없었다. 손과 뇌는 바쁘게 가장 효율적인 약물의 비율을 계산하며 움직였지만, 마음 한구석은 복도를 건너 다른 방에 자리 잡았다.

죽으면 어떡하지?

쿵.

문득 든 생각에 심장이 덜커덩 떨어지는 것만 같았다. 죽으면, 어쩔 수 없는 것 아닌가? 딱히 황위를 위해 꼭 필요한 인재도 아니다. 효율을 따지자면 루이제보다도 못했고, 토리만큼 그에게 복종하는 것도 아니다. 그러나 지금에 와서는 왠지 모르게 꼭 필요한 사람인 양 느껴진다. 제 옆에서 헤실헤실 웃고 있어야 할 것만 같다.

"이렇게 세 개 만들어봐. 무조건 빛이 나야 완성된 거니까, 안 나면 버리고."

루페르트는 로피움 재료의 비율을 각각 다르게 계산한 해독제 제조법을 르한에게 넘기며 책에 코를 박았다. 놓친 것이 있는 듯한 기분이다. 독약은 만들어봤어도 해독제는 만들어본 적이 없어 미숙한 탓인가. 아니, 정석적인 계산은 그대로 따랐다. 틀림없이 효과가 있어야 했다.

"전하!"

멀찍이서 실린더 여러 병을 섞어 끓이던 르한이 급하게 그를 부른다. 르한의 바로 앞에 놓여 있는 실린더에서 은은한 빛이 흘러나오고 있었다. 그의 제조법 중 하나가 해독제가 되는 데 성공한 것이다.

그 빛나는 병을 들고 라리에트에게 달려가기만 하면 되는데 기분이 이상했다. 감이 좋지 않다.

"잠깐."

루페르트는 집무실을 나가려는 르한을 막고 토리의 방에서 가져온 로피움 한 병을 들었다. 그가 손목을 까딱이자 병을 채운 연분홍빛 액체가 출렁인다. 로피움의 빛깔이기는 했다. 향도 마찬가지였지만, 색도 향도 없는 독이 존재하지 않는 것은 아니다. 토리가 만약 로피움 외에 다른 물질을 넣었다면 먹기 전에는 알 방법이 없다.

입을 크게 벌린 루페르트는 망설임 없이 병 하나를 통째로 비웠다. 사막을 헤매던 나그네가 갈급한 목을 적시듯 순식간이었다. 로피움이 목을 통과하자마자 머리에 열이 올라 시야가 흐려지기 시작했다.

열이 오르는 것은 로피움의 효과 중 한 가지였다. 다량을 마셨으니 당연히 어지러울 정도로 머리가 뜨겁게 달아오른다. 그러나 손끝에서 퍼지는 저릿함은 로피움으로 인한 것이라고 치기엔 생소했다. 다른 게 있다.

"섞인 게 있어."

라리에트가 순수한 로피움만 먹고 사경을 헤매는 자체가 애초에 말이 안 된다. 토리는 루페르트에게 거짓말을 할 수 없었지만, 로피움이 대부분인 약을 탄 것은 사실이니 거짓말은 아니었다. 그는 자신의 맹신이 우스워 조소했다.

르한은 그의 자조에 가까운 말에 대꾸하는 대신 품에서 손수건을 꺼내 건넸다.

"피 닦으십시오."

루페르트는 르한의 성의를 무시한 채 소매로 입가의 피를 닦아냈다. 다량의 독이었는지 그조차도 속이 뒤집히는 느낌이 들었다. 위험할 수도 있겠다는 생각이 들었지만, 그는 책상으로 돌아가 서랍을 모두 열었다.

손발에 마비가 오게 하는 약은 흔하다. 그러나 로피움의 기운에도 죽지 않을 만큼 효과가 뛰어난 것은 몇 되지 않았다. 게다가 바깥에서 물건을 구하기 어려웠을 테니 루페르트 본인이 소지하고 있는 것을 사용했을 확률이 높다.

루페르트 대강 종이에 접혀 보관된 수십 가지의 가루 중에서 가장 시퍼런 빛깔을 띠는 가루 봉지를 집었다. 순간 머리가 심하게 지끈거려 고꾸라질 뻔했지만, 그는 티 내지 않았다.

"그겁니까?"

"한 스푼."

입이 점점 말라 말을 잇기가 힘들었다. 그러나 르한은 눈치 빠르게 루페르트의 의도를 알아채고 그의 손에서 봉지를 가져왔다. 완성된 해독제에 한 스푼을 넣자 보글보글 거품이 올라오더니 루페르트가 방금 마신 액체와 비슷한 농도의 푸른빛이 액체를 물들이기 시작했다. 됐다. 루페르트는 안심하며 의자에 주저앉았다.

"가져가서 먹여."

"괜찮으십니까?"

르한이 눈썹을 찌푸렸다. 숨을 쉬는 것이 버겁게 느껴졌다. 뜨거운 공기가 몸 주위를 맴돌며 입박하는 고통이었다. 익숙했다. 버틸 만하다. 그는 스스로 되뇌며 손을 내저었다.

"가."

"누님이 먹은 것과 같은 독을 드신 게 아닙니까?"

"누나보다도 말을 안 듣는군."

루페르트는 르한의 고집도 만만치 않다 생각하며 쓰러졌다.

두 사람은 거의 동시에 깨어나다시피 했는데, 라리에트가 조금 더 빨리 일어났다. 가장 먼저 그녀의 시야에 들어온 것은 시퍼런 나뭇잎이 다닥다닥 달라붙은 창문이다. 세찬 빗소리와 바람 소리가 한꺼번에 들렸다. 여름이 우는 소리다.

그녀는 자신이 회귀해 처음으로 눈을 뜨던, 두 번째 맞이했던 열두 살 생일을 기억했다. 그때도 이런 기분이었다. 왜 눈을 뜰 수 있는지 알지 못했다. 눈을 감았을 때와는 다른 계절감, 거울에 비친 자신이 어색하게 느껴졌다.

라리에트는 벌떡 일어나 빠르게 거울로 달려가 제 모습을 확인했다. 얼마나 정신을 차리지 못했는지 짐작이 가지 않는다. 다행히 회귀했을 때처럼 계절에 큰 차이가 있는 것도 아니었고, 조금 수척해진 것을 빼면 생김새도 그대로였다.

토리가 건넨 차를 먹었을 때가 여름의 초입이었고 뺨에 닿는 공기는 서늘하지 않으니 그리 긴 시간이 흐르지는 않은 것 같다.

"아휴."

라리에트는 토리가 탄 차를 단번에 마셔버린 순간을 떠올렸다. 마시는 순간까지도 그녀는 토리가 정말로 독을 탔으리란 생각을 하지 못했다. 토리는 종종 그녀를 도발하곤 했으니까.

토리는 라리에트를 시험하기 좋아했다. 그녀의 충성심, 루페르트 곁에 굳이 남으려고 드는 이유, 애초에 루페르트를 찾아온 목적 같은 것들.

기분이 좋지는 않았지만 라리에트는 이해했다. 루페르트를 아끼는 마음에 그러는 거겠지 했다. 애초에 그녀는 루페르트를 지키기 위해 탄생한 인물이라고 하지 않았나.

그러나 이번 일은 선을 넘은 정도가 아니다. 그녀가 차에 넣은 독은 라리에트가 아닌 루페르트를 위험에 빠뜨릴 수도 있었다. 루페르트를 세상에서 가장 열성적으로 지켜야 할 그녀가 도대체 어떤 연유로 그에게 해를 끼치면서까지 자신을 견제해야 했는지 알 수 없었다.

타는 듯이 뜨거웠던 목 주변을 어루만진 라리에트는 조심스레 방 안을 거닐며 주변을 살폈다. 오래 누워 있던 탓인지 몸이 찌뿌듯하기는 했지만, 움직여지지 않거나 아픈 덴 없었다.

이 방은 그녀가 본래 쓰던 침실보다 더 고급스러웠다. 시녀의 방도 태자궁의 사용인들이 쓰는 방 중에서는 가장 잘 가꾸어진 편이긴 했지만, 이 침실은 황족을 위해 꾸며진 듯 보인다. 눈이 부실 정도로 화려하지는 않았지만, 가구의 재질 자체가 귀한 고목인 데다가 세밀한 조각이 되어 있어 고풍스러운 멋이 느껴진다.

라리에트는 한참을 방문 앞에서 서성이다 손잡이에 손을 올렸다. 그녀는 아직 상황을 완전히 파악하지 못했다.

정말로 독이었다면 그녀는 왜 이렇게 멀쩡한 상태로 깨어난 걸까? 독이 아니었다면 그녀가 쓰러질 때 느꼈던 고통은 어떻게 설명할 수 있을까?

"에이, 모르겠다."

라리에트는 혼잣말을 하며 문을 열었다. 방문을 열면 바로 복도가 나올 줄 알았는데, 사람 한 명이 지나갈 정도로 좁은 폭의 복도는 또 다른 방으로 이어졌다. 라리에트가 누워 있던 곳보다 훨씬 커다란 침실이다. 붉은 천과 금장식으로 꾸며진 화려한 침실은 그녀에게도 익숙한 장소였다.

루페르트의 침실.

작은 침실과 이어진 커다란 방은 라리에트의 기억이 틀리지 않다면 분명 루페르트의 처소다. 그녀는 화들짝 놀라 가장 먼저 침대로 시선을 주었다. 장정 서넛이 누워도 남을 만큼 커다란 침대에는 이 장소와 마찬가지로 익숙한 인영이 누워 있었다.

"전하?"

오랜만에 보는 느낌이 드는 루페르트는-적어도 며칠은 보지 못했을 테니-평소와는 다르게 무척 평온한 얼굴이었다. 눈썹이 험악해 보일 정도로 올라가지도 않았고 콧잔등을 찌푸리지도 않는다. 다만 편안하게 잠들어 있을 뿐이다.

그는 예민한 편인지라 그가 저 정도로 깊이 잠든 모습을 보는 것이 처음이다. 그는 보통 잠을 자는 와중에도 누군가의 기척이 들리면 바로 깨어버리니까.

"전하."

라리에트는 그 모습이 괴이해 루페르트의 팔을 잡아 흔들었다. 깨어나지 않는다. 그녀는 그의 팔에서 손을 떼고 뺨에 손을 올렸다. 평소라면 겁이 나서라도 못 했을 행동인데 걱정이 앞서자 아무렇지 않게 벌인다.

짝! 경쾌한 마찰음까지 울렸지만 그는 깨어나지 않았다. 순간 소름이 끼쳐서 등까지 오싹했다. 서늘한 걱정이 가슴에서 퍼져 목을 타고 흐른다. 그녀는 서둘러 몸을 숙여 루페르트의 가슴에 귀를 가져갔다.

쿵.

쿵쿵.

심장은 딱히 미약하다고 하기도 힘들 만큼 규칙적으로 울리고 있었다. 그녀는 살짝 민망한 웃음을 흘리며 일어났다. 아니, 일어나려 했다.

"뭐야."

팔을 잡아 흔들고 뺨을 내려칠 때도 깨어나지 않던 루페르트가 천천히 일어난다. 라리에트의 팔뚝을 그의 왼손이 움켜잡고 있어 그녀는 옴짝달싹 못하고 침대에 주저앉았다. 꿈에서 본 듯, 아니면 겪은 적이 있는 일인 듯 묘한 기시감이 느껴지는 장면이다. 생각해보니 그는 그녀의 팔을 붙잡아 멈춰 세우길 곧잘 했다.

"일어나지 않으시길래 걱정했어요."

"얼마나?"

라리에트는 그 질문이 이해가 가지 않아 큰 눈을 느리게 깜박였다. 밝게 비추는 햇살이 옅은 갈색 속눈썹에 고인다. 얼마나라니? 그저 깊게 잠든 것 정도가 아니었나?

"저도 방금 일어나서 모르겠어요."

라리에트의 대답에 그는 천천히 팔을 들더니 그녀의 이마에 손을 댔다. 단순히 열이 있나 없나 정도를 확인하는 것뿐이지만, 그들 사이에서 일어나기엔 너무 친밀한 동작이라 그녀는 물러날 생각도 못 하고 숨을 참았다.

"왜, 왜 그러세요?"

"안 아파?"

무감한 말투였지만, 그녀의 안위를 챙기는 루페르트의 모습에 라리에트는 무안한 웃음을 흘렸다. 이 인간이 갑자기 왜 이러나 싶어서.

"안 아픈데요?"

"아프게 해줘?"

"예?"

"아픈 걸 좋아하는 게 아니었나?"

"아닌데요……."

무슨 헛소리를 하려고, 또.

라리에트는 루페르트의 계속되는 질문에 어깨를 움츠렸다.

그녀의 몸 상태가 그리 나쁘지 않다는 것을 확인한 루페르트는 그녀를 봐줄 생각이 들지 않았다. 그는 무척 화가 나 있다. 이렇게까지 분노한 적은 처음이라 표현할 의지를 느끼지 못해 삼켜내고 있었지만, 루페르트는, 라리에트에게 극심한 분노를 느꼈다. 그리고 그 노여움은 억누르고 찌그러져 한마디로 응축된 구박으로 튀어나온다.

"그게 아니면 식탐이 이성을 앞서는 건가?"

"전하가 마셨을 차, 제가 대신 마셨다고 이러시는 거예요?"

라리에트는 라리에트 나름 섭섭했다. 토리를 너무 맹신했든, 바보같이 설마 하는 의심을 끝까지 하지 않은 것이든, 어찌 되었든 그녀가 그 차를 마셨던 건 그를 위해서였다. 오롯이 루페르트를 위해서. 아니 사실, 그녀가 토리만큼이나 그를 생각한다는 것을 보여주기 위한 오기도 있었지만.

"전하 대신 독약을 삼킨 신하를 이리 대하시나요?"

"신하도 신하 나름이지. 넌 그냥 머저리야."

"씨……."

"씨?"

히잉.

라리에트는 점점 더 험악해지는 루페르트의 얼굴이 무서워 삐죽 튀어나오려는 입을 애써 잡아맸다. 한숨이 정수리로 떨어진다. 돌덩이가 얹힌 듯 무거운 한숨이었다.

"너는, 젠장, 바보도 아니고 그거 마시지 말란 말을 할 줄 몰라?"

"토리가 그랬다고 하면 안 믿으셨을 거잖아요."

"내가 왜?"

"토리니까요."

"그러니까 그게 왜?"

너무 당연한 질문에 라리에트는 도리어 대답할 수 없었다. 왜냐니? 토리였으니까. 루페르트의 토리. 황후가 될 토리. 그가 인생을 그 정도로 피폐하게 살아가면서 유일하게 품은 사람. 사람인지 아닌지 모르겠지만.

"……전하가 제 말을 안 믿으실 것 같았어요."

"……."

"어찌 됐든 저보다는 토리를 더 신뢰하실 테니까. 토리가 전하의 차에 독을 탔다고 하면 모함이라고 생각하실 것 같았어요."

루페르트의 눈이 동그래졌다. 일리는 있으나, 납득이 가지는 않는다. 기실 그는 토리의 마음을 믿는 것이 아니니까. 그가 신뢰하는 것은 그녀의 심장을 움켜잡고 있는 금속의 본질이다. 그녀는 그 본질이 허락하는 한에서 얼마든지 움직일 수 있었다. 가령, 절대로 루페르트에게 독을 넘기지 않을 라리에트를 이용해 그녀가 독을 삼키게 한다든지.

"머저리."

"저 아픈 것 같아요……."

계속되는 구박에 라리에트는 울상을 지으며 두 손으로 제 이마를 감쌌다. 입술은 더는 참지 못하고 삐죽 튀어나왔다. 억울함에 눈물이 나올 것만 같았다. 그러나 그녀는 벌써 열다섯이라는 나이를–실제로는 더 많았지만–스스로에게 상기시키며 눈을 크게 떴다. 쪼록 나오려던 눈물이 큰 눈에 다시 흡수된다. 루페르트는 그 일련의 과정을 지켜보다 한숨지었다.

"나는 웬만한 독에는 죽지 않아."

"토리가 넣은 것이 웬만한 독이 아니리라 생각했어요."

"그런 독을 먹으면 넌 반드시 죽겠지."

"안 죽었잖아요. 전하가 살려주신 것 아닌가요?"

루페르트는 그제야 그녀의 동생을 떠올렸다. 자신은 해독제를 완성시키고 까무룩 정신을 놓았으니 그 몫의 해독제를 더 만든 이는 필시 그녀의 동생이었으리라. 이름이…….

"르한이라고 했나."

"네? 제 동생이요?"

"그래. 네 동생이 해독제 만드는 것을 도왔다."

"르한이요? 걔가 어떻게요?"

"너만큼 멍청하지는 않은가 보지."

루페르트가 그녀의 기분을 상하게 하려는 듯 이죽거렸지만, 라리에트는 르한이 자신보다 머리가 좋다는 걸 회귀 전부터 알고 있었다. 심지어 그 사실이 자랑스럽기만 했다.

"제 동생 엄청 똑똑해요. 사관학교에 수석입학했거든요. 그리고 진짜 잘생기지 않았나요?"

라리에트가 헤실 웃으며 르한의 자랑을 늘어놓았다. 그 꼴에 이유 없이 기분이 상해서 루페르트는 웃느라 움푹 패지는 그녀의 보조개를 손끝으로 꾸욱 눌렀다.

"그만 떠들고 나가서 어의나 불러와."

라리에트는 얌전한 아이처럼 고개를 끄덕인 후 바닥에 발을 디뎠다. 그러나 오래 누워 있던 탓인지 순간적으로 다리 힘이 풀려 고꾸라지고 말았다. 둘 중 누구도 예상할 수 없었던 위치에, 순간적으로.

루페르트는 순간적으로 팔을 벌려 라리에트를 받았다. 떨어지는 물체를 잡으려는 무의식에 가까운 반사신경이었다.

말랑말랑한 몸이 품에 폭 들어차며 달달한 여름과일 내음 같은 향기가 훅 올라온다. 몇 날 며칠 누워만 있었는데 일어나자마자 어디서 과일이라도 주워 먹고 온 것일까. 그는 그런 쓸데없는 생각을 하며 라리에트를 안고 있었다.

루페르트는 라리에트를 안았다고 해서 정신을 놓은 적이 없었지만, 그녀는 달랐던 모양이다. 라리에트는 꽤 오래 숨도 쉬지 않고 가만히 있었다.

"안 일어나?"

"히, 히이익!"

반응이 없던 그녀는 그제야 정신을 차린 양 괴상한 소리를 내며 몸을 일으켰다. 그녀는 다람쥐와 비슷한 동작으로 후다닥 벽에 붙어 섰다.

"죄송해요!"

"뭐가?"

"어……."

루페르트가 너무 아무렇지 않자 라리에트는 되레 민망해졌다. 그녀는 자신의 사과를 철회하고 싶은 듯 머리를 긁적이다 뒷걸음질로 방을 빠져나갔다. 인사도 없이 물러가는 그녀의 무례를 혼내고 싶은 기분조차 들지 않았다.

그는 그녀가 나간 후 꽤 오래 자신의 손바닥을 내려다보았다. 마디가 굵은 편인 데다 살이 없어 뼈가 두드러지는 손가락 밑으로 넓적한 손바닥이 눈에 들어온다.

빳빳한 자신의 손바닥과는 전혀 다른 감촉이었다. 전혀 다른 종도 아니고 같은 인간인데 너무 달랐다. 토리는 심장 속의 금속 때문인지 여름에도 몸이 찬데, 라리에트는 겨울에도 몸이 따뜻할 것 같았다. 그래서 그토록 그녀를 부러워하고 경계하나.

기분을 이상하게 만드는 느낌이기는 했다. 상황을 다시 되짚어보자니 얼굴이 뜨거워졌다. 아니, 몸 상태가 좋지 못해서 그런 것 같다. 자신의 머리가 의지와 상관없이 떠올리는 장면이 이 열기와 관계가 있을 리 없었다.

그는 제 뺨이 홧홧해지는 이유를 단순한 독약의 후유증으로 치부한 뒤 다시 누웠다. 로피움을 먹고 아주 오랜만에 긴 수면을 취한 덕인지 더는 졸리지 않았다. 해서 그는 누운 상태로 천장을 관찰했다.

태자궁의 침실이 제 방이 된 지 벌써 수개월, 이제는 1년에 가까워지고 있지만 이렇게 천장을 자세히 살피는 것은 처음이다. 침실의 화려함에 걸맞은 정교한 무늬로 가득했다. 멀리서 보면 눈에 띄지 않을 정도의 섬세함이다. 복잡했지만 조잡하지 않다.

그는 침실에 장식은커녕 벌레가 기어 나오는 낡은 곳이었더라도 불만을 품지 않겠지만, 그 정교함에 기분이 나쁘지는 않았다. 꽤 흡족하기까지 하다. 저 장식은 그저 미적인 용도만은 아니었으니.

그의 침실은 그가 태자라는 현실을 여실히 알려준다. 벨네르니의 황실은 황족 내에서도 서열이 뚜렷해 태자궁과 황녀, 황자가 사용하는 별궁은 사소한 기둥을 조각하는 문양에서부터 차이가 명확했다.

'그 누구에게 주어도 미련이 없을 자리'.

황제는 자신의 자리를 그렇게 표현했다. 그렇게 생각하는 인간 치고는 그 자리에 대한 집착이 대단했으나, 마지막의 마지막에 가서 반쯤 포기한 것이나 마찬가지였다.

제 막냇동생에게 반역으로 황좌를, 그것도 자신이 제 형의 것을 강탈한 것과 같은 방식으로 뺏기느니 자식에게 주고 싶었겠지. 그의 피를 물려받은 자식이 없으니 사랑하던 여자의 자식에게 주고 싶었을 거고.

황제는 루페르트를 시험하고 싶어 했다. 과연 에바의 피를 물려받은 그가 그녀만큼 총명할 것인가. 그녀만큼 연금술, 정치, 암투에 뛰어난 능력을 보일 것인가.

에바는 그녀가 완벽히 황제를 속였다고 생각했지만, 실제로는 그러지 못했다. 황제는 그녀가 자신을 얼마나 혐오하는지, 얼마나 조국을 그리워하는지 전부 알았다. 그저 상관하지 않았을 뿐이다. 권력자의 오만이었고, 권력에서 나오는 공감의 상실이었다. 권력자는 권력을 가지지 못한 자의 감정과 상황에 공감하지 않는다. 그럴 필요가 없다.

황제는 에바의 고통에 귀를 기울이지 않아도 그녀를 소유할 수 있었다. 소유였을 뿐이다. 그들은 감정을 나눈 적이 없다. 표면적으로 황제는 그런 관계에 만족한 듯 보였다. 그는 에바의 영혼이 그녀의 육체를 떠난 후에도 그 육신이 완전히 망가지기 전까지 그녀를 소유했었다.

그리고 그의 집착은 광기를 넘어 그녀가 자신의 목을 조르기 위해 루페르트를 남겨놨다는 사실을 알면서도 그에게 손을 대지 못했다. 루페르트는 에바의 연금술을 배운 유일한 제자였고, 그녀의 시체에 가짜 숨을 불어넣을 수 있는 유일한 연금술사였다.

에바의 '죽음'을 연기하는 것이 조건이었다. 루페르트는 신이 아니었으므로 실질적으로 불가능했지만, 황제는 루페르트가 꾸며낸 거짓 생명에 만족했다. 능력을 증명하는 것을 조건으로 그는 황위를 약속했었다.

루페르트가 난생처음 가져본 목표였고, 그 목표 그대로 에바의 소원이기도 했다. 그녀의 염원은 두 가지였다. 클로드의 품으로 돌아가는 것, 핏줄밖에 모르는 거만한 황실의 중심에 벨네르움과는 아무 상관도 없는 소년을 앉혀 그들을 모욕하는 것. 전자는 실패했지만 후자는 결국 성공시켰다. 제 아들과 자신의 삶을 팔아서.

루페르트는 라리에트를 이용해 벤티볼트 대공이 반역의 의지가 있다는 사실을 증명했다. 대공이 고르텐 후작과 손을 잡고 군사를 모으고 있다는 걸 예상 못 했을 리 없지만, 황제에게 가장 필요했던 실질적인 증거를 물어다 준 셈이었다.

생각해보니 그때도 라리에트를 사지로 내몬 건 토리였다. 그녀는 라리에트가 루페르트에의 충심을 증명하길 바랐다. 루페르트는 애초에 그녀가 제게 충성하리란 기대가 없었기에 그걸 확인하고 싶은 마음도 없었다. 종국엔 방관했으니, 자신도 변명의 여지는 없지만.

사실 가엾게도 라리에트가 목숨처럼 여기며 품고 왔던 서류는 백지만큼이나 쓸모없었다. 대공이 제집을 이 잡듯 뒤질 그녀를 지붕 아래 두고도 그런 허술한 금고 따위에 중요한 서류를 보관할 리 없잖은가.

대신 루페르트는 대공이 라리에트에게 신경을 쏟는 동안 파스벤더를 시켜 아멜리아 벨루아의 사택을 털었다. 대공은 자신의 연인을 오른팔 격으로 쓰는지라 그녀의 별장에서는 반역의 증거가 미끼를 문 물고기처럼 줄줄이 나왔다.

그 역모의 증거들을 엮어 황제 앞에 쏟아부었을 때, 그는 아주 오랜만에 웃었다. 삶의 시작부터 마지막까지 이해할 수 없는 인간이었고, 그 웃음 또한 납득할 만한 이유가 없어 난해했었다. 책상에 오른, 제 동생이 자신의 목을 치기 위해 준비하고 있다는 내용의 서류를 찬찬히 살피는 황제의 입가에 떠오른 미소가 루페르트는 의아했다.

「왜 웃는 겁니까?」

「……사실 동생의 손에 죽는 것이 내게 가장 어울리는 최후가 아닐까 생각한다.」

「왜죠?」

「이 자리는 뺏은 거니까. 그렇다면 나 역시 누군가에게 빼앗기는 결말이 가장 그럴듯하지 않겠나.」

「차라리 내게 빼앗기십시오.」

「건방지군.」

황제에게 어울리는 결말 따위가 있을 리 없다. 그는 인간이기를 포기한 금수와 마찬가지였으니까. 그에겐 애정도, 인간으로서 가져야 할 도덕심도, 짐승조차 느낄 일말의 수치심도 없었다. 그런 인간에게서 황좌를 빼앗을 만한 자격이 있는 이가 있다면 그는 루페르트뿐이다. 그의 난폭한 성정에 가장 큰 피해를 입었으니.

루페르트는 오롯이 황제가 되기 위해서 태어나 길러진 사람이다. 그 목표 하나만을 두고 훈련받았고, 황위에 오르기 위해 키워졌다. 권력을 차지하기 위해서가 아닌, 황제가 되어 에바의 복수를 완성시키기 위해서. 인생의 목표가 너무도 선명하여 다른 갈래의 선택지는 전부 지워져 버렸다. 황제라는 도착지점 없이는 어찌해야 하는지 감도 잡을 수 없었다.

되고 나면, 어찌할까? 황제가 되면 인생이 끝나는 것도 아니다. 실제로 이미 황제인 그 인간의 인생도 황제가 되고 나서도 꽤 길게, 그것도 의미 하나 없이 이어지지 않았는가. 우스운 인간이었다. 에바라는 이름의 여자는 이미 삶을 마감한 지 오래인데, 그 시체조차 움직일 수 없게 되자 그는 모든 것을 저버린 듯 굴었다.

그의 곁에서 가장 쉬 황좌를 노릴 수 있었던 건 루페르트였다. 그는 황제의 개인적 약점을 알았고, 그가 이미 삶을 포기한 반송장이란 사실을 가장 먼저 알아차릴 수 있었다. 황제를 지켜보고 있노라면 그 자리가 그리 탐이 나지는 않았다. 외려 피하고 싶을 정도로 꺼림칙했다. 가질 수 없는 사람을 탐했고, 기어코 가졌지만 온 마음, 온 생을 다 바쳐 경멸당했다.

황제와 에바를 생각하는데 왜 뜬금없이 라리에트의 얼굴이 같이 떠오르는지는 모를 일이다. 수면에 달이 비추듯 은은한 잔상이었다. 둥근, 하얀, 부드러운.

아.

루페르트는 눈을 감았다.

안 돼.

머리가 무의식중에 내리는 경고인 모양이다. 그녀가 궁금하기는 했다. 도대체 어떤 기제로 움직이는지 몹시 궁금했다. 이루고자 하는 바에 도움이라고는 손톱만큼도 되지 않는 것들에 왜 그리 마음을 주는지. 하녀 한 명의 목숨 따위에 왜 안달복달하는지.

그러나 그는 사람을 탐해서는 아니 되었다. 그는 사람을 탐한 권력자의 말로가 어떤지 너무도 잘 알기 때문이다.

물건은, 가질 수 있다. 그는 쥐고 태어난 것이 몇 없었고, 애초에 욕심이란 것을 부려본 적 없이 자라 가지고 싶은 것조차 없었다. 그 와중에 제 손에 쥐게 된 얼마 되지 않는 그의 소유물들을 애지중지하는 것은 당연하다면 당연했다. 토리는 사람보다 물건에 더 가까운 '것'이었다. 그래서 괜찮았다.

　그러나 라리에트는 다르질 않은가. 그 당연한 사실은 그제야 뚜렷이 수면 위로 떠올랐다. 왜 토리가 그녀를 그토록 경계하는지 그 이유도.

　자신이 변할 수도 있었다. 그녀 때문에. 그리고 그 변화는 그에게 아주 위험한 것일 터다. 루페르트는 부지불식간에 깨달았다.

10. 자각 없이 피는 꽃

"더는 안 됩니다."

르한이 꽤 단호해 나는 눈알만 굴렸다. 그러나 내가 자신의 눈치를 보는 것을 알아차렸는지 그는 더더욱 단호한 얼굴을 했다. 굳게 다문 입술과 일자로 곧게 뻗은 눈썹이 매우 고지식한 노인을 연상시킨다.

나는 나의 예절교육 담당이었던 마담 크리시나 아버지를 상기시키는 르한의 매서운 눈빛에 눈을 살짝 내리깔며 뒷걸음질 쳤다.

"으응?"

"더는 안 됩니다. 벨루아로 돌아오십시오."

"하지만……."

"독까지 드셨습니다. 어머니는 놀라 혼절하셨다 정신을 차리신 지 며칠 되지 않으십니다."

나는 마음이 크게 흔들렸다. 나도 르한이 사관학교에서 독을 먹고 쓰러졌다는 소식을 들었다면 기절할 만큼 놀랐을 테니까. 어머니나 아버지의 걱정은 당연한 것이었다.

"일단 얼굴이라도 비치고 가십시오. 아예 내려오지 않는다는 것은 말도 안 됩니다.”

르한은 단호함이 내게 더는 먹히지 않는다고 생각했는지, 표정을 풀고 방향을 바꾸었다. 살짝 내려간 입매가 유순한 눈을 가진 대형견을 연상시켰다. 나는 동물, 그중에서도 강아지에게 제법 약한지라 마음을 울리던 파동은 점점 더 거세졌다.

“제가 이렇게 부탁하는데도 듣지 않으실 생각입니까?”

“하지만……..”

“저조차도 누님이 걱정되어 잠도 제대로 이루지 못합니다. 아버지는 오죽하시겠습니까.”

“그 마음은 알지만……..”

“누님께서 벨루아로 가지 않으신다면 아버지와 어머니가 황궁에 오실 수도 있습니다.”

“그건 안 돼!”

지금처럼 위험한 시기에 아버지와 어머니를 이곳에 불러들이다니 말도 안 된다. 그러나 내가 황궁에 남아 있는 것이 더 말이 되지 않는다는 양 르한은 굳건했다.

“왜 그것만 안 된다 하시는지 이해할 수 없습니다.”

“전하가 황좌에 앉을 날이 얼마 남지 않았어. 이곳은 굉장히 혼란해질 거야.”

“이미 태자가 되지 않으셨습니까? 누님은 그의 곁을 충분히 지켰습니다.”

“충분한지 아닌지 네가 어찌 아니?”

“……그가 누님을 살리고 싶어 했으니까요.”

망설이던 르한은 조용히 대답을 내놓았다. 그는 루페르트가 나를 살리고 싶어 했다고 주장했다. 그것도 꽤 절박하게.

내가 일어났단 소식을 듣자마자 황궁으로 뛰어온 그에게 이미 들은 이야기지만, 나는 아직 그 이야길 믿을 수 없었다. 루페르트는 내가 죽기를 바라지는 않겠지만, '절박'하게 살려내고 싶을 것 같지도 않았으니까. 내가 죽어서 그에게 아쉬울 것이 무어라고? 설마 정이라도 들었나 싶은 희망이 들어찼다가 헤실 웃음이 나왔다. 그럴 리가 있나.

"정말입니다. 누님이 드신 로피움의 혼합물을 직접 마셔가면서까지 그 성분을 알아내지 않았습니까?"

그 말을 듣고 보니 정말 이상했다. 왜 그렇게까지 했던 걸까? 토리가 내게 먹인, 아니, 정확히 말하자면 차에 타서 내가 스스로 들이켠 차에는 로피움이 아닌 다른 독도 들어 있었다고 한다. 그리고 루페르트는 해독제를 만드는 과정에서 그 사실을 알아차렸다.

로피움의 해독제는 루페르트가 너무 쉬이 만들 수 있는 것이라 그랬던 걸까? 토리도 꽤 철저하게 준비한 모양이었다. 그러나 루페르트는 토리를 끝까지 처벌하지 않았다. 결국엔 그 역시 토리가 만든 독을 먹은 것이나 마찬가지였는데도 말이다.

"글쎄, 그건 이상하긴 해. 난 잘 모르겠어."

"전하께 의미 있는 사람이 되신 겁니다."

"그건 너무 비약이야."

"어찌 되었든 누님이 전하의 사람이라는 것쯤은 충분히 증명되었습니다."

"휴, 알았어."

"예?"

"갈게. 가자."

르한은 계속 설득하면서도 자신이 없었던 모양이다. 나의 대답이 무척 뜻밖이었는지 르한의 동공이 커진다. 그의 무뚝뚝한 입꼬리가 크게 올라간다. 내 귀성이 저렇게 함박웃음을 지을 정도의 일인가 싶어 나도 모르게 따라 웃고 말았다. 귀여워라.

"나도 가고 싶었어."

기껏 회귀했는데도 나는 그토록 그리웠던 벨루아에서 보낸 날이 없다시피 했다. 게다가 유모의 마차사고가 얼마 남지 않았다. 그녀를 찾아가 다른 데 못 가게 하든, 마차를 타지 말라고 단단히 으름장을 놓든 해야 한다.

"그럼 벨루아로 오시는 것으로 알고 지금 당장 준비하겠습니다."

"어? 지금?"

"예. 시간을 두면 또 어떤 핑계로 빠져나가실지 모르니까요."

"하지만 전하께 말씀 못 드렸어."

"지금 하십시오."

르한의 어투가 하도 단호해서 나는 더 반박하지 못했고, 마차를 준비하겠다 나서는 동생을 막지도 못했다. 르한은 내 팔을 잡아 응접실에서 집무실로 이어지는 복도로 데려다준 후 빠른 걸음으로 사라져버렸다.

"언제 저렇게 성질이 급해졌지?"

내가 기억하는 르한은 항시 차분했는데. 한탄스럽다. 나는 집무실 문 앞에 당도하고 나서도 고민하느라 쉬이 들어가지 못했다. 벨루아에 내려가지 못하게 막을까 걱정하는 것은 아니었다. 루페르트가 갑작스러운 휴가를 허락해줄까 싶기도 했지만, 자신 때문에 독을 마시고 사경까지 헤맸는데 고향에도 못 내려가게 할 성정은 아니다. 물론 그 일은 딱히 그의 탓은 아니지만 말이다.

애초에 내게 그만큼의 관심이 없을 테니까. 사실 내가 고향에 가든 말든 신경도 쓰지 않을 것 같아 그게 걱정이다. 그의 무관심을 직접 확인하고 싶지 않았다.

그러나 내 기우가 맞았다고 증명하듯, 집무실로 찾아가 휴가를 청하는 나를, 루페르트는 고개 한번 들지 않고 허락했다. 그래도 꽤 긴 시간을 벨루아에서 보낼 예정인데 어찌 저리 무관심한가.

나는 은근 섭섭한 마음이 들어서 입을 삐죽 내밀며 책상 옆 소파에 자리 잡았다. 내가 바로 나가지 않는 게 의아했는지 루페르트는 그제야 서류에 박았던 코를 들어 나를 돌아보았다.

"왜?"

"뭐가요?"

"왜 안 가?"

지금 가면 언제 다시 볼지 모르는데 그런 사실 따위는 전혀 상관하지 않는 듯 불퉁한 얼굴이다. 그저 내가 자신의 집무를 방해하는 것이 거슬린다는 표정.

그가 나를 사사로이 보고 싶을 이유는 전혀 없다는 것을 알면서도 속이 기묘하게 비틀렸다. 아니, 아쉬운 연기라도 하면 어디서 천벌이라도 떨어지나? 사람 섭섭하게 만드는 데 대단한 재주가 있다. 이러니 루이제가 매일 울고불고하지.

"전하, 저 얼마나 있다가 오면 돼요?"

"너 있고 싶은 만큼 있다 와."

"평생 있고 싶다면요?"

내 질문에 그의 눈썹이 비스듬히 올라간다. 이렇게 극단적으로 나와야만 반응을 할 심산인가. 그는 잠시 대답이 없었다. 곧 목소리를 높이며 지금 도망이라도 가겠다는 말이냐고 윽박질이라도 할 줄 알았는데, 그는 평정을 유지했다. 올라간 윗눈썹이 약간의 불쾌함, 아니, 불쾌함일지도 모를 감정을 표현하고 있을 뿐이다.

"그러고 싶어?"

그 담담한 목소리에 그러고 싶다 대답하면 정말 그대로 놔버릴 것만 같아 나는 바로 답하지 않았다. 내가 우물쭈물하며 입을 달싹이자 루페르트는 아예 턱까지 괴며 내 대답을 기다렸다. 천천히 고민하라는 양 재촉도 않는다.

"……아뇨."

"그래. 다녀와."

그의 입가가 비스듬히 올라간다. 왠지 놀림받은 느낌이 들어 나는 그를 새침하게 노려보았다. 내가 다시 돌아올 줄 알고 저런다. 무엇을 보고 저렇게 확신하는지 알 수 없지만, 내가 돌아올 것이라 믿는 모양이다. 내가 그의 옆에 붙어 나는 그의 충실한 신하이자 그에게 소속된 것이나 마찬가지라고 열심히 피력했던 게 효과가 있긴 있나 보다.

하긴, 돌아오지 않으면 여태 루페르트의 옆에 붙어 있었던 노력이 물거품이 될 테니. 나는 루페르트가 황제가 되기 전까지 그와의 친분을 유지해야 한단 목표가 있다.

"시간이 조금 걸릴 수도 있어요. 부모님이 워낙 걱정이 많으셔서요."

"괜찮아."

루페르트는 여전히 아무렇지도 않은 얼굴이다. 나는 그의 무감함에 조금씩 성이 났다. 내가 그의 곁에 붙어 있고 싶은 건 절대 아니다. 그런데도 나의 부재에 저리 아무 반응이 없으니 기분은 살짝 나빠진다.

"제가 없어서 외로우시면 어떡해요?"

속상한 마음에 툭 튀어나온 질문은 반쯤 장난이었다. 루이제나 할 법한 웃기지도 않는 농담. 그러나 루페르트는 그렇게 받아들이지 않았는지 고민하는 표정이었다. 그의 콧등이 찡그려지며 대답은 한참 뒤에 나온다.

"그렇게 되면 내가 갈게."

그리 말하는 얼굴이 무척 진지해서 나는 얼버무릴 틈도 찾지 못하고 얼떨결에 고개를 끄덕였다. 내가 없다고 외로울 리가 없을 텐데. 아니, 그가 평생 느끼지 못했던 외로움을 지금에 와서 자각할 리 없는데.

"외로우실 것 같아요? 정말?"

나는 믿기지 않아 반문했다. 말하기에도 듣기에도 쑥스러운 질문이었지만, 당사자는 딱히 부끄러워하는 것 같지 않아 나도 담담하기로 마음먹었다.

"외로운 게 어떤 기분인데?"

"세상에 혼자 남은 것만 같은 기분이요. 어두컴컴한 밤이든, 아주 조용한 새벽이든, 아니면 햇볕 쨍쨍한 낮이든 상관없이 그런 느낌이 들지요. 마음을 얼음물에 담근 것처럼 시릴지도 몰라요. 눈물이 나올 수도 있어요."

나는 루페르트가 정말로 외로움이란 감정이 어떤 느낌인지 알지 못할 것 같아서 자세히 설명해주었다. 그는 내 설명을 귀 기울이는 듯하더니 작게 고개를 끄덕인다.

"그래. 그런 기분이 들면 갈게."

"그래요, 그렇지 않더라도 오세요. 벨루아는 방문하기 나쁜 곳은 아니니까요."

실제로 벨루아는 수도귀족의 휴양지로도 인기가 많은 지역이다. 날은 따뜻하고, 과일과 곡식은 풍요로운 데다 인심까지 넉넉하니까. 지금과 같은 여름의 벨루아는 사방에 과일이 맺혀 달콤한 향기가 진동한다. 루페르트처럼 황제가 되기에 급급해 모든 일에 감흥이 없는 사람도 벨루아처럼 평온한 곳에서는 불안이 조금 가실 수도 있으리라.

벨루아의 따뜻한 햇볕이 내려앉은 언덕이 눈앞에 있는 양 상상되었다. 내가 자주 찾던 그 언덕으로 어머니와 소풍을 가도 괜찮을 것이다. 나는 수도에서는 좀처럼 입을 일이 없었던 화사한 여름 드레스 몇 벌을 사야겠다는 생각을 했다.

"다녀올게요."

루페르트는 대답하지 않았지만, 나는 그에게 인사했다.

달그락거리는 마차 안에서 나는 마음의 평안을 찾았다. 희미하게 맡아지는 복숭아 냄새가 여름의 벨루아에 가까워지고 있다는 사실을 알려주는 듯했다.

나는 소풍 가는 아이처럼 들떠 마차에서 한숨도 자지 못하고 이리저리 몸을 비틀었다. 머리는 분명 피곤을 느끼는데 심장이 쿵쾅거려 도저히 잘 수가 없다. 빠른 속도로 달리는 마차 덕에 바람이 일어 남부의 여름이 덥게 느껴지지는 않는다.

"아아, 왜 이리 오래 걸리는 거야."

창문을 열었다 닫았다가, 무료함을 달래기 위해 준비된 체스판의 말들을 들었다 놓았다 산만하게 구는 나를 르한이 웃는 얼굴로 지켜본다.

"가만히 좀 있으십시오."

말투는 아이를 혼내는 선생님처럼 단호했지만, 표정이 부드러워 전혀 단호하게 느껴지지 않았다. 나는 그의 핀잔을 무시한 채 닫았던 창문을 다시 열었다. 향긋한 과일 향이 다시 나기 시작한다. 하지만 벨루아의 냄새는 조금 더 달다.

"얼마나 남았지?"

"지금 막 브로닌을 지나고 있는 것 같습니다."

브로닌은 황도와 벨루아의 중간쯤에 있는 작은 마을이다. 마을의 크기 자체는 작았지만, 살기 좋은 남부의 날씨를 가지고 있으면서도 황도와 가까워 인구는 제법 많았다. 벨루아의 방계가 관리하는 마을이라 아버지가 내 열일곱 번째 생일선물로 주셨던 곳인데.

"브로닌이라. 포도주나 사갈까?"

브로닌은 질 좋은 포도주의 산지로 유명하다. 아주 오랜만에 고향으로 내려가는 길이라 황도에서만 맛볼 수 있는 세련된 디저트나 옷 따위는 바리바리 싸두긴 했지만–나는 꾸미는 쪽으로는 감각이 부족해 까다로운 어머니의 기준을 만족시킬 수 있을까 모르겠지만–그럼에도 부족하게 느껴진다. 내 물음에 르한은 아주 잠깐 고민하는 듯 입을 다물더니 흔쾌히 고개를 끄덕였다.

"브로닌의 와인은 아버지도 좋아하시니까요."

나는 나의 열일곱, 그 찬란했던 나날을 떠올리며 브로닌에 발을 디뎠다. 브로닌을 관리하는 남작은 성이 아닌, 저택이라고도 불리기 민망한 작은 집에 거주했는데 벨루아의 마차가 현관 구석으로 당도하자 신발도 제대로 신지 못한 채 달려 나왔다.

"라리에트 님! 르한 님!"

"안녕하세요, 브로닌 남작님."

브로닌 남작은 숱이 많은 수염을 대충 기른 전형적인 남부 아저씨였다. 통통하고 동그란 배는 손으로 때리면 타악기처럼 통통 소리가 날 것 같았다. 허름한 옷차림이 귀족보다는 농부에 더 가까운 외양이다.

"아이고, 이런 시골까지 어찌 오셨습니까?"

"시골이라니요. 벨루아보다 상파뉴에 가까운걸요."

"그래도 요즘은 살려면 아예 상파뉴에 살지, 브로닌에 살려는 사람은 없어서 시골이나 마찬가지인걸요."

남작은 민망한 듯 한적한 마을을 손가락으로 가리키며 웃었다. 그의 손끝을 따라 시야를 옮기는데 내 기억과 다른 구석은 없었다. 전체적으로 층이 낮은 집들은 지붕이 알록달록했고 여기저기 길가에 과일나무가 심겨져 있어 누구나 쉽게 과일을 따먹을 수 있었다. 지금 내 나이가 열다섯이고 내가 회귀 전 마지막으로 브로닌을 방문했던 나이가 열일곱이었으니 당연하다면 당연했다.

"아버지께 드릴 와인 좀 보려구요. 남작님의 샤토는 운영 중이신가요?"

"네? 샤토요?"

"와인 만드시지 않았나요? 부인의 이름을 딴."

"준비 중에 있기는 합니다만…… 어디서 소식을 들으신 겁니까?"

아차.

나는 어리둥절한 남작의 얼굴에 혀를 깨물었다. 그의 샤토(포도주 양조장)가 내년에나 열리나? 그가 직접 만든 첫 와인이라며 아버지께 와인을 보낸 해가 언제인지 정확히 기억나지 않았다. 내 기억으로만 추측하면 오래된 일 같았는데, 아니었나 보다. 인간의 기억은 쉬이 조작된다더니.

"아아, 와인을 좋아하는 친구가 말해준 것 같네요."

"이런! 비밀리에 진행하고 있었는데 어디서 유출된 모양이군요!"

남작은 눈을 찡긋하더니 호탕하게 웃으며 배를 통통 두드렸다. 내 예상처럼 북소리가 난다. 그가 나의 실수에 큰 신경을 쓰지 않는 것 같아 나는 남몰래 안도의 한숨을 내쉬었다.

"원래 백작님께 제일 먼저 드리기 위해 준비하고 있었습니다! 일단 오늘은 별장에서 푹 쉬시고, 내일 준비해드려도 괜찮을까요?"

"물론이에요, 남작님. 감사합니다."

나는 남작에게 감사를 표하기 위해 황도의 유명 제과점에서 산 과자 상자를 하녀에게 건넨 후 별장으로 몸을 돌렸다. 내가 그와 대화를 나누는 동안 조금 떨어진 곳에서 우리를 지켜보던 르한이 그제야 걸음을 옮겨 내게 다가온다.

"조심하시는 게 좋겠습니다."

"응?"

"샤토 같은 말이요."

"아, 착각했어……."

나는 그의 말에 정확히 무어라 답해야 할지 몰라 어색한 웃음만 지었다. 내가 미래를 겪었다는 사실은 진즉 밝혔지만, 그가 그 이야길 완전히 믿으리라고는 생각하기 어려웠으니까. 그러나 르한은 처음부터 내 말을 믿어주었다. 내가 어떤 주장을 하든 간에.

"누님의 말을 듣고 연금술이라는 것을 공부해봤습니다."

"네가? 연금술을?"

아버지가 알면 큰일 날 소리다. 그는 연금술을 천시하지는 않았지만 고지식했고, 어찌 됐든 벨루아의 유일한 후계가 연금술사가 되는 것을 바랄 리 없다.

"예. 실제로 가능한 일인가 알고 싶었습니다."

"그래서 가능하니?"

"아니요. 시간은 술법으로도 다룰 수 없는 신의 영역인 것 같습니다."

"그럼 내 말은 믿지 않겠네."

"누님의 말을 믿지 않은 적은 단 한 번도 없습니다."

예상했던 대답이다. 나는 르한이 어디서 연금술을 배웠는가는 둘째치고, 도대체 어떻게 시간이 나서 사관학교를 다니며 연금술까지 배웠는지가 궁금했다. 사관학교는 방학도 없이 학과일정이 빽빽해 고향에 내려올 시간을 내기조차 힘든 곳인데 말이다.

"연금술은 어찌 배웠어?"

"어쩌다 아는 분이 생겼습니다."

"그래, 별장은 정말 오랜만인 것 같네."

르한이 더는 말하고 싶어 하는 눈치가 아니라 나는 화제를 돌려버렸다. 어디서 배웠든, 어떻게 배웠든, 허튼짓을 할 아이가 아니니까.

"저도 오랜만입니다."

원래대로라면 여름이나 가을마다 놀러 와 시간을 보냈을 곳이지만, 내가 갑자기 황궁으로 들어가버린 탓에 브로닌의 별장이 어떻게 생겼는지 가물가물할 정도였다.

아버지의 검소한 취향을 탄 덕인지 브로닌의 별장은 귀족의 별장처럼 보이지도 않을 만큼 작은 나무집이었다. 날이 따뜻해서 장작을 팰 필요도 없었고, 통나무집 바로 앞에 시냇물이 졸졸 흐르고 있어 시원했다.

"오랜만이에요, 라리에트 아가씨."

얼굴도 이름도 기억나지 않는 별장의 하녀가 조심스레 나와 우리를 맞는다. 벨루아의 누구에게도 브로닌에 들른다는 걸 알리지 않았기에 우리의 방문을 예상할 수 없었을 그녀는 당혹이 역력한 얼굴이었다. 하녀의 복장을 한, 어머니 또래로 보이는 중년의 여성이다.

"안녕하세요."

"어머, 제게 공대를 하실 필요는 없답니다. 저는 에버린이라고 합니다."

"에버린, 갑작스럽겠지만 지금 당장 별장을 쓸 수 있나요?"

황궁에서 보낸 시간 덕에 공대가 입에 붙어버린 나는 그녀가 사양했음에도 다시 공대를 사용하고 말았다. 딱히 그녀에게 예의를 차리고 싶어서는 아니었는데 그녀의 표정이 묘해진다. 권위적인 귀족은 사용인에게 예의를 지키는 법이 없기 때문일까. 인자한 성품의 아버지조차 사용인에게 공대를 사용하는 모습은 한 번도 본 적이 없다.

"그럼요, 아가씨. 지금 침실을 치우고 있으니 응접실에서 조금만 기다려주세요. 아니면 뒤편의 강가를 산책하시고 오시겠어요? 그동안 정리해두겠습니다."

"산책을 하고 올게요."

별장 앞에 흐르는 시냇물과 이어진 강은 넓지는 않지만 들꽃이 흐드러지게 피어 브로닌의 명소다. 르한과 함께 가고 싶었지만, 마차에서 꺼내고 정돈해야 할 물건이 꽤 많은 듯했기에 나는 혼자 발을 옮겼다.

아무도 없는 조용한 샛길을 걷자 탁 트인 강가가 금세 나타났다. 강바람이 뺨을 스치고 지나가는 서늘한 기분에 절로 콧노래가 나왔다.

"예쁘다. 예쁘지 않나요?"

루페르트와 시야를 공유 안 한 지도 꽤 오래됐는데 나는 습관처럼 한 아름 피어난 들꽃을 내려다보며 혼잣말을 했다. 나는 그와 시야를 공유하게 된 이후에 아름다운 것이 보이면 더 깊게 살펴보는 습관이 생겼다. 루페르트에게 보여주고 싶어서. 그에게 세상에 아름다운 것, 예쁜 것, 마음에 가벼운 감동을 줄 수 있는 것들이 얼마나 흔히 널려 있는지 알려주고 싶었다.

하얗고 붉고 노랗고 푸르다. 보석처럼 반짝거리지도 않고, 온실에서 장인이 키워낸 장미처럼 화려하지조차 못했지만, 들꽃은 나름의 아름다움을 품고 있었다.

나는 브로닌 남작이 정성들여 만든 포도주를 루페르트에게도 가져다줘야겠다고 생각했다. 너무 오래된 추억이라 내가 기억하는 맛과 다를 수도 있지만, 내가 기억하는 그의 와인은 따뜻한 맛이 났으니까. 남부의 햇볕을 한가득 담은, 그런 달콤함이 느껴지는 와인이었다.

앉기 좋을 만큼 평평한 바위에 엉덩이를 붙이고 물이 흐르는 강가를 지켜보고 있노라니 시간은 금세 흘렀다. 어느새 하늘 높이 떠 있던 해가 쑥 내려와 강 끝에 닿을 듯 가까워진다. 시간은 자각하고 있지 않으면 금세 흘러가버린다. 내가 황궁에서 보낸 약 4년이라는 세월이 눈 깜짝할 새 흘러버린 것처럼. 나는 이 시간만큼은 루페르트에게 스며들었을까.

"준비 끝난 것 같습니다."

"르한!"

나는 갑자기 들려오는 목소리에 화들짝 놀라 뒤를 돌아보았다. 편한 옷으로 갈아입은 르한이 얼음이 가득 담긴 양동이를 든 채 서 있다.

"놀랐어."

그는 소매가 너풀거릴 만큼 큰 상의를 매만지며 내 옆에 풀썩 주저앉았다. 차림은 일반 농가의 자식 같았는데, 바닥에 앉는 자세가 너무 곧아 군인다운 게 우스워 헤실 웃음이 나온다.

"어깨에 힘 좀 빼. 전쟁 나가니?"

"아."

내 말에 그는 그제야 자각한 듯 잔뜩 힘을 주고 빳빳하게 곧추세우고 있던 몸을 조금 수그렸다. 멋쩍은 듯 웃으며 짧게 깎은 뒷머리를 쓰다듬는다. 볼 때마다 조금씩 더 굵어지는 선이 청년의 모습에 가까워지고 있었다.

"벨루아에 오랜만에 돌아가는 기분이 어떠십니까?"

"좋아. 긴장도 되고."

"……."

"어머니한테 혼날 생각을 하면, 아휴."

군인인 르한만큼이나 곧은 자세로 허리를 똑바로 펴고 목소리를 높일 어머니를 생각하면 벌써부터 머리가 지끈지끈했다. 그녀는 어릴 때나 지금이나, 돌아오기 전이나 나를 과보호하는 성향이 있었으니까. 황실로 돌려보내지 않겠다 으름장을 놓으시겠지. 그러면 또 어떻게 도망쳐야 할까.

내가 울상을 짓자 르한이 살짝 웃는다. 나는 그의 웃는 얼굴에서 조금 낯선 느낌을 받았다.

"황궁으로 돌아가지 못하게 할 수 없다는 것 정도는 어머니도 아실 겁니다."

"너도 내가 그만했으면 좋겠어?"

르한은 내 질문에 고민하는 듯 짙은 눈썹을 작게 찌푸렸다. 곧 낮지만 다정한 목소리가 귓가를 울린다.

"예. 누님이 위험하지 않길 바라는 마음은 변함없습니다."

"벨루아가 멸문할 수도 있는데?"

"가문이 사람보다 중요하겠습니까."

"벨루아의 후계가 할 말은 아닐 텐데."

내가 그를 혼내듯 말하자 르한이 바람 빠지는 소리를 내며 웃는다. 실제로 대다수의 귀족들은 가문을 사람보다 우선으로 했다. 그건 아버지도 마찬가지였을 테고. 그러니 벨루아에 속한 모든 사람이 위험에 처할 때까지 자신의 신념, 즉 벨루아의 이념을 꺾지 않으셨던 것이겠지.

"저는 좋은 후계자가 아닌 모양입니다."

"그런 소리 마. 너처럼 잘난 애가 어디 있다고?"

"너무 좋게 평가하지 마십시오."

르한의 자조에 내가 흥분해 목소리를 높이자 그는 단호하게 고개를 저었다. 그는 나를 쳐다보지 않고 말을 이었다.

"실망시킬까 무서우니까요."

"네가 나를? 그럴 리 없잖아."

"그런 믿음이 무서운 겁니다."

르한은 그제야 고개를 돌려 나를 바로 보았다. 나보다는 훨씬 진한 암갈색, 외려 검은색에 가까운 눈동자가 서무는 노을에 따뜻하게 물들있다. 나는 그의 곧은 콧대에 손을 올려 달래듯 쓰다듬었다.

"나는 네가 무슨 짓을 해도 실망하지 않을 거야."

"……."

"너는 네가 원하는 방식으로 벨루아를 지키면 돼. 나도 내가 생각하는 대로 벨루아를 지킬 테니까."

"제가 지키고 싶은 것이 벨루아입니까?"

르한의 질문은 내가 대답할 수 있는 것이 아니었다. 본인에게 달려 있는 질문을 왜 내게 하나 싶었지만, 외려 혼잣말에 가깝게 들렸다. 정말로 혼잣말이었는지 그는 대답이 없는 나를 재촉하지도 않았다.

생각보다 길어진 침묵이 어색해 나는 엉덩이를 털며 자리에서 일어났다.

"가자. 준비 끝났다며."

"예."

그는 고개를 끄덕이며 벌떡 일어났다. 별장에 가까워질수록 고기 굽는 고소한 냄새가 코를 찔렀다. 벨루아에 연락을 하지 않았으니 요리사가 있을 턱이 없는데, 설마 남작이 요리사를 보내주었나. 나는 갑자기 허기가 져 배를 쓸며 별장 안으로 들어섰다.

"산책 잘하셨나요?"

"에버린이 요리를 하는 건가요?"

문소리를 들었는지 에버린이 주방 쪽에서 앞치마를 두른 모습으로 서둘러 걸어나왔다. 그녀의 몸에서 풍기는 버터 냄새가 내 허기를 더 자극한다. 고기 냄새, 버터 냄새, 갓 딴 산머루 같은 달콤한 향이 뒤섞여 세상에서 가장 맛있는 냄새가 되어가고 있었다.

"요리라고 하기는 부끄러워요. 허기지실까 봐 간단하게 준비하고 있습니다."

그녀는 다정하게 웃으며 나를 식탁으로 안내했다. 벨루아에서 보낸 어린 날, 내가 벨루아의 딸이라는 사실을 숨기고 농가의 아이들과 놀았던 적이 서너 번 있었다. 영지 사람들이 어떤 생활을 하고, 귀족이라는 명예를 짊어진 삶과 어떻게 다른지 배우라는 아버지의 지침이었지만, 어린 나는 그런 것들은 자각하지도 못하고 그저 재밌게 놀기만 했었다.

제대로 기억이 나지는 않지만 그때 이런 분위기의 집에 놀러 간 적이 있는 것 같다. 투박한 빵은 노을로 구운 듯 노릇노릇했고, 딸기잼은 주걱으로 다진 듯 모양이 곱지 않았지만, 그저 빵에 바르기만 해도 굉장히 맛있는 한 끼가 되곤 했다. 에버린의 요리도 투박하나 다정한 그녀의 마음이 느껴짐과 동시에 굉장히 맛있었다.

"갑작스러운 방문이라 당황했을 텐데 고마워요."

"자꾸 공대를 쓰시니 몸 둘 바를 모르겠어요, 아가씨."

"어머, 이 파이 너무 맛있어요!"

조금의 가식도 보태지 않고, 내가 잔뜩 사서 남작에게 안긴 황도의 유명한 제과점의 것보다 그녀가 막 구워낸 복숭아 파이가 훨씬 맛있다. 나는 예법도 잊은 채 큼지막하게 썰어진 파이를 손으로 들고 먹었다. 입 한가득 쑤셔넣고 우물우물 먹으니 세상만사가 씻겨져 내려가는 기분이 든다. 아아, 달달한 음식들은 이래서 좋아.

"천천히 드십시오."

르한은 내 입가를 손수건으로 꾹꾹 눌러 닦으며 내 잔에 와인을 따라주었다. 얼음 양동이에 담가두었던 덕인지 청량함이 느껴질 정도로 시원하다. 나는 휴양지에라도 온 기분에 함박웃음을 지었다.

"나 정말 오랜만에 쉬는 기분이야."

"그런 기분이 아니라, 정말 오랜만에 쉬시는 겁니다."

듣고 보니 정말 그랬다. 열두 살의 생일날로 돌아와 바로 가출을 감행, 황궁에 들어가버렸으니까. 나는 시장길에서 마주친 루페르트를 떠올리며 남부식으로 저민 만두를 집어 먹었다. 만두는 확실히 서민의 음식이다. 그는 어쩌다 만두를 좋아하게 되었을까.

"그럼 편히 식사하세요."

에버린은 나와 르한을 배려하기 위해선지 공손하게 인사를 올린 후 다이닝룸─주방에 딸린 아주 작은 방이었다─을 나섰다. 나는 그녀의 모습이 사라지자마자 목소리를 죽이며 그쪽으로 몸을 돌렸다.

"벨루아는 요즘 정말 어떠니?"

"저도 자주 가진 않아서 확신할 수는 없지만, 평온합니다."

"아버지를 찾아오는 사람이 있었을 텐데."

슬슬 벤티볼트 대공이 움직일 시기가 되었을 텐데. 반역이 하루아침에 일어나는 일도 아니고 분명 수면 아래에서 준비하고 있을 것이다. 나는 그제야 왜 황제가 대공을 처리하지 않았는지 의문이 들었다. 제위는 루페르트에게 넘길 테니 신경 쓰지 않는 걸까. 대공이 황제의 자리를 놓고 싸워야 할 사람은 그가 아닌 루페르트니까.

"고르텐 후작이…… 몇 번쯤 전갈을 보낸 것 같습니다."

"어찌 알아?"

"리체가 그러더군요."

그는 별일 아닌 양 대답하며 포도주로 목을 축였다. 후작가가 반역과 모종의 연관이 있다는 사실은 너무나도 자명했다. 아른바흐 공작은 제 딸이 황비였으니 반역에 끼어들기보다는 아르눌프 황자를 황제로 만드는 데 주력할 터고, 문제는 고르텐이다. 대공의 반역에 협조해 그가 얻는 것은 도대체 무엇일까? 공작위라도 약속받았나?

벨네르니는 건국이 오래된 만큼 귀족의 역사도 무척 길다. 해서 귀족의 지위보다 이름을 더 중요시하는 나라였다. 고르텐이 고르텐인 이상 그가 후작이든 공작이든 큰 상관은 없을 텐데.

"리체는 잘 지내고 있어?"

"후작과의 관계에서 힘들어하는 것 같습니다."

그녀가 부녀관계를 버겁게 느끼기 시작하는 것은 회귀 전에도 마찬가지였다. 그녀는 자신이 귀족이란 사실을 싫어했었다. 캅사르의 유목민이나 히렐의 자유민을 꿈꿨었다. 그녀의 외양이 새하얀 피부의 벽안인 전형적인 벨네르니 인의 것이 아니었다면 그녀는 진즉 망명했을지도 모른다. 차라리 그녀가 그랬더라면 우리는 친구관계를 유지할 수 있었을지도 모른다.

"리체를 황실에서 보지 못하십니까?"

"다른 궁의 시녀와 마주치는 일은 대체로 없지. 루페르트 전하와 나이젤 전하는 교류가 없으시니까."

"그렇습니까."

"사람과 어울리는 거 그렇게 좋아하시지 않아. 나이젤 전하는 상황적으로도 불편한 분이니까."

"어떤 분입니까?"

르한이 잠시 입을 달싹이며 머뭇거리는 듯하더니 조심스레 묻는다.

"태자 전하?"

"예."

"설명하기 어려운 사람인데."

설명을 하자면 할 수는 있겠지만, 흉밖에 나오지 않아서 문제였다. 루페르트는 까칠하고, 독단적이며, 신랄할 정도의 막말을 즐겨 하고, 무심한 것을 떠나 거의 모든 문제에 무관심했으며, 사람처럼 느껴지지 않을 정도로 냉정할 때가 많았다. 그래도 가끔…….

"누님이 겪은 미래에서의 그와 다릅니까?"

"달라."

이 질문은 대답하기 훨씬 쉬웠다. 내가 겪은 황제와 다르냐 물으면 다르다고 바로 대답할 수 있었다. 조금 다른 정도도 아니었고, 정말 많이 달랐다. 루페르트는 성질이 더럽긴 했지만, 피에 미친 괴물은 아니었으니까. 오히려 그는 얌전한 축에 속한다. 나서서 분란을 만드는 법도 없었고, 자신을 해하려는 시도도 담담히 흘려버렸다.

실제로 그의 음식을 대신 기미한 하녀의 동생이 죽었을 때도 범인을 찾으려는 노력을 하지 않았다. 사방이 적이라 그 누구도 믿을 수 없어 외려 신경을 덜 쓰는 것 같다. 나조차 범인을 솎아내 찾아봤자 별수 없겠다는 생각을 할 정도다. 보이지 않는 손은 그가 황제가 된 후에도 끝없이 그를 노릴 것이다.

"내가 지금 모시는 전하와 내가 겪은 폭군은 다른 사람이야."

"누님이 그렇게 말씀하시면 그런 거겠죠."

"적어도 아직은 아니야."

루페르트는 아직 황제가 되지 않았으니 어떤 식으로 변할지 나로서는 예상할 수 없다. 그는 과거에도 태자였던 동안에는 얌전했으니. 과거의 그는 토리의 죽음을 기점으로 본격적인 잔인함을 드러냈다.

역시 토리가 루페르트의 열쇠인 걸까.

"그만 고민하십시오. 괜히 물어봤습니다."

"응?"

"벨루아에 머무는 동안만큼은 누님께서 심란하지 않았으면 좋겠습니다."

그렇게 말하며 르한은 내 손 위에 자신의 손을 올려놓았다. 따뜻하게 전해지는 온기나 진중한 목소리 같은 것들에 뭉클해진다. 언제 닥칠지 모를 벨루아의 위기보다 당장의 내 심란함이 더 걱정된다는 양 암갈색 눈동자에 염려가 가득했다.

"괜찮아, 르한. 나 엄청 걱정하지 않아."

나는 외려 그를 다독였다.

"적어도 지금의 전하는 나를 지켜주려고 하실 테니까."

"그런 것 같습니다."

르한은 생각에 잠겼다. 작은 다이닝룸에 고요가 찾아왔지만, 황실에서 느끼던 서늘한 종류가 아닌 가만히 있어도 안심이 되는 침묵이었다. 르한은 항상 내게 그런 존재였던 것 같다. 곁에 있으면 마음의 안정을 찾게 되는, 굳이 표현하지 않아도 나에 대한 배려가 느껴지는 사람. 그를 지키고자 하는 마음을 먹고 황궁에 들어갔지만, 되레 그의 보호를 받는 입장이 되어버리면 어떡하지?

"나는 전하 곁에서 그를 항상 지켜볼 거야."

나의 뜬금없는 말에 르한이 숙였던 고개를 들어 나를 바라본다. 나는 천천히 말을 이었다.

"혹시나, 그가 전처럼 벨루아를 치겠다 마음을 먹는 것 같으면······."

"······."

"연락할게. 부모님 모시고 도망가. 내가 모은 돈으로 히렐에 작은 섬 하나를 사두었어."

황궁 시녀로 일하며 돈 쓸 시간도 없어 차곡차곡 쌓아둔 급료는 시녀장이 된 지금에 와선 꽤 되었다.

"아버지가 벨루아와 누님을 버리실 리 없습니다."

"그러면 너라도 가. 너마저 구해내지 못한다면 내게 일어난 기적이 무슨 의미가 있겠니."

나는 고개를 저으려는 르한을 향해 힘주어 또박또박 말했다.

루페르트는 제 손등을 내려다보았다. 예전처럼 뼈마디가 툭 불거져 안쓰럽게 느껴지는 손이 아니다. 길게 쭉 뻗은 남자다운 손은 그가 가지게 된 권력을 의미했다. 이제 그는 여자처럼 보이려 노력하지 않아도 살아남을 만한 힘이 있다.

"로라라고 했나?"

"예에, 전하."

로라는 영문도 모른 채 갑자기 호출당했는데, 엄벌이라도 떨어지리라 생각했는지 딱히 화를 내지도 않았는데 벌벌 떨며 절하듯 엎드려 있다.

아랫것들은 유독 그를 무서워했다. 그의 마음에 들지 않거나 조그마한 실수라도 하면 목이 날아간다는 괴소문이 자자하여 루페르트 본인조차 들어봤을 정도다. 사실 그는 사용인의 목을 치기는커녕 라리에트를 제외한 이들에게 별다른 핀잔 한번 줘본 적이 없는데도 그랬다.

"심히 두려워하는 얼굴이군."

로라는 동정심이 일 정도로 심하게 떨었다. 내리깐 눈은 이쪽을 쳐다볼 생각도 못 하겠다는 듯 바닥만 향해 있었으며 입술은 메말라 있었다.

루페르트는 그녀가 느끼는 공포의 원인을 찾고자 노력하며 제 턱을 쓰다듬었다. 간단했다. 두려워할 만한 이유가 있는 것이다. 죄를 저지른 사람만이 저런 얼굴을 한다.

"왜?"

"전하, 저는 아무 잘못도 없어요!"

나지막이 물었을 뿐인데 로라는 거세게 얻어맞기라도 한 것처럼 자지러지며 펑펑 울어댔다. 자신은 죄가 없다니, 강한 부정은 긍정이라 했나. 그녀는 충분히 죄인스러웠다.

"무슨 잘못을 말하는 거지?"

라리에트에게 독을 탄 차를 건넨 이는 토리였다. 그렇다면 로라가 저지른 잘못은 무엇일까.

라리에트가 벨루아로 떠나자마자 루페르트가 가장 먼저 한 일은 토리의 끄나풀을 색출하는 것이었다. 이름도 기억나지 않는, 독약을 먹고 죽은 하녀 일에조차 토리가 관여했다면 로라라는 하녀가 제게 라리에트를 밀고한 것도 같은 맥락일 테니. 로라가 토리의 수발을 드는 것이든, 혹은 속고 있었든 둘 중 하나일 것이다.

"말해. 갑자기 벙어리가 된 건 아닐 텐데."

루페르트는 한숨과 함께 의자에 앉았다. 바닥에 정수리가 닿을 듯 허리를 깊게 숙이고 있는 로라는 그의 재촉에도 입을 열지 못하고 오들오들 떨고 있을 뿐이다. 그는 무감동한 얼굴로 세상에서 가장 불쌍한 척을 하고 있는 하녀를 바라보다 손을 움직였다.

탕!

꿍음과 함께 로라의 왼쪽 귀가 날아간다. 칼로 자른 듯 말끔한 절단
이었다. 그러나 연금술로 범위를 조정했다 해도 총은 총인지라, 그녀의
귀는 조각조각 부서져 땅에 뒹굴었다. 하녀의 울음소리가 천장을 울린
다.

"아아악!"

그녀는 황급히 두 손으로 제 귀를, 아니 귀가 있었던 자리를 감쌌다.
검붉은 피가 무서운 속도로 뚝뚝 떨어져 바닥에 둥근 자국을 만들며 퍼
져나갔다. 루페르트는 그 모습에 눈살을 찌푸렸다. 하녀의 고통에 공감
하기보다는 바닥이 더러워지는 게 마음에 들지 않았기 때문이다.

"나는 두 번 말하는 걸 아주 싫어해."

철컥.

루페르트는 울부짖는 로라를 바라보며 손으로 권총을 빙글빙글 돌렸
다. 매끈한 총신이 부드럽게 돌아가며 작은 쇳소리가 울린다. 그가 주
로 쓰는 연금술이 사용되는 총이 아닌 일반 권총이라 화약 냄새가 진동
했다.

"죄송해요! 죄송해요, 전하!"

"그런 소릴 바라는 게 아닌 것을 너도 알 텐데."

멍청해도 정도가 있는 법인데. 루페르트는 어쩔 수 없다는 듯 어깨를
으쓱하며 로라에게 다시 총구를 겨눴다. 그러자 로라가 벌떡 일어나며
입을 크게 벌린다.

"토리 님이 시켰어요! 토리 님이 시키셨어요! 황명이라고 하셨다구
요!"

"황명?"

"폐, 폐하께서…… 황제 폐하께서 전하의 안위를 걱정하시어 라리에
트 님을 전하와 떨어뜨릴 요량이시라고! 동생의 죽음을 헛되게 하지 말
라고!"

"하."

루페르트는 로라의 주절거림에 짧게 웃었다. 황명이라.

"미안하지만 황제는 토리의 존재조차 알지 못해."

그녀는 에바가 황제를 견제하기 위해 만든 인형이다. 황제에게 쉬이 발각될 리 없고, 황제는 루페르트 주위를 맴도는 작은 시녀를 신경 쓸 만큼 그에게 관심을 둔 역사가 없다. 애초에 황제는 토리를 만나본 적도 없었다.

"하, 하지만 토리 님이 황제 폐하의 인장이 찍힌 편지를 보여주셨어요!"

"손재주가 좋은 편이지, 나의 시녀는."

토리가 도대체 어떤 방식으로 제 꼭두각시를 만들었나 했는데, 황제의 이름을 팔았던 모양이다. 로라는 제 동생을 죽인 범인이 라리에트라 거짓 고발을 하는 대가로 황제로부터 저택 하나를 하사받았다고 했다. 토리가 남에게 저택을 줄 만큼의 재산이 있을 리 만무했으니, 그 보상도 죄 허상이리라.

"……나가봐."

로라에게서는 더 알아낼 것이 없다. 그는 쓸데없는 데 힘을 낭비하는 것이 질색이었다. 라페르트 황녀, 황태자가 된 루페르트가 아랫사람에게 잔혹하다는 소문은 그렇기에 전혀 사실과 무관하다. 그는 남을 괴롭혀 즐거움을 얻을 정도로 타인에게 관심이 많지 않으니까. 애초에 필요에 의한 겁박이나 고문도 성가셨다.

로라 말고도 토리가 부리는 시녀나 시종이 더 있을 터. 황족의 음식에 독을 타는 일은 한 사람만으론 행할 수 없는 큰일이니까. 그러나 아무리 탐색해도 토리와의 연결고리가 있는 자는 발견되지 않았다. 토리가 흔적을 남기지 않는 데 도가 텄기도 했고, 루페르트가 부릴 손이 부족한 이유도 있다.

이런 유의 임무는 원래 토리가 담당했다. 그가 직접 나서서 조사해본 적이 많지 않다. 루이제를 불러들일까도 생각했지만 그렇게 되면 너무 대놓고 티가 나 토리가 흔적을 전부 감춰버릴 것이다. 아니면 이미 감췄나.

"젠장."

머리가 깨질 것처럼 아팠다. 그는 지끈거리는 관자놀이를 꾹 누르며 훼아를 찾았다. 잎을 바짝 말려 돌돌 만 훼아에 로피움을 섞으면 그럴듯한 진통제가 된다. 안개처럼 퍼져나가는 연기를 흡입하니 열이 오르던 머리가 식어내렸다.

토리가 라리에트를 경계한다는 것쯤은 진즉 알고 있었지만, 그녀가 다른 사람까지 동원하리라는 생각은 못 했었다. 토리의 수 정도는 훤히 꿰뚫고 있다고 생각했는데, 전혀 예측하지 못한 일이 벌어진 것이다.

루페르트는 그 부분이 충격적이었다. 토리는 루페르트의 피가 섞여 만들어진 생명이다. 제 진짜 수족보다도 더 수족에 가까웠다. 오롯이 그의 안위를 위해 존재하는 그만의 검은 손. 그런 그녀의 심정을 제가 이해하지 못하면 어찌 되는 걸까.

"그만 나와."

훼아를 몇 개나 연속으로 태운 탓에 방은 안개가 낀 것처럼 어슴푸레했다. 로라를 쏜 자리에서 나는 희미한 탄약 냄새가 섞여 언뜻 전장처럼까지 느껴졌다.

집무실 한켠에 쳐진 휘장 뒤에서 토리는 유령처럼 스르르 걸어나왔다. 조막만 한 얼굴은 새하얗게 질려 있었다. 그녀는 어린아이처럼 울상을 지었다.

"저한테 이러지 마세요."

그 말은 루페르트가 하고 싶은 것이다. 제게 이러지 말라고. 그만하라고. 그는 토리의 심술까지 돌볼 여력이 없었다. 황제의 목덜미를 물어뜰을 준비만으로도 충분히 고되고 벅찬 나날이다. 그러나 토리의 눈망울은 금방이라도 굵은 눈물을 뚝뚝 흘릴 듯 붉어져 있었다. 옅게 달아오른 눈가가 분홍빛이다. 속을 긁는 것 같은 한숨이 터져나왔다.

"뭘 이러지 말라는 거야?"

"저를 버리시려는 거죠?"

"헛소리 그만해."

"라리에트는 살아 있으니까요."

토리는 더는 참을 수 없다는 듯 와락 눈물을 터뜨렸다. 토리가 저 정도로 크게 우는 건 처음이다. 억울함이 차고 넘쳐 둑이 무너진 강처럼 흐른다. 그녀의 앙앙대는 울음소리가 방을 가득 메울 정도였다. 루페르트는 그제야 깨달았다. 그는 절대 그녀를 추궁하지 못할 것이다.

"너도 살아 있어."

"전 자라지도 못하잖아요."

토리는 억울했다. 진정으로 억울했다. 살아온 나날, 에바가 자신을 눈뜨게 한 순간부터 제가 온전한 인간이 아님에 불만을 품어본 적이 없다. 그러나 라리에트가 일깨워준 것이다. 자신이 가지지 못한 것이 무엇인지.

그 생기, 발갛게 달아오르는 복숭앗빛 뺨, 걸음은 나풀나풀 날아다니는 나비 같았다. 그 나잇대 소녀라면 으레 그래야만 한다는 듯. 심지어 그녀는 자신이 무엇을 가진지도 몰랐다. 부러워 견딜 수가 없었다. 질투로 뒤틀린 속이 넘쳐 시뻘겋게 달아올라 따갑게 넘실거린다.

"자라지도 못한다구요!"

토리는 소리치며 루페르트에게로 달려왔다. 그녀가 만들어질 때만 해도 루페르트는 그녀와 키가 엇비슷했다. 아니, 그녀보다도 조금 더 작았다. 똑같이 빼빼 마른 볼품없는 몸에, 피부도 피로로 푸석푸석했으며 어깨도 좁고 가녀렸다. 뻣뻣한 머리카락은 빗자루를 덮어씌운 양 덥

302

수룩했다. 그들은 정말로 초라했다. 그러나 그들은 '같이' 초라해서 괜찮았다.

"전하는 자랐잖아요. 너는 자랐잖아……, 나를 두고."

토리와 루페르트가 공유하는 유대는 비참함을 기반으로 만들어졌다. 루페르트는 분명 형편없는 어린 시절을 보냈었다. 그때를 같이 견디기 위해 만들어진 인형이 토리였으니까. 그러나, 그는 더는 어린아이가 아니다. 더는 비참하지도 않았다. 황제가 될 태자다.

"나만 두고."

루페르트는 엉엉 우는 토리를 가만히 지켜보다가 손을 내밀었다. 토리의 눈물은 뜨겁지 못하다. 인간이 몸이 아파 마음이 아파 만들어내는 눈물을, 그녀는 만들지 못하니까. 아마 이 감정을 제게 토로하기 위해 찬물을 몸 안에 가득 집어넣었겠지. 그는 손으로 뚝뚝 떨어지는 미지근한 물기를 옷으로 닦았다. 그리고 다시 손을 내민다. 그녀의 눈물이 바닥나 없어질 때까지.

"울지 마."

"……끕."

"미안해. 내가 미안."

"제가 전하라도 라리에트가 더 좋을 거여요. 알아요."

"그런 거 아니야."

"거짓말."

토리가 딱 잘라 내뱉는 말에 루페르트는 답하지 못했다. 미안함에 발끝까지 아플 정도였다. 혼자 성장해버린 죄책감. 왜 같이 자라지 못하나. 아니, 애초에 에바는 그녀를 왜 만들었을까. 이렇게 평생 자신을 남들과 비교하며 초라한 삶을 살아갈 텐데.

기이하게도 그 순간 라리에트가 자신을 세뇌시키듯 몇 번이나 주장한 가족의 소중함이 떠올랐다.

"너는 내 가족이야, 토리 파스벤더."

"······."

"너는 내 누이야."

"그렇게 생각하지 않으셨잖아요."

토리는 그가 진심인지 아닌지를 가늠하듯 눈을 가늘게 떴다. 확실히 루페르트는 토리를 그런 식으로 생각해본 적이 없다. 그들의 관계가 어떤 종류인지 정의를 내릴 의지도, 필요도 느끼지 못했었다. 우습게도 그들의 관계를 정립해준 사람은 라리에트였다.

루페르트는 토리의 의심에 별반 말이 없었다. 대답을 고르는 눈치라 토리는 그를 재촉하지 않고 기다렸다. 생전 들어보지 못한 소리요, 그런 말을 내뱉은 사람은 가족이라는 단어가 가지는 보통의 의미조차 이해하지 못한다. 토리는 루페르트를 잘 알았다.

"라리에트가 그러더군."

다시, 라리에트.

토리는 소리라도 지르고 싶었다.

"자신한테 가족이 얼마나 소중한 존재인지, 나에게 각인시키려는 양 필요치 않은 상황에서도 부득부득 주장했어. 처음에는 이해하지 못했고, 사실 지금도 완전히 무슨 말인지 모른다. 내게 나와 피가 섞인 인간은 전부 혐오스러울 뿐이니까."

"그런데요?"

"그러나 그녀가 주장하는 가족에 가까운 사람이 내게도 있다면, 그건 너이지 않겠어?"

"저는 사람조차 아닌데요, 루페르트. 그런 저와 가족이라구요?"

토리는 루페르트가 자꾸 라리에트를 상기시키는 데 화가 났지만 애써 진정했다. 왜 이제 와서, 그녀가 그에게 오고 난 다음에야 자신을 가족으로 받아들인 것이냐는 불만이 목 끝까지 차올랐지만 애써 참는다.

그녀가 어쩌지 못한 것을 라리에트가 해냈을 뿐이니까. 라리에트는 그를 사람으로 만들어버렸다.

그는 분명 사람과 괴물의 경계선에 있었다. 자신과 똑같았다. 손이 베여도 아픈 줄을 모르고 어미가 죽어도 슬픈 줄을 몰랐다. 눈물을 흘리는 적도 없는, 나약한 인간이 아닌 철로 된 심장을 가진 괴물이었다.

그러나 라리에트가 그 괴물을 점점 없애고 있었다. 루페르트의 마음속에 그녀가 심은 작은 씨앗이 곧 발아할 듯 움튼다. 토리는 그 씨앗의 모습이 두려워 밤잠을 설칠 때가 많았다. 루페르트의 변화는 용서할 수 없었다. 그녀만 이 어두컴컴한 무저갱에 내버려둔 채 홀로 도망갈 생각인가.

"위선자!"

"토리."

"저와 가족이라면, 변하지 마세요."

"변하지 않았어."

"거짓말도 하는군요."

토리의 끝없는 불신에 루페르트는 더는 이 이야길 이어갈 필요가 없다 판단했다. 한순간에 피로가 몰려들어 눈꺼풀이 무거워졌다.

"오늘은 그만하자."

그는 축객령을 내린 후 소파에 몸을 묻었다. 토리는 대화할 생각이 없는 듯 고개를 돌려버리는 그를 한참이나 지켜보다 방을 나섰다. 세게 쥔 주먹이 부들부들 떨려 소매 끝으로 감춘다. 그러나 그는 보지 않아도 그녀의 원망을 알았다. 어찌 달래야 할지 감이 잡히지 않을 뿐이다. 감정적으로 나오는 토리는 처음이다.

"하아."

루페르트는 토리를 생각하는 대신 책상에 대충 놓여 있는 작은 다이어리에 시선을 던졌다. 고급 가죽으로 커버를 만든, 척 보아도 귀족의 소지품이다.

토리가 가져다준 지 한참이건만 그는 차마 그 다이어리를 열지 못했다. 주인의 허락을 받지 못했다는 양심의 문제라기보다는 조금 더 본능적인 꺼림칙함이었다. 라리에트는 왜 이걸 묻어놓은 걸까.

"하아."

토리나 라리에트나 둘 모두 다른 의미로 말썽을 부리는 수준이 도를 지나쳤다. 루페르트는 점점 더 어지러워지는 머리를 두 손으로 감쌌다. 황제가 될 준비를 하는 것보다 그들을 이해하는 일이 더 어려웠다.

나는 벨루아가 가까워지면 가까워질수록 긴장했다. 아버지는 그간 종종 뵈었지만, 어머니는 근 4년간 단 한 번도 뵌 적 없으니까. 이미 그녀는 내가 그녀의 친딸이 아니라는 사실을 알고 있다는 것을 인지하고 있을 터다. 어색해하시지는 않을까. 가뜩이나 격조했는데, 우리의 관계가 어떤 식으로 변해 있을지 나로서는 짐작도 할 수 없었다.

"르한, 나 걱정돼."

"무엇이 말입니까?"

"어머니가 날 어색해하시면 어쩌니?"

"……."

르한은 내 안절부절못하는 물음에 답하지 않았다. 슬쩍 올라가는 입꼬리가 나를 비웃는 것 같기도 하다. 그러나 기사도로 점철된 사관학교 생도인 그는 내 기분을 상하지 않게 하기 위해 노력하며 기어코 웃음을 참아냈다.

"너 지금 웃으려고 했지!"

"아닙니다."

"왜 웃는 거야?"

"어머니도 같은 고민을 하실 것 같아서요."

어머니가 나처럼 전전긍긍하신단다. 그녀는 황도에서도 이름을 날리던 가수였다. 수많은 사람들이, 황제와 황후까지 지켜보던 무대에 오르던 그녀가 겨우 이런 일로 긴장을 하다니, 상상이 가질 않는다. 그녀는 대담한 성품을 가졌다. 나는 어머니처럼 강한 여성을 본 기억이 없었다.

죽음의 순간에도 나보고 울음을 삼키라 말한 분이다. 마지막까지 그녀는 두려움이 없었다. 자신은 죄가 없다며 당당했던 분이다.

나는 하늘을 우러러 부끄럼이 없으나 오롯이 황제의 잔혹함만을 이유로 죽는 것이다. 그러니 나는 죽음에 굴복하지는 않을 것이라.

죽음을 목전에 두고서도 담담한 어머니의 모습에 잔혹한 황제조차 움찔했을 정도였다. 그가 벨루아의 몰락을 지켜보며 표정이라 할 만한 것을 비친 적은 그때가 처음이었다.

내가 쌍욕을 했을 때도 별다른…….

"라리에트!"

나의 상념을 깨는 커다란 목소리가 마차의 창문을 뚫고 들어온다. 귀가 먹먹할 정도로 어마어마한 성량이었다. 르한과 나는 놀라 창문을 활짝 열었다.

벨루아 백작저는 아직 손바닥만 하게 보일 정도로 꽤 멀리 있었는데 어머니가 휠체어를 굴려 어마어마한 속도로 이쪽으로 돌진하고 계셨다. 길이 잘 닦여 있지 않아 우둘투둘한지라 그렇게 맹렬하게 휠체어를 달리면 넘어질 수도 있는데, 그녀는 조금도 속도를 줄이지 않는다. 나는 기겁해 마부에게 멈추라 명령한 후 마차에서 내려 그녀에게 달려갔다.

"어머니! 위험해요!"

"라리에트으!"

그녀는 날 보더니 속도를 더 높였다. 팔이 보이지 않을 정도다. 나는 휠체어를 밀어주는 시종도 없이 왜 혼자 밖에 나와 계시나 전전긍긍하며 달음박질했다. 그녀의 외출이 뜻밖이었는지 밭일하던 농부가 휘둥그레 뜬 눈으로 우리를 지켜보았다.

"어머니! 속도 좀 줄이세요!"

"왜 이제야 오는 거냐, 라리에트!"

둘 다 빠르게 서로를 향하고 있었기에 우리는 금세 마주할 수 있었다. 나는 미친 듯이 달려온 어머니에게 놀라 무슨 말을 해야 할지 알 수 없었다. 죄송하단 사과가 먼저인가 싶어 도저히 떨어지지 않는 입을 여는데, 그녀의 말이 한발 빨랐다. 아니, 말보다는 흐느낌에 가까운 소리였다.

"흐윽."

"어머니!"

그녀는 휠체어에서 손을 떼고선 양손으로 얼굴을 가렸다. 어머니의 눈물은 내게 큰 충격을 가져다주었다. 발이 땅바닥에 붙은 듯 떨어지지 않아 나는 더 다가갈 수조차 없었다. 왜?

"내가 널 얼마나, 흑, 걱정했는, 흑, 지, 아니?"

"죄송해요……."

나는 변명조차 하지 못하고 고개를 숙였다. 몸도 성치 않은 그녀를 속상하게 했다는 죄책감이 그제야 현실로 다가온다. 벨루아를 멋대로 떠난 데 항상 죄송한 마음이 있었지만 황궁에 적응하기 위해 애써 꾹꾹 누르고 있었는데 둑이 무너진 것처럼 감정이 넘쳐흘렀다. 나는 그녀에게 미안해 발을 움찔거리기만 할 뿐 더는 다가서지 못했다.

"아가, 라리, 나의 아가, 이리 오렴?"

어머니가 내게 손을 뻗는다. 나는 거부하지 못하고 간신히 발을 옮겨 그녀의 하얀 손을 잡았다. 내가 기억하는 것보다 말라 있다. 자세히 보니 어머닌 여전히 곱디곱지만 수척했다.

"많이 컸구나."

그녀는 내 얼굴을 꼼꼼히 살피며 매만졌다. 더듬더듬하는 손길에 마음이 따끔따끔 아프다. 그러고 보니 이번 생에서는 그녀에게 내가 자라는 모습을 보여주지 못했구나.

회귀 전, 르한이 벨루아를 찾아오지 않는다며 무척 속상해했던 어머니가 떠올랐다. 이번에는 자식 둘이 다 그리 망나니처럼 굴었으니 속상함이 두 배셨을 것이다.

"죄송해요, 어머니."

"괜찮다. 너도 이유가 있었잖니."

"흡!"

나는 어머니의 다정한 말에 툭 떨어지려는 눈물을 삼켰다. 여기서 울면 안 돼! 내가 강건한 모습을 보여야 어머니도 안심하고 나를 다시 상파뉴로 보내주실 것 아닌가. 나는 있는 대로 눈에 힘을 주며 하늘을 바라보았다.

"라리, 나를 볼래?"

어머니는 울음을 터뜨리려는 나를 달래듯 불렀다. 나는 그녀와 시선을 마주하기 위해 허리를 반쯤 수그렸다. 마주한 눈은 여전히 엄격하지만 다정하고, 불같지만 나를 향한 사랑이 가득했다.

아아, 나는 벨루아를 그리워한 것이 아닐 수도 있다. 나는 그녀를 그리워했다. 비록 피는 섞이지 않았더라도 한평생, 아니 두 번의 삶을 어머니와 딸로 지낸 그녀를.

"보고 싶었단다."

"저도 무척 보고 싶었어요."

"그래, 그거면 됐어, 나는."

어머니는 빙그레 웃으며 그녀의 다리에 살짝 올린 내 손에 당신 손을 포갰다.

마차에서 내린 르한이 뚜벅뚜벅 정갈한 소리를 내며 우리에게 걸어온다. 그는 벌게진 두 쌍의 눈을 보고 작게 한숨을 쉬었다.

"마차에서 그리 뛰쳐나가시면 매우 위험합니다."

"그래, 라리에트. 조심해야지."

"어머니도요. 도대체 왜 시종도 없이 혼자 나와 계십니까? 저택에서 기다리셨다면 금방 당도했을 텐데요."

르한은 무뚝뚝한 투로 잔소리를 늘어놓으면서도 어머니의 휠체어를 잡아 밀었다. 뒤에 바로 마차가 있는데도 우리는 저택까지 걸었다. 저택으로 향하는 길은 제대로 닦여 있진 않지만, 양옆으로 밀밭이 펼쳐져 꽤 아름다웠다. 아직은 익기 전이라 청색으로 물결치는 밀들이 장관을 이루었다.

"아가씨! 아가씨 아니세요?"

밭에서 일하던 농부 하나가 길가로 나와 내게 인사를 건넨다. 그 얼굴에 놀라움과 반가움이 가득했다. 나는 이름은 기억나지 않아도 낯익은 그에게 방긋 웃으며 인사했다.

"오랜만이에요."

"돌아오셨군요!"

"잠깐 방문한 것뿐이랍니다."

"이런."

그는 아쉬운 듯 혀를 끌끌 차더니 품에서 풋사과 하나를 꺼내 깨끗한 손수건으로 닦아 내게 건네주었다.

"오래오래 있다 가세요! 모두 아가씨를 보고 싶어 했다구요."

아직 익지 않은 사과의 상큼한 냄새가 난다. 아마 이 사과는 그의 하루를 장식하는 유일한 간식이었을 것이다. 나는 그의 마음이 겨워 사과를 받아 챙겼다.

여름의 벨루아였다. 내가 그토록 그리워하던 벨루아. 나는 어머니의 휠체어를 미는 르한의 뒷모습에서 내가 벨루아에 와 있음을 실감했다.

"벨루아에 돌아오길 잘했어."

"네. 잘하셨습니다."

나의 작은 혼잣말에 르한이 바로 긍정한다. 눈물겨울 정도로 행복한 시간이 될 것만 같은 예감이 들었다.

고향이란 누구에게나 특별한 의미를 가진다. 어떤 의미로는 가족처럼 운명적인 만남으로 형성되기 때문이다. 신조차 자신이 태어난 고향을 바꿀 수는 없었다. 벨루아는 내게 고향이라는 지고한 가치로 남아 영영 특별할 것이다. 벨루아에서 보내는 나날은 그만큼 내게 각별했다.

나를 어색해하실 수도 있으리란 걱정과 달리 어머니는 한시도 나와 떨어질 수 없다는 양 붙어 있고 싶어 하셨다. 어딜 가든 휠체어의 드르륵 소리가 따라다녀 곤란할 정도다. 한사코 언덕에까지 쫓아오는 어머니를 애써 말렸다.

"어머니, 이 언덕은 휠체어로는 오르기 힘들잖아요."

나는 언덕 초입까지 같이 온 어머니를 돌아보며 울상을 지었다. 내게 그녀를 밀고 올라갈 힘이 있다면 좋았겠지만, 아무리 매일 아침 체력단련을 해도 태생적인 한계에 부딪혀 불가능하다.

"내가 오를 수 있어! 요즘 너 따라 많이 돌아다녔더니 팔뚝 굵어진 것 보렴, 얘."

어머니는 무척 가녀리기만 한 자신의 팔뚝이 튼튼하다며 자랑하는 포즈를 취했다. 나는 한숨과 함께 그녀의 휠체어를 붙잡고 저택으로 몸을 돌렸다.

"그렇게 꼭 따라오셔야겠다면 그냥 안 갈래요."

"라리, 그럴 필요 없단다. 나 혼자 할 수 있다니까."

"아니에요, 힘들어요."

내 단호한 거절에 그녀가 나를 따라 작은 한숨을 내쉰다. 어머니는 어쩔 수 없다는 듯 양어깨를 으쓱하더니 손으로 언덕을 가리켰다.

"너 저 언덕 무척이나 좋아했잖니?"

"괜찮아요. 많이 가봤으니까."

"네가 저기서 저녁노을 바라보기를 가장 좋아한다는 것쯤은 나도 알고 있단다."

나는 부정하지 않았다. 사실이니까. 나는 벨루아에서 개중 가장 높은 언덕인 저곳에서 마을을 내려다보는 것을 좋아했고, 사랑했다. 해거름 무렵의 벨루아만큼 아름다운 풍경이 내게는 또 없었으니까.

"라리에트, 그냥 혼자 다녀오련? 엄마는 집에 가 있을게."

"정말 괜찮은데……."

내가 미안함에 말끝을 흐리자 그녀는 웃으며 내 손 위에 자신의 손을 얹었다. 다녀와. 작지만 다정한 목소리로 속삭인다. 나는 고개를 끄덕인 후 따라온 시종에게 어머니의 휠체어를 넘겼다.

조금 걷고 나니 익숙한 오르막길이 눈에 들어온다. 작은 언덕이지만 상당히 가팔라 숨이 찼다. 어제 어머니와 밤새 수다를 떨었던 덕에 피곤하긴 했으나 코끝에 맡아지는 냄새에 금방 기분이 좋아진다. 벨루아는 들꽃이 많이 피는 지역이라 어느 길을 걸어도 향기가 가득한 산책이 된다.

다 오른 야트막한 언덕 한가운데에는 내가 좋아하던 느티나무가 곧은 등을 펴고 나를 기다리고 있었다.

"오랜만이야."

나는 대답하지 않을 나무에게 인사한 후 돗자리도 깔지 않고 풀썩 주
저앉았다. 하얀 양말에 풀물이 들 테지만 무슨 상관인가. 나는 지금 루
페르트의 체면을 대신하는 시녀장이 아니다. 벨루아의 라리에트다.

나는 이 언덕을 황도인 상파뉴에서 수십 번이고 수백 번이고 상상했
었다. 루페르트가 무섭거나 그로 인한 죄책감에 번민할 때, 아버지와
어머니가 그리울 때 가장 먼저 떠올리던 게 이 언덕이었다. 그리움에
젖어 머릿속에 그리던 이곳은 항상 비현실적으로 아름다웠다.

"역시 기억은 미화되는구나."

막상 왔는데 내 기억만큼 아름답지는 못했다. 잡초가 우거져 너저분
한 데다 느티나무도 제대로 손질이 되지 않아 가지가 길게 늘어져 있
다. 귀족가의 정원도 아니고 그저 시골 영지의 언덕일 뿐이니 당연했
다.

그러나 나는 내가 루페르트가 황제가 되기 전에 이곳에 걸음할 수 있
으리라곤 생각하지 않았기에 그저 기분이 좋았다. 평범한 언덕이 배는
아름다워 보인다.

"웃챠."

땅에 가까워질수록 새빨개지는 해가 뉘엿뉘엿 가라앉는다. 물감이
번지듯 붉은색으로 번져가는 하늘을 바라보던 나는 날이 완전히 저물
기 전에 돌아가야 한다는 생각에 몸을 일으켰다.

"이제 내려오십니까."

언덕 입구에 도착하자 르한이 기다렸다는 양 벨루아의 인장이 박힌
마차에서 내려선다. 어머니가 내가 여기 있다는 것을 알려주셨겠지. 나
는 배시시 웃으며 르한의 에스코트를 받았다.

"안 데리러 와도 되는데."

"날이 곧 어두워집니다."

"상파뉴도 아니고, 벨루아인걸."

"남부도 예전 같지 않습니다. 위험은 어느 곳에나 있는 법이구요."

나는 근래 들어 잔소리만 늘어놓는 르한을 샐쭉한 눈으로 노려본 후 푹신한 등받이에 몸을 기댔다. 말이 다그닥거리는 말굽 소리를 내며 발을 옮긴다. 황도처럼 술법이 흔하지 않은지라 여기에선 평범한 마차밖에 못 봤다. 프라오 마차를 직접 운전하는 맛을 알아버린 나는 말에 묶인 느슨한 줄을 보며 약간 아쉬운 마음에 입맛을 다셨다.

"아, 배고파."

"만찬은 베르노 주방장이 힘을 조금 썼다고 했으니 기대하셔도 될 것 같습니다."

"힘? 웬 힘?"

"누님이 벨루아에 오랜만에 돌아와 신이 난 사람이 어머니만은 아닙니다."

눈을 둥그렇게 뜨는 나를 바라보며 그가 씨익 웃는다. 별 특이한 구석 없는 단순한 미소였지만 감탄이 나올 만큼 잘생겼다. 아, 르한 정말 잘 커가는구나. 나는 어느새 헌칠한 미청년이 되어가고 있는 그를 바라보며 흐뭇한 웃음을 지었다.

"이쯤에는 분명 너를 졸졸 따라다니는 하녀들이 생겼었지."

르한이 훈련을 하러 가든 목욕을 하러 가든, 본인의 본분도 접어두고 그만 졸졸 쫓아다니는 하녀들이 부지기수라 집사 보이트가 골머리를 앓았다. 성장이 빠른 그는 벌써부터 잘생긴 청년의 냄새를 풀풀 풍기고 있었으니 하녀들이 정신을 차리지 못하는 것도 당연했다.

"예?"

"아니야. 다 온 것 같네. 내리자."

나는 먼저 내린 르한이 뻗는 손을 잡고 바닥에 발을 내디뎠다. 우리를 마중 나온 집사가 뻣뻣한 콧수염을 매만지며 허리를 숙인다. 그는 약간 까칠한 인상인 데다 실제 성격도 그리 다정하지 못했지만 벨루아를 향한 충성심만은 대단한 이다.

나는 기사도 아닌 주제에 르한을 끌고 가는 루이제에게 덤벼들던 그를 기억했다. 단것을 워낙 좋아하던 내가 주방 곳곳을 들쑤시고 다니다 베르노에게 쫓겨나면 무뚝뚝한 얼굴로 사탕 몇 개를 손에 쥐여주던 이도 그였다. 마음 한구석이 따끔거린다.

"보이트."

"아가씨, 베르노가 열심히 차려놓은 저녁이 식겠습니다. 어서 올라가세요."

"보이트도 같이하는 건 어떤가요?"

"……네?"

사용인은 절대로 모시는 귀족과 같이 식사를 하는 법이 없었다. 예법에도 어긋날뿐더러 이를 용인하는 너그러운 귀족은 존재하지 않았으니까.

내가 무슨 소리를 하는지 알아들을 수 없다는 듯 보이트의 딱딱한 표정이 일그러진다. 백작저의 하녀들이 가장 무서워하는 얼굴이지만 다시 보니 약간 귀여운 인상이기도 한데.

"보이트도 같이 식사하자구요."

"제가요? 백작님과 아가씨와 함께 말입니까?"

보이트의 입이 크게 벌어진다. 그는 거의 기함하듯 세차게 고개를 저었다.

"제가 감히 어찌 그러겠습니까? 승전하고 돌아온 기사도 아니고, 괜찮습니다."

"꼭 벨루아를 위해 전쟁에 나가 싸우고 돌아와야 백작가를 위해 충성을 다한 건가요? 보이트는 평생 우리 가족을 보살피기 위해 힘써왔잖아요. 충분히 치하할 만한 노고라고 생각해요."

그는 내 말이 믿기지 않을 만큼 충격적이었는지 벌린 입을 다물 생각을 못 했다. 아니, 그 정도로 놀랄 일인가? 아버지는 분명 귀족적인 분이었지만 사용인을 함부로 대하지는 않으셨는데.

"아가씨…… 라리에트 아가씨, 제가 이 호의를 어떻게 받아들여야 할지……."

"그냥 생각 없이 받으시면 되어요. 르한이 치고 다니는 사고를 수습한 것도 전부 보이트잖아요."

"예? 도련님이 언제 사고를 치셨나요?"

아직인가? 나는 내 뒤에 멀뚱히 서 있는 르한을 돌아보았다. 그도 뜻밖인 눈치였지만 딱히 반할 생각은 없는 모양인지 입을 꾹 다물고 있다. 나는 팔꿈치로 그의 몸통을 툭 건드렸다.

"르한, 네 생각은 어때?"

"함께하면 좋을 것 같습니다, 보이트."

"도, 도련님까지 그렇게 말씀하신다면야……."

"보이트 지금 울어요?"

나는 무뚝뚝한 집사의 눈에 맺힌 물기에 깜짝 놀라 그에게로 쑥 몸을 내밀었다. 내가 다가오자 그가 화들짝 놀라며 돌아섰다.

"아, 아닙니다. 올라가시지요."

르한과 내가 보이트와 식사를 하고 싶다는데 아버지, 어머니는 절대 반대하실 분이 아니다. 게다가 베르노 주방장이 날 위해 힘썼다 하니 그 양은 아주 대단할 텐데, 가족 구성원이 겨우 넷밖에 되지 않는 우리가 해치우기엔 벅찰 것이 분명했다.

아버지와 어머니는 다이닝룸에 자리를 잡고 우리를 기다리고 계셨다. 내가 보이트와 함께 식사를 하면 좋겠다 말하자 간단히 고개를 끄덕이실 뿐이다. 보이트는 아버지께 감사인사를 올린 다음 식탁의 가장 끝에 자리를 잡았다. 상석과 마주하는 자리도 아닌 말 그대로 테이블의 끝이라 요리에 손이 닿을지도 의문이었다.

"보이트, 르한 옆에 앉는 것이 좋겠어요."

"예?"

"너무 멀잖아요. 거기서 무슨 식사를 해요?"

보이트의 팔이 고무로 되어 있어 늘리면 늘리는 대로 죽죽 늘어나는 게 아닌 이상 그 자리에서는 본 음식은커녕 애피타이저에 닿기도 힘들 터다. 그는 쭈뻣쭈뼛 몸을 일으켜 르한의 옆에 앉았다. 몹시 불편해 보여 체할까 걱정이라 나는 그에게 괜한 제안을 했나 싶었다.

"보이트, 편하게 들게나."

아버지도 그런 보이트가 안쓰러웠는지 인자한 미소를 띠며 음식을 권했다. 보이트는 내가 식사를 제안했을 때보다 더 감동한 얼굴로 주먹까지 부르르 떨며 고개를 끄덕였다.

"일단 애피타이저부터 드시죠."

손수 주방에서 나와 음식을 설명하던 베르노가 착석해 있는 보이트를 흘깃 보더니 나를 돌아본다. 그는 의기양양한 미소를 지으며 내 앞에 놓여 있는 전채요리를 가리켰다. 소의 혀를 끓인 음식이었는데 내가 처음 보는 형태인 걸 생각하면 남부식은 아닌 모양이다.

"제가 무려 캅사르 출신 주방장에게 배운 요리입니다, 아가씨!"

"맛있겠네요. 수고했어요."

"아가씨는 고기요리를 무척 좋아하시니까요! 단것과 고기하면 사족을 못 쓰시던 우리 아가씨 아닙니까!"

"……."

베르노 주방장의 나에 대한 인식은 내가 회귀를 해도, 황도에 몇 년을 있다가 돌아와도 결코 변하지 않았다. 그는 나를 어린아이 식성을 가진 아기돼지쯤으로 아는 것이 틀림없다.

베르노 주방장이 자신만만해하던 이유를 증명하듯 끝없이 그릇이 날

라졌다. 메인요리보다도 더 진수성찬이었던 것은 바로 디저트였다. 단 것과 단것의 달콤한 향연. 베르노 주방장은 내가 감동해 눈물이라도 흘리길 기대하듯 반짝반짝 빛나는 눈으로 나를 바라보았다.

예전처럼 단것을 좋아하진 않았지만, 그래도 르한과 달콤한 간식거리를 파는 찻집을 들락날락한 탓에 디저트에 대한 흥미를 잃지 않은 나는 그가 만족할 만한 함박미소를 지으며 디저트가 내 앞에 놓이는 모습을 지켜보았다.

냄새가 매우 진한 초콜릿이 따뜻한 식기에 담겨 액체처럼 흐른다. 그 위에는 벨루아에서 나는 각종 제철과일이 예쁜 조각처럼 장식되어 있었다. 얼린 우유가 따로 담겨 나와 달콤하지만 여름에 어울리는 디저트가 완성되었다. 나는 베르노 주방장에 솜씨에 순수하게 감탄하며 손뼉을 쳤다.

"베르노, 대단해요. 보기에도 너무 예쁜걸요?"

"좋아하실 줄 알았습니다! 아가씨는 단것을 무! 척! 좋아하시니까요!"

"……."

달달하다는 단순한 이유 하나만으로 내가 그의 요리를 칭찬한다는 것처럼 들렸지만, 어찌 되었든 그가 내 칭찬에 기뻐하는 것 같아 나는 입을 다물었다.

"아가씨, 얼린 우유는 여기 잔뜩 있으니 마음껏 드세요! 한 대접씩 드세요!"

아니, 그렇게 많이는 못 먹어요.

나는 잔뜩 흥분한 베르노 주방장의 시선을 슬쩍 피하며 푸른 잎으로 장식된 디저트 접시를 들었다. 어느새 벨루아의 식탁에 스며든 보이트는 아버지와 한창 대화를 나누는 중이다.

"보이트, 디저트 먹어요."

"예, 아가씨. 감사합니다."

그는 내 말에 이제야 알아챘다는 듯 베르노가 내온 디저트를 한 접시 들었다. 아버지와 르한은 단것을 좋아하는 편이 아니라 베르노가 따로 내온 제철과일을 먹는다. 나는 베르노처럼 흐뭇한 미소로 나를 바라보고 있는 어머니를 올려다보았다.

"어머니도 드셔야죠."

"아니, 모자라면 안 되니까. 네가 다 먹고 나면 먹을게."

"절대 안 모자라요……."

어머니까지.

나는 벨루아의 아기돼지가 된 느낌에 아연해졌다. 회귀해 막 돌아온 열두 살도 아니고, 열다섯 과년한 여인에 가까운데! 나는 억울한 마음에 소리 없이 디저트를 먹다가―맛은 있었다― 문득 내 손목을 내려다보았다.

어렸을 때만큼 마구 통통하지는 않지만 부러질 듯 깡마른 건 분명 아니다. 살이 적당히 오른손은 매우 부드러워 보였다. 나는 분명 이맘때쯤 살이 너무 빠져서 보기 좋지 않을 만큼 말라비틀어졌었는데. 황궁에서 루페르트의 음식을 기미한다는 핑계로 너무 먹은 탓인가.

"라리에트, 그래도 얼굴이 보기 좋아졌구나."

"맞아요, 아가씨. 굉장히 예뻐지셨어요. 원래도 앙증맞고 귀엽고 너무너무 예쁘셨지만."

어머니의 말에 옆에서 시중을 들던 하녀가 맞장구를 친다. 얼굴은 익숙한데 이름은 기억나지 않는 하녀였다. 주로 어머니를 따라다니며 잡일을 했던 것 같은데…….

"그렇지, 넬리? 우리 라리에트 너어무 예쁘지? 누가 데려가겠다고 설치면 어떡하지?"

"그러게요. 요즘 놈팡이 같은 영식, 어머, 죄송해요, 남자들도 많은

데."

아, 넬리였다.

유모보다는 젊지만 그렇다고 어린 나이는 아닌, 제법 연식이 있는 하녀의 이름은 넬리였다. 나는 어머니의 팔불출 같은 발언에 모조리 맞장구를 치는, 또 그 맞장구가 제법 진심처럼 보이는 하녀를 보며 웃었다.

"그럴 일 없어, 걱정 마."

"참, 아가씨는 황태자 전하의 수행시녀였죠?"

그렇게 말하는 넬리의 웃음이 굉장히 음흉했다. 무언가를 알고 있다는 듯한 그 눈빛과 미소에, 그녀가 나와 루페르트의 관계에 대한 모종의 정보가 있나 싶어 꺼림칙했다.

"으응, 그렇지."

"황태자 전하가 그렇게 잘생겼다면서요."

루페르트가 잘생기긴 했다. 나는 기실 현생에서도, 돌아오기 전의 삶에서도 그만큼 미남을 본 적이 없다. 당장이라도 사람 죽일 듯 사나운 눈매가 흠이기는 했지만.

"으응, 잘생기셨지."

"내로라하는 가문의 영애들은 모두 황태자 전하를 노린다던데요."

"넬리! 말조심하렴."

"에구, 죄송해요 마님. 제가 또 주책을 떨었군요."

내게 또 수상쩍은 윙크를 날리는 넬리를 말린 건 다름 아닌 어머니였다. 그녀는 내가 루페르트와 엮이는 일은 상상조차 할 수 없다는 듯 냉정하게 고개를 저었다. 넬리는 어머니의 꾸중에 주춤하며 몸을 수그렸다. 나는 그녀가 그쯤에서 나와 루페르트 사이의 호기심을 거두는 줄로만 알았다.

허나 내 커다란 착각이라.

"아가씨, 아가씨. 황태자 전하 이야기 좀 해주실 수 있나요?"

그녀는 식사를 마치고 침실로 향하는 내 목욕시중을 들겠다며 바득 바득 쫓아왔다. 나는 목욕시중을 원하지 않는다 사양했지만, 그렇다면 방 청소라도 하겠단다. 도대체 무슨 이야기가 듣고 싶어서 이 난리인 거지?

"뭐가 그렇게 궁금한 거야?"

"전하께서 아가씨가 억울한 누명을 쓰고 황실에서 쫓겨날 상황에서 구해주셨다는 게 참인가요?"

"어?"

"아가씨가 전하를 독살하려 들었다는 누명을 썼는데, 전하께서 아가 씨를 건드리면 황궁에는 발도 들이밀지 못하게 할 거라고 화를 막! 내 셨다 그러던데요."

과장된 감이 있지만 완전히 틀린 말은 아니었다. 나는 도대체 그녀가 어디서 이런 이야기를 들었나 싶어 가던 걸음을 멈추고 그녀를 돌아보 았다.

"으응, 그런 일이 있긴 해."

"어머어머! 정말요! 그럼 소문이 참이었군요!"

"응? 무슨 소문?"

"아가씨가 황태자 전하의 총애를 한 몸에 받는다는 소문이요."

"총애까진 아닐 텐데⋯⋯."

그런 데면데면한 태도가 총애라면 거의 모든 백작저의 사용인은 아 버지의 총애를 받는다 할 수 있겠다. 그러나 넬리는 내 부정적인 말은 들리지도 않는다는 듯–그녀는 듣고 싶은 것만 듣는 성향이 있는 듯했 다–흥분해 손뼉까지 쳐가며 발을 동동 굴렀다.

"우리 아가씨가 그 로맨틱한 황실 연애의 주인공일 줄이야!"

"응? 연애?"

"어휴, 저한테는 말하셔도 괜찮아요. 저는 이래 봬도 입이 무겁답니다.”

아니, 새털보다도 가벼운 것 같은데…….

나는 왼쪽 눈을 찡긋찡긋하는 넬리를 마주하기가 버거워 고개를 돌려버렸다. 그녀는 내가 어떤 말을 해도 모조리 루페르트와 나의 로맨스로 들어버릴 테니까.

그나저나 하녀들 사이에 그런 괴담이 돈다니 놀랄 일이다. 하긴, 태자가 된 루페르트는 그 뛰어난 외모 덕에 인기가 높아 별별 소문이 다 돌긴 했지. 명망이 높은 영애는 루페르트와 말만 섞어도 스캔들이 나곤 했다. 그에 관한 소문이 모두 사실이었다면 그는 안 사귀어본 제국 여자가 없을 정도였다.

“나 피곤해. 들어가볼게, 넬리.”

“방을 치워야 할 텐데요?”

“나 그렇게 깔끔 떨지 않아. 내일 해도 돼.”

어차피 오늘 아침에 청소했을 거면서 무얼.

나는 대강 대답하곤 넬리와 다른 하녀들을 물리고 홀로 침실에 들어섰다. 침대에 풀썩 몸을 눕히니 쌓였던 피로가 슬금슬금 풀리는 기분이다. 순간 혼자 온갖 난리를 치던 넬리의 말들이 떠올라 나는 베게에 얼굴을 푹 파묻었다. 귓가가 뜨거워진다.

루페르트와 나의 로맨스라.

그가 만약 그 괴소문을 들었다면 소름이 오소소 돈다며 나를 구박할 것이다. 나도 응당 소름이 돋고 싫었지만 괜히 그가 나와 엮인 소문에 몸서리를 치는 상상을 하니 기분이 좋지 않았다.

나도 싫다, 뭐! 나도 너 싫어요!

과거의 황제와 그가 다른 사람이라는 것은 어찌어찌 받아들였지만, 그렇다고 내가 루페르트를 사사로이 좋아하는 것은 절대 아니다. 괴물은 아니었지만 그는 여전히 난폭하고, 밉살맞고, 또…… 어쨌든 싫었다.

나는 루페르트가 내 앞에 튀어나와 이죽인 것도 아닌데 괜히 기분이
나빠져 베개를 팡팡 내리쳤다. 씻으러 가야지. 에이, 괜히 기분만 상했
어.

"지금 뭐 하는 거야?"

한가로운 오후였다. 슬슬 유모를 마차사고의 위험에서 구할 계획을
세워야 했던 나는 의논상대가 필요해 르한을 찾았다. 그러나 그가 정원
에 있다는 집사의 말에 산책이나 하고 있으리란 내 생각과는 달리 그는
아주 다른 짓을 벌이고 있었다.

세상에!

"너, 지금 손에 든 게 뭐야?"

간도 크지! 정원에 불이라도 붙으면 어쩌려고! 나는 르한 손에 들린
물건이 믿기지 않아 눈을 비볐다. 황궁에서나 보던 물건이었다. 루페르
트의 손에 종종 들려 있던, 값이 꽤 나가지만 몸에는 부적이나 좋지 못
한.

"르한!"

르한은 아무렇지 않은 얼굴로 훼아를 바닥에 던지더니 등을 돌린다.
그러더니 성큼성큼 걷기 시작했다. 도망처럼 보였지만 그러기엔 너무
뻔뻔한 얼굴이다. 아니, 쟤가 지금 어딜 가는 거지?

"이리 와!"

나는 그를 따라 서둘러 걸음을 옮겼다. 딱딱하고 빠른 걸음이었지만
달리는 속도에는 잡힐 수밖에 없었다. 나는 무시무시한 속도로 그를 따
라잡아 손목을 붙잡았다. 내 오전 수련이 빛나는 순간이었다.

"……눈감아주십시오."

"뭘 눈감아? 너 지금 피운 게 휀아니?"

"예."

"너 그게 얼마나 몸에 나쁜지 알아?"

"전하는 피우시지 않습니까?"

"태자 전하 말이야?"

"예."

나는 딱히 반성하는 기색조차 없는 르한의 태도에 기가 막혀 말문이 막혔다. 루페르트가 하면 저도 피워도 되는 줄 아나?

"왜 전하랑 너를 비교해?"

"전하께서 권하신 겁니다."

"뭐!"

루페르트 이놈이! 쓸데없이 몸에 나쁜 것을 내 동생에게 권했다는 말인가. 아니, 언제 그 정도의 친분을 쌓은 거지? 나는 나 몰래 루페르트와 안면을 튼 르한에게도 어이가 없었다.

"전하가 권한다고 무조건 하는 거야? 전하 시녀는 나지, 넌 아니잖아!"

"몇 번 해보지도 않았습니다."

나는 르한의 불퉁한 말투에 혈압이 올라 쓰러질 것만 같았다. 묘하게 뒤틀린 눈썹이 굉장히 반항적이다. 나는 무언가 불만 가득한 동생의 태도를 무시하고 그의 바지춤을 뒤졌다.

"뭐 하시는 겁니까?"

"이리 내놔. 숨긴 거 없어?"

"그게 마지막입니다, 누님."

믿을 수 없다. 나는 기어코 그의 바지 뒷주머니에서 휀아 주머니로 보이는 천조각을 찾아냈다. 열어보니 휀아가 한가득이다. 세상에! 마상에!

"너, 너! 돈은 도대체 어디서 난 거야?"

"전하가 주셨다니까요."

"넌 안 돼! 피우지 마!"

"왜입니까?"

나는 르한의 반항적인 물음에 바로 답할 수 없었다. 상황이 갑작스레 이해가 갔기 때문이다. 그래, 이맘때였다. 르한이 미친 듯이 어긋나던 때가. 누구도 피할 수 없다는 질풍노도의 시기가 찾아왔구나. 나는 손 안에 쥔 훼아를 죄 어그러뜨리며 인상을 찌푸린 르한을 올려다보았다.

"절. 대. 안. 돼."

르한은 더는 잔소리가 듣고 싶지 않다는 불퉁한 얼굴로 자리를 벗어났다.

"어딜 도망가?"

나는 소리치며 쫓았지만, 나보다 훨씬 커진 데다 기사 서임까지 받은 그의 빠른 걸음을 따라잡을 수 있을 리 만무했다. 오기가 생겨 계속 쫓았지만 그와의 거리가 한참이나 벌어지고 나서야, 내가 아무리 노력한들 그를 붙들 수 없난 사실을 깨닫고 걸음을 멈추었다.

"하아."

씩씩거리며 숨을 몰아쉬는데 그제야 르한이 느긋한 얼굴로 뒤를 돌아본다. 얄밉다고 생각해본 적은 없는데 왜 오늘따라 이렇게 얄미워 보이는 걸까?

"진정하셨습니까?"

"너, 잡히면 죽었어!"

"잡히면 또 어찌하시려구요."

르한의 어깨가 살짝 올라간다. 나는 르한을 알았다. 얼굴은 아직도 정중했지만 저 제스처는 분명히 나를 놀리려는 의도가 완연했다.

사실 내가 르한을 잡아도 어찌할 방도 따위는 애초에 존재하지 않았다. 그는 더는 어린애도 아니고 요즘 유행이 시작된, 루페르트가 황제가 되고 나면 더더욱 유행할 돌돌 만 훼아는 마담들의 살롱에서 유행하는 매우 독한 진정제처럼 불법도 아니었으니까.

　그러나 나는 그의 건강을 염려해서라도 뜯어말리고 싶었다. 게다가 그는 군인이 될 몸 아닌가.

　"가뜩이나 전장에 나가면 정신이 피폐해질 텐데 몸이라도 튼튼해야지! 건강 생각 안 할 거야?"

　"몸에 무리가 갈 정도로 남용할 생각은 없습니다."

　"르한!"

　"염려해주셔서 감사합니다."

　르한은 늘 그렇듯 무뚝뚝하지만 다정한 말투로 감사한 후 약이 올라 발을 동동 구르는 내게 천천히 다가왔다. 마치 성난 짐승을 진정시키는 듯 조심스러운 모습이라 나는 기가 막혀 웃고 말았다. 벨루아로 돌아오니 모두가 나를 아이 취급한다. 혹은 먹을 것만 밝히는 아기돼지 취급이든지.

　"누님이 그리 걱정하시니 앞으로 피우지 않겠습니다."

　"정말?"

　"예."

　"거짓말."

　"정말입니다."

　나는 화색을 띠며 그의 손을 덥석 붙잡았다. 이제는 한 손을 내 두 손으로 붙잡아야 할 만큼 커다래져버렸다. 르한의 손이 커진 만큼 루페르트가 황제가 되는 날이 다가온 것이겠지.

　"그래, 잘 생각했어! 질풍노도의 사춘기든 뭐든 괜찮아. 하지만 건강은 챙겨야지."

"제가 과거에 훼아를 너무 피워서 아프기라도 합니까?"

"어, 아니……."

너는 반역으로 단두대에 오르기 전까지는 무척이나 건강했어. 너무 건강한 나머지 놈팡이처럼 굴며 황도에서든 벨루아에서든 사관학교에서든 사고를 치고 다녔지.

그러나 진실을 말해주면 르한이 정말 예전처럼 될까 봐 입을 다물었다.

"그건 아니야."

"그래서 저는 왜 찾으셨습니까?"

"아, 맞다."

나는 그제야 르한을 찾은 목적을 떠올리곤 손뼉을 쳤다.

우리의 유모, 코엔 자작부인은 막 코엔으로 돌아간 참이라고 했다. 르한도 나도 유모가 필요하지 않을 정도로 커버린 것이 오래전이었으니 그녀가 여태 벨루아에 머물렀던 건 오롯이 어머니를 위로하기 위해서였으리라. 어머니는 나와 르한이 허락도 받지 않고 갑작스레 벨루아를 떠난 탓에 몹시 쓸쓸해하셨을 테니까.

"유모를 구해야 해."

"그녀가 위험합니까?"

내가 주먹까지 동그랗게 말아 힘을 주며 말하자 르한의 얼굴이 진지해진다. 유모를 사랑한 이는 나뿐만이 아니다. 벨루아의 많은 사람들은 그녀의 다정함에 안도를 느꼈다.

"아니, 당장 위험한 것은 아닌데. 내가 그녀가 위험한 시기에 여기 올 수 있을지 없을지 모르니까."

"왜?"

"정확한 날짜는 기억나지 않지만, 그녀는 마차사고로 죽어. 내가 열여섯이 된 해에."

르한은 제 턱을 쓰다듬으며 고개를 끄덕였다.

"그럼 얼마 남지 않았군요."

"그래, 그러니 내년에 유모가 마차를 타는 일은 어떻게든 막아야 해."

"코엔은 멀지 않으니 내일이라도 방문하는 것이 좋겠습니다."

나는 사실 그가 내 허무맹랑하게 들릴 소리를 진지하게 믿어주는 것이 신기했다. 아버지조차 내가 겪은 것은 미래이니, 이번에는 달라질 수도 있는 것 아니냐 하셨는데 말이다.

"너는 내가 장미 씨앗을 뿌린 밭에 수국이 핀다고 해도 믿을 거 같아."

르한은 그 말이 우습다는 듯 너털웃음을 지었다. 그는 가끔 바람 빠지는 소리를 내며 웃을 때가 있었는데 나는 그 소리가 듣기 좋았다. 청량한 여름이 떠오르는 웃음소리다.

문득 루페르트가 떠올랐다. 나는 그가 소리를 내며 진심으로 웃는 모습을 본 기억이 없다. 미소를 짓는 일도 드문 사람이니 당연했다. 기가 막힌 양 비웃을 때 혀를 끌끌 차는 소리 정도였달까. 그가 저처럼 크게 웃으면 어떤 소리가 날까. 여전히 싸늘한 겨울의 칼바람과 같을까.

"그러면 코엔을 방문해서 유모에게 뭐라고 해야 할까?"

"앞으로 마차를 타지 말라 명령하면 간단할 일 아닙니까?"

"뭐?"

나는 내가 잘못 들었나 싶어 르한을 돌아보았지만 그는 아무렇지도 않은 얼굴이다. 짧은 밤톨머리나 딱딱하게 굳은 자세를 제외하면 딱히 군인 티가 나지 않는 르한이 뼛속부터 사관학교 생도라는 사실이 완연히 다가오는 한마디였다.

유모에게 명령이라니! 엄밀히 따지자면 그녀는 내 아랫사람이 맞지만 나는 나를 제 자식처럼 돌보고 살핀 그녀를 명령으로 복종시키고 싶지 않았다.

"싫어."

"왜입니까? 코엔이 벨루아에 귀속된 지 수십 년이 넘었습니다."

싫은 게 당연한 거 아닌가? 그러나 르한은 이해가 가지 않는 모양이었다. 나는 깊은 한숨과 함께 고개를 절레절레 저었다.

"나는 유모에게 명령하고 싶지 않아."

"그럼 나는 사실 죽었다 과거로 회귀했다, 유모는 마차사고로 죽을 테니 조심하라 말씀하실 겁니까?"

비꼬는 것 같지만 르한은 나를 비꼴 만한 성정이 아니다.

사실 그의 말에도 일리가 있다. 이미 내 회귀를 르한과 아버지가 알아버린 마당에 내 비밀을 아는 사람을 늘리는 것은 위험했다. 아무리 내가 어머니처럼 따르던 유모라고 해도 말이다. 그녀가 내 말을 믿을지도 모르겠고.

"음, 그 방법을 잘 모르겠어서 너를 찾은 거야."

"유모에게 누님이 과거로 돌아왔다고 말하는 것은 안 됩니다."

"맞아. 그녀가 날 너무 걱정해서 아실럼(정신병동)에라도 집어넣으려고 하면 어떡해."

어머니와 비슷한 성격으로 걱정이 많은 그녀라면 충분히 가능성 있는 이야기였다. 르한도 그녀에게 명령을 하는 것 외에는 별다른 수가 떠오르지 않는지 말이 없었다. 나는 침묵과 아이디어 고갈에 발을 동동 구르다 두 손을 마주 잡았다.

짝!

번뜩이는 생각이 기뻐 나온 동작이었지만 갑작스런 마찰음에 르한은 화들짝 놀란 듯 눈을 크게 뜨고 나를 돌아본다.

"연극을 하자!"

"예?"

"그녀에게 마차는 아주, 아주 끔찍한 물건이라는 인식을 심어주는 거야."

"유모에게 세뇌를 가하자는 겁니까?"

"너 왜 갑자기 이렇게 난폭해졌어?"

나는 르한의 과격한 언사에 화들짝 놀라 인상을 찌푸렸다. 르한은 내가 황궁에서 독을 먹고 쓰러진 이후 은근히 루페르트와 친분을 쌓는 것 같았는데 설마 그 때문일까?

"내게 내 말을 아주 잘 듣고 영리한 명마가 생겼거든."

"전하께서 하사하신 겁니까?"

"응. 데려오길 잘했어."

제프리는 나나 루페르트의 지시가 아니면 듣는 법이 없는 데다 앙칼진 구석이 있어 자주 들여다보지 않으면 성깔을 부리는 까다로운 말이었다.

제프리는 내가 자신을 놓고 떠난다는 것을 어떻게 알았는지, 저 혼자서 마구간을 벗어나 벨루아의 마차를 쫓아왔다. 여정의 중간쯤에 다다랐을 때가 되어서야 발견된 고집스러운 말을 나는 어쩔 수 없이 벨루아에 데려왔다. 줄을 매지 않아도 잘 따라오는 그 영특함에서 나는 작은 연극을 계획했다.

"제프리에게 연기를 시키면 돼!"

"그 정도로 말이 영리합니까?"

르한은 내 계획이 잘 진행될 수 있을지 의심스럽다는 듯 고개를 기울였다. 물론 나도 제프리라는 말을 알지 못했더라면 믿지 못했을 테지만, 제프리는 정말로 '그 정도로' 영리했다. 기이하게도 루페르트가 돌보는 동물들은 하나같이 사람처럼 행동한다. 지각이라도 있는 것처럼 말이다. 설마 동물에게도 연금술을 사용한 걸까.

"그렇다니까."

"믿기지 않습니다."

죽음을 넘어서 돌아왔다는, 허무맹랑하게 들릴 수 있는 내 얘기는 믿었으면서. 나는 르한의 불신 어린 눈길에 콧방귀를 뀌며 마구간으로 향했다. 마구간지기가 반색하며 우리를 맞는다.

"아이고, 아가씨! 안 그래도 제가 지금 저택으로 찾아뵐 참이었습니다."

"왜요?"

"아가씨가 황궁에서 데려오신 말, 입맛이 너무 까탈스러워 계속 먹이를 안 먹고 있습니다."

"그럴 리가 없는데."

제프리는 사람에게는 까다롭게 굴었어도 식성이 까다롭진 않다. 나는 의아해하며 달빛을 받은 것처럼 은은한 흰빛을 뿜는 말에게 다가갔다. 마구간 구석에 붙어 마구간지기에게는 눈길조차 주지 않던 제프리가 천천히 목을 돌려 나를 바라본다.

"제프리, 밥 왜 안 먹었어?"

내 물음에 제프리 쪽에서 푸르릉, 작게 우는 소리가 났다. 나는 마구간지기에게서 건네받은 당근을 천천히 말의 입에 물려주었다. 곧 사각사각 당근 씹는 소리가 경쾌힐 징도의 크기로 작은 마구간을 울린다.

"잘 먹는데요?"

나는 태연하게 당근을 씹고 있는 제프리를 가리키며 마구간지기를 돌아보았다. 그는 아연실색해선 고개를 세게 저으며 눈앞의 광경을 부정했다.

"워, 원래 안 먹었는데……."

"아무튼 내일 제프리와 함께 코엔에 갈 테니까 준비해주세요."

요 까다로운 녀석이 자기를 낯선 곳에 데려다 놓고 방치했다며 단식투쟁을 벌였던 모양이다. 나는 짐승의 앙칼짐에 기가 막히면서도 웃겨서, 배가 고팠던 듯 허겁지겁 여물을 먹는 제프리의 갈기를 쓰다듬었다.

"내가 오지 않아서 굶었구나, 너?"

"정말 영리하네요. 주인이 오지 않는다고 허기를 참는다니."

마구간지기가 감탄하며 제프리를 올려다본다. 내 옆에 멀뚱히 서 있
던 르한은 그제야 내가 했던 말을 이해한다는 양 고개를 끄덕였다.

"알겠습니다. 어떤 연극인지 들어나 보고 싶은데."

"내가 마차사고를 당하면 되지."

"……예?"

"제프리를 시켜서 날 박으라고 하면 된다고."

"혹시 머리가 아프십니까?"

나는 르한의 무례에 입술을 삐죽 내밀었다.

"진심으로 그런 위험한 연극을 하실 생각입니까?"

"위험하지 않다니까. 제프리가 얼마나 똑똑한데."

"영리해봤자 한갓 짐승……."

푸르릉!

르한의 핀잔은 제프리의 콧방귀에 막혀 제대로 들리지 않았다. 나는
기막혀하는 르한에게 거 보라는 듯 턱짓했다. 어제도 그는 내 말을 더
는 듣고 싶지 않다는 듯 저택으로 들어가버리더니, 오늘도 반대할 심산
인 모양이다. 그러나 나는 그에게 설득당할 마음이 요만큼도 없다.

유모에게 내가 죽음을 겪고 돌아와 미래를 안다고 말할 수도 없고, 막
무가내로 생떼를 부려봤자 들을 것도 아니고, 그녀에게 명령하는 것은
더더욱 싫었다.

내 고집을 이해하지 못했다는 듯, 아니, 이해하고 싶지 않다는 듯 눈

살을 찌푸리던 르한은 포기한 듯 제프리가 매여 있는 마차의 문을 열었다.

"너도 가게?"

"혼자 보낼 수는 없지 않습니까."

"그래! 가는 길이 심심할까 걱정했는데 잘됐다."

나는 마차 안에 구비되어 있는 레캇(전략 게임의 일종) 세트를 들며 환하게 웃었다. 군인에게 전장을 모티브로 한 게임을 들이대는 것이 제 무덤 파기일 수도 있지만 오늘은 다른 영애들처럼 책을 읽거나 자수를 하고 싶지는 않았다.

"……하실 줄은 아십니까?"

"당연하지. 몇 번 해봤어."

르한은 내가 룰이나 아는지 의심스러워하다가 내가 레캇의 말 하나를 집어 들고 제 눈앞에 흔들어대자 한숨과 함께 자신의 말을 잡았다. 그가 말을 잡는 순간 마차가 천천히 움직이기 시작한다. 나는 마부에게 코엔으로 최대한 빨리 가달라 부탁한 다음 르한이 놓은 수를 돌아보았다.

"너 할 줄 아는 것 맞아? 여기에 말을 두면 어떡해."

"공평하게 시작하는 것이 외려 불공정할 테니까요."

천천히 운을 떼는 그의 입술이 어찌나 오만한지. 나는 기가 차서 헛웃음을 지으며 말을 움직였다. 나를 무시해도 이렇게나 무시하나! 몇 번 해보지는 않았지만 그래도 영애들과 소소한 재밋거리로 했을 때 져본 적이 없다.

"난 그런 거 싫어! 공평하게 시작해."

"후회하실 겁니다."

"안 해, 맹세."

그렇게 당당히 외친 지 얼마 지나지 않아 나는 꽉 막힌 수로 덮인 판을 내려다보며 침음을 삼켰다.

"음……."

"후회하실 거라고 말씀드렸습니다."

"너 뭐야? 무슨 생도가 게임을 이리 잘해?"

"비밀입니다."

"너 설마 도박하니?"

당연히 농담이었는데 순간 르한의 얼굴이 딱딱하게 굳는다. 나는 화들짝 놀라 그의 손목을 붙잡았다.

"설마, 아니지?"

벌써 그렇게까지 탈선했단 말이야?

"아닙니다."

르한은 놀란 나를 진정시키듯 어깨를 두드리며 부정했다. 그러나 질문과 대답 사이의 간극이 길어 마음 한구석에 모락모락 피어난 의심을 떨쳐버리기란 쉬운 일이 아니다. 과거 르한은 이보다는 조금 나이를 먹었을 때쯤 학교를 나가지 않는 일이 부지기수인 데다 간혹 도박판에서 발견되고는 했으니까. 설마 그의 탈선이 내 생각보다 이르게 시작되었던 걸까.

"정말 아닙니다. 장난쳐본 겁니다, 심각하게 생각하지 마세요."

르한은 내가 굳다 못해 울듯 얼굴을 일그러뜨리자 내 볼을 토닥이며 웃었다. 나는 그의 말을 완전히 믿지는 않았지만 더는 캐묻지 않고 넘어가며 다시 말을 잡았다. 정말 취미로 도박이라도 한다면 티가 날 테니까. 나는 무의식적으로 배어나올 도박꾼의 제스처를 살피기 위해서 돈까지 걸었다.

그리고 코엔에 도착할 무렵, 한 달 치 월급을 전부 잃고 말았다.

"돌려드려요?"

"아니, 됐어……. 내기는 내기니까."

나는 내 주머니를 탈탈 털어 묵직해진 지갑에 달린 고리에 손가락에 끼고 빙글빙글 돌리는 르한을 노려보다 허무해 한숨을 내쉬었다. 도박꾼 같은 낌새는 없지만 그는 본시 무표정하니 알 수 없었다. 게다가 내 돈을 아무렇지 않게 털어가는 모습을 보고 있으니 더 의심스럽다. 아무리 내기라고 해도 내 지갑을 몽땅 털었는데, 미안한 기색이 손톱만큼도 없었다.

"코엔에 도착한 것 같습니다."

나는 가벼워진 치마 주머니에 손을 집어넣으며 르한을 따라 마차에서 내렸다. 자고로 가방은 가볍게 해도 지갑은 무겁게 하는 것이라고 들었는데. 유모에게 줄 선물만 가득한 가방만 무거울 뿐, 지갑은 존재감조차 느껴지지 않는다.

르한에게 용돈 준 셈 쳐야지, 뭐. 사관학교 생도의 봉급이 황궁 시녀, 그것도 시녀장에 비하진 못할 테니까.

코엔은 백작령에 속해 있다고 해도 과언이 아닐 만큼 벨루아에 붙어 있는 작은 마을이나. 유모는 분명 코엔 자작가의 안주인이었지만 도착한 그녀의 저택은 브로닌 남작의 집보다 조금 나은 수준이라 평범한 영지민의 저택과 거의 비슷했다.

나는 그녀가 평생 아름다운 벨루아의 백작저에 머무르길 바랐으나 그녀는 코엔의 작은 저택이 좋다고 했었다. 어릴 때 죽은 그녀의 자식과 함께한 추억이 담긴, 그녀에겐 마냥 아름답기만 할 곳.

나는 코엔은 과거에도, 현재에도 방문한 적이 없지만 눈앞에 펼쳐진 마을의 풍경이 왠지 모르게 정겨웠다. 항시 다정하던 유모를 닮은 곳이다.

"도련님! 아가씨!"

방문하겠다는 전갈이 잘 도착한 듯, 유모가 한달음에 달려 나온다.

나는 나를 와락 안는 그녀의 품에서 실없는 웃음을 흘렸다.

"세상에, 어쩜! 정말 다 크셨네요!"

"오랜만이야, 유모."

"얼굴은 그대로시네요. 귀여워라."

유모는 내 얼굴을 빤히 바라보다 양손을 내 볼에 댔다. 꾹 눌리는 볼이 아프지는 않았지만 조금 민망해서 눈을 동그랗게 뜨자 그녀는 화들짝 놀라며 손을 내렸다.

"어머, 죄송해요. 아가씨도 다 크셨는데."

"어? 아니야. 더 만져줘."

나는 유모의 온기가 사라지는 것이 아쉬워 얼굴을 내밀었다. 그러자 그녀가 듣기 좋은 웃음소리를 터뜨리며 다시 나를 안는다. 남부에서 태어나고 자란 사람들은 전부 이렇게 따스한 걸까. 그녀에게서는 잘 익은 밀의 냄새가 난다.

"어떻게 오셨어요. 황궁에 입적하셨다 들었는데."

"으응, 휴가 받았어."

"태자 전하께서는 아가씨를 잘 보살펴주시나요?"

"내가 그의 시녀인걸. 내가 보살펴드려야지."

나는 딱 잘라 대답했지만 사실 내가 루페르트를 보살피기보다 그가 나를 보살필 때가 많을 것 같긴 했다. 나는 코엔으로 나오기 전 넬리를 통해 황궁으로 보낸 편지를 떠올렸다. 가장 빠른 전서구를 이용하라고 했으니 오늘 밤이면 도착할까.

아침에 늦잠을 자는 바람에 여유가 없어 몇 자 쓰지도 못하고 대충 보내버렸는데, 돌아갔을 때 편지가 이게 뭐냐 구박하면 어떡하나 싶었다.

구박하면 구박받지 뭐. 루페르트의 구박이 딱히 무섭지도 않다.

"일단 집으로 드세요, 아가씨. 남편도 많이 기대하고 있답니다."

코엔 자작은 처음 유모를 소개받던 어릴 적 빼고는 단 한 번도 본

적이 없는 인물이다. 나는 어렴풋하기만 한 그의 흐릿한 인상을 떠올리기 위해 애쓰며 유모를 따랐다.

"저도 왔습니다."

"어머, 내 정신 좀 봐! 아가씨가 너무 오랜만이셔서."

유모에게 완전한 뒷전이었던 르한이 뒤에서 자그마한 소리로 자신의 존재를 알린다. 그녀는 깜박했다는 듯 제 머리를 손으로 콩 때리며 르한을 안아주었다. 기분이 상하지는 않았는지 그가 당황한 얼굴로 유모를 마주 안는다.

"도련님, 섭섭하셨죠?"

"아닙니다. 오랜만입니다."

"어휴, 말투는 여전히 딱딱하시네. 생도생활 아주 잘하시겠어요."

유모가 유쾌하게 웃으며 르한의 어깨를 팡팡 두드린다. 칭찬 같지 않은 칭찬이라 르한의 표정이 애매모호했지만 그녀는 개의치 않는 것 같았다.

"왠지 아가씨는 너무 걱정이 되는데, 도련님은 알아서 잘하실 것 같아서 말이죠."

"나도 알아서 잘 살고 있었어."

"그래 보이네요. 정말 다행이에요."

그 '알아서' 잘 사는 일에 얼마나 많은 고민과 회한이 묻었는지 전혀 모를 유모는 고개를 끄덕거렸다. 그녀는 우리를 응접실로 안내했고, 응접실의 소파 옆에 서 있던 아버지 또래의 중년 남성이 공손히 우리에게 인사한다. 유약해 보이지만 자상한 미소를 가진 사람이었다.

"로버트 코엔입니다. 기억하실는지요."

"그럼요, 기억해요."

나보다 더 어렸던 르한은 기억하지 못할 테지만 나는 어릴 적 보았던 그의 얼굴이 어렴풋이 기억났다. 그는 그때 지금보다도 더 유약해 보였다. 아주 몹쓸 일을 겪은 사람처럼.

"아가씨는 그대로 크셨군요."

그는 유모와 비슷한 말을 하며 싱긋 미소 지었다. 다정한 미소는 좋았지만 어찌 된 일인지 내 얼굴에서 눈을 떼지 못하는 느낌이라 나는 부담스러워져 르한 뒤로 몸을 숨겼다.

"안녕하십니까."

"네, 도련님. 코엔에 잘 오셨습니다. 백작님과 백작부인은 평안하신가요?"

"예."

르한의 딱딱한 대답이 재밌다는 양 너털웃음을 지은 자작은 유모와 회포를 풀라는 듯 인사만 올린 후 자리를 떠났다. 멀리 가는 길이 아닐 텐데도 유모를 다정하게 안고 볼에 키스하는 모습에 나는 묘한 느낌을 받았다. 나는 유모가 백작가에 그토록 오래 머물 수 있던 이유가 그와의 데면데면한 관계에서 기인한다고 생각했었으니까. 그러나 막상 보니 그들은 아주 사이가 좋은 것 같았다.

"다정한 남편이네요, 자작님."

"항상 감사하며 살고 있어요."

유모는 자작과의 다정한 모습을 보인 것이 부끄러운 듯 볼을 붉히며 대답했다. 나는 본래 코엔을 방문한 목적도 잊어버리고 내 얼굴을 뚫어져라 보던 자작을 생각했다. 분명 관찰하는 눈빛이었는데.

"자작님께서 저에 대해 잘 아실까요?"

"관심이 많기는 해요. 벨루아의 아가씨가 황궁의 시녀가 된 것이 신기한가 보더라구요. 특히 백작님과 부인이 허락하셨냐며 놀라던걸요."

아버지는 고르텐 후작처럼 세력싸움에 골몰한 분도 아니었으니 자작은 내가 정치적인 목적으로 황실에 들어갈 리는 없다고 생각했을 것이다. 내 행보가 특이해 궁금했던 것뿐인가?

"자, 아가씨, 오랜만에 오셨으니 유모에게 말 좀 해보세요."

"무얼?"

"그래서 황태자 전하와 도대체 어떤 사이신 거예요?"

"……어?"

나는 숨이 턱 막혔다. 세상에. 유모까지 이러는 것을 보니 나와 루페르트에 대한 소문이 어떻게 나도는지 대강 상상이 간다. 나도 과거에는 황실에서 흘러나오는 연애담이나 유행하는 연애소설을 꽤 많이 읽었으니까.

나는 유모의 기대 가득한 반짝반짝한 눈을 바라보며 단호하게 고개를 저었다.

"아무 사이도 아니야!"

"정말요?"

"응!"

내가 질색하며 고개를 열심히 끄덕이자 유모의 낯이 실망으로 살짝 가라앉는다. 아니, 이게 왜 실망할 일이야?

"그럼 황태자 전하께서 아르눌프 황자 전하가 아가씨께 그릇된 대우를 한 데 대해 황궁을 뒤집었던 것도 없는 일인가요?"

"아니, 그건 맞는데……."

나는 거짓말을 할 수는 없어 어물어물 대답했다. 루페르트가 나를 이유로 아르눌프에게 마구잡이로 총을 갈긴 것은 사실이었으니까. 그러자 유모가 갑자기 자리에서 일어나 잔뜩 흥분한 얼굴로 손뼉을 친다.

"그럼 아무 사이가 아닌 것이 아니네요! 어머머! 세상에, 몰리 부인 말이 완전 뜬소문은 아니었군요!"

"아니, 그게 아니라, 유모! 잠깐만!"

"아가씨, 잠시만 있어보세요. 저 몰리 부인한테 잠깐 다녀올게요."

내 대답에 잔뜩 흥분한 유모는 응접실 커피테이블에 놓여 있던 황실

스캔들이라는 이름의 주간지—얼마나 형편없는 잡지일지, 그 이름만으로도 대충 짐작이 간다—를 쥐더니 빠르게 방을 나가버렸다.

아, 소문이 점점 더 이상한 방식으로 불어날 모양이었다. 망했다. 원래도 막혔던 혼삿길, 막히기도 전에 길 자체가 없어질 판이다.

루페르트는 널따란 침대에 누워 침실에 딸린 발코니를 통해 방으로 종종걸음 걸으며 들어오는 너구리를 지켜보았다. 라리에트가 어찌어찌 태자궁에 거처를 마련해주었는지 너구리는 기특하게도 루페르트의 침실을 알아내어 기둥을 타고 올라오는 일이 가끔 있었다. 그녀가 아무리 극진히 보살핀다 해도 너구리는 제 주인만 따랐다.

루페르트는 흡족한 미소를 지으며 자신이 보고 있는 줄도 모르고 발소리를 죽이며 살금살금 기는 짐승을 바라보았다. 허리를 약간 굽힌 비굴한 모습이 누군가를 떠올리게 한다.

꾸룽.

루페르트가 손가락을 튕기자 고개를 돌린 너구리가 쿠루룽 애교 섞인 소리를 내며 침대로 올라온다. 지금 보니 되게 비슷하네. 동그란 눈이나 작은 두 손을 비비며 아첨 아닌 아첨을 떠는 모습이 굉장히 흡사했다.

"누가 들어오래."

카르르르.

너구리는 루페르트의 말을 알아듣기라도 한 것처럼 그의 뺨에 제 얼굴을 비볐다. 까슬까슬한 털이 닿는 감촉이 나쁘지 않아 그는 짐승을 저지하지 않았다. 너구리는 시키지도 않았는데 곧잘 자신을 찾아오고 꼬리를 살랑살랑 흔들었다.

라리에트와 너구리가 다른 점이 있다면 동물은 정말로 자신을 좋아한다는 것이다. 도대체 자신이 왜 좋은 걸까. 새끼일 적부터 다리가 온전치 못해 어미에게 버려진 것을 주워 보살폈더니 그 은혜를 애교로 갚는 건가?

"밥 먹으러 가."

루페르트는 너구리를 안아 발코니에 놓아주었다. 짐승의 밥그릇은 분명 라리에트의 방에 있을 테니까. 그러나 너구리는 되돌아와 그의 다리에 코를 박았다. 그는 너구리를 내보내는 것을 포기하고 침대 옆 협탁에 놓인 작은 편지봉투를 집어 들었다. 그 안에 들어 있는 편지는 쪽지도 되지 못할 짧은 글이었다.

태자 전하께

전하,
저는 막 벨루아 도착했어요.
너무 좋아요.
안녕히 계세요.

라리에트 드림

루페르트는 이미 여러 번 읽어내린 글자를 다시 살펴보았다. 정갈하고 동글동글한 글씨체, 하나 다시 본다고 글자 수가 늘어나는 마법은 일어나지 않았다.

그는 다 읽은 편지가 들린 손으로 주먹을 쥐었다. 종이가 옅은 비명을 내지르며 구겨진다. 그는 받아본 편지가 몇 되지 않는 사람이기도 했고, 사사로운 편지는 아예 처음이었지만 이토록 짧은 편지 또한 처음이다.

"이럴 거면 왜 보내?"

루페르트에게 소식을 전하기가 매우 귀찮다는 뜻이 다분하게 느껴지는 편지였다. 미사여구로 시작하는 인사말도 없고, 심지어 제 이름을 전부 쓰지도 않았다. 향수를 뿌리는 섬세함은 바라지도 않지만 이건 예의 없는 정도가 아닌가.

그는 편지를 받고 기가 막혀 헛웃음을 터뜨렸다가 또 버리기는 뭣해서 침실까지 들고 왔다. 내용이 짧디짧아 두 번쯤 보았을 때는 서체와 그 글자의 위치까지 기억났다.

"태자 전하, 일어나셨습니까?"

궁내무관의 낮은 목소리가 작게 열린 침실 문 사이로 파고든다. 시녀장인 라리에트가 황궁을 비운 동안 루페르트는 수행시녀 대신 궁내무관을 곁에 두기로 결정했다. 토리는 예법에 대한 배움이 모자라 태자의 수행시녀로는 자질이 부족했고, 애초에 단단히 토라져서 제 침실에서 나올 생각을 안 했기 때문이다.

"어. 들어와."

나이가 지긋한 궁내무관은 공손히 그에게 인사를 올린 후 세숫물을 가져온 하녀를 방으로 들였다. 낯선 얼굴로, 하녀복이 새것처럼 반들반들한 것을 보아하니 새로 들어온 하녀 같다.

그는 음식을 가져오는 하녀조차 파스벤더를 통해서 새로 뽑았다. 그러나 돌이켜 생각해보니 쓸모없는 일처럼 느껴진다. 가장 믿을 수 있다고 생각하던 토리조차 제게 부득불 대들고 있었으니까.

"저, 아침부터 죄송한 말씀을 올립니다."

"왜?"

"벤티볼트 대공께서 방문하셨습니다."

"왜?"

루페르트는 같은 질문을 반복했다. 그러나 궁내무관으로선 대답하기 어려운 질문이었는지 그는 멋쩍은 미소를 지으며 어깨를 으쓱했다. 대공의 방문은 기실 매우 뜻밖의 일이었다. 아르눌프처럼 자신이 태자 위에 오른 것을 참지 못해 사달을 내러 온 것일까 싶었지만, 태자의 응접실에서 루페르트를 맞은 그는 무척이나 점잖았다.

　"태자 전하께 벤티볼트 루이즈 벨네르움 인사 올립니다."

　"……."

　루페르트는 그의 겸손한 인사를 비웃었다. 자신을 향한 조롱과 마찬가지인 태도이기 때문이다. 대공은 황제의 동생으로 엄밀히 말하자면 그의 삼촌이었으니까. 그러나 그들은 피가 전혀 섞이지 않았고, 그 사실을 강물 가른 듯 나뉜 권력의 중축이 될 두 사람은 잘 알고 있었다.

　아르눌프는 제 지지세력조차 스스로 끌어모으지 못할 정도의 머저리였지만, 그는 조용히 웅크린 채 힘과 기반을 구축했다.

　우습게 볼 만한 인간이 아니라는 것은 그가 물밑에서 모은 용병의 규모와 군수물자에 대한 보고를 확인했을 때부터 알고 있었으나, 루페르트는 전혀 긴장하지 않았다. 그런 것 따위에 긴장할 만한 성정이었으면 황제의 패악에 눌려 진즉 아스러지고 남았을 터다.

　"왜?"

　방문의 목적을 묻는 짧은 한마디이다. 오늘 몇 번이나 동일한 소릴 하는 걸까 싶어 루페르트의 왼쪽 눈썹이 올라갔다. 대공은 '조카'의 버릇없는 물음에 당황한 듯했으나 곧 담담히 자신의 목적을 밝혔다.

　"황좌를 포기하십시오."

　"싫은데."

　루페르트는 대공의 직접적인 요청이 싫지 않았다. 적어도 자신을 몹시 걱정하는 척하던 황비의 가식보다는 나았으니까. 그러나 싫지 않다는 것이지, 들어준단 뜻은 아니다.

"남의 것을 탐내면 탈이 나는 법입니다."

"대공이 새겨들어야만 할 이야기군."

"……폐하를 보십시오."

대공은 이죽거리는 루페르트를 바라보다 착잡해하며 고개를 숙였다.

"당신은 욕망에 먹힌 자의 말로를 가장 가까이에서 지켜보지 않았습니까?"

"대공, 내가 욕심이 많다고 생각한다면 그건 당신의 착각이야."

"그렇다고 생각했습니다. 지금 보니 아니군요. 그러니 더 포기해야 하는 겁니다."

대공은 소파에서 일어나 루페르트에게 다가왔다. 루페르트는 표면상 제 형의 아들이며 그의 조카이나, 벨네르움 황실의 뱀처럼 간악하고 욕심 많던 제 형은 자손을 만들 수 없는 몸이었다. 벨네르니 최악의 괴물이라고 칭할 수도 있는 사람이었으니, 신의 뜻이려니 싶었다.

"당신은 황제가 되어도 행복할 수 없을 사람입니다."

루페르트는 행복을 바라본 역사가 없다. 그러나 대공의 단정적인 말은 불쾌했다. 그 말에 저보다 더 분개할 이가 떠올랐기에.

"근데?"

"그러니 욕심을 버리십시오. 벨네르움 황실이 망가지는 모습을 좌시하지 않을 겁니다."

"너는 여태 충분히 좌시했어."

루페르트는 느른히 웃었다. 그림같이 아름다운 붉은 입술이 비틀린 호선을 그린다.

벨네르니 황실은 최악의 상황으로 어그러져 있었다. 황제는 미친 지 오래였고 죽은 황후는 살아 있는 인형이 되었으며 황비는 간통으로 황자와 황녀를 생산해냈다. 적법한 후계자란 애초에 존재하지 않는다.

"핏줄 얘기를 하고 싶은 모양인데, 내 핏줄을 당신이 어떻게 증명할 거지?"

"당신이 폐하의 자식이라고 해도, 태자가 된 방식은 적법하지 않았습니다."

"그래서, 네가 그 자리를 찬탈하면 당신은 적법해지나?"

우스운 소리다. 이놈의 황실은 반역으로만 황위를 넘기는 모양이지. 루페르트가 제 턱을 한 손으로 쓸며 헛웃음을 짓는다.

"저는 모든 걸 바로잡을 생각입니다. 제 형님이 어그러트린 이 황실을요."

"그래, 잘해봐."

"저는 전하께서 희생당하지 않기를 바랄 뿐입니다."

여태껏 아무렇지 않았던 루페르트의 낯빛이 순식간에 어두워진다. 어른을 비웃길 좋아하는 건방진 소년의 얼굴이 갑작스레 겨울의 맹수처럼 서늘해지자 대공은 저도 모르게 움찔하고 말았다.

"당신은 나와 내 어머니가 처한 상황을 처음부터 알고 있었지."

"……."

"그런데 폐하가 반송장이 되어 칩거하고 나서야 지렁이처럼 밖으로 기어나와 나를 구원하려 드는 척을 하는 건가?"

루페르트는 그 비열함에 치를 떨었다. 황제가 황권에 대한 집착이 대단했을 때, 감히 불만을 표시하지도 못할 정도로 잔혹한 권력자였을 때에는 저 멀리 외딴 섬에 틀어박힌 것처럼 황궁에는 코빼기도 비치지 않던 인간이 감히.

"전하, 아니 루페르트."

"내가 언제 내 이름을 함부로 불러도 된다고 허락했지?"

"나의 동정은 여기까지입니다."

"잘됐네."

대공이 질렸다는 듯 차갑게 자르자, 루페르트는 맞장구치며 일어나
버렸다. 더 들어도 소용없을 쓰레기 같은 말들뿐이다. 그는 귀가 더러
워진 느낌에 질색하며 머리를 흔들었다.

"나는 네게 동정을 베풀 생각이 전혀 없으니까."

"……."

"황제가 너를 인내하는 이유는 단 하나, 쳐낼 가치도 없어서야."

루페르트는 대공의 알량함에 분노가 치밀었다. 자신이 라리에트가
훔친 서류에 적힌 내용만 곧이곧대로 믿는 줄 알고 저러는 것이리라.

루페르트는 대공이 잘 숨겼다고 생각한 용병대 지휘관을 돈으로 회
유한 지 오래다. 빈털터리 강정과 같은 군대를 믿고 당당하게 구는 저
꼴이 얼마나 갈지. 비겁한 방식으로 황위를 노리면서, 자신은 정당하다
믿는 비열한 얼굴이 너무도 우스웠다.

나와 루페르트의 관계를 어떤 식으로 상상하는 건지 눈에 호기심이
방울방울 맺힌 유모를 나는 어찌어찌 외면했다. 그녀의 끈질긴 시선을
피해 고개를 돌리면 나를 아련한 눈길로 바라보고 있는 자작이 있어 아
주 곤란한 저녁이었다.

유모는 지금 나를 황실에서 가장 유명한 스캔들의 주인공으로 생각
하고 있으니 그렇다 치지만, 자작의 슬픈 눈은 도무지 이해할 수가 없
었다. 그는 마치 내가 비극적인 연극에 등장하는 여주인공이기라도 한
듯 촉촉한 눈을 내게서 떼지 못했다.

자작 내외가 무척 부담스러웠던 나는 서둘러 식사를 마친 다음 제프
리를 찾았다. 한 손에는 주방장에게 부탁해 얻어낸 각설탕이 가득 든
바구니를 든 채였다. 아주 작은 저택이라 마구간까지 몇 걸음 되지도

않아 자작의 말과 나란히 서 있는-그 말은 왠지 기가 죽은 듯 보였다-
제프리에게 금세 당도할 수 있었다.

"제프리!"

히이잉.

내가 가까이 다가오자 말은 애교를 부리며 고개를 좌우로 휘저었다.
아무리 명마라고 해도 다루기가 쉽진 않았는데 제법 친해지니 마음을
열었는지 애교덩어리도 이런 애교덩어리가 없다. 나는 짐승의 아양에
웃음이 나와 까르르 웃으며 말의 갈기를 쓰다듬었다.

"오느라 수고 많았어. 일단 이거 하나 먹어."

나는 제프리가 좋아하는 흑설탕으로 만든 각설탕을 집어 입에 넣어
주었다. 말에게 줄 것이라 하니 사탕수수와 귀리, 사과까지 챙겨준 주
방장 덕에 나는 제프리를 쉬이 유혹할 수 있었다.

군마 훈련은 보통 종기사들 소관인데, 가뜩이나 할 일 많은 그들이 간
식까지 챙겨주며 훈련을 시킬 리 없으니, 해서 제프리의 간식 사랑은
과히 도를 지나칠 정도였다. 나는 나를 덮칠 것처럼 간식 바구니에 달
려드는 제프리를 한 손으로 저지했다.

"제프리, 쓰읍!"

히잉.

내 단호한 명령에 제프리의 눈빛이 슬퍼진다. 말은 내 지시에 따랐지
만 바구니에서 눈을 떼지 못한다. 순간 코엔 자작의 말이 바구니를 보
고 슬금슬금 내게 다가왔다.

나는 그 말을 저지하려고 했으나 그리 영특하지 못한 탓인지, 아니면
나를 무시하는 탓인지 푸르릉 울며 상관없다는 양 타박타박 가까워진
다. 그러나 자작가의 말은 곧 제프리의 뒷발에 걸어차여 쫓겨나고 말았
다.

푸르릉.

제프리나 루페르트나, 다른 사람-말-걷어차는 것을 왜 이렇게 좋아하는지.

"제프리! 다른 아이 괴롭히면 못써! 안 줘!"

히이잉.

제프리는 짐승이라 표정으로는 딱히 알아볼 순 없었지만, 울음소리나 발길질로 제 감정을 꽤 확실하게 표현한다. 나는 사람이었다면 울상을 짓고 있을 제프리의 등을 쓰다듬으며 진정시켰다.

"우리 이럴 시간이 없어. 너, 나랑 연극 연습해야 한단 말이야."

나는 제프리의 목을 잡아 나를 바라보게 한 후 몸을 숙였다. 두 손으로 말의 왼쪽 다리를 잡아 들자 무슨 영문인지 모르는 짐승이 둥그런 눈을 깜박인다. 나는 그대로 제프리의 다리를 잡아 내 배에 살짝 가져다 댔다.

"아이코!"

히잉!

제프리는 내가 뒤로 넘어가자 화들짝 놀라 다가왔다. 나는 말의 축축한 혀가 내 볼을 핥는 느낌이 간지러워 웃으며 자리에서 일어났다.

"자! 이렇게 하면 각설탕을 잔뜩 줄 거야."

나는 말의 입에 각설탕 하나를 더 넣어준 후 같은 행동을 반복했다. 처음 한두 번은 내가 도대체 무슨 짓을 하는지 이해하지 못하는 것 같던 제프리는 특유의 영특함으로 몇 번 동일한 상황이 반복되자 스스로 내 배를 '톡' 차기 시작했다. 나를 차는 제스처는 취해도 정말로 세게 차면 안 된다는 것쯤은 파악을 마친 모양이다.

"잘했어, 제프리!"

바구니의 각설탕은 반쯤 남았다. 나는 남은 간식을 제프리에게 일부러 보여주며 내일을 약속했다. 제프리 정도의 지능이라면 벨루아로 돌아가는 날쯤이면 완전히 학습하겠지. 흐흐, 뿌듯한 웃음을 감출 수가 없다.

"말을 좋아하시나 보군요."

"꺄아악!"

나는 갑작스레 뒤에서 들린 소리에 놀라 간식 바구니조차 떨어트리고 말았다. 내 비명에 놀란 제프리가 투레질을 하며 앞발을 들어, 나는 재빨리 고삐를 잡아 제프리를 진정시켰다.

"놀라게 했군요. 미안합니다."

"네, 정말 놀랐어요. 인기척이 없으시네요."

미안한 기색이 역력한 투로 사과하는 이는 코엔 자작이다. 자세히 살펴보니 그는 아버지보다 연배가 높은 듯했다. 굽은 어깨는 무엇이 누르고 있는지 분위기 자체가 무거운 사람이다.

"아만다도 말을 참 좋아하죠."

"어머니를 잘 아시나요?"

"그럼요, 오랜 친우인걸요."

어머니가 코엔 자작과 깊은 친분이 있다는 얘기는 처음 듣는다. 나는 희미하게 미소를 짓는 자작을 뚫어져라 쳐다보다 바구니를 챙겨 마구간을 벗어났다.

"아가씨."

"예?"

"아만다만큼 말을 좋아하던 다른 분이 계셨습니다."

"……."

나는 자작의 뜬금없는 말이 의아해서 그쪽으로 시선을 주었다. 그는 여전히 유약한 인상이었으나 무언가 다짐한 듯 입술을 굳혔다.

"아가씨가 황궁에 오래 있는 것은 위험합니다."

"예?"

"백작님도 뜻이 있으시겠죠. 하지만 저는 아가씨가 보다 안전한 곳에……."

"자작님."

나는 자신이 무슨 말을 하는지도 모르는 듯 횡설수설하는 그를 불렀다. 의미 없이 허공을 떠돌던 말들이 후드득 가라앉는다. 그는 그제야 생각을 정리하려는 양 눈을 감았다.

"아가씨, 태자 전하께서 황제 폐하가 되기 전에 황실을 나오셔야 합니다."

"왜죠?"

"이유는 제가 말씀드릴 수 있는 게 아닙니다."

"이유조차 알려주실 수 없는데, 그 말을 믿으라구요?"

"믿기 힘드시겠죠."

그는 조금 한탄하듯 한숨을 내쉬더니 덧붙였다.

"궁에 돌아가시면 폐궁전을 살펴보십시오."

"폐궁전이요?"

"한때 본궁으로 쓰였던 성이…… 있습니다."

"그곳이 그리된 이유가 있을 터고, 당연히 들어가는 것이 금지되어 있을 텐데요."

"저는 이만 가보겠습니다."

자작은 내 질문엔 대답하지 않고 자리를 벗어나려는 듯 몸을 틀었다. 나는 뜬금없는 그의 말에 어이가 없어 그를 붙잡았다. 그러나 캐묻는다고 대답해줄 것 같지도 않아 찝찝함을 삼켜낸다. 폐궁전을 살펴보라고? 요즘 하지 말라는 짓을 골라 하고 다녔는지라, 루페르트가 짜증을 낼 것이 분명한데.

"자작님."

"예, 아가씨."

"죄송하지만 듣지 못한 것으로 할게요."

자작은 내 거절에도 실망한 기색도 없이 고개를 끄덕였다. 나를 설득할 기운조차 없어 보인다. 마차사고가 아니었다면 분명 기력이 다해 일찍 죽었을 사람이다.

"저는 근거도 없는 의견을 따르기엔 너무 위험한 위치에 있거든요."

"예, 아가씨. 저도 제가 함부로 나설 일이 아니라고 생각합니다."

"그럼 왜 제게 그런 말씀을 하셨나요?"

"……제가 추억에 잠겨 입방정을 떤 모양입니다."

자작은 들릴 듯 말 듯 작게 속삭인 뒤 저택으로 들어가버렸다. 나는 제프리가 푸르릉거리는 소리를 들으며 작아지는 그의 뒷모습을 지켜보았다.

"아가씨, 벌써 가시나요?"

가까운 데 사는 남작부인까지 이곳으로 초대해 황실 스캔들에 대한 호기심을 숨기지 않고 떠들던 유모는, 나와 헤어지는 것을 무척이나 아쉬워했다. 그것이 무료한 그녀의 지방생활의 유일한 취미이자 활력소였던 황실 주간지의 주인공이 떠나는 데 대한 아쉬움인지, 어린 시절부터 딸처럼 돌보던 사람이 떠나는 것에 대한 아쉬움인지는 불분명했지만.

"으응. 슬슬 황궁에 돌아가야 해서."

"어머, 참, 그렇겠네요. 태자께서 기다리고 계시겠죠."

"그렇지는 않을 텐데."

"아가씨도 그만 부끄러워하세요!"

유모가 내 팔뚝을 탁 때리며 호호 웃는다. 나는 얼떨결에 맞은 부분을 쓸어내리며 멋쩍은 웃음을 흘렸다. 루페르트가 나를 기다릴 거라곤 생각하지 않는데. 도망가면 쫓아오긴 하겠지만 말이다.

"으음, 유모. 근데 프라오 마차라는 거 내가 계속 설명했잖아."

"예, 수도에서는 요즘 그런 마차가 유행이라면서요?"

"돌아가면 선물로 보내줄게. 요즘 마차사고가 많대. 그냥 마차는 위험해."

"에이, 저는 그런 최신 문물은 너무 어려워서요."

코엔에 머무는 동안 내내 프라오 마차의 장점을 늘어놓았음에도 그녀를 설득하기엔 역부족이었는지, 유모는 고개를 절레절레 저었다. 그러나 본인 앞에서 내가 마차사고를 당하면 생각이 바뀌겠지.

나는 마차에 매여 터덜터덜 걸어오는 제프리를 향해 손짓했다. 내 뜻을 알아들은 듯 제프리의 눈빛이 변한다.

"게다가 말은 예쁘잖아요? 저 말도 전하께서 하사하신……."

"으응, 유모. 그만해."

제발.

나는 유모의 호들갑을 말리며 르한이 에스코트해주기도 전에 재빨리 마차에 몸을 실었다. 르한은 내가 무슨 짓을 하려는지 알아챈 듯 서둘러 마차에 오르려 했지만 나는 실수인 척 문을 닫아버렸다.

쿵! 내가 발로 낸 소리를 신호로 알아먹은 제프리도 마부가 타기 전에 투레질을 개시했다.

"어엇? 아가씨! 내리세요!"

제프리가 흥분하는 낌새를 눈치챈 마부가 마차를 향해 달려온다. 그러나 제프리가 조금 더 빨랐다. 말은 성난 발길질을 하며 마구 내달렸다. 저택에서 육안으로 보이지 않을 정도의 거리에 도착하자 나는 마부 자리로 삐져나와 고삐를 잡고 제프리를 통제했다. 흥분한 척하던 말의 열기가 내 명령에 맞춰 서서히 가라앉는다.

"잘했어, 제프리."

나는 제프리를 가볍게 쓰다듬은 후 마차에서 튕겨나온 것처럼 바닥을 굴렀다. 데굴데굴. 옆구리를 쑤시는 자갈들을 피해 매끈한 길에 드러눕자, 나를 따라온 제프리가 앞발로 내 배를 콕콕 찌른다. 딱딱한 말굽이 닿는 느낌이 좋지는 않았으나 그렇다고 아프지도 않았다.

"아가씨이!"

저 멀리서 기겁한 유모와 자작이 달려오는 모습이 시야에 들어온다. 제프리의 연기력이 빼어났는지, 내가 연극을 계획했단 걸 알고 있던 르한마저 하얗게 질려 질주한다. 나는 유모가 가까워질 즈음 배를 잡고 굴러댔다.

"아이고, 아이고!"

"아가씨, 괜찮으세요?"

"으으으!"

나는 큰 부상이라도 당한 것처럼 갖은 엄살을 피우다 르한의 부축을 받고 천천히 일어났다.

"정말 다치시면 어쩌려고 이럽니까?"

르한이 볼멘소리를 속삭이다. 나는 그의 불평이 들리지 않는 척 나를 살피는 유모를 향해 울상을 지었다.

"유, 유모오. 너무 아포."

나는 지금보다 훨씬 더 어렸을 때부터 엄살을 피우거나 어리광을 부리는 법이 드물었다. 그런 내가 어울리지 않는 어리광을 부리자 유모의 얼굴이 새하얗게 질린다.

"세상에 아가씨!"

"히잉, 아포오."

"아가씨가 아프다고 하시다니! 뼈라도 다치신 것이 틀림없네요!"

"으으윽."

"아이고, 마차에서 떨어지셨으니 얼마나 아프시겠어요!"

나는 옷을 들춰 상처를 살피려는 유모를 살짝 밀어내며 길바닥에 주저앉았다.

"못 걸으시겠죠? 지금 당장 마차…… 아뇨, 마차는 도저히 위험해서 안 되겠네요. 어쩌죠?"

"르, 르한에게 업혀 가야겠어."

나는 다친 나를 옮길 방법을 궁리하는 유모를 바라보다 명쾌한 답이라도 생각난 듯 르한을 가리켰다. 저를 향한 내 손가락에 그의 황당한 눈길이 따라온 것을 다행히 유모는 보지 못했다.

"정말 못 걷겠습니까?"

"응."

르한은 내 연기가 못마땅한 듯, 정중하지만 뚱하게 묻는다. 그러나 그는 유모의 등쌀에 못 이겨 나를 업어야만 했다. 갓 회귀했을 적보다는 날씬해졌지만 그만큼 키도 커서 마냥 가볍지는 않을 텐데, 르한은 주제에 기사라고 힘든 티를 내지는 않았다. 다만 내 계획이 극단적이라며 불만스레 웅얼거릴 뿐이다.

"르한."

"네."

"시끄러워."

루페르트를 닮아가는지 다소 거칠어진 내 말투에 르한의 입이 꾹 다물어진다. 유모는 안절부절못하며 우리를 따라 종종걸음 치는 중이다.

"의사, 아아, 어쩌죠! 코엔에는 벨루아처럼 유능한 의사가 없는데."

"닥터 아일리를 부를까요?"

"아뇨, 여보. 소식을 받는 데 반나절은 걸릴 텐데!"

자작의 물음에 유모가 울먹이며 탄식한다. 그녀가 내 부상에 무척이나 슬퍼하자 죄책감이 들어 마음이 아팠지만 일부러 골골거리며 소파에 드러누웠다.

"으윽, 유모, 나 괜찮은 것 같아. 진정해."

"괜찮긴요, 아가씨! 코엔에 몸소 방문해주셨는데 이런 불상사가 일어나다니."

"이건 모두 마차 탓인걸. 마차는 워낙 위험한 이동수단이니까."

"동물을 이용해야 하니 변수가 있긴 하지만, 오늘처럼 위험한 사고는 처음 봐요."

"아니야, 수도에서는 자주 벌어지는 일인걸. 마차는 원래 위험해."

나는 마차는 원래 항시 엄청나게 위험한 이동수단이었다 강조하며 고개를 절레절레 저었다.

"말을 이용하는 마차를 계속 타고 다니면 언젠가는 겪을 일이었어. 유모를 탓할 일이 아니야."

"저는 코엔이나 벨루아를 벗어난 적이 별로 없어서 잘 몰랐어요. 정말 프라오 마차라도 장만해야 하나 봐요."

그래! 그거야!

나는 유모의 말에 속으로만 쾌재를 부르며 드러누워 갖은 엄살을 피웠다. 나를 어처구니가 없다는 눈으로 바라보는 르한이 거슬렸지만, 뭐 어때. 그의 제안처럼 유모에게 권위적인 명령을 하는 것보다는 훨씬 효과적인 방법 아닌가.

"한시라도 의사에게 보여야 할 텐데, 어쩌죠?"

"일단 벨루아에 연락을 넣어줘. 그리고 코엔에도 믿을 만한 의사가 분명 있을 거야, 유모. 너무 걱정하지 마."

"저도 코엔에서는 의사를 찾은 적이 없다 보니."

유모가 울먹였다. 코엔은 규모가 작은 동네라 주치의를 따로 두지 않나 보다. 나는 의사를 찾아보겠다며 집을 나서는 자작과 유모에게 마음속 깊이 사과했다. 그들이 집을 떠나자마자 르한이 내게 다가와 들으라는 듯 깊은 한숨을 내쉰다.

"만족하십니까?"

"뭐가 그리 불만이야?"

"진짜로 다치실 수도 있었습니다. 저한테라도 미리 어떤 상황인지 말하셨어야죠."

미리 알고 있었다 해도 제프리가 달리는 모습에 놀랐나 보다. 나는 르한의 부드러운 머리칼을 쓰다듬으며 웃었다.

"제프리 똑똑한 거 봤잖아."

"걱정했습니다."

"으응, 미안."

나는 르한의 무뚝뚝한 표정이 서서히 누그러지는 것을 지켜보다 손을 내밀었다. 화가 풀린 모양이니 이 정도 부탁은 해도 괜찮겠지?

"르한."

"예."

"나 돈 좀 줘."

"……."

정신이 없어 들고 온 현금이 많지 않았다. 작은 마을의 의사라고 해도, 의사들은 기본적으로 콧대가 높으니 매수하려면 내가 가지고 있는 돈만으로는 안 될 테니까.

르한은 제게 뻗은 내 손을 잠시 응시하더니 곧 품을 뒤졌다. 손바닥에 얌전히 오르는 돈주머니에 흐뭇해진다. 과거와 달리 우리의 우애가 막 나빠지지는 않은 모양이구나.

"고마워."

가만히 누워 또 어떤 식으로 엄살을 떨어야 할까 고민하는 사이 유모가 젊은 남자 의사와 서둘러 거실로 들어섰다. 자작이 뒤이어 들어오며 치료비는 얼마가 들어도 괜찮으니 서둘러, 그러나 정확히 나를 살피라는 말을 덧붙인다.

남자는 고개를 끄덕이며 내게 가까이 왔다.

"저런, 굉장히 심하게 구르셨군요."

"……예?"

"겉보기엔 멀쩡하지만 내상이 있네요. 꽤 까다로운 치료를 받으셔야 할 것 같습니다."

나는 그 말도 안 되는 소리에서 돈 냄새를 맡을 수 있었다. 저 사람, 분명 돈 좋아한다. 코엔의 사람들이 다쳤다고 의사를 부를 일이 많지 않을 테니 기회다 싶어 제대로 살피지도 않고 한몫 거하게 잡으려 하는 것 같다.

돈 싫어하는 사람이 어디 있겠냐마는, 의사들 중에는 닥터 아일리처럼 자부심으로 똘똘 뭉친 지식인이 많았다. 나는 그가 그런 유의 의사는 아닐 것 같단 예감이 들어 씰룩이는 입가를 애써 숨겼다.

"마, 맞아요. 배가 굉장히 아파요."

"역시! 전 한눈에 알았습니다."

그는 눈을 찡긋하더니 낡은 가방에서 마찬가지로 낡은 청진기를 꺼냈다. 그는 그게 대단한 물건인 양 으쓱댔지만 이미 나는 몇 번이나 본 적 있어 큰 감흥이 없다. 심지어 줄이 달랑달랑 끊어지기 직전이라 제 기능을 할 것 같지도 않았으니까.

"황도에서도 구하기 힘든 고급품입니다. 배 속의 상처까지 판단할 수 있지요."

의학에 문외한인 시골 자작 내외를 속이기엔 아주 적절한 한마디이다. 유모는 고개를 크게 끄덕이며-자작은 조금 의심하는 얼굴이었다-그를 재촉했다.

"자, 아가씨, 이리로."

"잠시만요. 의사 빼고 전부 나가주실 수 있나요?"

나는 남자가 내게 가까이 다가오려 하는 순간, 먼저 입을 열었다. 그가 치료를 한다고 설치느라 내 거짓말이 들통날 수도 있으니까. 아무리 보아도 그의 거짓말은 내 연극보다 훨씬 형편없을 것 같다.

"왜요, 아가씨?"

내 부탁이 의아한 듯 유모가 묻는다. 나는 그녀의 걱정 어린 시선을 피하며 의사를 돌아보았다.

"청진기를 쓰신다면서요? 황도에서는 상의를 벗어야 했거든요. 그렇지 않나요?"

내가 남자에게 그런 것도 몰랐냐는 듯 눈을 흘기자 그는 당황하며 고개를 과하게 흔들었다.

"마, 맞습니다! 그럼요! 모두 나가주세요!"

의사가 나가라는데 별수 있나. 르한과 자작 내외는 우리를 힐끗 돌아보면서도 거실을 나가는 수밖에 없었다. 나는 바로 옆에 붙어 있는 응접실에서 결과를 기다릴 그들이 혹시라도 내 목소리를 들을까 몸을 웅크린 후 남자에게 손짓했다.

"……예?"

"당신, 사기꾼이지."

"예?"

"목소리 안 줄여요?"

나는 화들짝 놀라며 물러나는 남자를 세차게 노려보았다. 루페르트가 루이제를 노려볼 때를 흉내 낸 것이 나름 효과가 있었는지 남자가 겁을 집어먹는다. 하기야 벨루아는 남부에서 가장 명망 높은 가문이었다. 일개 의사 따위가 감히 사기를 칠 만한 이름이 아니다.

"아, 아닙니다, 영애. 저 의사 맞아요."

"의사 자격증이 있다고 해봤자 엉터리 솜씨일 게 틀림없어요."

"아, 아닌데……."

그가 조금 억울한 듯 낡은 청진기를 꼭 껴안는다.

"의, 의사는 맞는데요······."

"그렇다면 왜 나를 살피지도 않고 아프다고 하는 거죠? 술자인가요?"

"아파 보이셔서······."

나는 그의 되도 않는 변명에 기가 막혔다. 그냥 아파 보인다고 내상이 있다 진단을 내리는 의사가 세상에 어디 있단 말인가? 나는 그의 기를 팍 죽이기 위해 목에 걸고 있던 벨루아의 목걸이를 꺼내 흔들었다.

"내가 누군지 알아?"

"베, 벨루아에서 오신 영애라고 자작님께 들었······."

갑자기 짧아진 내 고압적인 말투에 더 겁을 집어먹은 듯 의사가 뒷말을 흐린다. 나는 말 대신 눈으로 호통을 치며 목걸이를 집어넣었다.

"벨루아의 직계이죠. 그런 날 속이려 들어요?"

"죄송합니다. 아이고, 정말 죄송합니다, 영애. 한 번만 용서해주십시오. 정말 아프신 줄 알았습니다."

"사과는 됐어요. 당신 같은 돌팔이에게 치료받을 생각 없으니, 치료는 끝났고 요양만 하면 된다고 하고선 이 집에서 나가줘요."

"······예?"

"싫어요?"

"아, 아닙니다!"

황궁 개 3년이면 예법을 배운다고, 루페르트 곁을 3년 지켰더니 나도 협박에 도가 튼 모양이었다. 술술 나오는 그의 흉내에 울기라도 할 것 같은 태도를 보이는 의사를 보고 있노라니 조금 미안한 마음이 들었다. 나는 아까 르한이 준 주머니를 꺼내 그에게 안겨주었다.

"적당히 치료하는 척하고 나가요. 그럼 내가 당신 잘못을 더 캐지는 않을 테니."

"감사합니다!"

"아이, 참! 목소리 안 낮춰요?"

나는 그의 목소리가 문밖으로 새어나갈까 조마조마했다. 다행히 그들끼리 대화를 나누고 있는 모양인지 그 누구도 거실로 들어오지 않는다. 의사는 장단을 맞춰 붕대를 꺼내 내 다리에 둘둘 말았다.

"여, 여기쯤 말면 움직이는 데 덜 불편하실 겁니다."

"많이 안 아파 보이는데. 팔도 좀 감아봐요."

남자는 붕대를 더 꺼내 팔꿈치를 둘둘 말았다. 더 했다간 다치지도 않았는데 움직일 수 없을 지경이라 저지하자 의사가 알아서 유모를 불러온다.

루페르트가 사람을 왜 이런 식으로 부리는 줄 알 것 같았다. 신속하고 정확하게 말을 참 잘 듣는구나.

"아가씨! 괜찮으신 건가요?"

치료가 다 끝났다는 의사의 말에 유모가 서둘러 거실로 들어온다. 자작이 내 상태를 묻자 남자는 아무렇지 않은 얼굴로 상처는 심각했으나 자신이 잘 치료했다고 둘러댔다. 나는 그의 뻔뻔한 태도에서 그가 정말로 사기꾼이었다는 확신을 가졌다.

"으응, 유모. 코엔에 유능한 의사가 있어서 다행이야."

"이렇게 고마울 데가! 사례를 해야겠어요."

"아니야, 내가 이미 사례했어."

나는 유모 대신 의사를 바라보며 단호하게 고개를 저었다. 내 뜻을 알아먹은 모양인지 남자가 서둘러 손사래 친다.

"아닙니다, 자작부인. 의사로서 당연히 할 일을 했을 뿐입니다. 게다가 아가씨가 이미 진료비도 지불하셨어요."

"아가씨, 왜 그러셨어요! 당연히 저희가 지불해야 하는데."

"얼마 되지도 않는데, 무얼. 황궁 시녀의 봉급이 적지 않아."

제 돈을 가지고 생색내는 내게 르한이 무언가 말하고 싶어 하는 듯했지만 나는 일부러 그쪽으로는 눈길도 주지 않았다.

11. 두 번째 데뷔탕트

"르한, 돈 갚을게. 걱정 마."

르한은 아무 말도 하지 않았는데 나는 괜히 양심이 찔려 지레 말했다. 흔들리는 마차 안에서도 변함없이 곧은 자세를 유지하던 르한이 읽던 책에서 눈을 뗀다.

"어떻게 갚으실 생각입니까?"

사실 얼마 전에 가족들을 대피시켜둘 섬을 사느라 가진 돈을 전부 탕진한 상태였다. 나는 르한이 정말로 돈을 돌려달라고 할지 몰랐기 때문에 약간 당황하고 말았다.

"전하한테 달라고 할게."

"누님이 달라는 대로 돈을 주시는 분입니까?"

"그, 글쎄."

나는 명확한 답변을 요구하는 그의 눈을 피하며 고개를 숙였다. 사실 달라고 하면 딱히 이유를 묻지 않고 줄 것 같기는 했다. 루페르트는 물욕이 없는 편이었으니 쓰지 않아 쌓인 돈도 많을 터였다. 게다가 그는 벨네르니에서 제일 큰 상단이 되어가고 있는 파스벤더 상회의 진짜 주인이다.

"주실 거야! 약속해!"

나는 돈을 돌려주겠다는 내 말을 믿는 기색이 아닌 르한에게 큰소리 탕탕 치며 그를 따라 마차에서 내렸다. 어차피 아프다는 핑계로 벨루아에서도 요양을 더 할 계획이니까. 황도로 돌아갈 즈음이면 르한도 까먹지 않을까.

그러나 신은 르한이 내게 돈을 빌려줬단 사실을 잊게 할 생각이 없는 모양이다. 내가 돈을 받아서 갚겠다고 헛소리를 늘어놓은 사람이, 벨루아에 있어서는 절대 아니 될 사람이, 눈앞에 있었으니까. 마차에서 내려 채 땅을 딛기도 전에 시야에 들어온 풍경 덕에 나는 그대로 굳어버렸다.

"누님, 내려오십시오."

"……."

나는 르한의 재촉에 어쩔 수 없이 딱딱하게 굳은 몸을 움직여 마차에서 완전히 내려섰다. 벨루아의 저택 안까지 안전하게 마차를 끌고 온 제프리가 내가 발견한 인물을 보았는지 푸르릉 울며 그쪽으로 향한다. 다그닥. 마차 움직이는 소리에 내 입이 헤벌어지며 흘러나온 멍청한 소리가 감춰진 것이 다행이었다.

"왜 이렇게 늦게 와."

황궁을 떠나온 게 엄청나게 오래전은 아니었지만, 유모는 벨루아까진 먼 길이니 조금이라도 몸을 회복해야 한다며 나를 붙잡았다. 유모의 설득에 코엔에서 시간을 지체한 탓인지 아주 오랜만처럼 느껴지는 목소리다. 실제로 그의 목소리가 조금 더 낮아진 느낌도 있었다. 루페르트의 목소리는 점점 더 굵어졌다.

"왜 안 와? 못 움직여?"

내가 저를 보고 굳어 움직이지 못하는 것을 거동이 불편하기 때문이라고 해석한 듯 루페르트가 현관을 벗어나 저벅저벅 걸어온다.

루페르트, 아버지, 어머니.

현관 앞에 조로록 모인 세 사람의 조합이 믿어지지 않을 만큼 이색적
이다. 루페르트는 벨루아의 사람을 이 잡듯 모조리 잡아갈 때조차 이곳
에 온 적이 없었다. 후덥지근한 바람에 남부 특유의 흙냄새가 섞여 있
는 벨루아와 그는 정말로 어울리지 않았다. 그러나 내가 자신을 풍경화
에 잘못 튄 잉크자국 취급하는 것을 모르는 그는 코앞까지 다가와 손을
흔들었다.

"멍 때리지 마."

"전하!"

"왜."

"여기 왜 있으세요?"

"……네가 놀러 오라며."

멍하니 있던 내가 갑자기 소리를 확 지르자 루페르트가 떨떠름히 대
답한다. 너무 반기지 않는 티를 냈나 싶어 아차 싶었지만 그는 내 반응
에 신경을 쓰는 것 같지는 않았다. 대신 내 주위를 빙글빙글 돌며 나를
살필 뿐이다.

"왜, 왜요?"

독 안에 든 쥐가 된 느낌에 나를 관찰하는 루페르트를 말리자 그가 작
게 무슨 말을 중얼거리더니 의아한 표정으로 나를 내려다본다.

"다 죽어간다며?"

"네?"

"죽을 위기라면서?"

"제가 언제요?"

"벨루아에서 날아온 전갈이 그렇던데."

나는 그 뜬금없는 소리가 단박에 이해가 가지 않았다. 전갈은 무슨 놈

의 전갈?

"제가 보낸 편지에는, 벨루아에 도착했단 말밖에 없을 텐데요?"

"그 손가락이라도 부러졌나 싶었던 것 말고, 그다음에 온 거."

나는 그 한 통의 편지 외엔 아무것도 보내지 않았다. 도대체 무슨 영문인가 싶어 고개를 갸우뚱하는데 저 멀리 저택의 투명한 유리창 너머로 넬리가 보였다. 나는 무엇에 그리 감탄 중인지 두 손으로 입을 틀어막은 채 발을 동동 구르는 그녀를 발견한 다음에서야 상황을 파악할 수 있었다.

넬리!

세상 호들갑을 다 떨던 그녀가 내가 다쳤다는 소식을, 마찬가지로 호들갑이 만만치 않은 유모로부터 들은 후 제멋대로 황궁에 연락을 넣었을 확률이 높다.

"받은 편지, 가지고 계세요?"

내 물음에 루페르트가 주섬주섬 품을 뒤지더니 분홍색 종이를 꺼낸다. 생전 파스텔 톤의 편지지—염색된 종이들은 비쌌으니까—는 소비해본 적이 없는 나는 기가 차서 편지를 펼쳤다. 킁킁. 세상에, 심지어 향수까지 뿌려놓았다.

영광된 제국의 가장 빛나는 젊은 태양,
루페르트 에드가 라스페 벨네르움 황태자 전하께.

황태자 전하

이 가슴 아프고 손이 떨리는 소식을 감히 어찌 전해야 할지 모르겠습니다.

전하의 태자궁에서 시녀장의 직책을 맡고 있는 저희 아가씨, 라리에트

영애께서 마차사고를 당해 지금 위급한 상황이라는 소식을 남부의 귀부인, 아가씨의 유모이자 존경받는 마담 중의 한 분인 코엔 자작부인께 전해 들었습니다.

저희 벨루아 백작부인께선 정신이 없으셔서 황궁에 소식을 전하시지 못할 것 같아 감히 일개 백작가의 하녀장이지만, 아가씨와의 깊은 친분을 가진 제가 태자 전하께 대신 알리는 것을 부디 용서해주시길 바랍니다.

넬리 라프킨,
존경을 담아.

벨루아 백작령에서

쓸데없는 내용을 길고 거창하게 담은 편지를 다 읽은 나는 부들부들 떨리는 손을 어쩌지 못해 종이를 구기고 말았다. 위급한 상황이라니! 정확한 상황을 몰라도 정도가 있지, 정말 생사가 오가는 양 써놓았다. 게다가 넬리가 언제 나와 깊은 친분을 쌓았단 말인가. 난 사용인과 사사로이 정을 나눌 만큼 다정한 성정이 아니다.

서서히 일그러지는 내 얼굴을 가만히 지켜보던 루페르트가 나지막이 입을 연다.

"멀쩡하네."

"당연하죠! 애초에 별로 다치지도 않았어요. 전하, 이거 정말 제 잘못 아니에요. 하녀가 멋대로……."

나는 루페르트의 불호령이 두려워 주절주절 변명을 늘어놓으려다 넬리의 신변이 걱정되어 입을 다물었다. 넬리의 잘못은 맞지만, 루페르트의 사람으로 인정받은 나와 달리 그녀는 목숨을 부지하기 어려울 수도 있었으니까.

그러나 네가 날 속여 벨루아까지 내려왔다 화를 낼 줄 알았던 루페르트는 정작 아무렇지 않아 보였다.

"다행이네."

"네?"

"안 다쳐서 다행이라고."

"그, 그건 그렇죠."

나는 루페르트의 심심한 반응에 당황해 눈을 굴렸다. 화를 안 낼 건가 보다. 그는 어깨를 으쓱하며 제 옆에서 안절부절못하며 나를 살피는 어머니에게 턱짓했다.

"딸이 멀쩡한데."

"그러네요."

유모와 넬리와 함께 내가 다쳤다고 호들갑을 떨었을 것이 분명한 어머니가 떨떠름하게 고개를 끄덕이며 내게 가까이 다가온다.

"황태자 전하가 맞으시니?"

"네, 맞아요. 도대체 언제 오신 거예요?"

"오늘 오전에 도착하셨단다. 세상에, 어쩌지. 손님용 별채가 수리 중이라 좋은 방이 없는데!"

어머니는 와중에 그것이 걱정이신가 보다. 나는 루페르트가 저택의 가장 낡은 방에서도 아주 잘 머무를 수 있는 사람이라고 생각했지만 황족에 대한 예우를 갖추어야 하는 안주인의 마음을 이해했다.

"제가 별채를 쓸게요. 전하가 제 방을 쓰시면 되어요."

나는 우리의 대화를 듣는 건지 마는 건지 저택 주변을 어기적어기적 살피는 루페르트를 붙들었다.

"전하, 오늘 황궁으로 돌아가실 생각은 아니죠?"

"벌써 축객령을 내리는 건가?"

그는 그제야 내가 아는 루페르트로 돌아갔다. 짙은 눈썹을 험악하게 일그러뜨리는, 성격이 좋지 못한 그로. 나는 감히 황태자를 내쫓는 귀족이 되고 싶지 않아 손사래 쳤다.

"아니, 아니요. 머무르시는 동안 제 방을 쓰시면 된다구요."

"그래."

"불편하시면 제 방을 쓰셔도 됩니다."

뜬금없이 르한이 끼어든다. 그러나 루페르트는 그의 말을 듣지 못했는지 긴 다리로 휙휙 걸어 가장 먼저 저택 안으로 들어가버렸다. 어째 남의 집 방문하는 손님이 집주인보다 더 거리낌이 없다. 나는 현관을 넘어 사라지는 그의 등을 기가 막힌 눈으로 멀거니 바라보다 천천히 따라나섰다.

"전하, 근데 업무는 어쩌고 내려오셨어요?"

"루이제 불렀어."

아아, 루이제.

슬슬 그에게 동정심마저 생길 지경이었다. 루페르트가 그의 시끄러운 성격을 몹시 싫어하면서도 곁에 두는 이유를 알게 되었기 때문이다. 그는 루페르트의 명령이라면 단신(單身)으로 소국을 점령하고 돌아오래도 일단 시도는 해볼 인간이다. 밤낮 가리지 않고 잡일을 도맡아 하는데도 멀쩡한 것을 보면 기사는 기사인 모양이다.

그는 나의 질문에 대강 대답하며 저택을 휙휙 살펴보았다. 오래된 고택이라 우아한 멋은 있으나 달리 자랑할 점은 없기에 약간 주눅이 들었다. 황궁에서 평생을 살아온 그의 눈에는 초라해 보일 수도 있으니까.

"누추하죠?"

"작네. 너 닮았어."

"……집이요?"

나를 닮았다는 말이 칭찬일 리 없으니 혹평이겠지. 그래도 남부의 존경을 한 몸에 받는 백작가의 저택인데, 그걸 깎아내리려는 그의 발언에 기분이 상해 인상을 찌푸렸다. 그러나 그가 어디 내 표정에 신경이나 쓸 위인인가. 응접실 소파에 털썩 앉은 그는 내게 손바닥을 쭉 뻗어 펼쳐 보였다.

"아, 너 제프리 내놔."

"왜요?"

말이 작았다면 손바닥에 올리기라도 했어야 할 제스처였다. 나는 정든 나의 제프리를 내놓으라는, 유모에게 마차에 대한 위험을 확실하게 심어주는 데 지대한 공을 세운 말을 달라는 루페르트의 명에 고개를 휘휘 저었다.

"싫어요!"

"못 다루잖아."

"엄청 잘 다루는데요?"

"근데 왜 다쳐."

"밖을 구경하다가 창문으로 굴러떨어졌어요."

넬리가 내가 어찌 다쳤는지 미주알고주알 보고하지는 않았을 테니 나는 눈도 깜빡이지 않고 태연히 거짓말을 했다. 내가 루페르트의 눈에 얼마나 어수룩하게 보였는지는 몰라도 그는 내 말을 전혀 의심하지 않고 경악했다. 여름 햇볕을 머금어 선연히 빛나는 녹안이 커지는 모습을 보는 게 그리 기분 나쁜 일은 아니었다.

"너, 머리가 그렇게 무거워? 밖으로 튕겨나갈 만큼?"

"바, 반동이 좀 있었어요."

"창문을 다 없애야겠네."

그건 너무 극단적인 방법이라고 생각했으나 빈축을 살까 입을 꾹 다물었다.

"너는 왜 이리저리 다치고 다녀서 사람 피곤하게 해?"

사실 내가 그의 의도와 상관없이 다친 적이라고는 아르눌프의 시녀들에게 얻어맞았을 때 단 한 번뿐이다. 그러고 보니 그 시녀들은 루페르트가 태자가 된 이후로 본궁에서도 눈에 띄지 않는다. 아르눌프와 나이젤이 그에게 인사를 올리기 위해 방문했을 때도 오지 않았는데, 어떻게 된 걸까?

"제가 뭘요."

"그냥 황궁에 박혀 있어. 나다니지 말고."

"싫어요! 심심해요!"

"재밌게 만들어줘?"

그 말이 좋은 의미는 아닌 것 같아 나는 어색하게 웃으며 고개를 저었다.

"그나저나 정말 궁을 비워도 괜찮은 거예요?"

"뭐가 걱정이야."

"황비 전하나 대공이 무슨 짓을 할지 모르잖아요."

루페르트가 태자궁에 머물며 권력을 확장하고 있는 중에도 황비는 패악을 부려댔다. 뒤에 아른바흐 공작이 있으니 귀족원을 움직이기도 크게 어렵지는 않을 터인데.

나는 그녀가 무슨 수를 써 황궁이라도 점령하고 있으면 어쩌나 걱정이 되었다. 과거에 루페르트는 황제가 될 때까지, 아니 황제가 된 이후에도 상파뉴를 벗어난 적이 없었으니까.

"그러면 더 좋지."

"뭐가 좋아요?"

"빌미를 주는 거니까."

그는 느른히 웃으며 미래를 겪은 내가 듣기에는 꽤 무시무시한 소릴 했다. 빌미라. 그 말은 어느 정도 사실이었다. 나는 이제 대공이나 황비, 아르눌프, 심지어 우리 아버지조차 루페르트에게 아무 잘못도 하지 않고 그런 엄벌을 받은 것이라 생각하지 않았다. 죽음이 마땅할 정도의 죄였냐고 물으면 그것은 또 다른 답이 나오겠지만.

하지만 나는 루페르트가 그들을 처벌하지 않았으면 했다. 벨루아를 떠나서, 아르눌프와 황비조차도 말이다. 나는 그가 성군이 될 수는 없어도 역사를 피로 물들이는 폭군이 되는 것은 막고 싶었다. 그에게 괴로운 길이 될 테니까.

"전하."

"어."

"아르눌프 전하나 황비 전하를 죽이실 건가요?"

"그런 소릴 함부로 하면 황실모독죄로 잡혀갈 텐데."

루페르트가 손가락으로 턱을 긁적였다. 내 질문이 의외였는지 그의 고민은 생각보다 길어졌다.

소파에 등을 기댄 모양이 어느 부잣집 한량과 다름없어 나는 잠시 그의 다른 인생을 상상했다. 그가 정말로, 황실과는 관련이 없는 귀족조차 아닌 집안에 태어났으면 어땠을까. 풍족하진 못하더라도 물욕이 없는 그는 그저 그런대로 살아갈 수도 있었을 텐데, 행복하다고 느낄 수도 있었을 텐데.

"그러겠지."

"안 그러셨으면 좋겠어요."

"왜?"

"저는 전하가 성군이 되셨으면 좋겠거든요. 쓸데없이 피로 물들이지 않는, 백성들에게 사랑받는 그런 황제요."

농담이라도 들은 양 루페르트가 짧게 웃었다. 비소에 가까운 웃음에 나는 그의 맞은편에 털썩 주저앉았다.

"저는 전하가 그런 분이 되실 수 있다고 믿어요."

"내가?"

"네."

"너무 터무니없어 어디서부터 반박해야 할지도 모르겠군."

나는 그를 설득하고 싶었으나 응접실에 따라 들어온 아버지와 어머니, 그리고 르한의 방해로 입을 다물 수밖에 없었다.

벨루아의 사람들 중 그의 방문을 편하게 생각하는 사람이 아무도 없어 분위기는 금세 가라앉았다. 제일 안색이 좋지 못한 아버지가 머뭇머뭇 입을 연다.

"라리에트를 걱정하여 벨루아까지 내려오시다니, 무어라 감사의 말씀을 드려야 할지."

"그걸 왜 당신이 감사하지?"

루페르트는 소파 팔걸이에 턱을 괴며 다른 손으로 나를 손가락질했다. 긴 손가락이 나를 비난하는 느낌에 움찔하자 그가 씩 웃으며 말을 잇는다.

"당신 딸은 고마워하는 눈치가 아닌데. 저 자식 왜 왔지, 그러는 얼굴이지?"

"아, 아닌데요? 고마운데요?"

하여간 눈치 하나는 정말로 빠르다. 나는 황급히 부정하며 활짝 웃었다. 부모님 앞에서 그에게 아양을 떨고 싶진 않았지만, 어쩔 수 없지.

"아휴 진짜, 제가 얼마나 걱정되셨으면 오셨겠어요. 감사해요."

"응. 만두 속 다 터지고 껍질만 올라올까 봐."

"예? 만두요?"

어머니가 반문한다. 나는 그가 내 별명이 만두라는 헛소리를 하기 전에 그들 사이에 끼어들어 팔을 벌렸다.

"어머니! 일단 제 방을 안내해드리도록 할게요."

"으응, 그러렴. 라리에트, 그런데 너 몸은 괜찮은 거니?"

"코엔에서 푹 쉬어서 나았어요. 걱정 마세요."

나는 나를 염려하는 기색이 가득한 어머니와 아버지에게 생긋 웃어준 다음 루페르트의 팔을 잡아 일으켰다. 황족의 몸에 허락도 없이 손을 대는 건 분명히 예법에 아주 어긋났고, 당장 목이 떨어져도 할 말이 없는 무례였기에 루페르트를 제외한 모두가 놀란 눈치였다. 나는 아차 싶어 그의 팔에서 손을 뗐다.

여기는 황궁이 아니지.

"전하, 저 따라오세요."

내 말에 루페르트가 나를 따라 털레털레 걸음을 옮겼다. 그러고 보니 토리도 친위대장도, 하다못해 호위기사 한 명 보이지 않는다. 어떻게 혼자 온 거지?

"근데 혼자 오셨어요?"

"어."

"왜요?"

"루이제 불렀다니까."

"바덴 경이 황궁에서 뭘 하고 있는데요……?"

"내 흉내."

나는 경악하며 돌아섰다. 아무리 키가 비슷한 청년이라고 해도 어떻게 루이제가 루페르트를 흉내를 낸단 말인가. 그들은 목소리, 말투, 이목구비 어느 하나 비슷한 구석이 없었는데.

"왜?"

"하나도 안 닮았는데 누가 속겠어요?"

"아픈 척 침실에만 틀어박혀 있으라고 했어."

"황도로 돌아가려면 며칠은 걸릴 텐데요?"

세상에. 나는 침실에서 썩어갈 루이제에게 속으로 깊은 애도를 표했다. 루이제가 불쌍하다 한탄 한번 하니 금세 내 침실 앞에 당도했다. 백작저는 규모가 크지 않아 그가 황녀 시절에 쓰던 침실보다도 작은 방이다. 그래도 사용인들이 쓰는 방보다는 나을 테니까.

내 침실은 정원 쪽으로 창이 나 있어 내가 모이를 놓아두면 종달새같이 작은 새들이 종종 창가에 앉기도 했다. 나는 닫힌 창을 활짝 연 뒤 방으로 천천히 들어서는 루페르트를 돌아보았다.

"이 방을 쓰시면 될 것 같아요. 어차피 황궁에 금방 돌아가야 할 테니 불편해도 참아주세요."

"불편할 것 같지는 않은데."

그리 답하는 그의 표정이 조금 미묘했다. 워낙 표정이 없는 사람인데, 방금 전의 얼굴은 정말 처음 보는 것이었다. 나는 나를 기이할 정도로 오래 쳐다보는 루페르트의 시선이 민망해져서 슬금슬금 옆으로 걸었다. 그러자 그의 눈이 따라온다.

"왜, 왜요?"

그러나 루페르트는 그제야 자신이 나를 빤히 쳐다보고 있단 걸 깨달은 듯 아무렇지 않게 눈을 돌릴 뿐이다. 마땅한 대답이 돌아오지 않는 것이 불만스러웠지만, 그가 언제 내 질문에 제대로 답해준 적이 있기나 한가. 해서 나는 대신 아까 제프리를 돌려달라 말했던 그처럼 손을 뻗었다.

"뭐."

"돈 주세요."

"어?"

"돈 주세요. 르한에게 돈을 꿨거든요."

"……."

내 뻔뻔한 태도에 화까지는 아니더라도 핀잔이라도 줄 줄 알았는데 그는 덤덤히 주머니를 뒤졌다. 몰래 빠져나온 모양인지 그는 황궁을 벗어나 거리를 돌아다닐 때 하던 저잣거리 소년의 차림이었다. 낡은 갈색 면바지에서 어울리지 않게 고급스러운 붉은 비단 주머니가 나온다.

"자."

"가, 감사해요."

나는 루페르트가 너무나도 쉽게 돈을 건네주는 사실이 믿어지지 않아 무슨 꿍꿍이인가 싶었다. 오늘따라 왜 이렇게 만만하게 굴지? 그와 친해져 황실 돈을 펑펑 쓰며 마음껏 사치를 부리겠다는 나의 작은 소망이 이루어질 참인가?

"왜 이렇게 돈을 쉽게 주세요?"

"줘도 지랄이야."

나는 바로 튀어나오는 그의 신랄한 말에 역시나 싶었다. 그가 내게 만만해질 리 없지. 아주 조금 편해진 것은 사실이지만 말이다.

"아니, 어디다 쓸지 궁금하지도 않으세요?"

"알아 뭐 해."

"제가 전하 돈 막 쓰고 다니면 어떡해요? 막 5번가의 가장 비싼 레스토랑 같은 데만 골라 가고 그러면요?"

"……너 가난해?"

벨루아 백작가는 제국에서 가장 풍요로운 남부에서도 가장 비옥한 영토를 가진 가문이었다. 보석과 철이 나오는 광산을 가지고 있는 아른바흐나 고르텐에 비할 바는 아니지만, 결코 가난하지는 않았다. 루페르트도 이를 모르지 않을 텐데 그의 표정이 찰나 심각해진다.

"백작이 너 차별해? 굶겨? 그래서 황궁에서 그렇게 먹어대는 건가?"

"제가 뭐, 뭐, 뭘 그렇게 먹어댔어요? 진짜 말씀 희한하게 하시네요!"

나는 어두운 루페르트의 표정에 억울해 발을 쿵 굴렀다. 그렇게 먹어댄다니. 누가 들으면 황실 식량을 내가 다 축내는 줄 알겠다. 내가 뭘 그렇게 먹는다고? 물론 거의 매일을 굶다시피 했던 그의 황녀 때에 비하자면, 또 새 모이만큼만 먹는 토리와 비교하면 많이 먹는 편이겠지만.

"아니면 됐고. 필요한 거 있으면 말해."

그는 어깨를 으쓱하더니 그대로 침대에 드러누웠다. 나는 그의 안하무인 태도에 트집이라도 잡으려다 포기했다. 내가 이 방에서 보낸 시간은 짧지 않다. 물론, 죽음을 겪고 돌아온 후에는 이곳에서 머문 시간이 거의 없지만, 그럼에도 불구하고 내 흔적이 가득했다.

　나는 내 방을 좋아했다. 돌아가신 할아버지가 할머니를 위해 특별히 공들여 만든 침실이라 더욱 정이 간다. 그들의 애정이 꽤나 돈독했던 모양인지 방 구석구석에서 그의 사랑이 느껴졌으니까. 침실의 가구들도 전부 할아버지가 신경 쓴 명인의 작품이나 마찬가지였는데 내 침대는 기둥마저 하트 모양이다.

　남부의 귀족들은 보수적이라 부부라도 침실을 공유하지 않는다. 지금보다도 더 보수적인 시대에 사랑하는 부인과 남 눈치를 보느라 떨어져 잠들어야만 했던 할아버지는 자신의 심장이라도 그녀 곁에 두고 싶었던 모양이다.

　루페르트도 다소 느끼한 가구의 디자인이 신기했는지 침대 헤드를 손끝으로 만지작거렸다.

　"이 침대, 누가 만든 거지?"

　"장인의 이름은 모르지만 할아버지가 주문한 것이라고 들었어요."

　"아티팩트인데."

　"네?"

　침대가 아티팩트라니. 술법이 담긴 물건은 만들기가 굉장히 까다로운 까닭에 값이 어마무시했다. 해서 보통 고위귀족의 호신용으로 제작, 주문된다. 나는 일반적인 가구가 아티팩트로 만들어지는 일은 들어본 적도 없고, 그게 내 침대일 리는 더더욱 없다고 생각했다. 10년이 넘게 사용하는 동안 아무 일도 없었으니까.

　"그럴 리 없어요."

　내 말에 귀 기울일 리가 없는 루페르트가 기둥을 손으로 잡아 움직인다. 뽀각, 소리에 놀란 나는 종종걸음으로 그에게 다가가 그의 팔을 잡앉다. 이 인간이 왜 남의 침대를 부수려고 난리인가.

그리고 순간 쩌적, 갈라지는 소리와 함께 침대 바로 위 천장이 움직였다. 육안으로 보기에 아무런 특이점도 없던 감람색 천장, 내가 몇 해고 바라보며 잠들었던 천장이 움직인다. 나는 기가 막혀 입이 절로 벌어졌다.

갈라진 천장에 숨겨져 있던 것은 거울이다. 침대를 바로 비추는 거울. 그 거울의 의미를 알아채자마자 나는 호다닥 문 쪽으로 달려갔다. 세상이 말세다. 아니, 이미 돌아가신 분들이니 전 세대가 말세였다. 백작저를 그런 식으로 개조하시다니.

"이거 뭐야?"

"네? 몰라요. 저 배고파서 나가볼게요."

나는 침대에 앉아 물끄러미 거울을 바라보는 루페르트를 두고 방을 나와버렸다.

대공을 쫓아내듯 내보낸 루페르트는 에바의 무덤을 찾았다. 황제가 쓰다 버린 장난감처럼 시체를 묻은 곳이 아니다. 제 어머니가 생전 좋아하지도 않았던 화려한 금과 보석으로 치장한, 시체 썩는 냄새가 코를 찌르는 황가의 묘는 그에게 있어 그녀의 진정한 무덤이 아니었다.

진짜 에바는 낡은 별궁의 정원에 묻혔다. 그녀가 즐겨 읽던 책, 무희였을 적 입던 복장, 약혼자였던 왕자에게 받은 반지와 함께.

루페르트는 에바가 죽을 때까지 그녀의 본모습을 알 수 없었다. 뼛속부터 아르델 인이었던 그녀는 벨네르니의 황실과는 무척 어울리지 않는 사람이었다. 루페르트는 황후가 아닌 시절의 그녀를 몰랐지만 뒤늦게 발견한 그녀의 일기장에서 '진짜' 그녀를 추려냈다.

그가 알던 에바는 에바가 아니었다. 춤을 출 무대를 계획하던 그녀는 까다로운 심미안을 가진 예술가였고, 클로드를 그리는 그녀는 사춘기 소녀 같았다. 그는 그런 에바의 모습을 본 역사가 없다. 한 손으로도 채 잡기 힘들 정도로 두꺼운 일기장에서 벨네르니의 에바의 모습이 담겨 있는 페이지는 단 한 장도 존재하지 않았다.

루페르트는 그녀의 삶이 거기서 끊겼기 때문이라 생각했다. 자신을 낳고 기른 그녀는 이미 죽은 사람이었다고. 해서 그토록 메마른 시체와 같아 자신에게 베풀 애정과 아량이 한 줌도 없었다고.

그 사실이 슬프지는 않았다. 괜찮았다. 그럼에도 불구하고 왜 자꾸 길 잃은 아이처럼 이 주위를 뱅글뱅글 돌게 되는지. 루페르트는 묘비도 무덤도 그 어느 하나 없이 그녀가 묻혀 있는 작약덤불을 물끄러미 바라보았다. 그녀가 잠든 덤불에서 피어나는 작약은 유난히 희다. 그녀는 본디 새하얀 사람이었다.

제게 따뜻한 미소 한번 지어주는 법이 없던 그녀가, 언젠가 아주 희미하게 웃으며 그 꽃이 좋았다 말한 적이 있다. 자신이 몹시 귀애하던 왕자가 동방에서 구해온 꽃이었다고. 작약의 아름다움보다는 그 세심한 다정함에 마음이 겨워 눈물이 났었다고. 해서 루페르트는 그녀를 이곳에 묻었다. 황제에게 뺏긴 시체 대신, 그녀의 마음이 닿았던 물건들을.

그러나 황제에게 하사받은 이 꽃밭이 그녀에게 무슨 의미라도 있을까. 같은 작약이라도 그 의미가 어찌 같을 수 있겠는가. 되레 혐오하는 것은 아닌지 모르겠다. 루페르트는 그녀의 심정을 짐작할 수 없었다. 살아생전에도 알 수 없었는데 죽은 뒤에는 어찌 알겠나.

루페르트는 덤불 위에 얹힌 새하얀 눈꽃 같은 작약을 어루만졌다. 자신이 왜 이곳을 찾게 되는지 라리에트는 알까, 문득 궁금해진다. 알 것 같다. 아니, 아는 척하겠지. 작은 입술로 재잘대며 그녀만의 논리를 펼칠 것이다. 앞뒤 맞는 말을 하는 적이 드물었으나 그녀의 주장은 사람의 심정을 묘하게 건드리는 힘이 있었다.

「황제가 될 것 같은데.」

당신은 이제 만족하나.

물었지만 망자는 말이 없다. 답이 없는 무뚝뚝한 무덤가를 지키려니 기분이 가라앉는다. 스스로에게도 만족하느냐 물어보았지만, 답을 할 수가 없었다. 예전처럼 억지로 굶지도 않고 시녀들에게 괄시를 당하지도 않았다. 황제가 그를 찾는 일도 없어졌다.

이 정도면 될 것 같았는데 그렇지가 않았다. 황제의 자리가 코앞으로 다가왔음에도 웃을 수가 없었다. 제 삶 통틀어 그보다 더 염원한 것이 없었거늘. 라리에트는 별것도 아닌 일로도 잘 웃었는데 왜 자신은 인생의 목표를 이루게 되었는데도 희미한 미소조차 띨 수가 없을까.

루페르트는 제 손바닥을 들여다보았다. 이 손에 닿았던 온기를 안다. 그러다 애초에 자신은 제 감정에 대해 궁금해해본 적도 없었다는 사실을 깨달았다.

「라리에트.」

이름마저 부드럽게 굴러가는 그녀를 불러본다.

라리에트.

벨루아가 도대체 얼마나 풍요롭고 따뜻한 곳이기에 그리 자랑스러워한단 말인가. 기실 벨네르니에서 가장 풍요롭고 번화한 곳은 수도이자 황도인 상파뉴이다. 그녀는 자신이 외로워지면 벨루아로 오라 했지만 루페르트는 외로움이 어떤 기분인지 제대로 알지 못했다.

새까만 밤, 달도 없이 죽은 밤. 그런 밤 속에 악몽을 헤매다 깨어난 적은 많지만, 그 순간이 외로운 건가. 밤이든 낮이든 혼자인 것은 마찬가지였다. 루페르트가 벨루아에서 날아온 급한 전갈을 펼쳐든 것은 그때쯤이었다. 짧디짧은 인사말이나 적혀 있으리라 생각해 기실 읽어보지도 않고 버리려 했다. 그러나 결국 버리지 못한 편지를 그는 에바의 무덤까지 들고 왔다.

전에 받은 편지보다 훨씬 긴, 공손한, 그러나 발신인이 다른 편지를 끝까지 읽은 루페르트는 정원을 벗어났다. 본궁으로 돌아가는 길이 아닌 황궁 밖을 드나드는 뒷길로 걸음을 옮긴다. 그는 자신이 왜 벨루아로 향하고 있는지 영문도 모르고, 알 생각도 하지 않은 채 마차에 올랐다.

혹시 루페르트가 붙잡으면 어쩌나 걱정했는데 다행히도 그는 방을 벗어나는 나를 막지 않았다. 천장을 가득 메운 거울을 보고 어쩌나 놀랐는지 내 얼굴이 비치는 유리창을 보고도 가슴이 두근거릴 정도였다. 거북이 등껍질 보고 놀란 가슴 칼드론 뚜껑 보고도 놀란다더니.

죽을 때까지 제대로 된 연애 한번 해본 적이 없지만 나도 한때는 연애소설, 그중에서도 살짝 에로틱한 요소가 가미된 소설을 즐겨 읽었기에 천장의 거울이 무슨 의미인지 정도는 알았다. 제 모습, 그것도 야시시한 상황에서의 제 모습 보는 것을 즐기는 나르시시스트, 그것도 아주 방탕한 젊은 영식의 침실에나 있을 줄 알았는데!

로드리고 다니엘 벨루아!

나는 거실과 저택의 홀을 잇는 복도 한가운데에 떡하니 걸린 근엄한 중년 남성의 초상화에 대고 손가락질했다. 그는 보는 사람이 괜히 자세를 바르게 고칠 만큼 딱딱하고 엄한 표정을 짓고 있었는데, 나는 그토록 근엄하게 생긴 할아버지가 할머니를 위해 그런 장치를 설치했다는 사실이 믿기지 않았다. 그것도 하필 루페르트에게 들키다니.

아아. 벨루아를 얼마나 우습게 여길까.

"전하께 침실을 안내해드렸니?"

도르륵. 휠체어 바퀴 돌아가는 소리와 함께 어머니가 내게 다가온다. 나는 붉어진 얼굴을 가릴 길이 없어 두 손에 얼굴을 묻으며 고개를 끄덕였다.

"네에."

"표정이 왜 그래? 무슨 일 있어? 침실이 너무 조야해 마음에 들지 않으신다니?"

"아니요, 그런 분은 아니에요."

나는 잠긴 목소리를 억지로 내어 대답했다. 창피해.

"어머니, 할아버지는 어떤 분이셨나요?"

"음, 자상하지만 엄격한 분이셨지. 굉장히 깐깐한 분이라 나도 처음에는 적응하기가 힘들었단다. 하지만 존경할 만한 분이었어."

어머니의 묘사는 그의 초상화와 흡사했다. 나는 할아버지에 대한 존경으로 눈이 반짝거리는 그녀의 환상을 깨고 싶지 않아 입을 꾹 다물었다.

"참. 완전히 빈손으로 오셨던데, 이거라도 가져다드리렴. 하녀를 시킬까 했는데 낯선 사람을 그리 좋아하지 않으신다면서?"

나는 어머니의 무릎 위에 올려진 르한의 여벌옷을 넘겨받은 후 짧은 고민의 시간을 가졌다. 지금 다시 가면 굉장히 민망할 것 같은데. 아니, 그는 내가 왜 화들짝 놀라 방을 나가버렸는지 이해하지 못한 것 같기도 했다. 그냥 다시 가도 괜찮지 않을까?

"너를 상당히 아끼시는 모양이야."

"네?"

"네가 다쳤다는 전갈을 받고서 바로 여기까지 오지 않았니."

그러게요.

나는 어머니의 말에 고개만 주억거렸다. 너무 정신이 없어 그가 왜 벨루아에 들이닥쳤는진 생각해보지도 못했다. 놀러 오라는 소릴 하기는 했지만 정말로 올 거라는 기대는 없었는데.

나는 머리를 갸웃거리며 르한의 옷가지를 들고 다시 내 침실을 찾았다.

똑똑.

나무문을 가볍게 두드리는 소리가 복도를 울렸지만 안에서 대답이 돌아오지 않는다. 황궁에서도 노크에 대답하는 법이 없는 그가 벨루아라고 달라질 리 없다. 나는 손잡이를 잡아 천천히 돌려 문을 열었다. 문틈이 점점 더 벌어지는 동안 어찌나 조마조마했는지. 다행히 부담스러울 만큼 커다란 거울은 닫힌 채였다.

"전하, 갈아입을 옷 준비해 왔어요."

"이리 와."

루페르트가 창턱에 걸터앉아 손을 까딱인다. 무척 건방진 자세였지만 그런 모습이 그만큼 어울리는 사람도 드물 터다. 신분을 숨기기 위해서 입은 낡은 갈색 바지와 셔츠도 그 특유의 고아함을 감추지는 못한다.

"이건 뭐야?"

루페르트가 손가락으로 나무 벽을 죽 그어놓은 칼자국을 가리킨다. 생일마다 키를 쟀던 흔적이다. 열두 살 이후로는 이곳을 떠나 있었으니 지금과는 꽤 차이가 났다.

"제 키예요."

나는 손바닥을 머리 위에 올린 채 벽에 붙어 섰다. 자란 키가 한 뼘을 넘었다. 음, 저번 생애보다는 조금 더 키가 자란 모양이다. 황실에서 잘 먹어서 그런가?

"우와. 전하, 저 이만큼이나 자랐어요. 표시해볼까요?"

내 말에 루페르트는 군말하지 않고 바지춤에 끼워놨던 단칼을 꺼냈다. 내게 바싹 붙은 그가 칼을 든 손을 올린다. 벽에 선을 긋기 위해 구태여 나를 감쌀 필요는 없을 텐데. 그러나 나는 그를 물릴 용기가 없어 나를 두 팔로 가로막은 그를 내버려둘 수밖에 없었다.

그의 목울대가 내 눈앞에 바로 보인다. 나도 한 뼘보다도 더 자랐는데, 그는 도대체 얼마나 빨리, 많이 큰 걸까. 성장기의 소년들은 밤마다 무릎뼈가 아프다는데 그 이유를 알 것 같았다.

"했어."

"그, 그럼 비켜주실래요?"

"너는 내가 안 반가워?

나는 루페르트의 물음이 너무 뜻밖이라 바로 대답하지 못했다. 머뭇거리는 나를 참지 못하겠는지 그가 고개를 푹 숙인다. 이마와 이마가 닿는 감각에 발가락에 힘이 들어갔다. 여름인데도 내게 닿은 그의 피부가 서늘하다. 이마에 닿는 머리칼이 부드럽게 흔들리는 것에 시선이 뺏겨 눈을 위로 도로록 굴렸다가 내렸더니 그가 나를 빤히 바라보고 있었다.

"대답."

"반가운데요? 무지무지 반가워요, 전하."

나는 놀라 잘 움직여지지 않는 입을 뻐끔뻐끔 벌렸다. 실제로 조금 반갑기도 했지만 지금의 대답은 너무 거짓말처럼 들려서 핀잔이라도 들을까 싶었는데, 그는 천천히 제가 있던 자리로 돌아갈 뿐 별다른 말이 없다.

"제가 전하를 반겼으면 좋겠어요?"

"어."

"왜요?"

"몰라."

모르는 게 없는 사람이 왜 이건 모른담. 나는 그의 반응이 조금 우스워서 웃음을 참지 못했다.

"전하."

"응."

"벨루아에 잘 오셨어요. 금방 돌아가셔야 하겠지만, 아쉬운 마음이 들 정도로 마음에 드실 거예요."

나는 그가 남부의 뜨끈한 햇볕을 느꼈으면 싶어 창문을 열었다. 그는 말없이 날 지켜보다 천천히 입을 열었다.

"나한테 거짓말하지 마."

"네?"

"반갑지 않으면 반갑지 않다고 해. 너한테 뭘 강요할 생각은 없으니까."

대답도 없이 뚜하게 있기에 무슨 생각을 하나 했더니. 나는 어깨를 으쓱했다.

"저는 그런 실없는 거짓말 좋아하지 않아요."

"네 특기 아니었나?"

정곡을 찌르는 그의 말에 양심이 조금 아팠지만 나는 아무렇지 않은 얼굴로 말을 이었다.

"말에는 힘이 있다는 말 들어보셨나요?"

"마탑의 멍청이들이나 하는 소리지."

루페르트는 진짜 벨네르니 인도 아닌 주제에 술자들을 그리 좋아하지 않는 듯 말했다. 내가 보기엔 그의 연금술이나 그들의 술법이나 다른 점이 무엇인지 구분을 할 수가 없는데.

"저는 다른 의미로 말에는 힘이 있다고 생각해요. 같은 말을 계속하면요, 전하. 스스로에게 설득당하나 봐요."

루페르트가 내가 이런 소릴 하는 저의를 가늠하듯 눈을 가늘게 뜨고 나를 쳐다본다. 나는 그의 녹음처럼 푸르른 눈 안에 자리 잡은 시커먼 유령에게 말을 걸었다.

"토리는 제가 전하를 싫어한다고 했어요."

"……."

"그 말이 예전에는 맞았을 수도 있어요."

실제로 나는 그를 몹시 혐오했다. 아무것도 모르는 어린아이를 이토록 혐오한다는 사실에 죄책감이 들 만큼. 그가 침대에 힘없이 늘어져 있으면, 악몽에 지쳐 잠도 자지 못하는 그 어린 얼굴을 베개로 눌러버리고 싶을 때도 있었다. 그의 과거가 무슨 상관인가, 그가 느끼는 고통을 그에게 죽을 내가 고려해야 할 이유는 무엇인가.

토리와 루페르트가 나를 의심했던 것은 당연했다. 짙은 감정은 고유의 냄새를 풍기고 그들처럼 기민한 자들이 나의 마음을 눈치채지 못할리 없으니까. 그래서 나는 그들을 붙잡고 내가 루페르트를 좋아한다고 주문처럼 속삭였다. 가진 것 하나 없는 아이를 잡고서 내가 네 편이 될 것이라, 온전한 너의 소유로 남을 것이라 달콤한 소리를 흘렸다.

그 와중에 내가 나의 말에 동화됐나 보다. 나는 별 거부감 없이 루페르트의 손을 붙잡았다. 나보다 커진 손이 무섭지가 않았다. 그저 마른 가지 같은 촉감이 안쓰러울 뿐이다.

"이제는 정말 아니에요. 행복하셨으면 좋겠다는 말, 진심이에요."

"거짓말을 반복해 진실이라도 되었다는 건가?"

나는 빙그레 웃었다. 말만 반복했다고 마음이 완전히 변할 수 있다고는 생각하지 않는다. 갈 길 없는 혐오만큼 품기 괴로운 감정이 없을 테니까.

"전하가 제가 생각한 사람이 아니어서 그럴 수도 있어요."

"……내가 네가 생각한 사람보다 더 끔찍한 인간이면?"

"보는 눈 없는 제 잘못으로 알겠지요. 그래도……."

이번에는 내 선택이다. 영문도 모르고 단두대에 올라선 그때보다는 덜 비참하지 않을까. 나를 둘러싼 이 무수한 이면들을 깨달았다. 역사를 피로 물들인 황제가 얼마나 서글픈 어린아이였는지 생생히 깨달았고, 강직한 나의 아버지가 얼마나 잔악한 방관자였는지 알게 되었다. 그럼에도 불구하고 남은 갈래가 죽음뿐이라면 내 운명이려니 받아들일 수 있을 것 같았다.

"그래도?"

"아, 전하. 가져온 옷이 맞을지 모르겠어요. 르한이 보기보다 덩치가 있어서."

나는 말을 돌리며 가져온 옷가지를 펼쳐보았다. 품이 넉넉한 셔츠는 배가 나온 아버지도 입을 수 있을 만큼 컸다. 눈이 마주칠까 커다란 옷 뒤에 숨은 내게 그는 다행히도 더 캐묻지 않았다. 그는 커튼처럼 내 앞에 쳐진 옷을 휙 낚아챘다.

"맞을 것 같은데."

루페르트는 반평생을 새모이만큼 먹고 지냈음에도 골격이 있는 편이다. 나는 덩치나 키가 상당했던 황제를 떠올리며 고개를 끄덕였다.

"그럼 갈아입으세요. 목욕시중 들 하녀가 필요하시나요?"

그는 황궁에서조차 자잘한 시중을 받지 않고 지냈다. 황녀 시절에는 제 정체를 감추기 위해서이기도 했고, 워낙 사람을 곁에 두는 것을 싫어해서이기도 했다. 당연히 필요 없다고 대답하겠거니 물었는데 그의 시선이 내 얼굴에 닿는다.

"네가 할래?"

나긋나긋한 목소리였다. 날카로운 말투에 가려진 루페르트의 목소리는 항시 낮고 부드러웠다. 목 넘김이 부드러운 진한 밀크티와 같았다. 기이하게도 그 순간, 그의 곁을 아주 오랜 시간 지켰음에도 그의 목소리가 좋다는 생각이 처음으로 들었다.

"네?"

나는 멍해진 정신 탓에 뒤늦게 그의 질문을 해석하고 고개를 바짝 들었다. 어깨가 절로 움츠러든다.

"피, 필요하세요?"

그는 대답 대신 걸치고 있던 로브를 벗었다. 내 앞에서 탈의하는 모습을 처음 보는 게 아니라, 저 인간이 또 저러네 싶었을 뿐이다. 진짜 황족이 아니라고 하더라도 평생을 황궁에서 보낸 사람이라 뼛속까지 벨네르니 궁중 예법이 물들어 있을 법도 한데, 전혀 그처럼 행동하질 않는다.

"이거 또 왜 이래요!"

그가 셔츠 깃을 잡아 왼쪽으로 틀자 전에 보았던 기괴한 문양이 드러난다. 내가 지웠던 것보다도 더 짙은 색감의 문양은 훨씬 더 위험하게 보였다. 하얀 눈밭에 피가 점점이 찍힌 것만 같은 섬뜩함에 나는 가까이 다가가 그의 옷깃을 잡아 벌렸다.

"왜 또 이 모양이에요!"

"옷 찢어져."

루페르트가 제게 바짝 붙은 나를 밀어내려는 듯 몸을 튼다. 나는 그가 몸을 튼 방향 그대로 따라가며 재차 물었다.

"왜 이러냐니까요?"

"왜 화를 내?"

그는 조금 당황한 얼굴이었다. 나는 내가 그에게 화까지 내고 있다는 것을 자각하지 못했으므로 그의 물음에 입을 딱 다물었다. 그는 내 어깨에 손을 올려 나와 사이를 벌린 후 얌전히 셔츠를 벗어─심지어 개기까지 했다─ 침대에 올려두었다.

"대답을 안 하시니까 답답해서요."

"……마차가 너무 느려서."

"네?"

그의 음성이 속삭이는 듯 작아 제대로 들리지 않았다. 뭐라고 했느냐 따져 물은들 대답할 위인이 아니라 나는 한숨과 함께 그의 어깨에 손을 올렸다. 피를 쓰면 함부로 쓰지 말라 화를 낼 것 같아 나는 백지장에 그려진 추상화처럼 생긴 연금진을 물끄러미 바라보고만 있었다. 내가 이처럼 진하게 올라온 저주를 없앨 수 있을까?

"지우기나 해."

"자신 없어요."

"해."

"잘못되면 어떡해요?"

"죽지 뭐."

"……."

나는 루페르트의 시큰둥한 대답에 화가 나 순간적으로 그의 어깨를 잡은 손에 힘을 주었다. 꼬집는 거나 마찬가지였는데 그는 아픈 티도 내지 않고 나를 돌아보기만 한다.

"왜?"

"말 좀 함부로 하지 마세요. 제가 아까 말에는 힘이 있다고 했잖아요."

"내가 뭘 함부로 했어?"

"죽긴 뭘 죽어요? 전하 허리가 굽어서 키가 반 정도 줄기 전까지는 죽을 생각 하지 마세요."

루페르트는 내 말을 듣는 둥 마는 둥 앞을 바라봤다. 옅은 웃음소리가 들린 것도 같았다.

"나는 죽는 건 안 무서워."

나는 그의 말에 공감했다. 나도 죽는 것은 두렵지 않았으니까. 내가 무서워하는 것은 반복이다. 내 무지의 되풀이.

작게 고개를 끄덕이며 피를 죽 그을 만한 뾰족한 걸 찾기 위해 나는 그의 품을 뒤져 단도를 꺼냈다. 내가 경고도 없이 그의 주머니에 손을 넣자 손에 닿는 피부가 움찔한다.

"야, 뭐 해?"

나는 루페르트가 고개를 돌려 손끝을 찢는 나를 말릴까 서둘러 칼을 움직였다. 짧은 고통과 함께 피가 퐁퐁 솟아나는 풍경이 왠지 익숙하다. 내 피를 보는 일이 딱히 무섭지도 않았다. 손끝에서 피어나는 검붉은 꽃 같은 핏방울이 루페르트의 어깨로 툭 떨어지는 광경은 기묘한 아름다움마저 있었다.

나의 희생으로 원수를 돕는 일에 나는 더는 번민하지 않는다. 이 일을 얼마나 많이 반복하게 될까 상상할 수도 없었으니까.

"피 쓰지 말라고 했지."

"실패하기 싫어요."

나는 무덤덤하게 말하며 저번에 루페르트가 대신 그렸던 연금진을 떠올리며 그의 어깨에 선을 그었다. 내 두려움을 비웃기라도 하듯 번진 피가 부작용의 산물인 자국을 지워낸다. 나는 그의 로브에 허락도 없이 피를 닦으며 한숨지었다.

"전하야말로 몸 함부로 쓰지 마세요."

"신경 꺼."

"지워드렸으니 한 가지 궁금한 걸 물어봐도 될까요?"

"뭐."

루페르트는 볼일이 끝났다는 양 침대에 앉았다. 느슨한 시선이 피로를 담고 있기는 했지만 그는 나를 쫓아내지 않았다. 고개를 푹 숙여 두 손에 얼굴을 파묻는다.

나는 내 침대, 나의 시간과 추억이 흔적처럼 남은 나의 방에 주인처럼 앉아 있는 그를 물끄러미 바라보다 입을 열었다.

"전하는 생일이 언제예요?"

그의 고개가 천천히 들린다. 이런 질문은 예상하지 못했는지 눈이 약간 커다래져 있다. 예전부터 궁금했었다. 황녀일 적에는 황실에서 외면을 받다 못해 모진 수모를 받았으니 그렇다 치는데, 황태자가 되었음에도 그의 생일에 대한 일정을 접한 적이 없다. 일개 백작영애의 생일에도 온갖 사람들이 저택에 모여 드는데 황태자의 생일을 그냥 넘어가는 것이 이상했으니까.

"……몰라."

"네?"

"여름, 날짜는 몰라. 어머니는 그런 걸 신경 쓰는 사람이 아니니까."

그녀가 날짜를 세지 않았다 하더라도 아이를 혼자 낳지는 않았을 텐데. 그러나 루페르트는 그런 의아함조차 품어본 적이 없단 얼굴이었다.

"그래도 전하를 돌본 사람이 있지 않나요?"

"그렇겠지. 기록을 뒤지면 나오긴 하겠지."

"안 궁금하세요?"

"그게 도대체 왜 궁금해?"

루페르트는 도리어 내가 이상하다는 태도다. 나는 제 생일이 전혀 궁금하지 않다는 그의 반응이 황당해 말을 잃었다. 아니, 따지고 보면 궁금하지 않을 수도 있나?

"생일파티는 그럼 언제 여나요?"

황태자는 그렇다 치지만 황제의 생일은 국경일이다. 기억을 돌이켜 보니 내가 기억하는 황제의 생일은 여름이 아니다. 그냥 아무 날짜나 집어 생일로 만들었던 걸까.

"넌 내가 그딴 걸 좋아할 것 같아?"

"아니요."

나는 루페르트의 기가 찬 물음에 고개를 저으며 어깨를 으쓱했다. 그러나 파티 따위를 좋아하지 않는다고 생일을 아예 모르는 건 너무 극단적이다. 나는 황궁으로 돌아가자마자 그의 생일을 알아보겠노라 다짐하며 방을 나섰다.

루페르트의 갑작스러운 방문은 내 걱정은 물론이요, 모든 벨루아의 걱정과 놀람을 한 몸에 받을 만큼 엄청난 일이었지만 시간은 예상외로 조용하게 흘러갔다. 사실 곰곰이 생각해보면 그리 놀랄 일도 아니다. 그는 황족 치고 굉장히 얌전하니까.

"전하께서는 검소한 성정이시구나."

굉장히 의외라는 듯, 별거 없는 차림-황실에서의 식사와 굳이 비교하자면-에도 군말 없는 루페르트의 태도를 어머니는 이렇게 평하셨고 나는 조용히 고개를 끄덕였다.

제국의 황태자가 방문했다는 소식에 베르노 주방장은 덜덜 떨며 백작저의 큰 식탁의 다리가 부러질 만큼 성대한 만찬을 준비했었다. 돼지, 소, 염소, 토끼, 심지어 귀한 양고기까지 오른 식탁은 제철과일뿐만 아닌 이국에서 들여온 색다른 야채와 과일이 즐비했다.

그러나 매일 그런 만찬을 차려대는 것을 아버지가 허락하실 리 없다. 수전노에 가까울 만큼 사치를 혐오하는 그는 황태자가 아닌 황제가 방문한다 해도 그런 만찬을 연거푸 반기시지 않을 것이다.

한 달치 식비를 하루 만에 소비한 베르노는 아버지의 집무실까지 불려가 꾸중을 듣고 말았다. 해서 베르노는 울며 겨자 먹기로 평소의 식단대로 차릴 수밖에 없었는데, 만찬에도 시큰둥하던 루페르트는 소박한 식탁에도 가타부타 언급이 없었다.

베르노는 그 장면에 조금 충격을 받은 듯했다. 그 상다리 휘어지는 만찬에도 별 감흥이 없는 루페르트를 보며 전전긍긍하기에 그가 그만큼 음식에 신경을 쓰는 사람이 아니기 때문이라고 분명 이유를 일러주었는데 내 말을 믿지 않았던 걸까.

상석인 아버지의 바로 맞은편에 앉은 루페르트는 내가 보기엔 황실에서보다도 더 적극적으로 음식을 먹고 있었다. 남부음식이 입에 맞는 편인지 애피타이저부터 메인요리까지 남김없이 먹은 다음, 내올 요리까지 기다리는 모습은 나조차도 처음 본다. 그의 손가락이 테이블을 툭툭 내리치는 동안 하녀들이 서둘러 빈 접시를 치우고 베르노가 직접 다음 요리를 가지고 왔다.

"벨루아 요리가 입에 맞으시나 봐요."

"요즘 먹던 요리보다 스무 배는 괜찮네."

내가 한 음식을 가리키는 것이다. 나는 그 사실을 밝혀가며 욱할 수도 없어 빙그레 웃었다.

"정성은 조금 덜 들어가지 않았을까요?"

그는 내 물음에 말없이 손가락으로 휘황찬란한 베르노의 요리를 가리켰다. 고기를 먹기 좋게 썬 것조차 부족했는지 그는 샐러드의 야채까지 온갖 꽃모양으로 깎아 장식까지 완벽한 요리를 만들어냈다. 흘긋 보아도 그 정성이 대단했기에 나는 입을 꾹 다물 수밖에 없었다.

그래도 별 의심 없이 음식을 먹는 모습이 나를 믿기는 믿는구나 싶었을 뿐이다. 제집인 황실에서도 뭔가 입에 대길 조심하는 사람이 벨루아에 내려와서야 마음 편히 식사를 하니 조금 안쓰럽기까지 했다.

"산책이나 가실래요?"

나는 그가 이왕 온 김에 벨루아를 조금 더 즐겼으면 싶었다. 넓게 펼쳐진 들판이나 소박한 마을의 풍경 따위에 감탄할 사람은 아니지만 벨루아는 벨루아 고유의 아름다움이 있는 곳이었으니까. 게다가 여름밤의 선선한 날씨는 사람을 괜히 들뜨게 하는 마법 같은 힘이 있었다.

루페르트는 내 말에 구태여 대답하지 않았지만 나는 그의 침묵이 긍정이라는 사실을 알았다. 그의 식사가 어느 정도 끝나자 시종이 얼른 차와 디저트를 내왔다.

"벨루아에는 어느 정도 머무를 예정이십니까, 전하?"

"글쎄."

아버지의 물음에 루페르트가 턱을 괴며 나를 돌아본다. 대답할 의무가 내게 있단 듯한 제스처에 나는 눈을 동그랗게 뜨고 그를 마주 보았다. 왜 절 보세요? 눈으로 묻는데 그가 인상을 팍 찡그린다.

"언제 갈 건데?"

"저한테 물으시는 거예요?"

"그럼 나 혼자 가?"

"어…… 아, 아뇨. 같이 가야죠."

나는 그의 갑작스러운 물음에 당황해 서둘러 고개를 끄덕였다. 같이 가긴 해야 할 테니까. 아니지, 내가 멀쩡한 모습을 확인했으니 저 혼자 올라가도 되는 것 아닌가?

"곧 가야 할 것 같아요, 아버지."

"……그래."

아버지는 탐탁지 않다는 얼굴로 내게 고개를 끄덕인 다음 다시 루페르트 쪽으로 시선을 돌렸다.

"당장은 황궁으로 돌아간다고 하더라도, 저는 라리에트를 곧 데려올 생각입니다."

"당신 딸이 그러고 싶지 않다고 했던 것 같은데."

"자유와 방종을 구분하지 않아도 되는 때가 제 여식에게는 이미 지났습니다, 전하."

아버지의 뜻 모를 말에 디저트를 깨작거리던 루페르트의 고개가 들린다. 그와 겨우 시선을 맞춘 아버지가 말을 이었다.

"라리에트는 결혼적령기입니다. 혼담이 들어온 가문이 꽤 있어 제원래 계획보다도 서두를 예정입니다."

"뭐?"

"예?"

아버지의 청천벽력 같은 말에 놀란 사람은 루페르트뿐만이 아니었다. 르한과 어머니도 금시초문인지 모두 놀란 얼굴이었다.

나는 놀라는 것을 넘어선 경악으로 입을 벌렸다. 결혼? 벌써? 아니 애초에 전에는 성인이 될 때까지 한 번도 들어오지 않았던 혼담이 왜 갑자기 쏟아진단 말인가.

"아버지, 저한테 그런 언질조차 없으셨잖아요!"

"네가 벨루아에 내려와야 말을 하든 말든 할 것 아니냐."

그는 아무 잘못이 없다는 무구한 얼굴로 대답한 다음, 언제 어디서 꺼냈지 모를 종이 몇 장을 내게 건네려는 듯 손을 들었다. 그러나 루페르트가 나섰다. 아버지에게서 종이를 뺏은 루페르트가 혼담이 들어온 남자의 초상화인 양 보이는 그것들을 한 장 한 장 넘긴다.

"우베린 백작?"

"예에. 뛰어나고 출중한 사람이지요. 선대 백작이 일찍이 타계한 탓에 어린 나이에 가문을 물려받았지만 영지 관리도 충실히 하고 있고."

"절름발이라고 아는데."

"사는 데는 지장이 없다고 압니다."

허.

루페르트가 기가 차다는 양 짧은 헛웃음을 짓는다. 그의 손가락이 가볍게 식탁을 톡톡 두드리고 있었는데 점점 더 세기가 강해지더니 식탁에 놓인 종이들이 죄 구겨지고 말았다.

"애, 변태야."

"……네?"

"세력 구축할 때 내가 아무런 정보도 없이 손가락만 빨고 있으리라 생각했나? 당신이 딸 시집보내려고 알아본 인간, 변태라고."

"모함인지 어떻게 아십니까?"

"모함이든 헛소문이든 이미 그런 정보가 도는 상황에 백작은 딸 인생으로 도박을 할 생각인가 보군."

우베린.

언젠가 들어본 이름이기도 했다. 내가 죽을 때쯤 흉흉한 괴소문이 퍼져 황도에 올라오는 일도 없이 영지에 틀어박혔던 인물인 것 같은데. 그 괴소문이 어떤 일과 관련된 것인지는 제대로 기억나지 않았다.

루페르트는 별 감흥 없는 무표정한 얼굴로 알게 모르게 상대방이 불쾌한 기색을 느끼게끔 하는 데는 천부적인 재능이 있었다. 그는 목소리를 높이지도 인상을 찌푸리지도 않으면서 내게 들어온 혼담에 반감을 확실하게 표현했다.

"전하. 라리에트가 지금 전하를 보좌하고 있기는 하지만 엄연히 벨루아의 일원입니다. 가문의 일에 참견하시는 것은 황태자 전하라고 해도 지나치다고 생각하는데, 아닌지요."

"너, 결혼하고 싶어?"

루페르트는 아버지가 제게 따박따박 대드는 것을 뚜하니 지켜보다 고개를 슥 돌리더니 나를 채근한다. 얼굴도 모르는 남자, 심지어 미래에 흉흉한 괴소문이 돌 남자와 결혼하고 싶은 사람이 어디 흔하겠는가. 나는 재빨리 고개를 저었다.

"아뇨."

루페르트는 나의 대답에 무슨 의미인지 모를 의기양양한 얼굴을 했다.

"싫다잖아."

"본인의 불호로 결정할 문제가 아닙니다. 라리에트는 벨루아의 사람이고, 저는 벨루아의 주인이지요."

아버지의 의지는 매우 확고해 보였다. 성년이 될 때까지도 드러낸 적이 없었던 내 결혼에 대한 아버지의 의지가 너무 뜻밖이라 나는 말을 잃었다. 내가 황실에 들어갔기 때문일까.

나를 물건처럼 취급하는 그의 발언이 실망스럽기는 했지만 아예 틀리다 할 수도 없었다. 내 핏줄이 어디에 속하든 나는 벨루아 백작의 딸로 자라 귀족이란 신분의 수혜를 받아왔고, 따라서 벨루아를 위해 희생을 감수할 의무가 있었다. 지난 생에서, 리체도 결국 고르텐 후작의 뜻에 따라 팔려가듯 결혼하지 않았는가.

"딸을 가축 대하듯 하는군."

"아뇨, 라리에트의 안전과 행복을 위해서입니다."

루페르트는 내 의지에 반하는 혼담을 나보다 더 기분 나빠하는 것 같았다. 그는 아버지의 고집스러운 얼굴을 꽤 오래 노려보다 고개를 왼쪽으로 비스듬히 꺾으며 입을 열었다.

"왜? 황실에서는 행복하지 못할까 두렵나?"

"태자 전하의 곁은 위험합니다."

"내가 안위를 보장한다 했어."

"실제로 독을 먹지 않았습니까?"

아버지의 말투가 날카로워진다. 날이 선 그의 말에 루페르트는 대답하지 못했다. 아버지는 그의 주춤하는 태도에 보라는 듯 턱을 치켜들며 말을 이었다.

"전하는 라리에트를 지켜주지 못하셨습니다. 제가 벨루아고 제 딸이 벨루아인 이상, 라리에트는 제 말을 거역하지는 못합니다."

"……."

"전하, 저는 가족을 지키려는 겁니다. 부디 이해해주십시오."

"라리에트 이사벨 드 벨루아."

루페르트는 아버지의 간절한 부탁을 무시한 채 나를 불렀다. 그가 내 성명을 부르는 적이 처음이라 나는 조금 놀라고 말았다.

"예?"

"네게 작위를 내릴 거야."

"……네?"

"벨루아가 아니게 만들면 되지 않나."

나는 기함했다. 황제와 가까운 누군가가 들었다면 기가 차 뒷목을 잡고 쓰러질 수도 있을 만큼 건방지고 오만한 발언이었다. 황제도 아닌 주제에 누가 누구에게 작위를 내린단 말인가. 그러나 루페르트는 자신이 황제라도 되는 것처럼 아무렇지 않은 얼굴로 내게 작위와 영지를 약속했다.

"줄게. 상파뉴 위쪽 척박한 땅 따위 점령해주지 못할 이유 없다."

"전하. 지금의 발언은 황제 폐하에 대한 모독입니다."

"당신이 그토록 폐하의 충실한 심복인 줄 몰랐네. 그렇다면 당장 달려가 고하지, 왜?"

루페르트의 입술이 비뚜름히 올라간다. 누가 보아도 비웃는 얼굴이었기에 나는 그들의 대화를 가만히 지켜보지 못하고 고개를 저었다.

"전하."

"왜."

"작위, 필요 없어요. 주셔도 받지 않을래요. 저는 전하의 곁을 지키고 싶은 거였지, 영지를 받아 가꾸고 싶었던 게 아니니까요."

내 말에 루페르트의 황당한 발언에 넋이 나가 있던 아버지가 겨우 정신을 차리고 끄덕인다.

"제 딸이 필요 없다지 않습니까?"

나는 내가 마치 자신의 편을 들었다는 양 자신 있는 그 태도에 혀를
찼다. 루페르트에게 작위를 받고 싶지는 않았지만 그렇다고 결혼을 하
고 싶은 것은 아니었으니까.

"아버지."

"응?"

"벨루아로 돌아오지도 않을 계획이에요. 제게 제 의사가 들어가지
않은 혼담을 들이밀지 마세요."

"생각만 해보자는 이야기다. 당장 결혼하라는 것도 아니지 않느냐?"

"당장 결혼할 필요도 없지 않나요?"

벨루아가 남의 가문 이름을 빌어먹을 만큼 갑작스레 가세가 기울었
을 리 없다. 나는 무어라 더 말해야 할지 모를 막막함에 두 손으로 얼굴
을 감싸며 눈을 감았다. 그제야 가만히 우리의 대화를 듣고만 있던 어
머니가 차분한 목소리로 말문을 연다.

"당신, 라리에트에게 그런 갑작스러운 결정을 내리라 종용하지 않는
게 좋겠어요."

"하지만······."

"라리에트가 위험에 처할까 걱정하는 마음은 나도 이해해요. 하지만
결혼을 시키겠다고 벨루아로 데려온다고 해서 말을 들을 아이가 아니
지 않나요?"

나를 비난하는 투는 아니었지만 나는 왠지 모르게 양심이 찔려 고개
를 숙였다. 내가 그녀에게 언제부터 말을 듣지 않는 자식이 되었을까?
죽음에서부터 돌아오기 전의 나는 분명 어머니나 아버지의 말을 단 한
번도 어긴 적이 없을 만큼 순종적인 딸이었는데.

"그러니 모두 이만 조용히 하고 식사합시다."

어머니의 단호한 목소리에 아버지의 입이 꾹 다물어진다. 놀랍게도
그녀의 말을 들을 필요가 없는 루페르트 또한 조용히 식사를 이어갔다.

그저 식사를 하는 와중 힐끔힐끔 나를 쳐다볼 뿐이다. 내가 작위를 거절한 것이 마음에 걸렸나 본데 나는 그런 그의 반응이 우습기도 하고 어이도 없어서 애써 그를 무시했다.

"야."

"네?"

식사를 마치고 나면 혼자 조용히 정원 산책이라도 하며 머릿속을 정리하고 싶었는데 애석하게도 루페르트가 나를 따라왔다. 뒤에 따라붙는 저벅저벅 커다란 발소리를 듣지 못한 건 아니었지만 모르는 체하고 싶었는데.

"너 결혼하고 싶어?"

"왜 자꾸 물으세요?"

"하고 싶으면 하게 해줄게."

"두 번 말하는 건 싫어하시면서 두 번 듣는 건 좋으신 모양이에요. 아뇨, 아까 싫다고 했잖아요. 그리고 제가 전하를 모시는 시녀이긴 하지만 왜 결혼에 사사로이 전하의 허락을 받아야 하죠? 결혼이 하고 싶어지면 알아서 할 테니 걱정하지 마세요."

"……."

루페르트는 말이 없었다. 의도하지 않게 날카롭게 굴기는 했다. 내가 마치 물건인 양 결혼을 시키겠다느니 작위를 내리겠다느니 나를 가지고 옥신각신하는 아버지와 그가 보기 싫었기 때문이다. 너무 무례했나 싶어 그의 눈치를 살살 살폈지만, 그는 기분 나빠하는 기색이 아니다.

"결혼도 싫고 작위도 싫다면 네가 원하는 건 도대체 뭐지?"

"수십 번도 더 말씀드렸는데요."

"지켜주는 건 당연하잖아."

루페르트가 손을 들더니 내 머리를 한 움큼 움켜잡는다. 손안에서 스르르 **빠져**나가는 머리칼을 가만히 내려다보던 그는 천천히 말을 이었다.

"곁을 지킬 때는 원하는 게 있는 것이 아닌가."

문득 루페르트가 그래서 나를 더 의심했으리란 생각이 들었다. 아무 조건도 없다 말하면서 그의 옆을 지키려고 하니까. 단순한 충성심으로 왕을 보좌하는 신하가 역사에 존재하지 않았던 것은 아니지만 루페르트는 그런 달콤한 이야기를 믿을 만큼 순진한 사람이 아니다.

고개를 비스듬히 숙이며 나를 바라보고 있는 그와 눈을 마주했다. 건조한 녹안에 깃든 작은 의구심. 나는 그가 나를 의심하지 않는 것에 만족했다.

"성군이 되어주세요."

"왜?"

"그게 전하와 모두에게 이로울 테니까."

나는 벨네르니의 멸망이 최종목적인 듯 칼을 휘두르던 황제가 자신의 삶에 만족했으리라 생각하지 않는다. 그는 내 말에 전혀 납득하지 못한 것 같았다. 한숨을 내쉬며 어깨를 들썩인다. 목소리는 혼잣말을 중얼거리듯 작았지만, 발음이 또렷해 바람에 실려 오는 편지처럼 내게 정확히 전달되었다.

"……나는 너를 이해하지 못하겠어."

"어떻게 세상 모든 사람을 이해하고 살겠어요? 저 산책하고 싶으니까 따라오지 말아주세요."

"……."

나는 루페르트가 싫다는데 그의 산책길에 졸졸 따라다니며 동행했던 때를 잊은 것처럼 굴었다. 그가 내 건방진 태도에 충격이라도 먹은 것처럼 입을 벌리다 고개를 느리게 끄덕인다.

"알겠어."

나는 갑자기 말 잘 듣는 어린아이처럼 구는 그를 물끄러미 바라보다 등을 돌렸다. 불과 몇 달 전만 해도 그가 나를 쫓아내면 어쩌나 전전긍긍했었는데. 내가 독약을 먹고 쓰러졌을 때 그가 무척 절박해 보였다는 르한의 말조차 완전히 믿지는 못했었다.

그러나 상파뉴를 내던지고 벨루아로 내려온 그를 확인하자 내가 온전한 그의 테두리 안으로 들어갔다는 쪽으로 마음을 기울일 수밖에 없었다. 눈으로 확인하니 확신하지 않을 수가 없다. 루페르트는 나를 아낀다.

몇 번이고 들었던 생각이었지만 그토록 확연히 피부에 와닿은 적은 처음이다. 나는 그를 완전히 이용할 수 있다는 자각에 어설픈 죄책감을 품었다. 그가 나를 아껴주는 만큼 그를 아낄 수도 없는 주제에, 그에게 달려가 내가 겪은 일을 토로할 용기도 없으면서 공연한 미안함만 느꼈다. 가치 없는 사과는 그에게는 무용할 것이다. 나는 나의 비밀을 죽음까지 품고 가리라 결심했다.

해가 완전히 저물어버린 늦은 저녁이라 공기는 천천히 식었다. 남부의 여름밤은 서늘하시만 춥지는 않아 산책하기 가장 좋은 시간이다. 나는 코끝으로 맡아지는 여름 냄새에 숨을 들이마시다 가을도 얼마 남지 않았다는 생각에 움찔했다. 그가 황제가 되는 해가 내년이다.

내가 루페르트의 마음을 황제가 되고 난 이후까지 잡고 있을 수 있을까? 제국의 최고 지배자가 되어 권력의 난폭함에 눈이라도 뜨면 어쩌나. 익숙한 정원을 눈에 담고 풀이 바람에 흔들리며 나부끼는 소리에도 마음이 좀처럼 진정되지 않았다. 나는 정원 한가운데에 놓인 분수 앞을 빙글빙글 돌며 머리카락을 쥐어뜯었다.

"라리에트."

그런 나를 언제 발견했는지 어머니가 정원의 입구에서 나를 부른다. 어머니의 침실 창문이 정원 쪽으로 나 있다는 사실을 그제야 기억한 나는 흐트러진 머리를 빠르게 정리하며 그녀를 돌아보았다.

어머니는 황후나 황비처럼 화려한 인상의 빼어난 미인은 아니었지만, 목이 길고 자세가 곧아 우아한 멋이 있다. 죽음을 겪고 돌아오기 전까지만 해도 그녀처럼 되는 것이 내 삶의 목표와 마찬가지였다. 귀족가의 부인들처럼 사치스럽게 꾸미지 않아도 고아한 분위기를 풍길 수 있는.

"왜 혼자 산책을 하고 있어, 하녀도 없이."

나를 탓하는 듯하면서도 걱정이 그득한 얼굴이었다. 나는 미소를 지으며 내게 천천히 다가오는 그녀의 손을 잡았다.

"생각이 많아서요."

"무슨 생각?"

"마침 어머니께 여쭈어보고 싶은 게 하나 있었어요."

계속하란 듯 어머니가 턱을 든다. 나는 그녀의 말간 얼굴을 물끄러미 올려다보다 말을 이었다.

"선대 황후 폐하와 아는 사이셨다면서요."

"그래. 내가 아바드에서 가수를 하던 시절에 만난 귀한 친구였지."

"어떤 분이었나요?"

"강건한 사람이었단다. 네 아버지가 생각날 정도로."

황제가 반역으로 황위를 차지한 다음 벨네르니에서 선대 황제와 황후에 대해 이야기를 나누는 일은 엄격히 금지되었다. 그러나 어머니는 아무렇지 않은 얼굴로 조심하는 기색도 없이 선대 황후에 대한 묘사를 이어갔다. 어머니의 말에 따르면 그녀는 아주 용감한 사람이었다. 죽음을 목전에 두고도 지금의 황제를 비난했다고 하니까.

"갑자기 왜 그녀에 대해 물어보니?"

"노인에 가까운 상인이 어머니의 가수 시절을 그리며 두 분이 아는 사이란 얘길 해줬거든요."

"정말 그게 다인 거야?"

어머니는 무언가 의심쩍다는 양 실눈으로 나를 관찰했다. 나는 어깨를 으쓱했다. 무언가를 숨기는 사람은 내가 아닌 어머니였으니까. 그러나 세상에 비밀 하나 품지 않은 어른이 많으면 얼마나 많다고. 나는 한숨과 함께 체념하듯 고개를 끄덕였다.

"그게 다예요. 어머니는 선대 황후 폐하에 대해 언급하신 적이 한 번도 없으시니까."

"금기잖니? 어린 네가 멋모르고 입을 놀렸다가 큰 낭패를 당할 수도 있었고."

코엔 자작이 나를 붙잡고 아련한 눈빛을 보낸 이유도 묻고 싶었지만 더는 어머니를 괴롭히고 싶지 않아 그녀와 함께 산책하며 선대 황후에 대한 이야기를 묵묵히 들었다. 어머니의 노래를 아주 좋아했다는 그녀는 본인도 황제와 결혼하지 않았다면 가수를 했으리라 호언장담할 만큼 음악을 사랑했다고 한다.

어머니의 이야기를 듣고 있노라니 퍽 매력적인 사람이라 나는 그녀가 역사 속에서 완전히 삭제된 데 아쉬움마저 느꼈다. 아무리 생각해도 지금의 황제는 졸렬하기 짝이 없는 인간이다. 루페르트는 그에게서 평생 고통받았지만 황제에 대한 언급을 금지하거나 하지는 않았었는데.

"곧 수도로 돌아갈 것 같아요."

"그래, 그래야겠지."

어머니는 애써 섭섭함을 숨기려는 듯 옅게 웃었다. 나는 그 미소가 더 쓸쓸해 보여서 그녀의 뺨에 손을 올렸다. 밤공기를 맞은 얼굴은 찼지만 금세 온기가 올라온다.

"황태자 전하까지 내려왔잖아요. 벨루아가 불편하실 거예요."

"너는 이만 내려올 수는 없겠니?"

"어머니, 저는 전하의 사람이에요."

"……그가 계속 너를 아꼈으면 좋겠구나."

어머니는 내 얼굴을 뚫어져라 바라보다 작게 말했다. 나와 그녀의 바람이 같아 나는 그녀를 따라 웃었다.

"지금은 아끼는 것 같으신가 봐요."

"하지만 연인의 애정은 불장난과 같아 금방 식어버린단다."

"……연인의 애정이요?"

나는 뜬구름 잡는 소리에 인상을 찌푸릴 수밖에 없었다. 도대체 무엇을 보고 그와 내가 사랑의 불장난을 하고 있다고 짐작하신 걸까.

"계속 황도에 머물며 그의 곁을 지키고 싶으면 차라리 태자비가 되렴. 내 생각에는 그게 제일 안전할 것 같으니."

"태자비요? 어머니, 전하와 저는 서로를 그런 식으로 좋아하지 않아요."

"네 마음은 다잡으면 그만이지. 귀족들 중 사랑으로 가족을 꾸리는 사람이 몇이나 되겠니?"

"전하도 마찬가지……."

"긴말 말자. 혼자 고민해보렴."

어머니는 내 말을 끊으며 단호하게 말한 다음 먼저 등을 돌려버렸다. 나는 더 따지고 싶었지만 고민하다 고개를 저었다. 그녀를 다그친들 무엇이 달라지겠는가.

루페르트가 내가 다쳤다는 소식에 시종도 없이 홀로 남부까지 내려왔으니 그리 보이는 것은 당연했다. 제프리를 타고 온 것도 아니고, 어깻죽지에 또 그 저주 같은 연금진이 퍼져 있었던 것에서 미루어 짐작하자면 마차를 빨리 가게 하려고 수라도 썼나 싶었다.

쿵.

그제야 가슴이 내려앉는다. 루페르트를 여기까지 내려오게 만든 마음의 무게가 실감이 났으니까. 타인에게는 연인의 열정으로밖에 해석이 되지 않을 만큼의 마음일 테다. 기분이 묘해졌다.

나는 벨루아가 숙청의 칼날을 피할 만큼만 루페르트의 눈에 들고 싶었다. 그러나 내가 이미 그 선을 넘어버렸으면 어쩌나. 토리만큼이나 그에게 소중해지면 나는 그 겨운 애정을 감당할 수 있을까.

그는 가진 것이 많지 않기에 제 손에 쥔 것만큼은 살뜰히 아낀다. 그러나 나는 물건이 아니고, 물건이 아닌 대상에게는 그만큼의 애정을 요구하고 바라게 되는 것이 당연했지만, 나는 그에게 줄 마음 따위가 남아 있지 않았다. 그가 나를 아끼는 만큼이나 그를 아낄 자신이 없다.

"미안해요."

나는 루페르트에게 닿을 리 없는 사과를 중얼거리며 산책을 끝마쳤다.

"지금 제 동생이랑 뭐 하시는 거예요?"

나는 어젯밤 루페르트를 향한 절절한 사과를 중얼거리며 잠든 것을 죄 까먹고선 그의 손목을 붙잡고 목소리를 높였다. 그의 망측한 행동에 열이 올라 머리가 어질어질할 정도다. 황도에서 어쨌는지는 모르지만, 여기는 벨루아인데!

"왜?"

"이거 훼아 아닌가요?"

"맞아."

나는 조금 얼떨떨한 얼굴로 고개를 끄덕이는 루페르트를 세차게 노려본 다음 르한의 손에 들린 훼아를 뺏어 바닥에 던져버렸다. 이미 불이 붙은 상태라 잔디에 불이 날까 나는 훼아를 퍽퍽 밟았다. 날카로운 굽에 짓이겨진 훼아는 형체를 알아볼 수 없을 정도로 뭉개졌다.

"누님."

"너! 네가 아무리 철이 없어도!"

나는 빈손을 허공에 멍하니 두고 있는 르한을 향해 목소리를 빽 높였다. 황도에서 제 몸 상하게 하는 짓을 하는 건 부모님이 모르시니 그렇다 치지만, 여기는 소문이 빠른 벨루아였다. 마구간 뒤편에서 나쁜 짓 모의하는 애들같이 숨었다 하지만 지나가는 사용인이 그들을 발견하는 것은 시간문제였다. 애초에 제프리에게 인사를 하러 내려온 나에게도 쉬이 걸리지 않았는가.

"여긴 벨루아야! 부모님이 아시면 얼마나 속상해하시겠니!"

"하지만 아버지도……."

"아버지는 이미 나이가 지긋하시고!"

나는 아버지가 들으면 섭섭해할 말을 입에 담으며 훼아를 들고 있던 그의 손을 찰싹찰싹 때렸다. 제법 세게 때렸기 때문에 그의 손등이 금세 부어오른다. 그는 아픈 티도 내지 않고 고개를 숙였다.

"죄송합니다."

"너 한 번만 더 이런 거 피우다 내 눈에 띄면 아주 혼쭐을 내줄 거야!"

"……네."

나는 르한의 사과를 받은 다음 획 소리가 날 정도로 거세게 몸을 돌려 루페르트를 바라보았다. 그는 상황이 이해가지 않는지 눈썹을 찌푸리고 우리를 지켜보고 있었다. 왜 르한에게 함부로 훼아를 주냐며 성을 내고 싶었으나 다른 눈이 있는 데서는 불가능하다. 황족에게 함부로 목소리를 높이는 벨루아의 아가씨는 보수적인 남부사람들에게는 꽤 커다란 충격을 줄 테니까.

"전하!"

"왜."

"따라오세요!"

나는 루페르트의 손목을 붙잡고 빠르게 마구간 옆으로 난 작은 숲으로 걸음을 옮겼다. 그가 힘을 주고 버틴다면 내가 그를 끌 수 있을 리 만무했지만 그는 다행히 나를 따라 터덜터덜 걷기 시작했다.

"아, 왜."

나는 사람이 보이지 않을 정도로 깊이 들어가서야 루페르트의 손목을 놓았다. 그는 말없이 잘 따라온 것 치고는 조금 짜증이 난 것처럼 보였는데, 내게 잡힌 손목을 털며 주변을 둘러보았다. 자작나무로 둘러싸인 것이 다인 초라한 숲을 꽤 오래 구경한 그가 고개를 휙 돌리며 묻는다.

"왜 끌고 왔는데."

"전하. 제 동생이 키가 커다랗고 어른 같아도 아직 아이예요."

"근데."

"훼아는 어른 몸에도 별로 좋지 못하잖아요! 파이프로 멋을 부리는 것도 아니고, 전하처럼 직접 흡입하는 건 더 몸에 안 좋은 것 아닌가요?"

"그게 뭐."

그는 내 잔소리에 기가 차다는 듯 웃었다. 붉은 입술이 위로 쓱 들리는 모양이 썩 보기 나쁘지 않아 잠시 나는 주춤했다. 작은 숲이기는 했지만 남부의 강한 햇볕을 받고 자란 나무들이라 녹음이 짙다. 그 푸른 녹음에도 전혀 죽지 않는 녹안이 또렷이 나를 바라보고 있었다. 그와 눈을 오래 마주하고 있으면 이상한 기분이 들었다. 그 요요한 빛에 홀려 끌려 들어갈 것만 같은.

"내가 피울 때는 아무 말도 안 했잖아."

"네?"

"내가 네 앞에서 태워 없앤 훼아가 몇 개인데. 너, 그런 말 한 번도 한 적 없어."

"그건……."

전하니까요. 제가 왜 전하의 건강을 신경 쓰나요?

본인이 일찍 병에 걸려 죽고 싶다면 나는 그걸 막고 싶은 생각이 없었다. 그러나 루페르트의 얼굴이 보통 좋지 않은 수준이 아니라 나는 입을 꾹 다물었다. 가늘어진 눈은 나를 쏘아보고 있는 데다 입가에 떠 있던 미소는 사라진 지 오래다. 설마. 나는 경악으로 벌어지려는 턱을 애써 잡아올리며 고개를 갸웃했다.

"전하."

"왜?"

"설마 섭섭하신 거예요?"

"……."

"제가 전하보곤 피우지 말라고 안 해서 섭섭하세요? 어머."

내 작은 감탄사가 그를 인내심의 한계까지 도달하게 했는지 루페르트는 이를 갈며 등을 돌렸다. 더는 내 헛소리를 들어주지 않겠다는 확실한 의사표현이었지만 나는 왠지 모르게 나오는 웃음을 참을 수가 없었다. 세상에.

귀엽잖아.

루페르트에게 이런 어설픈 투정을 기대조차 해본 적 없기에 이런 모습이 더 크게 다가왔는지도 모른다. 내가 르한을 챙기듯 자신을 챙겨주기라도 바라는 걸까. 나는 조금만 더 그를 놀려볼까 싶어 그의 뒤에 바짝 붙었다.

"잔소리해드려요? 훼아 피우지 말라고?"

"입 다물어. 죽고 싶어?"

"못 죽이시잖아요?"

나는 루페르트의 약을 올리듯 웃었다. 그러자 그가 성큼 다가오더니 내 머리에 손을 올린다. 젖혀진 고개 덕에 자연히 눈이 마주친다. 눈매가 굳을 대로 굳은 험악한 기세와 마주했지만 나는 애석하게도 겁을 먹지 않았다.

"왜 못 죽일 것 같은데?"

"저를 아끼시니까."

"대단한 자신감이군."

그는 내 이마에 대고 짙은 한숨을 내쉬었다. 너무 건방지게 굴긴 했나 싶긴 했지만 그는 내 예상대로 나를 혼내는 대신 어깨를 으쓱하며 물러났다.

"그런가 봐."

"네?"

루페르트가 나를 위협하지 못할 것이라고는 생각했지만 그런 담담한 인정은 예상외라 조금 놀라고 말았다. 내가 자신을 바라보자 그는 걸음을 멈춘 자세 그대로 고개를 끄덕였다.

"섭섭함이 이런 기분이네."

"……."

"분노와 비슷한데 감정의 끝이 길어."

"설마 살면서 한 번도 섭섭한 일이 없으셨던 건 아니죠? 황제 폐하께서 전하랑 아르눌프 전하를 꽤 오래 차별한 걸로 아는데요."

"당연한 거 아닌가? 아르눌프의 외척이 아른바흐인데."

그는 내 말을 이해할 수 없다는 듯 눈살을 찌푸리며 덧붙였다.

"게다가 내가 황제에게 기대하는 건 황위뿐이다."

"……저한테는요?"

"모르겠어. 내가 네게 원하는 게 도대체 뭐지?"

나는 뜬금없는 그의 질문에 바로 답할 수가 없었다. 평생을 외롭게 보냈을 터이니 사람을 미친 듯이 탐할 거라고 생각하긴 했지만, 그에게는 토리가 있지 않은가. 토리는 보다 더 온전한 의미로 그의 소유였다.

그는 내게 진짜 답을 구한 것은 아니었는지 머뭇거리는 나를 두고 먼저 걷기 시작했다. 우거진 숲을 통과한 해사한 빛이 금발 위로 넘실거린다. 별궁에서도 생각했지만 그는 숲과 어울리는 사람이다. 나는 수풀 너머로 사라질 듯 보이는 그를 따라 걸었다.

"아버지, 저 이만 갈게요."

"이대로 가도 괜찮겠니?"

"어쩔 수 없지요."

나는 어머니의 걱정 어린 물음에 한숨으로 대답했다. 벨루아에는 황태자를 모셔갈 만큼 좋은 마차가 거의 없었다. 결국 벨루아의 문양이 새겨진 저택의 마차를 빌려 쓸 수밖에 없었는데 엎친 데 덮친 격으로 경험 많은 벨루아의 마부가 때마침 앓아눕는 바람에 그의 아들이 고삐를 잡을 수밖에 없었다.

루페르트가 이런 자잘한 디테일에 신경 쓸 만큼 예민한 사람이 아니라는 게 그나마 다행이다. 일반적인 황족이라면 경을 치고도 남을 노릇이었으니까.

나는 척 봐도 어리숙한 어린 마부의 얼굴을 흘깃 보며 한숨을 내쉬었다. 벨루아와 황도의 거리가 우스운 정도도 아니었고 그렇다고 아무 마차나 탔다가는 루페르트가 황도에 제대로 돌아갈 수 없을지도 모른다. 겁도 없이 혼자 내려온 그의 호위를 위해 아버지는 벨루아에서 제일 빼어난 기사 넷을 우리에게 붙여주었다.

"아가씨, 마차에 오르시죠."

그 넷 중 한 명인 젊은 기사 베일리스가 내게 손을 내민다. 그는 연애나 남자에 관심이 없는 나조차 얼굴을 기억할 만큼 굉장한 미남이었는데 내 기억이 정확하다면 벨루아에서 르한과 어깨를 나란히 할 정도로 인기가 많았다. 미모보다도 실력이 출중한지라 아버지가 굉장히 아끼는 기사인데 그를 왜 내 상경길에 붙여주는 걸까.

"고마워요, 베일리스 경."

"제 이름을 기억하십니까?"

그가 의외라는 듯 눈을 동그랗게 뜬다. 제국에선 흔하지 않은 검은 눈의 희귀성이 그 미모를 더 돋보이게 만들었다. 나는 그의 오뚝한 코와 루페르트의 날카로운 코를 속으로 비교하며 누가 더 잘났는지 찰나 고민했다.

"저를 기억하실 줄 몰랐습니다."

"으음."

사실 나는 베일리스 경과의 사사로운 친분이 없는 것으로 기억했다. 그러나 그의 말을 들으니 마치 내가 그와 아는 사이라도 되는 듯하다. 조금 기뻐 보이는 듯 미소를 짓는 그에게 대고 대뜸 '얼굴이 잘생겨서 기억할 뿐이에요.'라고 할 수는 없는 노릇이라 대강 고개를 끄덕였다.

"그럼요. 당연히 기억하죠."

"이 손수건 꼭 돌려드리고 싶었습니다. 도련님이 방해만 안 하셨어도 진작 드렸을 텐데."

내가 마차의 발판에 발을 딛는 것을 지켜보던 베일리스는 품을 뒤져 하얀 손수건 하나를 꺼냈다. 벨루아의 전나무가 수놓인 손수건은 분명 내 것이긴 했지만 그 누구에게도 건넨 적이 없는데. 어린 귀족여성의 손수건이라 하면, 그 물건 자체보단 부여되는 의미가 어마어마하여 타인에게 함부로 주기에는 조금 꺼림칙한 것이다.

"어……."

나는 얼떨결에 돌려받은 '내 손수건'과 함께 손에 들린 장미를 내려다보며 무어라 대답할지 몰라 말을 골랐다. 그러나 내가 입을 열기도 전에 베일리스가 먼저 마차의 문을 열었다.

"그럼 황도까지 안전하게 모시겠습니다."

베일리스는 이미 마차에 올라 있는 루페르트에게 정중히 고개를 숙이며 나를 에스코트한 뒤 마차의 문을 닫았다. 루페르트는 창문으로 우리를 마중해주는 사람들의 얼굴을 천천히 둘러보다 내가 마차에 오르고 나서야 시선을 거둬들였다.

"결혼 생각 없다며?"

벨루아로 내려왔더니 머리에서 부품 하나가 빠져버린 걸까. 나는 소파 위를 구르고 있을지 모를 그의 머리부품을 찾기 위해서 손을 더듬거렸다.

"뭐 해?"

"전하 머리부품 찾아요. 연금술로 만들어 붙이신 건가요?"

"뒤지고 싶어?"

"그럼 말을 좀 알아듣게 해주세요. 뜬금없이 무슨 결혼이에요?"

"손수건."

"언제 줬는지 기억도 안 나요."

진심이었다.

내가 손수건을 도대체 언제 줬지? 황도에서 베일리스 경과 마주친 일이 없으니, 내가 루페르트의 시녀가 되기 전에 줬다는 건데. 회귀를 하기도 전, 아주 어렸을 때 일인 모양이다. 베일리스가 벨루아에 그렇게나 오래 소속되어 있었다니.

"나도 줘."

"……왜요?"

"남들 다 주는 걸 왜 난 안 줘? 네 주인인데."

"전하, 레이디의 손수건이 무슨 의미인지 모르세요? 기사들처럼 결투 신청할 때 쓰는 건 아니에요."

나는 손수건을 그의 면전에다 던지고 싶은 마음을 억누르며 실실 웃었다. 마차 밖을 흘깃 보니 아직도 사람들이 한 무더기였다. 황족인 그를 함부로 대하면 잘못된 소문으로 벨루아의 명성에 금이 갈 수도 있다.

"어머니! 저 가요! 르한! 너! 내가 한 말 잊지 마!"

나는 조금씩 속도를 붙이는 마차의 창밖으로 몸을 내밀고 손을 흔들었다. 르한이 내 경고를 알아들은 모양인지 고개를 끄덕인다. 당시 루페르트에게 혼이 팔려 제대로 혼내지 못한 것이 마음에 남는데.

"야."

"왜요."

나는 슬슬 평소와 달리 내게 말을 거는 루페르트가 귀찮아지고 있었다. 그의 부름에 불퉁하게 대답했음에도 그는 큰 상관이 없었는지 내게 손을 내밀 뿐이다.

"내놔."

"돈이요?"

"뭔 개소리야. 장미 내놔."

갑자기 꽃이라도 구경하고 싶어지셨나. 나는 별생각 없이 그에게 베일리스가 준 장미를 건네주었다. 그의 반응을 알았더라면 절대 그러지 않았을 텐데.

"꺅! 전하! 뭐 하세요!"

"냄새나."

"장미에서 향기가 나지 무슨 냄새가 나요?"

"머리 아파."

아무렇지 않게 창문 밖으로 장미를 휙 던져버린 그의 태도에 나는 경악을 금치 못했다. 왜 남의 꽃을 버리고 난리란 말인가. 베일리스 같은 미남자에게 꽃을 받아본 적은 처음이라 제법 흡족했던 터였던지라 나는 창문에 달라붙었다.

"왜 심술이세요! 왜!"

"너, 결혼할 생각 하지 마."

"장미랑 결혼이랑 무슨 상관이에요? 그리고 왜 결혼은 하지 말라고 하세요, 자꾸?"

"넌 평생 내 시녀나 해."

"히익! 싫어요!"

나는 그의 명령에 기가 막혀 소리를 높였다. 결혼에 대한 로망이 엄청 난 것은 아니고 벨루아가 그의 손아귀에서 안전할 거라는 확신을 얻기 전까지는 그의 곁에 붙어 있을 작정이었지만 막상 저렇게 대놓고 앞길 을 막으니 반발심이 생긴다.

내 거절에 기분이 상했는지 루페르트가 손에 힘을 주며 나를 노려본 다. 손등에 두드러진 핏줄에 조금 겁이 난 나는 더듬더듬 말을 덧붙였 다.

"시, 시녀장이잖아요. 승급은 해야죠."

"궁내무관이라도 시켜줘?"

"궁내 법규라도 바꾸실 셈이세요?"

여자는 궁내무관이 될 수 없다. 궁내무관은커녕 행정귀족도 할 수 없 다. 내 새침한 반박에 루페르트는 사색에 잠겼다. 턱을 괴고 창밖을 바 라보는 모습이 언뜻 고민에 휩싸인 듯 보인다. 나는 별 쓸모없는 고민 을 하는 그를 흘겨보다 쿠션을 정리해 몸을 뉘였다. 어머니가 보면 버 릇이 없다 놀라셨겠지만 루페르트는 내 행동이 예법에 어긋나는지도 모를 사람이다.

"그럼 결혼할래?"

"뭐라고요?"

목이 조금 말라 테이블에 놓인 주전자로 손을 뻗던 나는 갑자기 툭 던져진 그의 물음에 놀라 펄쩍 뛰었다. 내 반동에 흔들린 주전자가 엎어지며 물을 줄줄 쏟았지만 우리 중 누구도 이에 신경 쓰지 않았다. 나는 혼미해진 정신에 애써 고개를 양옆으로 흔들었다.

"어우. 피곤해서 그런지 헛소리가 들려요."

"헛소리 아닌데. 태자비라도 시켜줘?"

그의 헛소리는 스케일이 커도 너무 컸다. 나는 도무지 무시할 수도 없을 만큼 진지한 루페르트의 물음에 마른세수를 했다. 얼굴에 열이 오른다. 난생처음, 성인이 될 때까지도 받아본 적 없는 청혼을 지금 받다니. 그것도 이런 식으로! 세상에 이렇게나 낭만 없는 청혼이 또 있을까.

"진짜, 전하, 어디 아프세요?"

"반응이 왜 그래? 승급시켜달라며?"

"태자비가 무슨 승급이에요?"

"네가 황제가 되고 싶지 않은 이상 그보다 더 높은 지위가 어디 있는데?"

그가 내 반응에 억울하기라도 한 모양인지 입술을 짓씹는다. 나는 기가 막히고 코가 막혀 그와 더는 말을 섞고 싶지도 않아 돌아누워버렸다.

"야."

"전하랑 결혼할 생각 추호도 없어요. 말 걸지 마세요."

"왜? 밖에 저 기사랑 하려고?"

"베일리스 경 이야기가 왜 여기서 나와요? 장미꽃 받으면 다 결혼하나요?"

"나보다 잘생겼어?"

"와, 전하 지금 너무 유치해요."

결혼이 애들 장난도 아니고. 물론 외모만 따지자면—지위를 따져도—그는 최고의 신랑감이었지만, 정말 말도 안 되는 헛소리였다. 내가 그를 남편으로 사랑할 수 있을 리 없고, 루페르트 또한 나를 여인으로 사랑하지 않았으니까. 아니, 애초에 사랑하지도 않는다. 내가 결혼해서 황궁을 벗어나는 일이 그 정도로 싫은가.

"왜 화를 내는지 모르겠어."

"난생처음 받은 청혼을 이렇게 무미건조하게 만드신 것에 화가 나서요."

그는 내 말에 품을 주섬주섬 뒤지더니 주머니 하나를 꺼내었다. 붉은 공단으로 만들어진 고급스러운 주머니에서 대강 아무 보석-고르는 손짓이 정말 성의 없었다-이나 집은 그가 내게 손을 뻗는다.

"자."

"……."

"다 줄까?"

"보석을 끼었으면 없던 낭만이 생기나 봐요?"

나는 말은 그렇게 하면서도 루페르트의 손에서 주머니를 낚아챘다. 덜그럭거리는 소리가 나며 무게도 제법 묵직한 것을 보니, 안에 든 게 보통 값어치가 나가는 건 아닐 터다.

"이건 벨루아에 묵으신 비용으로 받을게요."

"……벨루아 저택이 그 정도 금액을 받을 만큼 호화스러운 숙박시설은 아닌 것 같은데."

"그럼 상여금이라고 생각하세요."

나는 흥 소리를 내며 고개를 다시 돌리며 대화를 끝내버렸다. 내가 쿠션과 쿠션 사이에 머리를 들이밀어 귀를 막아버리자 루페르트는 그제야 포기한 듯 잠잠해졌다. 웅얼거리며 혼잣말을 덧붙인 것 같기는 하지만 궁금하지 않았다.

루페르트가 괜히 마음에도 없는 결혼을 들먹인 덕에 정적이 흘렀다. 그는 나를 불편해하지 않았지만 나는 괜히 그와 눈을 마주하는 것이 불편했다. 애초에 그가 당장 몇 번의 계절만 흐르면 황제가 될 만큼 장성했다는 사실을 새삼 느꼈기 때문이다. 많이 자랐다 생각은 했지만 늘 곁에 붙어 있다 보니 그의 성장이 얼마나 빠른지 피부에 와닿지는 않았다.

　해서 나는 제프리를 돌본다는 핑계로 마차에서 내려 마차를 졸졸 따라오는 영특한 말에 올라탔다. 기수 없이도 길을 놓치는 법이 없을 만큼 똑똑한 제프리가 내가 반가운지 히잉 울었다.

　"아가씨의 말이었습니까?"

　"네."

　마차를 둘러싼 기사들 중 한 명이 투구를 올리며 내게 다가왔다. 베일리스 경이었다.

　"이 정도로 지능이 높은 말은 처음 봐요. 훈련을 대단히 잘 시켰나 봅니다."

　"딱히 훈련을 한 것은 아니에요."

　"하긴, 백작부인께서 굉장히 수준 높은 기수이시죠. 아가씨가 말을 잘 다루시는 것도 당연합니다."

　내 말을 듣는 건지 마는 건지, 베일리스는 혼자 제프리의 똑똑함을 이해하며 고개를 끄덕였다. 그를 붙잡고 구태여 제프리가 처음부터 얼마나 똑똑했는지 설명할 필요를 느끼지 못한 나는 어깨만 으쓱하고 말았다.

　"피곤하실 텐데 왜 나오셨습니까?"

　"바람 좀 쐬려고요. 날도 선선하니 나쁘지 않네요."

벨루아는 분명 여름이었는데 상파뉴에 가까워질수록 조금 쌀쌀해지고 있었다. 긴팔이긴 했지만 원단 자체가 얇은 드레스 소매를 매만진 나는 창문도 열려 있지 않은 마차를 돌아보았다.

"황도로 가는 길은 제법 잘 닦여 있어 구경하기 나쁘지 않죠."

베일리스의 말이 끝나기가 무섭게 마차의 창문이 드르륵 열린다. 루페르트는 그 틈으로 머리를 쑥 내밀고서 나를 찾았다.

"뭐 해?"

"제프리 좀 달래려고요."

나는 말의 귓가를 부드럽게 쓸어내리며 대답했다. 그는 무엇이 마음에 들지 않는지 언짢은 기색으로 대답도 하지 않고 다시 창문을 닫아버렸다. 심통 난 어린아이 같은 행동에 기가 막혀 내가 입을 헤벌리자 베일리스가 의아한 얼굴로 나를 돌아본다.

"뭔가 불편하신 것이 있으신 모양인데요."

"글쎄요. 왜 저러시나 모르겠네. 아."

"예?"

"손수건이요. 죄송하지만 기억이 도저히 안 나서요. 도대체 언제 드린 건가요?"

"음. 아가씨가 여섯 살쯤 되었을 무렵 같은데요."

여섯 살이라니. 내가 기억을 못 하는 게 당연했다. 나는 고리타분한 옛 추억을 꺼내는 노인 같은 표정의 베일리스를 올려다보며 작게 고개를 끄덕였다.

"제가 기억을 못 하는 게 당연하군요."

"예. 제 이름을 기억하시길래 그때 일까지 기억하시는 줄 알았습니다."

"도대체 제가 왜 손수건을 드렸나요?"

"으음. 저와 같이 백작가에 들어온 기사들은 모두 종기사 시절 아가씨 찾는 일이 주 임무였어요. 어느 날은 아가씨를 몇 시간이나 찾지 못해 저택 전부를 뒤졌는데, 그날은 우연찮게 제가 아가씨를 찾았습니다."

"절 찾아요?"

나는 나도 모르게 인상을 찌푸렸다. 기실 나는 그맘때의 일은 전혀 기억하지 못했으니까. 뜨문뜨문 떠오르는 작은 편린이 전부였다.

"네에. 숨바꼭질을 좋아하시는지 자꾸 저택 밖으로 나가시려고 해서요."

베일리스는 그때를 회상 중인지 옅게 미소 짓고 있었다. 나는 전혀 기억나지 않는 그 사건을 어떻게든 떠올려보려 애쓰며 인상을 썼다. 어머니가 분명 나는 아주 얌전한 아이였다고 하셨는데.

"천방지축이셨어요."

"그런 것 같네요. 조금 놀랄 정도예요."

"그래도 천사 같은 아이셨답니다. 아가씨가 장미덤불에 걸려서 가지를 손으로 뜯으니 피가 좀 났거든요. 그에 놀라서 주신 거고요, 그 손수건."

그제야 뭔가가 기억이 날 듯 말 듯했다. 생각에 더 몰두하고 싶었지만 때마침 루페르트가 다시 창문을 열어 나를 찾기 시작했다. 말은 하지 않아도 내가 다시 마차에 탔으면 하는 듯한 기색인지라 나는 한숨과 함께 제프리를 세웠다.

"가요, 전하. 가."

"누가 오래?"

"그럼 계속 제프리 타고 있을까요?"

"아니."

혼자서 마차를 타고 긴 시간을 보내기란 보통 심심한 게 아니기에 나는 루페르트의 심술을 이해했다. 베일리스의 도움을 받아 다시 마차에 오르려는데 안에서 팔 하나가 쑥 튀어나오더니 그 대신 나를 에스코트한다. 나는 거의 떠오르듯 허공을 날아 마차 좌석에 안착했다.

"팔 아파요!"

"미안."

그는 순순히 사과하며 마차 문을 닫았다. 그가 베일리스를 견제할 이유가 전혀 없는데 왜 저러는 걸까. 혀를 쯧 차며 무료함을 달랠 음료수라도 마실까 고민하는데 갑자기 마차가 덜커덩댔다.

"죄송합니다!"

앞쪽에서 마부의 당황한 목소리가 들린다. 마부는 기술이 부족한지 종종 턱이 있는 곳으로 마차를 몰아 휘청거릴 때가 많았다. 루페르트는 별다른 불만을 표한 적이 없지만 황태자 전하를 불편하게 했다는 생각에 더 긴장했는지 마부의 운전솜씨는 시간이 지날수록 악화되는 중이다.

"죄, 죄송합니다! 전하!"

"괜찮아요. 천천히 해요."

나는 되도록 다정한 목소릴 내 마부의 긴장을 완화시켜주려 노력했지만 내 대답에 더 놀란 모양인지 마부가 서둘러 고삐를 내리치는 소리가 안까지 들렸다. 히이잉! 말 울음소리와 함께 마차의 속도가 빨라진다.

"전, 전하."

"왜."

"우리 마차에서 내려서 갈까요? 조금 위험……."

쿠웅!

한참을 미친 듯이 빠른 속도로 달리던 마차가 바위라도 들이받았는지 쾅 소리를 내며 옆으로 기운다. 나는 오른쪽으로 쏠리는 몸을 가누지 못하고 마차 문에 부딪치고 말았다. 그 반동에 문이 활짝 열려 영락

없이 밖으로 튕겨나가겠거니 싶어 눈을 꼭 감았는데 뺨에 닿는 것은 딱딱한 바닥이 아니었다. 비슷하게 단단하긴 했지만 체온이 느껴지는 사람의 품이다.

"젠장, 뭐 하는 거야?"

마차 바퀴가 통통 튀어오를 때도 모른 체했던 루페르트는 그제야 이를 갈았다. 감았던 눈을 뜨니 그가 마차의 다른 쪽에 매달린 채 나를 붙들고 있었다. 마차는 턱에 걸린 듯 심하게 기울어진 각도를 용케 유지한 상태였다. 루페르트가 창문을 붙잡고 있는 손을 놓으면 금세 반대편으로 도르르 굴러떨어질 것만 같아 나는 그에게 매달리지도 못했다.

"히익."

"움직이지 마."

"떠, 떨어질 것 같아요."

"여기서 떨어져봤자 죽지도 않아."

루페르트가 담담히 말했지만 마차가 걸린 지점이 절벽까지는 아니라도 꽤 가파른 언덕이라 나는 덜컥 겁이 났다. 내가 허둥지둥 팔을 허공에 뻗자 그가 혀를 차며 나를 껴안는다.

"야. 움직이지 마. 흔들리잖아."

"히, 히이익."

나는 아까와는 다른 의미로 경악하며 몸을 움찔했다. 몸부림쳐 벗어나고 싶은 충동도 들었으나 여기서 벗어나면 굴러서 루페르트가 항상 하는 말대로 터져버릴 수도 있다. 내 뺨을 꾹 누르고 있는 가슴팍이 꽤 단단해서 괜히 이상한 기분이 들었다. 성인 남성에게 안겨 있기라도 한 듯 부끄럽다. 그 기분은 그의 손이 내 허리를 단단히 감싸 안아 나를 들어올리는 순간 아주 격해지고 말았다.

"왜, 왜, 왜요!"

"떨어뜨려줘?"

"아니요."

언뜻 진심처럼 들리는 물음에 나는 그의 손이 얼마나 크고 단단한 느낌인지에 대한 감상은 삼키기로 결정했다. 기실 딱히 놀랄 일도 아니었으니까. 그는 정말로 장성한 청년에 가까워지고 있었고 실제로 내가 기억하는, 나를 죽인 젊은 황제와 겉으로 보기에 크게 다르지도 않다. 나도 모르게 그를 자꾸 어린아이 취급하고 있었던 모양이다. 그가 자라지 않았으면 하고 바라는 마음도 있었으니까.

"매달려."

"네?"

"두 번 말하게……."

나는 루페르트의 명령을 알아듣지 못한 척하고 싶었지만 그의 목소리가 점점 더 낮아지고 있었으므로 냉큼 그의 목을 껴안았다. 답삭 안겨 있으려니 나름 편하고 좋네, 하는 속편한 생각까지 하면서. 그에게 이 정도로 붙어 있어본 적은 처음이다. 숲에서 오랜 시간을 보낸 덕인지 그에게선 은은한 나무 냄새가 났다.

"전하."

"왜."

"좋은 냄새 나요."

별말도 아니었는데 루페르트의 표정이 험악하게 굳는다. 그는 무어라 말을 하려는 듯 입을 벌렸다 다시 꾹 다물었다. 그는 나와 대화를 하는 대신 제게 매달린 나를 데리고 창문을 열었다. 사람 하나가 통과할 만큼 넓은 창은 아니라 얼굴만 쑥 내밀어보니 저 멀리서 허겁지겁 달려오는 기사들이 보인다. 마부는 어디로 튕겨 날아갔는지 보이지도 않았다.

"전하, 기사들이 오고 있어요!"

"더 못 버텨."

루페르트의 말이 끝나기가 무섭게 마차가 끼익 소리를 내며 옆으로 조금 더 기운다. 이제는 거의 거꾸로 매달리다시피 한 것에 가까워지고 있어서 나는 루페르트의 목을 감싼 팔에 힘을 주었다.

"⋯⋯숨 막혀."

"떠, 떨어지면 어떡해요!"

"하."

겁먹은 내가 한심한지 짧은 한숨을 내쉰 그는 나를 감싸던 팔을 풀어 창밖으로 손을 뻗는다. 지탱할 곳이 하나 없어져 제게 매달리는 나 때문에 숨이 막힐 것이 뻔했는데도 다행히 그는 나를 힐난하지 않았다.

"레도르."

펑!

아까와는 다른 작은 폭발음과 함께 마차의 벽면이 스르르 녹아내린다. 나는 순식간에 넓어진 시야에 당황해 눈을 굴렸다.

"놔."

너무 갑작스러운 상황의 연속이라 정신을 차리지 못한 나는 루페르트의 말도 바로 이해하지 못하고 그를 놓아주지도 못했다. 그는 자신에게 대롱대롱 매달려 있는 나를 내팽개치는 대신 그대로 안아 땅에 발을 디뎠다. 용사가 공주를 구출하는 동화 속 장면처럼 그럴듯해 보였겠지만, 문제는 내가 공주가 아니고 그도 용사가 아니라는 점이다.

"전하! 내려주세요!"

기사들이 루페르트와 나의 모습에 놀라 턱이 빠져라 입을 벌리는 것을 본 나는 그의 어깨를 팍 내려쳤다. 난데없이 얻어맞은 그가 어이가 없다는 듯 헛웃음을 짓는다.

"놓으라고 아까 했잖아."

"이, 이제 괜찮으니까 내려주세요!"

"왜?"

"왜긴요? 기사들이 보잖아요! 소문나면 어떡해요!"

"나면 뭐 어때서."

"왜 자꾸 제 혼삿길을 막으려고 그러시는 거예요?"

사실 루페르트가 막지 않아도 이미 꽉꽉 막혀 있다. 그렇지만 기사들 보기 창피해 그리 말하자 그는 그제야 나를 내려주었다.

"별것도 아닌 걸로 화내지 마."

"이 일이 별일인지 아닌지를 왜 전하가 정하세요?"

"……."

"……어쨌든 구해주셔서 정말 감사해요. 저는 자꾸 전하께 도움만 받네요. 도움을 드린다고 했는데."

부끄러워 앙칼져진 내 태도에 루페르트는 대답하지 않았다. 성이라도 났나 싶어 나는 슬슬 그의 눈치를 보며 우리에게 서둘러 달려오는 기사들을 향해 손을 들어 보였다.

"전하! 아가씨! 괜찮으십니까?"

"괜찮아요!"

그 순간, 나의 대답에 반항이라도 하듯 순간 마차를 받치고 있던 턱이 무너지면서 벨루아가 소유한 가장 좋은 마차는 데굴데굴 언덕을 굴러가기 시작했다. 튼튼하고 비싼 나무로 만든 마차라도 남아날 리 없다. 나는 마차의 마지막 바퀴까지 떨어져나가는 것을 지켜보며 한숨지었다.

"아버지가 아끼는 마차인데."

"마부, 마부는 어떻게 된 겁니까?"

"글쎄요. 보이질 않는데."

마차와 함께 굴러가버리기라도 한 것인지 마부는 우리가 턱에 걸렸을 때부터 종적을 감춘 듯 사라져버렸다. 설마 저 밑으로 떨어져 죽기라도 한 걸까 싶어 고개를 빼고 찾아도 그의 모습은 보이지 않는다.

"전하, 저희의 큰 불찰입니다. 어찌 사죄드려야 할지."

베일리스는 안절부절못했다. 호위로 따라온 주제에 이런 사고를 막지 못했으니 당연했다. 루페르트가 지금 당장 베일리스의 목숨을 거둔다 해도 아버지는 아무 말도 못 할 것이다.

"하……."

루페르트의 한숨에 베일리스의 얼굴이 눈에 띄게 어두워진다. 그러나 나는 그의 한숨이 무슨 의미인지 알았다. 어느 정도 수준의 처벌이 적당한지 생각하기도 귀찮은 모양이었다.

"죄송합니다. 어떤 벌이든 달게 받겠습니다."

루페르트의 눈이 가늘어진다. 그나마 벨루아에 와서 잠시나마 휴식을 취한 덕인지 약간 풀렸던 안색이 다시 피로에 짓눌리고 있었다. 그는 곧 부서진 마차를 짜증스레 가리켰다.

"주워 와."

"예?"

"한 조각이라도 놓치면 목숨을 취할 테니 제대로 해."

루페르트가 내린 벌은 목이 날아가는 것에 비하면 과할 정도로 너그러웠다. 나조차도 그의 처사에 놀랄 정도였으니 그를 잘 모르는 베일리스가 눈시울을 붉히는 것 정도는 과한 반응이 아니다.

"전, 전하. 그걸로 괜찮으시겠습니까?"

"두 번 말하게 하지 마라."

베일리스와 기사들은 루페르트가 그들을 스쳐 지나가는 동안 머리가 땅에 닿을 정도로 깊이 고개를 숙였다. 나는 루페르트를 뒤쫓다, 태자 전하가 백작님의 말씀과 다르다는 베일리스의 중얼거림을 놓치지 않고 들었다. 추궁을 위해 걸음을 멈출까 했지만 있는 대로 성이 난 루페르트에게 기다려달라 할 수는 없는 노릇이다. 나는 내게도 고개를 연신 숙여대는 베일리스를 흘깃대며 제프리에 올랐다.

"전하도 얼른 말에 타세요."

내가 안정적으로 말에 안착하는 것을 루페르트가 멀뚱히 지켜보고만 있길래 비어 있는 다른 말을 가리키자 그가 제프리의 목을 손가락으로 가리킨다.

"앞으로 가."

"왜요?"

"걸어갈래?"

곰곰이 생각해보니 남는 건 제프리뿐이다. 기사들은 무거운 갑옷을 입고 있는 데다 조각난 마차 조각까지 가져와야 할 테니 두당 말 한 마리는 필요할 것 같았다. 이유가 없는 것이 아니니 무작정 싫다고 할 순 없는지라 나는 미적미적 말 머리 쪽으로 바투 앉았다.

"제프리가 전하 말을 들을까요?"

내가 제프리를 다루는 편이 낫지 않나 싶어 묻는데 그가 코웃음을 치며 말에 올라탄다. 제프리가 덩치는 크긴 하나 안장 자체가 내 체구에 맞게끔 작아 그와 나 사이는 종이 한 장 들어갈 정도밖에 되지 않았다. 나는 어떻게든 거리를 벌리기 위해 노력하며 그에게 고삐를 넘겨주었다.

내 등에 닿은 단단한 품이 무척이나 불편해서─심리적으로─나는 옴짝달싹도 하지 못하고 가만히 움츠려만 있었다. 내 불편한 마음을 알아챘는지 제프리는 콧방귀를 뀌며 천천히 걷는다. 이 속도로 갔다간 한 달이 걸려도 황도에는 당도할 수 없을 것 같아 나는 조용히 고개를 돌렸다.

"제프리가 안 움직이는데요?"

루페르트가 제프리에서 내리면 끝날 일이다. 그러나 그는 꽤 솜씨가 좋은 기수였고 제프리의 고집을 꺾는 방법을 알고 있었다. 그가 고삐를 잡아 비틀자 제프리가 기가 한풀 꺾여선 서서히 속력을 높인다. 그동안에도 루페르트는 내게 단 한 마디도 건네지 않았다.

원래 말수가 적은 사람이기는 하지만 자세가 자세인 덕에 그 침묵이 더더욱 민망하게 다가와 나는 작은 헛기침을 연신 내뱉으며 어색함을 깨기 위해 노력했다.

"……추워?"

"아, 아니요."

내가 감기라도 걸린 줄 알았는지 그제야 루페르트가 떨떠름히 묻는다. 햇볕 쨍쨍한 여름 낮에 감기에 걸리는 사람은 드물 테였고, 내 기침은 아픔이 아닌, 민망함에 기인한 것이기에 순전히 그의 오해였다.

내가 열심히 고개를 저으며 부정했는데도 곧 머리로 풀썩 얇은 천 하나가 떨어진다. 셔츠 위에 걸치는 얇은 조끼는 본시 르한의 것이지만 루페르트가 방금 전까지 걸치고 있던 옷이다.

"전하, 저 진짜 괜찮아요! 안 추워요!"

"입어. 그리고 단련 좀 해."

"저 열심히 단련하고 있어요. 아침마다 얼마나 열심히 뛰는데요."

제프리가 빠르게 달리자 뺨에 부닥치는 바람이 꽤 차게 느껴지긴 했기에 나는 웅얼거리면서도 조끼를 목에 둘렀다. 사람은 자고로 목만 따뜻하면 된다. 월레탄 사람들은 벨네르니의 매서운 추위를 찰나라도 느끼면 곧 죽는다 난리를 치겠지만, 나는 남부사람이기는 해도 추위가 싫지는 않다. 견딜 수 있을 만큼의 고통은 사람을 강하게 만들어주기도 하니까.

"근데 왜 추워해?"

"추운 거 아니라니까요."

내가 추위를 타는 것까지 걱정하는, 문자 그대로의 의미로 말도 되지 않는 그의 세심함에 나는 속으로 혀를 끌끌 찼다.

"전하."

"왜."

"도착하면 저 사격 좀 가르쳐주세요."

"그래."

그는 순순히 고개를 끄덕였다. 달라는 대로 주고 부탁하는 대로 들어줄 것만 같은 태도다. 그가 내게 언제부터 이리 관대했었는지, 너무나도 당연하단 듯한 모습이다.

"저 방도 좀 좋은 데로 바꿔주세요."

"내 옆방 써."

"……저 독 먹고 누워 있던 방이요?"

제정신이 돌아온 후 곰곰이 생각해봤는데, 그 방은 태자비의 침실임이 틀림없을 거다. 내가 아무리 건방진 시녀장이 목표여도 황족은 내가 노릴 만큼 만만한 자리가 아니다. 황실모독죄로 목이 날아갈 정도의 무례는 지금도 충분히 범하고 있지만 구태여 내 목숨을 더 위험하게 만들고 싶지 않았기에 나는 화급히 고개를 저었다.

"태자비 방이잖아요."

"지금 비었잖아."

"결혼하실 생각은 있으세요?"

문득, 황제와 토리의 결혼이 떠올라 생각 없이 입을 열었다. 그는 원래 황제가 되자마자 토리의 입지를 다진 후 황후로 만들어버렸으니까. 그렇다면 지금부터 계획이 있어야 하는 것 아니겠는가.

"도움이 된다면?"

루페르트의 말꼬리가 슬쩍 올라간다. 황제가 되는 것에 도움이 된다면, 이란 뜻인가? 나는 아직 구체적인 계획이 없는 듯한 그 대답에 입을 삐죽였다.

"왜. 진짜 결혼해줘?"

"됐거든요? 저는 정말 보기만 해도 눈물이 나올 만큼 사랑하는 사람이랑 아주 로맨틱한 결혼을 하고 싶어요."

"꿈이 꽤 크네."

비웃는 투는 아니었지만 제법 냉정한 대답이다. 그의 말은 객관적으로 봤을 때 사실이었다. 벨네르니처럼 신분이 공고한 나라에서, 부유하지만 신분은 평민인 젠트리도 아닌 귀족여자가 사랑을 따라 결혼하기란 하늘의 별을 따기보다 어렵다. 결국 리체도 르한을 포기했으니까. 그리고 나는 리체만큼 누구를 열렬히 사랑해본 경험도 없다.

"두고 보세요."

그러나 루페르트의 말처럼 허무한 결혼을 하고 싶지도 않아 나는 그를 슬쩍 노려보며 작게 다짐했다. 나는 나를 이용하거나 물건처럼 아껴주는 게 아닌, 사람 대 사람으로서 사랑해줄 상대를 원했으니까. 살아남고 생각해볼 문제이지만 말이다.

벨루아에서 보낸 다디단 여름이 꿈이었던 양 황궁으로 돌아온 후 삭막한 일상이 반복되었다. 황제가 될 날이 다가와서였는지 루페르트는 정말 눈코 뜰 새 없이 바빴고, 토리도 마찬가지로 제게 주어진 일을 처리하느라 바쁜지 얼굴 보기가 힘들었다.

토리는 임무를 마치고 돌아오는 날이면 아주 가끔 내 방을 이용해 황궁으로 숨어들어왔는데, 나는 피를 뚝뚝 흘리는 그녀를 보고도 모른 척 눈을 돌렸다. 나는 아직도 그녀를 어떻게 대해야 하는지 모르겠다.

처음 그녀가 내 방을 통해 들어온 새벽, 나는 피라도 닦으라며 손수건을 건넸지만, 토리는 나를 멀뚱히 바라보더니 손수건을 낚아채선 팽개친 후 짓밟고 나가버렸다. 그런 일이 몇 번 되풀이되어 나는 그녀의 기척이 나면 자는 척 눈을 감아버리게 되었다.

토리와 루페르트 모두 바빴지만, 나도 놀기만 한 건 아니다. 아멜리아 고모와 대공의 동태를 살핀다든지 리체와 데면데면한 만남을 지속하며 고르텐의 동향을 파악하며 시간을 보냈다.

일주일에 한 번쯤 루페르트에게 밀려든 서류를 정리하는 것을 돕고 그들에 관한 보고를 하며 내 나름의 필요성을 어필해야 했으니까. 나는 뛰어난 첩자가 아니었고 따라서 내가 모은 정보가 그에게 큰 도움이 되었는지는 모르겠지만, 그는 서류를 들고 자신을 찾는 나를 막은 적이 없다.

루페르트는 벨루아에서 돌아온 후 나의 편의를 꽤 많이, 기이할 정도로 봐주기 시작했다. 잔뜩 혼쭐이 났었는지 친위대장도 더는 나를 건드리지 못했고 전속하녀도 로라가 아닌, 벨루아 출신의 남부사람이 배정되어 나는 루페르트가 황위에 오르는 그날만을 기다리고 있었다.

이대로만 시간이 흐르면 내 생존계획을 완벽에 가까울 정도로 성공시킬 수 있을 것만 같았다. 루페르트는 내게 호의적이었고, 토리는 더는 내게 적의를 드러내지 않았으니까.

내 설득이 먹혀들었는지 아버지도 벨루아에 머물며 큰 소란은 일으키지 않았다. 르한이 사소한 사고를 저지르며 불성실한 생도생활을 이어갔지만, 벨루아의 흥망성쇠와는 관련이 없을 정도로 자잘한 것들이었다.

"이레인, 오늘도 고마워."

"아가씨, 오늘따라 밤이 어두워요. 향초를 놓아드리고 갈게요."

나와 나이 차이가 크지 않은 이레인은 내가 황궁에 들어왔을 때부터 나를 모시고 싶었다고 했다. 실제로 나를 살뜰히 살피는 태도가 굉장히 다정해, 나는 로라를 겪었음에도 그녀에게 천천히 마음을 열어갔다. 로라의 행방이 묘연한 탓에 나는 그때의 일들을 따져 물어볼 길이 없었다. 루페르트에게 넌지시 물어보았지만, 그는 그녀를 아예 모르는 체했다. 도대체 어디로 사라진 걸까.

이레인의 말마따나 유난히 검은 밤이다. 폭풍전야와 같은 나날이라 거뭇거뭇한 밤하늘이 유독 무섭게 느껴졌다. 스산하지만 조용한 분노와 같아서.

"내일이 생일이신데, 제가 해드릴 건 없을까요?"

"어?"

"내일 아가씨 생일이시잖아요."

"까먹고 있었어."

내일이면 다시 열여섯이 되는구나. 나는 그맘때쯤 무슨 일이 있었는지를 떠올리며 이레인의 호들갑에 손사래를 쳤다.

"어머, 생일을 잊으시면 어떡하나요? 벨루아에서도 편지가 잔뜩 왔어요."

"애도 아니고 무슨. 괜찮아."

루페르트가 자신의 생일을 모르는 것을 이상하다고 여겼으면서 나는 내 생일도 제대로 기억하지 못하고 말았다. 황궁에서의 생활이 너무 단조로워 시간의 흐름을 못 느껴 더 그랬다. 내 생일상을 호들갑 떨며 차려줄 베르노가 여기엔 없어서 그런가.

"내일은 작게라도 축하 자리를 마련하는 것이 좋겠어요."

이레인은 내가 생일에 별 반응 않는 것이 의아한 듯 어깨를 으쓱하며 방을 나섰다. 나는 성에가 낀 창가로 다가가 조금씩 눈이 내리기 시작하는 밖을 지켜보았다. 죽음을 겪고 다시 돌아온 열두 살의 생일파티가 생각나는 풍경이다. 얼떨떨한 맘으로 보았던 그 겨울날의 창가를 잊지 못한다.

충동적으로 창문을 여니 찬 바람이 볼을 스친다. 살을 에는 듯한 한기였지만 나는 그 서늘함이 나쁘지 않아 문을 닫지 않았다. 다시 이렇게 계절을 느끼며 살아간다는 게 실감이 나지 않을 때도 종종 있다. 나는 분명 죽었는데 살아 있으니까.

눈발은 점점 더 거세져 곧 창가에 소복하게 쌓였다. 나는 손가락을 들어 하얗게 내려앉은 눈을 푹 찔러보았다.

"뭐 해."

"꺅!"

창밖으로 뻗은 내 손을 창백한 하얀 손이 감싼다. 나는 어둠 속에서 불쑥 튀어나온 하얀 인영에 기절할 만큼 놀라 자빠지고 말았다.

"일어나."

루페르트다. 그는 검은 로브의 어깨께에 쌓인 눈을 탁탁 털어낸 후 주저앉아 있던 나를 잡아 세웠다.

"놀랐잖아요!"

"왜 눈을 만지고 놀고 있어?"

그는 내가 얼마나 놀랐는지 따위에는 별로 신경을 쓰고 싶지 않은 듯했다. 밖에 꽤 오래 있었는지 콧등이 빨갰다. 나는 얼어붙어 있는 루페르트의 하얀 뺨을 향해 무의식적으로 손을 뻗었다.

"왜 거기 계셨어요?"

"……나."

"네?"

루페르트는 머뭇거렸다. 한참이나 주저하던 그는 입을 꾹 다문 채 침대로 다가가 누웠다. 나는 이 뜻밖의 침입자를 어떻게 쫓아내야 할지 고민했다. 결혼하지 않은 남녀가 한밤중에 한방에 있었다는 소문이 퍼지면 곤란해지는 건 나뿐만이 아닌데. 그러나 이런 부분을 지적하면 그는 또 결혼이나 하자는 무신경한 헛소리를 늘어놓을 게 뻔하다.

"전하, 왜 오셨어요?"

"……."

루페르트는 대답 대신 침대에 누운 채 마른세수를 했다. 한숨이 깊다. 고민이 많은 사람이기는 했지만, 평소보다 더 지친 듯한 기색이 염려스러워 그에게로 천천히 다가갔다.

"전하. 무슨 일 있으신가요?"

"……."

겨울을 맞아 꺼낸 벨벳 이불에 누운 그는 시체처럼 차가워 보였다. 눈으로 만든 조각처럼 새하얗고 생기 따위는 찾아볼 수 없을 만큼 창백해서 심장이 있는지조차 의심스러울 지경이다. 꽤 오랜만에 보는 얼굴이 수척했다.

내가 자신의 옆에 엉덩이를 붙이고 앉을 때까지도 그는 입을 열지 않았다.

"전하, 할 말 없으면 돌아가세요. 저 졸리거든요?"

"추워."

"밖에 계시니 춥지요. 뭐 하시느라 그러신 거예요?"

나는 그의 몸에 깔린 검은 비로드를 낑낑거리며 빼낸 후 루페르트에게 덮어주었다. 닿은 손이 얼음장처럼 차가워 나는 커다란 얼음을 껴안는 기분으로 그의 손과 팔을 품었다. 황태자라는 사람이 도대체 왜 이러고 다니는 걸까. 생각해보니 그는 연금술도 할 줄 알았는데. 불 따위계속 피우면서 걸어다니면 안 되는 걸까?

"춥다고."

"전하가 한데 오래 계셔서 그래요."

"몸이 추운 게 아니야."

"그럼요?"

"모르겠어."

몸이 아니면 마음이라도 춥다는 뜻인가.

나는 뜨문뜨문 이어지는 그의 말을 경청하기 위해 귀를 쫑긋 세우면서도 그의 손을 연신 주물렀다. 원래도 체온이 낮은 편인지라 쉬이 덥

혀지지 않는다. 얼어붙어 새빨개진 손끝을 보고 있기 안쓰러워 나는 이
불로 그의 팔을 꽁꽁 감싸놓았다.

"전하. 이러고 계실 게 아니라 따뜻한 물에 목욕이라도 하시는 것이
좋겠어요."

"······죽었어."

"네?"

죽긴 도대체 누가.

나는 뜬금없는 소리에 눈을 동그랗게 뜨고 그를 바라보았다. 루페르
트는 눈을 내리깔고 있어 그 뜻을 읽기가 힘들었다.

"전하. 누가 죽었다는 말씀이세요?"

"황제. 내가 죽였어."

나지막한 목소리였다. 속삭이는 듯한 그 발언에 나는 내가 잘못 들었
나 싶었다. 그러나 대답과 함께 감았던 눈을 뜬 그는 진지했다. 언뜻 엄
숙하기까지 해서 나는 놀라 그의 손을 움켜잡았다.

"무슨 말이에요?"

"죽여달라고 해서, 죽였어."

내 기억대로라면 황제의 장례식은 새싹이 돋아나는 봄에 있었다. 그
가 봄에 죽었다는 말이다. 따라서 루페르트가 황제가 되는 시기는 여름
이다. 나의 데뷔탕트까지도 그는 여전히 황태자였다. 그 무시무시한 광
기를 숨긴 채로. 하지만 지금은 겨울이고 나는 아직 데뷔탕트를 치르지
도 못한 상태였다.

갑작스러운 전개에 혼미해진다. 혼란에 빠진 나와 천천히 몸을 일으
키는 루페르트의 시선이 마주쳤다. 그는 이제 정신이 들었는지, 얼빠진
나를 비웃었다.

"왜 놀라?"

"당연히 놀라죠, 전하. 그런 농담은 재미없어요."

"알고 있잖아."

"네?"

나는 루페르트의 무미건조한 목소리에 고개를 기울였다. 뭘 알고 있다는 거지? 나는 많은 것을 알고 있었지만 동시에 많은 것을 모르는데. 루페르트는 내가 무엇을 알고 있다고 생각하는 걸까.

"황제가 내 친부가 아니라는 것."

"……."

루페르트가 황제의 친부가 아니라고 해서 황제를 죽였다는 사실이 놀랍지 않을 수는 없다. 나는 과거에도 그가 정말로 황제를 죽였는지 아닌지 알 수 없으니까. 내가 아는 것은 황제가 죽고 그가 새로운 황제가 된다는 역사의 기록, 단 한 줄뿐이다.

"그럼 어떻게 되는 거예요?"

내가 애써 당황을 숨기며 입을 떼자 그의 입꼬리가 올라간다. 곧 얼어 죽을 것처럼 창백한 얼굴에 그제야 생기가 돌았다.

"내가 황제가 되겠지."

"……."

"네가 확신하던 대로."

「전하는 황제가 되실 거예요.」

내가 입버릇처럼 말해왔던 소리다. 나는 꾸준히, 그와 관계를 다지기 시작한 초반부터 그가 황제가 될 것이라고 속삭여왔다. 내가 그의 심복이 되려 했던 바로 그 이유였으니까. 나는 루페르트 자신조차 스스로를 의심하던 때에도 그가 황제가 될 것이라 믿어 의심치 않았다.

「네가 확신하던 대로.」

그러나 그 말에 담긴 뉘앙스가 꺼림칙하다. 마치 그가 황위에 오르는데 내가 영향을 주기라도 한 것만 같지 않은가. 내가 자신이 황제가 될것이라 확신했기 때문에 황제가 되었다니, 그런 끔찍한 얘기가 또 어디있을까.

루페르트는 느른히 웃었다. 나는 그 웃음의 의미를 종잡을 수 없어 숨이 턱 막혔다. 황제가 벌써 죽어버렸다는 사실이 이제야 와닿았다. 어차피 죽을 사람이었고, 숨을 쉬고 있어봤자 이 세상에 어떤 식으로든 피해를 끼칠 괴물 같은 인간이었으니 안타까움이라곤 눈곱만큼도 없지만, 그가 벌써 죽었다는 걸 믿을 수가 없었다.

비명이라도 내지르고 싶다. 그의 이른 사망은 내 예상에서 크게 벗어나는 사건이다. 아니, 내가 알고 있던 미래와 어긋난다. 내가 죽음을 겪고 돌아온 후 내 행동에 직접적인 영향을 받는 별것 아닌 일상은 무수히 많이 바뀌었겠지만, 이렇게 시간의 흐름이 크게 어긋나는 일은 처음이다.

황제가 지금 죽는다면 루페르트는 그만큼 빨리 황제가 될 터다. 이 촉박한 시간 속에서 그가 예전처럼 효과적으로 황좌를 방어할 수 있을지가 미지수다. 아니, 그 전에 그의 손이 피로 물들지 않도록 설득할 수나있나?

"왜 좋아하지 않지?"

재촉하듯 루페르트가 묻는다. 아직도 바깥의 찬 공기를 머문 양 서늘한 목소리에는 언뜻 실망 같은 기색도 비쳤다.

좋아하는 게 합당한 반응일까? 루페르트가 황제가 되리란 정확한 미래를 알고 있었으나 그걸 티를 내선 안 됐으니 놀라기는 해야겠지만, 어찌 됐든 나는 그가 황제가 될 것이라고 확언해왔다.

"좋아해야 하나요?"

검은 밤에 묻힌 듯 그림자가 드리운 그의 얼굴에선 그 생각을 가늠하기가 힘들다. 곧 죽을 사람처럼 창백한 얼굴에 일순 생기가 도는가 했는데 내가 그가 원하는 반응을 보이지 않자 입꼬리가 파스스 가라앉는다.

"전하."

"응."

"괜찮으세요?"

나는 팔을 뻗어 루페르트의 뺨에 손을 댔다. 그는 순간 움찔하기는 했어도 나를 뿌리치지 않은 채 시선을 내 얼굴로 돌렸다. 자세히 보니 그의 눈이 보기 드물게 흐린 빛을 띤다. 나는 순간 그가 제정신이 아니리란 생각이 들었다.

"전하, 괜찮으시냐구요."

"괜찮지 않을 이유가 뭐지?"

"너무 갑작스럽잖아요. 준비도 완벽하게 끝난 게 아니구요."

"피곤해."

루페르트는 몸을 조금 물리며 두 손으로 마른세수를 했다. 세월이 흘러도, 그의 위치나 지위가 바뀌었어도 그의 피로한 일상은 조금도 변하지 않은 듯하다. 그저 과로에 짓눌린 어린아이에서 청년이 되었을 뿐이다. 나는 그의 어깨에 얹힌 짐이 안쓰러웠다.

"전하."

"힘들어. 죽을 것 같아."

내가 루페르트를 작게 부르자 그는 기다렸다는 듯 입을 열었다. 나는 죽을 것 같다는 그의 말에는 조금 놀라고 말았다. 그는 이 정도로 약한 모습을 보이는 적이 없었으니까. 에바가, 비록 시체였고 인형이었을지라도, 완전하게 죽은 사람으로서 땅에 묻혔을 때도 그는 별다른 감정을 비치지 않았다.

"좀 쉬세요. 며칠만이라도요."

"지금은 못 쉬어."

"그러다간 평생 못 쉬세요."

"어차피 다가올 일이었어."

루페르트의 몸이 한숨과 함께 앞으로 무너진다. 그는 물에 젖은 깃털처럼 천천히 가라앉으며 내 쪽으로 쏟아졌다. 내 어깨에 고개를 묻은 그의 등을 토닥이며 나는 말을 골랐다. 황제를 사랑한 적은 없을 테니 슬픈 것은 아니겠고, 또 어떤 마음이 그를 괴롭히는 걸까.

"황제가 되실 테니 기뻐하실 분은 전하잖아요."

"무얼 위해서지?"

"네?"

"내가 황제가 되는 것을 좋아할 사람은 이제 이 세상에 없어."

"......"

"너조차 아니잖아. 너, 무섭지?"

루페르트의 목소리가 일순 날카로워진다. 예리한 칼날이 마음의 끝을 잘라내는 기분이었지만 나는 애써 티 내지 않았다. 나의 두려움은 지금 내가 아는 루페르트로 인한 것이 아니었으니 그가 알 필요 없다.

"무섭지 않아요."

"넌 내가 아는 인간 중에서도 가장 많은 거짓말을 해."

천천히 고개를 든 루페르트가 나를 마주 본다. 서늘한 녹안이 나의 속내를 꿰뚫어 보는 것만 같아 나는 그의 눈을 피하고 말았다.

"넌 내가 권력을 잡는 것이 두렵잖아."

"......변하실 수도 있으니까요."

"내가?"

"갑자기, 막, 권력에 눈멀어서 난폭해지실 수도 있으니까요."

루페르트는 눈살을 찌푸리며 손끝으로 내 턱을 들었다. 그와 억지로 얼굴을 마주하게 된 나는 그의 시선을 피하지도 못하고 도로록 눈만 굴렸다.

"내가 변할까 두려울 만큼 다정한 성정은 아닐 텐데."

그는 사람을 옭아매는 능력이 대단해서 나는 그가 별다른 힘을 주지 않았음에도 덫에 걸린 듯 옴짝달싹하지 못했다.

길고 촘촘한 그의 속눈썹이 조명을 받아 반짝인다. 아래로 떨어지는 턱선이 놀랄 만큼 섬세하면서도 날카로워 젊은 황제를 떠올리게 한다. 장성한 청년의 루페르트, 젊은 황제 라스페리히 1세.

라스페리히 1세는 사람의 외모에 큰 관심을 써본 적이 없는 나조차도 홀릴 만큼 대단한 미남자였지만 그 미모보다도 더 이름 높았던 것은 그의 잔인함이었다. 성질이 급하고 퉁명스럽기는 했어도 잔악하지 못한 루페르트와는 달랐다. 그러나 그 외모만큼은 내가 아는 황제와 지독히도 닮아 있어 나는 두려운 마음을 채 억누르지 못했다.

"왕이나 황제가 되고 완전히 성정이 바뀌어버린 사람들은 역사 속에 수두룩해요."

"내가 성군이라도 되길 바라는 건가?"

"나쁘게 기억되시는 않으시길 바라요."

루페르트의 미간이 약간 일그러진다. 그는 내가 도통 무슨 소릴 하는지 모르겠다는 듯 어깨를 으쓱했다.

"그런 게 도대체 무슨 의미가 있지?"

"죄 없는, 아니 죄가 있다고 하더라도 수많은 목숨을 거둬가며 일궈내는 권력은 무슨 의미가 있나요?"

"……."

"전하, 저도 귀족이에요. 응당 어떤 사람들의 목숨은 거두어야 할 때도 있겠지요."

아버지라고 영지민의 목숨을 단 한 개라도 거두지 않으셨을 리 없다.

루페르트는 반역을 막아내야 하는 황제가 될 테니 그가 사람을 단 한 명도 죽이지 않는 것은 불가능했다. 그러나 분별없는 몰살과 정당한 징벌에는 사람이 수십은 갈려 들어갈 만한 간극이 있다.

"그때 그 사람도 그 나름의 인생을 살아가던 개인이라는 사실을 기억해주세요. 전하의 서류더미에 올라 있는 이름 하나 따위가 아니라요."

당연하게도 루페르트는 나의 죽음에 지독히도 무심했다. 내 이름, 인생, 내가 무엇을 목적으로 살아갔었는지에 대해 무지했으니 사치죄라는 말도 안 되는 죄목을 덧씌워 단두대에 오르는 순간마저 수치스럽게 만들었으리라. 나는 그가 그런 잔인함을 다시 반복하는 모습을 보고 싶지 않았다. 그 칼날이 나를 향하지는 않겠지만, 그 스스로를 위해서 변했으면 좋겠다.

나는 가끔 내가 과거로 돌아오지 못했으면 어땠을지, 생각하곤 한다. 내가 죽은 후의 벨네르니가 어떻게 변했을지 무척이나 궁금했으니까. 벨네르니를 피로 물들인 라스페리히 1세는 그래서 만족스러운 삶을 살게 되었을까? 행복했나? 진실은 모르지만 나는 그가 행복하지 못했을 것만 같았다. 그렇게 해서 그의 곁에 남는 이가 단 한 명도 없었을 테니까.

루페르트는 대답하지 않았지만 나는 그가 내 말을 어느 정도 알아들었다는 느낌에 입을 다물었다. 피로에 짓눌려 닳아 없어질 것만 같은 루페르트를 나는 꽤 오랫동안 말없이 지켜보았다. 얼마 살아보지도 않은 주제에 왜 그토록 지친 얼굴인지. 그 이목구비의 화려함도 차마 그의 수척함을 가려주지는 못했다.

바람에 풀썩 꺾인 억새 같은 모습에 나는 그의 등을 토닥여주었다. 평소라면 무슨 헛짓거리냐며 나를 뿌리쳤겠지만 그는 나를 밀어낼 힘조차 없는지 가만히 고개를 주억거리고 있을 뿐이다.

"버티는 게 일상이었는데."

"네?"

"버티는 게 내 전부라고. 어머니를 견디고 황제를 견뎌냈지. 이제 나는 또 뭘 견뎌내면 되는 거지?"

"……."

"나는 그런 것밖에 할 줄 몰라."

"도망이라도 가고 싶으신 거예요?"

루페르트는 눈을 질끈 감았다. 대답하지 않았지만 나는 그가 무슨 생각을 하는지 알 것만 같았다. 에바를 떠올리는 것이다. 평생 그를 휘두를 그녀를. 망령의 껍데기처럼 그에게 덕지덕지 들러붙은 그의 어머니를.

그러지 않아도 되는데. 루페르트는 가끔 그녀를 떠올리는 순간이면 안절부절못하곤 했다. 짓씹은 입술이 피가 나는 줄도 모를 정도로. 그로서는 도저히 감당할 수 없는 감정의 덩어리이기 때문일까.

"아니. 내 인생의 목적은 황제가 되는 것뿐이야."

그렇게 말할 줄 알았다. 루페르트가 쉬이 황좌를 포기할 사람이었다면 나는 그의 곁에 붙어 있지 않았을 것이다. 나는 그의 단호한 대답에 비실 웃으며 그의 어깨를 짚었다.

"그러니까 이왕 되실 거면 성군이 되란 의미였어요, 제 말은."

"왜?"

"전에 말했잖아요. 저는 전하가 좀 더 나은 삶을 영위하시길 바라니까요."

"계획이라도 있나?"

"첫 단추로 황비와 아르놀프 황자에게 아량을 베푸는 것은 어떨까요?"

루페르트가 기가 막힌 양 헛웃음을 짓는다. 내가 말하면서도 민망할 정도로 극단적인 제안이기는 했다. 그러나 아르놀프와 황비의 목숨을 거두지 않는다면 귀족원이 루페르트에게 등을 돌릴 일도 없을 것이다. 반역을 꾸미고 있다는 증거만 잡아낸다면 황비의 뒷배나 마찬가지인 아른바흐 공작의 숨통을 조이기도 어렵지는 않을 테니.

"황제가 죽었다고 했잖아. 그 둘은 당장 날이 밝으면 내 목을 치러 올 거다."

"전하가 이기실 거예요."

나는 루페르트가 황비-아르눌프는 그녀의 허수아비나 마찬가지였으니-나 대공에게 황좌를 빼앗길 확률이 전무하다고 확신했다. 단순히 미래를 살아봤기 때문은 아니고, 옆에서 지켜본 바 그가 얼마나 치밀하고 계획적으로 황좌를 삼킬 준비를 했는지 알기 때문이다.

안일한 대공과 황비와는 달랐다. 나는 그가 황제가 되기 위해서 인내한 고통을 눈을 돌리고 싶을 정도로 생생히 보았다. 그는 그런 고문 같은 삶을 겪고도 황제가 되지 못할 만큼 어리석은 사람이 아니다.

"이상해."

"뭐가요?"

"네가 말하면 정말 그렇게 될 것 같아."

"말에는 힘이 있다니까요."

그는 제 등을 두드리던 내게서 벗어난 다음 어디에서 묻히고 들어왔는지 모를 진흙을 바닥에 탁탁 털어냈다. 나는 기겁하며 구석에서 빗자루를 가져와 그가 서 있는 주변을 치우기 시작했다. 토리도 그렇고 그도 그렇고, 왜 남의 침실을 비상구쯤으로 쓰는 걸까.

"좀 가서 쉬세요!"

루페르트는 내 말을 무시하듯 비스듬히 입꼬리를 올리더니-비웃음에 가까웠다-저벅저벅 걸어가 침실 문을 걸어잠가버렸다. 달칵, 소리와 함께 밀실이 되어버린 침실에 그와 함께 갇혀버린 나는 허둥지둥 문으로 달려갔다. 손잡이를 마구 흔들어보지만 단단한 오크로 만들어진

문은 꿈쩍도 하지 않았다. 내 침실에 내가 갇히다니 어처구니가 없어 입이 쩍 벌어진다.

나는 심지어 이 문을 안에서도 열지 못하게끔 잠가버리는 방법을 알지도 못했는데!

"문은 왜 잠그는 거예요?!"

"비켜."

루페르트는 내가 허둥지둥하는 꼴을 더는 보기 싫었는지 문틈에 손바닥을 가져다 댔다. 그가 알 수 없는 단어 몇 개를 중얼거리자 이제는 익숙한, 그러나 언제 보아도 음험한 녹빛이 천천히 문을 장식하고 있는 조각들 사이로 흐른다.

"내 침실은 위험해. 아른바흐 공작이 황제의 죽음을 알게 되면 제 소유의 기사들을 이끌고 올 테니까."

"벌써 안단 말이에요?"

"당장은 아니겠지만 시간문제야. 해가 뜨기 전에 루이제가 용병을 꾸려 태자궁에 대기시킬 거고."

"그럼 루이제랑 계셔야지 왜 여기 오셨어요?"

하다못해 토리에게라도 가 있어야 하는 것이 아닌가. 루페르트는 지금 내 생각보다도 훨씬 긴박한 상황에 놓여 있었다. 그러나 그는 조금도 조급해 보이지 않는 태연자약한 태도로 어깨를 으쓱하더니 방구석에 장식처럼 놓인 소파에 드러누워버렸다.

"내 보호가 가장 필요한 게 너니까."

"저, 저도 제 한 몸 정도는 지킬 수 있어요! 위기상황에서 도망칠 만한 체력은 있다고요!"

나는 루페르트의 무시에 기분이 상했지만 그는 내 대답이 전혀 들리지 않는 양 굴었다. 건방지게 든 턱을 까딱이더니 곧 시선까지 돌려버린다.

"그래서 오늘 여기 계실 거라구요?"

"시끄럽고, 내가 저번에 새겨준 연금진이나 써봐."

나는 루페르트의 말에 팔을 들어 눈에 힘을 주지 않으면 거의 보이지 않을 만큼 흐려진 연금진을 내려다보았다. 무턱대고 써보라니. 무슨 용도로 어떻게 쓰이는지도 모르는 연금진을 자유자재로 쓸 만큼 재능 있는 연금술사도 아닌 것을 알면서.

눈에 힘을 주고 연금진을 발현시켜보기 위해 노력했지만 헛수고였다. 곧 귓속으로 그의 낮은 한숨이 스며들어온다.

"폭발을 생각해."

"어떤 폭발이요?"

"뭐든, 파괴할 만한 대단한 폭발. 위험해지면 뭐라도 터뜨리고 도망치라 새긴 거니까."

나는 루페르트가 내 몸에 그런 사려 깊은 마음으로 강력한 연금진을 새겨놓았을 거라곤 생각도 하지 못해 조금 떨떠름해졌다. 연금술은 발현보다 구축이 비교할 수 없을 정도로 훨씬 더 어려운 기술이었으니까. 사람 몸에 그만한 힘이 있는 연금진을 새기다니, 나로서는 상상도 할 수 없는 일이다.

"제가 그렇게 걱정되세요?"

"내가 널 주머니에 넣고 다닐 수는 없잖아."

"……."

"알아서 좀 살아남았으면 좋겠는데, 네가 그렇게 편리한 인간일 리 없고."

여기서 말을 조금만 잘못했다간 정말로 내 몸을 어떻게든 줄여서 들고 다닐 것만 같아 입을 꾹 다물어버렸다. 어찌 됐든 나의 신상 보호에 있는 힘을 다하는 모습을 보고 있노라니 기묘한 성취감이 들기는 했다. 그 누구의 말도 잘 듣지 않는 명마 제프리를 길들였을 때와 비슷한.

"여긴 아무도 못 들어오니까 겁먹지 말고 자."

"저 겁 하나도 안 나요."

"왜?"

루페르트는 나를 겁 많은 생쥐처럼 여겼었는지 무척 의아한 얼굴이었다. 그의 무심함에 일일이 기분 상하고 싶지도 않아서 나는 그의 옆을 스윽 지나치며 잠옷을 집어 들었다. 오늘 처음 입으려고 꺼내놓은 슈미즈였는데 무용지물이 되어버렸다. 루페르트 앞에서 이렇게 하늘거리는 잠옷 차림으로 돌아다닐 수는 없으니까.

"전하가 지켜주신다면서요. 전 전하를 믿어요."

"……잠이나 자."

틈새를 노린 아부의 결과가 빈축으로 돌아오자 나는 입술을 삐죽였다. 내 침실을 떡하니 장악하고 있는 그 덕에 씻지도 못했고 잠옷을 갈아입지도 못했는데! 나름 평화로웠던 밤이 완전히 난장판이 되어버렸다.

찜찜함도 찜찜함이었지만 루이제가 용병단을 숨겨 태자궁에 배치시키는 상황이 불안해 잠이 올 리가 없다. 당장 아른바흐 공작이나 대공이 태자궁을 밀어버릴 기세로 군대를 끌고 올 수도 있으니. 자는 동안 궁이 날아갈 수도 있다는데 누가 잠들 수 있겠나.

그동안 아멜리아 고모를 주시해왔지만 특별한 낌새는 없었다. 그들은 루페르트가 이쪽으로의 회유를 끝마쳤다는 용병단주만 굳게 믿고 있으니 더는 위협이 되지 못할 것이다.

문제는 공작이다. 아른바흐 공작이 기사들을 대거 움직인다면 아버지도 눈치채실 텐데. 내일 날이 밝자마자 그에게 전갈을 드려야겠다는 생각에 나는 협탁을 뒤져 펜과 종이를 꺼냈다.

내가 침대에서 일어나 분주히 움직이자 소파에 아주 편히 누워 있던 루페르트가 고개를 들어 나를 바라본다.

"왜 안 자?"

"불안해서 어떻게 자요? 게다가 아직 못 씻었어요. 찝찝해서 못 자요."

그는 내 말을 이해하지 못하겠다는 듯 인상을 찌푸리더니 침실에 딸린 욕실을 손가락으로 가리켰다.

"다리라도 부러졌어? 옮겨줘?"

"전하가 여기 계신데 씻으면 민망하잖아요."

"그렇게 예민한 레이디인 줄은 몰랐는데."

"전하도 민망하시잖아요?"

"전혀. 신경도 안 쓰여."

왜인지는 잘 모르겠지만, 루페르트가 내 침실에 들어와 한 말 중에 가장 기분이 나빴다. 전혀 신경이 쓰이지 않을 정도인가. 신경이 쇠심줄로 되어 있나 의심스러울 정도로 무심한 성정이긴 하지만, 그래도 내가 왜 이 상황을 민망하다 말하는지 모를 정도로 멍청이는 아니다.

나는 괜한 오기로 벌떡 일어났다.

"그래요? 그럼 저도 상관없어요! 전하가 신경 쓰실까 봐 그런 거니까."

루페르트가 신경을 쓰지 않는데 나만 혼자 신경 쓰는 바보가 된 느낌이라 기분이 상했다. 나는 하늘하늘한 슈미즈까지 들고선 욕실에 들어섰다. 문을 쾅 닫고 들어오니 너무 성급했나 싶어 후회가 되었지만, 이렇게 맹렬한 기세로 대응해놓고 아무것도 않은 채 다시 나간다면 그가 나를 더 비웃을 것이다.

욕조에 따뜻한 물을 받으며 가득해지길 기다리고 있노라니 점점 눈꺼풀이 무거워진다. 너무 갑작스레 닥친 일들에 피로가 쌓이는 하루였다. 가까이 있기는 했지만, 그와 따로 떨어져 혼자 있으려니 손이 덜덜 떨리기 시작했다.

황제가 죽었다.

오늘을 기점으로 그가 태자가 되었을 때처럼 일상이 완전히 뒤바뀌어버릴 것이다. 아니, 어쩌면 그때보다도 더 극심한 변화가 벌어질지도 모른다. 황좌를 두고서 삼파전이 벌어질 테니.

물이 들어찬 욕조에 몸을 담근 나는 루페르트가 '죽였다'는 황제의 마지막을 상상했다. 그가 정말로 황제를 죽였다는 생각은 들지 않는다. 에바처럼 스스로 목숨을 놓아버렸을 가능성이 농후했다. 예전에도 그런 소문이 있었으니까. 피로 물든 황제의 욕조를 밤새 치웠다고 주장하던 하녀가 한둘이 아니었다.

루페르트가 황제를 죽였다는 소문이 가장 우세했고 또 반쯤은 사실이기도 하겠지만, 지금 생각해보니 딱히 타당하지도 않은 소리다. 이미 살 의지가 없는 사람을 죽일 수 있을까. 황제는 루페르트의 진짜 아버지조차 아니고, 이름뿐인 아버지란 사람이 물려주는 것이라고는 버거운 짐뿐이었다. 거기다 이름뿐인 아비는 자신의 죽음마저 그에게 떠넘기고 말았다.

왜 루페르트의 곁에 있는 어른들은 자신들조차 이기지 못한 역경만을 그에게 얹어놓고 떠나버리는 것일까.

"하아."

나는 점점 더 복잡해지는 머리를 흔들며 잡념을 떨쳐냈다. 내가 머리를 굴린다고 해결되는 문제도 아니다.

뜨거운 물에 몸을 담그고 있노라니 피로도 조금씩 녹아내리는 것만 같았다. 다 씻고 나면 루페르트에게도 목욕을 권해봐야겠다는 생각을 하며 손으로 물장구를 치는데 엉덩이 뒤쪽으로 스산한 감각이 느껴진다.

찌익.

"꺄아아아악!"

점점 노곤해지는 몸에 힘을 풀고 등을 욕조에 기대려는 순간 더 선명하게 느껴지는 끔찍한 감각에 나는 자각 없이 비명을 내지르고 말았다. 쥐인지 뭔지 모를 젖은 털뭉치의 꼬리가 내 밑에 깔린 것 같다.

"이거 뭐야아아!"

그리고 내 비명이 채 잦아들기도 전에 욕실의 문이 벌컥 열렸다.

맹세하는데 내가 전혀 기대하지 않은, 예상하지 못한 사태다. 나는 내가 욕실에서 비명을 지른다고 루페르트가 문을 열고 들어올 거라는 생각 따윈 해본 적 없다. 뒤늦게 생각하니 당연한 것이었지만. 루페르트가 내 알몸 따위를 본다고 눈 하나 꿈쩍할 인간인가!

"왜 소리를 질러?"

내 비명이 무색하게도 털뭉치의 정체는 쥐가 아닌 너구리였다. 도대체 왜! 어떻게! 너구리가 내 욕조에서 자리를 잡고 있었는지 모르겠다. 짐승은 자신의 한가한 목욕시간을 내가 방해했다고 생각하는지 단단히 토라진 얼굴로 내게 하악질을 하며 욕조에서 뛰쳐나왔다.

루페르트는 홀딱 젖은 너구리를 보고 인상을 찡그리며 나를 돌아보았다. 그리고 그제야 내 상태를 자각했는지 살짝 고개를 돌린다. 그러나 전혀 위안이 되지 않았다.

"나, 나, 나!"

"어?"

"나가요!"

"왜 화를 내?"

"지금 그걸 말이라고 하세요!"

나는 루페르트의 퉁명스러운 목소리에 화가 나서 그쪽으로 물을 뿌렸다. 순식간에 물벼락을 맞은 그는 조금 어안이 벙벙한 얼굴로 나를 돌아보려다, 다시 고개를 돌렸다.

"나가요!"

내가 아까보다도 더 목소리를 높이며 물을 뿌리자 그는 별말 없이 욕실을 벗어나주었다. 너구리도 같이 데려가줬으면 좋으련만 빠르게 닫히는 문 사이로 빠져나가지 못한 너구리가 홀딱 젖은 털을 부들부들 떨며 나를 올려다본다.

"너구리 너!"

가르르.

너구리는 내 호통에 특유의 아양 떠는 울음소리를 내며 앞발을 비벼 댔다. 나와 홀로 밀실에 갇혔다는 상황을 드디어 자각한 모양이다. 나는 욕조에서 일어나 너구리를 잡아 혼쭐을 내려다가 기운이 쭉 빠져 욕조에 머리를 푹 집어넣었다. 거품이나 꽃잎, 오일을 전혀 풀지 않은 탓에 욕조 안은 투명할 정도로 전부 다 비치고 있었다.

세상에, 세상에, 세상에!

루페르트는 신사는 아니었어도 입이 가볍지 않으니 내 명예에 흠집이 날 일은 없겠지만, 그래도 놀란 심장이 쉽사리 진정되지 않았다. 마담 크리시나 어머니가 알게 된다면 기절하실지도 모른다.

그가 내 앞에서 홀러덩 옷 벗는 일이 잦다 할지언정 내가 그러고 싶은 마음은 전혀 없었는데. 나는 애써 나도 그의 벗은 몸을 본 일이 많으니 신경 쓸 일이 아니라 스스로를 달랬다. 차디찬 대리석 바닥 위에서 오들오들 떨던 너구리가 욕조로 들어오고 싶은지 손을 쭉 뻗으며 올라온다.

"저리 가."

나는 이 모든 일의 원흉인 짐승의 머리를 툭 밀어내며 일어났다.

"괜찮아!"

나는 주먹을 쥐며 다부지게 외쳤다.

"아무렇지도 않아!"

황제가 죽었다는데, 당장 내전이 일어날 수도 있는 시기에 이런 대수롭지 않은 일에 얼마나 빼고 있으면 아니 되었다.

루페르트는 얼이 빠졌다. 얼굴은 욕실에서 나오자마자 불 위에 올린 것처럼 순식간에 달아올랐다. 본디 창백한 피부와 대조될 만큼 뜨거워져 스스로가 놀랄 정도였다. 그는 손등마저 붉어진 것만 같은 착각에 제 손을 내려다보았다가 욕실 문을 돌아보았다. 후다닥 문에서 멀어진다. 황제의 죽음 같은 일들은 머릿속에서 날아가버린 지 오래였다.

어색한 헛기침이 목 끝에서 나올락 말락 맴돌아 그는 두 손으로 제 목을 감싸며 천천히 소파에 앉았다. 어정쩡 앉은 자세가 이상하게 보일 것만 같았다. 그는 다리를 꼬았다가, 평소에는 그리 잘 꼬이던 다리가 제대로 꼬이지 않아 정좌했다.

"아, 씨."

자신은 평소에 정좌 따위를 하지 않으니 틀림없이 이상하게 볼 터다. 그는 쿠션 하나를 집어 다리 위에 두었다가 그조차도 어색할 것만 같아 치워버렸다. 반대쪽으로 다리를 꼬았다가 자리에서 일어난다. 다시 앉는데 이제는 제대로 앉는 것마저 어렵게 느껴졌다.

참방거리는 물소리─사실 제대로 들리지도 않았다─가 날 때마다 머릿속이 조금씩 새하얘진다. 가만히 앉아 있는 방법을 까먹은 듯했다. 루페르트는 소파에 똑바로 누운 채 라리에트가 나오기를 기다렸다. 금방이라도 나올 것 같았는데 라리에트는 꽤 오래 욕실에 머물렀다. 그게 사람을 더 미치게 했다.

그는 자신의 무례를 알았다. 그가 태자가 아닌 평범한 영식이었다면 그녀의 아버지에게 불려가 뺨이라도 다섯 대 정도 맞은 다음 어마어마한 선물과 함께 사과를 했어야 할지도 모른다. 보수적인 남부사람이었다면 청혼을 했어도 될 정도의 실수였다.

그러나 루페르트가 걱정하는 것은 벨루아 백작 따위가 아니다. 눈에 지진 듯 지워지지 않는 그림이었다. 새하얀, 동그란, 물기 젖은 몸에 반사되는 반짝반짝한 빛 같은 것. 눈을 감아 껌껌한 장막에서도 홀로 아른거린다.

물을 먹어 축 늘어진 갈색 머리칼이 꼭 낭창한 여름의 나무와 같아 따뜻해 보였다. 손에 쥔 촉감이 무척 부드러웠던 것도 같은데, 언제 만져보았더라? 루페르트는 팔로 눈두덩을 꾹 누르며 옅은 한숨을 내쉬었다.

그녀는 열여섯이다. 그녀가 황궁의 시녀가 된 지 꽤 오랜 시간이 지났다는 것 정도는 알고 있었지만, 새삼 실감이 난다. 왜 백작이 그녀에게 줄기차게 들어오는 혼담을 제게 전시했는지 어렴풋이 알 것도 같았다. 탐내지도 말라는 경고였다. 벨루아에 머무는 동안 루페르트는 그런 경고를 열댓 번 넘게 받았다. 제 딸을 넘보지 마라.

백작 따위가 황태자에게 취할 수 있는 태도는 아니었다. 그러나 루페르트는 백작의 시건방짐을 인내했다. 자신과 상관없는 소리라고 생각했었으니까. 물론 그녀를 자신의 것이라 생각하기에 제 손에서 벗어나려 한다면 쉬이 놓아주지는 않을 것이다. 장본인인 라리에트조차 그의 소유욕을 모르지 않았지만, 그건 백작이 경계하는 종류와는 다른 것이었다.

그렇다고 생각했다.

그 해사한 미소를 보면서도 별다른 감정을 느낀 적이 없었으니까. 그저 거슬리고, 거슬리다 궁금하고, 이제는 왜 쓸데없는 감정에 휘둘리는지 궁금하지도 않았다. 아, 이 꽃을 보면 또 웃겠구나. 저 아이의 마른 팔뚝을 또 안쓰러워하겠구나, 제 주제도 모르고 나를 또 동정하겠구나.

자연스레 알게 되었다.

　욕실에서 나오면 붉으락푸르락하며 제게 화를 내겠지. 애초에 자신이 왜 욕실로 달려갔는지는 고려조차 해주지 않을 것이다. 비명이 들리길래 황비가 보낸 첩자라도 숨어든 줄 알았다. 자신이 펼친 방어진이 완벽하다는 사실을 알고 있었음에도 괜한 걱정에 문 너머의 방이 무슨 용도로 쓰이는 공간인지 완전히 까먹고 말았다.

　루페르트가 라리에트의 몸에 새긴 연금진은 섬세하고 치밀한 계산이 내포된 강력한 주문이었지만 그는 그녀가 위기의 상황에 그것을 제대로 발현시킬 수 있을지 의심스러웠다. 어린아이에게 몸을 지키라고 커다란 도끼를 맡겨버린 상황이니 눈을 떼지 못하고 지켜보는 것은 당연했다.

　그는 자신의 실수를 그런 식으로 정당화하며 쿵쿵 뛰는 심장을 가라앉혔다. 머릿속이 차가워지고 심장의 박동도 제자리를 찾을 즈음 라리에트가 욕실 문을 여는 소리가 들렸다. 제가 모르던 병이라도 생겼는지 다시 몸에서 쿵 소리가 나는 듯한 느낌에 루페르트는 돌아보지 않았다.

　"전하!"

　루페르트는 라리에트가 자신을 부르는 소리에 저도 모르게 벽 쪽으로 돌아누웠다. 스스로 기이하게 느껴질 만큼 그녀를 마주하는 것이 껄끄러웠다.

　"전하! 저 좀 봐요!"

　"싫어."

　싫다는 뜻을 확실하게 표현하듯 누운 자리에서 고개를 젓는 루페르트의 어깨를 라리에트가 잡아 비튼다. 그가 힘을 줬다면 몸이 돌아가진 않았겠지만, 그는 갑작스런 접촉에 놀랐다.

　"왜?"

　그러나 나오는 목소리는 상당히 차분하다. 루페르트는 자신의 건조한 물음에 만족하며 돌려진 그대로 자리에서 천천히 일어났다. 그러나 시선은 바닥에 고정되었다. 토끼털로 만든 보송보송한 슬리퍼가 가장 먼저 보인다.

"바닥에 돈이라도 흘리셨어요?"

"아, 왜."

루페르트는 제게 떽떽거리는 라리에트를 무시하고 싶었다. 일부러 그랬던 것도 아니고, 제 안위를 위해서 그리 행동했던 건데 이렇게까지 해야 하나 싶었다. 무엇보다 그녀보다 그가 더 놀랐더랬다. 슬리퍼 위로 톡 튀어나온 복사뼈 같은 것이 또 눈에 밟혔으니까.

왜?

"사과하세요!"

"미안."

"눈 보고 제대로 하세요!"

루페르트는 젠장, 이를 갈며 고개를 들었다. 라리에트는 꼭 제대로 된 사과를 받아내고 싶은 모양인지 양팔을 허리에 얹고 씨근대는 중이다. 그의 심기를 건드렸다는 생각에 기세가 조금 수그러들 법도 했는데 전혀 아니다.

"빨리요!"

라리에트의 목소리가 커진다. 자신이 만만해지긴 한 모양이다. 그러나 그 자각에도 딱히 기분은 상하지 않아서, 루페르트는 자신이 그녀에게 얼마나 관대해질 수 있는지 궁금하기까지 했다.

"미안해."

루페르트는 무의미한 사과를 하며 그녀를 올려다보았다. 언제 옷을 다 입었는지 평소와 같은 단정한 차림이다. 멋모르고 잠옷 같은 것을 걸쳤으면 어쩌나 했는데 다행이었다. 그래도 아직 거슬리게 달아오른 발그레한 볼이나-욕실의 열기 때문이겠지만-젖은 머리칼과 같은 흔적이 남아 있어 서둘러 고개를 숙일 수밖에 없었다.

"사, 사과 받아들일게요."

루페르트가 그리 순순히 사과할지는 몰랐던 라리에트가 떨떠름히 고개를 끄덕인다. 그녀는 그가 얼마나 놀랐는지, 앞으로 또 얼마나 얼이 빠져 있을 건지 전혀 몰랐다.

황제가 죽었다.

한 인간의 죽음을 그토록 오래 바라다 보면 그 소망을 품은 사람의 마음조차 죽어버리나 보다. 마음이 죽었으니 염원도 한 줌 재가 되어버린 지 오래였고, 루페르트는 그래서 황제의 죽음에도 웃을 수가 없었다. 드디어 황제가 될 수 있다는 쾌감조차 없다. 그저 버석거리는 모래를 씹은 양 텁텁한 입안, 건조한 눈가가 전부다.

그의 어머니처럼 천장에 매달려 흔들거리는 발을 보았을 때 그는 정확히 그런 기분이었다. 대롱대롱 매달려 있는 꼴이 가여워서 언뜻 우습기까지 했다.

한때는 대륙을 호령하던 지배자였다. 기실 그는 황자에 앉기 전, 일개 황자였던 시절에 제국을 위한 공을 많이 세웠다. 무시무시한 속도로 속국을 점령하고 섬을 묶어 제도로 만들었으며 가장 강대한 경쟁국이었던 윌레탄을 자근자근 밟은 총사령관이었으니, 그가 반역으로 황위를 찬탈했을 때 제국민들의 지지를 받을 수 있었던 것도 그 때문이다.

제국민은 자신을 보호해줄 강력한 지배자를 원했고, 그가 황위를 노린 이유가 무엇이든 상관하지 않았다. 해서 황제는 에바를 완전히 차지하기 위해 제 형에게서 황좌를 빼앗았다. 제국의 번성을 위해서가 아닌, 한 여인의 인생을 소유하기 위해서.

만약 에바를 만나지 못했더라면 그는 이런 끔찍한 짐승이 아닌 벨네르니에서만큼은 환영받을 전쟁영웅으로 남을 수도 있었을 터다. 그의 권력과 능력에 눈먼 여자와 순탄한 정치적 결혼생활을 이어갈 수도 있었으리라. 에바도, 그토록 그리워하던 남자와 함께 좋은 삶을 영위하지 않았을까.

황제의 눈먼 욕정은 그들 모두의 인생을 파탄 내버렸다. 그 사이에 끼인 루페르트의 인생과 함께. 소유욕이란 얼마나 무서운가.

루페르트는 아무런 감정도 담지 않은 서늘한 눈으로 황제의 맨발을 지켜보았다. 매달린 지 얼마 되지 않았는지 전혀 시체 같지 않았다. 자세히 살펴보니 그는 아직 숨을 쉬고 있었다. 죽기 위해 매달린 주제에 괴롭기는 한 모양인지 시뻘게진 눈을 홉뜨고 루페르트를 노려보았다.

"크윽, 켁!"

"되도록 빨리 죽으십시오."

딱히 원한을 담은 말은 아니었다. 그저, 보기에 좋지 못한 풍경이라 서둘러 끝내고 싶었다. 어차피 죽을 거였다면 조금이라도 빨리 죽는 것이 모두에게 나았을 텐데. 하루하루 이어가는 것조차 괴로울 삶, 왜 여기까지 끌고 왔는지 이해가 가지 않다가도 실없는 웃음이 나왔다. 그런 맥락이라면 자신도 당장 죽는 것이 맞았으니까.

"주, 죽!"

황제는 말을 잇지 못했다. 밧줄이 단단하게 목을 조이고 있었으니 당연하다. 그러나 그 밧줄을 느슨히 해주거나, 또는 더 조여줄 아량이 조금도 남아 있지 못해 루페르트는 그가 힘겹게 말을 잇는 것을 가만히 지켜보았다.

"여! 죽여줘!"

황제는 기어코 문장을 완성했다. 루페르트는 기다렸다는 양 품에서 작은 소총을 꺼내 쥐었다. 작지만 고문용이 아닌 살상용, 단 한 발만 정확히 맞추면 순식간에 목숨을 거둘 수 있는 위험한 무기다. 그의 손가락에 끼워진 총부리가 빙글빙글 나선을 그렸다.

"나의 어머니는 숨이 끊어지는 데 수십 분이 넘게 걸렸습니다."

귀족여인이 매듭 따위를 꼼꼼히 다루기란 불가능에 가까운 일이었다. 에바가 목을 맨 매듭은 너무 느슨했었다. 곁을 지키던 루페르트에게 도움을 청했더라면 조금 더 빨리 죽거나 살 수도 있었으리라. 그러나 그녀는 그 고통을 자신이 당연히 감수해야 할 임무라도 되는 양 인내했다.

해서 루페르트는 그녀를 지켜만 보았다. 에바의 마지막은 그녀가 견뎌야 했던 고통만큼 조용하고 강렬했다. 새하얗게 질린 이파리처럼 죽음에 흔들리던 그녀를 받은 이는 그녀의 단 하나뿐인 아들이었다.

"제! 제발!"

황제의 벌게진 눈에서 액체가 흐른다. 루페르트는 상대의 고통에는 별다른 감상이 없으나 그의 컥컥대는 소리가 거슬려 총을 들었다. 에바가 이 장면을 지켜볼 수 있었다면 좋았겠다. 그는 탕 소리에 눈을 감으며 어렴풋이 그런 생각을 했다. 그러면 웃어주지 않았겠나. 단 한 번만이라도.

숨을 거둔 황제의 곁에 가만히 앉아 있던 그는 곧 축 늘어진 시체에 불을 질렀다. 그의 총은 흔적을 남기지 않아 염려할 만한 일은 일어나지 않겠지만, 머리에 구멍이 뚫린 시체는 쓸데없는 의문을 남길 수 있다.

루페르트가 황제의 숨을 거두어준 것은 그가 지금까지 황제의 명령으로 수행한 일 중 가장 순수한 호의에 가깝지만, 눈치 좋고 약삭빠른 대공이 어디 그런 데 신경이라도 쓸 자인가. 황제궁이 모조리 타버려 재만이 남아야 했다. 황제가 어떤 식으로, 무슨 표정을 지으며 삶을 마감했는지 알아도 되는 사람은 루페르트뿐이다.

점점 더 뜨거워지는 방의 열기에 돌아보니 모닥불에 넣은 장작이라도 된 양 황제가 활활 타오르고 있었다. 시시한 죽음이었다. 그 삶만큼이나 별 볼 일 없는 죽음을 뒤로한 루페르트는 라리에트를 찾아 나섰다.

구태여 그녀를 찾아가야겠다고 느낀 이유는 알 수 없었다. 억지로라도 명분을 찾아보자면 황궁이 너무 춥게 느껴져서, 였다. 추위나 더위를 쉬이 느끼는 체질도 아니었건만 등이 서늘할 만큼의 강렬한 추위가 느껴졌다. 그리고 이상하게도 라리에트가 있는 곳은 죄 따뜻할 것만 같은 착각이 들었다.

라리에트 이사벨 드 벨루아.

벨루아.

그 이름 뒤에 따라오는, 머릿속에서 지울 수 없는 마을의 이름이다. 루페르트는 딱 한 번 벨루아를 방문했지만 생생히 기억했다. 여름의 벨루아는 극악무도한 추위로 위명을 떨치는 벨네르니에 속한 지역이라는 것이 믿을 수 없을 만큼 따사롭기만 했다. 그가 가을겨울의 황량해진 그곳을 다시 찾지 않는 한, 벨루아의 첫인상은 변하지 않을 것이다.

어느새 차가운 눈이 도시를 좀먹고 있는 한겨울이 벨네르니에 도래했지만, 그런 맥락으로 벨루아는 영영 그리 따뜻하기만 할 것 같았다. 라리에트를 키운 마을이니까. 그가 평생을 나고 자란 상파뉴와는 상반된 다정함이 있었다. 마을 사람들 전부가 다 라리에트라도 되는 양 웃고 다녔다.

열심히 나무의 가지를 치던 정원사도 그녀를 보면 웃었고, 주방에서 허드렛일을 하는 소녀도 그녀를 보면 실없이 웃으며 인사했다. 루페르트는 그들이 라리에트를 보고 웃는 이유를 알 것도 같았다. 봄이 한가득 머무는 마을에서도 가장 봄과 같은 사람이라서.

"전하, 왜 오셨어요?"

너무 추워서.

대답은 삼켜져서 나오지 않는다. 그는 자신이 라리에트를 찾아온 이유를 설명하고 싶지 않았다. 동그란 갈색 눈을 마주하고 나서야 살벌한 추위가 조금 가시는 듯했다. 루페르트는 자신이 몰고 온 추위에 오들오들 떠는 그녀를 흘깃한 후 조금 물러났다.

"전하, 무슨 일 있으신가요?"

"……."

강아지처럼 둥근 눈이 걱정으로 물들었다. 루페르트는 그녀가 저 때문에 끙끙대는 것이 싫지 않아 머뭇거렸다. 그의 침묵을 꽤 오래 기다려주던 그녀가 팔짱을 끼고 다가온다. 새침해진 표정에 그는 약간의 불안을 느꼈다. 쫓아내려는 걸까.

"전하, 할 말 없으면 돌아가세요. 저 졸리거든요?"

예전엔 제게 저런 식으로 굴지 못했는데. 루페르트는 감히 성의 주인에게 축객령을 내리려는 라리에트를 물끄러미 바라보다 꽁꽁 언 자신의 손을 만지작거렸다.

"추워."

"밖에 계시니 춥지요. 뭐 하시느라 그러신 거예요?"

"춥다고."

라리에트의 방에는 벽난로가 활활 타오르며 훈훈한 온기를 뿜고 있어 따뜻했다. 루페르트는 서서히 녹고 있는 제 몸을 느끼며 고개를 휘저었다. 그래도 춥다. 마음 한구석에 서늘한 얼음이라도 들어찬 양.

그토록 바라 마지않던 고지가 코앞이었는데 왜 좋지가 않나.

"황제. 내가 죽였어."

루페르트의 무미건조한 고해에 라리에트의 입이 벌어진다. 그는 그 입술에 시선이 빼앗겼다. 붉기보다는 잘 여문 과일처럼 주홍빛이 도는 입술이다. 왜 그녀는 더는 벨루아에 있지 않았음에도 따뜻해 보일까.

"죽여달라고 해서, 죽였어."

내버려두면 알아서 죽었을 쓸모없는 목숨을 손에 피까지 묻히며 거두었다. 루페르트가 그를 죽인들 기뻐할 사람은 더는 이 세상에 존재하지 않았는데.

"힘들어. 죽을 것 같아."

힘들다는 말을 누군가에게 한 것은 처음이었다. 루페르트는 그 단어를 입 밖으로 내고 나서야 이 한기의 원인을 깨달았다. 황제가 죽어 허탈했다. 허무하다 못해 모두 다 내던져버리고 싶을 만큼 기분이 가라앉는다. 인생 전부를 바쳐 미워한 원수가 죽었는데도 기쁘지가 않은데, 황제가 되면 무엇이 변할까 싶었다. 에바의 소원대로 벨네르니를 멸망시키면 좀 뿌듯하려나.

그는 헛웃음을 지으며 제 손에 얼굴을 묻었다. 황제가 된다 해도 아무런 감흥이 없을 거라는 걸 알기 때문이다.

"전하, 괜찮으세요?"

루페르트는 제 앞에 수그려 앉는 라리에트의 걱정스러운 얼굴을 바라보다 문득 한 가지를 깨달았다. 황제가 되면, 그는 그녀를 가질 수 있다. 라리에트는 그가 황제가 될 거라고 생각해 제 옆을 지키고 있으니까.

"······."

가지고 싶다.

기묘한 욕망이었다. 궁금해 들여다보고 싶은 정도가 아니었다. 황위를 욕심내는 것과도 다르다.

"······안 돼."

그는 들릴 듯 말 듯 작은 목소리로 그 생각을 부정하다 숨을 참았다. 라리에트를 가지고 싶다는 욕망을 깨닫자 숨을 쉴 수 없을 정도로 심장이 턱 가라앉는다. 오늘 죽은 괴물의 저주와 같았다. 벼락같은 깨달음

459

이자 절망이다.

그토록 무서운 감정이 내게도 있구나.

이것이 곧 너를 망치겠구나.

소리 없는 절규와 함께.

나는 생일에 큰 감흥이 있는 편은 아니었다. 해서 생일로 넘어가는 자정을 눈을 뜨고 기다려본 적이 없는데 어쩌다 보니 자정이 되어버렸다. 이 시간까지 깨어 있는 밤조차 많지 않아서 태자궁의 중앙홀에 있는 종시계가 청아한 소리를 울리는 것도 처음 듣는다.

"벌써 자정인가 봐요."

"……."

혼잣말처럼 작기는 했어도 루페르트에게 말을 건 것이 맞았는데, 그는 아무것도 안 보이고 아무것도 안 들리는 양 군다.

"으음."

"……."

"흐으음."

아무리 나보다 정신적으로 몇 살은 어린 남자라고 할지라도 루페르트와 한방에 있는데도 아무렇지도 않게 잘 수 있을 만큼 신경줄이 굵지 않아 잠도 달아난 지 오래였다. 그는 욕실에 잘못 들어오는 실수를 저지른 후부터 내게서 멀찍이 떨어져 있었기 때문에 나는 무료함을 견딜 수 없어 침대 위를 도로록 구르기 시작했다.

"전하."

"……."

여전한 무시.

그가 내게 스스로 인정할 만한 실수를 저지르는 일은 흔하지 않았으니 단단히 사과를 받아낼 작정이었는데 너무 쉽게 사과를 해버리니 더 다그치기도 뭐했다. 수치심을 핑계로 아주 거한 생일선물이라도 뜯어낼까 했는데 말이다.

"전하!"

"왜."

남이 씻는 것을 훔쳐본 민망함도 루페르트에게는 그리 오래갈 만한 감정이 아니었는지 그는 무심한 얼굴로 내 침실 소파에 앉아 있었다. 흐트러짐은 찾으려 해도 찾아볼 수 없는 정자세였다. 그는 내가 단 한 번도 읽지 않아 장식용이 되어버린 역사서적을 읽는 중이다.

저런 책이 과연 재미있을까. 왕조의 이름이 수십 번은 바뀌었을 난잡한 나라의 고리타분한 역사 따위, 나름대로 공부를 열심히 했던 저번 생에서도 좋아하지 않았다.

"저 오늘 생일이에요."

"……그런데?"

두꺼운 책이 그의 손에 의해 탁 소리를 내며 접힌다. 그는 내가 자신에게 아주 쓸모없는 정보를 전해준 이유를 묻듯 고개를 돌려 나를 쳐다보았다. 색이 선명한 녹안이 언짢음으로 물든 듯하다. 생일이라는 명목하에 금품이라도 뜯고 싶었지만, 제 생일도 모르는 사람이 남의 생일이라고 챙겨주겠나 싶어 나는 어깨를 으쓱하고 말아버렸다.

"아니, 뭐, 말로 축하라도 해주실 수 있잖아요."

"축하해."

"……성의 없어요."

"필요한 거라도 있나?"

내가 원했던, 하지만 기대하지는 않았던 반응이었다. 나는 기다렸다는 듯 루페르트가 앉아 있는 소파로 도도 달려가 손을 비비 꼬았다. 비굴해 보이는 자세였지만, 개의치 않는다. 너구리가 이런 식으로 손을 만지작거릴 때 그가 간식이라도 하나 더 챙겨주곤 했었으니까.

"음, 생각해봤는데요."

"왜, 왜 가까이 와?"

"뭘 그렇게 놀라세요?"

루페르트의 부담스럽단 듯 점점 굳어가는 얼굴에 나름 재미를 느낀 나는 그 코앞까지 얼굴을 들이밀었다. 나는 그의 조각 같은 이목구비 위로 시커먼 그림자를 드리우며 실실 민망한 웃음을 흘렸다.

그를 이용해 사치스럽게 살기로 마음을 먹었다지만, 직접적인 금품을 요구하는 것은 겸손을 강조하는 가풍 아래에서 자란 내게 있어 힘겨운 일이긴 하다. 나는 말로 하는 대신 엄지손가락과 검지를 이용해 동그라미를 만들어 그의 앞에 흔들었다.

"큼."

"뭐. 말로 해. 저리 가고."

"음……. 도, 돈으로 주실 수 있나요?"

"……너네 집 진짜 가난해?"

루페르트는 그로서는 제법 합리적일 의심을 제기하며 인상을 찌푸렸다. 그가 정말로 벨루아가 재정난이라도 겪고 있다고 생각할까 나는 서둘러 고개를 저었다. 짐이 될 만큼 가난한 가문이라는 이미지를 줘서는 절대 안 된다. 가난하단 이유로 벨루아가 버림받을 수도 있으니.

"아니요! 요즘 사고 싶은 게 좀 많아져서 그래요."

"……."

"저, 저희 아버지가 굉장히 검소한 성정이시라서 저는 물려받은 재산이 거의 없답니다."

변명 같지만, 그래도 진실이기는 한 대답에 루페르트가 손에 턱을 괴고 있던 자세를 바로 한다. 그는 자유로워진 손으로 품을 뒤적이더니 동그랗고 두꺼운 쇳덩어리 같은 것을 내밀었다.

납작한 윗면에 새겨진 무늬가 굉장히 정교했다. 벨루아의 전나무가 인각된 목걸이와 비슷한 용도로 쓰일 것만 같은 고급스러운 물건이었지만, 나로서는 처음 보는 문양이다. 황가의 문양은 아닌 것 같고, 공작가나 백작가 중에서도 이런 문장을 가진 가문은 없다.

"이게 뭐예요?"

"상단주 패."

"……파스벤더 상단주의 패를 말하시는 건가요?"

"어."

자신이 파스벤더 상단의 실소유자라는 것을 밝히는 데에 아무런 거리낌이 없나 보다. 상단주만이 가질 수 있는 패를 아무렇지 않은 얼굴로 꺼내다니. 루페르트가 자신이 곧 황제가 되면 벨네르니뿐 아니라 전 대륙에 위명을 떨치게 될 상단의 패, 그것도 상단 주인의 패를 아무렇지 않게 넘기는 모습에 나는 더 기함했다. 밑지는 장사에도 정도가 있지. 내가 이 패를 가지고 무엇을 할 줄 알고.

"이걸 왜 저를 주세요?"

"사고 싶은 게 많다며. 돈보다 좋은 거야."

"……."

"어디든 가져가서 보여주고 물건 달라고 해. 마다할 상인이 없을 테니."

내 턱이 벌어지는 이유가 사용방법을 몰라서인 줄 안 모양인지 루페르트는 손수 내 손바닥에다 놓아주며 설명을 덧붙였다. 안타깝게도 나는 상단 주인을 상징하는 패를 어찌 사용하는지 모를 만큼 어리석지는 않다.

"제가 바보인 줄 아세요? 이거 있으면 상단을 담보로 무슨 짓이라도 할 수 있는 거 아닌가요?"

"응."

전자의 질문에 대답한 것인지 후자의 질문에 대답한 것인지 모를 애매한 긍정에, 나는 넘겨받은 패를 그의 눈앞에 흔들었다.

"……제가 외국인에게 상단을 팔아버리면 어쩌려고 이런 걸 주세요?"

"네가 가지고 싶은 게 그 정도로 비싸?"

그렇게 묻는 루페르트의 눈이, 정말 믿어지지 않았지만, 그 정도로 비싸다면 상단이라도 팔아서 사라고 하는 것만 같아서 나는 차마 고개를 끄덕이지 못했다. 아직 양심이 살아 있나 보다.

"아, 아니요."

"그럼 된 거 아닌가?"

루페르트는 내게 패를 넘기는 것으로 제 소임을 다했다는 양 다시 책을 펼쳐들었다. 나는 그의 황금으로 뒤덮인 듯 반짝이는 정수리를 내려다보며 발을 옴지락거렸다.

무척 오묘한 기분이었다. 황제가 죽었고, 황비와 대공은 언제라도 황좌를 노리며 무력을 이끌고 침범할 수 있는데 그는 내 침실에 있다. 그의 호위기사단이 무장을 하고 지키는 태자의 침실이 아닌, 시녀의 침실.

루페르트의 화려한 침실에 비하면 보잘것없는 내 침실에서 아무렇지 않은 얼굴로 책을 읽고, 자신의 전 재산이라고 할 법한 상단을 팔아버릴 수도 있을 권력을 내게 넘겨주었다. 나는 그가 이토록 사람을 의심할 줄 모르는 사람이라고 생각해본 적이 없다. 또 다른 시험일 수도 있겠고, 그게 아니라면,

"전하."

"왜, 또. 모자라?"

"저한테 너무 잘해주지 마세요."

내가 그의 영역에 깊이 발을 들였다는 뜻이다.

나는 토리가 경계하는 것처럼 그녀의 자리를 대체하고 싶지 않았다. 나는 그에게 안심하고 쳐내지 않을 만큼 믿음이 가되, 전부를 주어 아낄 만큼 소중해져서는 안 된다.

"뭔 소리야."

루페르트의 잘생긴 눈썹이 다시금 찌푸려진다. 그는 그 잘난 머리로도 내 말을 이해하지 못하겠는지 턱을 쓸었다.

"언제는 잘해달라며?"

"조금만 잘해주세요."

"늦었어."

그 대답은 조금 의외였다. 나는 그의 다음 말을 기다리며 숨을 참았다. 내 놀란 얼굴이 우스운 걸까, 그의 입꼬리가 살짝 올라가듯 호선을 그린다.

"나는 이제 너를 내 목숨처럼 아낄 테니."

"……."

"후회할 서민 지금부터 하도록 해."

나는 루페르트의 얼굴을 차마 마주할 수 없어 고개를 숙였다. 손 위에 얌전히 놓인 패가 나를 보며 비웃는 것만 같다.

그가 벨루아를 없애버리거나 나를 단두대 위로 올릴 위험은 거의 없어진 것이나 마찬가지였지만, 그 대가로 나는 무엇을 내놓게 될까 싶다.

"전하, 저한테 무엇을 바라시나요?"

나는 토리처럼 루페르트의 적을 없애거나 위험이 도사리는 곳에 뛰어들 수도 없다. 루이제처럼 기사단을 꾸릴 수 있는 것도 아니고, 루페르트 본인만큼 머리가 비상하거나 연금술을 자유자재로 다루지도 못한다. 내가 겪은 미래는 앞으로 겪을 미래와 판이하게 달라 앞날을 대비할 만한 정보조차 없다.

"저는 할 줄 아는 것이 많이 없어요."

나는 바보처럼 그 소리를 반복했다. 애초에 왜 나를 죽인 장본인인 루페르트의 시녀가 되었던가. 내가 너무 하잘것없는 계집이어서였다. 르한처럼 사관학교에 들어가 군대를 통솔하지도 못해, 아버지처럼 권력을 휘두르지도 못해. 내가 바꿀 수 있는 존재가 스스로밖에는 없어서, 아무것도 모르는 채 다시 죽고 싶지는 않아서 그의 곁으로 왔다.

그리고 내 가족을 지키기 위해 어린아이를 이용했다. 스스로도 몰랐을 그 깊고 깊은 고독을 건드려서. 내가 그를 외롭게 하지 않겠다고 맹세하면서까지. 그러나 너무 이기적이게도 나는 자신이 없어졌다. 내가 정말 그를 외롭지 않게 할 수 있을까.

"너한테 바라는 거 없어."

"……."

"그냥 옆에 있어."

전하,

그게 저에게 가장 힘겨운 일이 될 수도 있어요.

나는 차마 그렇게 대답하지 못하고 말을 삼켰다.

"라리에트 님! 여기 계셨네요!"

"꺄악!"

쿵!

황궁의 오래된 서재를 뒤지던 나는 갑작스런 부름에 화들짝 놀라 사다리에서 떨어지고 말았다.

"세상에! 괜찮으세요?!"

이레인은 목소리가 제법 큰 편이었다. 그녀에게는 다양한 재주가 있었는데 그중 하나가 나를 찾아내는 것이다. 후각이 개처럼 발달된 것도 아닐 텐데 그녀는 기가 막히게 내 자취를 쫓는다.

"아야!"

천장 가까이 있는 선반에 꽂힌 책을 꺼내기 위해 제법 높게 올라 있던 나는 발목으로 손을 뻗었다. 아직 붓진 않았지만, 이 정도 충격이면 크게 다쳤을 수도 있다. 나는 동동 발을 구르고 있는 이레인을 올려다보았다.

"내가, 갑자기 부르지 말라고 했잖아요."

"죄송해요! 너무 조급해서."

"급한 일이라도 있어요?"

"전하가 찾으셔서 마음이 급했어요. 죄송해요."

무슨 일로 나를 찾는 걸까.

요즘 루페르트를 대하기가 조금 어색해진 데다, 황제가 죽는 바람에 분위기가 무척 어수선해져서 나는 되도록 숨을 죽인 채 지내는 중이다. 그런데 내가 숨으려고 들면 들수록 루페르트가 나를 찾는 일이 많아졌다. 심술을 부리는 걸까 싶을 정도다.

"괜찮으세요?"

"괜찮으니 가서 전하께 금방 찾아뵌다고 전해주세요."

"네."

이레인을 보낸 뒤 일어서보려 했지만, 아파서 움직이고 싶어도 움직일 수가 없다. 나는 꼼짝없이 서재에 갇힌 몸이 되어, 떨어지는 와중에도 꼭 붙잡고 있던 책을 펼쳤다. 서기가 황제와 황족들의 일거수일투족을 적어놓은 것으로 대수롭지 않게 여겨 처박아두었을 기록이었는데, 마침 내가 찾는 연도와 계절이 그 안에 있었다.

"끄응."

나는 조금만 움직여도 발악하듯 고통이 올라오는 발목을 꾹 누르며 책을 바닥에 내려놓았다. 호기심이 왕성한 이레인이 오기 전에 확인을 마쳐야 한다. 그녀는 내게 아주 친절하지만, 부담스러울 만큼 내가 하는 일에 관심이 많다. 지금 무슨 책을 읽고 계시느냐고 물어볼 것이 뻔한데, 아무도 황태자의 생일을 모르기에 직접 찾아 나섰단 소리를 하고 싶지는 않았다.

황태자, 아니, 황녀로 알려져 있었지만, 그리고 그땐 아직 황제(皇弟)의 자식이었을 테지만, 황족이 태어났는데 기록 한 줄 없을 리 없잖은가. 나는 루페르트의 생일이 언제인지 알아내고 싶었다. 그래서 그의 생일에 제대로 된 축하를 하고 싶다.

루페르트는 내 생일선물로 파스벤더 상단의 이름으로 무엇이든 살 수 있는 패를 준 것으로 모자라 데뷔탕트를 열어주려 하니까. 하필 데뷔탕트 날에 다리를 다치는 바람에 춤이라도 출 수 있을지 모르겠지만 말이다.

고위귀족 가문의 영애들은 보통 황궁에서 데뷔탕트를 열기 마련인데, 내 생일이 황제가 죽은 날과 겹치는 데다 대공 쪽의 움직임이 심상치 않아 이번 생에도 기대는 손톱만큼도 하지 않았다. 데뷔탕트를 고대하며 기다리던 소녀시절은 지난 생에 경험해보았고, 그런 자리에서 늘상 일어나는 로맨스는 내게 없다는 사실을 이미 알고 있었으니 당연했다.

해서 데뷔탕트는 어떻게 하고 싶으냐는 어머니의 편지까지 무시하던 중인데, 이레인이 루페르트 앞에서 이 화제를 꺼내는 바람에 사달이 나고 말았다. 내가 극구 필요 없다고 하는데도, 그는 밀고 나갔다.

데뷔탕트를 열지 않으면 다른 영애들에게 무시를 당할 수도 있다는 이레인의 말 때문일까? 그는 제 것이 무시를 당하는 상황을 극도로 싫어했다. 내가 그 시녀들에게 얻어맞자 아직 황녀로 숨죽이고 있던 상태에서도 아르눌프 황자에게 총을 갈기기도 했을 만큼.

「기대해.」

루페르트는 그럴 필요 없다고 두 팔을 휘젓고 있는 내가 보이지도 않는다는 듯, 황녀의 것만큼이나 화려한 생일파티를 약속했다. 무얼 기대하라는 걸까. 토리의 질투? 리체의 비아냥? 처참하게 구겨진 나이젤의 얼굴?

"차라리 잘됐다."

나는 책을 뒤적거리는 사이에 퉁퉁 부어오른 발목을 내려다보며 한숨지었다. 춤을 추지 못할 만큼 다쳤다고 하면 데뷔탕트가 아예 취소될 수도 있으니까. 곧 황제가 될 황태자라고 해도, 현 황실의 실질적인 주인인 섭정이라 해도 주인공이 없는 무도회를 어찌 열겠나.

아무리 생각해도 이런 시기에 파티는 무리였다. 황제의 시체가 채 식지도 않았는데 파티라니. 가뜩이나 황태자에게 반발하는 무리가 한가득인데, 이미 그의 편인 귀족들도 대공이나 아르눌프의 손을 들 수도 있다.

"뭐가 잘돼."

"꺄아아악!"

오늘따라 왜 이렇게 나를 놀래는 사람들이 많은지. 나는 다친 발목 덕에 제대로 돌려지지도 않는 몸을 억지로 비틀어 목소리의 진원지를 찾았다.

언제 서재에 들어왔을까, 루페르트가 뚜한 얼굴로 나를 바라보고 있었다. 문의 그림자에 갇혀 제대로 보이지도 않는 그가 창가 쪽으로 느릿느릿 걸어나온다.

"왜 그렇게 놀라?"

"갑자기! 부르시니까! 놀라죠!"

"도둑이 제 발 저린다고."

"도둑은 무스은! 제발 발소리 좀 내세요!"

서재에 무슨 값비싼 물건이 있다고 훔친단 말인가. 나는 기가 막혀 코웃음을 흥흥 흘렸다.

"왜 그러고 있어?"

내게 다가온 루페르트가 몸을 숙였다. 창가로 스며든 햇볕이 해사한 금발에 내려앉는다. 나는 빛을 반사하는 뿌연 먼지 속에 자리 잡는 인영을 바라보았다. 내 통통 부은 발목을 확인한 얼굴이 눈에 띄게 굳는다. 아, 그랬다. 루페르트는 내가 다치는 것을 좋아하지 않는다.

"왜 이래?"

"이레인이 아까 전하처럼 저를 그런 식으로 놀라게 하는 바람에 여기서 떨어졌어요."

"넌 다리뼈가 하나 모자라는 모양이야."

"비꼬지 마세요."

그는 내 차가운 대꾸에도 별 반응을 보이지 않고 내 발목을 뚫어져라 바라보더니, 느릿느릿 팔을 들었다. 눈으로 따라잡아도 한참 기다릴 만큼 느린 속도라 나는 그가 내 발목을 잡으려고 손을 뻗는지도 몰랐다. 벌레라도 잡나 했네.

"왜요? 아파요."

"가만히 있어."

내 발목을 붙잡은 손모양이 예사롭지 않다. 나는 루페르트의 손에 잡힌 발목을 움찔하며 뒤로 몸을 쭉 뺐다.

"설마 전하가 맞추시려구요?"

"이대로 두면 발을 거꾸로 붙이고 살 수도 있어, 너."

"싫어요! 어의가 해도 되지 않나요?"

그가 다재다능하다지만, 의사는 아니지 않나. 나는 그가 널리고 널린 돌팔이 같은 의사보다도 의학에 해박하다는 사실을 잊은 채 그의 손에서 내 발목을 빼내기 위해 노력했다.

"왜."

"버, 번거롭게 전하가 하실 필요 없으니까요!"

"너 무도회 준비 안 해?"

"발도 이렇게 되어버렸는데, 데뷔탕트를 꼭 오늘 열지 않아도 될 것 같아서요."

루페르트의 눈이 가늘어진다. 또 뭐가 마음에 들지 않는 걸까.

"화려한 걸 좋아한다면서."

"네? 누가요?"

이건 또 무슨 엉뚱한 소린가. 나는 어깨를 으쓱했지만, 그는 이미 고개를 숙여 내 발목을 살피는 중이다.

아주 예전, 내가 죽음을 겪고 돌아오기도 전에 어린 르한이 사냥놀이를 하다 발목관절이 잘못되자, 닥터 아일리가 치료해주었다. 우그적 소리가 난 순간 자지러지던 르한. 르한은 어릴 적에도 무척이나 무뚝뚝해서 무슨 일이 있어도 눈물을 보이지 않았는데, 그날만큼은 엉엉 울었다. 르한이 그럴 정도라면 정말 아프단 거다.

의사도 아닌 일반인인 루페르트가, 르한보다는 훨씬 고통에 취약한 신체를 가진 내 발목을 억지로 맞추려고 들면 그것보다는 훨씬 아플 것 같았다. 나는 점점 발목을 쥔 손에 힘을 주는 그를 말리려 목소리를 높였다.

"자, 자, 잠깐만요!"

"힘 빼."

"전, 전하."

"왜."

"……무서워요."

그는 어이가 없는 듯 조금 웃었다. 바람 빠지는 소리와 함께 날카로운 눈매가 접히는 모습이 보기에 퍽 나쁘지가 않다. 평소와 같은 비웃음보다는 조금 더 독기가 빠진 순한 미소가 생소해 나는 나도 모르게 루페르트가 웃는 양을 멍하니 바라보았다.

"쿤시오."

내 발목을 손으로 붙잡은 채로 루페르트가 알 수 없는 주문을 중얼거린 순간, 익숙한 녹빛이 움찔거리며 내 발목을 감쌌다. 화한 느낌과 함께 통증이 서서히 가라앉는다. 그 기현상을 지켜보는 동안, 그는 내 발목을 잡고 돌렸다.

"아악!"

"……아파?"

그럴 리가 없다는 듯 루페르트의 눈이 동그래진다. 지레 겁먹었던 것뿐, 사실 전혀 아프지 않았기 때문에 나는 민망한 웃음을 흘리며 고개를 저었다. 그가 짧은 한숨과 함께 자리에서 일어난다.

"일어나봐."

정말 마법처럼 더는 발목이 시큰하지 않았다. 다쳤다는 핑계로 무도회에 가지 않을 작정이었는데 이렇게 고쳐버리다니. 나는 통증은 사라졌지만 그래도 아직 붉은 기가 가시지 않은 발목을 내려다보며 울상을 지었다.

"아직 아픈 것 같기도 한데."

"거짓말하지 마."

내 말에 루페르트가 내 겨드랑이에 팔을 넣어 나를 일으켜 세웠다. 인형처럼 나를 휙 들어버리는 것도 신기했지만, 내 엄살을 알아보는 것이 더 신기했다. 언제 나를 이렇게 잘 알게 된 걸까?

"가기 싫어?"

"……데뷔탕트잖아요."

"그게 왜."

"아무도 춤을 추자고 하지 않으면 정말 두고두고 창피한 기억이 될 거예요."

내가 기억하는 나의 데뷔탕트가 그랬었다. 내게 춤을 신청하는 영식이 르한밖에 없어 알게 모르게 얼마나 무시를 당했는지. 아버지의 눈치를 보느라 어쩔 수 없이 입었던, 장식 하나 없는 밋밋한 갈색 드레스조차 비웃음거리가 됐었다.

내가 우물쭈물하는 말에 루페르트의 표정이 기묘해진다. 웃는 것도, 그렇다고 인상을 찌푸리는 것도 아니었는데 이상하리만치 다정한 얼굴이 된다. 낡은 서재를 물들이는 햇볕 때문일까.

"내가 할 테니까 걱정하지 마."

내가 루페르트의 묘한 웃음에 당황해 말문이 막혀 있는데 그는 손을 뻗어 내가 그의 생일을 찾기 위해 펼쳤던 궁중일기를 집어냈다.

"이건 왜?"

"전하 생일이 언제인지 알고 싶어서요."

"넌 도대체 그게 왜 궁금해?"

"데뷔탕트를 열어주시잖아요."

황궁에 시녀로 몸을 의탁했지만 나의 본질은 벨루아였다. 벨루아의 직계라고 할 수 있는 아멜리아 고모가 황도에 거주하고 있으니 그녀가 나의 사교계 데뷔를 돕는 것이 맞고, 과거에는 실제로 그녀가 나의 데뷔탕트를 주관했었다. 물론 아버지가 부탁해 억지로 한다는 티를 몹시 내기는 했지만.

당시에는 그런 데 관심이 없어 잘 알지 못했지만, 그녀는 굉장히 무성의했었다. 그러니 남들의 시선에 별 관심이 없던 나조차도 모두가 날 비웃고 있다는 걸 알아챌 정도였지. 사교계 데뷔 준비는커녕 제대로 된 황궁 무도회조차 가본 적이 몇 번 없는 나는 파티를 어떻게 준비하는지에 대해 무지했고, 고모의 제대로 된 도움 없이 나의 데뷔 무도회를 꾸미기란 불가능에 가까웠다.

따라서 결과는 무척이나 참혹했다. 나는 그 자리의 주인공이면서 가장 낡고 초라한 드레스를 입고 등장했고, 몇몇 영애들의 동정 어린 시선과 다수의 비웃음을 샀다.

또다시 그런 창피를 겪고 싶지 않아 데뷔탕트를 하고 싶지 않다고 선언했는데, 루페르트가 그런 나를 위한 무도회를 열어주다니. 상상도 하지 못했다. 괜히 벨루아가 가난하다는 그의 생각만 강화시킨 것은 아닐까.

"제 생일을 무도회까지 열어가며 축하해주시는데, 제가 가만히 있을 수 없잖아요."

"네 생일 축하해주려고 여는 것 아닌데."

루페르트가 비스듬히 고개를 숙이며 입을 열었다. 나지막한 목소리가 온통 갈색인 서재와 무척이나 잘 어울린다. 길게 늘어지는 하오의 햇볕이 느른한 미소를 비춰주었다. 오늘 유난히 잘 웃는 그 때문에 정신이 팔려 있는데, 그는 천천히 손끝으로 내 턱을 쓰다듬었다.

"그럼요?"

"내 거라고 알리려고."

"……."

"네 아버지가 하도 시끄러워서 말이야."

턱에서부터 시작된 어루만짐이 목으로 내려오는 것도 문제였고, 그 발언의 진정성도 문제였다. 루페르트가 나를 친근하게 대하는 만큼 장난이 늘어나서 도대체 어디까지가 진심이고 어디까지가 농담인지 구분이 가질 않는다. 그러나 지금만큼은 무척이나 진심이 가득한 듯하여 나는 당황을 금치 못했다.

"누가 누구 건데요?"

"네가."

루페르트는 뜸을 들였다. 내 목을 스친 그의 손이 귀 뒤로 넘어간다. 둥근 귓불을 쓰다듬는 손길이 애완동물을 어루만질 때만큼이나 부드러워 나는 장소와 상황도 잊고 얼굴을 붉히고 말았다.

"내 거지."

"……."

동굴처럼 낮게 울리는 목소리였다. 시간이 멈춘 듯 아주 천천히 내 귀로 들어와 이해하는 데 시간이 걸릴 만큼.

선연히 빛나는 녹안을 마주한 순간 나는 숨을 참고 물러났다. 길을 잃고 헤매던 숲에서 만나는 요정의 그것처럼 요요한 빛깔이었다.

"뭐, 뭐예요!"

당황한 내가 우스운지 루페르트가 실없는 웃음을 흘린다. 얼굴에 보지 못한 장난기가 가득해서 더 놀리려나 싶었는데, 그는 곧 새빨개진 귀를 움켜잡고 있는 나에게서 돌아서 자리를 떴다. 아무 소리도 한 적 없다는 듯 아무렇지 않은 얼굴이다. 완벽한 놀림감이 된 것 같아 기분이 상했다. 그를 따라잡아볼까 했지만 그는 이미 내 시야에서 사라진 후다.

"씨……."

나는 그가 가만히 앉아 나를 놀리던 빈자리 쪽으로 고개를 돌렸다. 원래 혼자였는데도 그가 잠깐 있다 사라진 공간이 유난히 허전하다. 그건 무척 생소한 기분이었다. 존재감이 대단한 사람이라 그런 걸까. 아니면 그의 옆에 있는 것이 그토록 익숙해진 탓일까.

나는 루페르트의 갑작스러운 등장으로 잠시 내려뒀던 궁정기록을 집어 들고 그가 태어난 여름의 사건들을 헤아렸다. 사사로운 사건까지 전부 다 적어내린 것이 특징이라 끝이 없다. 그중 그녀의 손목에 멍이 들어 있다는 문장이 있었다. 임신 중에도 폭력에 노출되었구나 싶어 이가 갈렸다.

루페르트를 임신한 에바의 일상은 무척이나 단조로웠다. 그녀는 거의 감금당하다시피 했기 때문에 그녀에게 허락된 곳은 정원뿐이다. 에바는 그곳에서 식물을 보살피며 하루를 보낸 것 같았다. 그리고 그런 생활은 루페르트가 태어나기 직전까지 이어진다.

"뭐야. 이게 끝이야?"

나는 책의 마지막 페이지를 손으로 팔락이며 허무 가득한 한숨을 내쉬었다. 이 두꺼운 책을 여름의 절반도 되지 않는 기간을 묘사하기 위해 써버리다니. 다음 권에는 루페르트의 생일이 나와 있을까 싶어 찾아보았지만, 이 서재에 보관되어 있는 기록은 내가 들고 있는 이것이 마지막이었다.

루페르트가 지금 쓰고 있는 서재에는 궁정일기 따위가 아예 존재하지 않았는데. 도대체 어느 서재로 가야 그가 태어난 날을 알 수 있는 걸까. 나는 낭비한 시간이 아까워 발을 동동 구르다 정말로 발목이 아예 아프지 않다는 사실을 깨달아버렸다. 심지어 붉은 기도 금세 없어져버렸고 보기에도 멀쩡했다.

더는 핑계를 댈 수 없겠구나. 나는 미적미적 미련을 털어냈다. 보통의 무도회의 준비에도 시간이 대단히 많이 걸리는데 내가 주인공인 데뷔탕트는 말할 것도 없다. 이레인이 마담에게 애걸복걸해-과장이 섞인 것 같지만-꽉 찬 예약 사이에 겨우 머리를 들이밀 수 있었다는 유명한 살롱에 갈 시간이다.

"라리에트 님!"

때마침 상기된 얼굴의 이레인이 서재로 뛰어 들어온다. 요즈음 그녀는 나의 데뷔탕트 말고 중요한 일은 아무것도 없는 것처럼 굴었다. 모시는 아가씨의 데뷔 무도회가 이레인의 사명쯤 되는 건지 그녀는 나보다 더 흥분한 상태였다.

"살롱 가실 시간이에요!"

"으응, 지금 일어나려고 했어요."

"어서요. 늦으면 아가씨를 봐주지 않을 수도 있어요. 마담 아르베는 콧대 높은 사람이라."

이레인은 목에 걸고 있던 시계를 내게 보여주며 다급하게 손짓했다. 루페르트가 항상 가지고 다니는 줄시계가 생각난다. 그도 이따금 시계를 확인하며 서둘러 움직이고는 하는데. 하녀가 저런 시계는 도대체 어디서 난 걸까.

"뭐가 그리 급해요? 드레스만 받아 오면 되는 거 아닌가?"

"아가씨를 위해 맞춘 드레스가 수십 벌은 되는걸요? 마담이 가장 어울리는 드레스를 골라줄 거예요."

"······몇 벌?"

나는 내 귀를 의심했다. 마담 아르베처럼 드레스나 치장에 문외한인 나조차도 아는 살롱이라면 드레스 한 벌의 가격도 만만치 않을 텐데 도대체 어느 누가 그녀의 살롱에서 드레스를 수십 벌이나 맞춘단 말인가. 아른바흐 공녀도 그런 사치스러운 짓은 하지 않을 텐데!

"정확히 몇 벌이죠?"

"열세 벌이요."

"이레인! 낭비예요!"

"오늘 안 입으시는 건 다음에 입으시면 되는데 왜 낭비인가요?"

하녀 월급으로는 몇 년을 모아야 드레스 한 벌을 살까 말까일 텐데 이레인의 금전개념은 어디에 맞춰진 걸까.

"라리에트 님의 데뷔탕트인데 그 정도는 당연한 것 아닌가요?"

"그게 어떻게 당연해요? 세상에!"

죽기 전 삶에서의 데뷔탕트에서 나는 평소 입던 드레스와 비슷한 것을 입고 데뷔했다. 벨루아라면 으레 그래야 하는 줄 알았으니까. 검소와 겸손을 강조하는 벨루아에서 나고 자랐다던 이레인의 출신성분이 의심스러워지기 시작했다. 아버지를 아는 사람이라면 절대 나의 데뷔탕트가 화려하다 못해 사치스러운 것이 당연하다고 할 리 없으니까.

"하지만 전하께서 그 정도의 돈을 주셨는걸요?"

나는 기가 막혀 입을 헤벌렸다.

"전하가 돈을 줬다구요? 드레스를 사라고?"

"드레스뿐인가요? 마담 아르베의 고용비와 아가씨께서 사용할 보석도 전부 전하가 주신 돈으로 해결했어요."

"뭐라고요?"

"참, 황궁까지 타고 갈 마차도요. 무려 상아 마차랍니다! 상아 장식 정도가 아니라, 상아로 만든 마차예요! 태자 전하께서 몸소 골라주셨어요."

상아 마차라니!

들도 보도 못했다. 다이닝홀을 장식하는 상아 장식도 몇천 골드를 호가하는 고급품인데, 상아로 만든 마차라니. 제작 자체가 가능하기나 한가. 황제의 마차도 그 정도로 사치스럽지는 않을 것이다.

"그런 쓸데없는 데 돈을 썼다고요?"

"쓸데없다니요. 주인공의 등장이 얼마나 화려한가로 데뷔탕트의 수준이 결정되는걸요."

"……그거 말고는 없나요?"

"으음. 아, 마차를 끌 제프리의 안장에도 보석을 조금……."

"그만, 그만 말해요. 머리 아파."

하다 하다 말까지 꾸몄단다. 도대체 얼마를 준 거야?

나는 그녀의 말에 기절이라도 하고 싶어졌다. 성이라도 판 건가. 이레인의 돈 감각이 완전히 망가진 것이 어느 정도 이해가 가기 시작했다. 그녀는 난생처음 그 정도의 금액을, 본인이 아닌 나를 위해서라지만 써보게 되었을 테니까.

"전하께서 왜 그렇게까지 많은 돈을 준 거예요?"

"라리에트 님, 저도 아예 눈치가 없는 건 아니니 모르는 척하지 않으셔도 괜찮아요."

"뭘 모르는 척해요?"

"아이, 아시잖아요. 전하께서 왜 그러시는지."

나는 이레인이 한쪽 눈을 이상하게 찡그리며 하는 말을 이해할 수 없었다.

회귀 전, 황비가 주최하는 살롱 파티에서나 몇 번 얼굴을 봤던 마담 아르베는 전 후작부인으로 이혼 뒤 살롱을 운영하며 유명해졌다. 최신 드레스나 머리스타일을 유행시키며 쓸어 모은 돈이 후작에게 받은 위자료보다 많아 불우한 결혼생활을 유지하는 모든 부인들의 부러움을 샀다. 남편이 바람을 펴서 이혼을 해도 작위를 물려받을 아들을 낳은 사람이 아니라면 홀몸으로 쫓겨나는 일이 흔했으니.

"오랜만이에요, 레이디 벨루아."

내가 다시 열두 살의 나이로 눈뜬 후에 아르베를 본 것은 단 한 번뿐이었다. 지금은 까마득한 열두 살의 생일파티 때 단 한 번. 게다가 그날은 정신이 없어 제대로 인사를 나누지도 못했었다.

"저를 기억하시나요?"

"흐응."

마담 아르베는 익숙한 손짓으로 주춤주춤 살롱에 들어서는 나를 이끌었다. 어머니와 비슷한 나이지만 무척 화려하게 꾸민 그녀가 내 말에 싱긋 웃으며 고개를 끄덕인다.

"당연하지요. 나는 언제나 원석들을 기억하니까."

"예?"

"어서 들어와요. 시간이 많은 편은 아니니까."

마담 아르베가 나를 이끈 곳은 분홍색 벨벳 소파가 가운데에 놓인 드레스룸이었다. 무려 시내에서 은행 다음으로 큰 건물인 그녀의 살롱 한 층을 전부 다 차지할 만큼 어마어마했다. 가지각색의 화려한 드레스들이 촘촘히 정리되어 있는 모습에 벌써부터 기운이 빠진다.

"라리에트, 정신 차리고 똑바로 봐요. 갑자기 드레스를 열세 벌이나 주문해 정신이 없긴 했지만 내 영혼을 담은 작품들이니까."

"아, 미안해요."

마담 아르베는 굉장히 자신 있는 얼굴로 벽 한 면 전체에 쳐져 있던 커튼을 긴 지팡이로 걷어냈다. 그러자 '영혼을 담은' 열세 벌의 드레스들이 천천히 모습을 드러낸다.

다양한 드레스 중엔 옅은 색감의 것도 있어 나는 안도의 한숨을 내쉬었다. 마담 아르베의 드레스는 보통 무척 화려했고, 나는 그 화려함을 소화해낼 자신이 없었으니까.

"제일 무난한 드레스로 골라주세요. 눈에 띄지 않는 것으로."

"어머. 웬 헛소리?"

그녀는 내가 농담이라도 했다는 양 깔깔대며 가장 바깥쪽에 있는 드레스를 골라 내 몸에 대보았다. 가까이서 보니 색만 옅은 노란색이지 진주알이 프릴 아래에 촘촘히 달려 있어 은은한 빛만으로도 눈이 부실 정도였다. 그럼 그렇지, 싶어 절로 어깨가 움츠러든다.

"데뷔탕트는 무조건 화려하고 봐야 하는 거예요, 라리에트."

"이런 드레스는 어울리지 않을 것 같은데."

"내가 당신 초상화도 안 보고 드레스를 만들었을까 봐?"

마담 아르베는 들고 있던 깃털 부채로 내 턱 끝을 올리며 미소 지었다. 굉장히 자부심에 차있는 얼굴에 대고 무어라 항변할 수 없어 고개를 끄덕이는 수밖에 없었다.

"그러면, 마담 아르베가 보기에 제일 괜찮은 것으로."

"일단 이거 입어봐요."

그녀는 힘없이 처지는 내 등을 부채로 툭 치며 노란 드레스를 안겨주었다. 화려한 진주장식이 마음에 걸리기는 했지만, 그나마 제일 무난했다.

"노란색이 제일 잘 어울릴까요?"

"그건 다 입어봐야 아는 거죠."

나는 그녀의 말에 기겁하며 뒤를 돌았다.

"전부 다요?"

"당연하죠. 시간 없어요!"

놀란 나를 진정시켜줄 생각은 전혀 없는지 마담 아르베는 목소리를 높이며 내 등을 떠밀었다. 내가 얼떨결에 밀려들어간 작은 방에는 탈의를 도와줄 고용인들이 대기 중이다. 그들의 손길은 얼굴에 머무르는 상냥한 미소와 상반되게 빠르고 거침이 없어서 옷이 벗겨지는 것을 깨닫기도 전에 옷이 갈아입혀지는 기이한 일이 벌어졌다.

"어, 괜찮지 않나요?"

연노랑 드레스는 내 옅은 갈색머리와 제법 잘 어울리는 것 같았다. 애초에 이만큼 아름다운 드레스를 입어본 적도 드물어 나는 드레스자락을 손으로 집으며 괜스레 한 바퀴 빙 돌아보았다.

"마담 아르베가 평가하실 일이라서 제가 의견을 낼 수 없답니다."

내 탈의를 도운 여자가 손뼉을 치자 무대의 막이 오르듯 방을 가로지르던 커튼이 말려 올라간다. 마담 아르베가 기다렸다는 듯 고개를 내밀었다.

"으음. 7점."

그녀는 노란 드레스의 밑단을 장식하는 진주장식을 세심하게 훑은 다음 나머지 열두 벌의 드레스를 모두 작은 방으로 옮기게 했다. 고용인들이 드레스를 착착 정리하는 동안 나는 다음 드레스로 갈아입혀졌다. 눈이 돌아갈 만큼 화려한 공간도 공간이지만, 자꾸 몸이 빙빙 돌려지는 통에 멀미가 날 것만 같았다.

"……그냥 아무거나 입으면 안 되나요?"

열 번째 드레스를 입은 후, 지쳐 물었지만 마담 아르베는 내 얼굴은 제대로 쳐다보지도 않고 고개를 저으며 단호히 말했다.

"6점."

마담 아르베는 소매장식이 화려한 연두색 드레스를 마치 거적때기처럼 휘적거리더니 안타까운 듯 탄식하며 내 머리카락을 잡았다.

"이 가느다란 머리카락을 전혀 생각하지 못했어요. 피부가 하얀 편인 것은 기억이 나서 옅은 색의 원단을 썼는데."

내 머리카락이 너무 가늘고 부드러워 드레스와 어울리지 않는 모양이다. 내가 어찌 대꾸해야 할지 몰라 어색하게 웃자 마담 아르베는 결의에 찬 얼굴로 나를 돌아보았다.

"붉은, 아주 붉은색이 좋겠어요."

"네?"

"어머니를 닮지 않은 모양이죠? 아만다는 섹시함과는 거리가 아주 먼데."

"……네?"

그녀는 알아들을 수 없는 소릴 중얼거리며 밖으로 달려가 아주 부드러운 비단으로 만들어진 드레스를 들고 왔다. 옷을 붙들고 있는 손모양이 그대로 드러날 정도로 부드러워 보였다. 원단이 굉장히 고급스러운데다 튀는 장식이 없는 것은 마음에 들었지만, 내가 입을 만한 드레스는 아니었다.

그녀가 들고 있는 드레스는 내가 평생 입어본 적도 없는 과감한 붉은 색인 데다 허리부터 골반까지 무척 타이트한 머메이드라인의 드레스였다. 벨루아의 몰락 즈음에 나왔던 유형으로 유행까지도 한참이나 남은. 나는 마담 아르베가 이 정도로 시대를 앞서가는 감각을 가진 데 감탄하면서도 그 드레스를 모르는 척했다.

"이런 건 안 어울려서 못 입어요."

"입어봐요. 내 말 믿고."

아르베의 표정과 말투가 무척 단호해 입지 않으면 큰일이라도 날 것 같다. 그럼에도 붉은 드레스는 입고 싶지 않아 계속 미적거리자 그녀가 직접 내 옷을 벗기려고 들었다.

"아, 알겠어요. 입어만 볼게요. 근데 저는 저 노란 드레스가 가장 마음에 들어요."

나는 울상을 지으며 저 멀리 치워진, 내가 처음 입어본 드레스를 가리켰다. 그러나 내 말을 듣기는 한 건지 마담 아르베는 서둘러 입어보라는 턱짓과 함께 방을 빠져나갔다. 그녀가 나가기 무섭게 옷시중을 드는 하녀들이 내게 달려든다. 나는 또 인형처럼 붉은 드레스로 갈아입혀졌다.

"마담, 옷 다 입었어요."

내 말에 커튼이 걷히자 마담 아르베는 예의 오묘한 미소를 띠며 나를 거울 앞에 세웠다. 그녀는 거울 속의 나를 꼼꼼히 관찰하더니 내 어깨 위에 손을 올려 드레스의 어깨끈을 내려버렸다. 원래 그렇게 입는 옷인 듯 끈이 팔뚝에 자리하는 편이 자연스러워 보였지만, 원래도 과감했던 드레스가 한층 더 과감해지자 얼굴이 화끈거렸다.

"이, 이렇게 입는 거 맞나요?"

"내가 만든 옷이니까 내가 잘 알지 않을까요?"

내 쪽으로 고개를 숙인 마담의 목소리가 점점 더 은근해진다.

"어때요?"

예전과 다르게 뻣뻣하게 보일 만큼 깡마른 몸이 아니어서일까. 붉은 드레스는 놀랄 정도로, 그리고 스스로 인정하기 부끄럽게도 나와 무척 어울렸다.

"색이 옅은 갈색이라 붉은색이 어울릴 줄 알았어요."

"……그래요? 마담이 보기에도 괜찮은가요?"

"어머, 당연하죠. 안 그러면 왜 내놓겠어요? 이 드레스, 내가 다음 시즌에 선보이려고 준비 중인 거라구요. 굉장히 아끼는 거라고."

그녀는 한시름 놓았다는 얼굴로 검은 구두를 골라 내 앞에 내려놓았다. 굽이 높은 구두까지 신자 정말로 사교계의 여왕쯤 되는 듯 화려하기 그지없다. 구두코를 장식하는 반짝반짝한 보석에 눈이 아플 정도였다.

"너무 야하지 않을까요?"

"이 정도는 되어야 유행이 시작되는 거예요."

내 기억에 따르면 이런 드레스는 몇 년 뒤에나 유행을 탈 텐데. 그러나 내 작은 걱정이 무색할 정도로 마담 아르베는 자신만만해했다.

"아아, 모델을 못 찾아서 선보이지 못했던 건데. 라리에트를 내게 보내주신 전하께 감사할 일이네요."

그녀는 손뼉까지 치며 함박웃음을 지었다. 손뼉이 이 살롱에서는 신호로 통하는지 아까와는 다른 하녀들이 화장품을 잔뜩 들고 날 둘러쌌다.

"전하께 드레스는 그냥 드리겠다고 전해줘요."

"네, 알겠어요. 근데 정말 노란 드레스를 입는 게 낫지 않을까요?"

"원래 다리 옆을 찢는 드레스예요. 찢어줄까요?"

"아, 아니요."

지금도 달라붙는 모양이 부담스럽게 느껴지는데 다리까지 드러나면 내가 입을 수 있을 리 없다. 나는 황급히 고개를 저으며 하녀의 손짓에 따라 눈을 감았다. 눈을 감자마자 부드러운 깃털 같은 것이 내 얼굴을 스친다.

"진주 빻은 가루랍니다."

"히이익."

진주 한 알의 값이 얼마인데! 아까워!

사치의 극치에 소름이 돋았지만, 어차피 내 돈도 아니다. 그냥 이 본격적인 치장을 즐겨보자 마음먹었다. 한 번뿐인 데뷔탕트인데, 한계까지 꾸민 내 모습을 한 번쯤은 보고 싶었기도 했고.

"으음, 이왕 시작했으니까! 최고로 화려하게 꾸며주세요."

"그건 내게 맡기기만 해요."

그러나 그 생각은 마담 아르베가 들고 나오는 화려한 다이아몬드 목걸이에 쑥 들어가고 말았다. 송충이는 솔잎을 먹고 살아야 하는 모양이다. 역시, 부담스럽다.

마담 아르베와 그녀 밑에 딸린 몇 명인지 헤아리지도 못할 만큼 많은 하녀들에게 몇 시간을 시달린 탓에 나는 진이 빠지고 말았다. 내 머리카락을 이리저리 잡아당기며 배배 꼬던 아르베가 내 지친 얼굴을 보며 목소리를 높였다.

"얼굴에 힘줘요."

"네?"

"누가 보면 데뷔탕트가 아니라 단두대에라도 끌려가는 줄 알겠어요."

단두대라.

나는 아르베의 말을 곱씹으며 내가 정말로 단두대에 끌려갈 때 어떤 얼굴을 하고 있었는지 되짚어봤다. 이 정도로 죽상은 아니었을 것 같은데. 르한이 죽고 난 다음 나는 정말로 모든 것을 포기한 상태였으니까. 죽는 것이 차라리 낫다 여겼으니까.

"너무 힘들어서요."

"이 정도는 누구나 다 하는걸요. 무도회, 꽤 많이 참석하지 않았나요?"

사실 살롱까지 방문한 이런 본격적인 성장은 처음이다. 황실 무도회나 황비가 주최하는 티파티에 초대되어 간다고 해봤자 벨루아 가의 하녀들이 평소보다 조금 힘을 주는 정도가 전부였으니까. 귀족여성의 아름다움은 외모가 아닌 지성과 교양으로 판단된다 생각하시는 아버지의 눈치도 눈치였지만, 내가 큰 관심을 두지 않은 탓도 있다.

"벨루아는 검소한 집안이니까요."

"흐음."

부채 끝으로 내 턱을 올려 휙휙 돌려가며 꼼꼼히 살핀 아르베는 내가 살롱에 들어선 후 처음 보는 환한 웃음을 지으며 부채를 접었다. 탁! 경쾌한 소리와 함께 드레스룸의 커튼이 걷힌다. 커튼이 아티팩트일 리는 없을 것 같고 커튼 옆에 대기하는 하녀라도 있는 걸까.

"화려한 치장이 무척 잘 어울리는데, 아쉽네요."

"……"

"이제 전하의 사람이니 딱히 그렇지도 않겠지만."

아르베가 뒷말을 흘리는 게 맘에 걸려 되묻고 싶었지만, 허겁지겁 달려오는 하녀들 때문에 그럴 수도 없었다.

"늦겠어요!"

"마차는 이미 대기시켜놨겠지?"

"네네! 서두르세요, 레이디 벨루아!"

그렇게 알려준 하녀는 한겨울임에도 땀까지 뻘뻘 흘리고 있었는데,

나는 허겁지겁 자리에서 일어났다. 꾸미느라 꽤 지체되겠거니 생각하긴 했지만, 정말로 많이 늦은 모양이다.

"잠깐."

마지막으로 실크 장갑을 끼는 내게 다가온 아르베는 피를 머금은 듯 새빨간 보석이 정중앙에 자리한 화려한 목걸이를 들고 있었다. 보석에 문외한인 내 눈에도 그 값어치가 어마어마할 것만 같은, 기가 질릴 정도의 화려함이라 나는 서둘러 내 목을 감쌌다. 지금 하고 있는 다이아몬드 목걸이는 작긴 하지만 충분히 화려했다.

"이걸로 충분해요."

"루비가 더 어울릴 것 같아서 그래요."

"너, 너무 과할 것 같아요."

"빌려주는 거예요. 잃어버리지 마세요."

그 말에 거부감은 더 커졌지만, 마담 아르베는 내 의사는 전혀 상관없다는 듯 내 목에 목걸이를 채워주었다. 쇄골 아래에 자리한 붉은 루비가 영롱하게 반짝여 눈이 부셨다. 그뿐만 아니라 목걸이의 줄을 이루고 있는 건 다이아몬드인지라 얼굴에 환한 빛이 비춰질 정도였다.

"잃어버리면 어떡하지요?"

"전하가 내주시겠죠."

"대신 절 이국 섬의 노예로 파실 수도 있는데요."

나는 진지하기 그지없는데, 아르베는 세상에 제일 재밌는 농담이라도 들었단 양 깔깔 웃는다. 그가 내게 관대해졌다지만 이 정도로 비싸보이는 목걸이의 값을 치르게 된다면 충분히 가능성 있는데!

"지금 몸에 걸치고 있는 보석들이요. 팔찌나 귀걸이, 머리 뒤를 장식하는 핀이라든지."

"네?"

"그건 다 라리에트 거라는 것, 알죠? 전하가 이미 값을 지불하셨으니까.”

“…….”

“여자 한 명 노예로 판들 그 정도 액수는 안 나와요.”

아르베는 무엇이 그리 즐거운지 콧노래까지 흥얼거리며 내 옆머리를
정리해주었다.

“아, 본 이래 제일 마음에 드는 얼굴이네요, 당신.”

“괜찮은가요?”

“고작 괜찮은 정도로 이럴 것 같나요? 마담 아르베 살롱의 주인인 내
가?”

하녀들조차 저도 모르게 탄성을 내지를 만큼 대단한 변신을 한 것 같
긴 한데, 마담 아르베가 기회를 주지 않아 정작 나는 내가 어떤 모습을
하고 있는지 확인을 못 했다. 창문 유리에 비친 걸 흘깃거린 것이 전부
로, 꼬아서 말아 올린 뒷머리에 꽂힌 꽃 모양 보석이 예쁘다는 것 외에
는 알 수 없었다.

목에도 보석, 팔에도 보석, 머리마저 보석장식이라니! 이대로 도망가
몸에 걸친 진귀한 보석들을 전부 처분해 숨어버려도 평생 먹고살 수 있
진 않을까?

“자신감을 가져요. 오늘 주인공 노릇은 톡톡히 할 수 있을 테니까.”

그 마담 아르베가 ‘마음에 든다.’ 소리를 하는 내 모습이 어떤지 무척
궁금해졌다.

“파티에 가기 전에 거울을 볼 수는 없을까요?”

“참아요. 데뷔탕트의 주인공이 얼빠진 모습으로 등장하는 꼴은 보고
싶지 않으니까.”

“얼이 왜 빠져요?”

“너무 예뻐서요.”

내가 내 얼굴을 보고 감탄해서 얼이 빠질 정도의 나르시시스트는 아

닐 텐데. 그러나 마담 아르베는 내 청을 들어줄 생각 따윈 전혀 없다는 듯 살롱을 나가는 길에 있는 거울마저 본인의 몸으로 가려버렸다.

"어머, 예쁜 마차네요."

상아로 만들어진 마차는 황태자가 준비한 것을 몰라주면 큰일이라도 난단 양 화려했는데, 마담의 살롱에 들어선 순간부터 눈이 돌아갈 정도로 화려하고 아름다운 것들을 너무 많이 본 터라 이젠 감탄하기도 귀찮았다.

도대체 돈을 얼마나 쓴 거야. 태자라지만 루페르트는 황제의 귀여움을 독차지하는 자식도 아니었으니 물려받은 재산이 많지도 않을 텐데. 파스벤더 상단의 자금을 끌어다 쓴 것이 틀림없을 터다.

"그럼 라리에트, 황궁에서 봐요."

기사 대신 나를 에스코트해 마차 타는 걸 도와준 마담 아르베는 특유의 살랑이는 눈웃음을 지으며 내 손등에 입을 맞췄다. 피부에 닿는 촉감이 부드러워 괜히 부끄러워졌다. 그녀는 사교계의 유행을 이끄는 센스도 센스였지만, 무척이나 매력적인 사람이다.

"전하가 드레스가 마음에 들지 않는다 하시면 저처럼 웃어보세요."

"네?"

"행운을 빌어요, 레이디 벨루아. 성년이 된 것을 축하한답니다."

"고마워요."

마담 아르베가 마차의 문을 닫자 마부가 부드럽게 마차를 출발시켰다. 나는 양털로 만들어진 쿠션 위로 몸을 뉘었다. 본시 밥 굶을 걱정 해본 적이 없는 귀족이기는 했지만, 하루에 저택 몇 개를 소비하는 짓은 처음인지라 아직도 정신은 혼미하기만 하다.

루페르트의 마음에 들게 되면 반드시 사치를 해보겠다는 예전의 각오가 무색하게도 낭비를 했다는 생각에 심장이 벌렁거렸다. 그가 억만 금을 준다 해도 어찌 돈을 써야 할지 감도 못 잡고 있었는데, 오늘 제대로 배운 기분이다.

아름다운 드레스라고 해봤자 천을 기운 것뿐인데 이토록 비싸다니.

'그래, 뭐!'

이런 드레스가 수십 벌은 있어야 사치죄라는 명목으로 죽어도 억울하지나 않지. 나는 몸에 착 달라붙어 움직이기 불편하기만 한 드레스를 이리저리 매만지며 시간을 보냈다.

살롱에서 출발한 건 이미 해는 저물기 시작했던 후인지라, 황궁에 도착하니 노을이 잔잔히 내려앉는 때였다. 본궁에 들어서는 나를 맞아준 이는 다름 아닌 베일리스 경이었다. 황도는 위험하니 절대 올라오지 마시라 톡톡히 당부해둔 터라 아버지와 어머니는 오시지는 않으셨을 텐데, 그 혼자 이곳에 온 걸까.

"성년이 되신 것을 축하드립니다, 아가씨."

"고마워요."

루페르트가 벨루아에서 황궁으로 올라오는 길을 제대로 호위하지 못해 아버지께 크게 혼이라도 났을까 했는데 그는 전에 보았을 때와 다른 점이 조금도 없었다. 그는 언제 봐도 시원시원한 미소를 지으며 마차의 문을 열어주었다. 기사다운 단단한 손이 나를 부드럽게 이끈다.

"경이 어떻게 여기 있나요?"

"르한 도련님이 대신 가달라고 부탁을 하셔서요."

"르한은 지금 어디에 있는데요?"

"우수생도로 뽑혀 남부 경계령에 배치받으셨습니다. 소대의 지휘관으로요."

아무리 작은 소대라지만 생도가 지휘관으로 뽑히는 경우는 굉장히 드물다. 르한이 나라의 인정을 받을 만큼 뛰어나단 게 증명된 듯하여 뿌듯했지만, 이맘때의 벨네르니는 이웃에 맞닿은 나라들과 크고 작은 전투를 벌였기 때문에 위험하진 않을까 걱정이 되기도 했다. 이전 생에

선 그런 위험지역까지 향하진 않았던 것 같은데. 이렇게 또 내가 아는 틀 하나가 바뀌었구나.

"위험하지 않을까요?"

"위험할 수도 있겠지만, 저는 르한 도련님을 믿습니다."

"어찌 됐든 대신 와줘서 고마워요, 경."

"영광이지요."

제 손바닥에 얹힌 내 손을 부드럽게 쓸어내린 베일리스는 다정하게 웃으며 고개를 숙였다. 벨루아의 하녀들이 왜 그토록 그에게 안달복달하는지 이해가 갈 것만 같다. 벨루아의 햇살만큼이나 따뜻했다.

"오늘 너무 아름다우셔서 제가 아는 아가씨가 아닌가 착각할 정도였습니다."

"고마워요."

한껏 꾸민 차림에 미남 기사의 에스코트까지 받자니 정말 공주님이라도 된 기분이 들어 조금씩 들떠갔다. 마담 아르베와 베일리스의 칭찬도 있었지만, 내 코트를 받은 시종이 나와 눈을 마주치지 못하고 얼굴을 붉히는 모습에 들뜨는 기분은 정점을 찍었다. 평생 인기 없던 이유가 꾸미지 않아서는 아닐까, 사실 난 꽤 괜찮은 것은 아닐까 하는 착각이 들 정도로.

"라리에트 이사벨 드 벨루아, 오늘 성년을 맞은 벨루아의 독녀 드십니다!"

홀의 문을 지키는 시종이 쩌렁쩌렁한 목소리로 나의 등장을 알리자 그 옆에 가만히 앉아 있던 소년이 나팔을 불어댔다. 이 정도로 주목을 받는 등장은 처음인지라 나도 모르게 살짝 뒷걸음질을 치는데, 베일리스가 내 등에 팔을 감아 이끌었다.

"뒤로 가면 안 되죠."

"저, 정말로 괜찮은 것 맞죠? 사실 제 모습이 어떤지 확인을 못 했어요."

"음. 태자 전하 표정을 보면 알 수 있으실 텐데."

베일리스가 내 귓가에 대고 속삭이듯 건네는 한마디에 나는 고개를 들어 루페르트를 찾았다. 그는 문에서 멀지 않은 단에 서 있어 표정을 확인하기란 어렵지 않았지만, 나는 베일리스가 한 말을 이해할 수가 없었다. 루페르트는 눈빛으로 죽일 것처럼 우리를 노려보고 있었다.

"어, 표정이 너무 안 좋으신데요?"

"기다려봐요. 이러면 더 안 좋아질 테니."

베일리스는 루페르트의 험악한 기세가 무섭지도 않은지 싱글벙글 웃으며 내 어깨에 팔을 둘렀다. 어깨가 드러난 디자인인지라 맨살에 닿는 타인의 체온에 소름이 오소소 돋는다. 그는 미남자이긴 하나, 나와 친근한 사이는 아니니. 기실 나는 낯을 꽤 가리는 편이라 갑작스러운 신체 접촉은 좋아하지 않는다.

"제 말이 맞죠?"

베일리스의 예상대로 루페르트의 표정이 험악하다 못해 처참해졌다. 당장이라도 항상 허리에 차고 다니는 권총을 빼 발포할 것만 같은 기세에 심장이 콩닥콩닥하다. 루페르트가 총을 쏜다면 나보단 베일리스 경이 먼저 그 대상이 될 터인데, 그는 무엇이 그토록 재밌는지 조금 느끼하게 느껴지는 미소를 연방 흘려댔다.

"으음, 경, 저 슬슬 무서워지려고 하는데요."

"아가씨의 데뷔탕트인데 깽판이라도 치실라고요."

"충분히 그럴 가능성이 있는데요?"

내가 낮게 속삭인 말을 증명이라도 하듯 루페르트가 이쪽으로 성큼 발을 옮긴다. 그리고 그런 그의 반응을 기다렸다는 양 베일리스는 나를 부드럽게 이끌어 홀의 중앙으로 보내버렸다. 미끄러지듯 순식간에 벌어지는 루페르트와의 거리에 내가 어리둥절해하는 사이, 무도회에 참석한 경험이 꽤 있는지 베일리스는 능숙하게 손짓해 악단에게 연주를 지시했다.

"첫 춤은 백작님과 르한 도련님을 대신해서, 벨루아의 남자인 제가 신청해도 될까요?"

"그래요."

"영광입니다, 라리에트 아가씨."

베일리스는 고른 이가 드러나도록 싱긋 웃더니 춤을 시작하는 의미로 내 손등에 입을 맞췄다. 다정하지만 무례하지 않았다. 상황마다 적절하게 수위를 조절하는 능력이 탁월한 사람이다. 나는 어느새 루페르트가 얼마나 흉포한 분위기를 내뿜고 있었는지조차 잊고 그의 리드에 맞춰 발을 움직였다.

데뷔탕트의 첫 곡은 본디 그날의 주인공인 소녀와 그 아버지가 하는 것이 맞다. 그러나 아버지를 대신할 르한도 자리하지 않았으니, 나와 혈연관계는 아니었지만 뼛속 깊이 벨루아인 베일리스 경과 춤을 추는 것은 틀린 선택은 아닐 터다. 게다가 그는 아주 훌륭한 댄서였다.

"춤을 정말 잘 추시네요."

"아가씨야말로. 궁전을 날아다니는 요정 같으세요, 지금."

나는 기가 막혀 작은 웃음을 흘렸다. 요정 같다는 말은 난생처음 들어본다. 그거와는 별개로, 평소와는 달리 주변의 사뭇 진한 시선들에 지금 내 모습이 궁금해지기 시작했다. 마담 아르베의 솜씨가 그 정도로 대단한 걸까.

"아가씨, 저 하나쯤의 목숨은 보장해주실 수 있겠죠?"

"네? 목숨이 위험해요?"

"약속해주세요."

밑도 끝도 없이 목숨을 보장해달라니. 그러나 그의 표정이 제법 진지해 나도 모르게 고개를 끄덕이고 말았다. 그의 목숨이 내 손에 달려 있다면 벨루아 제일가는 기사인 그를 내가 아니면 누가 지켜주겠는가.

"저만 위험한 게 아닌 것 같지만요."

베일리스는 언제 진지했다는 양 다시 내 귓가에 키득키득 웃음을 흘렸다. 느릿느릿한 춤곡인지라 춤이 꽤 길게 이어진다. 어느 무도회에서나 한 번쯤 연주될 법한 흔한 곡이어서 스텝을 밟기도 수월했다. 분명 이쯤에서 턴, 그리고 같은 동작이 앞으로 몇 번은 더 반복되어야 하는데,

뚝.

갑자기 음악이 끊겼다. 베일리스와 나를 중앙에 두고 춤을 추던 사람들이 흥이 깨졌다는 듯 웅성거리며 악단을 돌아본다. 갑자기 현이 끊긴 모양인지 연주를 끌어가던 바이올리니스트가 허둥지둥하며 바이올린을 매만지고 있었다.

"아쉽지만, 이쯤에서 마무리해야 하겠네요."

베일리스는 예의 크림을 담뿍 바른 듯 부드러운 미소로 나와의 춤을 끝마쳤다. 그가 내 손등에 입을 맞추기가 무섭게 키가 훤칠한 영식 하나가 우리 사이로 쑥 끼어든다.

"성년이 되신 것을 축하합니다, 레이디 벨루아."

"아, 감사해요."

"기억하실지 모르겠지만, 헤센 르 프랑수아 아른바흐 나시엥입니다."

"아아!"

전혀 기억나지 않았다. 아른바흐 공작의 직계는 전부 알고 있었으니 방계쯤 되는 모양이다. 황비나 공작은 전혀 닮지 않았지만 선이 굵은 얼굴이 매력적인 사람이었다. 그는 내 멋쩍은 웃음이 자신을 기억하지 못하는 증거라도 된 양 씨익 웃었다.

"기억하지 못하십니까?"

"네에."

"디트리히 생도의 선배입니다. 사관학교 방문하셨을 때 인사를 나눈 적이 있습니다."

사관학교는 기숙사제였고 르한의 선배라고 해도 수십 명은 되었다. 내가 스치듯 지나가며 인사했을 생도 중 한 명일 그를 기억하지 못하는 것도 어쩌면 당연했다. 다만 나를 기억하는 상대를 기억하지 못한다는 데 미안함이 들어서 나는 어설픈 미소를 흘렸다.

"당신과 한 곡을 함께하는 영광을 주시겠습니까?"

"꺼져."

"네?"

영식의 목소릴 냉정하다 못해 무례하게 거절한 이는 춤 신청을 받은 당사자인 내가 아니었다. 헤센조차 잠시 헷갈린 듯 목소리의 진원지를 찾기 위해 두리번거린다. 그러나 더 찾을 필요도 없이 루페르트는 대답 만큼이나 재빠르게 불쑥 영식과 나의 사이에 끼어들었다.

"태자 전하께 헤센 르,"

"어."

영식이 제 이름을 전부 말하기도 전에 루페르트는 손을 들어 그의 입을 막았다. 헤센은 어리둥절한 얼굴로 나와 루페르트를 번갈아 보더니 머쓱한 듯 한 걸음 물러나주었다.

"전하."

"왜."

"무례하세요."

루페르트는 무도회와는 딱히 어울리지 않는, 외려 군인의 제복에 더 가까운 진회색 슈트 차림이었는데 놀랍게도 반짝반짝하게 성장한 헤센보다 백배는 화려했다. 앞머리를 넘겨 훤칠한 이마를 드러내서 그런가. 이목구비의 화려함이 금장식의 화려함을 이길 수 있는 정도라니.

"어쩌라고."

루페르트의 말은 대답하기가 애매모호한 것이라 나는 어깨를 으쓱하며 그를 무시하곤 헤센에게 손을 뻗었다. 태자 전하가 무례하다고 해서 그의 시녀까지 무례하라는 법은 없었으니까.

"프랑수아 경, 춤을 신청해줘서 고마워요."

탁.

그러나 내 손을 잡은 사람은 루페르트였다. 아까부터 왜 자꾸 제게 건넨 말과 손이 아닌데도 가로채는지 알 수가 없다. 내가 다른 사람과 춤을 추는 것을 굉장히 불쾌해하는 것 같긴 했다. 설마 그가 내게 가진 주인의식이 사교활동까지 포함하는 종류였던 걸까?

"너는 왜 입만 열면 거짓말이야?"

"제가 무슨 거짓말을 했다고 그러세요?"

"춤을 신청하는 사람 따위 없을 거라면서?"

아니, 마담 아르베의 솜씨가 이토록 대단할 줄 내가 알았겠느냐고. 나는 루페르트의 막돼먹은 심술에 인상을 찌푸렸다.

"제 예상과는 다르긴 하네요. 왜 화를 내세요?"

"……네가 거짓말을 하니까."

"거짓말 아니에요. 예상이 틀렸던 거지. 그래도 본의 아니게 실망시켜드리게 된 건 죄송해요."

"……."

"이제 됐나요? 자리로 좀 돌아가주실래요?"

사람들에게 루페르트와 실랑이하는 모습을 보이고 싶지 않아서 최대한 조곤조곤 달래보았다. 그러나 내 사과에도—물론 조금도 진실함은 담겨 있진 않았지만—그는 꿈쩍도 않고 나를 노려보고 서 있었다.

머리를 죄 올린 상태라 표정이 굉장히 적나라하게 드러나는지라, 움찔할 수밖에 없었다. 이마에 잡힌 주름이 날 질책하는 듯했다. 예전 같으면 단순히 쌀쌀맞은 말투에도 주눅이 들었겠지만, 아무 잘못도 하지 않았는데 버럭 화를 내니 반감마저 일었다.

"거기 계속 서 있고 싶으신 거면, 제가 옮길게요."

나는 루페르트 보라는 듯 콧방귀를 뀌며 헤센을 향해 턱짓했다. 자리를 옮기자는 내 뜻을 알아들은 모양인지 어안이 벙벙한 얼굴로 가만히 서 있던 그가 느릿느릿 움직인다.

"……그건 싫은데."

루페르트는 기가 막히단 듯 차게 웃으며 제 턱을 쓸었다. 곧 헤센을 따라 걸음을 옮기는 내 팔을 붙잡는다. 그리고 내 허락도 없이 내 손에 입을 맞췄다.

춤을 시작할 때 하는 당연한 인사였지만, 대상이 대상인지라 베일리스의 것과는 완전히 다른 느낌이었다. 거칠고 차가운 말만 내뱉는 입이었지만 장갑 위로도 부드러움이 느껴질 만큼 정중한 입맞춤이라 더. 이제 와서 신사 흉내라니, 어이가 없다 못해 달아날 수준이다.

"뭐 하시는 거예요?"

"춤을 추고 싶은 게 아니었나?"

"저분이 먼저 신청하셨잖아요."

루페르트가 어깨를 으쓱한다. 그는 아무렇지 않은 얼굴로 나를 끌어안았다. 단단한 팔로 내 등을 받친 다음 다른 손으로 내 손을 부드럽게 잡는다. 그의 소매 끝을 장식한 은색 단추가 샹들리에 빛을 받아 차갑게 반짝였다.

"나의 나라이고, 나의 궁전이지."

"결국 권력이 최고란 말씀이시네요."

표정과 말투는 차갑기 그지없는데 등을 부드럽게 쓸어내리는 손길만은 상냥해 괴리가 상당했다. 속이 부글부글 끓는 것을 억지로 참는 듯한데, 그가 도대체 왜 이러는지 도저히 연유를 알 수가 없다. 나를 제 것이라 생각한다고 해도, 그의 무심한 성정을 생각하면 이해하기 힘들 만큼의 분노였다. 다른 남자와 춤 한번 춘다고 해서 내가 그의 하녀가 아니게 되지는 않을 테니까.

"데뷔탕트에서 전하와 춤을 추면 헛소문이 퍼질 텐데."

잔잔한 멜로디에 맞춰 그와 춤을 추고 있는 상황이 믿기지 않을 정도로 비현실적으로 느껴진다. 그는 내 예상보다 훨씬 유려한 춤솜씨를 가지고 있었고, 동화에 나오는 왕자님처럼 아름다웠기 때문에 지금 그와 내 모습이 얼마나 로맨틱하게 보일지 나조차 짐작이 갈 정도였다.

아아.

입이 가벼운 하녀들과 시종들을 통해서 이 소문이 또 얼마나 멀리 퍼질까 두려웠다. 그러나 그는 내가 작게 소곤거리는 귓속말에도 대답이 없었다. 표정은 아까처럼 굳은 그대로다.

"도대체 왜 이렇게 화가 나셨어요?"

턴을 하기 위해 루페르트의 팔뚝에 손을 올리며 나지막이 물었지만, 그는 굳은 얼굴을 더더욱 굳힐 뿐 대답이 없다.

"드레스 감사해요. 이렇게까지 준비해주실 줄은 몰랐어요."

춤을 추려니 붙어 있어야 하는데, 루페르트가 굳은 얼굴을 안 푸는 터라 어색한 공기가 흐른다.

"안 어울려."

루페르트의 호의에 감사하면 조금이나마 분위기가 누그러질 줄 알았건만 그는 전혀 그러고 싶은 마음이 없나 보다. 나는 무뚝뚝한 그의 대답에 입을 삐죽였다.

"마담 아르베는 엄청 칭찬했거든요?"

"감각이 떨어진 모양이군."

"……."

"베일리스 경도 아름답다고 입에 침이 마르도록 말했어요."

"그래?"

루페르트는 무언가를 결정한 듯한 얼굴로 고개를 끄덕였다. 그게 무엇이든 간에 베일리스에게 유리한 쪽이 아니리란 예상이 들어 나는 서둘러 화두를 바꾸었다.

"전하도 오늘 되게 멋지시네요."

"아."

루페르트는 그제야 자각했다는 듯 눈을 굴려 제 모습을 훑더니 곧 어깨를 으쓱했다. 아무 감흥도 없어 보인다. 하긴, 황녀였을 적에도 손꼽히는 미인으로 자자했으면서 그런 덴 관심조차 없었으니, 오늘 역시 시종이 옷시중을 드는 대로 전부 받아들였겠지. 그건 마담 아르베에게 치장을 맡긴 나도 마찬가지였지만.

"오늘 하루는 어땠어요? 잘 보내셨나요?"

턴을 길게 하기 위해 루페르트에게 바짝 안긴 자세에서 나는 다시 재잘댔다. 루페르트의 씨근거리는 숨소리가 들릴 정도로 가까운 거리였다. 그의 품에서는 은은한 나무향이 났는데, 정원에 자주 나가 있기 때문일까 싶었다.

보통 남녀가 춤을 출 때 이 정도로 말을 많이 하지는 않겠지만, 그의 손이 내 허리를 감싸고 있다는 것 자체에 손발이 오그라들어 어쩔 수 없었다.

"……시끄러워."

그는 내 속삭임을 단칼에 끊어냈다. 본시 말을 많이 하는 것을 좋아하는 사람이 아닌지라 루페르트는 내 끝없는 질문이 귀찮은 모양이다. 내가 베일리스와 춤을 출 때와 비교해서 조금도 나아진 것 없이 딱딱한 루페르트의 얼굴에 슬슬 그의 기분이 신경 쓰이기 시작했다. 무어 그리 기분 상한 일이 있었다고 송장처럼 굳어 있나.

"전하, 기분 좀 푸세요."

"기분 나쁜 일 없는데."

없기는 개뿔.

어느새 곡이 끝나가고 있었다. 첫 춤곡과 비슷한 선율인데, 이번에는 바이올린의 현이 멀쩡한지 중간에 끊기는 일이 없어 아주 길고 길었다.

나는 안도의 한숨을 내쉬며 손등에 입을 맞춘 그를 향해 살포시 허리를 숙였다. 그러자 이 가는 소리가 돌아왔다.

"왜, 왜요?"

춤을 추는 내내 루페르트의 발을 밟는 실수도 없었고, 우리가 나눈 다정하지 못한 대화만 들리지 않았다면 남들 보기에는 아주 흡족한 댄스였을 텐데. 입술을 짓씹은 채 나를 노려보는 그를 이해할 수 없었다.

그는 한 손을 허리에 얹은 채, 물러나려는 나를 턱짓으로 불러 세웠다.

"너, 허리 숙이지 마."

"그럼 인사를 어떻게 해요?"

"옷이 왜 그래?"

"네?"

"돈이 모자랐어?"

"……네?"

연속으로 들어오는 질문들의 의미가 도통 파악이 안 돼 내가 눈을 동그랗게 뜨자 루페르트가 내 어깨에 손을 올린다. 실내라지만 혹독한 겨울인지라 드러난 맨살은 차갑게 식어 있어서, 내 것이 아닌 체온이 여실히 느껴졌다.

"네 하녀에게 준 돈이 적진 않았을 텐데."

"돈은 남았다고 들었어요."

"그럼 왜 드레스를 만들다 말았는데?"

"워, 원래 이런 드레스거든요?"

나는 콧방귀를 뀌며 마담 아르베를 대변했다. 드레스는커녕 본인 옷에도 관심이 없는 그가 뭘 알겠는가. 유행에 선두주자로 서는 일은 흔한 기회가 아니다.

"마담 아르베가 곧 유행할 거라고 했다구요."

"추워 보여."

"안 추워요!"

나는 발끈하여 소리를 높인 다음 주변을 의식해 애써 미소 지었다. 루페르트는 황태자였다. 그것도 곧 황위에 앉을 태자, 그를 함부로 대하는 모습을 사람들에게 보여 좋을 건 없다.

"그럼 춤 같은 건 추지 마."

"⋯⋯제 데뷔탕트 무도회에서요?"

춤을 신청하는 사람이 없다면 어쩔 수 없겠지만, 중앙에서 가장 가까이 위치한 바에서 헤센이 나를 기다리고 있다. 하루아침에 콧대가 높아진 내 착각일 수도 있으나 헤센 옆에 어정쩡히 서서 나를 흘깃흘깃 보는 남자도 내게 춤을 신청할 것처럼 보인다. 평범한 무도회는커녕 내 데뷔탕트에서도 외면을 당했던 나였는데! 마담 아르베에게 소소한 선물이라도 보내야 하나 싶다.

"왜요?"

"⋯⋯몰라."

참으로 어처구니없는 대답이었다. 물론 그가 열어주긴 했지만 어쨌든 내 성년식이다. 거기서 대뜸 주인공인 내게 아무것도 하지 말고 가만히 있으라니. 그러면서 심지어 이유조차 모른단다.

나는 루페르트의 심술을 어찌 받아들여야 하나 고민하며 고개를 기울였다.

"전하 논리적인 거 좋아하시잖아요."

"넌 붉은색이 어울려."

"감사해요."

뜬금없는 칭찬에 나는 가볍게 고개를 끄덕였다. 그러나 칭찬이 칭찬이 아니었는지 루페르트의 얼굴이 사납게 구겨진다.

"그게 왜 이렇게 짜증이 나지?"

"글쎄요?"

인성의 문제 아닐까요?

확신할 수 있었지만, 가뜩이나 좋지 않은 그의 기분이 더 하락세를 타는 것만 같았기에 뒷말은 삼킬 수밖에 없었다.

"더 고민해보세요. 그럼 전 이만."

지금 헤센과 춤을 춘다면 데뷔탕트고 뭐고 그가 정말로 화를 낼 것 같아서 나는 잠시 쉬겠다는 핑계로 홀의 중앙을 벗어났다. 간간이 얼굴만 아는 사람들의 축하인사가 들렸지만 더는 누구와 말을 섞고 싶지 않아 고개만 끄덕이고 말았다.

"하아."

베일리스가 대신한 가족과의 댄스를 제외한다면 루페르트가 내 첫 춤의 상대였으니, 이미 파다한 소문에 더 힘이 실리겠지.

평범한 영식도 아닌 황태자와의 스캔들이라니, 과거의 나였다면 상상도 하지 못했을 만큼 파격적인 일이다. 마담 아르베가 돈의 출처를 알고 있었으니 이 파티를 루페르트가 사비를 털어 열어줬다는 사실이 알려지는 것도 시간문제였다.

기실 나의 데뷔탕트나 열고 있을 시기가 아니다. 황비와 아르눌프는 황제가 죽은 후 궁에 틀어박혀 코빼기도 안 비쳤고 대공 쪽도 조용했지만, 그것이 폭풍전야의 징조라는 것을 모르는 이는 아무도 없었다. 루페르트는 본궁과 태자궁을 제외한 모든 궁을 폐쇄한 상태였다.

그런 상황인 주제에, 홀에서 조금 떨어진 상태에서 바라본 나의 데뷔탕트는 정말 질릴 정도로 호화로웠다. 샹들리에는 아르델에서 공수한 조개로 장식된 최고급품이었고, 바에 놓인 촛대마저 황금이었다.

어디서 저런 자금이 나왔을까, 누구나 의심을 품을 만큼 눈부셨다. 기실 그것이 루페르트의 목적이 아니었나 싶기도 했다. 황태자가 숨죽이며 다져온 세월은 누가 감히 기어오를 수 있는 게 아니라는 경고.

그래서 나를 이토록 화려하게 꾸며준 걸까. 나는 손목을 감싸고 올라오는 고운 실크 장갑을 내려다보았다. 화려한 장식이 있는 건 아니지만 끝을 장식하는 레이스가 무척이나 섬세해 평소의 나라면 살 생각도 하지 못했을 가격이었다. 그래, 내가 이런 사치를 또 언제 부려보겠나. 그의 호의가 순수한 것이든 순수하지 못한 것이든 가릴 처지가 아니다.

저 멀리서 헤센이 나를 찾는 듯 두리번거리고 있다. 그를 너무 오래 기다리게 했다는 생각에 걸음을 옮기는데, 루페르트가 헤센에게 다가서고 있었다. 또 무언가 방해할 듯한 그 기세에 나는 테이블을 빙 둘러가는 수를 택했다. 나보다 먼저 헤센이 있는 바에 당도한 루페르트가 그의 어깨를 붙잡는다.

"넌 이만 궁에서 나가."

"네?"

"아른바흐 공작도 오지 못한 자리다. 방계라지만 네가 이곳에 있을 이유는 없지."

"아주 오랜 옛날 피가 섞인 방계지만, 저희 가문은 아른바흐 공작가와는 연을 끊은 지 100년은 넘은,"

"나가."

아른바흐와 관련이 있기 때문에 헤센을 쫓아내야겠다니, 말도 안 되는 소리다. 실제로 루이제는 아른바흐 세력과 대공을 경계하는 데 주력을 기울이고 있다. 그가 아른바흐와 조금이라도 연줄이 있는 사람을 무도회에 참석할 수 있게 내버려둘 리 없으니 헤센은 결백했다.

나는 어처구니가 없어 한숨을 내쉬었다. 설마 나와 춤을 추는 것을 막으려고 저러나 싶다. 나는 주춤주춤 잔뜩 등을 구부린 채 불쌍한 얼굴로 걸음을 옮기는 헤센을 바라보다 나서고 말았다. 자신이 내쫓기는 이유도 모른 채, 곧 황제가 될 태자에게 찍혔다고 생각할 테니 얼마나 불안하겠는가.

"전하!"

"왜."

"심술이 과하세요. 짜증이 나는 이유도 모르신다면서!"

"이제 알 것 같아."

루페르트는 길고 곧은 검지를 쭉 펴들어 조금씩 멀어져가는 헤센의 뒤통수를 가리켰다.

"쟤 얼굴이 마음에 안 들어."

말이면 단 줄 아는가. 제 얼굴이 잘났다고 남의 얼굴 비하는 아주 밥 먹듯 하는 모양이다. 그가 나를 만두라고 불렀던 옛 기억—사실 최근에도 불렀던 것 같지만—이 떠올라 더 울컥했다.

"왜 이렇게 못되게 구세요?"

"내가 뭐."

"최고로 화려한 데뷔탕트를 열어주신다면서요."

"열어줬잖아."

"근데 왜 자꾸 방해만 하시느냐구요."

말하다 보니 서러움이 복받쳐 오른다. 나로서는 이 정도로 누군가의 관심을 끄는 경우가 처음이었는데, 조금 즐기게 두면 어디 덧나는가. 그러자 여태 말 같지도 않은 소리만 하던 루페르트가 잠잠해진다.

"오늘은 제 사교계 데뷔식인데요. 남들과 어울리는 것을 못 하게 하시면 어떡해요?"

"……왜 울어, 또."

인상을 너무 크게 찌푸렸는지 눈가에 바른 진주 가루가 번져 간지러워 눈을 비빈 것뿐인데 루페르트는 내가 눈물이라도 자아내는 줄 알았는지 깊은 한숨을 내쉬었다. 오해라고, 아니라고 대답하려는 순간 그가 낮은 목소리로 덧붙였다.

"알겠어. 안 할게."

"네?"

"나가 있겠다고."

눈물을 무기로 쓰라는 문장을 고리타분한 어느 사교계 지침서에서 본 적이 있는 것 같다. 그게 실제로 활용 가능한 지침이었을 줄이야.

그가 출입구 쪽으로 몸을 틀기 전 나를 흘깃 본다. 그 눈빛이 무엇을 의미하는지 짐작가지 않는 바는 아니었으나 나는 방해하지 않고 나가 주겠다는 루페르트를 말릴 필요성을 느끼지 못했다.

"그래요. 전하는 조금 쉬시는 게 좋을 것 같아요."

"……."

"파티는 정말 감사하게 생각하고 있어요. 정치적인 의도가 없지 않다는 것을 감안하더라도."

"그래."

그렇게 말하고 등을 돌린 채 걸어가는 루페르트의 뒷모습이 왜 그에게 내쫓긴 헤센의 것과 닮아 보이는 걸까.

라리에트에게 내쫓긴 루페르트는 자신이 내쫓은 헤센과 마찬가지로 터덜터덜 힘없는 걸음으로 홀을 나섰다. 제 돈으로 연 파티라지만, 데뷔탕트의 주인공이 눈물까지 흘릴 만큼 자신을 원하지 않는데 자리를 차지하고 있을 수 없는 법이니.

자신의 데뷔탕트를 열기 위해 몇만 골드를 쏟았는데 그녀는 예의상

말리는 시늉도 없다. 가겠다는 사람에게 냉큼 그러라고 해버린다.

자신과 붙어 있는 것을 좋아하지 않는다는 것은 알았다. 루페르트와 춤을 추기 위해 기다리는 영애들을 줄 세우면 황궁 밖까지 이어질 정도 였는데도 라리에트는 제 춤 신청에 경악했다. 그게 눈물까지 흘릴 정도 로 싫은가. 루페르트에겐 그 눈물이 자신의 퇴장을 말리지 않는 뻔뻔함 보다도 충격적이었다.

다른 남자랑 춤을 추고 싶어도 그렇지.

사실 좀 억울한 마음이 없지 않아 있다. 태자의 재력이 벨네르니의 국 고가 아닌 다른 곳에서 나온다는 사실을 어느 정도 과시할 필요가 있었 던 건 사실이지만, 구태여 그 자리를 라리에트의 데뷔탕트로 고르지 않 아도 괜찮았는데.

「정치적인 의도가 없지 않다는 것을 감안하더라도.」

마치 자신이 그녀의 데뷔탕트를 이용한 것처럼 들리지 않나. 그녀가 화려한 데뷔탕트를 원한다고 하는 하녀의 말은 거짓이었을까. 루이제 가 저를 말렸던 것 같기도 한데, 루페르트는 언제나 그렇듯 그의 의견 은 묵살했다.

왜 돈을 쓰고 욕을 먹었는지 곰곰이 고민하던 루페르트는 한숨과 함 께 뒷머리를 쓸어내렸다. 모른다고 잡아떼던 심술의 이유도, 사실 알고 있었다. 자신이 미리 골라놓았던 드레스와는 영 딴판인 것을 라리에트 가 입고 있었으니까.

몸에 착 붙는 드레스를 따라 드러나는 고운 선이 그녀의 생일 전날을 떠올리게 했다. 하얗고 말간 얼굴과 함께. 가끔 불쑥 떠오르는 그 장면 이 자신의 정신을 얼마나 잡아먹고 있는지 그녀는 죽어도 모를 테지.

게다가 라리에트는 지금 입고 있는 드레스가 무서울 정도로 잘 어울렸다. 벨루아가 어떤 가문인지 잘 알지도 못하는 풋내기 영식들조차 눈이 돌아갈 만큼. 곱게 올린 머리 덕에 드러난 목선 같은 데 시선을 빼앗기는 남자들을 깨닫자 속이 아플 정도였다.

루페르트가 계획한 데뷔탕트는 라리에트가 제 사람이라고 공시하는 자리였지, 그녀의 미래 신랑감을 찾아주는 자리가 아니다. 사교계에 관심이 없다지만, 황족으로 자란 루페르트는 고위귀족만 데뷔탕트를 황국에서 열 수 있는 특권을 가지는 이유를 알고 있다. 그들의 데뷔탕트는 기실 귀족소녀가 주인공이 아니다. 황가와 연이 닿은 뒷배 든든한 가문의 영식들에게 성년이 된 딸을 가문의 주인이 선보이는 취지이다.

일종의 상품 전시 같은 기괴한 전통이었으나 본인이 주인공인 황실 무도회라는 꿈만 같은 자리였다. 아직 순진하기만 한 소녀들은 데뷔당트의 진정한 의미 따위를 궁금해하지 않았다. 해서 벨루아 백작이 라리에트의 데뷔탕트에 신경 쓰지 않는 이유도 일면 이해가 간다. 구태여 데뷔탕트를 열지 않아도 혼담이 밀려드는 지경이라고 제게 과시했으니까.

얼마나 딸을 열심히 팔고 다녔으면 갓 성년이 된 라리에트에게 혼담이 '밀려들' 지경이란 말인가. 백작 나름으로는 그를 떨쳐내기 위해 그랬겠지만, 결론적으론 루페르트의 경계심만 자극한 꼴이다. 애초에 놓아줄 생각이 없었으니까.

"하."

사실 귀족가의 소녀들이 황궁에서 코트레이디 같은 시녀 노릇을 하는 것조차 가문을 위한 인맥 관리의 일종이다. 황궁을 자주 드나드는 귀족들과 교류하기 위함이었으니, 일개 시녀든 시녀장이든 결혼할 사람이 정해지면 언제든 그만둘 수 있는 일시적인 직책에 불과했다.

루페르트는 라리에트가 황궁을 떠나는 것을 막는 가장 좋은 방법은 결혼하지 못하게 방해하는 것뿐이라는 결론을 도출했다.

그녀가 먹잇감이라도 된다는 양 거슬리는 눈빛을 보내던 영식들의 정보와 함께, 마담 아르베의 부드러우면서도 교태로운 미소가 떠올랐다. 짜증나는 여자 같으니. 이미 유행 중인 드레스가 널리고 널렸는데 왜 앞으로 유행할 드레스 따위를 골라줬는지 이해할 수가 없다.

그녀의 임무는 라리에트가 주눅이 들지 않을 정도만큼만 그녀를 꾸며주는 것이지, 돋보이게 만드는 게 아니었다. 괜히 백작 좋은 일만 하게 되지 않았는가. 거기까지 생각이 미치자 루페르트는 무도회장으로 돌아가고 싶어졌다. 잔뜩 찌푸린 얼굴로 자신을 노려볼 것이 뻔했지만, 그런 표정도 싫지는 않았으니까.

벨루아에 돌아가는 일도, 시내를 놀러 다니는 일도 없이 황궁에서만 거의 모든 시간을 보내는 라리에트에게는 오늘이 굉장히 특별한 날이 되리란 것쯤은 그도 알고 있다. 그녀가 최근 만난 사람은 루페르트 자신과 르한, 토리, 아멜리아 벨루아, 그리고 베아트리체 고르텐이 전부였다. 답답할 만도 하다.

새로운 면면과 어울릴 수 있는 거의 유일한 기회나 마찬가지였는데 자신이 조금 너무했다 싶었다. 라리에트의 데뷔탕트를 이용해서 쓸 만한 인물을 탐색해도 괜찮았겠지만, 도통 그러고 싶은 마음이 들지 않는다. 실제로 헤센은 상인에 더 가까운 귀족이었고 사업수완이 꽤 뛰어나 파스벤더에서도 탐을 내는 인재였음에도 불구하고.

돌아가서 다시 라리에트의 사교활동을 방해할까, 아니면 하루라도 즐겁게 내버려둘까 고민하던 루페르트는 복도를 배회하던 무리를 보고 걸음을 멈췄다. 무슨 모의라도 하고 있었는지 그들은 화들짝 놀라 그를 돌아보았다.

"태자 전하!"

그는 제게 냉큼 달려오려는 여자를 턱짓으로 제지했다. 누구의 눈치를 본 것인지 모르겠지만, 그들의 가슴에는 하나같이 황제의 죽음을 애도하는 하얀 장미가 장식되어 있었다.

"태자 전하, 얼굴이 좋아 보이세요."

자신은 하찮은 무리의 일원이 아니라는 듯, 단명한 본인의 동생 대신 작위를 받은 르밀 백작이 주춤 물러나는 영애들 사이에서 나와 인사한다. 백금발이 아름다운 미인이었으나 입가에 살포시 떠오른 미소가 냉소적이다. 그녀의 가슴에는 황제의 죽음을 애도하는 장미는커녕 축제 자리에서나 할 법한 새빨간 베고니아가 자리 잡고 있었다.

본디 물려받을 직계 남자가 없다면 방계로 넘어가는 게 제국의 법이나, 방계의 남자까지 전부 다 죽어버려 그녀는 아주 드물게도 여자의 몸으로 작위를 물려받았다. 루페르트는 르밀에 닥친 작위를 물려받을 만한 남자들의 목숨만을 앗아간 '전염병'이 백작이 저지른 짓이라고 확신할 수 있었다.

"폐하께서 승하하셨으니 슬퍼하는 척이라도 하는 것이 맞지 않나?"

"속이 새까맣게 타들고 계시다는 것을 모르지 않는답니다."

루페르트는 그녀의 그린 듯한 미소에서 황비의 냄새를 맡았다. 지독하다. 권력을 목숨인 양 탐하는 자들 특유의 냄새. 재밌는 상황이었다. 르밀 백작은 아주 예전부터 황비 쪽 사람이었는데, 본인의 자리를 원하는 사람을 수하에 뒀다가 나중에 처리는 어찌하려나 싶었으니.

"황비의 궁은 이쪽이 아닐 텐데."

"썩은 동아줄은 버려야지요."

르밀의 단도직입적인 말에 루페르트는 허리를 숙이며 그녀에게 다가갔다. 일부러 눈을 마주하자 백작의 기세가 주춤 꺾인다.

"무슨 의미지?"

손가락 하나가 겨우 들어갈 만큼의 거리에서 루페르트는 그린 듯 웃었다. 매끄럽게 호선을 그리며 올라가는 입꼬리에 그녀가 얼굴을 붉히며 물러선다. 그는 그런 그녀에게 다시 몸을 바짝 붙였다.

"응?"

그가 다정히 속삭인다. 낮은 목소리가 공간을 울렸고 백작의 어깨가 움찔했다. 붉어진 귓가가 그녀가 적잖이 당황했음을 여실히 드러내고 있었다.

루페르트는 르밀의 반응을 관찰하다 왼손으로 턱을 쓸었다. 그래, 보통 이런 반응이 나와야 맞다. 눈을 마주하면 피하는 것이 보통이었고, 얼굴을 가까이하면 바르르 떨거나 숨이 가빠지는 것이 대다수였다. 에바에게 이용당한 남자들이 으레 그랬던 것처럼.

에바는 미모를 정치적으로 쓰는 것에 도가 터, 사람을 이용하는 데에 쓰일 수 있는 기술이란 기술은 모조리 제 아들에게 가르쳤다. 당연하게도 루페르트는 자신의 얼굴이 남의 호감을 사기에 얼마나 유리한지 정도는 알고 있었다. 나이가 많든 적든, 루페르트와 정치적인 대립이 있는 관계든 아니든 상관없이. 그러나 유독 라리에트에게는 소용이 없는 듯했다.

그렇다면 아무짝에도 쓸모없는 것이 아닌가. 그는 그런 생각을 했다.

라리에트를 자유로이 놔주는 것도 못하고, 직접 방해하지도 못하게 된 루페르트는 홀이 내려다보이는 2층의 발코니를 택했다. 악단이나 극단을 초대해 공연을 즐기는 황비의 취향에 맞춰 제작된 자리라 아래가 훤히 내려다보인다.

르밀이 그를 졸졸 따라왔다. 황비를 버리고 그에게 오겠다고 할 요량이겠지만, 받아줄 마음은 들지 않는다. 그녀의 필요성을 딱히 느끼지 못했다. 황위를 지키기 위한 수단은 이미 모두 확보해둔 후다.

"왜 따라오지?"

"더 자세한 말씀을 드리고 싶은데요."

제정신을 차린 르밀은 다시 그린 듯한 거짓 미소를 입가에 머금었다.

다시 냉정을 차린 모양이지만 이미 제 얼굴에 홀려 넋을 빼는 모습을 본 터라 못 미덥다.

"그러든지."

그러거나 말거나, 루페르트는 의자에 앉았다. 아래층과 거리가 제법 되지만 라리에트를 단번에 찾아냈다. 눈이 그곳에 붙박은 듯했다. 붉은 드레스도 드레스지만, 그녀는 자신이 오늘의 주인공이라는 사실을 보여주기라도 하는 듯 가장 아름답게 빛나고 있었다.

"벨루아의 딸이죠?"

루페르트가 난간에 팔을 얹고 턱을 괴자, 옆에 서 있던 르밀이 입을 연다.

벨루아의 딸. 그는 라리에트를 그런 식으로 생각하지 않은 지 오래였다. 그 사실이 생소해 머릿속으로 몇 번 되새긴다. 벨루아 백작의 독녀.

기실 그녀의 벨루아는 정치적으로 희생당하기 가장 좋은 먹잇감이다. 고르텐과 아른바흐는 비열하기로 따지면 벨네르니 제일가는 인간들이다. 그들은 열세에 몰렸다는 걸 깨달은 순간 황비와 아르눌프를 내어주고 꼬리를 자르겠지만, 벨루아의 고고한 백작은 그러지 못할 터.

그리고 때를 가릴 줄 모르는 그의 중립은 독이 되겠지. 백성들이 신임하는 벨루아 가가 반기를 드는 황제란 존재할 수 없기에, 뻣뻣하게 구는 백작을 어찌 처리해야 하나 고민해야 했다. 라리에트는 벨루아의 라리에트이니까.

"예쁘네요. 전하께서 아낄 만해요."

"주제넘군."

그는 라리에트가 예뻐서 아끼는 것이 아니다. 남의 눈을 즐겁게 할 정도로 예쁘다는 것도 사내들의 징그러운 눈빛으로 인해 오늘 알았다. 그 '예쁘다'는 점이 지금 제 신경을 얼마나 거슬리는데 아낄 만하다니. 속 편한 소리였다. 다 뒤집어엎고 무도회를 닫아버릴까도 싶었지만, 라리에트가 울상을 짓는 모습이 곧이어 떠올라 실행하기가 쉽지 않다.

"하지만 저런 드레스는 너무 과감하지 않나요? 전하께서 몸소 열어 주신 무도회인데."

라리에트는 몸선이 그대로 드러날 만큼 달라붙는 드레스를 입고 있었다. 어깨가 드러나는 점이 언뜻 무희의 의상과 비슷하다. 멀리서도 희게 빛나는 어깨가 눈에 밟힌다. 발목이 보이지 않을 정도로 긴 기장 외엔 굉장히 흡사해 기가 막힐 정도다. 마담 아르베에게 무슨 굉장한 재능이 있는 양 떠들던 하녀를 데려와 혼쭐을 내줘야 하나.

새로운 유행을 만들기는 무슨. 무희의 의상 그대로를 귀족들의 세계에 유행시키겠다는 심보 아닌가. 그는 그 유행의 주축에 라리에트가 서게 된 것이 탐탁지 않다.

"지금 내 시녀의 드레스 얘기 따위를 하려고 여기까지 따라온 건가?"

루페르트는 어이가 없다는 듯 작게 웃으며 옆을 돌았다. 그녀는 일부러 몸을 숙이고 있었는데, 그렇기에 가슴골이 노골적으로 그의 시야 가운데 자리하게 되었다. 라리에트의 드레스를 과감하다고 평하기 전에 거울에 비친 제 모습을 돌아봐야 하지 않나.

"보기보다 성격이 급하시네요."

"시간낭비를 좋아하지 않아서."

"루페르트 전하께서 황좌에 앉으시리란 게 자명한데 무어 그리 급하실까요?"

"그것이 이미 자명하다면 내가 당신을 거둬야 할 이유가 없지."

"황비 전하가 거슬리지 않으신가요?"

르밀이 살포시 웃는다. 루페르트는 그 웃는 얼굴을 어디선가 본 적이 있는 것 같단, 기시감이 들었다.

"태자 전하께서 황위에 오르시더라도, 황비 전하는 절대로 포기하지 않으실 거예요. 저는 그녀를 잘 알아요. 전하의 행보를 가로막을 방법을 수백 가지는 마련해두겠죠. 그럴 능력도 있구요."

"그래서?"

"사고로 위장해 해치울 방법이 있답니다."

르밀은 목소리를 낮추었다. 대단한 비밀이라도 되는 것처럼 굴었지만 루페르트 또한 이미 생각해두었던 방법 중 하나로, 다른 점이라면 르밀이 이중첩자가 되어 그를 돕는 것뿐이다. 그러나 그를 도울 자는 이미 넘쳐났다.

"구미가 당기진 않는데."

"살려두실 생각이 아니라면 사고사만큼 전하의 명예를 지키는 방법이 있을까요?"

"살려두길 원하는 사람이 있어서."

생각대로의 반응을 보이지 않는 루페르트 때문에 초조한 듯 르밀은 입술을 깨물었지만, 루페르트는 다시 눈을 홀에다가 두었다. 그가 사라져 신이 났는지 라리에트는 젊은 남자의 품에 안겨 핑그르르 도는 중이다.

등을 돌린 상태라 라리에트의 표정은 볼 수 없었지만, 상대 남자의 얼굴은 지켜봐줄 수 없을 정도로 가관이었다. 헤벌쭉 찢어진 입을 아예 찢어놓을까 고민하던 루페르트는 르밀 모르게 손을 움직였다.

쾅!

음악이 끝나자 라리에트에게 인사하기 위해 고개를 숙이던 남자는 알 수 없는 힘에 의해 고꾸라지고 말았다. 근처에 놓여 있던 와인 바구니를 얼굴로 들이박는 꼴을 확인한 루페르트는 흡족한 미소를 지으며 고개를 돌렸다.

"아직 안 갔나?"

"설마 황비 전하를 살려두실 생각인가요?"

"그렇다면?"

"제가 사람을 잘못 본 모양이네요. 당신, 황위에 오래 앉아 있지 못하겠군요."

"그래도 네 목숨을 거두고 내려오는 정도는 할 수 있을 텐데 입을 너무 함부로 놀리는군."

루페르트는 습관처럼 한쪽 입꼬리를 올렸다. 차가운 인상이 일순 부드러워지며 다정하게까지 보이는 표정에, 르밀은 그가 제 목을 조르려 손을 드는 것도 눈치채지 못했다. 순간적으로 숨이 콱 막혀 그녀는 어깨를 움츠렸다. 그녀의 벽안에 눈물이 맺혔지만 그는 손에 준 힘을 풀지 않았다.

"난 남이 쓰다 버린 개는 안 거둬."

"……!"

르밀의 눈이 공포로 커다래진다. 그녀는 에바에 대해 알고 있다. 황비가 얼마 전 붕어한 황제, 즉 아칸 1세의 동생을 부추겨 황위를 노르게끔 만드는 데 도운 것이 르밀 본인이었으니 당연했다. 에바가 얼마나 지독한 삶을 살았는지까지도 알고 있었다. 해서 그녀는 루페르트에게 황위를 넘긴 이가 황제가 아닌 에바라는 사실조차 꿰뚫고 있었다.

루페르트는 르밀을 놓아주었지만, 그녀는 한참이나 굳어 자리에서 움직이지 못했다. 그녀는 루페르트가 아르눌프와 본질적으로 비슷한 유형이리라 예상했었다. 둘 모두 어머니의 욕심으로 움직이는 꼭두각시 인형이었으니까.

다음 대의 황위다툼은 황비와 에바의 싸움이었고, 루페르트가 태자가 된 순간 황비는 길고 길었던 싸움에서 패한 것이나 마찬가지였다. 아르눌프와 황비를 죽이고 사고로 위장하기란 어렵지 않다. 믿기지 않을 정도로 작위적인 죽음이 될 테니 많은 의심을 살 테지만, 이미 루페르트는 황제가 된 이후일 텐데 누가 감히 그를 걸고넘어질 수 있겠나.

르밀은 황비의 암울한 미래를 직감했다. 권력에 굶주린 짐승과 같은 황비의 눈을 피해 살아남아 기어코 태자가 된 자가 쉬이 권력을 빼앗길리 없다.

그토록 오래 염원했음에도 황비는 제 아들을 황좌에 앉힐 수 없겠지. 르밀은 그녀의 욕망에 공감했고 동정했다.

제 남편을 부채질하여 반역까지 일으키게 만든 사람이다. 남편이 황위를 원하게 된 원인이 타국의 여인인 것도 상관하지 않았다. 그가 황제가 되는 것은 제 아들인 아르눌프가 황제가 될 수 있는 유일한 길이니.

"버려진 개는 아니에요, 저."

"그래?"

루페르트가 다시 웃는다. 그는 르밀의 생각보다 잘 웃었는데, 웃는 얼굴만큼은 햇볕이 부서지는 느낌으로 화사했다.

그러나 저 눈. 짙푸른 녹안이 어찌나 시리게 차가운지.

맹수의 눈이었다. 제 어미보다 더하면 더했지 결코 모자라지 않다. 난폭을 넘어선 잔혹함이 그득해 르밀은 소름이 오소소 돋는 팔뚝을 손으로 쓸어내렸다. 황제는 미친 자였지만 외려 그 점이 공포를 덜어주었다. 이성을 잃은 짐승을 두려워할 필요가 무엇이 있나. 그러나 루페르트는 그와 다른 종자였다.

르밀은 갑자기 가슴속에 한기가 들어차는 듯한 기분이 들었다. 상대는 유년시절을 워낙 쥐 죽은 듯 보내와 가까이에서 관찰할 만한 기회가 거의 없다시피 했지만, 방금 저 데뷔탕트의 주인공과 춤을 추던 모습과만 비교해봐도 전혀 상반되는 눈빛이지 않나.

그녀는 라리에트를 바라보던 루페르트의 얼굴을 떠올렸다. 황족 특유의 오만함이 깔려 있긴 했지만, 장난기 가득한 평범한 소년과 별다를 바 없는.

아.

르밀은 감탄했다.

"증명해 보이겠습니다."

"늦지 않는 게 좋을 거야."

"……."

"다시 말하지만, 난 시간낭비를 좋아하지 않아."

루페르트가 웃는다. 르밀은 더는 속지 않았다. 그저 그를 회유할 방법을 궁리할 뿐이다. 상황은 황비가 황제를 꼬드길 때와 비슷했다. 잔혹한 야수를 유일하게 길들일 수 있는 무언가를 찾는 것. 답은 생각보다 쉽게 나왔다.

"아무렴요."

르밀은 주목받지 못했던 소녀의 데뷔탕트에서 루페르트의 열쇠를 찾아냈다. 황비가 에바를 만났을 때와 같이.

유진은 사교계에 관심이 없는 나조차 이름을 알 정도로 유명한 바람둥이였다. 무성한 소문을 접하고선 아주 느끼한 인물을 상상했었는데 실제로 보니 매끈히 잘생긴 미남이었다. 난봉꾼 주제에 눈이 아주 높아 아름다운 여자들을 좋아하기로 이름난 그가 내게 춤을 신청했을 때 나는 놀람을 숨기지 못했다.

"왜 그렇게 놀라시나요?"

"아, 아뇨. 전혀 생각도 못 하던 분이라서요."

"예?"

"눈이 높기로 소문나셨으니까."

유진은 재밌는 농담이라도 들었단 양 크게 웃었다. 가지런한 이가 그대로 드러나는 모습이 호쾌해 보인다. 그에 대해 퍼졌던 소문이 죄 거

짓인 듯 상큼한 반응이었다. 나는 그의 청량한 웃음소리가 마음에 들었
다.

"루이제가 그러나요?"

"아, 바덴 경과 친하시나요?"

"죽마고우였죠."

곰곰이 기억을 되살펴보니 그는 유서 깊은 남작가의 주인이었지만
평민 출신 기사들과 곧잘 어울린다는 말을 들은 적이 있었다. 물론 그
의 인기를 질투하던 속 좁은 영식이 비꼬듯 한 말이었지만.

"지금은 친하지 않으신가요?"

"딱히 원수를 진 것은 아니지만, 서로 워낙 바쁘다 보니 연락이 뜸해
지더군요."

"그렇다면 제게 무언가 부탁하실 게 있으신 걸까요?"

루이제에게 전언이라도 부탁하려는 걸까. 나는 베일리스만큼이나—
루페르트와는 당연히 비교할 수 없었다—여인들의 시선을 받는 유진이
가장 먼저 춤을 신청한 여인이 나라는 사실을 아직까지 믿을 수 없어 고
개를 슬쩍 기울였다. 유진은 미소를 거두지 않은 채 고개를 젓는다.

"이렇게 아름다운 레이디에게 어떻게 춤을 청하지 않을 수 있겠습니
까?"

듣기로 그의 파트너는 주기적으로 바뀌는데, 보통 이미 결혼한 귀부
인이거나, 정혼자가 있는 영애라고 했다. 상대가 연상인 경우도 많다는
데, 비옥한 중부의 영토를 가진 부자에다 젊은 그를 마다할 여자는 찾
기 어려울 정도라고 한다.

귀족의 결혼이란 가문 간의 계약이나 마찬가지인 바, 태반이 그리 행
복하지 않은 결혼생활을 억지로 유지하고 있으니까. 사교계를 이루는
일원들은 지루한 권태 속에서 가벼이 즐길 만한 관계를 추구하겠지.

"그럼 부탁드려요."

그는 미소만큼이나 매끄러운 솜씨로 나를 플로어로 이끌었다. 루페르트와 춤을 출 때는 불편하고 어색해서 긴장으로 배가 딱딱해져 아플 정도였는데 지금은 몹시도 편안하다. 유진은 상대의 긴장을 쉬이 완화시키는 방법을 아는 것 같다.

"춤을 굉장히 잘 추시네요."

"칭찬일까요, 아니면 놈팽이라는 말을 돌려 하시는 걸까요?"

"칭찬이에요."

유진이 활짝 웃는다. 그는 나를 부드럽게 돌렸다가 품에 안았다. 이 정도의 밀착은 친밀한 이와 춤을 출 경우에나 하는 것인지라 나는 조금 당황했다. 그러나 내가 거리를 벌리려 몸을 빼기도 전에 그가 나지막이 속삭였다.

"레이디 벨루아, 제가 주제넘은지도 모르겠지만……."

"네?"

"조심하세요."

사람들이 수상하게 여길까 염려되었는지 유진은 나를 살짝 떼어내곤 빙그르르 돌렸다. 능숙한 리드에 맞춰 춤을 추고 있지만 빙글빙글 돌고 있자니 어지러워 두통이 일 것 같아 나는 그의 어깨를 붙잡았다.

"뭘요?"

"벨루아 출신 마부가 저희 영지에서 시체로 발견되었답니다."

"……네?"

그러고 보니 마차사고가 났던 지역이 유진이 관리하는 중부령이다. 하지만 베일리스가 그 부근을 샅샅이 뒤졌지만 마부를 찾지 못했다고 했는데.

"언제요?"

"짐작 가는 날이라도 있으신가 봅니다."

"……."

"조심하세요. 그 누구도 믿을 수 없는 게 황실이니까."

"당신도 믿을 수 없는 건 마찬가지인데요."

유진이 빙그레 웃는다. 나를 가지고 노는 것처럼 느껴져 말실수를 했나 싶었는데 그가 뒤로 훅 넘어갔다.

"엇!"

날씬한 몸에 기사 출신다운 날렵함을 갖춘 듯했지만, 발을 잘못 헛디딘 유진은 그대로 고꾸라져 와인병이 잔뜩 담겨 있던 얼음 바구니에 빠지고 말았다. 충돌이 가벼웠던 덕인지 와인은 모두 멀쩡했지만, 한겨울에 얼음목욕을 한 꼴이니 몹시 추울 텐데.

유진은 바로 일어나지 못했다. 의아할 정도로 한참이나 허우적대던 그는 물에 빠진 생쥐 꼴이 되어서야 겨우 몸을 일으켰다.

유진은 요즘 유행하는 스타일의 정장을 갖춰 입고 있었는데 하필 등 그렇게 부푼 소매 안으로 얼음이 들어가는 바람에, 그는 벌게진 얼굴로 얼음조각을 탈탈 쏟아낼 수밖에 없었다. 나와 춤을 추던 사람만 아니라면 소리 내서 웃고 싶었을 만큼 황당한 상황이었다.

"세상에! 괜찮아요?"

나는 허겁지겁 달려가 유진의 팔을 붙들었다. 본인도 보통 창피한 것이 아닌지 보기 좋던 얼굴이 검붉게 달아올라 있었다.

"괘, 괜찮습니다."

큰 소리를 내며 넘어진 유진은 아까와는 다른 의미로 사람들의 주목을 받고 있었다. 그는 그를 잘 알지 못하는 내가 보기에도 남들 눈에 본인이 어떻게 비치는지 대단히 중요하게 여기는 사람 같았다. 아무리 타인에게 주목받으며 살아간다지만 이런 유의 관심에는 익숙하지 않은 듯, 유진은 내게 짧게 인사한 후 허겁지겁 밖으로 향했다.

내게 말을 걸 때와는 전혀 다른 뒷모습이 안쓰러워, 나는 광대놀이의 한 장면 같은 그의 퇴장에도 웃지 못했다. 그리고 나는 그때까지만 해도 그 황당한 장면이 단순한 그의 실수였다고 생각했다.

쾅!

"꺅! 괜찮으세요?!"

쾅!

"경! 일어나실 수 있겠어요?"

그러나 곧 의심을 품을 수밖에 없었다. 남자들이 나와 춤을 추는 족족 다 괴상한 방식으로 넘어졌기 때문이다. 우스꽝스러운 자세로 홀의 벽에 머리를 박은 남자를 일으켜 세우며 나는 저번 생의 데뷔탕트처럼 외톨이가 되리라 직감했다. 나와 제대로 춤을 춰보지도 못하고 넘어진 남자만 네 명이다. 벨네르니의 귀족영애란 영애는 다 모인 자리에서 우스운 꼴을 보이고 싶은 사람이 어디 있겠는가.

나는 내게 쭈뼛쭈뼛 다가오는 영식 몰래 깊은 한숨을 내쉬었다.

루페르트!

내가 아는 사람 중에 이만한 능력이 있는 술자나 연금술사는 단 한 명이었고, 이런 짓을 벌일 만큼 유치한 행동을 할 줄 아는 사람도 단 한 명이었다. 나의 다섯 번째 댄스 파트너였던 젊은 영식이 대리석에 비누를 바른 듯 갑자기 미끄러져 홀 밖으로 굴러나가는 것을 마지막으로 춤추기를 그만두었다.

사람을 골리는 것에도 정도가 있지. 도대체 왜 이리 유치하게 구는 걸까.

루페르트를 무도회에서 쫓아낸 데 대한 죄책감이 어느새 싸그리 말라가고 있었다. 나는 홀 한쪽에 자리 잡은 소파에 앉으며 두리번거렸다. 분명 이 근처 어딘가에 있을 텐데. 나를 지켜보고 있지 않는 이상 이 정도로 정교한 방해를 할 수는 없을 테니까.

여자들이 아름다운 드레스 자락으로 대리석 바닥에 둥그런 꽃을 피워내는 풍경 사이에서 루페르트를 찾아 헤매던 나는 고개를 위쪽으로 틀었다. 오페라의 상석처럼 삐죽 튀어나와 있는 구조물이 눈에 띈다.

루페르트가 만약 계속 홀에 남아 있었다면 그쪽으로 사람이 몰려 있어야 했는데 그런 인파는 보이지 않는다. 나는 황궁에서 가장 큰 홀에 2층 발코니가 있다는 사실을 기억해냈다. 그가 태자로 책봉되던 날, 내가 숨어 있던 그 발코니. 고개만 슬쩍 내밀어도 홀이 그대로 보이는 곳이다.

거기 있구나!

나는 확신에 차 몸을 일으켰다. 내가 한사코 마다했던 데뷔탕트를 기어코 개최한 건 본인이지 않나. 돈낭비다, 시간낭비다, 사교계에 이름 따위 알리고 싶지 않다는 내 주장을 들은 척도 하지 않고서 입이 떡 벌어질 만큼 화려한 무도회를 준비한 건 다름 아닌 루페르트였다. 그런데도 내가 데뷔탕트를 즐길 수 있도록 도와주기는커녕 방해하는 그 심보를 알 수 없었다.

"라리에트?"

루페르트에게 따지기 위해 걸음을 옮기려는데 내 진로를 익숙한 인형이 막아선다.

"리체."

하늘하늘한 푸른 드레스를 입은 그녀는 언제나처럼 가녀리고 곱다. 그리고 보지 못한 새에 부쩍 수척해져 있었다.

"데뷔탕트, 축하해."

"고마워, 와줄 줄은 몰랐어. 아직 상파뉴에 있었구나."

그녀가 옅게 웃는다. 마지막으로 얼굴을 마주한 날, 리체는 황궁생활을 정리해 고르텐으로 돌아갈 계획이라고 했다. 황비가 나이젤 황녀를 히렐의 작은 섬에 휴양을 핑계로 보내버렸기 때문에 그녀의 역할이 사라져버렸으니까.

말이 휴양이지, 도피나 마찬가지였다. 루페르트는 아르눌프나 황비가 황도를 벗어나지 못하도록 경계하던 것과 달리, 나이젤이 벨네르니를 빠져나가는 것은 눈감아주었다.

"르한이 경계령에 간 사실을 알고 있었어?"

"으응."

이놈 자식이 리체에게는 언질해줬나 보다. 나는 르한이 내게는 아무 소식도 전하지 않았던 게―아마 내가 걱정하며 말릴 것을 염려했겠지만―섭섭했다.

"너는 언제 내려가?"

"네 데뷔탕트를 보려고 남은 거야. 곧 내려가."

"그래, 한동안 못 보겠구나."

"아쉽네. 둘 다 황궁에 있을 때처럼 자주 볼 수 있는 기회도 없는데."

나는 리체의 하얗다 못해 창백한 얼굴을 물끄러미 바라보았다. 착잡한 한숨이 가슴 끝에서 올라온다. 거짓말인 것을 알고 있는데, 그럼에도 그녀가 이런 식으로 독기를 숨기며 나의 친구인 척 구니 기분이 이상해진다.

리체는 죽음을 겪고 돌아온 내게 루페르트만큼이나 의미가 달라져 있다. 서로가 서로를 이용하려 드는 것을 알고 있으면서도, 그 필요에 의해 놓지 못하고서 가늘디가는 관계의 끈을 쥐고 있었다. 그녀는 내 생각보다 나에 대해 깊이 알았고, 이해가 가지 않는 이유로 나를 미워했다. 그 몰이해로 인해 나에게 그녀는 미련으로 남아 있는 걸까?

"이제는 나를 가식으로 대할 필요 없어, 베아트리체."

그것을 끊을 필요가 있다. 리체는 당황한 기색이 역력한 얼굴로 나를 바라보았다. 나는 똑바로 그녀를 마주하려고 노력했지만 씁쓸한 미소가 절로 지어지는 것은 막을 수 없었다.

"라리에트."

"연기는 그만하자, 우리. 나도 힘들다."

리체 특유의 물기 어린 눈동자를 보고 있노라면 마음이 아프고는 했다. 사랑하는 사람이 있음에도 가문을 위해 팔려가듯 결혼해야 한다며 엉엉 울던 그녀가 떠올랐으니까.

고르텐 후작이 아버지를 배신하는 얼굴을 어제 본 듯 생생하게 기억하고 있었지만, 리체는 도저히 미워지지가 않았다. 나처럼 그들에게 휘둘리며 살았다고 생각했으니까. 비열한 이는 고르텐의 가주 하나뿐이라고. 리체는 나처럼 아무것도 모른 채 살지 않았겠나 싶었다.

"연기라니?"

"베아트리체, 우리는 더는 서로를 좋아하지 않아. 알고 있잖아."

"……."

"아니지, 너는 처음부터 나를 싫어했을 수도 있겠구나."

그녀가 나와 르한의 사이를 오해하는 것도, 그녀가 르한을 좋아한다는 사실도 알고 있지만, 나를 갑자기 싫어하게 된 이유로는 부족했다. 애초에 그녀는 나를 좋아한 적이 없는 것이 아닐까. 처음부터 친구를 가장했던 걸지도 모른다. 그녀는 연기를 무척 잘하니까.

"내게서 벨루아나 전하에 대한 정보를 캐내려고 해봤자 소용이 없었을 거고, 나도 네게 고르텐의 동향을 캐보려고 했지만 별 소득이 없었지. 우리는 서로를 믿지 않으니까."

"너를 싫어하지 않았어."

리체는 놀람을 빠르게 수습하고선 차분하게 대답했다. 그녀는 감정적인 듯하면서도 흔들림이 없는 사람이었고 나는 그 점을 좋아했었다.

사교성이 없는 내게 있어, 리체는 친구라고 부를 만한 유일한 존재였다. 백작의 딸이라는 지위 덕에 무수한 영애와 교류했지만, 시시콜콜한 잡담을 나눌 수 있던 건 그녀뿐이었다. 그렇기에 나는 반역으로 교수형을 선고받던 순간에도 그녀를 걱정했었다. 나와의 친분이 리체에게 해가 될까 봐.

"네게 별다른 감정이 있는 것은 아니야, 라리에트."

표정이 없어 인형처럼 보이는 리체의 입에서 나온 무덤덤한 한마디에 가슴이 욱신거렸다. 차라리 냉소적으로 비웃거나 열이 받아 나를 비꼴 때가 나았던 것 같다. 나를 미워하거나 싫어한 이유를 말해주면 좋으련만 그녀는 거기서 입을 다물었다.

"그럼 더는 다정하게 굴지 않는 건 르한과 내 사이를 오해하고 있기 때문이야?"

"오해가 아니야."

리체는 재밌는 농을 들었다는 양 작게 키득거렸다. 그녀의 눈빛이 순식간에 차게 식는다. 내게 별다른 감정이 없다는 말과 달리 그녀의 눈에는 경멸이 그득했다.

"오해하고 있는 건 너야, 라리에트 이사벨 드 벨루아."

"……."

"나는 네 무지를 경멸해. 아무것도 모르고 사는 것이 네게는 더 편했겠지만."

"아니, 아니야."

나는 그렇게 살지 않기로 했다. 정말로 아무것도 모르는 것과 내가 무지하다는 사실을 안다는 것에는 그녀가 모르는 큰 차이가 있었다. 그러니 내가 그 차이를 메우기 위해 얼마나 고군분투하고 있는지 알 턱이 있나.

"네가 어디에서 굴러들어온 돌인지는 모르겠지만."

리체가 살짝 고개를 숙이고선 내 귓가에 노래를 흥얼거리듯 속삭인다.

"……내 사랑을 방해하게 내버려두지 않을 거야."

리체의 사랑을 방해한 이가 원래는 고르텐 후작이었다면, 이제는 내가 되어버린 걸까. 그녀는 제 말에 멍한 표정을 짓는 나를 잠시 지켜보더니 걸음을 옮기려는 듯 몸을 틀었다. 나는 그녀를 가로막으며 두 팔을 넓게 벌렸다.

"나는 그럴 생각이 전혀 없어."

"비켜."

"네게 그런 생각을 심어둔 건 네 아버지니? 리체, 만약 르한이 널 사랑한다면 네가 힘들 이유는 없을 거야. 걔는 제 감정 하나 제대로 표현할 줄 모르는 멍청이는 아니니까."

"……."

"네가 네 아버지에게 휘둘릴 정도로 어리숙하다곤 생각 안 했는데."

죽음에서 돌아오기 전이었다면 확신하진 못했겠지만, 이제 나는 안다. 어린 시절의 르한뿐만이 아닌 청년이 되어가는 그를. 르한은 내 기억보다 훨씬 어른스러우면서도 소년의 꿋꿋함을 지녔다.

항시 진지해 송장처럼 보일 수도 있겠다고 생각한 적도 있는 과거와는 달리 나는 마냥 딱딱하지 않은, 사관학교의 선배나 후배에게 장난을 치기도 하는 짓궂은 르한을 알게 되었다. 게다가 그는 과거의 나처럼 마냥 아버지의 말에 수그리는 성격도 아니었나. 아버지니 벨루아가 제 의지에 걸림돌이 된다면 충분히 반기를 들 만도 했다.

물론, 르한이 리체를 정말로 사랑한다면 말이다. 그러나 그는 내게도 그런 기색을 비친 적이 없다.

"너는 몰라. 우리가 얼마나 노력하고 있는지."

"그래, 내가 정말로 모를 수도 있겠지. 하지만 나는 내가 아는 르한을 믿고 싶어."

"……."

"그리고 내가 아는 르한은 나의 무지가 자신을 방해하게 두지는 않았을 거야."

"시, 시끄러워!"

리체가 목소리를 높인다. 소리만 컸지 힘이 없어 무섭지도 않을 만큼 여리다. 그녀는 제게 들이밀어진 진실에 엄청난 충격을 받은 것 같다. 부들부들 떨리는 손이 그녀의 혼란이 얼마나 큰지 여실히 보여준다. 제 감정 숨기는 일을 숨 쉬듯 하던 그녀가 이렇게나 동요했다.

"간다고 하지 않았니?"

나는 제자리에 멀뚱히 서서 나를 노려보는 리체를 향해 싱긋 웃었다. 리체가 고르텐 후작에게 어떤 소릴 할진 모르지만, 이 시점의 후작은 이미 아버지에게 등을 돌린 상태일 터. 내가 그녀를 어떻게 대하든 상관없다.

루페르트는 곧 황제가 된다. 그는 황제가 되는 데에 고르텐의 도움을 필요로 했던 적이 없었다. 갑작스레 그들의 존재가 중해질 리도 없는 데다 나는 루페르트의 능력을 믿었다. 그는 반드시, 기필코, 어떻게 해서든 황좌를 거머쥘 사람이다.

"고르텐을 적으로 돌려서 좋을 건 없어, 라리에트."

"후작님에게 지금 네가 한 말을 그대로 해보렴."

리체가 얼굴을 일그러뜨렸다. 나는 나에 대한 반감을 숨길 생각도 하지 않는 그녀의 민낯을 바라보았다.

"나의 데뷔탕트를 누가 열어주었는지 아니?"

"태자를 뒷배로 두었다고 나를 협박하는 거야?"

"응, 맞아."

나는 처음부터 루페르트를 내 편으로 만들기 위해 황궁에 들어왔다. 그리고 드디어 그가 나를 아껴준다는데 그 권력을 이용하지 않을 이유가 하등 없다. 나는 씨근거리는 리체의 어깨에 손을 올렸다.

"그러니 벨루아를 적으로 만들어 고르텐에게 득 될 것이 없을 거라고 전해."

"뭐?"

"루페르트 태자 전하는 황제가 되실 거라고, 배덕한 네 아버지에게 반드시 일러주렴."

나는 리체의 흔들리는 눈빛을 앞에 두고 고르텐 후작을 떠올렸다.

「바보 같은 년.」

그녀의 아버지가 절망하는 나를 향해 이죽이던 한마디가 아직도 귓가에 생생하다. 친근한 삼촌인 체하던, 내게는 다정하기만 했던 그 얼굴에 맺혔던 비소까지도.

아버지와 후작은 나와 리체처럼 어린 시절을 함께한 친우였다. 나는 아버지가 남부를 지탱하는 두 기둥이라는 별명을 얼마나 뿌듯해하셨는지, 그를 얼마나 믿으셨는지 알고 있었다.

"리체, 나는 네가 네 아버지와 다른 사람이라고 믿고 싶었어."

그녀는 대답하지 않았다. 도저히 움직일 생각을 하지 않는 그녀를 두고 나는 발을 옮겼다. 리체와의 대화에 시간을 지체한 바람에 나를 골탕 먹이고 있는 루페르트를 놓칠 수도 있다는 생각에 걸음이 다급해진다.

다행히도 발코니에는 눈에 익숙한 금발의 인영이 있었다. 루페르트는 내가 자신을 찾아올지는 몰랐다는 듯 조금 놀란 얼굴이었다. 곧 그의 커진 눈과 함께 올라간 아미가 찌푸려진다.

일그러져도 잘생겼다.

나는 그 와중에도 루페르트의 얼굴에 조금 감탄하고 말았다. 어느새 밤이 되어버린 하늘을 배경으로, 흐린 달빛과 오묘하게 섞인 등불 아래의 그는 신화에 등장하는 매혹적인 악마처럼 보였다.

"왜?"

그는 탐탁잖은 표정으로 내게 손을 뻗었다. 조금 더 가까이 오라는 지시였기에 나는 어물쩍 걸음을 옮겼다. 왜 남의 데뷔탕트에 초를 치느냐고 따져 물으려 했는데, 그의 찌푸린 얼굴을 보니 입이 딱 다물어진다. 달빛으로 새하얗게 물든 그의 미모는 조금 말이 안 될 정도였다. 내가 이 정도로 겉껍데기에 약하다는 사실에 회의감이 들 정도로.

"무슨 일인데?"

"네?"

"무슨 일이 있냐고."

두 번 말하게 하지 말라는 핀잔도 없이 루페르트가 내 뺨에 손을 올린다. 밖에 오래 있었던 모양인지 뺨에 닿은 손이 차가웠다. 그러나 나를 두어 번 쓰다듬는 손길에서 당사자는 자각 못 한 다정함이 느껴졌다. 이래서 너구리가 그에게 쓰다듬을 받으려 목숨까지 걸듯 구는 걸까.

"아무 일도 없었어요."

"근데 왜 슬퍼해?"

"안 슬픈데요."

"그래?"

루페르트는 곧 내게서 손을 뗐다. 나는 그와 거리를 벌리기 위해 괜히 한쪽에 놓여 있는 진회색 프록코트를 집어 들었다.

"입으세요. 춥잖아요."

"안 추워."

"왜 여기 계세요?"

"네가 나가라며."

당연한 걸 묻는다는 양 루페르트가 뚜하니 대답한다. 나는 기가 막혀 웃었다.

"그게 밖에 나가라는 뜻은 아니었잖아요."

"다른 데 가면 네가 안 보이잖아."

그러니까 나를 지켜보기 위해 이곳에 있었던 것이라는 시인이었다.

"저를 왜 지켜보셔야 하는데요?"

"달아나면 어떡해?"

"제가 왜요?"

내 질문에 루페르트는 질문으로 대답했고, 나는 또 그 질문을 질문으로 받았다. 당연히 대화는 원점으로 돌아온다. 달아나면 어떡하느냐니. 설마 여태 그런 걱정을 하고 있었던 걸까.

"제가 달아날까 무서워서 지켜보신다는 말씀이면 이해를 못 하겠어요."

"……."

"도대체 왜요?"

"네가 여기 남을 이유가 없으니까."

또 어떤 비장한 소릴 하려나 했는데 루페르트의 표정은 담담하기만 했다. 그 무덤덤함에 마음 한구석이 가시로 찌르는 것처럼 따끔따끔 아팠다. 다른 목적이 없으니 내가 제 곁을 뜨리란 확신을 어찌 저리 아무렇지 않게 말할 수가 있나. 정말 아무렇지도 않아서 저러는 것은 아닐 텐데. 마음이 닳고 닳아 새까맣게 타버리면 저렇게 되어버리나 싶기도 했다.

나는 그의 확신이 마냥 틀리지도 않았다는 사실에 쓴웃음이 났다. 그의 곁을 지키는 사람은 사실상 나와 토리, 루이제뿐이다. 그러나 그중에 그를 진실로써 대한다 할 수 있는 사람이 있을까.

토리는 에바에 의해 만들어진 크루나루카였고, 루이제는 평민 출신 기사 나부랭이였다. 그와 같은 평민이 출세할 유일한 방법은 판세를 뒤집는 것뿐이다. 루페르트는 실력이 있는 평민은 모조리 귀족으로 만들어 써먹는 것을 택할 지배자였고, 루이제는 이를 알고 있었다. 그 나름의 존경과 충성심도 이유가 되긴 되겠으나 본질적인 목적은 본인의 신분 상승이다.

하지만 루페르트를 가장 기만하고 있는 것은 나다.

"왜 그렇게 생각하세요?"

나는 뻔뻔하게도 의아한 표정을 지어냈다. 나야말로 뚜렷한 목표를 지니고서 루페르트를 찾았으면서.

루이제처럼 그를 존경하거나 충성심을 가진 것도 아니었고, 토리처럼 그를 목숨처럼 아끼지도 않았다. 내가 루페르트의 옆을 지키며 꼬리를 살랑였던 이유는 단지 나와 내 가족을 위해서다. 그리고 그처럼 눈치 빠른 사람이 내 시커먼 속을 모를 리가 없다.

"너는 내 원 안에 들어왔잖아."

루페르트가 나지막이 속삭인다. 힘이 없는 목소리다. 유리벽도 없는 발코니의 난간에 걸터앉은 그는 금방이라도 뒤로 넘어갈 것처럼 아슬아슬해 보였다. 그는 지금 당장 떨어져 죽어버린다고 해도 아쉬울 것이 없는 양 굴었다. 실제로도 본인의 안위에 별달리 신경 쓴 적이 없다. 그리고 나는……

나는 지금 그가 죽어버리면 어떤 마음이 들까? 슬퍼할 수 있을까? 괴로울까?

"무슨 말씀인지 모르겠어요."

"너를 지켜달라며."

나는 루페르트가 뒤로 넘어갈 듯 아슬아슬해 그를 잡아당겼다. 가볍게 바닥에 착지한 그가 한숨처럼 웃는다.

"너와 벨루아의 안전을 보장하는 게 네 목적 아니었나?"

"맞아요."

"내가 그럴 거야."

그의 표정은 대수롭지 않은 얘길 하는 듯했지만, 그 말에 담긴 무게는 결코 가볍지 않았다. 황제가 될 황태자의 입에서 한 가문을 보호한다는 말이 나온 건데 어찌 가벼울 수 있겠나. 나는 귀가 의심스러워 그의 손을 붙잡고 늘어졌다.

"네?"

"네 아버지가 내 황관을 들고 도망이라도 가지 않는 이상 네게 해를 가할 일은 없을 거라고."

벨루아가 정말 반역이라도 저지르지 않는 이상 안전하다는 의미였다. 아버지나 내가 황위를 노릴 일은 없으니 그의 말이 진심이라면 난 당장 짐을 싸서 벨루아로 돌아가도 될 정도다.

따뜻한 남부로 내려가 다정한 부모님과 함께 영지를 보살피다가, 대단한 집안은 아니더라도 다정하고 곰살가운 사람을 만나 가정을 꾸릴 수도 있을 터. 그게 마뜩잖으면 르한이 군에 몸을 의탁하는 동안만이라도 벨루아를 돌봐도 되지 않겠나.

모든 일이 마무리되면 나는 여행을 떠나고 싶었다. 벨루아도 상파뉴도 아닌 먼먼 어딘가로. 내가 생을 두 번 살았다는 것도, 반역으로 몰려 죽었다는, 남부의 대귀족이라는 것을 모르는 사람들만 가득한 곳에서 나만의 삶을 가꾸고 싶다.

"그래도 전하 곁을 떠나지는 않을 거예요."

그러나 아직은 아니다. 일이 마무리되었다는 느낌이 조금도 들지 않는다. 내가 아무것도 하지 않고 가만히만 있어도 루페르트는 황제가 되겠지만, 내가 관여하지 않으면 또다시 그런 황폐한 삶을 살아갈 것이다. 몰락한 수많은 가문 중에서 벨루아가 살아남는다는 것 외에는 과거와 조금도 다를 것이 없지 않은가.

"왜?"

루페르트는 의아한 듯 눈살을 찌푸렸다. 그 단단한 불신이 마음에 들지 않았다. 아무 이유 없이 제 곁에 남으려는 사람이 있을 수도 있다는 생각은 도대체 왜 하질 못하나.

"몇 번을 말씀드리나요?"

"⋯⋯."

"저는 전하가 삶이 살 만한 것이라고 느끼시길 바라요. 진심으로."

루페르트가 고개를 작게 주억거린다. 그러나 완전히 설득된 건 아닌지 스리슬쩍 내 손을 뿌리치며 물러났다. 두 팔을 뒤로해 난간에 기댄 그에게로 나는 한 걸음 다가섰다. 더 물러날 곳이 없었으니 그와 나 사이의 간격은 줄어들 수밖에 없다.

"전하."

"응."

"저 좀 믿으세요."

내 간절한 부탁에도 루페르트의 표정은 변하지 않는다. 그의 무덤덤한 반응이 보기 싫었던 나는 머리를 굴리다가 아르베의 충고를 기억해 냈다. 이럴 때 쓰라고 한 것은 아니었겠지만 그녀의 매혹적인 미소는 사람을 설득하는 데 큰 영향력을 발휘했다.

아르베는 자신만만한 미소 하나로 벨네르니에서 보수적인 남부에서 자란 내가 그런 파격적인 드레스를 입도록 설득해냈다. 그녀가 건넨 충고이니 쓸모가 아예 없진 않겠지.

"전하가 행복해지기 전에는 전하를 떠나지 않을 거예요."

내가 아르베를 떠올리며 그녀처럼 눈꼬리를 접고 은근한 목소리로 말하자 루페르트의 표정이 묘해진다. 내 의도대로 됐는지는 알 수 없다. 표정에 변화가 있기는 있는데 그것이 딱히 긍정적으로 보이지는 않았으니까.

"⋯⋯너는."

루페르트의 목소리가 덩달아 낮아진다. 그의 목소리는 해가 갈수록 깊어져서 그가 황녀 행세를 했을 적의 목소리는 기억도 나지 않을 정도였다. 고개를 내 쪽으로 숙인 그는 한 손으로 내 턱을 부드럽게 잡아 들었다. 내가 아플까 걱정이 되는지 제대로 힘도 주지 않는다. 바로 마주한 눈이 놀랍도록 깨끗해서 나의 꼭꼭 숨겨둔 죄책감을 자극했다.

"그런 말을 함부로 하면 안 돼."

루페르트의 콧대가 내 이마를 스친다. 살짝 찬 기운을 머금은 숨이 느껴졌다.

"조금 더 조심할 필요가 있어."

"충고인가요?"

"아니, 경고지."

루페르트는 그 말을 끝으로 나를 스쳐 지나가버렸다. 나는 더는 나의 데뷔탕트를 방해하지 말라는 경고, 내가 발코니에 올라온 애초의 이유도 잊은 채 그의 뒷모습을 멍하니 지켜볼 수밖에 없었다. 데뷔탕트에서 주목을 받은들 무슨 소용이 있을까. 나는 아직도 그의 믿음 한 조각조차 얻어내지 못했다.

"라리에트."

"토리!"

나가는 루페르트를 따라나서려는데 기둥의 그림자 속에서 눈에 익숙한 인영 하나가 툭 튀어나온다. 솟아났다고밖에 표현할 수 없을 정도로 토리는 갑자기 등장했다. 나는 가슴에 손을 올리며 콩닥거리는 심장을 진정시키기 위해 노력했다.

"도대체 어디서 나오는 거예요?"

"아까부터 계속 저기 있었어요. 르밀이라는 여자를 처치할까 말까 고민하느라요."

손에 달라붙는 가죽장갑을 툭툭 벗어 던진 그녀는 고양이처럼 날렵하게 난간에 올라섰다. 루페르트는 그녀의 존재를 알고 있었을 텐데, 언급이라도 해줄 것이지. 나는 겨우 가라앉은 가슴에서 손을 떼며 입을 삐죽였다.

"오랜만이네요, 토리."

"……그런가요?"

"만약 토리가 계속 그런 식으로 전하 곁에 숨어 있었다면 토리는 저를 오랜만에 보는 게 아니겠지만."

"아뇨, 상파뉴에는 방금 왔어요. 아르델에 처리할 인간이 있었거든요."

토리가 빙그레 웃는다. 그녀는 제 정체를 숨길 생각이 전혀 없는 듯했다. 루페르트가 황제가 되는 데에 방해가 될 만한 인물이 아르델에 있었나 보지?

"르밀이라면 르밀 백작부인 말인가요?"

"네에."

르밀은 황비의 최측근이다. 상파뉴에만 머물며 황비의 수발을 드는 여자를 왜 지금 처치할지 고민하는 걸까. 나는 그녀가 이 자리에 왔나 떠올리며 어깨를 으쓱했다.

"그녀가 전하께 해라도 되나요?"

"으음."

토리는 대답 대신 방긋 웃었다. 그녀의 작은 얼굴을 가득 채우는 미소에서 이유 모를 괴리감을 느낀 나는 아주 살짝 그녀에게서 멀어졌다.

"라리에트. 나는 라리에트를 좋아하여요."

"……네?"

"그러니까 부디 조심해줘요."

도대체 뭘 조심하라는 걸까 싶었지만 나는 곧 그녀가 내게 경고하는 바를 알 수 있었다. 토리가 처음부터 내게 강조한 것은 단 하나뿐이다. 루페르트를 변하게 하지 말라는 것. 그러나 나는 그를 무시할 수밖에 없었다. 그는 변해야 했으니까.

"토리, 저를 죽일 건가요?"

나는 지금의 토리는 무섭지 않았다. 외려 안쓰럽고, 미안하기까지 했다. 만약 루페르트가 나 때문에 그녀를 조금이라도 덜 아끼게 되었다면 그건 나의 책임이니까.

그녀의 주장대로 그들에겐 아주 오랜 세월 서로뿐이었다. 그것이 루페르트나 토리에게 좋은 영향을 끼쳤으리라고는 생각하지 않지만, 부정할 수 없는 사실이다.

"모르겠어요."

"전하가 변하는 게 왜 그렇게 무서워요? 전하가 토리를 버릴 것 같나요?"

"……그만하여요, 라리. 피곤해지려고 해요."

토리가 나지막이 말하며 고개를 저었지만 나는 그녀를 무시한 채 말을 이었다.

"토리도 변하면 되잖아요. 나는 전하와 토리 둘 다 행복하길 원해요."

"라리, 금속은 변하지 않아요. 라리가 죽어 흙이 되는 동안에도 저는 그대로여요."

어느새 그녀의 말투는 예전처럼 어눌해져 있었다. 우리가 처음 만난 그때처럼.

－3권에서 계속.